올리버 트위스트

찰스 디킨스, 1860년경

일러두기

- 이 책의 대본: PENGUIN CLASSICS Oliver Twist by Charles Dickens, 2003.
- 본문의 각주는 모두 옮긴이가 붙인 것이다.

현대지성 클래식 29

올리버 트위스트

OLIVER TWIST

찰스 디킨스 | 유수아 옮김

현대
지성

차례

3부

저자 서문[*]

"저자의 몇몇 친구들은 이렇게 외친다. '보라, 신사 양반들이여, 주인공은 악한이다. 그렇지만 그것은 사실적이다.' 당대의 젊은 비평가들, 사무원들, 초보 견습생들은 그것을 저속하다 평하면서 한편으론 앓는 소리를 낸다."

— 헨리 필딩[**]

이 이야기의 대부분은 본래 어느 잡지에 실렸었다. 기고를 마친 후, 3년 전 현재의 형태로 탈고했을 때, 나는 그것이 어떤 매우 높은 도덕적인 측면에서, 또 아주 높은 도덕적 기준으로는 반대를 받을 것이라고 충분히 예상했었다. 결과적으로 내 예상은 빗나가지 않았다.

나는 몇 마디 할 수 있는 지금의 기회를 살려 이 책의 출간에 관한 내 목적을 설명하려 한다. 나로서는 이렇게 하는 것이 일종의 의무이기도 하다. 그 당시 내게 공감하고 내 의도를 간파했던 이들에게 감사를 표하고 싶기 때문이다. 아마도 그들은 그들이 가졌던 인상이 저자에 의해 직접 확인되는 것에 유감을 느끼지 않을 것이다.

이 이야기의 등장인물들이 대부분 범죄자들과 런던 인구의 하류층

---

[*] 1841년 제3판의 서문이다.

[**] Henry Fielding(1707-1754). 영국 소설가. 대표작 『톰 존스』, 『조지프 앤드루스』.

에서 선정되었다는 것이 아주 조잡하고 충격적인 설정으로 보일 것이다. 사익스는 도둑이고, 페이긴은 장물아비이며, 소년들은 소매치기에다가, 주인공 소녀는 매춘부이다.

하지만 나로서는 가장 추하고 불쾌한 이야기에서도 가장 순수하고 선한 교훈이 얻어질 수 있음을 인정한다. 나는 이것이 널리 인정되고 확립된 진리라고 항상 믿어왔다. 세상의 역사에서 가장 훌륭했던 사람들이 그것을 지지했으며, 가장 선량하고 지혜로운 성품을 가진 사람들이 그것에 따라 행동했으며, 이성과 모든 사려 깊은 정신의 경험이 그것을 확증한다. 내가 이 책을 쓸 때, 비록 등장인물들의 언어가 귀에 거슬리기는 하겠지만, 왜 찌꺼기 같은 밑바닥 삶에서는, 적어도 거품과 크림 같은 최상류층의 삶에서와 마찬가지로, 도덕적인 목적을 위한 소재를 얻을 수 없는지 아무런 이유도 찾지 못했다. 나는 우중충한 성 자일스 거리*에서도 으리으리한 성 제임스 거리**에서와 마찬가지로, 진리를 위한 좋은 소재를 찾을 수 있음을 의심하지 않는다.

이런 정신으로, 나는 모든 역경에서 살아남아 결국 승리하는 선의 원리를 소년 올리버를 통해 보여주고자 했다. 그를 어떤 주변 인물들 가운데 두어야 가장 잘 묘사할 수 있을지, 또 그가 어떤 유의 사람들 손아귀에 떨어졌을 때 아주 자연스럽게 타락할 가능성이 있을지를 궁리하면서, 나는 이 책에 등장하는 인물들을 생각해냈다. 이 주제를 두고 곰곰이 숙고하는 동안, 나는 내 의도를 끝까지 밀고 나가야 할 많은 강력한 이유들을 발견했다. 나는 도둑들에 관한 글을 수십 편 읽었다. 그들은 대체로 상냥하며 아주 유혹적인 인물들이다. 그들은 옷차림이 흠

---

* 런던의 빈민가.
** 런던의 상류 부촌.

잡을 데 없고, 주머니에 볼록하게 손을 찔러넣은 멋쟁이 포즈를 취하고 있다. 말[馬] 고르기에는 일가견이 있고, 태도는 당당하며, 운 좋게 무공을 떨치기도 하고, 노래 솜씨는 기막히며, 술 한 병과 카드꾸러미 또는 주사위 통을 소지하고 다니는 그들은 가장 용감한 자들에게나 어울리는 동료들의 모습이다. 하지만 나는 호가스*의 작품을 제외하고는 다른 글들에서 그들의 비참한 실상을 접한 적이 없다. 내가 보기에는 그러한 범죄 공모자들의 고리를 실제 있는 그대로 그려내는 것, 즉 그들의 뒤틀린 모습과 비참함과 그들의 불결하고 궁핍한 생활상을 현실 그대로 보여주고, 한결같이 삶의 가장 더러운 길을 불안스럽게 숨어다니다가 마침내 저 거대하고 어둡고 끔찍한 교수대에서 생을 마감하게 될 전망을 보여주는 것이야말로, 매우 필요하고 또 사회에 이바지하는 시도라고 여겨졌다. 그래서 나는 그 일을 시도했고, 할 수 있는 최선을 다했다.

내가 아는 한 그런 인물들이 다루어지는 모든 책에서, 그 인물들 주변에 어떤 매력이랄까 끌리는 요소들이 발산된다. 심지어 『거지 오페라』**에서도, 도둑들은 오히려 부러워해야 할 삶을 영위하는 것처럼 묘사된다. 거기서 맥히스는 대단히 매력적인 모습으로 명령을 내리고, 아름다운 소녀이자 그 작품에서 유일하게 순수한 인물로부터도 헌신을 얻어내, 나약한 구경꾼들에게는 칭송과 모방의 대상인 것처럼 그려진다. 마치 볼테르가 말했듯이, 몇천 명 남자들에게 명령하고 심지어 그들에게 죽음의 치욕을 안길 권리까지 돈으로 산 붉은색 코트의 멋진 신사처

---

*　William Hogarth(1697-1764). 영국의 풍속화가·작가.

**　영국 극작가 존 게이(1685-1732)의 풍자 희곡. 맥히스는 악당 두목, 피첨과 로킷은 맥히스를 체포하여 감옥에 넣는 인물이다.

럼 말이다. 맥히스가 집행유예를 받은 것 때문에 도둑으로 변할 사람이 어디 있겠냐 하는 존슨*의 질문은 내가 보기엔 논지를 벗어났다. 나는 오히려 이렇게 질문하고 싶다. 그가 사형 선고를 받은 것 때문에, 피첨과 로킷의 존재 때문에, 누군가 도둑이 될 마음을 접는 사람이 있을까? 내가 분명히 느끼는 것은, 큰소리쳐대는 저 두목의 삶, 근사한 외모, 대단한 성공, 큰 이득들을 기억하면서, 그런 삶으로 치우치는 성향이 있는 사람들은 그에게서 아무런 경고도 얻지 않으리라는 것이다. 그들은 그 연극에서 흥겨운 꽃길 외에는 아무것도 보지 않을 것이며, 그저 근사해 보이는 야망을 추구하다가, 결국 교수대에 이를 것이다.

사실, 게이(John Gay)의 재치 있는 사회 풍자에는 포괄적인 목적이 있었다. 그것이 그를 이 문제에서 본보기를 설정하는 데 부주의하도록 만들었고, 그에게 더 광범위하고, 더 높은 다른 목표를 겨냥하게끔 했다. 에드워드 불워 경(卿)**의 감탄스러우면서 아주 강력한 소설인 『폴 클리포드』에 대해서도 같은 말을 할 수 있다. 그 소설이 어느 쪽으로든지 이런 주제의 일면을 다루고 있거나, 적어도 그럴 의도를 지닌다고 간주하기는 어렵다.

이 책에서는 어떤 삶의 양식이 강도와 도둑의 일상적인 삶으로 묘사되는가? 여기서 묘사되는 그들의 삶이 심보가 비뚤어진 젊은이들에게 매력을 느끼게 하거나, 멍청한 청소년들에게 매혹적으로 여겨질까? 여기에는 달빛 비치는 황야에서 말달리는 장면도 없고, 가장 아늑한 동굴에서의 떠들썩한 향연도 없으며, 복장에서의 매력이나 자수, 레이스, 승마용 장화, 진홍색 코트와 주름 장식도 없고, 길에서의 질주와 자유,

---

*   Samuel Johnson(1709-1784). 영국 시인·평론가

**   Edward Bulwer-Lytton(1803-1873). 영국 소설가·정치가.

아득한 옛 시절에 대한 회상 따위도 없다. 춥고, 눅눅하고, 쉴 곳 없는 런던 거리의 한밤, 더럽고 볼품없는 동굴들만 있으며, 그런 곳엔 악덕이 밀집해 있고 돌아설 여지도 없다. 배고픔과 질병이 우글거리고, 꿰매는 것조차 거의 불가능한 낡은 누더기들뿐인데, 이런 것들에 무슨 매력이 있단 말인가? 그러나 여기에는 교훈이 없을까? 여기에는 거의 무시되는 도덕적 교훈의 경고 차원을 넘어 무언가 속삭여주는 것이 없을까?

하지만, 너무 점잖고 예민한 성품을 가졌기 때문에 이런 식의 경악스러운 소설을 참을 수 없다고 여기는 사람들이 있다. 그들이 본능적으로 외면하는 것은 범죄라기보다는, 범죄와 관련된 인물들이다. 그들에게 그런 인물들은, 마치 그들이 먹는 고기 요리처럼, 그들의 구미에 맞아야 하고, 섬세한 위장이 필요하다. 초록색 벨벳을 입은 마싸로니*는 상당히 매혹적인 인물이지만, 거친 면직물 옷을 입은 사익스는 지지하기 곤란한 인물이다. 짧은 속치마와 가장무도회 드레스를 입은 마싸로니 부인은 모방하거나 가곡의 인쇄물 따위에서 재현될 수 있지만, 면 가운과 싸구려 숄을 걸친 낸시는 그다지 떠올리고 싶지 않은 인물이다. 미덕(美德)이 어떻게 더러운 스타킹을 외면하고, 악덕(惡德)이 어떻게 작은 리본들과 화려한 복장과 결혼하여, 마치 혼인한 부인들이 그 이름들을 바꾸듯이 자기 이름을 '로맨스'로 바꾸는지 그저 놀라울 뿐이다.

이제, 소설들에서 발견되는 상류층의 옷차림 같은 문제에서도, 엄격하고 명백한 사실을 보여주는 것이 이 소설의 목적의 일부임을 밝힌다. 나는 '미꾸라지'의 외투에 난 구멍 하나, 또는 낸시의 부스스한 머리에 붙어 있는 머리 마는 종잇조각 하나도 독자들이 가벼이 보아 넘기지 않도록 할 것이다. 그런 것들을 볼 수 없다고 하는 우아한 취향을 나는 신

---

* 제임스 로빈슨 플랜취가 1829년 발표한 희곡의 주인공. 귀족같은 도둑.

뢰하지 않는다. 내게는 그런 부류의 사람들을 전향시킬 의도가 없다. 나는 그들이 싫어하든 좋아하든 그들의 견해를 존중하지 않으며, 그들의 승인을 안달하며 바라지도 않을 것이다. 나는 그들을 즐겁게 하려고 글을 쓰지 않는다. 나는 감히 주저 없이 말한다. 영어를 쓰는 작가들 가운데서, 적어도 자기 자신을 존중하고 후대에 존경을 받았던 작가들 가운데서, 이 까다로운 계층의 취향에 맞추려고 비굴하게 낮아진 사람을 나는 알지 못한다.

다른 한편으로, 선례를 찾아본다면, 영문학의 가장 고상한 영역에서 찾을 수 있을 것이다. 필딩, 디포, 골드스미스, 스몰릿, 리처드슨, 매켄지* 같은 작가들, 이 중에서도 특히 제일 앞에 언급된 두 작가는, 현명한 목적에서 이 나라의 인간 찌꺼기와 쓰레기를 묘사하였다. 당대의 도덕주의자이자 엄격한 비평가였던 호가스 — 그의 작품들은 그의 시대에도 위대하였거니와, 그의 작품에 등장하는 인물들은 모든 시대의 인물상을 계속해서 반영할 것이다 — 역시 마찬가지였다. 그는 이런 점에서 털끝만치도 타협하지 않았다. 그가 지녔던 사고의 힘과 깊이는 선대의 작가들에서 거의 찾아보기 어렵고, 아마 앞으로도 찾기가 어려울 것이다. 그 '거인'이 지금 이 나라 사람들을 평가한다면 어떤 입장을 취할까? 하지만, 만약 내가 호가스 혹은 위에 언급된 인물들이 왕성하게 활동했던 시대로 되돌아간다 해도, 아마 나는 같은 비난이 그들 모두에게 쏟아지는 것을 목격할 것이다. 한껏 웅성대는 소리를 내다가, 죽어서 잊혀지는 하루살이 벌레들에 의해서 말이다.

세르반테스는 터무니없고 우스꽝스러운 불합리를 보여줌으로써 스페인의 기사도 정신을 비꼬았다. 그보다는 비천한 배경의 작품에서 내

---

* 모두 18세기 영국 소설가들.

가 시도한 것은, 현실에서 실재하면서 거짓 광채로 둘러싸인 무언가에 대해, 그것의 추하고 역겨운 모습의 실체를 보여줌으로써, 그 광채를 흐리게 만드는 것이었다. 시대의 풍속을 참작할 뿐 아니라 나 자신의 취향 때문에라도, 나는 내가 등장시킨 가장 저급한 인물의 입술에서 행여라도 기분을 상하게 할 만한 어떤 표현도 금하려고 노력했다. 그렇게 함으로써, 나는 그 인물의 타락하고 추악한 면모를 말과 행동으로써 공들여 입증하기보다는, 오히려 독자의 자연스러운 추론에 의해 그의 실체가 가장 저열하고 악독한 유에 속한다는 결론에 이르도록 했다. 특히 주인공 소녀(낸시)의 경우에는 이 의도를 한결같이 유지했다. 이야기의 묘사에서 그것이 어떻게 드러나는지, 또 어떻게 그 의도가 실행되는지는 독자들의 판단에 맡기겠다.

이 소녀에 대해서는, 저 야만스러운 강도에 대한 그녀의 헌신이 부자연스러워 보인다는 논평이 제기되어 왔다. 동시에 사익스에 대해서도 그가 너무 과장되게 그려졌다는 반대가 제기되어 왔다. 내가 생각하기엔 그런 반대는 다소 모순된다. 이유인즉슨 그의 정부(情婦)에게는 부자연스럽다고 반대되던 선한 특징들이 그에게서는 전혀 발견되지 않기 때문이라는 것이다. 후자의 반대에 대해서는 간단히 대답하겠다. 세상에는 아주 무감각하고 냉담하며, 결국에는 완전히 구제 불능 상태로 악해지는 본성들이 더러 있다. 사익스의 경우가 그렇든 그렇지 않든, 한 가지는 분명하다. 사익스 같은 부류의 사람들이 있으며, 같은 시간대와 같은 상황에서 그들을 면밀하게 추적해서 살펴본다면, 그들에게서는 단 한 번의 표정이나 행동에서도 더 나은 성품의 희미한 기미조차 찾을 수 없을 것이다. 좀 더 온화한 인간적 감정이 그들의 가슴에서는 죽어버린 탓인지, 아니면 적절한 감정의 현(絃)이 녹슬어 찾기가 어려운 것인지 나는 알 수가 없다. 하지만 사실이 그렇다고 나는 확신한다.

그 소녀(낸시)의 행위와 성품이 자연스러우냐 부자연스러우냐, 그럴 개연성이 있느냐 없느냐, 옳으냐 그르냐의 여부를 두고 논쟁하는 것은 부질없다. 그냥 그것이 진실이다. 이 우울한 삶의 그늘을 관찰해 온 모든 사람이 그것이 진실임을 안다. 내 주변의 실제 삶에서 자주 목격하고, 또한 책에서 읽은 것에 의해 이런 생각은 진작에 내 머리에 자리 잡았으며, 오래전 나는 그것을 소설에서 다룬 바 있다. 수년 동안 비용도 낭비되고 역겹기도 한 많은 방식을 통해, 나는 이 문제를 추적해보았고 여전히 그것이 진실임을 발견하였다. 저 가엾고 불쌍한 사람에 대한 소개에서부터, 그녀가 머리에 피를 흘리는 채 저 강도의 가슴에 기대는 묘사에 이르기까지, 단 한 마디도 지나치게 과장된 것은 없다. 단연코 그것은 하느님의 진실이다. 왜냐하면 그것은 그토록 타락하고 비참한 가슴 속에 남겨진 진실이며, 아직 뒤에 남아 있는 희망이자, 메마르고 잡초로 우거진 샘의 밑바닥에 남겨진 마지막 순수한 물방울이기 때문이다. 우리의 보편적 본성에는 최상과 최악의 색조들이 뒤섞여 있다. 상당 부분이 추악한 색조를 띠지만, 가장 아름다운 무언가를 보여주기도 한다. 그것은 하나의 모순이자, 변칙이며, 일견 불가능으로 보이지만, 그것이 진실이다. 그것이 의심받는다면 나로서는 도리어 기쁘다. 왜냐하면 나는 그런 상황이야말로 그것이 이야기될 필요가 있다는 충분한 확신을 얻기 때문이다.

1부

1장

올리버 트위스트가 태어난 곳과
출생을 둘러싼 환경의 특성

어느 마을이든 마을 크기에 상관없이 오래전부터 으레 하나씩 있기 마련인 공공건물이 바로 구빈원이다. 우리의 이야기는 이렇게 흔히 볼 수 있는 어느 마을의 구빈원에서 시작된다. 이 마을의 이름은 굳이 밝히지 않는 것이 여러모로 신중한 결정일 것이며, 구태여 가짜 이름을 붙이고 싶은 마음도 없다. 어느 날, 이 마을의 구빈원에서 한 생명이 태어났다. 구체적인 날짜와 요일은 밝힌다한들 독자들에게 하등의 차이가 없을 것이므로 그냥 넘어가고자 한다. 어찌됐든, 이미 1장의 제목에 그 아기의 이름이 버젓이 드러나 있기는 하지만, 아직 아기는 여차하면 사망 통계표 명단에 그 이름을 더하게 될지도 모르는 위태로운 상태였다.

아기는 교구 의사의 손에 이끌려 슬픔과 고통이 가득한 질곡 같은 세상 밖으로 나오게 되었다. 하지만 이후로 꽤 한참동안 아기가 이름이나마 제대로 붙여질 만큼 살아남을지조차 상당히 의문인 상태가 지속되었다. 만약 잘못될 경우, 앞으로 써나갈 이야기는 아예 탄생도 하지 못하리라. 어찌어찌 이야기를 써나간다 하더라도 고작 두서너 쪽에 그치게 될 것이 분명하니, 어쩌면 어느 시대나 어느 나라의 문학에서도 견줄 수 없을 만큼 엄청나게 간략하고 충실한 '전기'의 표본이 될지도 모를 일이다.

비록 구빈원에서 태어났다는 사실이 인간에게 일어날 수 있는 일 중에서 대단히 행운에 겨운 상황이라거나 부러움을 살 만한 처지라고는 말 못하겠지만, 올리버 트위스트의 경우에는 그나마 최상의 조건이라고 할 수 있었다. 사실 올리버에게는 성가시고 귀찮지만 인간이 편하게 살아가기 위해서 반드시 필요한 의례인 '호흡'이라는 중차대한 임무가 남아 있었다. 그런데 올리버 스스로 '호흡'의 절박한 필요성을 깨치기에는 상당히 힘겨운 지경임에는 틀림없었다. 한동안 올리버는 싸구려 양털솜 매트리스 위에서 이승과 저승의 경계선을 간당간당하게 오가며, 분명히 후자의 세계에 더 기울어진 채로 위태롭게 숨을 할딱거리고 있었다. 만약 이 찰나의 순간에 갓난아기를 애지중지 보살피려는 친할머니나 외할머니, 걱정스러운 표정의 고모나 이모, 숙련된 능숙한 간호사들이나 지식과 기술을 겸비한 의사들에게 둘러싸여 있었더라면, 오히려 아기는 의심할 여지도 없이 곧바로 질식사했으리라.

그러나 올리버의 곁에는 아무도 없었다. 주위에 있는 사람이라고는 그저 이 뜻밖의 갑작스러운 출산 덕에 얻어 마시게 된 공짜 맥주로 눈빛이 흐릿해진 가난한 노파와, 고용계약에 따라 이런 일을 하는 교구 의사 둘뿐이었다. 올리버와 자연의 본능만이 사투를 벌이고 있었던 셈이다. 그 결과, 몇 번의 고비 끝에 올리버는 재채기를 하며 숨을 뱉어냈다. 그러고는 교구에 새로운 짐이 하나 더해졌다는 사실을 구빈원 식구 모두에게 광고라도 하듯이 조금 전까지만 해도 제대로 활용조차 못했던 남자아기다운 우렁찬 목소리로 3분 15초나 세상 떠나갈 듯 울어 젖혔다.

올리버가 처음으로 마음껏 양쪽 폐를 올바르게 사용하게 되자, 철제 침대에 아무렇게나 덮여 있던 헝겊 침대보가 부스럭거린다 싶더니, 젊은 여성이 힘겹게 창백한 얼굴을 베개에서 들어올리고는 희미한 목소리로 입을 열었다.

"죽기 전에 아기 얼굴이라도 한번 보여주세요."

교구 의사는 벽난로 앞에 앉아 양손바닥을 펼쳤다가 문지르면서 불을 쬐다가 젊은 여성의 목소리에 고개를 돌렸다. 그러고는 자리에서 일어나 침대 맡으로 다가가서 예상 밖에 친절한 태도로 대꾸했다.

"아니, 죽기 전이라뇨. 그런 말은 아직 이릅니다."

구석에서 흡족한 표정으로 맥주를 홀짝이던 노파도 얼른 녹색 유리병을 호주머니에 넣고 호들갑스럽게 끼어들었다.

"오, 하느님이시여, 제발! 데려가시더라도 나처럼 오래 살아서 아이도 열셋은 낳게 해주셔야죠. 뭐, 지금이야 두 아이만 살아남아서 이렇게 구빈원에서 같이 살고 있는 처지지만서두 … 이 여인은 똑똑해서 이 늙은이보다야 낫겠죠. 오, 하느님이시여, 제발! 아기 엄마, 이제 엄마가 되었으니 이 가엾고 어린 양을 봐서라도 힘을 내야지, 응?"

분명히 같은 어미의 입장에서 나온 위로의 말이었지만 순수한 마음만큼 제대로 전달되기는 어려웠다. 병색이 완연한 아기 엄마가 고개를 저으면서 아기를 향해 손을 뻗었다.

교구 의사가 아기를 엄마의 품에 안겨주었다. 아기 엄마는 차갑게 식은 허연 입술을 아기의 이마에 꾹 누르더니, 양손으로 자기 얼굴을 감싸고, 초점 없는 멍한 눈빛으로 몸을 부르르 떨다가 한순간에 뒤로 쓰러져 숨을 거두고 말았다. 의사와 노파가 가슴과 손, 관자놀이를 마구 문질러봤지만 이미 피가 멈춰서 온몸이 싸늘해진 지 오래였다. 두 사람도 서로 잘 모르는 사이라서, 그저 아기 엄마의 명복을 비는 말밖에는 나눌 수가 없었다.

"이제 다 끝났어요, 아무개 부인!" 결국 교구 의사가 손을 놓았다.

"오, 불쌍하기도 하지!"

노파가 아기를 안아들려고 허리를 굽히자 베개 위로 초록 유리병의 코르크 마개가 툭 떨어져서 급히 집어 들면서 한탄했다.

"에고, 불쌍한 것!"

"아기가 울면 언제든 연락해도 됩니다." 교구 의사가 아주 섬세한 손동작으로 장갑을 끼면서 노파에게 말을 건넸다.

"앞으로 꽤나 골칫거리가 될 겁니다. 여차하면 귀리죽을 조금씩 먹이도록 해요." 의사는 모자를 쓰고 문을 향해 걸어가다가 침대 옆에서 잠깐 멈칫하더니 덧붙여 물었다.

"아기 엄마가 아주 젊은 미인이군요. 어디에서 왔다고 했죠?"

"어젯밤에 교구위원의 명령으로 실려 왔어요. 거리에 쓰러진 채 발견되었다죠. 신발이 다 닳아서 찢어진 걸 보면 먼 거리를 걸어온 것 같아요. 근데, 어디에서 왔는지, 또 어디로 가려던 건지는 아무도 모르죠, 뭐."

노파의 대답에 의사는 몸을 굽혀 아기 엄마의 왼손을 들어 올려보더니 고개를 절레절레 흔들며 입을 열었다.

"하, 역시! 흔한 이야기지요. 결혼반지가 없군요. 그럼, 전 이만!"

교구 의사는 신사다운 걸음걸이로 저녁을 먹으러 나갔다. 노파는 초록 유리병을 몇 모금 더 홀짝이고 나서 벽난로 앞의 낮은 의자에 앉아서 갓난아기에게 옷을 입히기 시작했다.

과연! 아기 올리버 트위스트에게 옷이 부여하는 힘은 엄청났다. 차라리 달랑 담요 강보에 싸인 채로 있었다면 귀족의 아기인지 거지의 아기인지 아무도 몰랐지 않겠는가! 아무리 콧대 높은 귀족이라 할지라도 담요 한 장에 감싸인 아기라면 어떤 사회 계급의 아기인지 한눈에 알아보기 힘들 터였다. 그러나 이제 누렇게 변색된 낡은 무명옷을 입게 된 올리버 트위스트는 한순간에 계급이 결정되어 낙인찍혀 버렸다. 교구의 아이, 즉 구빈원의 고아로, 늘 배를 곯아 하릴없이 세파에 이리저리 시달리는 보잘것없는 존재로, 세상 모든 사람들에게 경멸받지만 아무런 동정도 받지 못하는 인생으로 말이다.

올리버 트위스트는 갈급하게 계속 울어댔다. 만약 천애고아로 교구 위원들의 깊고 깊은 자비로움 속에 내던져졌다는 사실을 자각할 수 있었더라면 더욱더 큰 목소리로 울었으리라.

2장

올리버 트위스트의 성장과 교육,
숙식을 둘러싼 특징

이후로 여덟 달에서 열 달에 걸쳐, 올리버는 구조적으로 일어나는 배신과 사기에 희생당하는 존재로 전락했다. 일단 구빈원 사람들 손에 맡겨지면, 해당 구빈원은 굶주리고 궁핍한 상황에 처한 젖먹이 고아가 들어왔다는 사실을 교구로 보고한다. 교구는 젖먹이 올리버 트위스트에게 필요한 보살핌과 영양분을 충분히 제공할 수 있는 여성 인력과 '보금자리'가 있는지를 엄중하게 묻는다. 구빈원은 애석하게도 그런 인력이 없다고 대답한다. 그러면 교구는 아주 너그럽고 자비로운 태도로 5킬로미터 정도 떨어진 '고아 농장'이라 할 수 있는 구빈원 지부를 소개해준다.

구빈법을 위반한 고아들 스무 명이나 서른 명이 노부인 한 명의 보살핌 하에 음식이나 옷이 너무 넘치는 불편함 없이 마루를 뒹굴며 살고 있는 곳이었다. 이 노부인은 일주일에 아이 한 명 당 7.5펜스를 대가로 받고 구빈법 위반자들을 수용하고 있는 셈이었다. 일주일에 7.5펜스 정도면 아이에게 충분한 음식을 제공할 수 있는 액수였다. 사실 7.5펜스어치 음식이면 배가 가득 차서 불편할 정도이지 않은가. 노부인은 지혜와 경험이 풍부한 여성으로, 무엇이 아이들에게 좋고 자기 자신에게 좋은지 아주 정확하게 인식하고 있었다. 그래서 노부인은 주급에서 자기 몫을 더 크게 떼고 난 후, 교구 아이들에게 원래보다 훨씬 더 적은 몫을 할당했다. 노부인은 어떻게든 악착같이 끝을 모를 정도로 아이들의 몫을 뜯어낼 수 있을 만큼 뜯어내고 있었는데, 대단한 경험주의 철학자로서의 면모를 보여주는 것이라고 할 수 있었다.

다들 알겠지만, 또 다른 경험주의 철학자 하나가 말은 먹지 않고도 살 수 있다는 대단한 이론을 주장하면서 잘 증명해보이려고 말에게 하루에 지푸라기 하나씩만 주는 실험을 벌였는데, 실험이 끝나고 그 말이 처음으로 편안하게 바깥공기를 마시기 24시간 전에 죽어버리지만 않았다면 의심할 여지 없이 먹지 않고도 아주 씩씩하고 튼튼하게 살아가는 말이 되었을지 모른다는 이야기가 있다. 불행하게도 올리버 트위스트를 맡게 된 노부인도 자신의 경험주의 철학 이론에서 비슷한 결과를 내고 있었다. 한 아이가 아주 부실하고 매우 적은 양의 음식으로 용케 버텨낸다 하더라도 십중팔구는 굶주림과 추위에 병들거나 방임으로 인해 불 속으로 넘어진다거나 숨이 막히는 사고를 당했다. 어느 경우든지 보통 이 처참한 어린 생명은 저 세상으로 불려가서 이 세상에서는 알지도 못했던 조상들을 만나게 되는 것이었다.

가끔씩 교구 아이가 접혀진 침대틀에 끼인 채 방치되었거나 부주의로 뜨거운 세탁물에 데여 사망한 경우, 물론 이런 곳에선 세탁을 잘 하지 않아서 후자는 거의 드물긴 하지만, 배심원들이 심사숙고하여 번거로운 질문공세를 펼치거나 교구 주민들이 까다롭게 굴며 진정서에 서명을 하면서 평소보다 더 꼼꼼하게 사인 규명을 요구하기도 했다. 그러나 이런 골칫거리는 교구 의사의 부검과 교구관의 증언으로 신속하게 정리되었다. 교구 의사는 언제나처럼 해부를 해서 몸 안에서 아무것도 발견되지 않았음을 증명해주었고(사실일 가능성이 컸음), 교구관은 교구가 원하는 대로 아주 헌신적인 증인이 되어주었다. 게다가 구빈원 이사회는 주기적으로 '고아 농장'을 시찰했는데, 항상 하루 전에 말단 교구관을 먼저 보내 방문 사실을 귀띔해주었다. 당연히 이사회가 도착할 때쯤이면 아이들은 언제나 보란 듯이 말끔하고 깨끗한 상태였으니, 어찌 이보다 더 좋을 수 있었겠는가!

이러한 '고아 농장'의 구조 아래에서는 특별하거나 풍성한 열매를 기대할 수 없는 법이다. 어느덧, 아홉 살 생일을 맞이한 올리버 트위스트는 창백하고 빼빼 마른 아이로, 약간 땅딸막한 키에 몸집이 지극히 왜소했다. 그러나 천성이든 부모에게 물려받았든 올리버의 가슴 속에는 강건하고 굳건한 기상이 담겨 있었다. 부족한 식단 덕분에 앞으로 이 기상이 퍼져 나갈 공간이 자라날 가능성은 충분했고 오히려 이런 환경 덕분에 아홉 살 생일을 무사히 맞이하게 되었는지도 모르겠다. 어쨌든 올리버가 아홉 살이 되는 생일날이었는데, 다른 어린 신사 둘과 함께 석탄 지하실에 갇힌 신세가 되었다. 불경하게도 배가 고프다고 말한 죄로 흠씬 두들겨 맞은 후 벌어진 일이었다. 마침 그 때, 이 '고아 농장'의 심성 좋은 여주인인 맨 부인은 말단 교구관 범블 씨가 유령처럼 나타나서 정원의 쪽문을 애써 열려는 모습에 깜짝 놀라고 말았다.

"어머, 깜짝이야! 범블 씨, 당신인가요?" 맨 부인이 창 밖으로 고개를 불쑥 내밀며 반색하는 척 물었다. "(수잔, 올리버랑 다른 두 놈들, 어서 위층으로 데려가 당장 씻겨놔.) 아휴, 세상에! 범블 씨, 다시 뵙게 되니 엄청 반갑네요, 정말!"

범블 씨는 뚱뚱하고 다혈질인 남자라서, 이 다정한 인사치레에 응답하기는커녕 작은 쪽문을 엄청나게 흔들어대더니 범블 씨의 다리에서만 나올 수 있을 만한 힘찬 발차기로 쪽문을 한 대 걷어찼다.

"어머, 내 정신 좀 봐!" 맨 부인은 세 아이가 위층으로 올라갔을 때쯤 밖으로 뛰쳐나가며 말했다. "아휴! 우리 소중한 아이들 때문에 안쪽에 빗장을 걸어둔 걸 깜빡했네요! 자, 어서 들어오세요. 범블 씨, 얼른요!"

이렇게 온갖 예의를 갖춰 환대를 했으나, 교구 위원이라면 마음을 누그러뜨렸을지 몰라도 이 말단 교구관한테는 어림도 없었다.

"맨 부인, 도대체 이게 예의에 맞는 올바른 행동이라고 생각합니까?" 범블 씨는 짧은 지팡이를 꽉 움켜쥔 채 말을 이었다. "어떻게, 교구의 고아들에 관련된 교구의 공무를 보러 온 관리인을 이렇게 문 앞에 세워둔단 말입니까? 맨 부인, 당신은 교구에서 파견되어 교구의 돈을 받고 일하는 자라는 걸 자각하고나 있습니까?"

"그럼요, 알고말고요. 실은, 우리 귀여운 애들 중 한둘이 범블 씨를 엄청 좋아하는데, 당신이 왔다고 알려주던 참이었어요." 맨 부인이 무척이나 겸손하게 대답했다.

범블 씨는 자신의 언변과 존재감을 대단히 높게 평가하는 사람이었다. 이미 언변을 과시하며 존재감을 내보인 터라 한결 마음이 누그러진 모양이었다.

"뭐, 됐어요, 맨 부인." 범블 씨는 차분해진 목소리로 응답했다. "뭐, 그렇지, 그럴 수도 있겠지요. 자, 안내 좀 해주시죠. 오늘 공무를 보러왔고, 할 말도 좀 있으니."

맨 부인은 범블 씨를 벽돌 바닥의 자그마한 거실로 안내해 의자에 앉기를 권하고 나서는 과장된 몸짓으로 범블 씨에게서 삼각모자와 지팡이를 받아서 앞 탁자에 내려놓았다. 범블 씨는 걸어오느라 이마에 솟은 땀을 닦으며 뿌듯한 심정으로 삼각모자를 지그시 바라보면서 미소를 지었다. 그렇다. 범블 씨는 미소를 짓고 있었다. 말단 교구관도 그저 인간일 뿐이었으니, 미소를 지을 수밖에.

"저기, 제가 드릴 말씀에 기분나빠하지 마세요." 맨 부인이 매혹적인 달콤한 목소리로 운을 띄웠다. "먼 길을 걸어오셨잖아요. 아니면 이런 말씀도 안 드렸을 거예요. 뭐라도 한 모금 마시겠어요, 범블 씨?"

"아뇨, 한 모금도 안 됩니다." 범블 씨는 위엄 있지만 차분한 태도로 오른손을 내저으며 답했다.

"에이, 좀 드셔보세요." 맨 부인은 범블 씨의 거절하는 어투와 손짓에서 속마음을 간파하고서 말을 이었다. "그냥 찬물 약간에 설탕 한 덩어리 타서 조금만 딱 한 모금만 하세요."

범블 씨는 목을 가다듬듯 헛기침을 했다.

"자, 딱 한 모금만요." 맨 부인이 구슬리듯 권했다.

"근데, 그게 뭡니까?" 교구관이 물었다.

"아이 왜, 그거 있잖아요. 우리 소중한 아이들이 아플 때 먹는 약 대피*에 탈 수 있도록 집에 조금 장만해둬야 하는 거 말이에요." 맨 부인이 구석자리에 있는 찬장을 열고 유리병과 잔을 꺼내 내려놓으며 말을 이었다. "바로 진이죠."

"아이들에게 대피를 준단 말입니까, 맨 부인?" 범블 씨가 눈길을 끄는 진을 섞는 과정을 흥미롭게 바라보며 물었다.

"오, 그럼요. 좀 비싸긴 하지만, 아이들이 아파서 괴로워하는 걸 그냥 바라보고만 있을 수는 없잖아요."

---

* Daffy. 약 이름. 술인 진을 타서 복용했다.

"그건 그렇죠." 범블 씨가 수긍하듯 고개를 끄덕였다. "아무렴요. 맨 부인, 당신은 정말 인정이 많은 여인이군요." (여기에서 맨 부인이 잔을 내려놓았다.) "내가 좀 서둘러 기회를 잡아 교구 이사회에 이 사실을 얼른 알려야겠어요." (범블 씨가 잔을 끌어왔다.) "맨 부인, 당신은 어머니 같은 마음으로 아이들을 키우고 있는 거였어요." (범블 씨가 물에 탄 진을 휘저었다.) "그, 그럼, 당신의 건강을 위하여 기꺼이, 맨 부인." 그러고 나서 범블 씨는 술잔의 반을 들이켰다.

"자, 이제 공무로 들어가죠." 말단 교구관은 가죽수첩을 꺼내며 말을 이었다. "간신히 목숨을 건진 올리버 트위스트라는 아이가 오늘로 아홉 살이 되었다죠."

"가엾은 녀석!" 맨 부인이 앞치마 끝자락으로 왼쪽 눈을 벌겋게 문지르며 말했다.

"게다가 처음에 현상금을 10파운드나 걸었다가 나중에 20파운드로 올렸죠. 우리 교구로서는 최상의, 아니 초자연적인 노력을 기울였건만, 우리는 아직 그 아이의 아버지가 누구인지, 어머니의 신분이나 이름, 가족 상황이 어떤지를 전혀 밝혀내지 못하고 있어요." 범블 씨가 말했다.

맨 부인은 놀란 듯 양손을 들었지만, 잠깐 생각하다가 질문을 덧붙였다. "그럼, 도대체 누가 그 아이의 이름을 지어주었나요?"

말단 교구관은 굉장히 뿌듯한 표정으로 몸을 곧추세우며 답했다. "바로 내가 지었지요."

"범블 씨, 당신이라고요!"

"그렇다니까요, 맨 부인. 우리는 귀염둥이들에게 알파벳 순서로 이름을 붙여요. 바로 직전의 아이가 S자로 스워블이었으니, 이번에는 T자로 트위스트라고 지은 겁니다. 그 다음 아이는 U자로 언윈, 그 다음엔 V자로 빌킨스가 되겠지요. 이렇게 알파벳 끝까지 이름을 다 지어놓고 Z자에 다다르면 다시 맨 앞으로 가는 거죠."

"아휴, 범블 씨는 글자를 꽤나 꿰고 있는 분이시군요!" 맨 부인이 말했다.

"아니, 뭐, 좀." 말단 교구관은 칭찬에 한껏 으쓱해하며 말했다. "뭐, 그럴지도, 아마 그럴 겁니다, 맨 부인." 범블 씨가 물에 탄 진을 다 마시고 말을 이었다. "올리버는 이제 여기에 있기엔 나이가 너무 많아서, 이 사회가 다시 구빈원으로 불러들이기로 결정을 내렸어요. 그래서 내가 직접 데리러 온 겁니다. 그러니 당장 올리버를 불러오시죠."

"네, 즉시 데려옵지요."

맨 부인은 올리버를 데려오려고 거실을 나섰다. 올리버는 그때까지 얼굴과 손을 껍질처럼 감싸고 있던 굳은 때를 단 한 번 씻어서 벗겨낼 수 있는 만큼만 없앤 채로 자비로운 맨 부인에 이끌려 거실 안으로 들어왔다.

"올리버, 이 신사 분께 인사드려." 맨 부인이 말했다.

올리버는 교구관이 앉은 의자와 삼각모자가 놓인 탁자 사이에 대고 고개를 꾸벅 숙여 인사했다.

"올리버, 나와 함께 가겠느냐?" 범블 씨가 장엄한 목소리로 물었다.

올리버는 당장이라도 누구든지 따라가겠다고 말하려고 했지만, 고개를 들어보니, 교구관의 의자 뒤에 서 있던 맨 부인이 사나운 표정으로 주먹을 흔들어대는 것이 보였다. 올리버는 단번에 그 뜻을 알아차렸다. 그 주먹에 숱하게 맞아본 몸이라서 기억에서 지우려야 지울 수 없었기 때문이다.

"아주머니도 같이 가나요?" 가엾은 올리버가 물었다.

"아니, 같이 못 가지. 하지만 가끔씩 너를 보러 오실 거란다." 범블 씨가 대답했다.

올리버에게 그렇게 위로가 되는 말은 전혀 아니었다. 그래도 어린 나이지만 떠나가는 것이 서운하다는 시늉을 보일 만큼은 눈치가 있었다. 두 눈에 눈물을 보이는 것은 그다지 어려운 일도 아니었다. 배고픔과 조금 전까지 당한 학대를 생각하면 울고 싶을 때 눈물을 짓는 것은 식은 죽 먹기였고 아주 자연스러운 행동이었다. 맨 부인은 올리버를 수천 번 안아주며 이별을 고했고, 올리버가 내심 포옹보다 훨씬 더 원했을 터인 버터 바른 빵 한 조각까지 안겨주었다. 맨 부인으로서는 올리버가 구빈원에 도착했을 때 너무 굶주린 모습으로 보이지 않을 만큼만 선심을 베푼 셈이었다. 올리버는 빵 한 조각을 한 손에 쥐고 갈색 천으로 만든 조그만 교구 모자를 쓴 채 범블 씨 손에 이끌려, 암울한 유년기에 상냥한 말 한 마디나 친절한 눈빛을 단 한 번도 받아본 적이 없는 비참한 '고아 농장'을 떠났다. 그런데도 올리버는 등 뒤로 시골집 문이 닫히자 어린애다운 슬픔에 젖어 울컥했다. 어린 동료들을 고통 속에 남겨 놓고 떠나자니, 그 아이들만이 유일한 친구였다는 생각이 들었던 것이다. 이 거대하고 넓은 세상에 홀로 남겨졌다는 외로움이 처음으로 마음에 사무치던 순간이었다.

범블 씨는 성큼성큼 걸어갔고, 작은 올리버는 금빛 레이스가 달린 범블 씨의 소맷자락을 꽉 잡은 채 종종걸음으로 따라 걸으면서 500미터쯤 갈 때마다 '거의 다 왔는지' 물어댔다. 이런 끈질긴 다그침에 범블 씨는 매우 짧게 끊어버리는 대답을 했다. 물에 탄 진이 몸 속에 들어와 효과를 내던 일시적인 마취 현상이 사라져 버리자, 다시금 성미 급한 말단 교구관으로 돌아와 있었기 때문이다.

올리버가 구빈원 담장 안에 들어온 지 15분도 안 되어서 두 번째 빵 조각을 다 먹기도 전에 범블 씨는 어느 노파에게 올리버를 맡겨두고 갔다가 되돌아와서, 이 밤에 이사회가 열리고 있으며 이사회에서 당장 올리버를 보자고 한다고 했다.

이사회가 무엇인지 정확히 알 길이 없는 올리버는 범블 씨의 말에 덜컥 놀라서 웃어야 할지 울어야 할지 모를 심정이었다. 하지만 그 뜻을 생각하고 있을 시간이 없었다. 범블 씨가 정신 차리라는 듯 지팡이로 머리를 한 대 치고, 몸을 풀라는 듯 등을 또 한 대 내리치고, 따라오라고 하면서 벽이 하얀 커다란 방으로 이끌었기 때문이다. 거기에는 통통한 신사들이 여덟에서 열 명쯤 탁자에 둘러 앉아 있었고, 상석에 놓인 약간 더 높은 안락의자에는 유난히 더 통통하고 얼굴이 아주 둥글고 벌건 신사가 앉아 있었다.

"이사님들께 인사드리렴." 범블 씨가 말했다.

올리버는 눈가에 걸려 있던 눈물 두세 방울을 훔쳐내고 나서, 이사님들이 누군지는 몰라도 탁자는 보여서 다행히 탁자를 향해 고개를 숙였다.

"얘야, 이름이 무엇이냐?" 상석의 높은 의자에 앉은 신사가 물었다.

올리버는 너무나 많은 신사들이 보여서 두려움에 부들부들 몸이 떨려왔다. 거기다 말단 교구관이 뒤에서 한 대 더 치는 바람에 울음을 터뜨리고 말았다. 이 두 가지 이유로 올리버는 아주 낮고 머뭇거리는 목소리로 대답을 할 수밖에 없었다. 그러자 흰 조끼를 입은 신사가 올리버를 보고 바보라고 평했고, 올리버는 이 말을 듣자마자 갑자기 오기가 생기면서 마음에 안정을 되찾았다.

"얘야, 내 말을 들어보렴. 네가 고아라는 건 잘 알고 있겠지?" 높은 의자에 앉은 신사가 물었다.

"그게 뭔가요, 선생님?" 가엾은 올리버가 되물었다.

"이 녀석은 정말 바보로군. 내 그럴 줄 알았지." 흰 조끼를 입은 신사가 아주 단정적인 어투로 말했다. 만약 어느 계급의 구성원이 같은 종의 다른 사람들을 직관적으로 인식하는 능력을 타고 났다면, 의심할 여지 없이 이 흰 조끼를 입은 신사야말로 그런 문제에 의견을 내놓을 자격이 충분한 사람일 터였다.

"조용!" 제일 먼저 말을 했던 신사가 말했다. "너는 아버지도, 어머니도 없고, 교구가 너를 길렀다는 건 알고 있을 거야, 그렇지?"

"네, 선생님." 올리버가 심하게 훌쩍이며 답했다.

"그런데, 무엇 때문에 우는 것이냐?" 흰 조끼를 입은 신사가 물었다. 확실히 매우 예외적인 상황이기는 했다. 도대체 뭣 때문에 우는 거지?

"매일 저녁 기도는 잘 드리고 있겠지? 너를 먹이고 보살펴주는 여러분들을 위해서 말이야. 기독교 신자답게, 응?" 걸걸한 목소리의 또 다른 신사가 물었다.

"네, 선생님." 올리버는 더듬거리며 답했다.

이 질문을 한 신사는 무심결에 정곡을 찌른 셈이었다. 만약 올리버가 자신을 먹이고 보살펴준 사람들을 위해 기도를 드렸다면 당연히 아주 독실한 기독교 신자답다고 할 수 있을 터였다. 하지만 아무도 가르쳐주지 않았기에 올리버는 기도를 해본 적이 없었다.

"좋아! 너는 교육을 받고 유용한 기술을 배우기 위해 여기에 온 거란다." 높은 의자에 앉아 있는 붉은 얼굴의 신사가 말했다.

"그래서 너는 내일 아침 6시에 낡은 밧줄의 실밥을 푸는 일부터 시작해야 해." 흰 조끼를 입은 신사가 퉁명스럽게 덧붙였다.

낡은 밧줄의 실밥을 푸는 간단한 과정 속에서 교육과 기술이라는 두 가지 축복을 받을 수 있다는 사실에, 올리버는 말단 교구관의 지시에 따라 꾸벅 감사인사를 올린 다음, 서둘러 커다란 보호소 건물로 끌려가서 거칠고 딱딱한 침대 위에서 훌쩍거리다가 잠이 들었다. 이 축복받은 나라의 자상한 법률에 따른 사례를 어디에서 이토록 고귀하게 보여줄 수 있겠는가! 가난한 자들에게 잠자리를 제공해주다니!

가엾은 올리버! 올리버는 행복하게도 주위를 의식하지 못한 채 잠이 푹 들어서 생각도 못했겠지만, 바로 그 날 이사회가 올리버의 미래 운명에 커다란 영향을 끼칠 결정을 내렸다. 결론은 다음과 같았다.

이 이사회의 신사들은 아주 현명하고 깊은 철학을 지닌 분들로, 구빈원에 관심을 두게 되자 단번에 깨달은 사실이 있었다. 보통 사람들은 결코 발견하지 못하는 점인데, 바로 가난한 사람들은 구빈원을 좋아한다는 사실이었다! 가난한 계층의 사람들에게 구빈원은 공공오락을 제공하고 공짜 술집이자 1년 내내 아침, 점심, 저녁, 차를 얻어먹는 곳이니, 놀고먹기만 하고 일하지는 않는 벽돌과 회반죽으로 지은 낙원과도 같았다.

"오호라!" 이사회는 다 알겠다는 듯 말했다. "우리가 이걸 바로잡아야 해. 당장 막아야 한다고."

그래서 이사회의 신사들은 가난한 사람들이 구빈원 안에서 서서히 굶어죽든가, 아니면 바깥에서 빠르게 굶어죽든가 둘 중의 하나를 선택하도록 하는 규칙을 세웠다. (당연히 이사회는 어느 누구도 강제할 의도 따윈 없었다.) 이런 관점에서 이사회는 무제한으로 물을 공급받도록 수도업자와 계약을 했고, 곡물업자에게서 소량의 귀리를 정기적으로 공급받아, 하루 세 끼 묽은 귀리죽과 일주일에 두 번 양파 하나, 일요일에 둥근 빵 반 덩어리를 지급했다. 그밖에도 부녀자들과 관련하여 수많은 현명하고 인간적인 규정도 만들었는데, 여기에서 반복할 필요도 없는 것들이다. 친절하게도 가난한 부부를 이혼시키는 일을 도맡아서 거대한 소송비를 면해주었고, 남편이 가족을 부양하도록 강요하는 대신에 남편을 가족으로부터 떼어놓아 다시금 독신자로 만들어주었다! 구빈원과 연루되는 일만 아니라면 공짜 이혼에 부양의무 면제라는 두 가지 사항만으로도 모든 사회계층에서 구제요청을 하러 얼마나 많이 몰려들 것인지는 자명했다. 그러나 이사회의 신사들은 혜안이 있는 분들이라서 미리 어려운 방지책을 마련해두었다. 구제를 구빈원 생활이나 귀리죽과 떼려야 뗄 수 없게 만들어놓았고 사람들은 이 사실에 질겁해 얼씬도 하지 않았던 것이다.

올리버 트위스트가 구빈원으로 옮겨온 후 여섯 달 동안, 이 체계가 원활하게 잘 돌아갔다. 처음에는 다소 돈이 들었다. 장의사 비용이 늘어났고 한두 주일 귀리죽으로 연명한 극빈자들의 쇠약하고 메마른 몸에 헐렁해진 옷을 다시 수선해주는 비용이 더해졌기 때문이다. 하지만 극빈자들의 몸이 말라갈수록 구빈원 생활자의 숫자도 줄어들자, 이사회는 상황이 예상대로 돌아간다는 환희에 들떴다.

남자아이들이 급식을 받는 곳은 커다란 석조 방이었다. 끼니 때가 되면 방 한구석에 구리솥을 갖다놓고 앞치마를 두른 구빈원장과 아주머니 한둘이 국자로 귀리죽을 퍼서 아이 한 명 당 딱 한 사발씩만 제공했다. 다만 특별한 명절날에는 65그램 정도의 빵을 더 주기는 했다. 사발그릇은 따로 설거지가 필요 없었다. 그릇이 윤이 날 때까지 숟가락으로 긁어먹었기 때문이다. 그리고 아이들이 이 작업을 끝내고 나면 (숟가락이 사발그릇만큼 커서 금세 마무리되었다) 얼마나 열렬하게 구리솥을 쳐다보았는지 화로의 벽돌들까지 모조리 집어삼켜버릴 듯 눈빛이 이글거렸다. 그러면서 혹시 죽 한 방울이라도 떨어져 있을까 싶어서 손가락을 열심히 빨아댔다. 원래 남자아이들은 식욕이 왕성한 법이다. 올리버 트위스트와 동료 아이들은 석 달 동안 서서히 굶어 죽어가는 고문을 당하고 있었다. 마침내 모든 아이들이 너무나 배를 곯아서 극도로 게걸스러워지고 사나워져갔다. 개중에 나이에 비해 키가 좀 큰 편인 아이 하나는 (아버지가 작은 음식점을 했던 터라) 이런 고통에 더 익숙하지 못했고, 하루에 죽 한 사발씩을 더 먹지 못하면 어느 밤에 옆자리 아이를 잡아먹게 될지도 모른다며 아이들에게 은밀히 말하곤 했다. 마침 옆자리 아이는 아주 어리고 연약한 아이였고, 키 큰 아이는 굶주림에 지친 거친 눈빛을 가지고 있어서 다른 아이들은 은근히 그 말을 믿을 수밖에 없었다. 아이들은 회의를 열어 제비를 뽑아 그날 저녁을 먹은 후에 구빈원장에게 가서 죽을 더 달라고 말할 사람을 결정했다. 하필이면 올리버트위스트가 뽑히고 말았다.

저녁 시간이 되자 아이들이 자리를 잡고 앉았다. 요리사 복장을 한 구빈원장이 구리솥 옆에 섰고 뒤쪽으로 극빈자 도우미들이 늘어서서 배식을 시작했다. 그리고는 부족한 급식에 대해 기나긴 감사 기도가 이어진 후, 죽이 눈 깜짝할 사이에 사라졌다. 그러자 아이들이 서로 수군거리며 올리버에게 눈짓을 했고 옆에 앉은 아이들은 팔꿈치로 올리버를 찔러댔다. 올리버도 어린아이에 불과했지만 허기에 시달려 너무나 절박했고 참담한 마음에 이리저리 따져볼 정신이 없었다. 올리버는 자리에서 벌떡 일어나 사발그릇과 숟가락을 들고 구빈원장에게 다가가서 스스로도 놀랄 만큼 용감하게 말을 꺼냈다.

"저기, 원장님, 조금만 더 주세요."

통통하고 건장한 덩치의 구빈원장이었지만 올리버의 당돌한 요구에 금세 낯빛이 돌변했다. 몇 초 간 이 조그만 반란자에게 너무 놀라서 멍하니 바라만 보더니, 구리솥을 부여잡고 겨우 정신을 차릴 정도였다. 배식 도우미들도 깜짝 놀라서 몸이 굳었고 다른 아이들도 두려움에 경직되었다.

"뭐라고!" 마침내 구빈원장이 희미한 목소리로 입을 열었다.

"저기, 원장님, 조금만 더 주세요." 올리버가 대답했다.

구빈원장은 올리버의 머리를 향해 국자로 내리치고 올리버의 양팔을 꽉 붙잡은 채 비명을 지르듯 큰 목소리로 말단 교구관을 불렀다.

죽을 더 달라고 말하는 올리버.

때마침 이사회가 근엄하게 진행되는 중간에, 범블 씨가 요란하게 문을 박차고 들어와 흥분한 목소리로 상석의 높은 의자에 앉은 신사에게 알렸다.

"림킨스 이사장님, 죄송하지만, 올리버가 더 달라고 했답니다!"

다들 깜짝 놀랐다. 모든 이사들의 얼굴에 공포가 서렸다.

"더 달라고 했다고!" 림킨스 이사장이 소리쳤다. "범블, 일단 진정하게. 그리고 내 말에 똑바로 대답하게. 지금 그 아이가 규정대로 배급받은 저녁을 다 먹고서도 더 달라고 했다는 말인가?"

"네, 그랬답니다, 이사장님." 범블 씨가 대답했다.

"그 녀석은 앞으로 교수형을 당하겠군. 장담하건대, 교수형을 당할 거라고." 흰 조끼를 입은 신사가 말했다.

아무도 이 예언자의 의견에 토를 달지 않았다. 그 자리에서 열띤 토론이 벌어졌다. 당장 올리버를 가두라는 명령이 떨어졌다. 이튿날 아침에 구빈원 대문에는 올리버 트위스트를 교구에서 데려가주는 사람에게 5파운드를 지급하겠다는 공고가 나붙었다. 다시 말하자면, 어떤 직종이나 업종, 직업이건 간에 도제를 원하는 사람이면 남녀 누구에게나 올리버 트위스트와 5파운드를 준다는 내용이었다.

"내 평생 이토록 확신이 드는 일이 없었어. 이 녀석이 결국에는 교수형을 당할 것이라는 확신만큼 말이지." 흰 조끼를 입은 신사가 이튿날 아침에 대문을 두드리다가 대문 위에 붙은 공고를 읽으며 말했다.

앞으로 이 흰 조끼 신사의 말이 맞을 것인지 차차 밝혀질 예정이고, 올리버 트위스트의 삶이 길지 짧을지는 슬쩍 암시하는 것만으로도 이야기의 흥미(조금이라도 있다 치고)가 반감되기 마련이니, 이 정도에서 줄이겠다.

3장

올리버 트위스트, 놀고먹는 일은 아니었을 테지만 번듯한 일자리를 구할 뻔한 사정에 대하여

올리버는 죽을 더 달라고 하는 불경하고도 신성모독적인 범죄를 저지른 후 일주일 동안 이사회의 지혜롭고도 자비로운 처사로 어두운 독방에 수감되었다. 만약 올리버가 흰 조끼 입은 신사의 예언을 존중하는 마음이 들어 행동에 옮겼다면 벽걸이에 손수건 끝을 걸고 다른 끝에 목을 매달아, 이 현명한 신사가 정확한 예언자로서 평판을 두루 누릴 수 있도록 증명해주었을 수도 있으리라. 그러나 이 증명의 무대를 펼쳐 보이는 데에는 한 가지 장애물이 있었다. 다름이 아니라, 손수건이 사치품목으로 규정되어 이사회에서 극빈자들의 코 근처에도 얼씬하지 못하도록 정식명령으로 성명서를 쓰고 도장을 찍어 발표했던 것이다. 게다가 훨씬 더 큰 장애물은 올리버가 아직 어리고 어리석다는 사실이었다. 올리버는 그저 하루 종일 서럽게 울고만 있다가, 비참하고 기나긴 밤이 찾아오면 어둠을 몰아내려는 듯 조그마한 양손으로 두 눈을 가린 채 한쪽 구석에 웅크리고 앉아 잠을 청했다. 그러다 이따금 퍼뜩 놀라 몸을 부르르 떨면서 잠에서 깨어나, 마치 차디차고 딱딱한 벽이 주위의 암울함과 고독감을 막아주는 방파제라도 되는 양, 벽 쪽으로 더더욱 몸을 끌어당겼다.

이 구빈원 '체제'의 반대자들이더라도, 올리버가 독방에 수감되어 있는 동안에 운동과 사회적 활동이나 종교적 위안의 혜택을 전혀 받지 못하고 있을 것이라는 억측은 하지 않기를 바란다.

운동으로 말하자면, 날씨가 적당히 쌀쌀해서 아침마다 돌바닥 마당의 펌프 아래에서 세수하는 것이 허락되었다. 그 옆에는 범블 씨가 딱 버티고 서서 지팡이를 들고 반복적으로 올리버를 내리침으로써 감기를 예방하고 뼛속까지 따끔한 느낌이 스며들도록 배려했다.

사회적 활동으로는, 이틀에 한 번꼴로 아이들이 배식을 받는 넓은 식당으로 끌려 나가서 공적인 경고와 본보기로 공개매질을 당했다.

그리고 종교적 위안이라는 혜택을 제한당하기는커녕, 저녁마다 기도 시간에 똑같은 식당에 강제로 들여보내져서 동료 아이들의 공동 기도문을 들으며 위안을 얻는 것이 허락되었다. 공동 기도문에는 이사회가 직접 삽입한 특별 조항이 담겨 있었는데, 내용인즉슨, 우리 모두를 착하고 덕스러우며 만족하고 순종하게 해주시고 올리버 트위스트의 죄와 사악함으로부터 보호해주시라는 것이었다. 이 기도문은 올리버가 사악한 세력의 전적인 후원과 보호 아래 있는 존재이며 악마의 공장에서 바로 나온 불량품이라는 점을 적나라하게 표현하고 있었다.

올리버의 상황이 이토록 상서롭고 평안한 상태로 흐르던 어느 날 아침, 굴뚝 청소부 갬필드 씨는 요즘 들어 부쩍 심해진 집주인의 닦달에 여태까지 밀린 집세를 어쩌나 하는 고민에 푹 빠져 큰길을 걸어가고 있었다. 갬필드 씨가 아무리 낙관적으로 계산해 봐도 5파운드가 부족했다. 이 산술적인 절망에 빠져 자기 머리와 당나귀를 번갈아 치며 걸어가다가 구빈원을 지나치던 중에 대문에 붙은 공고에 눈길이 닿았다.

"워-워!" 갬필드 씨가 당나귀에게 소리쳤다.

당나귀는 심오한 상념에 빠져 있었다. 아마도 작은 수레에 실린 숯가루 두 자루를 배달하고 나면 양배추 줄기 한두 개 정도는 푸짐하게 얻어먹을 수 있지 않을까 하는 생각에 잠겨서, 주인의 명령도 알아차리지 못한 채 터벅터벅 앞으로 계속 걸어가는 것 같았다.

갬필드 씨는 당나귀에 대고 사나운 욕설을 퍼부었다. 특히 주인을 제대로 보고 있지 않았던 당나귀의 눈을 탓하면서 냉큼 쫓아가 머리통을 세게 내리쳤다. 당나귀가 아니라 다른 머리통이었다면 깨지고도 남을 만한 타격이었다. 그러고는 주인으로서 당나귀에게 제멋대로 움직이면 안 된다는 사실을 점잖게 일깨워주기 위해 고삐를 잡아채서 턱을 확 잡아당겼다. 이런 식으로 당나귀를 되돌려 데리고 와서는 정신 바짝 차리라는 뜻에서 머리통을 한 대 더 쳤다. 이렇게 조치를 완벽하게 취해놓고 나서 공고를 읽어보러 대문으로 다가갔다.

때마침 이사회에서 심오한 예언을 한 바 있는 흰 조끼 신사가 뒷짐을 진 채 대문 옆에 서 있었다. 갬필드 씨와 당나귀 사이의 작은 다툼을 다 지켜보던 신사는 갬필드 씨가 공고를 읽어보러 다가서자 빙긋 미소를 지었다. 한눈에 갬필드 씨야말로 올리버 트위스트에 딱 알맞은 주인상임을 알아본 터였기 때문이다. 갬필드 씨도 공고에 쓰인 글을 세세히 읽어보더니 슬며시 미소를 띠었다. 바로 5파운드가 지금 바라마지 않던 필요한 금액이기도 했을 뿐만 아니라, 구빈원의 식단 상태를 잘 알고 있던 터라 이런 금액이 붙은 아이라면 몸집이 아주 조그만 해서 굴뚝 속으로 들여보내기에 적합할 것이라는 생각이 들었기 때문이다. 그래서 공고에 쓰인 글자를 처음부터 끝까지 다시 한 번 꼼꼼히 훑어본 후, 털모자를 만지작거리며 공손히 흰 조끼 신사에게 다가가 말을 걸었다.

"저기, 선생님, 교구에서 도제로 보내기를 원한다는 이 남자아이 말인데요."

"아, 그래, 이 아이에 대해서 뭘 알고 싶은가?" 흰 조끼 신사가 약간 하대하는 시선으로 미소를 지으며 되물었다.

"교구에서 이 아이가 '전도유망한 굴뚝 청소' 업계에서 좋은 일을 배우기를 바라신다면, 제가 도제 수련생 하나가 필요해서요. 이 아이를 데려가도 될까요?"

"그럼, 따라 들어오게." 흰 조끼 신사가 말했다.

갬필드 씨는 뒤에서 잠시 미적거리며 당나귀가 도망가지 못하도록 다시 머리통을 한 대 때리고 턱을 한 번 더 조여 단속을 해놓고 나서 흰 조끼 신사를 따라 올리버도 처음에 불려간 적이 있는 회의실로 들어갔다.

"아주 고약한 일이라 들었는데." 다시 한 번 의사를 전하는 갬필드 씨를 향해 림킨스 이사장이 말했다.

"이전에 어린 소년들이 굴뚝 안에서 숨이 막혀 죽은 적이 있었다지." 또 다른 신사가 말을 덧붙였다.

"그건 녀석들을 다시 내려오게 하느라고 물에 적신 짚을 태우거든요. 그냥 연기만 나고 불은 나지 않는데, 연기만으로는 내려오게 하기가 힘듭니다. 그냥 잠만 들게 하는 거죠. 잠자는 건 녀석들이 좋아하는 일이기도 하잖아요. 남자 아이들이라 워낙 고집도 세고 게으르기는 말도 못합니다. 사실 당장 내려오게 하려면 그냥 대놓고 불을 피워버리는 것만한 게 없죠. 그게 인간적이기도 하잖아요. 왜냐하면 굴뚝에 끼인 상황에서라도 발만 달궈주면 죽기 살기로 빠져나오려고 할 테니까요."

흰 조끼 신사는 이 설명이 아주 흥미로운 듯 미소를 보였지만 림킨스 이사장이 근엄한 표정을 지어보이자 금세 정색을 했다. 이사들은 서로 머리를 맞대고 몇 분 간 의견을 나눴는데, 너무나 나지막한 목소리들이어서 "비용절감"이나 "장부를 잘 살펴보면", "보고서 인쇄물이 있었는데" 같은 소리만 들려왔다. 이 말들이 들린 이유도 매우 자주 강조해서 되풀이한 말들이었기 때문이다.

드디어 이사들의 수군거림이 멈췄다. 다들 제자리로 돌아와 근엄하게 앉자, 림킨스 이사장이 입을 열었다.

"자네의 제안을 고려해보았지만, 받아들일 수 없다는 결정을 내렸네."

"절대로 안 되지." 흰 조끼 신사가 덧붙였다.

"결단코 반대일세." 다른 이사들이 한목소리로 거들었다.

갬필드 씨는 이미 소년들 서너 명을 때려 죽였다는 오명에 시달리던 터라, 이사들이 변덕스러운 마음에 그런 관계없는 사안까지 고려한 것이 아닌가 하는 생각이 들었다. 정말 그랬다면 이사들이 평소에 일을 처리하는 태도와는 전혀 동떨어진 것이었지만, 굳이 스스로 헛소문을 끄집어내고 싶지 않았기에 털모자를 손으로 비틀어 짜면서 천천히 탁자에서 물러났다.

"결국 그 아이를 내줄 수 없다는 말씀이시죠?" 갬필드 씨는 문 가까이에서 잠시 멈춰 서서 물었다.

"그렇지." 림킨스 이사장이 말을 되받았다. "다만, 원체 고약한 일이니까, 우리가 제시한 사례금에서 액수를 약간 감해야 한다는 생각일세."

갬필드 씨는 반색하며 날랜 걸음으로 탁자 쪽으로 다가와서 다시 물었다.

"그럼, 얼마를 주실 겁니까? 이사님들? 가난한 저한테 너무 그러지 마시구요, 얼마나 주시렵니까?"

"뭐, 3파운드 10실링이면 충분하겠지." 림킨스 이사장이 답했다.

"10실링이나 더 주는구만." 흰 조끼 신사가 덧붙였다.

"아니, 잠깐만요, 그냥 10실링 더 쳐서 4파운드로 하시죠. 자, 단돈 4파운드면 그 아이를 아주 말끔히 치워버리시는 거예요. 어때요!"

갬필드 씨가 흥정에 나섰다.

"3파운드 10실링!" 림킨스 이사장이 단호하게 천명했다.

"좋아요! 반씩 양보해서 3파운드 15실링으로 하시죠." 갬필드 씨가 밀어붙였다.

"한 푼도 더 안 돼!" 림킨스 이사장이 또다시 단호하게 대답했다.

"진짜 너무 하십니다." 갬필드 씨가 주저하면서 항변했다.

"이런, 이런! 헛소리!" 흰 조끼 신사가 끼어들었다. "이 멍청한 친구! 돈 한 푼 없이 데려가기만 해도 거저 얻는 셈일 텐데 말이야, 어서 데려가기나 하게. 자네에겐 딱 맞는 아이라고. 가끔씩 매질을 해주는 게 그 아이를 위해서도 좋을 거고. 게다가 생전 배불리 먹어본 적이 없으니 식대도 그리 나가지 않을 테지. 하하하!"

갬필드 씨는 탁자에 둘러앉은 이사들을 쭉 훑어보고 모두의 얼굴에 미소가 번진 것을 확인하자 자신도 조금씩 미소를 짓게 되었다. 흥정과 거래가 마무리된 셈이었다. 범블 씨는 올리버 트위스트를 데리고 오후에 바로 관청으로 가서 도제 계약서에 치안 판사의 서명과 승인을 받도록 하라는 지시를 받았다.

이 결정에 따라, 어린 올리버는 너무나 놀랍게도 감금된 상태에서 풀려나 깨끗한 옷으로 갈아입으라는 명령을 받았다. 이 '옷 갈아입기'라는 극히 드문 동작을 겨우 마무리해갈 때쯤 범블 씨가 직접 올리버를 데리고 가서 죽 한 사발과 명절 때나 허락되는 65그램의 빵을 갖다 주었다. 이 엄청난 광경에 올리버는 아주 애처롭게 훌쩍거리기 시작했다.

이사회가 무언가 유용한 목적을 위해 자신을 죽이려고 결정을 내린 게 틀림없다는 생각이 들었기 때문이다. 그렇지 않은 다음에야 이렇게 배불리 먹일 이유가 없지 않은가.

"올리버, 눈이 빨개지도록 울지만 말고 어서 먹기나 해. 그리고 고마워하려무나. 이제부터 도제생활을 하게 될 테니 말이야." 범블 씨가 감격하듯 젠 체하는 어투로 말했다.

"도제생활이라구요?" 올리버가 덜덜 떨며 되물었다.

"그래, 올리버. 부모가 없는 너한테 정말 친절하고 축복받을 이사님들이 진짜 부모 같구나. 널 도제로 보내서 생계를 꾸리게 해주시니까. 뭐, 교구가 감당해야할 비용이 3파운드 10실링이나 되긴 한다만. 올리버, 무려 3파운드 10실링이란다! 70실링이면 6펜스짜리 동전 140개야! 아무도 좋아하지 않고 아무짝에도 쓸모없는 고아 녀석을 위해 그만큼이나 지불하는 거라고."

범블 씨가 무시무시한 목소리로 장광설을 늘어놓고 나서 숨을 돌리려 말을 잠시 끊자, 가엾은 올리버의 얼굴 위로 눈물이 주르륵 흘러내렸다. 아이는 구슬프게 흐느꼈다.

"자, 자." 범블 씨가 자신의 웅변이 불러일으킨 효과에 내심 기분이 좋아져서 위압적인 태도를 약간 누그러뜨리며 말을 이었다. "이제 뚝, 올리버! 소매로 눈물 좀 닦고. 죽에 눈물이 떨어지잖아. 그건 바보 같은 짓이란다, 올리버."

확실히 맞는 말이었다. 이미 국물이 흥건한 죽이었으니까.

치안 판사에게 가는 길에 범블 씨는 올리버에게 두 가지를 맹세하라며 일러 놓았다. 하나는 치안 판사 앞에서 아주 행복해하는 것처럼 보일 것, 그리고 또 하나는 치안 판사가 도제생활을 하고 싶으냐고 물으면, 정말 진심으로 그렇다고 대답하라는 것이었다. 만약 이 둘 중 하나라도 어길 시에는 어떻게 될지 두고 보라며 슬쩍 암시하는 일도 잊지 않았다. 이윽고 관청에 다다르자, 범블 씨는 올리버를 작은 방에 남겨 두면서 자신이 데리러올 때까지 꼼짝말고 기다리라고 단단히 일렀다.

거기서 올리버는 팔딱대는 가슴을 억누르며 30분을 기다렸다. 거의 30분이 넘어갈 때쯤, 범블 씨가 삼각모자를 벗은 채 머리를 불쑥 들이밀더니 크게 소리쳤다.

"자, 올리버, 애야, 어서 판사님한테 가보자꾸나." 범블 씨는 음산하고 위협적인 표정으로 낮게 덧붙였다. "내가 한 말, 명심하라고, 이 악당 녀석아!"

올리버는 범블 씨의 표정과 말투가 순식간에 변하는 모습을 얼떨떨하게 바라보았다. 그러나 범블 씨는 어떤 대꾸도 들을 겨를이 없다는 듯 올리버를 끌어당겨 문이 열려 있는 옆방으로 데리고 들어갔다. 커다란 창문이 있는 넓은 방이었다. 책상 뒤에는 머리에 분가루를 뿌린 노신사 두 명이 앉아 있었다. 한 명은 신문을 읽고 있었고, 다른 한 명은 거북이등껍질테 안경의 도움을 받아 앞에 놓인 양피지 문서를 꼼꼼히 훑고 있었다. 림킨스 이사장은 한쪽 책상 앞에 서 있었고, 갬필드 씨는 대충 씻다가 만 얼굴로 다른 쪽 앞에 서 있었으며, 무뚝뚝해 보이는 남자 두셋이 긴 구두를 신고 서성대고 있었다.

안경을 낀 노신사가 양피지 문서를 앞에 둔 채 꾸벅꾸벅 졸기 시작했다. 범블 씨가 책상 앞으로 올리버를 데려와 세워둔 지 약간 시간이 흘렀다.

"이 아이입니다, 판사님." 범블 씨가 입을 열었다.

신문을 읽던 노신사가 고개를 잠깐 들더니 다른 노신사의 소매를 당기며 잠을 깨웠다.

"아, 이 아이인가?" 노신사가 물었다.

"네, 그렇습니다." 범블 씨가 대답했다. "어서 판사님께 인사드려, 얘야."

올리버는 퍼뜩 정신을 차리고 최대한 정중하게 허리를 숙여 인사했다. 한동안 판사님들 머리에 뿌려진 분가루를 뚫어져라 바라보며, 높은 분들은 태어날 때부터 머리에 저렇게 흰 가루를 묻히고 나와서 높은 분들이 되는 것인지 궁금해하던 참이었다.

"어디 보자. 이 아이가 굴뚝 청소일을 좋아한단 말이지?" 노신사가 물었다.

"아휴, 말도 마세요, 하고 싶어 죽을 지경이랍니다." 범블 씨가 아무 말도 하지 않는 게 신상에 좋을 것이라는 듯 올리버를 슬쩍 꼬집으며 대답했다.

"그래서 진짜 굴뚝 청소부가 될 거라고? 이 아이가?" 노신사가 재차 물었다.

"만약 다른 직업을 강요한다면 당장 도망쳐버릴 겁니다, 암요." 범블 씨가 얼른 대답했다.

"그리고 이 남자가 주인이 될 거란 말이지? 자네, 이 아이를 잘 돌보고 잘 먹일 자신이 있는가?" 노신사가 물었다.

"저는 한다면 하는 놈입니다요." 갬필드 씨가 고집스럽게 대답했다.

"자네 말투가 좀 거칠군. 하지만 보기에 정직하고 마음 넓은 사람 같구만." 노신사가 올리버의 사례금을 받겠다고 나선 후보 쪽으로 안경을 들어올리며 말했다.

사실 갬필드 씨의 악당 같은 인상으로 볼 때 확연히 잔혹한 성품임을 한눈에 알아볼 수 있었지만, 판사님은 반쯤 눈이 멀고 반쯤 순진한 사람이라서 애당초 다른 사람들처럼 잘 분별하리라는 기대를 가질 수 없는 게 당연했다.

"그럼요, 그렇지요." 갬필드 씨는 흉악스럽게 곁눈질을 하며 맞장구를 쳤다.

"그래, 자네는 그런 사람이지, 아무렴." 노신사는 안경을 코에 더 바싹 올려 걸치며 잉크병을 찾았다.

올리버의 운명에 위기의 순간이 다가왔다. 노신사가 생각한 곳에 잉크병이 있었더라면 펜을 거기에 푹 찍어 계약서에 서명을 했을 테고, 올리버는 곧바로 끌려갔을 것이다. 그러나 잉크병이 바로 코앞에 있었기 때문에 온 책상 위를 다 찾아보다 결국 못 찾고 말았다. 그러던 와중에 올리버 트위스트의 하얗게 질린 겁먹은 얼굴을 언뜻 보게 되었다. 올리버는 범블 씨가 경고하는 눈길로 마구 꼬집어대는데도 공포와 두려움에 가득한 표정으로 장래 주인이 될 남자의 혐오스러운 얼굴을 바라보고 있었다. 그 장면이 반쯤 눈이 먼 노신사의 눈에도 뚜렷이 들어왔던 것이다.

노신사는 동작을 멈추고 펜을 내려놓은 뒤 올리버와 림킨스 이사장을 번갈아 쳐다보았다. 림킨스 이사장은 개의치 않는다는 얼굴로 기분 좋게 코담배를 맡으려던 참이었다.

"얘야!" 노신사가 책상 너머로 몸을 숙이며 말을 걸었다.

올리버는 그 소리에 깜짝 놀랐다. 너무나 낯선 다정한 말투에 겁이 덜컥 났으니, 놀라는 것도 당연했다. 올리버는 심하게 벌벌 떨더니 눈물을 왈칵 쏟았다.

"얘야! 하얗게 질린 걸 보니 엄청 놀란 모양이구나. 왜 그러느냐?" 노신사가 물었다.

"교구관, 아이한테서 좀 물러서게." 다른 판사가 신문을 내려놓고 관심 있는 표정으로 몸을 앞으로 내밀며 명령했다. "자, 얘야, 무슨 일인지 말해보렴. 겁내지 말고."

올리버가 굴뚝 청소부의 도제가 될 운명을 피하다.

올리버는 무릎을 꿇고 두 손을 모아 간청했다. 저 무시무시한 사람을 따라가라고 하느니 차라리 어두운 벌방에 다시 처넣고 굶기고 두들겨 패고 원한다면 목숨까지 가져가라고 명해주시라고 애걸복걸했다.

"이놈이!" 범블 씨가 너무나 근엄한 태도로 두 손을 들고 두 눈을 치켜뜨며 말을 이었다. "이놈이! 내가 지금껏 봐온 교활하고 음흉한 고아 놈들 중에서 올리버 네 놈이 가장 뻔뻔하구나!"

"교구관, 입 다물게!" 범블 씨가 온갖 형용사를 늘어놓으며 화를 내자, 두 번째 노신사가 끼어들었다.

"저기, 죄송합니다만, 저한테 하신 말씀입니까?" 범블 씨가 자신의 귀를 의심하며 물었다.

"그래, 자네 입 닥치란 말일세."

범블 씨는 너무 놀라서 말문이 막혔다. 감히 교구관에게 입 닥치라니! 과연 도덕이 땅에 떨어진 시대 아닌가!

거북이등껍질테 안경을 낀 노신사는 옆의 판사 동료를 돌아보며 의중을 안다는 듯 고개를 끄덕였다.

"우리는 이 도제계약서의 인준을 거부하겠네." 노신사가 문서를 옆으로 던져버렸다.

"저기, 바라건대, 부디 판사님들께서 고작 미천한 한 아이의 근거 없는 증언을 가지고 우리 구빈원에서 부당한 행위가 벌어지고 있다고 생각지는 말아주십시오." 림킨스 이사장이 말을 더듬거리며 간청했다.

"지금은 그 문제에 대한 의견을 나누는 자리가 아니지 않은가. 당장 저 아이를 구빈원으로 데려가서 다시 잘 보살피도록 하게. 저 아이가 그걸 원하는 것 같으니." 두 번째 노신사가 날카롭게 말했다.

바로 그날 저녁, 흰 조끼 신사는 아주 명백하고도 단호하게 올리버는 교수형뿐만 아니라 능지처참까지 당할 놈이라고 목소리를 높였다.

범블 씨는 음울한 표정으로 고개를 흔들며 올리버에게 좋은 결과가 있기를 바란다고 말했다. 이 말에 갬필드 씨는 올리버가 자기한테 오기를 바란다고 맞받아쳤다. 이제껏 교구관과는 생각이 대체로 같았지만 이 문제에 대해서만은 서로 다른 기대를 갖고 있는 듯 싶었다.

이튿날 아침, 또다시 올리버 트위스트를 데려가는 사람에게는 누구든지 5파운드의 사례금을 내겠다는 공고가 붙었다.

4장

또 다른 일자리를 얻어
사회생활에 첫발을 내딛게 된 올리버

명문가에서 성년이 된 젊은 남자가 재산소유권이든 복귀재산이든, 잔여재산이든 어떤 기대재산도 상속받지 못하는 입장에 처했을 때는, 바다로 보내 배를 타도록 하는 것이 매우 일반적인 관습이다. 구빈원 이사회는 한자리에 모여 이처럼 현명하고 유익한 사례를 모범삼아 올리버 트위스트를 작은 무역선에 실어 불건전한 항구로 보내버릴 방편을 의논했다. 이것만이 올리버를 처리해버릴 수 있는 최선의 방법인 것 같았다. 어느 날, 선장이 저녁 식사 후 기분전환 삼아 올리버를 채찍질해 죽이거나, 쇠막대기로 머리를 내리쳐 터뜨려버릴지도 모른다. 다들 아시다시피, 이 두 가지 소일거리 모두 선장이 될 만한 계급의 신사들이 아주 좋아하는 일반적인 오락거리였다. 이런 관점에서 이 사안을 생각해보면 해볼수록 이사회 입장에서는 이런 조치의 장점이 점점 더 크게 다가오는 것 같았다. 결국 이사회는 올리버가 실제적으로 살아갈 곳을 마련해줄 만한 유일한 방법은 지체없이 바다로 보내버리는 것밖에 없다는 결론에 이르렀다.

범블 씨는 사전조사 명목으로 몇 번이나 파견되어 선실 심부름꾼 고아를 원하는 선장을 찾아다녔다. 때마침 임무 수행 결과를 보고하러 구빈원으로 돌아오던 중, 대문 앞에서 우연히 마주치게 된 사람이 바로 교구의 장의사인 소어베리 씨였다.

소어베리 씨는 키가 크고 뼈마디가 툭 튀어나온 빼빼 마른 사람으로, 다 해진 검은 양복에 여기저기 기운 검은 양말과 거기에 어울리는 구두 차림이었다. 태생적으로 미소를 짓기에 어색한 얼굴이었지만, 장사치로서 거의 늘 익살스러운 표정이 몸에 익은 사람이었다. 유연한 발걸음으로 범블 씨에게 다가갈 때는 장난기를 거둔 정중한 표정을 지으면서 손을 내밀어 예의바르게 악수를 청했다.

"범블 씨, 지난밤에 여자 두 명이 죽어서 치수를 재고 오는 길입니다." 장의사가 말을 걸었다.

"곧 한몫 챙기겠군요, 소어베리 씨." 말단 교구관이 장의사가 특허를 낸 관 모양의 코담뱃갑을 내밀며 권하자 엄지와 검지를 들이밀며 말을 이었다. "그러니까, 한 재산 모을 것 같은데, 안 그래요?" 범블 씨가 친근하게 장의사의 어깨를 지팡이로 툭 치며 재차 물었다.

"그렇게 생각해요?" 장의사가 반쯤은 수긍하고 반쯤은 반박하는 투로 되물었다. "이사회에서 정한 가격이 너무 적어요, 범블 씨."

"뭐, 관들도 작잖아요." 말단 교구관이 위대한 공직자에 딱 걸맞은 웃음을 띠며 대답했다.

소어베리 씨는 교구관의 말에 간지럼힘을 당한 것처럼 당연하게 쉴 새 없이 한바탕 웃음을 터뜨렸다.

"그래요, 그래, 범블 씨." 소어베리 씨가 겨우 숨을 돌리며 말을 이었다. "뭐, 그 말에 부정은 하지 않겠어요. 새로운 급식 체계가 도입되면서 관은 점점 더 작고 얕아졌으니까요. 하지만 우리도 남는 게 있어야죠, 범블 씨. 잘 말린 목재는 비싼 물건이거든요. 철제 손잡이도 버밍엄에서 운하로 배송되는 것이고요."

"뭐, 어느 사업에나 불리한 점들이 다 있는 거죠. 물론 공정한 이윤은 당연하고요." 범블 씨가 달래듯 말했다.

"암요, 그렇고말고요. 뭐, 저야 이런저런 물품들로 이윤을 못 남길 경우에도 결국엔 어찌어찌해서 다 보충하거든요, 헤헤헤!" 장의사가 곧바로 동의했다.

"바로 그거죠." 범블 씨가 맞장구를 쳤다.

"다만 꼭 덧붙일 말이 있어요." 장의사가 교구관이 끼어드는 바람에 다 끝맺지 못한 말을 다시 이어갔다. "바로 아주 큰 단점이 하나 있는데요. 뚱뚱한 사람들이 가장 빨리 죽어버린다는 사실이죠. 그동안 잘 먹고 잘 살면서 여러 해 동안 세금도 제법 내왔던 사람들이 구빈원에 들어오면 제일 먼저 무너지는 겁니다. 뭐, 범블 씨니까 하는 말인데, 계산보다 8~10센티미터 더 크게 나오면 이윤에 큰 구멍이 생기는 거죠. 특히 저처럼 먹여 살려야 할 가족이 있는 처지엔 더 큰 손해지요."

소어베리 씨가 아주 큰 피해를 본 사람인 양 화난 투로 말을 하자, 범블 씨는 이 대화가 자칫 교구의 명예에 대한 비난으로 이어질까 싶어서 얼른 화제를 바꾸기로 마음먹었다. 마침 올리버 트위스트를 가장 염두에 두고 있던 터라, 올리버를 화제로 삼기로 했다.

"그건 그렇고, 소어베리 씨, 남자 아이 하나가 필요한 사람, 누구 없을까요? 지금 교구에 아주 골칫거리인 고아 녀석이 하나 있어서요. 교구의 목에 걸린 연자맷돌 같은 녀석이죠. 아주 후한 사례금이 붙어 있어요. 아주 후하다니까!"

범블 씨는 이렇게 말하면서 지팡이를 들어올려, 대문 위에 붙은 공고에 로마자로 커다랗게 찍힌 '5파운드'라는 글자를 확실하게 세 번이나 두드렸다.

"아, 바로 그거예요!" 장의사는 범블 씨가 입고 있는 금테 두른 제복의 옷깃을 잡으며 말을 이었다. "바로 그 문제를 물어보고 싶었어요. 어… 근데, 그거 참 우아한 단추군요, 범블 씨! 전에는 몰랐어요."

"그렇죠? 나도 꽤 괜찮은 단추라고 생각해요." 교구관은 외투에 장식처럼 붙어 있는 커다란 놋쇠 단추들을 자랑스럽게 내려다보며 맞장구를 쳤다. "문양이 교구의 문장과 똑같아요. 거, 선한 사마리아인이 아프고 멍든 사람을 치유해주는 그림이죠. 이사회가 새해 첫날 아침에 주었는데, 소어베리 씨, 기억나요? 자정에 현관 앞에 죽어 있던 빈털터리 장사치의 검시에 참관했을 때 처음 입었어요."

"아, 기억납니다. 배심원들 판결이 '추위에 노출되고 생필품이 부족해서 동사함'이었죠, 그렇죠?"

장의사의 물음에 범블 씨가 고개를 끄덕였다.

"근데, 그게 특별평결이었죠, 아마? 덧붙여진 부가조항에 따르면, 구조담당관이 그 때 만약 …"

"그만! 어디 감히!" 교구관이 장의사의 말을 자르며 화를 냈다. "이사회가 그 무식한 배심원들 헛소리에 일일이 대응했다가는 할 일도 제대로 못하지!"

"아, 그럼요, 정말 그렇죠." 장의사가 얼른 대꾸했다.

"배심원들이란," 범블 씨가 감정이 북받칠 때면 늘 하던 대로 지팡이를 꽉 쥐며 말을 이었다. "배심원들이란 교육도 제대로 못 받은 천박하고 비굴한 몹쓸 놈들이지."

"암요, 그렇고말고요." 장의사가 맞장구를 쳤다.

"철학이나 정치적 경제에 대해서 요만큼도 모르는 놈들이 말이야." 교구관은 멸시하는 태도로 손가락을 튕겨 딱 소리를 내며 말했다.

"아무것도 모르죠." 장의사가 동의했다.

"그런 놈들은 아주 질색이라고." 교구관은 벌겋게 달아오른 얼굴로 단언했다.

"저도 그래요." 장의사가 대꾸했다.

"그렇게 고고한 척하는 배심원들을 우리 구빈원에 한두 주 수감시켜서, 우리 이사회의 규율과 원칙으로 금세 기가 꺾이는 꼴을 좀 봤으면 좋겠네." 교구관이 말했다.

"자, 자, 그 문젠 이쯤 해두죠." 장의사가 달래듯 미소를 지으면서 교구관이 내뱉는 분노를 진정시키려고 애썼다.

범블 씨는 삼각모자를 벗어 모자 안에서 손수건을 꺼내더니, 열을 내느라 송골송골 맺힌 이마의 땀을 닦아낸 뒤 다시 모자를 썼다. 그러고 나서 장의사 쪽으로 돌아보면서 한층 진정된 목소리로 입을 열었다.

"그런데, 아까 말하려던 게 뭐였죠?"

"아, 그거요. 그러니까, 범블 씨, 말하자면 저도 구빈세를 웬만큼 내고 있지 않습니까?" 장의사가 되물었다.

"흠! 그래서요?"

"그래서 구빈세를 냈으니, 챙길 수 있는 만큼은 챙길 권리도 있다는 거죠. 범블 씨, 그 … 그래서 말입니다, 그 남자아이를 제가 데려갈까 하고요."

장의사의 대답을 듣자마자, 범블 씨는 장의사의 팔을 잡아 구빈원 안으로 데리고 들어갔다. 회의실에서 이사들과 소어베리 씨가 5분간 밀담을 나눈 결과, 올리버를 그날 저녁 소어베리 씨에게 '시험 도제'를 보내기로 결정했다. '시험 도제'란 교구 도제의 경우, 장인이 짧은 시험 기간 동안 음식을 많이 먹이지 않고도 충분히 많은 일을 시킬 수 있다는 것을 확인하면 몇 년 계약으로 그 아이를 마음대로 부려먹을 수 있게 해준다는 뜻이었다.

그날 저녁, 어린 올리버는 '신사들' 앞에 불려가서 그날 밤 당장 장의사 댁으로 가게 되었다는 말을 들었다. 여기에 더해 이사들은 올리버가 조금이라도 처지를 비관하거나 다시 구빈원으로 돌아오게 되면 그 즉시 배를 태워 바다로 보낼 것이라며, 바다에 빠져 죽거나 선장에게 머리를 맞아 죽게 될지도 모른다고 엄포를 놓았다. 이런 상황에서도 올리버가 아무런 감정을 내보이지 않고 무덤덤한 표정으로 가만히 있자, 다들 입을 모아 지독한 악당 녀석이라고 힐난하면서 범블 씨에게 즉시 데려가라고 명령을 내렸다.

원체 세상 사람들 중에서 이사회의 신사들이 누가 약간이라도 감정이 모자란 기미를 보이면 순수한 척하며 경악을 감추지 못했지만, 올리버의 경우에는 더욱 호들갑을 떨어댔다. 사실을 따지자면 올리버는 감정이 모자랐다기보다 지나치게 넘쳐났다고 할 수 있다. 앞으로 평생 멍하고 둔감한 상태로 살아가는 것이 오히려 당연하다 싶을 정도로 그동안 학대에 시달렸기에 감정이 점점 죽어갔던 것이다. 올리버는 잠자코 목적지를 말해주는 소리를 듣기만 했다. 그 사이에 갈색 소포용 종이에 싸인 가로세로 30센티미터에 높이 8센티미터쯤 되는 짐이 올리버의 손에 들려졌다. 이렇게 올리버는 별로 무거울 것도 없는 짐을 들고, 눈 위를 덮듯 모자를 눌러쓴 채 또다시 범블 씨의 외투 소맷자락에 매달려 새로운 고통의 현장으로 끌려가게 되었다.

한동안 범블 씨는 눈길을 주거나 말도 건네지 않은 채 올리버를 끌고 갔다. 자고로 교구관은 언제나 고개를 빳빳이 쳐들고 걸어가야 했기 때문이다. 바람이 심하게 부는 날이라, 범블 씨의 외투자락이 바람에 날려 깃 접은 조끼와 암갈색 무명천 무릎바지가 훤히 드러날 때마다 덩치가 자그마한 올리버는 완벽히 외투자락에 휘감겼다. 그러나 목적지가 가까워지자 범블 씨는 올리버가 새 주인의 눈에 괜찮아 보일는지 확인하는 것이 좋겠다는 생각이 들어, 자비로운 시선으로 무게를 잡고 내려다보았다.

"올리버!" 범블 씨가 불렀다.

"네." 올리버가 낮고 떨리는 목소리로 대답했다.

"모자를 눈 위로 올리고 고개를 들어보렴."

올리버가 즉각적으로 시키는 대로 하면서 짐을 들고 있는 손으로 재빨리 눈을 훔치긴 했지만, 범블 씨를 올려다보는 눈가에 눈물 한 방울이 남고 말았다. 범블 씨가 엄하게 바라보자 눈물 방울이 볼을 타고 흘러내렸다. 그러자 눈물이 잇달아 솟아났다. 올리버는 안간힘을 써서 눈물을 멈추려했지만 헛수고였다. 올리버는 범블 씨가 잡고 있는 손을 잡아 빼더니, 가늘고 앙상한 손가락 사이로 눈물이 넘쳐흐를 정도로 양손으로 얼굴을 가리고 흐느끼기 시작했다.

"얘야!" 범블 씨가 딱 멈춰 서서 극심한 악의가 담긴 눈으로 올리버를 쏘아보며 소리쳤다. "얘야! 내 지금까지 배은망덕하고 막돼먹은 녀석들을 많이 봐왔다만 네놈처럼 …"

"아니에요, 아니에요." 올리버가 익숙한 지팡이를 잡고 늘어지며 울먹였다. "아니에요, 아니에요. 진짜 말 잘 들을게요. 그냥 전, 전 …"

"뭐, 어쨌다는 거냐?"

"전 너무 외로워요. 진짜 외롭다구요!" 올리버가 울며 소리쳤다. "다들 절 미워해요. 제발 그렇게 무서운 눈으로 보지 말아주세요."

올리버가 가슴을 치며 눈물 어린 괴로운 눈으로 범블 씨를 올려다보았다.

범블 씨는 조금 놀란 듯이 불쌍한 올리버의 얼굴을 잠시 쳐다보다가 서너 번 헛기침으로 목을 가다듬더니 "이 빌어먹을 감기"라며 웅얼거리고 나서, 올리버에게 눈물을 닦고 착하게 굴라고 말했다. 그러고나서 다시 한 번 올리버의 손을 잡고 말없이 걸어갔다.

범블 씨가 목적지에 도착했을 때 장의사 주인은 가게문을 막 닫은 참이었다. 장의사는 음산한 촛불 밑에서 장부에 뭔가를 기입하고 있었다.

"아!" 장의사가 단어 하나를 적다 말고 장부에서 고개를 들었다. "거기 범블 씨, 당신이죠?"

"나 말고 누구겠어요? 소어베리 씨, 자, 여기 아이를 데려왔습니다."

말단 교구관의 말에 올리버가 고개를 꾸벅 숙여 인사했다.

"아, 얘가 그 녀석이군요." 장의사가 올리버를 좀 더 잘 살펴보려고 촛대를 쳐들며 말했다. "여보, 잠깐 이리 와서 좀 보겠소?"

소어베리 부인은 가게 뒤편의 작은 방에서 나왔다. 작은 키에 마르고 짓눌린 듯한 몸매의 여우 같은 얼굴을 한 여자였다.

"여보, 이 녀석이 내가 말한 구빈원에서 데려온 아이라오."

소어베리 씨가 정중하게 소개하자 올리버가 다시 고개를 꾸벅 숙였다.

"세상에! 너무 작은 아이잖아요." 소어베리 부인이 나무랐다.

"하긴 좀 작긴 작지요." 범블 씨가 올리버를 탓하듯 내려다보며 대답했다. "작긴 작지만 어쩔 수 없지요. 하지만 곧 클 겁니다, 소어베리부인, 금방 자랄 거예요."

"아, 네, 물론 그렇겠지요." 소어베리 부인이 샐쭉한 말투로 말을 이었다. "우리 집 밥과 물을 축내면서 말이죠. 교구 고아들 데리고 와서남는 게 없어요. 늘 데리고 있는 돈이 더 들어요. 그런데도 남자들은 언제나 자기 판단만 옳다지. 야! 조그만 뼈다귀자루야, 얼른 계단 아래로 내려가!"

소어베리 부인이 옆문을 열고 가파른 계단 아래의 축축하고 음습한 돌방으로 올리버를 밀어넣었다. 석탄창고 옆의 '부엌'이라 불리는 곳이었다. 여기에는 부스스한 차림의 계집애가 굽이 닳은 신발에 보풀이 인 푸른색 모직스타킹을 신고 앉아 있었다.

"자, 샬롯." 소어베리 부인이 올리버를 따라 내려와서 말을 걸었다. "트립한테 주려고 남겨둔 식은 고기부스러기 좀 애한테 주렴. 트립은 아침에 나가 여태 안 돌아왔으니, 못 먹어도 싸지. 애야, 너 내숭떠느라 이걸 못 먹겠다는 건 아니지?"

올리버는 고기란 말에 눈을 희번덕거리면서 당장 먹고 싶다는 생각으로 몸을 부르르 떨던 터라, 사양하는 기색은커녕 냉큼 고개를 끄덕이자 한 그릇 가득 살점이 너덜너덜 붙은 고기뼈가 앞에 놓였다.

이 광경을, 배 속에서는 고기와 술이 썩어나고 얼음 같은 피와 강철 같은 심장을 가진 철학자들이 좀 보았으면 싶다. 올리버 트위스트가 개도 거들떠보지 않을 진수성찬에 달라붙어 게걸스럽게 먹는 모습을 말이다. 허기로 잔뜩 독이 오른 올리버가 고기뼈를 갈기갈기 찢어내듯 뜯어먹는 끔찍한 탐욕의 광경을 직접 목도하면 그 감상이 어떠할까? 이보다 더 바라는 소원이 딱 하나 있다면 그 철학자도 똑같은 음식을 올리버와 똑같이 탐욕스럽게 먹는 것이다.

"자, 다 먹었니?" 올리버가 식사를 다 마쳤다 싶을 때쯤 소어베리 부인이 물었다. 부인은 올리버의 무시무시한 식욕을 말없이 바라보면서 공포를 느낄 정도였다.

올리버는 더 이상 먹을 만한 것이 없어보이자 고개를 끄덕였다.

"그러면 따라오렴." 소어베리 부인이 침침하고 지저분한 램프를 집어 들고 계단 위로 길을 안내하며 말했다. "네 잠자리는 계산대 밑이야.

관들 사이에서 자도 상관없지? 뭐, 좋든 말든 거기 말고는 잘 데가 없
어. 어서 따라와. 밤새 여기서 기다리게 할 작정이니?"

　올리버는 더 이상 머뭇거리지 않았지만 쭈뼛거리며 새로운 여주인
을 따라갔다.

5장

새로운 동료들과 뒤섞여 지내게 된 올리버,
처음으로 장례식에 가보고 나서
주인의 사업에 대해 꺼림칙한 마음을 갖게 되다

장의사의 가게에 홀로 남겨진 올리버는 작업대 위에 램프를 내려놓고 두려움과 공포에 떨며 소심하게 주위를 둘러보았다. 올리버보다 나이 지긋한 어른들도 쉽게 이해할 만한 감정일 터였다. 가게 한복판에는 아직 완성되지 못한 관이 검정 받침대 위에 놓여 있었다. 너무나 음울하고 죽음을 연상시키는 모습이라 이 음침한 물건 쪽으로 눈길을 돌릴 때마다 서늘한 소름이 끼쳤다. 뭔가 무시무시한 형상이 서서히 고개를 들고 일어나는 것만 같아서 올리버를 공포에 미칠 지경으로 몰아넣었다.

벽 위로 비스듬히 늘어선 똑같은 모양의 느릅나무 판자들은 어두침침한 불빛 속에서 바지 주머니에 양손을 찔러 넣고 서 있는 어깨 높은 유령들처럼 보였다. 바닥에는 관 뚜껑에 붙이는 명찰과 느릅나무 조각, 번들거리는 못과 검은 헝겊조각 등이 너저분하게 널려 있었다. 계산대 너머 뒷벽에는, 장례식 회장꾼* 두 사람이 빳빳하게 풀 먹인 목깃이 올라온 복장을 한 채 커다란 대문 앞을 지키고 서 있고, 저 멀리서 검은 말 네 마리가 끄는 영구마차가 다가오는 그림이 생생하게 그려져 있었다. 가게는 갑갑하고 무더웠고, 공기에는 관 냄새가 배어 있는 듯했다. 올리버의 헝겊 매트리스를 쑤셔 넣은 계산대 아래 공간은 마치 무덤처럼 보였다.

그러나 올리버를 짓누르는 침울한 감정이 이것 때문만은 아니었다. 올리버는 완전히 낯선 공간에 홀로 남겨진 것이었다. 이런 상황에서는 아무리 잘난 사람이라도 으스스하고 고립된 감정을 느끼지 않겠는가. 올리버한테는 마음을 주고받을 친구가 하나도 없었다. 누군가와 막 헤어져서 후회하는 마음이 남은 것도 아니었고, 아직껏 기억나는 사랑하는 사람의 얼굴이 마음속에 깊이 묻힌 것도 아니었다. 그럼에도 올리버의 마음은 무거웠다. 비좁은 잠자리로 기어들어가면서도 이곳이 자신의 관이었으면 싶었다. 교회 묘지에 누워 머리 위로 높이 자란 풀들이 살랑거리고, 그윽하고 깊은 종소리에 마음을 달래며 고요하고 영원한 잠이 이어지길 바랐던 것이다.

아침이 밝자 올리버는 가게문을 크게 차는 소리에 놀라 잠을 깼다. 올리버가 급히 옷을 껴입기도 전에 화나고 성급한 문소리가 스물다섯 번이나 반복되었다. 올리버가 문고리를 풀기 시작하자 발길질이 멈추고 목소리가 들렸다.

"어서 문 열어, 어?" 문을 걷어차던 다리의 주인이 외쳤다.

"네, 금방 열게요." 올리버가 문고리를 풀고 자물쇠를 돌리며 대답했다.

---

* 애도 분위기를 조성하기 위해 침묵을 지키고 서 있는 일꾼.

"네가 새로 온 아이로구나, 그렇지?" 열쇠구멍 사이로 목소리가 들려왔다.

"네." 올리버가 대답했다.

"너 몇 살이나 먹었냐?" 목소리 주인이 물었다.

"열 살이요." 올리버가 대답했다.

"내가 들어가면 채찍으로 흠씬 패줄 거야." 목소리 주인이 말했다. "안 그러나 어디 두고 봐, 이 구빈원 쥐새끼 녀석!"

이렇게 자상한 맹세를 내뱉은 목소리 주인은 휘파람을 불기 시작했다.

올리버는 목소리 주인이 방금 뱉어낸 말에 담긴 과정을 너무나 자주 겪었던 터라, 목소리 주인이 누구이건 맹세한 약속을 극도로 명예롭게 수행하리란 사실을 조금도 의심하지 않았다. 올리버는 떨리는 손으로 빗장을 당겨 문을 열었다.

올리버는 1, 2초 정도 길 아래 위와 맞은편을 힐끗 둘러보았다. 열쇠구멍 사이로 무섭게 을러대던 누군가가 몸을 풀기 위해 몇 걸음 내려갔다는 생각이 들었다. 눈앞에 보이는 사람이라고는 집 앞 기둥 위에 올라앉아 버터 바른 빵을 먹고 있는 자선학교 교복차림의 덩치 큰 학생 하나밖에 없었기 때문이다. 그 학생은 빵조각을 큰 주머니칼로 입에 맞게 비스듬히 자른 후 아주 솜씨 좋게 먹어대고 있었다.

"저기 죄송합니다만," 결국 올리버가 또 다른 손님이 없는 것을 보고 말을 걸었다. "문을 두드리셨나요?"

"발로 찼지." 자선학교 학생이 대답했다.

"관을 주문하러 오셨나요?" 올리버가 순진하게 물었다.

이 말을 들은 자선학교 학생은 괴물 같은 사나운 표정으로 돌변하더니, 올리버에게 한 번만 더 그딴 식으로 윗사람들한테 농담을 하다간

머지않아 관 신세를 지게 될 거라고 말했다.

"내가 누군지 모르는 모양인데, 그렇지, 구빈원?"

자선학교 학생이 계속 말을 툭툭 던지며 무서운 분위기를 풍기면서 기둥 위에서 내려왔다.

"네, 잘 모르겠어요." 올리버가 대꾸했다.

"나로 말할 것 같으면 노아 클레이폴 선생이시다." 자선학교 학생이 말을 이었다. "그리고 넌 내 밑이지. 어서 덧문이나 옮겨, 이 게으른 꼬마 악당아!"

클레이폴 선생은 이렇게 말하면서 올리버를 한 대 걷어차고 위풍당당하게 가게 안으로 들어왔다. 그 모습이 상당히 볼 만했다. 사실 커다란 머리통에 자그마한 눈을 가진 젊은이가 통나무 같은 덩치에 험악한 인상이라 한들, 어떤 상황에서라도 위엄 있게 보인다는 것은 어려웠다. 그런데 이런 개인적인 매력에 더해 빨간 코에 노란 반바지라니, 더욱 위엄과는 거리가 멀 수밖에 없었다.

올리버는 낮 동안 집 옆의 작은 안뜰에 세워두고자 덧문을 떼어내서 옮기던 중에 그 무게를 못 이겨 뒤뚱거리다가 유리창 하나를 깨고 말았다. 그러자 노아가 슬며시 다가와서 도와주면서 "주인님한테 금방 들킬걸?"이라며 짐짓 위로하듯 말을 건넸다. 곧 소어베리 씨가 내려왔고 뒤따라 소어베리 부인이 나타났다. 올리버는 노아의 예언대로 '들키고' 말았고 실컷 혼이 난 후 노아를 따라 아침을 먹으러 계단을 내려갔다.

"불 가까이로 와, 노아." 샬롯이 말했다. "주인님 아침상에서 베이컨 한 조각 좋은 걸로 빼내왔어. 올리버, 넌 노아 님 뒤에 있는 문이나 닫고 빵 굽는 팬 뚜껑 위에 꺼내둔 베이컨 부스러기나 갖다 먹어. 거기에 차도 있으니까 저기 상자 있는 데로 가서 마셔. 서둘러, 주인님이 가게 보라고 불러댈 테니까, 알아들었어?"

"알아들었느냐, 구빈원?" 노아 클레이폴이 말했다.

"아이 참, 노아! 정말 별난 사람이야! 쟤는 좀 가만 내버려 두지 그래?" 샬롯이 끼어들었다.

"가만 내버려 두라고? 쳇, 똑바로 말하자면 아무도 신경 쓰지 않잖아. 누구든 가만 내버려 두고 있지. 아빠나 엄마가 간섭하기를 하나? 친척들도 쟤가 멋대로 살도록 내버려 두잖아. 안 그래, 샬롯? 하하하!" 노아가 대꾸했다.

"참, 별나기도 하지!" 샬롯은 노아와 함께 한바탕 웃음을 터뜨리며 말했다. 그러고 나서 두 사람은 경멸 섞인 눈초리로, 가엾은 올리버 트위스트가 추운 방구석에서 상자에 앉아 오들오들 떨며 자신을 위해 특별히 준비해둔 상한 베이컨 조각을 먹는 모습을 쳐다보았다.

노아는 자선학교 학생이었지만 구빈원 고아는 아니었다. 길거리에 버려진 아이가 아니었으니, 당연히 족보를 되짚어보면 어렵게 살고 있는 부모까지 알아낼 수 있었다. 엄마는 세탁부로 허드렛일을 하러 다녔고, 아빠는 한쪽 다리에 나무 의족을 단 주정뱅이 퇴역군인으로 일당 2펜스 반에다 비정기적인 연금 몇 페니를 더 받고 있었다. 동네 가게에서 일하는 아이들은 아주 오래전부터 길거리에서 노아를 보면 '거지새끼'처럼 불명예스러운 별명으로 불러대기 일쑤였다. 이런 모욕적인 놀림에도 노아는 대꾸 한 마디 없이 참고 지냈다. 그러나 이제 운명은 노아 앞에 이름 모를 고아 하나를 던져주었다. 이 고아는 가장 미천한 자조차도 손가락질하며 깔볼 수 있는 존재였다. 노아는 자기가 받은 모욕에 이자를 얹어서 실컷 되갚아주었다. 이런 상황 전개는 우리에게 아주 매력적인 명상거리를 던져준다. 과연 인간의 본성이란 얼마나 아름다운 것인가. 가장 훌륭한 귀족에서부터 가장 비천한 자선학교 학생에 이르기까지 이 아름다운 본성은 아주 공평하게 나눠 갖고 있는 셈이니 말이다.

올리버가 장의사 가게에서 일한 지 한 달이 가까워오고 있었다. 소어베리 부부는 가게문을 닫고 작은 뒤쪽 거실에서 저녁을 먹는 중이었다. 소어베리 씨가 여러 번 공손한 눈길로 아내를 힐끗거리더니, 천천히 입을 뗐다.

"여보 …" 소어베리 씨는 더 말을 이어보려고 했지만, 소어베리 부인이 유독 언짢은 기색으로 쳐다보자 말을 끊고 말았다.

"왜요!" 소어베리 부인이 퉁명스럽게 다그쳤다.

"아니, 아무것도 아니요."

"아이고, 멍청한 양반!"

"그게 아니라, 당신이 듣기 싫어하는 것 같아서 그랬소. 무슨 말을 하려고 했냐면 …" 소어베리 씨가 조심스럽게 말했다.

"오, 그냥 말하지 말아요." 소어베리 부인이 말을 막았다. "내가 무슨 대단한 사람이라고 나한테 상의를 해요. 당신 비밀은 그대로 간직하세요."

소어베리 부인은 이렇게 말하면서 신경질적으로 웃음을 터뜨렸다. 꽤나 위험한 결과를 내포한 신호탄이라 할 수 있었다.

"하지만 여보, 당신의 조언이 필요하오."

"아뇨, 나한테 묻지 말아요." 소어베리 부인이 짐짓 간청하는 투로 대답했다. "다른 사람한테나 물어봐요."

여기에서 소어베리 부인이 또다시 신경질적으로 웃음을 터뜨렸다. 이 웃음에 소어베리 씨는 더더욱 겁을 먹었다. 이는 너무나 일반적이고 널리 인정받는 남편 길들이기 방법이다. 효과도 아주 좋을 때가 많다. 이 방법 덕분에 소어베리 씨는 즉시 애걸복걸하게 되었다. 특별히 허락하사 제발 들어달라고 빌게 만든 것이다. 무려 한 시간의 3/4도 채 안 되는 짤막한 실랑이 끝에 부인은 우아하고 품위 있게 윤허하시었다.

"그냥 꼬마 올리버에 대한 말이라오. 참으로 멀끔해 보이는 아이 아니겠소?" 소어베리 씨가 물었다.

"당연히 그래야죠, 그만큼 먹어대는데." 주인마나님의 논평이었다.

"아이 얼굴에 우울함이 배어있는 게 아주 흥미롭지. 장례식 회장꾼으로는 아주 그만일 것 같은데, 어떻소?"

소어베리 씨가 다시 묻자, 소어베리 부인이 꽤나 놀랍다는 표정으로 쳐다보았다. 소어베리 씨는 금세 이 표정을 알아차리고 잘난 마나님에게 논평할 틈을 주지 않으려 얼른 말을 이었다.

"성인들 장례식에 참여하는 평범한 회장꾼이 아니라 그냥 어린 아이들 장례식 말이오. 관 크기에 알맞은 회장꾼을 두는 건 아주 색다른 시도가 될 거요. 내 말을 한 번 믿어 봐요. 정말 최고의 효과를 거둘 테니."

소어베리 부인은 장례 절차에 관해 상당히 좋은 감각을 지니고 있던 터라, 이 발상의 참신함에 꽤 충격을 받았다. 하지만 지금 상황에서 대놓고 찬성했다가는 체면이 상할 것이므로 그냥, 왜 그렇게 당연한 소리를 이제야 하느냐고 톡 쏘아붙였다. 소어베리 씨는 아내의 말을 암묵적인 승낙으로 해석했고, 재빨리 올리버에게 장례업의 비법을 알려줄 결정을 내렸다. 그러려면 다음번 장례식부터 올리버를 데리고 다녀야 할 터였다.

기회는 곧바로 찾아왔다. 이튿날 아침 식사를 한 지 30분이 지났을 때쯤, 범블 씨가 가게로 들어왔다. 계산대에 지팡이를 기대놓고는 큼직한 가죽지갑을 꺼내더니 작은 쪽지를 골라 소어베리 씨에게 건네주었다.

"아하! 관 주문이군요?" 장의사가 반색하며 쪽지를 훑어보았다.

"관이 먼저 준비되면 교구 부담 장례식은 그 다음입니다."

범블 씨가 다시 가죽지갑 끈을 묶으며 대답했다. 가죽지갑도 주인처럼 뚱뚱했다.

"베이튼이라." 장의사가 작은 쪽지에서 눈을 돌려 범블 씨를 쳐다보며 말했다. "한 번도 못 들어본 이름인데요."

범블 씨가 고개를 끄덕이며 대답했다. "아주 고집스러운 인간들이에요. 고집불통이지. 게다가 거만하기까지 한 모양입니다."

"거만하다고요? 거 참, 너무하군요." 소어베리 씨가 비웃으며 외쳤다.

"아, 아주 지긋지긋하지. 구역질이 날 정도라니까요, 소어베리 씨!" 교구관이 맞장구를 쳤다.

"그렇군요." 장의사가 고개를 끄덕였다.

"우리도 그저께 밤에야 처음으로 그 집안 얘기를 들었어요. 뭐, 굳이 그 사람들에 대해 알 필요는 없었지만, 같은 집에 사는 여자가 교구위원회로 찾아와서 아주 위독한 여자가 있으니 교구 의사를 보내달라고 했어요. 마침 교구 의사가 저녁을 먹으러 나가고 없어서 아주 똑똑한 도제 의사 녀석이 구두약 병에 약을 담아 보냈지요." 교구관이 설명했다.

"거 참, 신속하게 처리했군요." 장의사가 말했다.

"진짜 신속했지! 그런데 결과가 어찌 된 줄 알아요? 그 은혜도 모르는 망할 놈들의 처사가 어땠는지? 남편이 자기 마누라 병에 약이 안 맞으니 먹이지 않겠다고 했답니다. 약을 먹이지 않다니! 바로 일주일 전에 아일랜드인 노동자 둘이랑 석탄 나르는 인부 하나에게 먹여서 톡톡히 효험을 본 쓸 만하고 좋은 약인데 … 게다가 구두약 병까지 공짜로 보내줬는데, 약을 안 먹이겠다니요!"

범블 씨는 머릿속에 이 잔악한 처사가 생생하게 떠오르자 지팡이로 계산대를 세게 내려쳤고 분노로 얼굴이 달아올랐다.

"자, 자, 그런 일은 한 번도 …" 장의사가 말리며 말했다.

"한 번도 들어보지 못했겠지요! 어느 누구도 들어본 적이 없을 겁니다. 하지만 그 여자는 죽었고 우리가 묻어줘야 해요. 그게 집 약도예요.

가능한 한 재빨리 처리해주세요."

범블 씨는 할 말을 다한 듯 삼각모자를 거꾸로 걸치고서 가게 밖으로 뛰어나갔다. 교구를 위한 열성이 지나칠 정도였다.

"와, 얼마나 화가 났으면, 올리버 네 안부도 묻지 않는구나!" 소어베리 씨가 교구관이 거리를 내려가는 모습을 눈으로 쫓으며 말했다.

"그러네요." 두 사람의 대화가 진행될 동안 눈에 띄지 않도록 조심스럽게 숨어 있던 올리버가 나와서 대답했다. 올리버는 범블 씨의 목소리를 떠올리는 것만으로도 머리끝부터 발끝까지 벌벌 떨렸다. 그러나 올리버는 범블 씨의 눈을 피해 움츠리는 수고를 할 필요가 없었다. 흰 조끼 신사의 예언에 강력한 인상을 받은 교구관은 이왕에 장의사가 올리버를 '시험 도제'로 맡았으니, 확실히 7년 간 도제로 묶이기 전까지 올리버 얘기는 피하는 게 좋겠다고 생각했기 때문이다. 올리버가 교구의 손에 되돌아오는 위험을 원천적이고 합법적으로 없앨 수 있을 때까지는 말이다.

"그래." 소어베리 씨가 모자를 집어 들며 말했다. "우리 일은 빨리 해치울수록 좋은 법이지. 노아야, 가게 좀 보렴. 올리버는 모자를 쓰고 나랑 같이 나가자꾸나."

명령을 받은 올리버는 업무를 보러 가는 주인을 따라나섰다.

장의사와 올리버는 가장 번잡하고 사람이 빡빡하게 몰려 사는 동네를 한참 걸어 들어갔다. 그러다가 지금껏 지나쳐온 길 중에서 가장 더럽고 비참한 좁은 길로 들어서자 잠깐 멈춰 서서 약도에 나온 집을 찾아 두리번거렸다. 길 양쪽의 집들은 높다랗고 컸지만 매우 낡았고, 가장 가난한 계층의 사람들이 세들어 살고 있었다. 그것은 집들이 방치된 상태에서도 짐작이 가지만 가끔 팔짱을 끼고 몸을 확 굽힌 채 몰래 그림자처럼 숨어 다니는 남녀들의 지저분한 모습에서도 확연히 드러나는 사실이었다. 셋집의 상당수는 1층이 상점이었지만 상점문은 꽉 잠긴 채 곰팡이로 뒤덮여 썩어가고 있었고, 위층 방들에만 사람이 살고 있었다. 어떤 집들은 오래되고 썩어서 금방이라도 무너져 내릴 것 같아 보였는데, 이를 막기 위해 흔들리는 벽과 길바닥 사이에 큰 나무 기둥들을 받쳐놓고 있었다. 그러나 이런 말도 안 되는 집조차도 노숙자들이 밤마다 드나드는 보금자리로 이용되는 모양이었다. 문이나 창문자리에 있던 거친 판자들 여러 개가 뜯겨져 있는 모양새가 한 사람이 들락거릴 정도의 개구멍 같았다. 하수구 도랑의 물은 고여서 썩어가고 있었고 더러웠다. 여기저기에 널브러져 썩어가는 쥐들조차도 굶주려서 끔찍한 모습이었다.

올리버와 장의사가 멈춰선 집은 문을 두드리는 쇠고리나 초인종도 없이 그냥 뚫린 문이었다. 별 수 없이 장의사는 캄캄한 복도를 더듬거리며 조심스럽게 걸어 들어가면서 올리버에게, 무서워 말고 딱 붙어 따라오라고 말했다. 장의사가 첫 계단을 다 올라가자 마침 층계참에 있는 문이 보여서 주먹으로 두드렸다.

열서너 살쯤의 어린 여자아이가 문을 열었다. 장의사는 단번에 방 안을 둘러보고서 자신이 찾던 집임을 알아차렸다. 장의사가 발을 들여놓자 올리버도 따라 들어갔다.

방 안에는 불기가 없었다. 하지만 남자 하나가 텅 빈 벽난로 앞에 멍하니 쭈그리고 앉아 있었다. 노파 하나도 냉기가 흐르는 벽난로 앞에 낮은 의자를 끌고 와서 남자 옆에 앉아 있었다. 또 다른 구석에는 꾀죄죄한 아이들이 있었고, 방문 맞은편 후미진 구석 바닥에는 뭔가가 낡은 담요로 덮여 있었다. 그곳을 쳐다보던 올리버는 몸이 떨려서 저절로 장의사 옆으로 슬금슬금 다가섰다. 담요로 덮여 있긴 했지만 한눈에 시신이라는 것을 감지했기 때문이다.

남자의 얼굴은 아주 핼쑥했고 창백했다. 머리카락과 수염은 희끗희끗했고 눈은 벌겋게 충혈되어 있었다. 노파의 얼굴은 쭈글쭈글했고, 두 개 남은 이가 아랫입술 위로 불쑥 튀어나와 있었지만 두 눈은 형형하고 모든 걸 꿰뚫고 있었다. 올리버는 노파도 남자도 보기가 두려워 눈을 피했다. 두 사람 모두 바깥에서 보았던 쥐들과 너무나 비슷했다.

"누구도 이 사람 가까이 못 갑니다." 장의사가 시신이 있는 자리로 다가가려하자 남자가 사납게 벌떡 일어서며 말했다. "물러서요! 제기랄, 물러서라고! 죽고 싶어?!"

"아이고, 왜 이러는가, 황당하게!" 온갖 비참한 상황에 인이 박힌 장의사가 넉살좋게 말했다.

"내 분명히 말해두지." 남자가 주먹을 불끈 쥐고 사납게 발을 쿵쿵 구르면서 말을 이었다. "확실히 말하는데, 이 사람을 땅에 묻지 않을 거요. 무덤에서 편히 쉴 수 없을 테니까. 구더기들이 귀찮게 굴겠지. 먹을 것도 없는데. 너무 말라서 뼈만 남았다고."

장의사는 미쳐 날뛰는 남자에게 아무런 대꾸를 하지 않고, 그냥 주머니에서 줄자를 꺼내들고서 잠시 무릎을 꿇고 시신 옆에 앉았다.

"아이고!" 남자가 울음을 터뜨리며 죽은 여자의 발치에 무릎을 꿇고 털썩 주저앉았다. "무릎들 꿇으라고, 무릎들 … 다들 이 사람한테 무릎 꿇고 내 말 좀 들어봐! 내 마누라는 굶어죽었어. 얼마나 심각한 상태인지 몰랐는데, 열이 펄펄 끓더라고. 뼈가 살가죽을 뚫고 나올 정도였지. 땔감도 없고 양초도 하나 없어서 컴컴한 데서 죽어갔어. 어둠 속에서! 숨을 헐떡이며 애들 이름을 불렀지만 애들 얼굴도 제대로 못보고 죽었다고. 마누라 살려보겠다고 길에서 구걸을 했더니 날 감옥에 가두더군. 돌아와 보니 죽어가고 있었어. 내 심장에 있는 피가 다 말라버렸지. 그놈들이 내 마누라를 굶겨 죽인 거야. 하느님은 이 모든 걸 다 지켜보셨어. 그 하느님 앞에 맹세하는데, 그놈들이 굶겨 죽였다고!"

남자는 양손으로 머리카락을 쥐어뜯으며 크게 비명을 질러대면서 바닥을 데굴데굴 굴렀다. 눈은 한 곳에 고정한 채 입가에는 거품이 가득했다.

겁에 질린 아이들이 엄청나게 울어댔다. 여태까지 귀먹은 것처럼 잠잠하던 노파가 호통을 쳐서 아이들을 조용히 만들었다. 그러고는 여전히 바닥에 널브러져 있는 남자의 목도리를 풀어주고 나서 장의사를 향해 비틀거리며 걸어갔다.

"내 딸이라우." 노파는 시신 쪽으로 고갯짓을 하더니 흐리멍덩한 눈으로 입을 열었다. 그 자리에 있는 시신보다 더 유령 같았다. "세상에나, 세상에나! 정말 희한도 하지. 얘를 낳은 나도 지금 멀쩡하게 살아 있는데, 얘가 이렇게 싸늘하게 식은 채로 뻣뻣하게 누워 있다니! 참, 세상에! 생각할수록 기가 막혀. 무슨 연극 같다고. 연극 말이야!"

이 불쌍한 노파가 추악하게 즐거운 것처럼 낄낄거리며 중얼거리자, 장의사는 나가려고 돌아섰다.

"잠깐, 잠깐만!" 노파가 조금 크게 속삭였다. "내일 묻을 건가? 아니면 모레? 아니면 오늘 밤에? 내 뱃속에서 나온 아이니 나도 따라나서야지. 큼직한 외투나 좀 보내주게, 따뜻한 걸로. 날씨가 엄청 춥다니까 말일세. 집을 나서기 전에 케이크와 와인도 좀 먹어야겠지! 아니, 아니, 그냥 빵 한 쪽이랑 물이면 돼. 빵은 좀 줄 수 있겠지?" 노파는 문 쪽으로 다시 움직이는 장의사의 외투자락을 붙잡고 애절하게 물었다.

"그럼요, 그럼요. 어떤 것도요, 뭐든지!" 장의사는 이렇게 답하며, 노파의 손을 잡아떼고 올리버를 끌어당기면서 서둘러 떠났다.

이튿날, (이미 가족들은 범블 씨가 직접 갖다 준 1킬로그램의 빵 덩어리와 치즈 한 조각을 받은 상태였다) 올리버와 장의사는 그 비참한 집으로 다시 갔다. 범블 씨는 구빈원에서 관지기로 남자 넷을 데리고 미리 와 있었다. 누더기 차림의 노파와 남자는 낡은 검은 외투 하나를 같이 걸치고 있었다. 관지기들은 못질이 된 관을 들쳐 메고 길거리로 나갔다.

"자, 할머니, 최대한 빠른 걸음으로 갑시다!" 소어베리 씨가 노파의 귀에 대고 속삭였다. "좀 늦었어요. 목사님을 기다리게 하면 안 되죠. 자, 빨리들 움직이라고, 어서!"

이렇게 지시를 받은 관지기들은 가벼운 짐을 메고 빠른 걸음으로 앞서갔고 노파와 남자는 최대한 가까이 붙어서 따라갔다. 범블 씨와 소어베리 씨는 잰 걸음으로 앞서나갔다. 어른들에 비해 다리가 짧은 올리버는 옆에서 뛰어갔다.

그러나 소어베리 씨의 예상과는 달리 그렇게 서두를 필요가 없었다. 쐐기풀이 무성한 교회 묘지 구석에 교구용 묘지 자리에 도착했을 때, 여전히 목사의 모습은 보이지 않았기 때문이다. 교회 제의실 난로 옆에 앉아 있는 교회 서기는 목사가 오기까지 한 시간 정도 걸리는 게 결코 유별난 경우가 아니라고 생각하는 듯했다. 그래서 관지기들은 무덤가에 관을 내려놓았고, 노파와 남자는 차가운 부슬비를 맞으며 축축한 진흙땅에 서서 차분히 기다렸다. 볼거리가 생긴 듯 교회 묘지로 우르르 몰려온 누더기 차림의 아이들이 묘비 사이에서 시끄럽게 숨바꼭질을 하거나 이리저리 관을 뛰어넘으며 놀고 있었다. 소어베리 씨와 범블 씨는 서기와 잘 알고 지내는 사이라서 난로 옆에 같이 앉아서 신문을 읽고 있었다.

마침내 한 시간 남짓 흐른 후, 범블 씨와 소어베리 씨, 서기가 무덤으로 달려오는 모습이 보였다. 바로 그 뒤를 목사가 흰 성직복을 걸치면서 걸어왔다. 범블 씨는 장례식 분위기를 만들려고 아이들 한둘을 탁탁 쳤다. 신사적인 목사님께서는 4분 안으로 압축할 수 있을 만큼의 장례 기도문을 주르륵 읽고 난 뒤, 성직복을 서기에게 맡기고 급하게 되돌아갔다.

"자, 빌!" 소어베리 씨가 무덤 파는 일꾼에게 말했다. "이제 메꿔!"

마무리는 별로 어려운 일이 아니었다. 무덤은 이미 가득 차서 맨 위의 관은 지면에서 얼마 내려가지도 못했기 때문이다. 무덤 파는 일꾼이 흙을 퍼 넣고 발로 슬쩍 밟아 다지고 나서 어깨에 삽을 메고 떠나버리자, 아이들은 볼거리가 너무 빨리 끝났다고 시끄럽게 불평을 웅얼거리며 따라갔다.

"저기, 묘지 문을 닫아야 한다는군요." 범블 씨가 남자의 등을 치며 말을 걸었다. 그러자, 묘지에 들어선 이후로 그 때까지 한 번도 움직이지 않던 남자는 깜짝 놀라 고개를 들고 말을 건 범블 씨를 응시하더니 몇 발짝 걸어가다가 픽 쓰러져버렸다. 노파는 미쳐버린 듯 (장의사가 벗겨간) 외투가 없어졌다고 훌쩍대느라 사위에게는 관심도 없었다. 사람들이 남자에게 찬물을 끼얹어서 남자가 정신을 차리자 묘지 밖으로 무사히 데려 나갔다. 그리고 나서 묘지 문을 잠근 후, 제각기 흩어졌다.

"자, 올리버, 우리 일이 좀 어떠냐?" 소어베리 씨가 집으로 돌아가는 길에 물었다.

"네, 괜찮은 것 같아요." 올리버는 상당히 주저하다 말을 이었다. "그리 마음에 들지는 않지만요."

"아, 시간이 흐르면 익숙해지겠지. 익숙해지고 나면 아무것도 아니란다."

올리버는 소어베리 씨가 이 일에 익숙해질 때까지 얼마나 오래 걸렸을지 속으로 궁금해했다. 하지만 그 질문은 하지 않는 편이 더 나을 것이라 생각하면서 가게로 돌아가는 길에 오늘 보고 들은 것에 대해 홀로 고민에 빠졌다.

6장

노아의 조롱에 참다못해 올리버가 반격에 나서자 움찔하는 노아

한 달 간의 시험 기간이 끝나고 올리버는 정식으로 도제가 되었다. 딱 이 시기에는 병이 나기 좋은 계절이었다. 상업적인 용어로 말하자면, 관 판매가 오르는 때였다. 올리버는 몇 주 만에 상당한 경험을 얻었다. 소어베리 씨가 아주 기발하게 머리를 굴린 덕분에 가장 낙관적으로 기대한 결과보다 훨씬 더 큰 성공을 거두었다. 가장 나이가 많은 주민들도 이토록 홍역이 유행해서 아이들의 목숨을 위협한 때를 떠올릴 수 없었다. 수많은 장례행렬이 이어졌는데, 작은 올리버가 무릎까지 내려오는 상장(喪章)을 모자에 달고 앞장설 때면 마을 어머니들이 형언할 수 없는 감탄과 감정을 숨기지 못했다. 게다가 올리버는 완벽한 장의사에게 필수적인 평정심과 침착성을 익히기 위해 성인의 장례식에도 거의 주인을 따라 다녔는데, 심지가 굳은 사람들이 시련과 상실을 얼마나 묵묵하게 불굴의 용기로 참아내는지 살펴볼 기회를 많이 가질 수 있었다.

예를 들면, 소어베리 씨가 어느 부유한 노부인이나 노신사의 장례를 부탁받았을 때였다. 고인이 아파서 누워 있을 때는 남녀 조카들이 엄청나게 많이 몰려들어 아주 슬퍼하며 공공연하게 슬픔을 내보이다가도, 장례를 치를 때가 되면 자기들끼리 명랑하게 흡족해하며 마치 아무런 일도 벌어지지 않은 것처럼 자유롭고 쾌활하게 떠들어대며 행복해했다. 남편들도 가장 영웅적인 차분함을 내보이며 아내를 잃은 슬픔을 견뎌냈다. 아내들도 남편을 잃고 상복을 입을 때면 비통해하기보다는 최대한 상복이 매력적으로 보이는 일에 더 신경 쓰는 것 같았다. 장례식이 행해지는 동안에는 비통함을 격정적으로 토로하던 신사 숙녀분들이 집에 돌아오는 순간, 돌변해서는 차를 다 마시기도 전에 감정을 완벽히 추스르는 모습도 관찰할 수 있었다. 이 모든 모습이 아주 유쾌하고 유익해서, 올리버는 감탄을 금치 못한 채 지켜보았다.

과연 올리버 트위스트가 이 훌륭한 분들의 사례를 본받아 모든 상황을 묵묵히 감내하게 되었는지는, 올리버의 이야기를 쓰고 있는 입장이지만, 전혀 확신할 수 없다. 다만, 아주 명백히 말할 수 있는 사실은 여러 달 동안 노아 클레이폴의 유세와 학대를 꿋꿋이 온순하게 감내했다는 것이다. 노아는 점점 더 심하게 올리버를 괴롭혀댔다. 고참인 자신은 변함없이 자선학교 학생 모자에 가죽바지 차림인데 반해, 신참인 올리버가 승진해서 검은 지팡이와 상장을 늘어뜨린 모자를 쓰는 것에 질투가 심해졌기 때문이다. 노아를 따라 샬롯까지 올리버를 학대했고, 소어베리 부인은 남편인 소어베리 씨가 올리버를 둘도 없는 친구처럼 대했기에 올리버가 눈엣가시였다. 올리버는 한편으로는 이 세 사람과 다른 한편으로는 넘치도록 많은 장례식 사이에 끼어서, 굶주린 돼지가 실수로 양조장 곡물창고에 갇힌 것만큼 그렇게 안락한 처지는 못 되었다.

이제 올리버의 이야기에서 아주 중요한 단락에 이르렀다. 여기에서 한 가지 행동만은 기록해야 한다. 언뜻 하찮고 별로 중요하지 않게 보일지 몰라도 간접적으로 올리버의 장래와 처지에 중대한 변화를 일으킨 행동이기 때문이다.

어느 날, 저녁 먹는 시간에 올리버와 노아가 부엌으로 내려가서 목뼈 끝에 붙은 가장 형편없는 양고기 600그램으로 만찬을 즐기려고 하는데, 샬롯이 위로 불려 가는 바람에 잠시 시간이 뜨게 되었다. 그러자 배가 고프고 악의에 찬 노아 클레이폴은 이 시간에 어린 올리버를 짜증 나게 건드리며 괴롭히는 일보다 더 값진 일이 어디 있으랴 생각했다.

노아는 이 순수한 즐거움에 몰두해서 발을 식탁보 위에 얹은 채 올리버의 머리카락을 잡아당기고 귀를 비틀면서 '아첨꾼'이라고 구박을 해댔다. 그러면서 더 나아가 올리버가 교수형을 당하게 된다면 언제라도 그 바람직한 사건을 보러 가겠다고 공언했다. 이렇게 조잡하고 치사한 문제들을 꼬집어내면서 딱 사악하고 못된 자선학교 학생답게 굴었다. 그러나 아무리 골려대도 올리버가 울지 않자, 노아는 한층 더 재치를 부려보자 싶었다. 오늘날까지도 재치가 모자라는 많은 사람들이 남들을 웃기려고 할 때 하는 짓을 노아도 시도했다. 좀 더 사적인 문제를 건드리게 된 것이다.

"야, 구빈원. 엄마는 좀 어떠시냐?"

"우리 엄만 죽었어. 다시는 엄마 얘기 하지 마!"

올리버의 얼굴이 붉게 달아오르고 숨이 가빠지면서 입이 실룩대며 코가 벌름대기 시작하자, 클레이폴 씨는 올리버가 왈칵 울음을 터뜨리기 일보 직전이라고 생각했다. 그래서 재빨리 공격을 개시했다.

"근데, 뭐 때문에 죽었는데?"

"마음이 상해서래. 간호부 할머니들이 그랬어." 올리버가 질문에 답한다기보다 혼잣말하듯 읊조렸다. "그렇게 죽는 게 어떤 건지 알 것 같아!"

"얼레리꼴레리, 구빈원." 올리버의 뺨 위로 또르륵 눈물 한 방울이 떨어지자, 노아가 옳다구나 한 마디 덧붙였다. "지금 뭐 때문에 훌쩍이는 거냐?"

"너 때문은 아니야." 올리버가 급하게 눈물을 훔쳐내며 말했다. "괜히 넘겨짚지 마."

"아, 그래? 나 때문은 아니란 거지!" 노아가 빈정거렸다.

"그래, 너 때문이 아니야. 거기까지만 해, 더는 못 참아. 엄마 얘기는 그만두라고. 그러는 게 좋을 거야!" 올리버가 톡 쏘듯 대꾸했다.

"그러는 게 좋을 거라고? 뭐야! 구빈원 따위가 어디서 건방지게! 네 엄마가 뭐? 그냥 괜찮은 여자였다고? 나 원 참!" 여기에서 노아는 고개를 의미심장하게 끄덕이며, 조그마한 붉은 코를 힘껏 끌어올려 추켜세웠다.

"뭐, 있잖아, 구빈원." 노아는 올리버가 침묵을 지키자 대담해져서 짐짓 동정을 가득 담은 가장 재수 없는 말투로 빈정거렸다. "있잖아, 구빈원. 어쩔 수 없는 현실이야. 물론 그 때도 어쩔 수 없었을 테지. 참 안됐지만 말이야, 다들 널 아주 동정한다고. 하지만 명심해야 해, 네 엄마는 진짜로 막 굴러먹던 여자였단 사실을."

"지금 뭐라고 했어?" 올리버가 갑자기 고개를 번쩍 들며 따지고 들었다.

"막 굴러먹던 여자였다고!" 노아는 망설임 없이 툭하니 대답했다. "그래서 그 때 죽은 게 차라리 다행이었던 거야. 안 그랬으면 감옥에서 중노동을 하거나 유배나 교수형을 당했겠지. 확률은 교수형이 제일 크지, 아마도?"

분노에 사로잡힌 올리버는 벌건 얼굴로 벌떡 일어나서 의자와 탁자를 뒤집어엎었다. 그러고는 엄청난 기세로 노아의 멱살을 잡고 이가 딱딱 소리를 내며 부딪칠 정도로 마구 흔들어대다가 온힘을 다해 주먹을 날려 노아를 바닥에 내동댕이쳐버렸다.

1분 전만 해도 거친 조롱에 잠자코 유순하게 기가 꺾인 듯 보이던 아이가 기세 좋게 덤벼들었다. 죽은 엄마가 잔인하게 모욕받자 더는 참을 수 없이 피가 들끓게 된 것이다. 올리버의 가슴이 들썩거렸고 허리가 꼿꼿해졌으며 두 눈은 형형한 빛을 내뿜었다. 사람 자체가 완전히 돌변해서 발밑에 쭈그린 채 누워 있는 비겁한 가해자를 죽일 듯이 노려보았다. 이전에는 결코 볼 수 없었던 기백을 내보이며 노아에게 맞선 것이다.

"애가 날 죽이려고 해요!" 노아가 울먹이는 소리로 외쳐댔다. "샬롯! 마님! 이 새파란 녀석이 날 죽이려고 해요! 도와줘요! 사람 살려! 올리버가 미쳤어요! 샬-롯!"

노아가 자지러질 듯 외치자 샬롯이 크게 비명을 질렀고 소어베리 부인은 더 크게 비명을 내질렀다. 샬롯은 부엌 옆문으로 급히 달려 들어왔고, 소어베리 부인은 계단 위에서 아래로 내려가면 과연 목숨을 부지할 수 있을 것인지 가늠해보면서 멈춰 서 있었다.

"이 쥐새끼 같은 놈아!" 샬롯이 비명을 내지르며 온힘을 다해 올리버를 붙잡았다. 여자였지만 힘이 장사였다. "야, 이 배-은-망-덕-하-고 사람-죽-일 끔-찍-한 악당아!" 샬롯은 말 한 마디마다 힘을 실어서 올리버를 때렸다. 거기다가 심심할까봐 비명을 양념처럼 더했다.

샬롯의 주먹은 아주 매서웠다. 그런데도 소어베리 부인은 올리버의 분노를 제대로 억누르지 못할까봐 부엌으로 뛰어들어 한 손으로 올리버를 거머쥔 채 다른 손으로 올리버의 얼굴을 할퀴며 거들었다. 이렇게 상황이 유리하게 변하자 노아는 벌떡 일어나서 뒤에서 올리버를 두들

올리버가 덤벼들다.

겨 팼다.

이 상황은 오래 유지되기에는 너무 폭력적인 운동이라 할 수 있었다. 셋 다 지쳐서 더 이상 쥐어뜯고 때릴 힘이 빠지자 올리버를 질질 끌고 가서 먼지 가득한 창고에 가두어버렸다. 그 사이에도 올리버는 전혀 기가 죽지 않은 채 버둥거리며 소리를 질러댔다. 상황이 일단락되자 소어베리 부인은 의자에 풀썩 주저앉으면서 울음을 터뜨리고 말았다.

"아이고, 마님 쓰러지셨네! 노아, 빨리 가서 물 좀 가져와!" 샬롯이 말했다.

"오! 샬롯." 소어베리 부인은 노아가 쏟아 부은 찬물을 흥건히 뒤집어 쓴 채 숨을 헐떡거리며 입을 열었다. "샬롯, 우리 모두 잠자다 살해당하지 않은 것만 해도 얼마나 다행이니!"

"정말 천만다행이지요. 제발 이 일을 교훈삼아 주인님이 앞으로는 살인마에 강도피를 타고난 저런 끔찍한 녀석들을 데려오지 않았으면 좋겠어요. 노아만 불쌍하지! 제가 들어왔을 땐 반죽음 상태더라고요."

"불쌍한 것!" 소어베리 부인이 노아를 연민 가득한 눈길로 바라보며 말했다.

노아는 조끼 맨 위 단추에 올리버의 머리끝이 닿을 정도로 키가 더 크면서도, 소어베리 부인의 동정을 받자 금세 소매 안쪽으로 눈가를 훔치면서 거짓으로 눈물을 찍어대며 코를 훌쩍이는 연기를 내보였다.

"이제 어쩌면 좋으냐!" 소어베리 부인이 탄식했다. "남편은 집에 없고 어른 남자가 하나도 없으니, 저 녀석이 10분이면 저 문을 부수고 나올 텐데."

때마침 올리버가 문제의 그 나무문을 온몸으로 거칠게 부딪치는 소리가 들렸다. 금방이라도 우려하는 사태가 일어날 것 같았다.

"에구머니나, 정말 어쩌죠? 경찰이라도 불러야 할까요?" 샬롯이 물었다.

"아니, 군대를 부르죠." 클레이폴 씨가 끼어들며 의견을 냈다.

"아니, 아니야." 소어베리 부인이 올리버의 옛 지인을 떠올리고는 말을 이었다. "노아, 얼른 범블 씨에게 달려가서 당장 모시고 와. 1분도 지체 말고. 모자는 안 써도 돼! 어서! 뛰어가면서 멍든 눈에 칼을 대고 눌러. 붓기가 가라앉을 거야."

노아는 대답도 없이 전속력으로 달려 나갔다. 거리의 사람들은 웬 자선학교 아이가 모자도 쓰지 않고 눈에 주머니칼을 댄 채 헐레벌떡 거리를 내달리는 모습을 보고 화들짝 놀랐다.

7장

계속 반항하는 올리버

　노아 클레이폴은 최대한 빠른 속도로 단숨에 거리를 내달려 구빈원 정문에 다다랐다. 여기에서 1분 정도 숨을 돌리면서 감정을 끌어올려 몇 번 훌쩍여 눈물 어리고 겁에 질린 모습을 연출해낸 후, 쪽문을 크게 두드렸다. 문을 열어준 나이 든 극빈자는 너무나 비통해 보이는 노아의 얼굴에, 가장 잘 나가던 시절에도 비통한 얼굴들만 보고 지내온 사람임에도 불구하고, 깜짝 놀라 자기도 모르게 뒷걸음을 쳤다.

　"아니, 애야, 무슨 일이냐!" 나이 든 극빈자가 물었다.

　"범블 교구관님! 교구관님!" 노아가 짐짓 통탄스러운 목소리로 크게 불러댔다. 그 소리가 어찌나 크고 떨렸는지, 마침 가까이 있던 범블 씨의 귀에까지 들렸을 뿐만 아니라, 범블 씨가 깜짝 놀라 삼각모자도 쓰지 않은 채 안뜰로 뛰쳐나오게 만들었다. 이런 광경은 굉장히 희한하고도 주목할 만한 상황이었다. 체면을 중시하는 말단 교구관조차도 갑자기 강력한 충격을 받으면 순간적으로 침착함과 위엄을 잃어버릴 수 있다는 사실을 보여줬기 때문이다.

"아, 교구관님. 올리버, 올리버가요 …" 노아가 흥분해서 말을 더듬었다.

"뭐야, 뭔데?" 범블 씨가 번들거리는 눈에 기쁨의 빛을 띠며 끼어들었다. "달아난 건 아니겠지. 혹시 달아났나? 그래?"

"아니, 아니에요. 도망간 게 아니라, 아주 악독해졌어요. 날 죽이려고 했고요, 샬롯에 마님까지 차례로 죽이려고 했다고요. 어휴! 얼마나 아프던지! 진짜 너무 아팠다고요!"

여기에서 노아는 뱀장어처럼 이리저리 몸을 쥐어짜고 비틀어댔다. 올리버 트위스트의 폭력적이고 살벌한 공격에 심각한 내상을 입어서 이렇게나 극심한 통증에 시달린다는 사실을 범블 씨에게 온전히 보여주기 위함이었다.

노아는 범블 씨가 너무나 놀라서 어안이 벙벙해진 모습을 보면서 효과를 더하기 위해 끔찍한 상처를 내보이며 열 배나 더 크게 울부짖었다. 마침 흰 조끼를 입은 신사가 안뜰을 가로질러 오는 것을 보고서는 더더욱 비통하게 통곡을 했다. 영악하게도 이 신사의 관심을 끌어서 분노를 일으키는 게 아주 편리한 방책이 되리라고 생각했기 때문이다.

흰 조끼 차림의 신사는 금세 관심을 내보였다. 세 걸음도 못 가서 화난 얼굴로 돌아보고서는 이 똥개 같은 녀석이 왜 이렇게 짖어대느냐며, 범블 씨에게는 왜 이 시끄러운 녀석한테 뭔가 악 소리나는 조치를 취하지 않느냐고 물었다.

"자선학교에서 온 불쌍한 녀석입니다. 트위스트라는 꼬마한테 죽을 뻔 했다지 뭡니까. 거의 살해당할 뻔 했습지요."

"세상에!" 흰 조끼 신사가 딱 멈춰서며 소리쳤다. "내 그럴 줄 알았지. 처음부터 딱 느낌이 왔다고, 그 뻔뻔하고 야만적인 꼬마 녀석이 교수형을 당할 거란 직감이!"

"그 녀석이 하녀도 죽이려고 했답니다." 범블 씨가 잿빛으로 질린 얼굴로 덧붙였다.

"주인 마님도요." 클레이폴 씨가 냉큼 끼어들었다.

"주인 어른도 죽이려 했다고 말한 것 같은데?" 범블 씨가 거들었다.

"아뇨! 주인 어른은 지금 외출 중이세요. 그렇지 않았다면 당연히 죽이려 대들었겠죠. 그러고 싶다고 걔가 말했어요." 노아가 대답했다.

"오호! 그러고 싶다고 했단 말이지?" 흰 조끼 신사가 물었다.

"네, 그랬습니다. 그리고 저희 마님이 범블 씨께 부탁했어요. 시간을 좀 내서 당장 와주십사 하구요. 매질이라도 해주실 수 없냐고 … 주인 어른이 안 계시니까요." 노아가 대답했다.

"물론이지, 당연히 그래야지." 흰 조끼 신사가 자비로운 미소를 지으며 8센티미터나 더 높이 있는 노아의 머리를 토닥였다. "넌 착한 아이구나. 아주 기특해. 자, 여기 1페니를 가지렴. 교구관, 당장 소어베리 댁으로 가서 최선을 다해보게. 조금도 봐주지 말라고."

"네, 그러겠습니다." 범블 씨가 공적 매질의 용도로 지팡이 끝에 동그랗게 꼬아서 붙여놓은 밀랍 부분을 만지작거리며 대답했다.

"소어베리한테도 봐주지 말라고 일러두게. 채찍이나 주먹을 쓰지 않고서는 그 녀석을 다룰 수 없을 거야." 흰 조끼 신사가 덧붙였다.

"명심하겠습니다." 교구관이 정중하게 답했다. 때마침 삼각모자와 지팡이가 흡족하게 준비된 차라서 범블 씨와 노아 클레이폴은 전속력으로 장의사 가게로 향했다.

상황은 나아지지 않은 채 그대로였다. 소어베리 씨는 아직 돌아오지 않았고 올리버는 여전히 기세등등하게 창고문을 발로 차고 있었다.

소어베리 부인과 샬롯이 전해주는 올리버의 흉포한 행동은 소름끼칠 만큼 놀라운 것이라서, 범블 씨는 문을 열기 전에 먼저 말로 달래보는 게 현명하리라고 판단했다. 그래서 첫 포문 삼아 바깥에서 문을 걷어찬 뒤, 열쇠구멍에 입을 대고 나지막하게 강한 목소리로 말했다.

"올리버!"

"당장 날 꺼내줘!" 안쪽에서 올리버의 목소리가 들렸다.

"누구 목소린지 알겠느냐, 올리버?" 범블 씨가 물었다.

"그래." 올리버가 대답했다.

"이 목소리가 무섭지도 않느냐? 내가 말하는 동안 두려워서 벌벌 떨고 있지?" 범블 씨가 추궁했다.

"아니!" 올리버가 대담하게 반박했다.

범블 씨는 늘 들어오던 유순한 대답을 기대하고 있다가 허를 찔린 듯 주춤하고 말았다. 열쇠구멍에서 뒤로 물러나 허리를 곧게 편 후, 아무 말 없이 경악한 표정으로 세 사람의 구경꾼을 둘러보았다.

"오, 범블 씨, 저 녀석이 미친 게 틀림없군요. 정신이 반만 있어도 감히 저렇게 말하진 못할 텐데요." 소어베리 부인이 말했다.

"부인, 저건 미친 게 아닙니다." 범블 씨가 잠시 생각에 잠겼다가 다시 입을 열었다. "고기 때문입니다."

"뭐라고요?" 소어베리 부인이 놀라며 물었다.

"고기요, 부인. 고기." 범블 씨가 엄중하게 강조하며 대답했다. "부인이 너무 잘 먹인 탓이지요. 저 녀석의 처지에 전혀 맞지 않는 대접으로 인해 기운이 넘치게 된 겁니다. 실용적인 철학자이신 이사님들도 동의하실 걸요? 도대체 극빈자 놈들이 기운이 넘쳐서 뭐에 쓰겠어요. 그저 몸뚱어리나 부지하면 그만일 텐데. 저 녀석한테 죽이나 먹였으면 이런 일은 안 일어났을 겁니다."

"세상에, 맙소사!" 소어베리 부인이 경건하게 부엌 천장을 올려다보며 탄식을 내뱉었다. "너무 잘 먹여서 생긴 일이라니!"

소어베리 부인이 올리버를 잘 먹였다는 말은 아무도 먹지 않을 더러운 고기 찌꺼기를 넘치게 주었다는 뜻이었다. 따라서 소어베리 부인이 범블 씨의 매서운 힐난을 기꺼이 받아들이기에는 상당한 유순함과 자기희생이 필요한 대목이었다. 말이야 바른 말이지, 소어베리 부인은 생각이나 말, 행동에서 비난받을 여지가 전혀 없지 않은가.

"흠!" 부인이 다시 바닥으로 눈을 돌리자 범블 씨가 입을 열었다. "지금 할 수 있는 일이라고는 저 녀석을 하루 정도 그대로 가둬놓고 좀 굶기는 수밖에 없을 것 같군요. 그러고 나서 도제 기간 내내 죽만 주는 거죠. 저 녀석은 아주 천한 출신입니다. 천성적으로 흥분을 잘한다구요, 소어베리 부인! 노파와 의사 선생 말이 저 녀석 엄마는 연약한 여자라면 진작에 죽었을 정도의 고생과 고통을 뚫고 여기까지 왔다는 겁니다."

이 대목에서 올리버는 범블 씨가 엄마에 대해 뭔가 새로운 말을 하고 있다는 것을 알아차리고는 그 말소리를 뒤덮을 정도로 크게 다시 발길질을 시작했다. 그 때, 소어베리 씨가 돌아왔다. 소어베리 부인과 샬롯은 소어베리 씨의 화를 돋우기에 충분할 정도로 과장해서 올리버의 폭력적인 행동에 대해 설명했다. 그러자 소어베리 씨는 단박에 창고문을 열고, 반항하는 도제의 멱살을 잡고 끌어냈다.

올리버의 옷은 이미 두드려맞던 순간에 찢겨진 채였고, 얼굴은 멍이 들고 생채기가 난 상태였으며, 머리카락은 이마 위로 헝클어져 엉망이었다. 그러나 화가 나서 붉어진 얼굴은 가라앉지 않은 채로 여전했다. 창고에서 끌려나올 때도 대담하게 노아를 쏘아보기까지 했다. 전혀 겁에 질린 표정이 아니었다.

"넌 착한 아인 줄 알았는데, 아닌가?" 소어베리 씨가 올리버를 흔들고 뺨을 한 대 갈기며 말했다.

"노아가 우리 엄마를 욕했어요." 올리버가 뚱하게 대답했다.

"아니, 이 은혜도 모르는 녀석이! 그러면 좀 어때?" 소어베리 부인이 끼어들었다. "네 엄마는 그보다 더 심한 욕을 들어도 싸지."

"아니야!" 올리버가 반박했다.

"맞아." 소어베리 부인이 맞받아쳤다.

"거짓말!" 올리버가 되받아치자, 소어베리 부인이 울음을 터뜨렸다.

이렇게 부인이 울음을 터뜨린 이상, 소어베리 씨는 더 이상 다른 여지가 없었다. 당장에 올리버에게 가장 혹독한 벌을 내리지 않고 조금이라도 머뭇거렸다가는, 경험이 풍부한 독자라면 다들 알다시피, 모든 부부 싸움의 전례에 따라 인정머리 없는 남편이자 모욕적인 인간에 사람 흉내만 내는 짐승처럼 여기에 일일이 다 열거하기도 어려울 정도로 욕을 먹을 터였다.

사실대로 말하자면 소어베리 씨는 미약한 힘이나마 최선을 다해 올리버에게 잘해주는 편이었다. 자신에게 이득이어서도 있겠지만 아내가 올리버를 싫어했기 때문도 컸으리라. 하지만 부인이 울음을 터뜨리고 말았으니, 다른 방도가 없었다. 즉시 올리버를 두드려 패서 아내를 만족시키고 범블 씨가 지팡이를 사용할 필요도 없게 만들었다. 올리버는 그날 내내 부엌 뒤쪽에 갇혀서 물과 빵 한 조각으로 때워야 했다. 밤이 되자 소어베리 부인이 문 밖에 서서 올리버의 엄마에 대한 험담을 늘어놓은 뒤 안을 들여다보면서, 노아와 샬롯이 비아냥거리고 손가락질을 하는 가운데, 올리버에게 원래의 음침한 침대로 올라가 자라고 명령을 내렸다.

올리버는 음울한 장의사 가게의 정적과 고요함 속에 홀로 남겨지자비로소 낮에 받았던 수모와 굴욕을 온전히 받아들일 수 있게 되었다. 그 때까지 올리버는 경멸의 눈빛으로 모욕을 한 귀로 흘려들었고, 울음소리 한 번 내지 않고 매질을 견뎌냈다. 산 채로 불에 태워 죽인다고 해도 끝까지 비명 한 번 안 지르리라는 자존심이 가슴에 가득했기 때문이다. 그러나 이제 보는 사람도, 듣는 사람도 없게 되자, 마룻바닥에 무릎을 꿇고 양손에 얼굴을 묻은 채 하느님이 주신 인간의 자연스러운 심성 그대로 어떤 어린애보다도 더 슬프게 눈물을 흘렸다.

한동안 그 자세 그대로 가만히 있었다. 올리버가 일어섰을 때 촛대 위 초가 거의 다 닳은 채 타고 있었다. 조심스레 주변을 둘러보고는 귀를 기울이며 조용히 문을 열고 바깥을 살펴보았다.

매우 춥고 캄캄한 밤이었다. 올리버의 눈에는 별들이 그 어느 때보다 멀리 떨어진 듯 보였다. 거무스름한 나무 그림자가 무덤이나 죽음처럼 잠잠했다. 올리버는 살살 문을 닫았다. 꺼져가는 촛불에 의지해 겨우 옷가지 몇 점을 손수건 속에 담아 묶어놓은 후 의자에 앉아 아침이 밝길 기다렸다.

첫 햇살이 가게 덧문 사이로 스며들어오자, 올리버는 의자에서 일어나 빗장을 풀었다. 그러고 나서 조심스럽게 주변을 둘러보고 잠시 머뭇거리다가 문 밖 거리로 나섰다.

일단 어디로 도망칠지 고민하며 좌우를 두리번거리다가, 마차가 힘겹게 언덕을 오르던 모습이 떠올랐다. 똑같은 길로 가보자 싶었다. 원래 알고 있던 들판을 가로질러가다가 다시 큰길로 이어지는 샛길로 빠졌다.

바로 이 길을 따라 범블 씨가 처음 농장에서 구빈원으로 올리버를 데려갔다. 그 때, 범블 씨 옆에서 종종걸음을 치며 따라갔던 기억이 생생하게 떠올랐다. 길은 농장 앞으로 곧장 나 있었다. 막상 이 길에 들어서고 보니, 가슴이 두근대며 반쯤 다시 돌아가고 싶은 마음도 들었다. 하지만 이미 한참을 걸어왔고 시간도 많이 허비했다. 게다가 아주 이른 아침이라 들킬 염려도 없었다. 그래서 그냥 걸어갔다.

마침내 '고아 농장'에 다다랐다. 아직 이른 시간이라 아이들은 보이지 않았다. 올리버는 걸음을 멈추고 안뜰을 몰래 훔쳐보았다. 어린아이 하나가 조그마한 화단에서 잡초를 뽑고 있었다. 아이가 손을 멈추고 창백한 얼굴을 들어 옛 친구를 알아보았다. 올리버는 떠나기 전에 그 아이를 보게 되어 기뻤다. 나이가 더 어린 동생뻘 친구였지만 한때 같이 놀았던 벗이었기 때문이다. 정말 수도 없이 함께 얻어맞고 굶고 같이 처박혔던 친구였다.

"쉿, 딕!" 아이가 달려와 울타리 사이로 삐쩍 마른 팔을 내밀며 반기자, 올리버가 진정시키며 말했다. "누구 일어난 사람 없어?"

"나말곤 없어." 아이가 대답했다.

"딕, 아무한테도 날 봤단 소리 하지 말아줘. 도망치는 중이거든. 사람들이 무진장 때리고 괴롭혀서 말이야. 난 멀리 도망가서 큰돈을 벌어 볼 작정이야. 아직 어디로 갈지는 모르겠어. 너 얼굴이 너무 창백해!"

"의사가 그러는데 나 곧 죽을 거래. 사람들한테 하는 소리 들었어." 아이가 희미한 미소를 지으며 말을 이었다. "이렇게 다시 보게 돼서 진짜 좋아. 근데, 여기 있으면 안 돼. 얼른 가, 어서!"

"그래, 알았어, 그럴게. 작별인사나 하려고. 딕, 꼭 다시 만나자! 건강하고 행복하게 잘 지내!"

"나도 그랬으면 좋겠어. 죽은 다음에나 만나게 될 거야. 의사 선생님 말이 맞겠지. 요즘 천국이나 천사 꿈을 엄청 많이 꾸거든. 깨어 있을 땐 한 번도 본 적 없는 다정한 얼굴들도 자주 나타나고. 아무튼, 작별 뽀뽀나 해줘." 아이가 낮은 쪽문 위로 기어올라서 작은 두 팔로 올리버의 목을 감으며 작별인사를 했다. "잘 가! 하느님이 지켜주실 거야!"

어린아이의 입에서 나온 이 축복은 올리버가 생전 처음 들어본 말이었다. 이후로 온갖 고난과 역경, 변화 속에서도 올리버는 이 축복의 말을 단 한 번도 잊은 적이 없었다.

8장

런던으로 발걸음을 옮기는 올리버, 도중에 이상한 어린 신사를 만나다

올리버는 샛길이 끝나는 곳에 있는 가축 울타리에 다다랐다. 그러다가 다시 한 번 큰길을 만났다. 그 때가 아침 8시였다. 마을에서 거의 8킬로미터나 떨어져 나왔지만, 누가 쫓아와서 잡을까 싶어 두려워서 달리다가 덤불 뒤에 숨었다 다시 달리기를 정오까지 계속 반복했다. 그러고 나서 이정표 옆에 앉아 쉬면서 어디로 가서 사는 게 최선일지 처음으로 생각해보기 시작했다.

올리버 옆의 이정표에는 커다란 글씨로 런던까지 딱 110킬로미터라고 쓰여 있었다. '런던'이라는 지명을 보자마자 올리버의 머리에 새로운 생각들이 연달아 떠올랐다. 런던! 엄청나게 넓은 곳! 아무도, 심지어 범블 씨도! 거기서는 절대 나를 찾지 못하겠지! 구빈원에서 노인들이 자주 하던 말이 있었어. 활기찬 젊은이라면 누구나 런던에서는 부족함 없이 살 수 있다고, 그렇게 드넓은 도시에서는 시골에서 자란 사람들이 전혀 생각지도 못할, 입에 풀칠하고 살 방도가 있다고. 런던이야 말로 누군가가 도와주지 않으면 길거리에서 굶어 죽어갈 만한, 집 없는 고아에게 딱 알맞은 곳이 아닌가. 이런 생각들이 머릿속을 스쳐 지나가자, 올리버는 벌떡 일어나서 다시 앞으로 걸어갔다.

올리버는 런던까지의 거리를 6킬로미터쯤 좁히고 나서 목적지에 이르려면 얼마나 더 고생을 해야 할지 곰곰이 따져보기 시작했다. 이런 생각에 발걸음이 느려진 올리버는 런던까지 갈 방법에 대해 고심했다. 봇짐 속에는 딱딱한 빵 한 조각과 거친 셔츠 하나, 긴 양말 두 짝이 있었다. 호주머니 속에는 1페니가 있었다. 어느 장례식 후에 올리버가 평소보다 일을 잘했다고 소어베리 씨가 선물로 준 동전이었다. 올리버는 생각했다. '깨끗한 셔츠는 매우 편리한 물건이고, 긴 양말 두 짝이나 1페니 동전도 그럴 거야. 하지만 겨울철에 104킬로미터를 걸어가는 데는 별로 도움이 되지 못하지.' 올리버도 여느 사람들과 마찬가지로, 어려운 점을 지적하는 데에는 극히 신속하고 적극적이었지만 어려움을 극복할 수 있는 현실적인 해결책을 내놓는 데에는 뾰족한 수가 없었다. 이렇게 올리버는 별 도리 없는 생각을 한참 하다가 봇짐을 다른 어깨에 바꿔 메고 터덜터덜 걸어갔다.

그날 올리버는 32킬로미터를 걸었다. 그러는 동안, 겨우 마른 빵 한 조각과 길가의 오두막집에서 구걸해 얻어먹은 물 몇 모금 말고는 아무것도 먹지 못했다. 밤이 되자 풀밭으로 발길을 돌려 건초더미로 기어올라가 아침이 될 때까지 누워 있기로 했다. 처음에는 무척 무서웠다. 바람이 텅 빈 들판 너머로 음침한 신음소리를 내며 불었기 때문이다. 올리버는 춥고 배고팠으며 평생 이토록 외롭기는 처음이었다. 그러나 너무 많이 걸어 지칠 대로 지쳤기에 곧바로 곯아떨어져 온갖 걱정과 근심을 잊어버렸다.

이튿날 아침에 일어나보니, 추위에 온몸이 뻣뻣하게 굳어 있었다. 배가 너무 고파서 처음으로 들어선 마을에서 갖고 있던 1페니로 작은 빵 한 덩이를 살 수밖에 없었다. 그렇게 20킬로미터쯤 걸어가자 또다시 밤이 찾아왔다. 발바닥이 쑤셨고, 다리는 맥이 풀려 후들거렸다. 쓸쓸하고 축축한 밤공기 속에서 또 하룻밤을 보내자 몸 상태가 더 나빠졌다. 이튿날 아침에 길을 나서려고 할 때에는 거의 기어가야 할 정도였다.

올리버는 가파른 언덕 아래에서 역마차가 오기를 기다렸다가 마차 바깥쪽에 매달린 승객들에게 돈을 구걸했지만 다들 거들떠보지도 않았다. 간혹 관심을 보이는 자라도 마차가 고개 위에 닿을 때까지 힘껏 뛰어 쫓아오면 반 페니짜리 동전을 주겠다는 흥정을 했다. 가엾은 올리버는 애써 마차를 뒤쫓아 뛰어봤지만 지친 몸 상태에다 발바닥이 아파서 도저히 따라잡을 수가 없었다. 승객들은 그 모습을 보고 동전을 다시 호주머니에 집어넣으며 한 푼도 못 빌어먹을 게으름뱅이라고 올리버를 욕했다. 마차는 자욱한 먼지만 남긴 채 덜커덩거리며 사라져갔다.

어떤 마을에서는 페인트칠을 한 커다란 판자를 세워놓았는데, 그 지역 안에서 구걸을 하면 감옥행이라는 경고판이었다. 이 경고에 겁을 집어먹은 올리버는 최대한 빨리 마을에서 벗어나기만을 목표로 삼았다. 다른 마을에서는 여관 마당 주위를 서성이며 울먹이는 표정으로 행인을 하나하나 쳐다보았다. 그러나 이는 언제나 여관 여주인이 거리를 오가는 우편배달부들에게 저 낯선 아이가 좀도둑임이 분명하니 쫓아내달라고 부탁하는 명령으로 끝이 났다. 농가의 문을 두드리며 구걸하면 십중팔구는 개를 풀겠다고 협박했고, 가게에 코를 들이밀면 교구관을 들먹이는 바람에 올리버는 빈속에 덜컹거리는 심장을 달랠 수밖에 없었다.

사실 마음씨 좋은 통행세 징수원과 인정 많은 노파가 없었다면 올리버는 자기 어머니가 곤경을 끝마친 방법과 마찬가지로 막을 내렸을 터였다. 다시 말하면 분명히 길 위에 쓰러져 죽음을 맞이했을 것이다. 그러나 통행세 징수원은 빵과 치즈를 주었고, 노파는 이 세상 먼 곳에서 난파선 때문에 맨발로 떠돌아다니는 손자가 있던 처지라 이 가엾은 고아를 불쌍히 여겨서 내어줄 수 있는 것은 다 주었다. 노파는 너무나도 다정하고 따뜻한 말로 위로했고, 동정과 연민의 눈물까지 보여주었다. 올리버의 영혼 속에 여태껏 겪은 고통보다 더 진한 감동이 아로새겨졌다.

고향을 떠난 지 일주일째 되는 이른 아침, 올리버는 절뚝거리며 바넷이라는 작은 마을을 천천히 지나가고 있었다. 덧창들이 꼭꼭 닫혀 있었고 길거리가 텅텅 비어 있었다. 아직 잠을 깨서 일을 시작한 사람이 아무도 없었다. 태양은 화려한 아름다움을 뽐내며 떠오르고 있었지만, 피투성이 발에 먼지투성이 몸을 한 채로 차가운 문간 계단에 앉아 있는 아이에게는 외롭고 불쌍한 자신의 처지만을 비춰 보여주는 존재일 뿐이었다.

차츰차츰 덧창들이 열리고 차양이 걷어 올려지더니, 사람들이 이리저리로 지나다니기 시작했다. 몇몇은 잠시 서서 올리버를 쳐다보거나, 바쁘게 지나가다 돌아서서 바라보기도 했지만, 도와준다거나 어떻게 여기까지 오게 되었나를 물어보는 사람은 없었다. 올리버는 구걸할 용기도 없어서 그저 가만히 앉아 있었다.

한동안 계단에 웅크리고 앉아서, 지나다니는 역마차들을 멍하니 바라보며 저렇게 몇 시간이면 수월하게 오가는 길을 일주일이나 걸려 걸어왔다는 사실이 새삼 희한하게 느껴지기도 했다. 돌아보면 올리버는 제 나이에 맞지 않는 대단한 용기와 결심으로 길을 나선 셈이었다. 그때, 몇 분 전에 무관심하게 지나쳐간 소년 하나가 다시 돌아와서 맞은편 길에서 아주 따가운 눈빛으로 조사하듯 바라보고 있다는 사실을 알아차렸다. 처음에는 별로 신경을 쓰지 않았지만 소년이 너무나 오래도록 지켜보고 있어서 올리버도 어쩔 수 없이 고개를 들고 눈을 맞추었다. 그러자 그 소년이 길을 건너서 다가오며 말을 걸었다.

"어이, 친구! 뭔 일이야?"

어린 방랑자에게 이런 질문을 던진 소년은 올리버 또래 같았지만, 이제까지 본 사람들 중에 가장 괴상한 모습을 하고 있었다. 들창코에 이마가 납작한 보잘것없는 얼굴이었고, 여느 아이들처럼 꾀죄죄한 차림이었지만 분위기와 태도는 어른 같았다. 나이에 비해 키가 작았고 다리는 약간 휘었으며 날카로운 눈은 작고 추했다. 모자는 머리 위에 살짝 얹힌 채여서 언제라도 떨어질 듯 아슬아슬했지만 소년에게는 한 번씩 머리를 홱 튕겨서 모자를 원위치로 돌려놓는 요령이 있었다. 소년은 거의 발꿈치까지 닿는 어른 외투를 입고 있었다. 또한, 옷소매를 팔꿈치까지 접어 올려 소매 밖으로 맨팔을 드러내고 있었는데, 이렇게 팔을 걷은 목적은 오로지 코르덴바지 주머니에 양손을 쑤셔 넣기 위해서인 것 같았다. 실제로 양손을 주머니 속에 넣고 있었기 때문이다. 전체적으로 가죽부츠를 신은 135센티미터도 안 되는 작은 키의 어린 신사치고는 가장 으스대고 뽐내는 축에 끼였다.

"어이, 친구! 도대체 뭔 일이냐고?" 괴상한 어린 신사가 올리버에게 또다시 물었다.

"너무 배고프고 피곤해. 먼 길을 걸어왔거든. 일주일 내내 걸었어." 올리버가 눈물을 글썽이며 대답했다.

"일주일이나 걸었다고! 아, 알겠어. 매부리의 명령이구나, 그렇지?" 어린 신사가 올리버의 놀란 표정을 눈치 채고 재빨리 덧붙였다. "매부리가 뭔지 모르는 모양이구나, 그렇지?"

올리버가 새의 주둥이를 뜻하지 않느냐고 부드럽게 되물었다.

"아휴, 순진하긴! 매부리란 치안 판사잖아. 매부리의 명령으로 걸어가면 곧장 앞으로 가는 게 아니라 올라가기만 하고 절대 못 내려오지. 한 번에 '끽'이라고. 그럼, 방아를 돌려본* 적은 있냐?" 어린 신사가 소리쳤다.

"무슨 방아?"

"무슨 방아냐고? 왜 있잖아, 방아! 너무 작아서 교도소 안에서도 잘 돌아가는 거. 바람이 높을 때보다 바람이 낮을 때 더 잘 되는 곳이지. 왜냐하면 바람이 높으면 일꾼을 구할 수 없으니까.** 아무튼, 따라와. 너도 뭔가 먹을 걸 찾고 있겠지, 내가 좀 줄게. 나도 요즘 주머니 사정이 간당간당해서 1실링 반 페니밖에 없지만, 최대한 내놓을 테니까. 자, 어서 일어나 가자!"

어린 신사가 올리버를 부축해서 일으키고는 근처의 식료품점으로 가서 햄과 작은 빵 덩어리 하나를 샀다. 어린 신사의 표현에 따르면, 이 빵 덩어리는 '4페니짜리 반죽덩이'였다. 이 빵 덩어리의 껍질을 조금 떼어내고 그 구멍 속에 햄을 넣으면 햄을 더럽히지 않고도 깨끗하게 보관할 수 있었다. 어린 신사가 이 빵 덩어리를 겨드랑이에 끼고 작은 선술집으로 들어가서 뒤편의 바에 올리버를 앉혔다. 이 신비스러운 어린 신사의 주문으로 맥주 한 단지가 나왔고, 올리버는 새로이 알게 된 친구의 권유로 느긋하게 따스한 음식을 즐기기 시작했다. 그러는 동안, 이 낯선 소년은 올리버를 가끔씩 굉장히 주의 깊게 살펴보곤 했다.

"런던에 간다고?" 한참 후에 올리버가 식사를 마치자 낯선 소년이

---

* 감옥에서 죄수가 벌로 방아를 밟아야 했다.
** 살기 좋을 땐 죄수가 없다는 뜻.

물었다.

"그래."

"묵을 데는 있고?"

"없어."

"돈은?"

"없어."

낯선 소년이 휘파람을 불면서 호주머니 속으로 팔까지 깊숙이 집어넣었다.

"넌 런던에 살고 있어?" 올리버가 물었다.

"그래. 집에 있을 땐 그렇지. 내 생각에 너 오늘 밤 잠잘 곳이 필요할 것 같은데, 그렇지?" 어린 신사가 물었다.

"응, 정말 그래. 시골에서 떠나온 후로 지붕이 있는 곳에서 자본 적이 한 번도 없었어." 올리버가 대답했다.

"그 정도 일로 얼굴 찡그리지 마. 나도 오늘 밤에 런던으로 가야 하거든. 내가 거기 사는 '괜찮은 노신사' 한 분을 아는데, 그분이 공짜로 숙소를 제공해주실 거야. 잔돈도 요구하지 않을 거 ⋯ 그러니까, 잘 아는 신사가 소개하면 그렇게 해준대. 그분이 날 아냐고? 아니! 전혀! 절대로 모르시지!"

어린 신사가 마지막 구절은 반어적인 농담인 듯 미소를 지으며 맥주를 다 들이켰다.

이런 뜻밖의 제안은 올리버가 거절하기에는 너무 매력적이었다. 특히 뒤이어 그 노신사가 편안한 일자리를 줄 것이라는 어린 신사의 확신에 찬 말에는 도저히 넘어가지 않을 수가 없었다. 이후로 좀 더 친밀하고 은밀한 대화가 이어졌고, 여기에서 올리버는 이 어린 신사의 이름이 잭 도킨스이며, 노신사의 보호 아래 특별히 총애를 받고 있다는 사실을 알아냈다.

도킨스 씨의 겉모습을 보면, 노신사의 보호 아래 있는 사람들이 그다지 큰 보살핌을 받는 것은 아닌 것 같았다. 하지만 도킨스가 좀 변덕이 심하고 경망스러운 말투를 쓰고 있으며, 친한 친구들 사이에서는 '교묘한 미꾸라지'로 더 잘 알려져 있다고 큰소리를 치는 것을 보면, 원래 방탕하고 경솔해서 아무리 노신사가 도덕적인 교훈을 가르치려 해도 눈앞에서 나 몰라라 내던져버릴 성격의 소유자일 것이라고 올리버는 혼자 결론을 내렸다. 이런 인상을 받은 올리버는 어서 빨리 노신사에게 좋은 평가를 받아서, 이 미꾸라지가 구제불능이라는 사실을 노신사도 발견하게 되면, (아마 이미 반쯤은 알고 계실 것도 같지만) 더는 도킨스와 친해지지 않고 관계를 끊어내야겠다고 속으로 다짐했다.

도킨스가 밤이 되기 전에는 런던으로 안 들어가려고 했기 때문에, 거의 11시가 다 되어서야 이즐링턴 통관소에 다다랐다. 올리버와 도킨스는 엔젤 여관을 지나 세인트 존스로(路)로 갔고, 새들러스 웰스 극장에서 끝나는 작은 거리로 들어가서 엑스머스가(街)와 코피스 로우를 지나 구빈원 옆의 좁은 골목으로 내려갔다. 그러고 나서, 한때 호클리 인 더 홀이라는 이름을 갖고 있던 유서 깊은 지역을 건너 리틀 새프런 언덕에서 그레이트 새프런 언덕으로 넘어갔다.* 이 모든 길을, 미꾸라지는 재빠른 속도로 넘나들며, 올리버가 뒤처지지 않도록 바짝 따라오게 신경을 썼다.

올리버는 앞서가는 도킨스를 잃어버리지 않고 쫓아가느라 여념이 없었지만, 지나가는 길 양쪽을 급하게라도 힐끔거리지 않을 수 없었다. 이렇게 더럽고 끔찍한 곳은 난생 처음 보았다. 길은 아주 좁고 진흙탕

---

* 19세기 초, 런던의 우범지대.

이었으며, 공기는 악취로 가득 차 있었다. 조그만 가게들이 꽤나 많았지만, 유일하게 취급하는 물건이 산더미처럼 몰려 있는 아이들인 것 같았다. 이렇게 밤늦은 시간에도 아이들은 문을 들락날락 기어다니거나 집 안에서 괴성을 질러대고 있었다. 전체적으로 어두운 그림자가 드리운 듯한 곳에서 오로지 선술집들만 잘 나가는 것처럼 보였다. 그런 술집들 안에서는 아일랜드 하층민들이 온갖 열성을 다해 말다툼을 벌이고 있었다. 큰길에서 여기저기로 갈라져 나온 포장한 샛길이나 마당에는 집들이 옹기종기 모여 있었고, 술에 취한 남녀들이 오물더미에서 뒹굴고 있었다. 게다가 몇몇 집 문 앞에서는 굉장히 인상 나쁜 녀석들이 조심스럽게 모습을 드러냈는데, 외견상 결코 호의적이거나 무해한 일을 하는 것처럼 보이지는 않았다.

올리버는 그냥 도망쳐버리는 게 낫지 않을까 생각하다가 어느새 언덕 밑에 다다르고 말았다. 도킨스가 올리버의 팔을 잡더니, 필드 레인 근처의 어느 집 문을 열고 들어가 끌어당기고는 문을 닫았다.

"그래, 뭐냐!" 미꾸라지가 휘파람을 불자, 아래에서 누군가가 대답인 듯 소리쳤다.

"맛깔나게 죽여주지!" 미꾸라지가 대답했다.

이건 무슨 다 괜찮다는 신호나 암호 같은 대화였다. 복도 저 멀리 끝쪽 벽에서 희미하게 촛불이 비치더니, 난간이 부서진 낡은 부엌의 계단에서 남자 얼굴이 불쑥 튀어나왔다.

"너희들 둘이구나. 여기 다른 녀석은 누구냐?" 남자가 촛불을 들이밀고는 손으로 눈가를 가리며 물었다.

"새 친구야." 도킨스가 올리버를 앞으로 밀며 대답했다.

"어디서 왔는데?"

"촌뜨기야. 페이긴 영감은 위층에 있어?"

"그래, 손수건을 고르고 있지. 올라가자!" 촛불이 뒤로 빠지자 남자의 얼굴이 사라졌다.

올리버는 한 손이 도킨스에게 꽉 잡혀 있었기 때문에 다른 손으로 길을 더듬으며 아주 힘겹게 어두컴컴한 부서진 계단을 올라갔다. 도킨스가 아주 쉽고 편하게 올라가는 것을 보니, 꽤나 익숙한 곳인 모양이었다. 도킨스는 뒷방의 문을 확 열어 젖히더니, 올리버를 끌고 들어갔다.

뒷방의 벽과 천장은 낡고 먼지가 끼여 완전히 새까맸다. 벽난로 앞에는 나무탁자가 있었는데, 그 위에는 맥주병에 초가 꽂혀 있었고, 백랍단지 두서넛, 빵 한 덩어리와 버터, 접시 하나가 놓여 있었다. 벽난로 선반에 끈을 매달아 고정해놓은 프라이팬에서는 소시지가 구워지고 있었다. 그 앞에는 아주 쪼글쪼글하게 늙은 유대인 노인이 조리용 포크를 손에 들고 서 있었다. 악당 같은 혐오스러운 얼굴이 헝클어진 붉은 머리카락에 가려져 있었다. 목이 휑한 번들거리는 플란넬 가운 차림으로, 프라이팬의 요리뿐만 아니라, 빨래건조대에 널린 수많은 비단 손수건도 꽤나 신경을 쓰고 있는 듯 보였다. 바닥 한구석에는 낡은 포대자루로 만든 침대 몇 개가 따닥따닥 붙어 있었다. 탁자 주위에는 미꾸라지보다 더 나이 들어 보이지는 않는 소년들 네댓 명이 둘러앉아 길쭉한 사기 담뱃대를 물고 중년 남자들 같은 분위기를 풍기며 술을 마시고 있었다. 다들 도킨스가 유대인 노인에게 몇 마디 속삭이자 몰려들었다가 고개를 돌려 올리버를 보면서 씩 웃었다. 조리용 포크를 든 유대인 노인도 똑같이 웃어보였다.

"페이긴, 얘가 바로 그 친구예요. 올리버 트위스트죠."

유대인 노인은 씩 웃으며 올리버에게 허리를 깊이 숙여 인사하더니, 올리버의 손을 잡고, 앞으로 친하게 지내보자며 정중하게 말했다. 그러자, 담뱃대를 입에 문 어린 신사들이 우르르 몰려들어 올리버를 둘

올리버가 존경할 만한 노신사를 소개받다.

러싸고는 양손을 잡고 마구 흔들어댔고, 특히 작은 보따리를 든 손은 더 세게 흔들었다. 어린 신사 하나가 모자를 대신 걸어주겠다며 호들갑을 떨었고, 다른 신사는 아주 친절하게도 올리버가 피곤할 테니 잠자리에 들 때 주머니를 비우는 수고를 덜어주겠다며 올리버의 주머니에 손을 푹 집어넣었다. 이런 유난스러운 친절함은 이렇게 인정 많은 아이들의 머리와 어깨를 유대인 노인이 포크를 들어올려 마음껏 내려치지 않았다면 계속 이어졌을 것이다.

"올리버, 우린 모두 널 만나서 정말 기쁘단다. 정말이야." 유대인 노인이 말했다. "미꾸라지, 소시지를 꺼내놓고, 올리버를 위해서 난로 가까이에 통 그릇 하나 놓아주렴. 아, 너 손수건들을 쳐다보고 있구나! 아, 역시! 진짜 엄청 많지? 그냥 빨려고 꺼내 놓아본 거란다. 그게 다야, 올리버. 그게 다라고, 하하하!"

이 유쾌한 노신사의 말에 맞춰, 노신사의 훌륭한 제자들이 모두 떠들썩하고 와자지껄하게 맞장구를 쳐댔다. 이런 가운데, 다들 저녁을 먹으러 움직였다.

올리버도 같이 한 그릇을 비웠다. 그러고 나자, 유대인 노인이 뜨거운 물에 탄 진을 한 잔 주면서 다른 아이들도 잔을 써야 하니 단번에 쭉 마시라고 했다. 올리버는 시키는 대로 했다. 그러자 금세, 올리버는 자기 몸이 살포시 들려서 포대자루 침대로 옮겨지는 것을 느꼈고 곧장 깊은 잠에 빠져들고 말았다.

9장

친절한 노신사와 훌륭한 제자들에 관한
좀 더 자세한 사실들

이튿날 아침 느지막이, 올리버가 깊고 긴 잠에서 깨어났다. 방 안에는 유대인 노인 말고는 아무도 없었다. 노인은 부드럽게 휘파람을 불면서 아침 식사 때 마실 커피를 끓이려고 쇠숟가락으로 냄비를 살살 젓고 있었다. 아래층에서 아주 작은 소리라도 날 때마다 숟가락을 멈추고 귀를 기울였는데, 별일 아닌 듯 안심하게 되면 다시 휘파람을 불며 커피를 저었다.

올리버는 잠에서 깨긴 했지만 완전히 정신이 돌아온 것은 아니었다. 비몽사몽의 상태가 계속되었다. 사람은 눈을 꽉 감은 채 완전한 무의식 속에서 5일 밤을 내리 잘 때보다, 반쯤 눈을 뜬 채로 주변에서 일어나는 일을 반쯤 의식하는 5분 동안에 더 많은 꿈을 꾼다. 이런 상태에서는 정신이 육체라는 제약을 벗어나서 자유롭게 시공간을 박차고 땅에서 솟아오를 때 얼마나 강력한 힘을 발휘하는지 조금이라도 깨달을 수 있게 되는 것이다.

올리버는 정확히 이런 상태에 있었다. 반쯤 뜬 눈으로 유대인 노인을 보았고, 낮은 휘파람 소리를 들었으며, 냄비 옆을 긁는 쇠숟가락 소리를 알아차렸다. 하지만 동시에 머릿속으로는 예전에 알고 지냈던 거의 모든 사람들이 떠올라 혼란스러웠다.

유대인 노인은 커피를 다 끓이자 냄비를 난로 옆 선반 위에 올려놓았다. 그러고는 잠시 뭘 해야 할지 몰라서 우물쭈물하며 서 있다가 올리버를 돌아보며 이름을 불렀다. 올리버는 대답이 없었고, 여전히 깊이 잠든 것처럼 보였다.

이 상황에 만족한 듯 유대인 노인은 살며시 문 쪽으로 걸어가서 문을 잠갔다. 그러더니, 올리버의 눈에는 마룻바닥 속에 파놓은 함정 같은 데서 자그마한 상자 하나를 꺼내어 탁자 위에 조심스럽게 놓았다. 상자 뚜껑을 들어올려 안을 들여다보는 노인의 눈이 번들거렸다. 낡은 의자를 탁자 쪽으로 끌고 와서 거기에 앉더니, 상자에서 보석장식들로 번쩍이는 멋들어진 금시계 하나를 꺼내들었다.

"허! 영특한 놈들이야! 영특한 놈들! 끝까지 입을 다물다니! 늙은 목사*한테도 어디에 있는지 말을 안 했어. 절대로 이 페이긴 노인을 고자질하지 않았다고! 왜 그랬겠어? 고자질한다고 밧줄이 느슨해지길 하나, 목 매달리는 게 1분이라도 늦춰지기라도 하나? 아니, 아니지! 훌륭해, 아주 훌륭한 놈들이야!" 유대인 노인이 어깨를 으쓱하면서 흉측한 미소로 얼굴을 짜부라뜨리며 말했다.

여기에 덧붙여 비슷한 종류의 말들을 중얼대면서 금시계를 다시 안전한 상자에 넣었다. 그러고 나서 똑같은 상자에서 비슷한 물건을 여섯

---

* 사형수의 고해를 듣는 목사.

개나 더 꺼내서 똑같이 만족스러운 듯 웃으며 훑어보았다. 그밖에도 반지와 브로치, 팔찌, 다른 보석류들이 어쩌나 고급인 데다 값비싼 세공이 곁들어졌던지, 올리버로서는 이름조차 알 수 없었다.

유대인 노인은 이런 사소한 장신구들을 다시 집어넣고 나서 또 하나를 꺼내들었다. 이번 것은 너무나 작아서 손바닥 안에 쏙 들어갈 정도였다. 거기엔 미세한 글씨가 새겨져 있는 것 같았다. 유대인 노인이 탁자 위에 내려놓고 불빛의 반사를 손으로 가린 채 그 글씨를 읽어보려는 듯 오랫동안 열심히 들여다보았기 때문이다. 마침내 단념한 듯 다시 집어넣고 나서 의자에 등을 기대며 중얼거렸다.

"사형이란 참으로 좋은 제도야! 죽은 사람들이 뉘우치는 법은 없지. 죽은 사람들이 굳이 거북한 사정을 드러내겠어? 허, 거래로 보면 참 남는 장사지! 다섯을 목매달아도 한 놈도 사기를 치거나 졸아서 고자질하지 않았거든!"

유대인 노인이 이렇게 중얼거리면서 반짝이는 검은 눈으로 멍하니 앞을 보다가 자연스럽게 올리버의 얼굴로 내려왔다. 때마침, 아무런 말 없이 호기심 어린 눈으로 노인을 바라보고 있던 올리버의 눈과 딱 마주치고 말았다. 비록 눈이 마주친 것은 한순간이었지만 그 짧은 한순간만으로도 노인은 올리버가 자신을 관찰하고 있었다는 사실을 단번에 알아차렸다. 노인은 상자의 뚜껑을 쾅 닫더니, 탁자 위에 있던 빵칼을 한 손에 들고서 성난 얼굴로 벌떡 일어섰다. 하지만 아주 많이 부들부들 떨고 있었다. 겁에 질린 올리버가 보기에도 노인의 팔이 공중에서 바들바들 떨리고 있었다.

"뭐지? 뭐하려고 날 감시하고 있었던 거야? 잠은 또 언제 깬 거야? 뭘 본 거지? 어서 말해! 빨리, 빨리! 죽고 싶지 않으면!"

"그냥 더 잠잘 수가 없었어요. 방해가 됐다면 정말 죄송합니다." 올리버가 유순하게 사과했다.

"한 시간 전에도 깨어 있었던 거야?" 유대인 노인이 올리버에게 사납게 인상을 쓰며 다그쳤다.

"아뇨! 정말 아니에요!" 올리버가 대답했다.

"확실해?" 노인은 아까보다 훨씬 더 사나운 표정으로 위협하며 울부짖었다.

"네, 맹세코 정말 아닙니다. 정말 아니에요." 올리버가 열심히 진심을 담아 대답했다.

"쯧쯧, 그만 됐다, 애야!" 유대인 노인이 갑자기 원래의 인자한 모습으로 되돌아가서는 약간 장난치듯 칼을 돌리더니 내려놓았다. 마치 그저 장난삼아 칼을 집어든 것처럼 믿게 하려는 것 같았다. "물론 알고 있었단다, 애야. 그저 겁 좀 주려고 했을 뿐이야. 넌 참 담대한 아이로구나. 하하! 아주 담대해, 올리버!" 유대인 노인은 껄껄 웃으며 손을 비벼댔지만 여전히 불안한 눈으로 상자를 흘끔거리고 있었다.

"여기 예쁜 것들을 봤니, 애야?" 유대인 노인이 잠시 뜸을 들이다가 상자에 손을 얹으며 물었다.

"네, 그랬어요." 올리버가 정중하게 대답했다.

"아! 이건 … 이건 내 거야, 올리버. 자그마한 재산이라고. 이렇게 늙은 나이에 먹고 살 게 이런 것뿐이지 않겠느냐. 사람들이 날 수전노라고 부른단다, 애야. 그냥 구두쇠 수전노, 그게 다야."

올리버는 이 노신사가 그렇게 많은 시계를 가지고 있으면서도 이렇게 더러운 곳에서 살다니 정말 확실한 수전노구나 싶었다. 하긴, 미꾸라지나 다른 아이들을 보살피려면 돈이 상당히 많이 들 것도 같았다. 이렇게 생각하니, 유대인 노인에게 존경의 눈빛을 던질 수밖에 없었고, 공손하게 이제 일어나도 되겠냐며 저도 모르게 허락을 구하게 되었다.

"당연하지, 얘야, 물론 괜찮지. 가만 있어보자, 저기 문 옆 구석에 물통이 있구나. 저걸 이리로 가져오렴. 세숫대야는 여기 있단다, 얘야."

올리버는 벌떡 일어나 방을 가로질러 가서 물통을 들려고 허리를 잠깐 숙였다. 그러다가 다시 고개를 돌렸을 때 이미 상자는 사라지고 없었다.

올리버는 겨우 씻는 둥 마는 둥 세수를 마치고 나서, 유대인 노인이 시킨 대로 세숫대야의 물을 창문 밖으로 버렸다. 바로 그 때, 미꾸라지가 돌아왔다. 전날 밤에 담배를 피우던 아주 활기 넘치는 어린 친구 하나도 같이 들어와서는, 이름이 찰리 베이츠라며 올리버에게 정식으로 인사했다. 이렇게 넷이서 둘러앉아 미꾸라지가 모자 속에 넣어온 뜨끈한 롤빵과 햄을 커피와 함께 아침으로 먹었다.

"그래, 오늘 아침 내내 일을 했겠구나, 얘들아?" 유대인 노인이 음흉하게 올리버를 힐끔거리면서 미꾸라지에게 말을 걸었다.

"아주 열심히요." 미꾸라지가 대답했다.

"무자비하게요." 찰리 베이츠가 거들었다.

"잘했구나, 얘들아, 참 잘했어! 그래, 미꾸라지, 넌 뭘 갖고 왔느냐?" 유대인 노인이 물었다.

"지갑 두 개요." 미꾸라지가 대답했다.

"꽉 찼더냐?" 유대인 노인이 열성적으로 물었다.

"꽤 두둑했죠." 미꾸라지가 초록 지갑과 빨강 지갑 두 개를 내놓으며 대답했다.

"보기보다 묵직하진 않구나. 하지만 아주 깔끔하고 만듦새가 좋아. 아주 솜씨가 좋은 장인이 만들었나보구나, 안 그러니, 올리버?" 유대인 노인이 지갑 안쪽을 꼼꼼하게 들여다보고 나더니, 올리버에게 말을 걸었다.

"네, 정말 그러네요." 올리버가 대답했다. 이 말을 들은 찰리 베이츠가 요란스럽게 웃어대기 시작했다. 하지만 도통 뭐가 그렇게 웃긴지 알 수 없었던 올리버는 그저 놀라울 따름이었다.

"그리고 얘야, 넌 뭘 가져 왔느냐?" 유대인 노인이 찰리 베이츠에게 물었다.

"손수건이요." 찰리 베이츠가 한꺼번에 손수건 네 장을 꺼내놓으며 대답했다.

"어디 보자. 아주 좋은 것들이구나, 아주. 그런데 여기 이름 자수가 잘못 놓였구나. 바늘로 이걸 뽑아내야겠어. 그러니, 우리 올리버에게도 방법을 가르쳐주자꾸나. 자, 올리버, 어떠냐. 배워보겠느냐, 엉? 하하 하!" 유대인 노인이 손수건을 세세하게 살펴보며 말했다.

"원하신다면 그럴 게요." 올리버가 대답했다.

"너도 여기 찰리 베이츠처럼 아주 손쉽게 손수건을 만들 수 있으면 좋겠구나, 그렇지 않니, 얘야?" 유대인 노인이 물었다.

"그럼요, 정말, 가르쳐주시기만 한다면요." 올리버가 흔쾌히 대답했다.

찰리 베이츠는 올리버의 대답에서 뭔가 절묘하게 터무니없는 점이라도 발견했던지, 또 웃음을 터뜨렸다. 마침 커피를 마시던 중이라서, 하마터면 기도로 커피가 내려가 사레에 걸려 젊은 생을 일찍 마감할 뻔했다.

"얘는 정말 너무 풋내기야!" 찰리 베이츠가 숨을 돌리면서 무례한 행동을 변명하듯 말을 내뱉었다.

미꾸라지는 아무 말도 하지 않았지만, 올리버의 눈을 가리고 있던 머리를 쓸어 올려주며, 너도 곧 머지않아 더 잘 알게 될 거라고 말해주었다. 유대인 노인은 올리버의 얼굴색이 달아오르는 것을 보고 화제를 바꿔, 오늘 아침 교수대 처형장에 사람들이 많이 몰려들었느냐고 물었다. 이 말에 올리버는 더욱더 놀랐다. 왜냐하면 두 아이의 대답으로 보아 두 아이가 거기에 간 것이 분명했기 때문이다. 자연스럽게 올리버는 이 두 아이가 어떻게 그런 시간을 낼 수 있을 정도로 부지런히 다닐 수 있는지 궁금해졌다.

아침상을 깨끗이 치우고 나서 유쾌한 노신사와 두 아이들은 아주 희한하고 범상치 않은 놀이를 시작했다. 이런 식이었다. 유쾌한 노신사가 바지 주머니 한 곳에는 코담뱃갑을, 다른 주머니에는 지갑을 넣고, 조끼 주머니에는 시계를 넣어 시곗줄을 목에 두르고 나서, 셔츠에는 가짜 다이아몬드 핀을 꽂았다. 그러고는 외투 단추를 단단히 채운 다음, 안경집과 손수건을 외투 주머니에 넣은 뒤, 평상시 노신사들이 길을 걸어가는 모습을 흉내 내며 지팡이를 쥐고 방 안을 위아래로 왔다 갔다 했다. 이는 노신사들이 하루에 몇 시간씩 거리를 걸어다닐 때 습관적으로 보이는 모습을 흉내 낸 것이었다. 가끔씩 벽난로에 멈춰 섰다가 문에 멈춰 섰다가 하면서 가게 진열장을 열심히 바라보는 척 연기를 했다. 그럴 때마다 소매치기를 조심하느라 연신 주위를 둘러보았고, 계속 모든 주머니를 차례대로 두드려보면서 잃어버린 물건이 없는지 확인했다. 이 모든 행동이 너무나 웃기면서도 자연스러워서, 올리버는 얼굴에 눈물이 흘러내릴 정도로 웃어댔다.

이러는 동안 내내, 두 아이들은 눈에 안 띄게 잘도 숨어서 노신사를 바싹 따라 다녔다. 노신사가 주위를 둘러볼 때마다 두 아이들이 너무나 민첩하게 움직여서 노신사가 전혀 두 아이의 행동을 눈치 채지 못할 정도였다. 마침내 미꾸라지가 발가락을 밟거나 구두를 우연히 차고 지나가는 동안, 찰리 베이츠가 뒤에서 부딪치는 척하면서 그 한순간에 너무나도 잽싸게 코담뱃갑과 지갑, 시계와 시곗줄, 셔츠 핀, 손수건, 심지어 안경집까지 모조리 다 빼내서 챙겼다. 노신사는 주머니에 들어오는 손을 눈치 챌 때마다 여기 잡았다 하면서 소리를 쳤고, 놀이가 처음으로 돌아가서 다시 시작되었다.

이런 놀이가 수없이 많이 되풀이되고 있을 때, 젊은 숙녀 두 명이 어린 신사들을 보러 왔다. 한 사람은 이름이 벳이고 다른 사람은 낸시였다. 둘 다 풍성한 머리를 아무렇게나 뒤로 틀어 올린 모습이었고, 신발이나 스타킹은 그다지 단정치 못한 편이었다. 솔직히 말해서 아주 예쁘다고는 할 수 없었지만, 얼굴에 알록달록 화장을 많이 했고, 꽤나 튼튼하고 싹싹해보였다. 유달리 자유분방하고 쾌활했기 때문에, 올리버는 아주 좋은 아가씨들이라고 생각했다. 물론 의심의 여지 없이 그러했다.

이 두 숙녀의 방문은 한참동안 이어졌다. 한 아가씨가 속이 차다고 불평하자 술이 나왔고, 왁자지껄한 대화가 떠들썩하게 펼쳐졌다. 한참 뒤에, 찰리 베이츠가 이제 말발굽 소리를 좀 내야 할 시간이라고 의견을 표명했다. 올리버는 이 말이 밖으로 나가자는 뜻의 프랑스어임에 틀림없다고 생각했다. 왜냐하면 이 말이 떨어지기가 무섭게, 미꾸라지와 찰리 베이츠, 두 젊은 숙녀가 상냥한 유대인 노인이 친절하게 건네주는 돈을 받자마자 모두 함께 나가버렸기 때문이다.

"저기, 애야, 참 즐거운 인생이지? 쟤들은 저렇게 하루 종일 밖에서 노는 거란다." 유대인 노인이 말했다.

"일은 다 끝난 건가요?" 올리버가 물었다.

"아무렴. 그러니까 내 말은, 밖에서 뜻밖의 일감을 발견하지 못한다면 말이야. 발견하면 또 그냥 무시하지는 못할 걸? 그 점에 달려 있지. 애야, 쟤들을 모범으로 삼으렴. 꼭 모범으로 삼아." 유대인 노인은 벽난로 안을 부삽으로 툭툭 치면서 말에 힘을 줬다.

"저 아이들이 하라는 대로 다 하고, 모든 일에서 저 아이들의 충고에 따르렴. 특히 미꾸라지의 말을 따라야 해. 아주 대단한 인물이 될 아이지. 잘만 따르면 너도 성공할 거야. 이것 좀 봐, 내 주머니에서 손수건이 삐져나와 있구나, 그렇지?" 유대인 노인이 갑자기 물었다.

"네, 그러네요." 올리버가 대답했다.

"어디 내가 눈치 채지 못하게 슬쩍 한 번 빼내보렴. 오늘 아침에 개들이 놀이에서 하던 것처럼 해 봐."

올리버는 미꾸라지가 하던 대로 한 손으로 주머니의 밑을 잡고 다른 손으로 손수건을 가볍게 빼냈다.

"빼냈어?" 유대인 노인이 소리쳐 물었다.

"여기 있습니다." 올리버가 손으로 손수건을 들어 보이며 대답했다.

"아주 영특하구나, 애야." 장난기 많은 노신사가 칭찬하듯 올리버의 머리를 토닥였다. "올리버, 너만큼 영리한 녀석은 못 봤단다. 자, 여기 1실링을 주마. 이런 식으로 계속 해나가면 아마 이 시대의 가장 훌륭한 인물이 되어 있을 게다. 자, 이제 이리 와보렴. 내가 손수건에서 자수를 뽑아내는 방법을 보여줄 테니까."

올리버는 장난삼아 노신사의 주머니를 터는 일과 훌륭한 인물이 되는 것이 무슨 상관관계가 있다는 것인지 의아했다. 하지만 나이가 훨씬 많은 인생 선배인 유대인 노인이 가장 잘 알기 마련이라고 생각하면서 조용히 탁자로 따라가서 새로운 공부에 깊이 집중했다.

10장

새로운 동료들의 성격을 더 잘 알아가게 되는 올리버,
큰 대가를 치르고 인생 경험을 쌓다.
올리버의 이야기에서 짧지만 아주 중요한 장

열흘 남짓이 흐르는 동안, 올리버는 유대인 노인의 방에 남아서, (집으로 엄청나게 가져다주는) 손수건의 자수(이름)를 뽑아내는 일을 하거나, 때때로 앞장에서 설명했던 놀이에 참가했다. 아침마다 두 아이들과 유대인 노인은 빠짐없이 그 놀이를 하고 있었다. 그러다보니, 어느새 올리버는 신선한 공기가 그리워지기 시작했고, 유대인 노인에게 두 아이들과 함께 일하러 나가게 해달라고 수도 없이 간청했다.

올리버는 노신사의 엄격한 도덕관을 보아왔기 때문에 더 간절하게 같이 일하고 싶었다. 미꾸라지나 찰리 베이츠가 밤에 빈손으로 집에 돌아올 때마다, 노신사는 게으르고 나태한 습관이 불러오는 비참함에 대해 아주 맹렬하게 잔소리를 늘어놓았고, 저녁을 굶겨서 부지런한 삶의 필요성을 뼈저리게 느낄 수 있도록 했다. 한 번은 노신사가 두 아이들 모두를 발로 차서 계단 아래로 굴러 떨어지게 한 적도 있었다. 하지만

이는 도덕적 계율을 이행하려다 생긴 극히 예외적인 경우였다.

드디어 어느 날 아침, 올리버는 그토록 간절히 원하던 허락을 받아 냈다. 이틀이나 사흘 정도 손수건 일감이 떨어졌고, 저녁 식사가 좀 빈약해졌을 때였다. 아마도 노신사가 허락을 한 것은 이런 이유들 때문일지도 몰랐다. 하지만, 그렇든 아니든, 노신사가 올리버에게 나가도 좋다고 허락을 했고, 찰리 베이츠와 미꾸라지에게 올리버를 공동으로 보호하도록 당부했다.

세 아이들은 바깥으로 나갔다. 미꾸라지는 늘 하던 대로 외투 소매를 걷어 올리고, 모자를 삐딱하게 썼다. 베이츠 선생은 주머니에 양손을 꽂은 채 느긋하게 걸었다. 올리버는 둘 사이에서 이들이 어디로 가는지, 어떤 제조업 분야의 일을 먼저 배우게 될지를 궁금해하며 따라나섰다.

두 아이의 걸음이 너무나 느리고 보기 안 좋게 건들거려서 올리버는 이 동료들이 노신사를 속이고 아무런 일도 하지 않을 모양이라고 생각하게 되었다. 미꾸라지는 조그만 아이들의 모자를 벗겨서 멀리 던져 버리는 포악한 버릇이 있었고, 찰리 베이츠는 재산권에 대한 개념이 아주 느슨한 모양인지, 도랑 쪽 가판대에서 사과와 양파를 슬쩍슬쩍 훔쳐서 주머니에 쑤셔 넣었다. 어찌나 많이 들어가던지, 양복 전체가 사방으로 퍼진 주머니처럼 보였다. 이런 모습이 너무 보기 안 좋아서 올리버는 혼자 돌아가겠다고 최대한 심기 거슬리지 않게 말하려고 했다. 하지만 그 순간, 미꾸라지의 행동이 아주 수상쩍게 변하는 바람에 갑자기 생각이 바뀌고 말았다.

세 아이들이, 이상하게도 여전히 '녹지'라고 불리고 있는 클러큰웰 광장에서 그리 멀지 않은 좁은 골목을 막 빠져나오자마자 미꾸라지가 갑자기 걸음을 멈췄다. 그러더니, 입술에 손가락을 대고 아주 조심스럽고 용의주도하게 동료들을 다시 뒤로 물러서게 했다.

"무슨 일이야?" 올리버가 급히 물었다.

"쉿! 저기 책방 앞에 있는 늙은이 보이지?" 미꾸라지가 대답했다.

"저기 건너편에 있는 노신사 말이야? 응, 보여." 올리버가 말했다.

"저거면 될 거야." 미꾸라지가 말했다.

"일등급이네." 찰리 베이츠 선생이 한 마디 덧붙였다.

올리버는 깜짝 놀라서 둘을 번갈아 쳐다보았지만 아무런 질문도 할수 없었다. 두 아이가 살며시 길을 건너, 아까부터 올리버의 눈길을 끌던 노신사의 뒤로 조용히 다가섰기 때문이다. 올리버는 몇 걸음 따라가다가 더 가야 할지 물러가야 할지를 몰라서 그냥 놀란 눈으로 말없이 지켜볼 수밖에 없었다.

노신사는 겉으로 보기에 아주 부유하고 점잖은 분 같았다. 머리에 분가루를 뿌리고 금테 안경을 썼으며, 검정 벨벳 목깃의 암녹색 외투에 하얀 바지를 입고 겨드랑이에는 깔끔한 대나무 지팡이를 끼고 있었다. 책 가판대에서 책을 하나 꺼내어든 채 그 자리에 서서 마치 서재의 안락의자에 앉아 있는 것처럼 열중해서 읽고 있었다. 실제로 서재라고 생각했을 가능성이 꽤 컸다. 너무나 집중하는 바람에, 책방도, 거리도, 아이들도 보이지 않고 오직 책만 보였을 테니 말이다. 노신사는 책을 처음부터 끝까지 읽고 있었다. 낱장 하나를 끝까지 읽고 넘겨서 다음 장 첫줄부터 또 끝까지 대단한 열의와 관심을 가지고 차근차근 읽어 내려가고 있었다.

올리버는 몇 걸음 떨어진 곳에 우두커니 서서 두 눈을 휘둥그레 뜬 채 미꾸라지가 노신사의 주머니에 손을 쑥 집어넣어 손수건을 빼는 것을 보면서 얼마나 놀라고 두려웠는지 모른다! 그리고 그 손수건을 찰리 베이츠에게 넘기고, 마지막으로 둘이 전속력으로 달려 모퉁이를 돌아

미꾸라지가 일하는 방식에 올리버가 놀라다.

도망치는 것을 보았을 때는 더욱 경악했다.

그 순간, 올리버의 머릿속에서는 손수건과 시계, 보석, 유대인 노인에 대한 수수께끼가 모두 풀리고 말았다. 올리버는 공포에 질려 얼얼하게 모든 피가 한꺼번에 쏠리는 바람에 온몸이 불타오르는 것 같아서 잠시 서 있다가, 혼란과 두려움에 도망을 치기 시작했다. 하지만 어디로 가야 할지도 몰라서 발길 닿는 대로 전속력으로 내달렸다.

이는 모두 일 분 안에 벌어진 일이었고, 올리버가 내달리기 시작한 바로 그 때, 노신사는 주머니에 손을 넣어 손수건이 없어진 것을 알고 주위를 획 둘러보았다. 아이 하나가 전속력으로 달아나는 것을 보고서 당연히 그 아이가 소매치기일 거라고 판단했다. 그러고는 "이 도둑놈, 거기 서지 못해!" 하며 힘껏 소리치며, 책을 손에 들고 아이를 쫓아갔다.

그러나 고함소리를 드높인 사람은 노신사만이 아니었다. 미꾸라지와 베이츠 선생은 큰길로 내달려 사람들의 눈길을 끌기 싫어서, 그냥 모퉁이를 돌아 첫 번째 문간 계단에 숨어 있었다. 둘은 노신사의 외침 소리를 듣고 올리버가 달아나는 모습을 보자마자, 정확히 사태를 파악하고 아주 신속하게 앞으로 뛰쳐나가면서 고래고래 고함을 쳤다.

"도둑 잡아라!"

이렇게 외쳐대며 선량한 시민처럼 도둑잡기에 동참했다.

비록 올리버가 철학자들의 손에 키워지긴 했지만, 자기보호가 자연의 제1법칙이라는 아름다운 공리에 대해 이론적으로 잘 알지 못했다. 만약 알았다면 이런 일에 잘 대비하고 있었으리라. 하지만 미처 대비하지 못한 터라, 올리버는 더더욱 깜짝 놀라고 말았다. 노신사와 두 아이들이 요란스럽게 고함을 치며 뒤쫓아 오는 것을 보고 올리버는 바람처럼 달려갔다.

"도둑이야! 도둑 잡아라!"

이 소리에는 마법이 걸려 있는 것 같았다. 상인은 계산대를, 짐마차 마부는 마차를 팽개쳤고, 푸줏간 주인은 쟁반을, 빵집 주인은 바구니를, 우유배달원은 우유통을, 심부름꾼 아이는 짐꾸러미를, 어린 학생은 구슬을, 포장 인부는 곡괭이를, 어린아이는 배드민턴채를 집어 던졌다. 사람들은 이리저리, 허둥지둥, 성급하게 뛰어다니며 소리치고 비명을 질러댔고, 모퉁이를 돌아나오는 행인들을 넘어뜨리고 개들을 깨우고 가축들을 깜짝 놀라게 했다. 거리와 광장, 골목이 온통 고함소리로 가득 차 울려댔다.

"도둑이야! 도둑 잡아라!"

이 소리는 수백 명의 목소리가 되었고, 모퉁이를 돌 때마다 군중들이 계속 몰려들었다. 다들 날듯이 달리면서 흙탕물을 튀기고 자갈길을 우르르 내디뎠다. 창문이 다 열리고 사람들은 밖으로 뛰쳐나오고 군중은 앞으로 몰려갔다. 인형극을 보던 관중들까지 극의 절정 대목을 내팽개치고 군중에 섞여 고함소리를 드높이면서 "도둑이야! 도둑 잡아라!" 소리에 새로운 활기를 불어넣었다.

"도둑이야! 도둑 잡아라!"

인간의 가슴속 깊은 곳에는 '사냥 본능'이 숨겨져 있다. 가련하고 숨이 찬 어린아이는 지쳐서 헐떡거리며, 공포에 질린 표정과 고통 어린 눈, 온통 땀범벅인 얼굴로, 온 신경을 곤두세워 사람들을 따돌리려고 애를 썼다. 사람들은 언제라도 붙잡을 수 있을 정도로 바싹 따라 붙으면서, 아이의 힘이 점점 빠져가는 것을 보며 더 크게 소리를 지르고 신이 나서 고함을 질러댔다.

"도둑 잡아라!"

아, 그래, 자비심이 있다면 제발 저 아이를 멈추게 해주시라!

드디어 멈췄다! 누군가 영리하게 한 방 먹이니, 올리버가 길 위에 쓰러졌고, 군중이 열성적으로 주위로 몰려들었다. 한 번이라도 더 보겠다며 새로 몰려오는 사람마다 다른 사람들을 밀치고 자리싸움이 치열했다.

"옆으로 비켜서!" "숨 좀 쉬게 해주라고!" "말도 안 돼! 숨 쉴 자격도 없는 놈이야!" "신사 분은 어디 가셨나?" "여기 있소, 이리로 오고 있소." "신사 분한테 자리 좀 내주시오." "이 녀석이 맞습니까?" "그렇소."

올리버는 진흙과 먼지를 잔뜩 뒤집어쓴 채, 입에서는 피를 흘리며, 혼이 빠진 듯 자기를 둘러싼 수많은 얼굴들을 이리저리 둘러보고 있었다. 그 때, 노신사가 맨 앞줄의 사람들에게 떠밀려 한가운데로 나섰다.

"그렇소. 유감스럽게도 이 아이가 맞소." 노신사가 말했다.

"유감스럽다니! 농담도 잘 하시오." 사람들이 웅성거렸다.

"불쌍한 녀석! 다쳤나보구나." 노신사가 말했다.

"내가 잡았죠. 아주 정확히 주먹으로 입을 날려버렸어요. 내가 막은 거예요." 아주 볼품없는 녀석이 앞으로 나서며 거들먹거렸다.

그 녀석은 씩 웃으며 모자를 만지작거렸다. 자기 고생에 대한 대가를 바라는 듯 보였다. 그러나 노신사는 역겹다는 눈길로 쏘아보더니, 도망칠 길을 찾는 듯 불안하게 두리번거렸다. 실제로 도망갔다면 또다시 추격전이 벌어졌을 테지만, 때마침 경관 하나가 군중을 헤치고 들어와서(이런 경우, 항상 가장 늦게 도착하는 인물이다), 올리버의 뒷덜미를 잡아챘다.

"자, 어서 일어나." 경관이 거칠게 명령했다.

"제가 아니에요, 경관님. 정말, 정말 아니에요. 다른 두 아이가 그랬어요. 여기 어딘가에 있을 거예요." 올리버가 두 손을 꽉 움켜쥐고 주위를 둘러보며 간청했다.

"아니, 없단다." 경관이 대답했다. 비아냥대느라 이렇게 말했을 테지만, 사실이었다. 이미 미꾸라지와 찰리 베이츠는 손쉽게 첫 번째 길목에서 튀어버렸기 때문이다. "자, 어서 일어나!"

"아이가 다치겠소." 노신사가 동정어린 목소리로 걱정했다.

"아뇨, 안 다칩니다." 경관이 그 증거로 올리버의 등이 반쯤 보일 정도로 윗도리를 확 벗겼다. "자, 너 같은 놈들을 잘 알지. 나한텐 안 통할게다. 두 다리로 똑바로 서지 못 해? 이 악마 녀석!"

올리버는 다리가 후들후들 떨렸지만 겨우 두 발을 딛고 일어섰다. 그러자 당장 뒷덜미를 잡힌 채 길거리에서 질질 끌려갔다. 노신사는 경관의 옆에서 같이 걸어갔다. 재주가 좋은 군중은 너도 나도 할 것 없이 약간 앞서가면서 때때로 올리버를 흘끔거리며 돌아보았다. 남자아이들은 승리의 고함을 질렀고 다들 의기양양하게 따라갔다.

11장

치안 판사 팽 씨의 특징과
소소한 재판 사례에 대하여

이 범죄는 아주 악명 높은 런던경찰서의 관할구역 내에서도 경찰서 바로 인근에서 벌어진 사건이었다. 군중은 올리버를 따라 두세 거리를 지나서 머튼 힐이라고 불리는 곳까지 따라가는 것만으로 만족했다. 거기서 올리버는 낮은 굴다리 밑을 지나 더러운 골목에서 뒷길을 통해 즉결심판소로 끌려갔다. 그들이 도착한 곳은 조그마한 안뜰이었고, 여기에서 얼굴에 수염이 덥수룩한 건장한 남자와 마주쳤다. 이 남자의 손에는 열쇠꾸러미가 들려 있었다.

"무슨 일이야?" 남자가 툭 던지듯 물었다.

"손수건 소매치기야." 올리버를 잡아온 남자가 대답했다.

"당신이 도둑맞은 당사자입니까?" 열쇠꾸러미를 든 남자가 물었다.

"그렇소. 하지만 이 아이가 실제로 손수건을 훔쳤는지는 확실하지 않소. 뭐, 이걸 꼭 강하게 주장할 생각은 없다오." 노신사가 대답했다.

"지금 판사님 앞에 가야 합니다. 곧 이전 재판이 끝날 테니까요. 자, 가자, 교수형 받을 놈아!"

남자는 이렇게 말하며 돌 감방으로 이어지는 문의 자물쇠를 풀고 올리버를 들여보냈다. 올리버는 여기에서 몸수색을 받았고 아무것도 발견되지 않았지만 감금되고 말았다.

이 감방은 지하 저장고 같은 크기와 형태로, 그만큼 밝지는 않았다. 거의 참을 수 없을 만큼 더러웠다. 왜냐하면 월요일 아침이었고, 토요일 밤부터 술주정뱅이 여섯 명이 처박혀 있었기 때문이다. 하지만 이것은 아무것도 아니다. 우리 경찰서에서는 밤마다 수많은 남녀들이 정말 별 것도 아닌 소소한 혐의로 감방 신세를 진다. 이 지하 감방에 비하면, 가장 끔찍한 중형을 저지르고 유죄판결로 사형선고를 받은 죄수들이 수감된 뉴게이트 형무소는 궁전이나 마찬가지인 셈이다. 이를 의심하는 사람은 실제로 이 두 감방을 직접 비교해보시라.

노신사는 감방 자물쇠가 잠기자, 거의 올리버만큼이나 울적해보였다. 한숨을 지으며 이 모든 소동의 원인이 된 책을 내려다보았다.

"저 아이의 얼굴에 뭔가가 있는 것 같은데." 노신사가 곰곰이 생각에 잠긴 듯 느릿느릿 걸어가며 책표지로 얼굴을 탁탁 치면서 혼잣말을 했다. "내 관심을 끌고 마음을 건드리는 뭔가가 있단 말이지. 무죄일까? 아무래도 그렇게 보이는데 …" 노신사가 갑자기 멈춰 서서 하늘을 쳐다보며 한탄하듯 외쳤다. "아니, 세상에! 이전에 저런 표정을 어디에서 봤지?"

노신사는 잠시 생각에 잠겨 있다가 여전히 고심하는 얼굴로 안뜰과 연결된 뒷방으로 들어갔다. 거기에서 한쪽 구석자리로 가서 수많은 세월 속에 가려져 있던 희미한 얼굴들을 계속 떠올려보았다. "아니야, 내 망상이겠지." 노신사가 고개를 절레절레 흔들며 말했다.

노신사는 또다시 얼굴들을 이리저리 떠올려보았다. 여러 얼굴이 떠올랐지만, 세월의 장막을 걷어내는 일이 그리 쉽지 않았다. 친구와 원수의 얼굴들이 보였고, 군중들 사이로 비집고 들어오는 거의 낯선 얼굴들도 보였다. 이제는 노파가 되어버린 젊고 화사한 소녀들의 얼굴도 보였고, 무덤에 묻혀 완전히 변해버린 얼굴도 보였다. 그러나 마음의 힘이 더 커서, 여전히 신선하고 아름다운 마음의 눈으로 떠올리니, 강렬한 눈빛과 환한 미소, 육체의 가면을 뚫고 빛을 발하는 영혼과, 무덤 너머로 속삭이는 아름다움이 되살아났다. 그 아름다움은 죽음으로 변했지만 더 높아졌고, 땅에서 올라가 빛이 되어 천국으로 가는 길을 부드럽고 은은하게 내리비추고 있었다.

그러나 올리버와 조금이라도 비슷한 얼굴은 하나도 떠오르지 않았다. 그래서 이제껏 떠올린 기억들을 놓고 한숨을 내쉰 뒤, 원래 깜빡깜빡 잘 잊어버리는 노신사인지라 다시 퀴퀴한 냄새가 나는 책장 속에 빠져들어 금세 집중했다.

어깨를 툭 치는 손길에 노신사는 퍼뜩 정신을 차렸다. 아까 열쇠꾸러미를 들고 있던 남자가 재판정으로 따라 들어오라고 했다. 노신사는 서둘러 책을 덮은 뒤, 즉시 유명하신 치안 판사 팽 씨의 고압적인 법정에 들어섰다.

법정은 판자벽으로 된 응접실 같은 공간이었다. 치안 판사 팽 씨는 앞쪽 끝에 기다란 책상 뒤에 앉아 있었다. 한쪽 옆에는 나무우리 같은 문이 있었고, 이미 그 안에는 가련한 어린 올리버가 이 끔찍한 광경을 보며 부들부들 심하게 몸을 떨고 있었다.

팽 씨는 몸이 호리호리한 데다 등이 길쭉하고 목이 뻣뻣하게 굳어 있는 중간키 정도의 남자였다. 머리숱은 빈약해서 뒤통수와 옆쪽에만 조금 남아 있었다. 얼굴은 근엄하고 아주 많이 불그스름했다. 만약 몸에 딱 좋을 만한 주량 이상으로 술을 마시는 습관이 정말 없었다면, 자기 얼굴색을 상대로 명예훼손 소송을 제기해서 큰돈을 배상금으로 받아냈을 터였다.

노신사는 정중하게 고개 숙여 인사하고, 치안 판사의 책상 앞으로 나아가, 말보다 행동에 따라 명함을 내밀었다. "그게 제 이름과 주소입니다." 그러고는 한두 걸음 물러서서 정중하고 신사적인 태도로 다시 고개를 숙이고 나서 질문을 기다렸다.

한편, 팽 씨는 그 순간에 아침 신문의 사설기사를 읽고 있었다. 최근 팽 씨가 결정내린 어느 판결을 거론하며, 내무부 장관의 특별하고도 특정한 경고가 있어야 한다며 벌써 350번째로 주장하는 내용이었다. 치안 판사는 발끈해서 성난 얼굴을 들어보였다.

"당신은 누구시오?" 치안 판사가 물었다.

노신사가 약간 놀라며 명함을 가리켰다.

"경관! 이 사람 누구야?" 치안 판사가 거만하게 신문으로 명함을 툭 치우면서 물었다.

"제 이름은 말입니다." 노신사가 '진짜' 신사답게 팽 씨와는 완전히 대조적인 자세로 입을 열었다. "제 이름은 브라운로입니다. 법정의 보호 아래 있는 이 점잖은 사람에게 이렇게 부당하고 쓸데없는 모욕을 주는 치안 판사님의 이름을 물어봐도 되겠습니까?" 브라운로 씨는 이렇게 말하며 제대로 된 답을 줄 수 있는 사람이라도 찾는 듯 주위를 두리번거렸다.

"경관! 이 사람 무슨 혐의지?" 치안 판사가 신문을 한쪽으로 던지며 물었다.

"판사님, 이 사람은 혐의가 없습니다. 저 아이를 고소하러 나온 겁니다." 경관이 대답했다.

판사님은 이 사실을 아주 잘 알고 있었지만, 이건 화풀이로 아주 딱 알맞고 안전한 핑곗거리였다.

"저 아이를 고소하러 나온 거라고, 맞아? 선서시켜!" 치안 판사는 브라운로 씨를 경멸하는 눈초리로 머리부터 발끝까지 쭉 훑으며 명령했다.

"선서하기 전에 한 마디만 해야겠소." 브라운로 씨가 말을 이었다. "그러니까, 난 실제로 이런 일을 겪기 전에는 믿을 수 없었는데 …"

"입 다무시오, 선생!" 치안 판사가 위압적으로 말을 끊었다.

"못 다물겠소!" 노신사가 대차게 반박했다.

"당장 입을 다물지 않으면 법정 밖으로 내쫓을 거요! 당신 아주 무례하고 뻔뻔스러운 사람이군. 어디 감히 치안 판사한테 대들고 있어!" 치안 판사가 언성을 높였다.

"지금 뭐라고 했소!" 노신사가 벌겋게 달아오른 얼굴로 소리쳤다.

"이 사람 어서 선서시켜! 다른 말은 듣지 않겠어. 선서시키라고." 치안 판사가 법정서기에게 명령했다.

브라운로 씨는 엄청나게 화가 났지만, 지금 이 자리에서 성을 내버리면 저 아이에게 해로울 것이라고 생각해서 억지로 화를 누르고, 당장 선서를 하겠다며 한 발 물러섰다.

"자, 저 아이의 혐의가 무엇이오? 뭐 할 말이라도 있소, 선생?" 치안 판사가 물었다.

"내가 책방에 서 있는데 …" 브라운로 씨가 이야기를 시작했다.

"잠깐, 입 다무시오, 선생. 경관! 경관 어디 있나? 자, 경관, 선서하게. 어서 말해봐, 무슨 일인지." 치안 판사가 성급하게 말을 자르며 명령했다.

경관은 공손하게 올리버를 체포하게 된 경위를 설명하고, 몸수색에서 아무것도 발견하지 못했다는 게 전부라고 말했다.

"목격자는 없었고?" 치안 판사가 물었다.

"네, 없습니다." 경관이 대답했다.

치안 판사 팽 씨는 잠시 말없이 앉아 있다가 고소인에게 몸을 돌려 격렬하게 목소리를 드높였다.

"당신 저 아이를 고소한다는 건가, 만다는 건가? 이미 선서를 한 상태라고. 자, 거기 서서 증언을 거부하면 법정모독죄로 벌을 줄 테니 어디 알아서 해보게. 이런 젠 …"

바로 그 순간에 서기와 간수가 크게 기침을 해서 치안 판사가 무슨 말을 하려던 건지 아무도 알지 못했다. 또한 서기가 아주 우연히도 묵직한 책을 바닥에 떨어뜨리는 바람에 더더욱 듣지 못하게 된 것이다.

브라운로 씨는 수많은 방해와 되풀이되는 모욕에도 불구하고, 용케 사건의 정황을 진술해나갔다. 손수건이 없어져서 당황해하는 가운데 저 아이가 도망치는 모습을 보았기에 쫓아갔던 거라면서, 비록 실제로 도둑이 아니더라도 도둑들과 관련되어 있다고 치안 판사가 생각한다면 법이 허락하는 한 최대한 관대하게 처리해주길 바란다고 의견을 덧붙였다.

"이미 다친 아이잖소. 저 아이가 병이라도 날까 걱정이오." 브라운로 씨가 나름대로 결론을 내리면서 치안 판사를 향해 힘줘 말했다.

"아, 그래, 좋지! 자, 이 떠돌이 거지 꼬마야, 꼼수 부리지 마, 안 통하니까. 너 이름이 뭐냐?" 치안 판사가 냉소를 지으며 물었다.

올리버는 대답하려 했지만 혀가 말을 듣지 않았다. 얼굴이 완전히 창백해졌고 법정 전체가 빙글빙글 도는 것만 같았다.

"이름이 뭐냐고, 이 철면피 악당아!" 치안 판사가 큰 소리로 다그쳤다. "경관, 쟤 이름이 뭐라고?"

이것은 판사 책상 옆에 서 있던 줄무늬 조끼 차림의 퉁명스러워 보이는 늙은 경관에게 한 질문이었다. 늙은 경관이 올리버에게로 허리를 숙여 다시 이름을 물었다. 하지만 금세 아이가 질문을 알아들을 만한 상황이 아니라는 것을 눈치 챘다. 여기에서 대답을 못하면 판사가 더욱 화를 내며 심각한 중형을 때릴 것이라는 사실을 알았기 때문에, 위험을 무릅쓰고 가명을 지어내기로 했다.

"이름이 톰 화이트라고 합니다, 판사님." 이 마음씨 고운 경관이 대답했다.

"오, 직접 입을 열지는 않으시겠다, 이건가? 좋아, 아주 좋아. 사는 곳은 어디지?" 치안 판사가 비아냥대며 물었다.

"어디든 닥치는 대로 산답니다." 늙은 경관이 또다시 올리버의 대답을 듣고 옮기는 척 대답했다.

"부모는 있고?" 치안 판사가 또 물었다.

"태어나자마자 양친을 다 잃었답니다." 대담하게도 늙은 경관은 늘 있을 만한 대답을 지어냈다.

취조가 이쯤 진행되자, 올리버가 고개를 들고 애원하는 눈빛으로 두리번거리며 기도하듯 물 한 모금을 달라고 약하게 중얼거렸다.

"별 시답잖은 소리! 내 앞에서 수작부리지 마." 치안 판사가 엄포를 놓았다.

"제 눈엔 정말 아파보입니다." 늙은 경관이 항변하듯 말했다.

"내 눈은 못 속이지." 치안 판사가 단언했다.

"경관, 저 아이 좀 잡아주오. 금방이라도 쓰러질 것 같소." 브라운로 씨가 본능적으로 양손을 들어올리며 말했다.

"물러서게, 경관. 쓰러지고 싶으면 쓰러지라지." 치안 판사가 사납게 소리쳤다.

올리버가 그 친절한 허락에 힘입어 그냥 바닥으로 쓰러져버렸다. 법정 안의 사람들은 서로 쳐다봤지만 감히 아무도 움직이지 못했다.

"저 봐, 내 꼼수 부리는 줄 알았지. 그냥 내버려 둬. 저러다 곧 싫증 내겠지." 치안 판사는 저렇게 쓰러진 것이야말로 이론의 여지가 없는 증거라도 되는 듯 의기양양하게 말했다.

"이 사건을 어떻게 처리하실 건가요, 판사님?" 법정서기가 나지막한 목소리로 물었다.

"즉결로, 3개월 징역형이다. 물론 중노동형이지. 자, 이제 해산." 치안 판사가 대답했다.

이 판결을 위해 문이 열렸고, 두 명의 남자가 정신을 잃은 아이를 감방으로 데려갈 준비를 했다. 바로 그 때, 점잖은 노인 하나가 낡은 검은 양복을 입은 남루한 차림새로 급히 법정으로 뛰어 들어와 판사석 앞으로 갔다.

"잠깐, 잠깐! 저 애를 데려가지 마시오! 맙소사, 제발 잠깐 멈춰요!" 황급히 들이닥친 노인이 숨을 헐떡이며 외쳤다.

비록 이와 같은 법정에서 재판을 주재하는 주재자가 우리 여왕 폐하의 백성, 특히 가난한 하층민들에 대해 자유와 명예, 인격, 심지어 목숨에 이르기까지 독단적으로 즉결하는 권력을 행사하지만, 그리고 비록 이렇게 사방이 벽으로 막힌 공간 안에서 천사들마저 눈물로 앞을 가릴 만한 아주 환상적인 속임수들이 날마다 행해지지만, 이 모든 상황은 대중들에게 가려져 있어서 신문이라는 매체를 통하지 않고서는 알려지지 않았다. 그래서 치안 판사 팽 씨는 이렇게 불손하게 난리법석을 피우며 들이닥친 불청객을 보고 격노하지 않을 수 없었다.

"이게 다 뭐야? 이 사람은 누구야? 어서 이 남자를 끌어내. 해산!" 치안 판사가 소리쳤다.

"전 꼭 말해야겠습니다. 여기서 안 나갈 겁니다. 모두 다 봤단 말입니다. 제가 바로 책방 주인입니다. 어서 선서를 시켜주세요. 그냥 내려가진 않을 겁니다. 판사님, 제 말을 꼭 들으셔야 합니다. 거절하시면 안됩니다." 노인이 울부짖듯 요구했다.

노인의 말이 맞았다. 노인의 태도가 너무나 단호한 데다, 이대로 쉬쉬하며 덮어버리기에는 꽤나 심각한 상황이 된 것이다.

"이 사람을 선서시키게." 치안 판사가 아주 볼품없는 태도로 투덜거렸다. "그래, 뭘 말하겠다는 거냐?"

"그게 말입니다, 세 남자아이를 보았어요. 다른 아이 둘과 여기 잡힌 아이, 이렇게 세 아이가 길 건너편에서 어슬렁거리는 걸 보았답니다. 여기 신사 분이 책을 읽고 있을 때요. 소매치기는 다른 아이였어요. 내 두 눈으로 직접 목격했다고요. 여기 이 아이는 완전히 깜짝 놀라 넋빠진 모습이었어요." 약간 숨을 돌린 후, 이 훌륭한 책방 주인은 소매치기의 정확한 상황을 좀 더 조리 있게 설명했다.

"왜 여기에 좀 더 일찍 오지 않았나?" 치안 판사가 잠시 뜸을 들이다가 물었다.

"가게를 봐줄 사람이 없었습니다. 제가 도움을 요청할 만한 사람은 다들 도둑을 잡겠다고 쫓아갔거든요. 5분 전까지만 해도 맡길 사람을 찾을 수가 없었어요. 겨우 여기로 달려온 거랍니다." 책방 주인이 대답했다.

"여기 고소인이 책을 읽고 있었다고?" 치안 판사가 또 뜸을 들이다가 물었다.

"네, 아직도 그 책을 들고 있네요." 책방 주인이 대답했다.

"오, 그 책인가, 어? 책값은 치렀고?" 치안 판사가 흥미로운 듯 물었다.

"아뇨, 아직요." 책방 주인이 씩 웃으며 대답했다.

“이런, 내 정신 좀 보게, 까맣게 잊고 있었소!” 자주 깜빡하는 노신사가 순진하게 외쳤다.

“멋진 신사인 척하며 가엾은 아이 하나를 고소했군!” 치안 판사가 인정이 많은 듯 보이려 애쓰는 모습이 어색해서 웃기기까지 했다. “이봐, 노신사 양반, 매우 의심스럽고 좋지 않은 상황에서 그 책을 습득한 거라는 생각이 드는데, 어떻소? 그 책의 주인이 고소를 하려 들지 않는 걸 다행으로 여기라고. 이번 일을 교훈삼아 다시는 그러지 마시오. 아니면 법이 처단할 테니까. 아이는 풀어줘. 자, 해산!”

“이런 젠장할 …!” 브라운로 씨가 오랫동안 꾹 참고 있던 화를 터뜨리며 소리쳤다. “이런 젠장할 …! 내 어디 …”

“해산! 경관, 내 말 안 들리나? 다들 해산하라고!” 치안 판사가 막무가내로 명령했다.

해산 명령에 따라, 분노한 브라운로 씨는 경관들에게 들려나갔다. 한 손에는 책을, 다른 손에는 대나무 지팡이를 쥔 브라운로 씨는 엄청나게 화를 내며 격렬하게 저항했다.

그런데 안뜰로 나오자마자 순식간에 노신사의 화가 가라앉았다. 어린 올리버 트위스트가 셔츠 단추도 다 풀리고 관자놀이는 물에 흠뻑 젖은 채로 바닥에 쓰러져 있었기 때문이다. 얼굴은 죽을 듯이 창백했고 감기인지 온몸이 바들바들 떨리고 있었다.

“아이고, 가엾은 녀석!” 브라운로 씨가 올리버에게로 몸을 숙이며 말했다. “누가 마차 좀 불러주시오. 제발, 지금 당장!”

마차가 잡혔고, 올리버가 조심스럽게 자리에 눕혀지자, 브라운로 씨도 옆자리에 앉았다.

“같이 가도 될까요?” 책방 주인이 마차 안을 들여다보며 물었다.

“오, 물론이죠, 내 정신 좀 봐, 당신을 잊었군요! 아직도 이 불행한 책을 들고 있다니! 어서 타시오. 한시가 급하다오.” 브라운로 씨가 재촉했다.

책방 주인이 마차에 타자, 다함께 달려갔다.

12장

난생 처음으로 극진한 보살핌을 받는 올리버와 어떤 그림에 관한 특별한 사정

마차는 덜컹거리며 올리버가 미꾸라지와 함께 처음 런던으로 들어올 때 지났던 길을 거의 똑같이 지나갔다. 그러다가 이즐링턴의 엔젤 여관에 다다라서는 다른 길로 꺾어서 펜턴빌 근처의 조용하고 그늘진 거리에 있는 단정한 집 앞에 마침내 멈춰 섰다. 이 집에서 서둘러 침대가 준비되었고, 브라운로 씨는 이 어린아이가 조심스럽고 편안하게 눕혀지는 것을 지켜보았다. 게다가 여기에서 올리버는 한없이 친절하고 배려 깊은 보살핌을 받았다.

그러나 많은 날이 흐르는 동안, 올리버는 새로운 친구들이 베푸는 온갖 친절과 선의를 알아차릴 수 없는 상태였다. 태양이 몇 번이나 뜨고 지고, 또 뜨고 졌다. 하지만 여전히 올리버는 불안한 상태로 침대에 뻗어 있었고, 약한 산성에 가장 강한 강철의 중심부가 좀먹어가듯 건조한 열병에 온몸이 차츰차츰 메말라갔다. 이렇게 살아 있는 육체를 느리게 기어다니는 열병이 사체를 뜯어먹는 벌레보다 더한 법이다.

연약하고 마르고 창백해진 올리버가 드디어 끔찍한 꿈처럼 끝나지 않을 것만 같던 긴 잠에서 깨어났다. 맥없이 침대에서 몸을 일으켜 후들거리는 팔에 얼굴을 얹은 채 불안한 눈길로 주위를 둘러보았다.

"여기가 무슨 방이지? 어디에 와 있는 거람? 내가 잠들 만한 곳이 아닌데." 올리버가 혼잣말로 중얼거렸다.

아주 희미하고 약한 목소리로 말했지만, 금세 들린 모양이었다. 침대 머리맡의 커튼이 급히 젖혀지면서 엄마 같은 노부인이 아주 깔끔하고 알맞은 드레스 차림으로 불쑥 나타났기 때문이다. 노부인은 가까운 안락의자에 앉아 뜨개질을 하고 있었던 것이다.

"쉿, 얘야. 조용히 있으렴. 안 그러면 또다시 병이 날 테니. 아주 심하게 아팠잖니. 아주, 아주 심하게. 어서 다시 누우렴. 어휴!" 노부인은 이렇게 달래듯 말하면서 아주 조심스럽게 올리버의 머리를 베개에 뉘였다. 그리고는 올리버의 이마에서 머리를 부드럽게 쓸어 올리면서 너무나도 다정하고 사랑스럽게 올리버의 얼굴을 들여다보았다. 올리버는 자그마한 메마른 손으로 노부인의 손을 잡아 목에 두르지 않을 수 없었다.

"오, 하느님이시여! 이처럼 은혜를 아는 아이라니, 참으로 예쁘구나! 아이 엄마가 나처럼 옆에 앉아 이렇게 볼 수 있다면 어땠을까!" 노부인이 눈물을 글썽이며 감탄했다.

"아마 엄마도 보고 계실 거예요. 어쩌면 옆에 앉아 계실지도요. 거의 그런 느낌이 와요." 올리버가 양손을 모아 잡으며 속삭였다.

"그건 열 때문이란다, 얘야." 노부인이 부드럽게 말했다.

"그렇겠지요. 천국은 너무 멀리 있고, 거기에서 너무 행복해서 가엾은 남자아이의 침대 옆에 내려올 생각도 못 할 테니까요. 하지만 엄마가 내가 아프다는 걸 안다면 거기에서도 날 불쌍히 여기겠죠. 엄마도 죽기 전에 엄청 아팠다니까요. 하지만 나에 대해서는 아무것도 모를 걸요."

올리버가 잠시 입을 다물었다가 말을 이어갔다. "엄마가 내가 다친 걸 본다면 얼마나 슬프겠어요. 꿈을 꿀 때면 엄마 얼굴은 항상 다정하고 행복해보였어요."

노부인은 아무런 대답을 하지 않았다. 다만, 눈가를 훔치고 침대보 위에 올려놓았던 안경도 눈의 일부인 것처럼 닦았다. 그리고 나서 차가운 음료수를 올리버에게 가져다준 후 뺨을 토닥이며, 얼른 조용히 누워 있지 않으면 또 병이 날 거라고 말했다.

그래서 올리버는 아주 가만히 누워 있었다. 다정한 노부인이 시키는 대로 말을 잘 듣고 싶었을 뿐만 아니라, 솔직히 밝히자면 이미 말을 너무 많이 해서 완전히 지쳐버렸기 때문이다. 올리버는 이내 곤히 잠들어버렸다. 그러다가 침대 곁으로 다가온 촛불의 빛에 잠을 깼다. 어느 신사가 아주 크고 시계침 소리도 큰 금시계를 손에 들고 올리버의 맥박을 짚어보더니, 많이 회복되었다고 말했다.

"얘야, 훨씬 더 좋아졌구나, 안 그러니?" 신사가 물었다.

"네, 감사합니다, 선생님." 올리버가 대답했다.

"그래, 그럴 줄 알았다. 배도 좀 고프겠지, 그렇지?" 신사가 물었다.

"아뇨, 선생님." 올리버가 대답했다.

"흠! 그래, 그럴 줄 알았다. 베드윈 부인, 배는 안 고플 겁니다." 신사가 아주 현명해 보이는 표정을 지으며 말을 건넸다.

베드윈 부인은 존경스럽다는 듯 고개를 숙였다. 의사 선생님이 아주 현명하다는 뜻인 것 같았다. 의사 선생 스스로도 그리 생각하는 듯했다.

"얘야, 졸리지는 않고?" 의사가 물었다.

"네, 안 졸려요, 선생님." 올리버가 대답했다.

"그래, 졸리지 않는구나. 목도 안 마르고?" 의사가 아주 영민하고 흡족한 표정으로 물었다.

"아뇨, 목은 조금 말라요." 올리버가 대답했다.

"베드윈 부인, 내가 예상한 그대로군요. 목이 마르다는 것은 완전히 자연스러운 현상이죠. 차를 조금 주세요, 그리고 버터를 바르지 않은 마른 토스트 약간 하고요. 너무 덥게 하진 마시고요, 그렇다고 너무 춥게 내버려 두지 않도록 조심해주세요. 그러실 수 있겠어요?"

의사의 당부에 베드윈 부인은 무릎을 굽히며 예로 답했다. 의사는 차가운 음료수를 마시며 맛이 좋다고 칭찬한 후 서둘러 나갔다. 계단을 내려갈 때 들려오는 부츠 소리만으로도 의사 선생이 얼마나 중요하고 부유한 신사인지 미루어 짐작할 수 있을 정도였다.

올리버는 곧바로 다시 잠에 빠져들었다. 다시 깨어났을 때는 거의 자정이었다. 베드윈 부인은 부드럽게 잘 자라는 인사를 하고 나서, 작은 기도서와 큼직한 취침용 모자를 챙겨든 채 막 들어서던 뚱뚱한 노파에게 올리버를 부탁했다. 노파는 취침용 모자를 쓰고, 탁자 위에는 작은 기도서를 놓고서 올리버에게 밤새 곁에서 지킬 테니 안심하라고 말했다. 그러고 나서 의자를 난롯가로 끌어다 놓고 앉아 잠깐씩 졸기 시작하더니, 이리저리 꾸벅꾸벅 고꾸라지거나 잡다한 신음소리나 숨 막히는 소리를 냈다. 그래도 잠을 깨지 않고 코를 세게 문지르더니 다시 잠들어버렸다.

이렇게 밤은 느릿느릿 흘러갔다. 올리버는 한동안 잠을 깬 채로, 촛불이 천장에 반사되어 그려지는 작은 원들을 세거나, 나른한 눈으로 벽지의 복잡한 무늬를 쫓기도 했다. 어둠과 적막이 방 안에 무겁게 내려앉아 있었다. 이런 상황에서 아이의 마음속에 어두운 생각이 스며들었다. 이미 죽음이 수많은 낮과 밤 동안 이 방 안을 맴돌았고, 여전히 끔찍한 죽음의 우울한 기운이 사라지지 않고 다시 가득 찰 수 있다는 생각이 든 것이다. 올리버는 베개에 얼굴을 묻고 열정적으로 하늘에 대고 기도를 올리기 시작했다.

조금씩 올리버는 고통에서 벗어났을 때의 편안함이 주는 깊고 고요한 잠에 빠져들었다. 이렇게 차분하고 평화로운 휴식 같은 잠에서 깨어나는 것이야말로 고통인 셈이다. 이런 휴식이 죽음이라면 어느 누가 다시 깨어나 삶의 고통과 괴로움으로, 현재의 근심과 미래의 불안으로, 무엇보다도 과거의 끔찍한 기억으로 돌아가고 싶겠는가!

화창한 대낮이 된 지도 몇 시간이 지나자, 드디어 올리버가 눈을 떴다. 올리버는 아주 상쾌하고 행복했다. 무사히 고비를 넘기고, 다시 이 세상으로 돌아온 것이다.

사흘이 지나자, 올리버는 안락의자에 베개를 대고 앉아 있을 수 있게 되었다. 하지만 아직 너무 체력이 약한 탓에 걷지는 못해서, 베드윈 부인이 올리버를 안고 계단을 내려가 자기 방으로 데리고 갔다. 작은 가정부 방의 난롯가에 올리버를 앉힌 베드윈 부인은 자신도 옆에 자리를 잡고 앉았다. 그러고는 이렇게 많이 회복된 올리버의 모습에 너무나 기뻐서 격렬하게 울기 시작했다.

"애야, 신경 쓰지 말려무나. 그저 이렇게 한 번씩 실컷 울어보는 것뿐이란다. 자, 이제 됐어. 아주 속이 시원하구나." 베드윈 부인이 핑계를 대듯 말했다.

"저한테 너무, 너무 잘해주세요." 올리버가 말했다.

"뭐, 그것도 신경 쓰지 말렴. 네 고기 수프와는 전혀 상관없는 일이니까. 자, 고기 수프를 먹을 시간이 다 됐단다. 의사 선생님이 그러는데, 브라운로 씨가 오늘 아침에 널 보러 오실지도 모른다더구나. 우리 최대한 좋은 모습을 보여드리자꾸나. 더 좋은 모습일수록 더 기뻐하실 테니." 베드윈 부인은 이렇게 말하고 나서 고기 수프로 가득한 냄비를 데우는 일에 전념했다. 올리버는 구빈원 규정상 저 정도로 걸쭉한 고기 수프에 물을 타면 아주 낮춰 계산해도 극빈자 350인분의 만찬이 될 정도라고 생각했다.

"얘야, 그림을 좋아하니?" 베드윈 부인이 올리버가 바로 맞은편 벽에 걸린 초상화에서 눈을 떼지 못하는 것을 보고 물었다.

"잘 모르겠어요." 올리버가 그림에서 눈을 떼지 못한 채 대답을 이어갔다. "그림이란 걸 거의 본 적이 없어서 잘 알지 못하거든요. 그런데, 저 부인의 얼굴은 정말 아름답고 온화해 보이네요!"

"아! 화가들은 언제나 숙녀들을 실제보다 더 예쁘게 그려준단다. 안 그러면 손님이 떨어지지 않겠니? 모습 그대로를 찍어주는 기계를 발명한 사람은 그게 절대로 성공하지 못하리란 걸 알았어야 했어. 그건 너무 정직하거든, 너무." 베드윈 부인은 자신의 날카로운 지적에 신이 나서 크게 웃으며 말했다.

"저 … 저게 모습 그대로를 담은 그림인가요?" 올리버가 물었다.

"그럼, 원래 초상화가 그런 거잖니." 베드윈 부인이 고기 수프에서 잠시 눈을 떼며 대답했다.

"누구의 초상화인지요?" 올리버가 열성적으로 물었다.

"뭐, 정말, 얘야, 나도 모른단다. 너나 내가 알고 있는 사람은 아니겠지. 어쩜, 엄청나게 마음에 든 것 같구나." 베드윈 부인이 재미있다는 듯 대답했다.

"정말 너무 예뻐요." 올리버가 대답했다.

"혹시 저 그림이 무서운 건 아니고?" 베드윈 부인이 올리버가 두려움에 찬 표정으로 그림을 보고 있는 모습을 발견하고는 깜짝 놀라 물었다.

올리버가 열병에서 회복되다.

"아, 아뇨, 아니에요. 하지만 저 눈이 너무 슬퍼 보여요. 이 자리에서 보면 꼭 나를 보고 있는 것만 같거든요. 심장이 두근거리기까지 하는 걸요." 올리버가 재빨리 부인하며 나지막한 목소리로 덧붙였다. "마치 살아 있는 것처럼, 나한테 말을 걸고 싶지만 할 수 없는 것처럼 보여서요."

"오, 하느님이시여! 얘야, 그런 식으로 말하지 말거라. 병을 앓고 난 후라서 몸이 약해져 신경이 쇠약해진 거야. 다른 쪽으로 의자를 좀 돌려주마. 그러면 안 보일 테니. 자!" 베드윈 부인이 말대로 의자를 돌리며 말했다. "이제 어떻게 해도 안 보이겠지."

사실 올리버는 자세를 바꾸지 않았어도 마음의 눈으로 이미 그 그림을 뚜렷하게 떠올릴 수 있었지만, 이 친절한 노부인에게 걱정을 끼치지 않는 편이 더 낫다고 생각해서 노부인이 바라볼 때 부드럽게 미소만 지어 보였다. 베드윈 부인은 올리버가 한결 편안해진 모습을 보고 흡족해하면서, 고기 수프에 소금을 치고 빵 조각을 잘라 넣었다. 이 엄숙한 요리에 걸맞게 엄청 부산스러운 모습이었다. 올리버는 게눈 감추듯 순식간에 수프를 떠먹기 시작했다. 막 마지막 숟가락을 뜨려는 순간, 방문을 살며시 두드리는 소리가 들렸다.

"들어오세요." 베드윈 부인이 말하자, 브라운로 씨가 걸어 들어왔다.

처음에 노신사 브라운로 씨는 아주 가벼운 발걸음으로 들어왔다. 하지만 안경을 이마 위로 올리고 양손을 잠옷가운 옷자락 뒤로 밀어 넣은 채 올리버를 더 오래 들여다보자마자, 얼굴 표정이 아주 다채롭고 기괴하게 일그러지고 말았다. 올리버는 병 때문에 부쩍 지치고 그늘진 얼굴로, 은인에 대한 존경의 표시로 일어서려고 했지만 결국 다시 주저앉고 말았다. 사실 브라운로 씨의 인정 넘치는 마음은 평범한 노신사 여섯 명을 합친 만큼이나 넓었기 때문에 우리가 알 수 없는 철학적인 과정을 통해 브라운로 씨의 눈에 눈물이 가득 차올랐다.

"가엾고 불쌍한 녀석!" 브라운로 씨가 울컥하는 감정에 목청을 가다듬으면서 말을 이었다. "오늘 아침에 목이 좀 쉰 모양이오, 베드윈 부인. 아마 감기에 걸린 것 같소."

"아닐 거예요. 모든 물건을 다 바람에 잘 말렸는걸요." 베드윈 부인이 말했다.

"난 잘 모르겠소, 베드윈 부인. 아무래도 어제 저녁 식사 때 젖은 냅킨을 썼던 것 같은데, 뭐, 신경 쓰지 마시오. 애야, 몸은 좀 어떠냐?" 브라운로 씨가 애써 둘러대며 올리버에게 물었다.

"아주 좋습니다. 그리고 정말 감사합니다. 너무 잘해주셔서요." 올리버가 대답했다.

"착하구나. 베드윈 부인, 뭐 좀 영양이 되는 거라도 먹였소? 죽이라도?" 브라운로 씨가 강하게 물었다.

"금방 아주 걸쭉한 고기 수프 한 그릇을 뚝딱 한걸요." 베드윈 부인이 약간 몸을 펴며 고기 수프라는 말을 강조했다. 잘 끓인 고기 수프와 죽 사이에는 아무런 관련성이 없다는 것을 은연중에 드러낸 것이다.

"윽! 포도주 한두 잔이 훨씬 더 도움이 됐을 텐데, 안 그러냐, 톰 화이트?" 브라운로 씨가 살짝 몸서리를 치며 물었다.

"제 이름은 올리버인데요." 올리버가 깜짝 놀라 대답했다.

"올리버라, 올리버 뭐냐? 올리버 화이트라고?" 브라운로 씨가 다시 물었다.

"아뇨, 트위스트, 올리버 트위스트예요."

"거, 이름 한 번 참 이상하구나! 왜 치안 판사한테는 화이트라고 했느냐?" 브라운로 씨가 되물었다.

"그렇게 말한 적이 없는데요." 올리버가 놀라서 대답했다.

이 말이 너무 거짓말처럼 들려서 브라운로 씨는 올리버의 얼굴을 약간 엄격하게 쳐다보았다. 하지만 올리버를 의심하는 것은 불가능했다. 가냘프고 메마른 얼굴에는 거짓된 구석이 하나도 보이지 않았다.

"오해가 좀 있었던 모양이구나." 브라운로 씨가 말했다. 그런데, 이제 더 이상 올리버의 얼굴을 지그시 바라볼 필요가 없어졌는데도, 누군가와 닮았다는 생각이 다시금 강하게 떠올라서 눈을 뗄 수가 없었다.

"저한테 화나신 건 아니지요?" 올리버가 애원하듯 올려다보며 물었다.

"아니, 아니야. 근데, 맙소사! 이게 뭐지? 베드윈 부인, 저기 좀 보시오!"

브라운로 씨가 깜짝 놀라며 급하게 올리버의 머리 위에 걸린 그림과 올리버의 얼굴을 번갈아 가리켰다. 그림 속의 눈과 머리, 입, 모든 부분이 올리버와 똑같았다. 표정도 한순간 너무 똑같아서 아주 세세한 윤곽마저 소름끼칠 정도로 정확하게 베껴 놓은 것만 같았다.

올리버는 이렇게 갑작스러운 소동의 원인을 알지 못했다. 너무나 약해진 체력으로 인해 브라운로 씨의 커다란 소리에 깜짝 놀라 정신을 잃고 쓰러져버렸기 때문이다.

13장

유쾌한 노신사와 어린 친구들에게로 돌아가서,
똑똑한 독자들에게 다양하고 재미있는 이야깃거리를 가진
새로운 인물을 소개하는 장

이미 앞장에서 분명하게 기술한 대로, 미꾸라지와 기량이 뛰어난 친구인 베이츠 선생이 브라운로 씨의 사적 재산을 불법 양도한 결과, 두 사람이 올리버를 추격하는 소동에 가담하게 된 것은 아주 칭찬받을 만한, 스스로를 위하는 행위였다. 개인의 자유와 해방은 성실한 영국인들이 가장 먼저 당당하게 내세우는 자랑거리이므로, 모든 공적이고 애국적인 사람들의 의견에 따라 이러한 행위가 칭찬받을 만하다는 점을 굳이 독자들에게 강요할 필요는 없다고 본다. 또한 이렇게 인간은 언제나 자기 보호와 안전을 최우선으로 한다는 사실은 심오하고 올바른 판단력을 지닌 철학자들이 모든 대자연의 행위와 행동의 주된 원인으로 규정한 공리주의 법칙을 입증해주는 강력한 증거가 될 수 있다. 이 철학자들은 아주 현명하게도 대자연의 절차를 공리와 이론의 문제로 좁혀놓았고, 대자연의 높은 지혜와 이치만을 단순하고 멋지게 칭찬함으로써 감정이나 너그러운 기분, 충동의 문제는 고려대상에서 치워버린 것이다. 비록 대자연이 여성에 비유되긴 하지만, 대자연은 여성의 약함이나 수많은 결점을 훨씬 넘어선 존재로 인식되고 있기 때문이다.

만약 이 어린 신사 둘의 행위에 대해 엄격한 철학적 증거가 더 필요하다면, 군중이 올리버에게만 관심을 집중하자 추격을 그만두고 즉시 지름길을 찾아 집으로 돌아간 사실을 들겠다. 물론 유명하고 학식 높은 현자들이라면 으레 결론에 이르는 길을 짧게 질러가는 법이라고 주장하고자 하는 게 아니다. 실제로 그 거리는 다양한 에둘러 말하기와 두서없는 비틀거림에 의해 도리어 길어지기 마련이며, 이는 너무 생각이 많이 몰려들어 술에 한없이 빠져드는 술주정뱅이와 비슷하다고 할 수 있었다. 그렇지만 분명히 해두고자 하는 점은, 수없이 많은 대단한 철학자들이 이론을 실행하는 데 있어서라면 온갖 지혜를 짜내고 예지력을 발휘해서라도 예상되는 모든 요인들을 미연에 방지하는 것이 변함없는 관행이라는 사실이다. 따라서 옳은 대의를 위해서라면 조그마한 잘못 정도는 눈감아 줄 수도 있고, 목적을 위해서라면 어떤 수단도 정당화될 수 있다. 얼마나 옳고 그른지, 또는 그 경계선이 어디인지는 온전히 해당 철학자의 판단에 달려 있을 뿐이다. 오로지 그 특수한 상황 안에서 명확하고 종합적이며 공평무사한 관점으로 판단을 내리는 것이다.

두 아이는 엄청나게 복잡한 미로 같은 좁은 골목을 전속력으로 샅샅이 누비다가, 낮고 어두운 굴다리 밑에서 겨우 멈춰 섰다. 베이츠 선생은 충분히 숨을 돌릴 수 있을 정도로 가만히 있다가, 재미있고 신나는 듯 탄성을 질러대며 제멋대로 걷잡을 수 없는 웃음을 터뜨렸다. 그러면서 너무 즐거운 나머지, 문간 계단에 막 몸을 던져 데굴데굴 구르기까지 했다.

"왜 그래?" 미꾸라지가 물었다.

"하하하!" 찰리 베이츠가 크게 웃어젖혔다.

"잠자코 있어. 잡히고 싶냐, 이 멍청아?" 미꾸라지가 조심스럽게 주위를 둘러보며 꾸짖었다.

"어쩔 수가 없어, 참을 수가 없다고! 그 자식이 꽁지가 빠져라 냅다 도망치다가 모퉁이를 돌자마자 쇠기둥에 머리를 박고도 쇠로 만든 머리인 양 퍼뜩 일어나 다시 달아나는 꼴을 보고 있자니 말이야. 나도 손수건을 주머니에 쑤셔 넣고 그 녀석 뒤를 따라 노래를 불러대며 쫓아가는데 … 아이고, 내 눈이야!" 베이츠 선생이 뛰어난 상상력으로 너무나 생생하게 그 장면을 묘사하고 있었다. 그러다가 또다시 생각이 났는지, 문간 계단에 몸을 던져 구르며 더 크게 웃어댔다.

"페이긴은 또 뭐라고 할까?" 미꾸라지가 대뜸 물었다. 마침 찰리 베이츠가 숨을 쉬느라 웃음을 멈춘 순간에 재빨리 질문을 던진 것이다.

"뭐라고?" 찰리 베이츠가 되물었다.

"그래, 뭐라고." 미꾸라지가 말했다.

"거 참, 뭐라고 할까?" 미꾸라지의 태도가 진중했기 때문에 찰리 베이츠는 즐거운 웃음을 갑자기 멈추며 물었다. "정말 뭐라고 하겠냐?"

미꾸라지는 이 분 정도 휘파람을 길게 불고 나더니, 모자를 벗고 머리를 긁적이며 고개를 세 번 끄덕였다.

"무슨 뜻이야?" 찰리 베이츠가 물었다.

"투르 룰 롤 루, 이러쿵저러쿵, 개구리 폴짝." 미꾸라지가 똑똑한 얼굴에 살짝 비웃음을 더하며 말했다.

뭔가 설명하는 투였지만 만족스럽지는 않은 대답이었다. 찰리 베이츠도 그렇게 느껴서 다시 물었다. "그게 무슨 말이야?"

미꾸라지는 아무런 대답을 하지 않았다. 그저 모자를 다시 쓰고 기다란 외투자락을 겨드랑이 아래로 모으면서 혀로 볼 안쪽을 불쑥 밀었을 뿐이다. 그리고 나서 친숙하지만 의미심장한 태도로 콧잔등을 여섯 번쯤 두드리더니, 발길을 돌려 골목을 냅다 달려갔다. 찰리 베이츠도 곰곰이 생각하는 얼굴로 뒤따라갔다.

이런 대화가 오간 잠시 후, 삐걱거리는 계단 소음에 유쾌한 노신사가 벌떡 일어났다. 마침 왼손에 소시지와 작은 빵 덩어리를, 오른손에 주머니칼을 들고, 삼발이 위에 백랍 단지를 올려놓은 채 난롯가 옆에 앉아 있던 참이었다. 고개를 돌리자 하얀 얼굴에 흉악한 미소가 떠올랐다. 무성한 붉은 눈썹 아래로 날카롭게 눈을 빛내며 문 쪽을 향해 귀를 기울였다.

"뭐야, 이게 어떻게 된 거야?" 유대인 노인이 안색을 바꾸며 중얼거렸다. "왜 둘 뿐이지? 나머지 하나는 어디 갔어? 잘못되었을 리가 없는데, 이거 참!"

발자국 소리가 점점 더 가까워지더니 층계참에 다다랐고, 문이 천천히 열렸다. 미꾸라지와 찰리 베이츠가 들어오며 문을 닫았다.

"올리버는 어디 있냐? 어디 갔냐고?" 유대인 노인이 험악한 인상을 쓰며 다그쳤다.

어린 도둑들은 대장이 이토록 화를 내는 모습에 자못 놀라운 듯 쳐다보고 나서, 불안하게 서로를 곁눈질했다. 하지만 아무런 대답도 하지 못했다.

"그 아이는 어떻게 된 거냐?" 유대인 노인이 미꾸라지의 뒷덜미를 붙잡고 진저리나는 욕설을 퍼부으며 협박했다. "어서 불어. 안 그러면 목 졸라 죽여 버릴 테니!"

페이긴 씨는 정말 진심으로 보였다. 찰리 베이츠는 언제나 신중하게도 안전한 편에 서는 아이답게, 다음은 자신이 목 졸릴 차례라고 생각해서 얼른 무릎을 꿇고 큰 소리로 울어대기 시작했다. 미친 황소와 확성기 소리 중간쯤 되는 울음소리였다.

"어서 말 안 해?" 유대인 노인이 미꾸라지를 마구 흔들어대며 목소리를 높였다. 어찌나 흔들어대는지 그 큰 외투가 벗겨지지 않고 그대로 있다는 게 기적으로 보일 정도였다.

"뭐, 경찰이 붙잡아갔다고요, 그게 다예요." 미꾸라지가 불퉁하게 말했다. "그러니까, 이거 놔요, 놔!" 이렇게 말하고 나서 몸을 뒤틀어 유대인 노인의 손에는 큰 외투만 남겨놓은 채 싹 빠져나가더니, 조리용 포크를 낚아채 유쾌한 노신사의 조끼를 향해 푹 찔렀다. 만약 성공했다면 노신사에게서는 다시 쉽게 채워지지 못할 만큼 유쾌함이 많이 빠져 나갔을 터였다.

이런 위급상황이 벌어지자, 유대인 노인은 노쇠한 몸이라고 생각도 못할 정도로 민첩하게 뒤로 살짝 물러나면서 단지를 들어 공격자의 머리를 향해 집어던지려고 했다. 그러나 바로 그 순간에 찰리 베이츠가 완전히 끔찍하게 울부짖어 주의를 끌자, 유대인 노인이 갑자기 목표를 바꾸어 찰리 베이츠를 향해 힘껏 단지를 내던져버렸다.

"이거, 지금 무슨 난리들이야!" 갑자기 나지막이 으르렁대는 목소리가 들려왔다. "누가 이런 걸 나한테 던졌어? 뭐, 맥주여서 다행이지, 단지에 맞았다면 내가 손 좀 봐줬을 텐데. 누군지 알 만하군. 악독한 구두쇠에 사기치고 호통치는 데 이골이 난 천벌 받을 유대인 영감이 아니고서야 어느 누가 이렇게 물도 아닌 맥주를 그냥 갖다버리겠어? 아니, 물도 수도회사를 속여먹고 나서야 버리겠지. 페이긴, 도대체 이게 다 뭔 난리야? 젠장, 목수건이 맥주에 다 젖었잖아! 냉큼 안 들어와, 이 도둑 쥐새끼야, 밖에서 뭘 기다리는 거야? 주인이 창피한 게냐! 어서 들어와!"

이런 말을 으르렁거리며 뱉어낸 남자는 서른다섯 살쯤으로 보이는 건장한 사내였다. 검은 벨벳 외투와 때 묻은 칙칙한 승마바지, 구두끈으로 묶은 발목 부츠 차림이었다. 회색 면스타킹에 감싸인 두 다리는 무척 굵고 장딴지가 불룩 튀어나와 있었다. 이런 다리는 한 쌍의 족쇄로 장식해 두지 않으면 어딘가 어설프고 불완전해 보이는 복장이 되기 십상이다. 남자는 갈색 모자를 쓰고 더러운 알록달록한 목수건을 목에 두르고 있었는데, 이 목수건의 다 해진 끝자락으로 얼굴에 묻은 맥주를 닦아냈다. 그러자, 널찍한 얼굴에 사흘 간 기른 턱수염과 무섭게 노려보는 두 눈이 확연히 드러났다. 한쪽 눈에는 최근에 맞아서 생겼는지, 얼룩덜룩한 주먹질 흔적들이 유독 눈에 띄었다.

"들어오라고, 안 들려?" 이 매력 넘치는 불한당이 으르렁거리며 고함을 쳤다.

하얀 털이 덥수룩한 개 한 마리가 얼굴이 스무 군데나 긁히고 찢긴 상태로 살금살금 방 한구석으로 들어왔다.

"왜 빨리 안 들어오는 거야? 너무 잘나서 주인이 창피한 게냐, 엉? 엎드려!"

남자가 이 명령과 함께 발로 차는 바람에 개가 방 안 저 끝으로 밀려났다. 그러나 개는 이런 상황에 꽤나 익숙한 모양인지, 찍 소리도 하지 않고 구석 자리에 몸을 말고 조용히 앉아서 흉한 눈을 일 분에 스무 번을 껌뻑거리며 방 안 구석구석을 둘러보느라 여념이 없었다.

"그나저나, 무슨 꿍꿍이요? 아이들이나 학대하고. 이 욕심 많고 탐욕스럽고 만족할 줄 모르는 늙은 장물아비가, 엉?" 남자는 느긋하게 자리를 잡고 앉으며 말을 이어갔다. "왜 아이들이 당신을 죽이지 않는지 정말 의문이라니까! 나라면 그럴 텐데. 내가 당신 밑에서 도제생활을 하고 있다면 오래전에 그랬을 거요. 그리고 그 다음에 … 아니, 내다팔

수는 없었겠지. 기껏해야 유리병에 담아 추악함을 전시하는 용도밖에 안 되겠지만, 뭐 그렇게 커다란 유리병이 있어야 말이지."

"쉿, 쉿, 사익스 씨. 그렇게 큰 소리로 말하면 어떡하나." 유대인 노인이 떨리는 목소리로 말했다.

"씨는 무슨 씨. 그렇게 부를 때마다 뭔가 꼼수가 있다니까. 내 이름을 알잖아. 이름으로 불러! 이름에 먹칠은 안 할 테니." 불한당이 툭 내뱉었다.

"아무렴, 그렇지, 그럼 … 빌 사익스. 기분이 별로 인 것 같군, 빌." 유대인 노인이 비굴하게 굽실대며 말했다.

"그럴지도. 내 보기엔 당신도 많이 언짢은 모양인데. 여기저기 백랍 단지를 던져도 별 손해가 없다는 건가? 여기저기 이러쿵저러쿵 나발 불고 다닐 때도 …"

"자네 미쳤나?" 유대인 노인이 남자의 옷소매를 낚아채며 아이들을 가리켰다.

사익스 씨가 자기 왼쪽 귀 밑에 상상의 올가미를 묶고 고개를 오른쪽 어깨로 휙 꺾는 흉내를 내며 흐뭇해했다. 이 무언극을 보고 유대인 노인은 단번에 완벽히 이해하는 듯 보였다. 그러자, 사익스 씨가 알아 먹기도 힘든 은어로 한참을 내뱉더니, 술 한 잔을 달라고 요청했다.

"그렇다고 독은 타지 마시고." 사익스 씨가 모자를 벗어 탁자 위에 놓으며 덧붙였다.

이는 농담으로 던진 말이었다. 하지만 사익스 씨가 유대인 노인이 찬장으로 돌아설 때 창백한 입술을 깨물며 얼핏 보인 사악하고 음흉한 눈초리를 볼 수만 있었다면 전혀 엉뚱한 경고를 했다고 생각하지는 못했을 터였다. 또한 이 노신사의 유쾌한 마음에 술 양조 기술을 향상시켜 독으로 만들고자 하는 소망이 살짝 깃들었다는 사실도 알아차렸을 것이다.

사익스 씨는 술을 두세 잔 정도 들이켠 후, 어린 신사들에게 적선하듯 약간 눈길을 던져주었다. 그러자, 이 은혜로운 행동에 감복한 두 아이들이 올리버의 체포와 관련된 사실을 이리저리 뜯어고치고 부풀려서 세세하게 고해바쳤다. 미꾸라지는 현 상황에 가장 적합해 보이도록 얘기에 잔뜩 살을 붙여서 전했다.

"설마 걔가 우리를 곤혹스럽게 만들 일은 없겠지?" 유대인 노인이 두려운 마음을 내비쳤다.

"충분히 그럴 수 있지. 다 불어버릴 테니. 페이긴, 이제 영감은 끝장이군." 사익스 씨가 사악한 미소를 지으며 답했다.

"게다가 자네도 알다시피, 우리가 끝장나면 더 많은 사람들이 함께 끝장날까봐 걱정이네. 특히 자네한텐 더 불리하게 될지도 모르지, 안 그런가?" 유대인 노인이 상대의 도발에도 아랑곳하지 않고 더 가까이 쳐다보며 덧붙였다.

사익스 씨는 깜짝 놀라 유대인 노인을 돌아보았다. 하지만 유대인 노인은 어깨를 귀까지 올렸다 내리고는 맞은편 벽을 멍하니 쳐다볼 뿐이었다.

한동안 침묵이 흘렀다. 이 존경할 만한 패거리의 일원들은 각자의 생각에 잠겨 있는 듯 보였다. 하얀 개조차도 확실히 사악하게 입술을 핥으며 당장 밖으로 나가자마자 가장 처음 만나는 신사나 숙녀의 다리를 물어버릴 생각에 잠겨 있는 것 같았다.

"경찰서에서 무슨 일이 벌어지고 있는지 누군가가 나서서 알아봐야겠군." 사익스 씨가 방에 들어오고 나서 가장 나지막한 어조로 읊조렸다.

유대인 노인이 동의하듯 고개를 끄덕였다.

"그 아이가 고해바치지 않고 형을 산다면 다시 나올 때까진 안심이지. 나오면 그 때부터 잘 돌봐주면 되겠고. 어떻게든 그 녀석을 잘 붙잡고 있어야 돼." 사익스 씨가 덧붙이자, 유대인 노인이 다시 고개를 끄덕였다.

이렇게 신중한 행동계획을 세우는 것은 당연했지만, 불행하게도 이 계획을 행동에 옮기는 데에는 아주 강력한 거부감이 작동되었다. 미꾸라지와 찰리 베이츠, 페이긴과 빌 사익스 씨는 어찌되었든 간에 경찰서 가까이 가는 것만으로도 진저리를 쳤기 때문이다.

다들 그다지 즐겁지 않은 불확실한 상태로 오랫동안 가만히 앉아서 서로를 물끄러미 쳐다만 볼 뿐이었다. 그렇게 시간이 얼마나 지났는지는 모르겠지만, 마침 두 아가씨가 불쑥 들어오는 바람에 대화가 다시 시작되었다. 요전에 올리버도 한 번 본 적이 있는 아가씨들이었다.

"바로 이거군! 벳이 가줄 게야, 그렇지, 애야?" 유대인 노인이 반색하며 입을 열었다.

"어디를요?" 벳이 물었다.

"그냥 잠깐 서에 다녀오면 된단다, 애야." 유대인 노인이 슬쩍 구슬리며 말했다.

이 아가씨는 확실하게 못 가겠다고 밝힌 건 아니었지만 '설마' 진짜 가라는 건 아닐 거라며 농담으로 치부했다. 이렇게 에둘러 섬세하게 거절하는 것을 보면 벳은 직접적이고 단호한 거절로 동료를 고통스럽게 할 수 없을 만큼 좋은 심성을 타고났다는 사실을 알 수 있다.

유대인 노인의 안색이 어두워졌다. 어쩔 수 없이 다른 아가씨 쪽으로 고개를 돌렸다. 이 아가씨는 빨간색 드레스와 초록색 부츠 차림에, 머리에는 노란색 머리 마는 종이가 가득했다. 결코 사치스럽다고는 말할 수 없었지만 화사한 차림이었다.

"낸시, 애야, 넌 어떠냐?" 유대인 노인이 살살 달래는 투로 물었다.

"나한텐 안 통해요. 다 소용없으니, 말도 꺼내지 마세요." 낸시가 톡 쏘아붙이며 거절했다.

"그게 무슨 뜻이야?" 사익스 씨가 불퉁한 모습으로 쳐다보며 물었다.

"말 그대로지 뭐, 빌." 낸시가 담담하게 대답했다.

"아니, 네가 딱 적격이란 말이야. 이 주변에서 널 아는 사람은 아무도 없으니까." 사익스 씨가 이유를 대며 은근히 압박을 가했다.

"뭐, 나도 남들에게 알려지기 싫으니까. 굳이 말하자면 못 가겠어, 빌." 낸시가 똑같이 차분한 태도로 대꾸했다.

"페이긴, 낸시가 갈 거요." 사익스가 마음대로 결론을 내렸다.

"아뇨, 안 갈 거예요." 낸시가 말했다.

"아니, 갈 거요, 페이긴." 사익스가 다시 한 번 못을 박았다.

결국 사익스가 옳았다. 반복되는 위협과 약속, 뇌물에 질려버린 낸시는 어쩔 수 없이 그 임무를 수행하기로 했다. 사실 낸시는 주저할 이유가 없었다. 저 멀리 랫클리프라는 외진 교외 지역에서 여기 필드 레인으로 막 이사를 왔기 때문에 알아볼 만한 지인들이 거의 없어서 걱정할 필요가 없었다.

그런 이유로 낸시는 드레스 위에 깨끗한 하얀 앞치마를 두르고 머리 마는 종이를 밀짚 보닛 속에 밀어 넣으며 준비를 마쳤다. 앞치마와 보닛은 유대인 노인이 언제나 마르지 않는 샘물 같은 재고창고에서 가져다준 것이었다.

"잠깐만, 애야." 유대인 노인이 보자기를 덮은 작은 바구니를 내밀며 말을 이었다. "이걸 한 손에 들고 가거라. 더 그럴 듯해 보일 테니 말이야."

"다른 손엔 대문 열쇠를 들고 가게 하쇼, 페이긴. 진짜 그럴 듯해 보일 테니." 사익스가 덧붙였다.

"그래, 그래, 정말 그렇겠군." 유대인 노인이 낸시의 오른쪽 검지에 커다란 대문 열쇠를 걸어주며 말했다. "자, 아주 훌륭해! 정말 좋군, 좋아!" 유대인 노인이 양손을 비비며 감탄했다.

"오, 내 동생! 불쌍하고 귀엽고 순진한 어린 내 동생!" 낸시가 눈물을 터뜨리며 슬픔에 겨워 작은 바구니와 대문 열쇠를 비틀어대면서 소리쳤다. "내 동생이 어떻게 된 건가요! 어디로 데려 갔나요! 오, 절 가엾게 여기서서 우리 동생이 어떻게 된 건지 말씀 좀 해주세요, 신사님들, 네? 제발요!"

낸시는 최고로 애달프고 가슴 찢어질 듯한 목소리로 이런 말들을 읊어대며 청중들의 귀를 즐겁게 해주더니, 모두에게 윙크를 하고 흐뭇하게 미소를 지으며 고개를 끄덕이고는 밖으로 나갔다.

"아! 정말 영리한 아이라니까, 그렇지, 얘들아?" 유대인 노인이 어린 친구들을 둘러보며 근엄하게 머리를 흔들었다. 마치 방금 목격한 최고의 모범사례를 잘 따르라는 듯 무언의 압력을 가하는 것 같았다.

"여자치고는 엄청 우수하지." 사익스 씨가 유리잔을 채우고 커다란 주먹으로 탁자를 탕 내리치며 말했다. "자, 낸시의 건강을 위하여, 모든 여자들이 다 낸시 같기를 바라면서 건배를 들자고!"

이렇게 수많은 찬사들이 수완 좋은 낸시를 향해 쏟아지는 동안, 낸시는 서둘러 경찰서로 향했다. 홀로 거리를 걸어가면 언제나 그렇듯이 약간 두려움이 앞서기도 했지만 얼마 후 무사히 경찰서에 도착할 수 있었다.

뒷길로 돌아들어간 낸시는 손에 든 열쇠로 감방 문 하나를 살며시 두드리고 나서 귀를 기울였다. 안에서 아무 소리도 들리지 않자 낸시는 헛기침을 한 번 하고 나서 다시 귀를 기울였다. 여전히 아무런 반응이 없어서 어쩔 수 없이 입을 열었다.

"놀리, 거기 있니?" 낸시가 부드러운 목소리로 웅얼거렸다. "놀리?"

안에는 맨발의 비참한 범죄자밖에 없었다. 길거리에서 플루트를 불다가 붙잡힌 현행범으로 범죄사실이 명확해서, 치안 판사 팽 씨에게 일 개월 징역형을 선고받은 자였다. 팽 씨는 이 판결을 내리면서, 그렇게 숨이 많이 남아돌면 악기에 쓰지 말고 감옥 안 형벌용 방아를 돌리는 데 쓰는 게 훨씬 더 유익할 거라며 농담조로 덧붙였다. 이 죄수는 플루트를 국가에 압수당한 슬픔에 빠져 대답할 여력도 없었다. 그래서 낸시는 옆 감방으로 옮겨 문을 두드렸다.

"뭐요!" 희미하고 연약한 목소리가 흘러나왔다.

"여기 어린 남자아이가 있나요?" 낸시가 훌쩍거리며 물었다.

"아뇨, 맙소사, 어린애가 어찌 이런 곳에." 한탄하는 대답이 들려왔다.

목소리로 보아 예순다섯 살쯤 된 부랑자였다. 이번에는 플루트를 불지 않은 죄였다. 즉, 생계를 위해 아무것도 하지 않고 길거리에서 구걸을 한 죄로 갇힌 사람이었다. 그 옆방에는 무허가로 양철냄비를 판 죄로 붙잡힌 사람이 있었다. 생계를 위해 무언가 일은 했지만 세무서에 반하는 행위였던 것이다.

그러나 이 죄수들 모두 올리버라는 이름은 들어본 적도 없다고 했다. 낸시는 곧바로 줄무늬 조끼 차림의 퉁명한 경관에게 가서 애절하게 울먹이고 한탄을 해가며 어린 남동생의 소식을 물었다. 물론 대문 열쇠와 작은 바구니를 적당하게 효과적으로 이용해서 더 불쌍하게 보이도록 연기를 곁들였다.

"얘야, 여기에 없단다." 늙은 경관이 달래듯 말했다.

"그럼, 어디에 있어요?" 낸시가 미친 척 소리를 꽥 질렀다.

"아, 왜, 그 신사가 데려갔잖느냐." 경관이 답했다.

"무슨 신사요? 오, 세상에! 어떤 신사가요?" 낸시가 소리쳤다.

이렇게 정신없는 질문을 받자마자, 늙은 경관은 너무나 상심한 올리버의 누나를 위해 자초지종을 말해주었다. 올리버는 경찰서에서 병이 났고, 목격자가 나타나서 다른 아이가 도둑질을 했다는 게 확인돼서 풀려났으며, 고소한 신사가 기절한 올리버를 자기 집으로 데려갔다고 말이다. 그 신사가 마부에게 길을 일러줄 때 들은 바로는 펜턴빌 어디라는 것밖에 모른다며 알려주었다.

의심과 불안감에 휩싸여 괴로워하던 낸시는 비틀거리며 문을 나섰다. 그러더니, 재빨리 몸을 추스르고는 뛰기 시작했다. 제딴에는 가장 구불구불하고 복잡한 길로 유대인 노인의 집을 향해 뛰어갔다.

사익스 씨는 낸시의 얘기를 듣자마자 서둘러 모자를 쓰면서 하얀 개를 불러 유대인 노인의 집을 벗어났다. 동료들에게 인사말을 남기지도 못한 채 급하게 떠나버렸다.

"얘들아, 우린 그 녀석이 어디 있는지 반드시 알아내야 한단다. 꼭 찾아내야 해." 유대인 노인이 엄청나게 흥분조로 말했다. "찰리, 넌 아무것도 하지 말고 그냥 돌아다니다가 녀석에 대한 소식을 뭐라도 갖고 오너라! 낸시, 애야, 난 올리버를 꼭 찾아야만 해. 너만 믿는다. 너랑 우리 교활한 미꾸라지, 둘만! 잠깐, 잠깐." 유대인 노인이 떨리는 손으로 잠겨 있던 서랍장을 열며 덧붙였다. "여기, 돈이 있다. 오늘 밤 가게를 닫을 거야. 어디로 오면 나를 찾을 수 있는지 다들 잘 알 테지! 이제 여기에서는 일 분도 머물러선 안 돼. 잠시도!"

유대인 노인은 아이들을 방에서 몰아낸 뒤, 주의깊게 이중으로 문을 잠그고 빗장을 걸었다. 그리고 나서 예전에 올리버에게 들켰던 상자를 꺼내서 시계와 보석을 얼른 옷 속에 숨겼다.

이런 와중에 문 두드리는 소리가 들려와 깜짝 놀랐다.

"누구요?" 유대인 노인이 날카로운 목소리로 소리쳐 물었다.

"나예요!" 열쇠구멍을 통해 미꾸라지의 목소리가 들려왔다.

"왜, 뭐?" 유대인 노인이 성급하게 소리쳤다.

"그 녀석을 다른 은신처로 납치해오냐고 낸시가 묻는데요?" 미꾸라지가 물었다.

"그래, 어디서든 잡기만 하면 말이야. 찾아내, 찾아내기만 하라고! 그 다음은 내가 알아서 처리할 테니, 아무 걱정 마." 유대인 노인이 대답했다.

미꾸라지는 알겠다고 웅얼거리더니 동료들을 쫓아 서둘러 계단을 내려갔다.

"아직 불지 않았어. 녀석이 새로운 친구들에게 우리를 불어버릴 생각이라도 아직 그 주둥이를 막을 수는 있어." 유대인 노인이 계속 물건들을 챙기며 혼잣말을 중얼거렸다.

14장

브라운로 씨 댁에서 평안한 나날을 보내는 올리버와
어느 날 심부름을 나간 올리버를 두고
주목할 만한 예상을 하는 그림윅 씨

브라운로 씨의 갑작스러운 외침소리에 기절해버린 올리버는 곧 정신을 차렸다. 이후로 노신사와 베드윈 부인은 둘 다 그 초상화에 대한 언급을 삼갔다. 실제로 올리버의 이력이나 장래와 전혀 관련이 없는 화제에만 집중해서 올리버를 자극하지 않도록 조심했다. 올리버는 여전히 아침을 먹으러 일어나기조차 힘들 정도로 약한 상태였다. 그래도 이튿날 베드윈 부인의 방으로 내려왔을 때 올리버가 처음으로 보인 행동은 또다시 아름다운 귀족 부인의 얼굴을 보고 싶어서 간절하게 벽을 쳐다보는 것이었다. 하지만 실망스럽게도 초상화는 걸려 있지 않았다.

"아!" 베드윈 부인이 올리버의 시선을 따라 쳐다보더니 말을 덧붙였다. "보다시피 치웠단다."

"그랬군요. 왜 치우셨나요?" 올리버가 실망감을 애써 숨기며 물었다.

"브라운로 씨가 그 그림 때문에 네가 쓰러진 것 같다면서 회복하는

데 방해가 될까봐 치우라고 하셨거든." 베드윈 부인이 대답했다.

"아, 아닌데요. 그것 때문이 아니었어요. 좋아서 봤던 거예요. 진짜 맘에 들었어요." 올리버가 말했다.

"그래, 그래! 어서 빨리 나으렴. 그럼, 다시 걸어놓으마. 자! 약속할게! 이제 다른 얘기나 하자꾸나." 베드윈 부인이 성격 좋게 넘어갔다.

올리버가 그 그림에 대해 얻을 수 있는 정보는 이게 전부였다. 베드윈 부인은 올리버가 아플 때 너무나도 친절히 대해주신 분이라서 부인의 말대로 다른 화제로 넘어갈 수밖에 없었다. 그래서 올리버는 베드윈 부인이 들려주는 여러 이야기에 귀를 기울였다. 다정하고 멋진 남자와 결혼해서 시골에서 살고 있는 다정하고 예쁜 딸 이야기와 서인도제도에서 상점의 서기로 일하고 있는 아들이 착하게도 일 년에 네 번씩이나 꼬박꼬박 편지를 보내온다는 이야기를 하며 눈물을 글썽였다. 베드윈 부인이 한참 동안 자식들이 얼마나 훌륭한지, 그리고 가엾게도 26년 전에 세상을 떠난 다정하고 착한 남편이 얼마나 자랑스러운지 열변을 토하고 나자, 차 마실 시간이 되었다.

차를 마신 후 베드윈 부인은 올리버에게 카드놀이를 가르쳐주기 시작했다. 올리버는 가르쳐주는 대로 곧잘 배워서, 두 사람은 아주 흥미진진하게 카드놀이에 열중했다. 그러다가 올리버는 물에 탄 따뜻한 와인 한 잔과 빵조각 하나를 먹고 나서 곧바로 편안히 잠자리에 들었다.

올리버가 몸을 회복하는 동안 행복한 날들이 계속되었다. 모든 게 아주 조용하고 단정했으며 질서정연했다. 모두들 친절하고 상냥해서 늘 소음과 소란 속에 파묻혀 살던 올리버는 천국에라도 온 것 같았다. 올리버가 옷을 제대로 갖춰 입을 수 있을 만큼 체력을 회복하자 브라운로 씨는 양복 한 벌과 모자, 구두를 완전히 새롭게 구비해주었다. 헌 옷은 올리버 마음대로 처분해도 좋다는 허락이 떨어져서, 평소에 친절히 대해준 하녀에게 옷을 주면서 유대인 옷장수에게 팔아 돈을 가지라고 했다. 하녀는 곧바로 실행에 옮겼고, 올리버는 거실 창 밖으로 유대인 옷장수가 옷을 둘둘 말아 가방에 챙겨가는 모습을 보면서, 다시는 저런 옷을 입을 걱정이 없으리라는 생각에 너무나 기쁜 마음이 들었다. 정말 서글픈 누더기 옷이었고 이전에는 새 양복을 가져본 적이 없었기 때문이다.

초상화 사건이 있은 지 일주일이 흐른 어느 날 저녁, 올리버가 앉아서 베드윈 부인과 대화를 나누고 있을 때 브라운로 씨에게서 전갈이 내려왔다. 올리버의 몸이 괜찮으면 잠깐 얘기를 하고 싶으니 서재로 와달라는 부탁이었다.

"아이고, 이런, 어쩌면 좋으냐! 어서 손을 씻고 오너라. 머리를 단정하게 빗어줄 테니. 아휴, 세상에! 널 부르실 줄 알았으면 옷깃도 빳빳하게 풀을 먹여서 더 깔끔하게 차려 입혔을 텐데 말이다." 베드윈 부인이 어쩔 줄을 몰라 하며 부산하게 움직였다.

올리버는 베드윈 부인이 하라는 대로 따랐다. 비록 베드윈 부인은 셔츠의 장식 주름을 잡을 시간도 없다며 한탄했지만, 올리버는 섬세하고 멋져 보였고, 베드윈 부인은 올리버의 머리끝에서 발끝까지 훑어보며 더 일찍 알았더라도 지금보다 더 나아보일 수는 없을 정도라고 흡족하게 말했다.

베드윈 부인의 격려를 받아 용기가 생긴 올리버는 서재 문을 두드렸다. 브라운로 씨가 들어오라고 하자 올리버는 작은 뒷방으로 들어갔다. 책이 가득 차 있었고, 하나 있는 창문으로 상쾌해 보이는 작은 정원이 보였다. 그 창문 앞에 탁자가 있었고, 거기에 브라운로 씨가 앉아서 책을 읽고 있었다. 브라운로 씨가 올리버를 보고는 책을 치우며, 탁자 가까이로 와서 앉으라고 권했다. 올리버는 말에 따르면서, 세상을 더 똑똑하게 만들려고 쓴 것 같은 이렇게 수많은 책들을 읽을 사람들을 어디에서 다 찾을 수 있을까 싶었다. 이런 의문은 올리버 트위스트보다 더 경험이 풍부한 사람들도 매일의 삶 속에서 여전히 궁금해하는 부분이다.

"여기 책이 참 많지, 그렇지 않느냐?" 올리버가 바닥에서 천장까지 가득한 책장을 살펴보는 모습을 보고 브라운로 씨가 물었다.

"네, 엄청 많네요. 이렇게 많은 책은 본 적이 없어요." 올리버가 대답했다.

"착하게 잘 지내면 다 읽게 해주마. 그냥 겉만 보는 것보다 훨씬 좋을 게야. 물론 겉표지만 그럴싸하게 좋아 보이는 책들도 있긴 하지." 브라운로 씨가 친절하게 덧붙였다.

"저런 묵직한 책들이 그렇게 보여요." 올리버가 금박을 입혀 제본한 큼직한 책들을 가리키며 말했다.

"꼭 그렇지는 않단다. 어떤 책들은 크기가 작아도 똑같이 묵직하지. 자, 이건 어떠냐? 너도 똑똑한 어른이 되어 책을 써보는 게, 응?" 브라운로 씨가 미소를 머금고 올리버의 머리를 쓰다듬으며 말했다.

"그것보다 책은 읽는 게 더 좋을 것 같아요." 올리버가 대답했다.

"뭐! 작가가 되는 건 싫단 말이지?" 브라운로 씨가 되물었다.

올리버는 잠시 고민에 빠졌다. 결국 책장수가 되는 게 더 낫겠다고 대답했다. 그러자 브라운로 씨는 박장대소하며 좋은 생각이라고 흔쾌히 수긍했고, 올리버는 영문을 잘 몰랐지만 그냥 좋은 생각이라니 기뻤다.

"그래, 그래. 두려워말렴! 꼭 작가가 되라는 말은 아니니까. 정직하게 돈 버는 방법을 배운다면 벽돌장이로 살아도 좋단다." 브라운로 씨가 차분한 표정을 지으며 말했다.

"감사합니다." 올리버가 말했다. 브라운로 씨는 이렇게 진지하게 대답하는 올리버의 태도를 보고서 다시 웃음을 지으며, 호기심 어린 본능에 대해 말하기 시작했다. 하지만 올리버는 이해하기 어려워서 전혀 집중을 하지 못했다.

"근데, 지금부터 내 말을 주의해서 들어주면 좋겠구나. 나처럼 나이 많은 사람의 말도 잘 알아들을 것 같으니 아무런 거리낌 없이 말하마." 브라운로 씨가 훨씬 더 다정하지만 올리버가 여태껏 들어본 중에 가장 심각한 어조로 입을 열었다.

"오, 저를 어디로 보내겠다는 말씀은 마세요, 제발요!" 올리버는 브라운로 씨의 심각한 어조에 깜짝 놀라 자기도 모르게 소리쳤다. "문 밖으로 내쫓아 또다시 거리를 방황하게 만들지 말아주세요. 여기에 하인으로라도 머물게 해주세요. 원래 있었던 비참한 곳으로 돌려보내지 마세요. 저를 불쌍히 여기셔서 좀 봐주세요, 네?"

"애야, 내가 쫓아내다니, 그런 걱정은 하지 말려무나. 네가 그럴 만한 이유를 자초하지 않는다면 말이다." 브라운로 씨가 올리버의 갑작스러운 애원에 놀라서 말했다.

"결코, 절대로 안 그럴 거예요." 올리버가 끼어들며 맹세했다.

"그래야지. 물론 네가 그러지 않으리라 생각한단다. 이전에 은혜를 베풀어준 사람에게 사기를 당한 적도 있다만, 너는 믿어도 될 것 같다는 확신이 강하게 드는구나. 나 스스로도 이해가 안 될 정도로 네게 신경이 쓰인단다. 내가 가장 정을 쏟은 사람들은 전부 무덤에 묻혀 있지. 내 평생의 행복과 즐거움이 그 무덤에 함께 묻혀 있긴 하지만, 내 마음속 가장 값진 감정까지 묻어놓진 않았단다. 오히려 깊은 불행으로 인해 사람을 사랑하는 감정이 더 강해졌다고 할 수 있지."

브라운로 씨는 스스로에게 말하듯 나지막한 목소리로 이야기했다. 그래서 이후로 잠시 침묵이 흐르자 올리버도 거의 숨죽인 채 조용히 앉아 있었다.

"뭐, 그래." 마침내 브라운로 씨가 한결 밝아진 어조로 입을 열었다. "이렇게 말하는 건 네가 심성이 고운 아이여서, 내가 큰 고통과 슬픔을 겪었다는 걸 알면 내게 상처를 주지 않으려고 신경을 쓸 거라고 생각해서야. 넌 친구 하나 없는 천애고아라고 했지. 내가 조사해본 바로도 그렇더구나. 이제 네 얘기를 좀 해보렴. 어디 출신이며 누가 널 키웠는지 내가 처음 봤을 때 어떻게 그런 패거리에 들어가게 됐는지, 사실대로 털어놔 보려무나. 그러면 내가 살아 있는 동안 절대 혼자 두지 않을 테니."

올리버는 훌쩍거리느라 잠시 말을 잇지 못했다. 올리버가 농장에서 지내던 생활부터 다시 범블 씨에게 끌려갔던 사정을 막 말하려고 했을 때, 유난히 성마르게 두어 번 대문을 두드리는 소리가 들려오더니, 하인이 급히 계단을 뛰어올라와 그림윅 씨가 도착했다는 소식을 전했다.

"지금 이리로 올라오고 있느냐?" 브라운로 씨가 물었다.

"네, 집에 머핀 빵이 있냐고 하셔서 그렇다고 했더니, 함께 차를 드시겠답니다." 하인이 대답했다.

브라운로 씨는 미소를 짓고서 올리버를 보며 그림윅 씨는 오랜 친구이고 태도가 좀 거칠더라도 본성은 아주 괜찮은 친구이니 너무 신경 쓰지 말라고 당부했다.

"저는 아래층으로 내려가 있을까요?" 올리버가 물었다.

"아니, 여기에 있는 편이 좋겠구나." 브라운로 씨가 대답했다.

이 때, 굵은 지팡이에 몸을 의지한 뚱뚱한 노신사가 절뚝거리며 방 안으로 들어왔다. 줄무늬 조끼에 푸른 외투, 갈색 무명 바지에 챙 넓은 흰 모자 차림이었다. 아주 자잘한 주름장식이 조끼 밖으로 삐쭉 밀려나와 있었고 그 아래로 기다란 철제 시곗줄이 늘어져서 끝에 열쇠가 달려 있었다. 하얀 목수건의 끝은 오렌지처럼 둥글게 뭉쳐 묶어놓았다. 노신사의 얼굴은 울긋불긋 이리저리 뒤틀려 뭐라 표현할 수 없을 정도였다. 게다가 말할 때마다 머리를 한쪽으로 비틀면서 곁눈으로 흘겨보는 버릇이 있어서, 앵무새를 떠올리지 않을 수 없었다. 이런 자세로 우뚝 서서는 불쑥 작은 오렌지 껍질을 들어 보이며 퉁명스러운 목소리로 으르렁거렸다.

"여기 좀 봐! 이거 보이냐고? 내가 아무개 집을 방문할 때마다 계단에 이 망할 친구가 떨어져 있으니 얼마나 놀랍고 괴이한 일인가 말일세. 예전에도 오렌지 껍질 때문에 다리를 삔 적이 있는데, 결국 이 망할 오렌지 껍질 때문에 죽을 거야. 진짜 장담하건대, 이 오렌지 껍질 때문에 죽을 거고, 그렇지 않다면 내 머리통을 삼켜버려야 속이 후련할 거야, 정말이지!" 그림윅 씨는 거의 언제나 자기주장을 뒷받침하기 위해 이렇게 괴상망측한 제안을 하곤 했는데, 굉장히 기이한 장담이었다. 설사 정말로 과학이 엄청나게 발전해서 어떤 신사가 자기 머리통을 먹을 수 있게 된다고 해도, 그림윅 씨의 머리통은 유독 큰 데다 분가루까지 가득 뿌려져 있어서, 한 자리에서 한꺼번에 삼켜버리기 힘들 것이기 때문이다. 아무리 자신감이 넘친다고 해도 말이다.

"내 머리통을 삼켜버릴 거야." 그림윅 씨가 지팡이로 바닥을 탕탕 내리치며 반복했다. "어! 이건 뭐야?" 그림윅 씨가 올리버를 발견하고는 한두 걸음 물러서며 물었다.

"이 아이가 이전에 얘기했던 올리버 트위스트라네." 브라운로 씨가 대답하자, 올리버가 꾸벅 인사했다.

"얘가 열병을 앓았던 아이라는 말은 아니지?" 그림윅 씨가 더 주춤하며 물었다. "잠깐, 기다려봐! 아무 말 말게." 그림윅 씨는 갑자기 알아차린 듯 열병을 두려워하던 것도 잊어버린 채 말을 이어갔다. "바로 이 아이가 오렌지를 먹은 거로군! 오렌지 껍질을 계단에 던져버린 거지.

안 그렇다면 내 머리통과 이 아이 머리통까지 다 삼켜버릴 거야."

"아니, 아니야. 이 아이는 오렌지를 먹은 적이 없네." 브라운로 씨가 웃음을 터뜨리며 말을 이었다. "어서 모자를 벗고 이 어린 친구랑 인사나 좀 나누게."

"이 문제에 대해 깊은 유감이 있네." 성마른 그림윅 씨가 장갑을 벗으며 말했다. "우리 집 앞길엔 늘 오렌지 껍질이 좀 널려 있지. 분명히 모퉁이의 외과의원에서 일하는 소년이 갖다놓은 거라네. 어젯밤에 젊은 여자가 그 껍질에 미끄러져 우리 집 정원 울타리에 부딪쳐 넘어졌는데, 곧장 일어나더니 빨간 지옥불 같은 외과의원 등불을 바라보는 게 아닌가. '거기에 가지 마시오.' 내가 창문 밖으로 소리쳤지. '그 녀석은 살인자요! 인간 덫이란 말이오!' 정말 살인자라네. 그게 아니면 내 …" 여기에서 성미 급한 그림윅 씨가 지팡이로 바닥을 세게 내리쳤다. 이 행동은 친구들 사이에서 그림윅 씨가 그 괴상망측한 제안을 하지 않을 때 대신 하는 행동으로 통했다. 그림윅 씨는 여전히 지팡이를 든 채로 앉아서 까만 줄에 달려 있는 안경을 꺼내들고 올리버를 유심히 살펴보았다. 올리버는 자신이 관찰 대상이 된 것을 알고 얼굴을 붉히며 고개를 꾸벅 숙여 다시 인사했다.

"애가 그 아이라고?" 마침내 그림윅 씨가 물었다.

"그래, 그 아이야." 브라운로 씨가 사람좋게 올리버에게 고개를 끄덕이며 대답했다.

"좀 어떠냐?" 그림윅 씨가 올리버를 향해 물었다.

"아주 많이 좋아졌어요, 감사합니다." 올리버가 대답했다.

브라운로 씨는 이 괴팍한 친구가 불쾌한 말이라도 할까 싶어서 재빨리 올리버에게 아래층으로 내려가서 베드윈 부인에게 차를 준비해달라는 말을 전하라고 했다. 올리버도 그림윅 씨가 영 못마땅하던 차라서 얼른 내려갔다.

"아주 착하게 생겼지, 안 그런가?" 브라운로 씨가 물었다.

"모르겠는데." 그림윅 씨가 퉁명스럽게 대답했다.

"모르겠다고?"

"그래, 모르겠네. 남자아이들은 다 똑같아 보여. 내 상식으론 두 종류뿐이지. 곡식 같은 아이거나 쇠고기 같은 아이라고."

"올리버는 어느 쪽인가?"

"곡식 같은 아이지. 어떤 친구는 쇠고기 같은 아이를 데리고 있는데, 사람들이 아주 좋은 애라고 하더군. 동그란 머리통에 빨간 볼, 부리부리한 눈을 가진 아주 끔찍한 사내 녀석이야. 몸과 팔다리는 불어터져서 푸른 옷 솔기 틈새로 튀어나올 것만 같고 목소리는 괄괄한 게 선원같고 식욕은 늑대 같다고. 악마 같은 녀석! 내 눈은 못 속이지!"

"자, 자, 그런 특징들은 올리버 트위스트와 상관이 없으니, 화낼 일도 아니잖나." 브라운로 씨가 달래듯 말했다.

"그건 아니지. 이 아이는 더 심할지 모르네." 그림윅 씨가 대답했다.

이 대목에서 브라운로 씨가 불편한 듯 헛기침을 했다. 그러자 그림윅 씨가 유난히 기쁜 듯 보였다.

"더 심할 수 있다니까. 도대체 어디서 온 아이인지, 누구인지 잘 아는가? 뭐 하던 아이인지 말이네. 열병을 앓았다고? 이유가 뭔가? 열병은 선한 사람들만 앓는 게 아니지 않나. 나쁜 녀석들도 때때로 열병을 앓지, 안 그런가, 어? 자메이카에서 주인을 살해한 죄로 교수형을 당한 녀석을 하나 아는데, 그 녀석도 여섯 번이나 열병을 앓았다네. 그래도 감형해줘야 한다는 탄원 하나 없었지. 푸! 헛소리!" 그림윅 씨가 강조해서 말했다.

사실, 그림윅 씨도 마음 한구석에서는 올리버의 생김새와 태도가 유독 눈길을 끈다는 생각이 강하게 들긴 했다. 하지만 원래 남의 말에 반대부터 하고 보는 사람인 데다 그날따라 오렌지 껍질 때문에 더 예민한 상태였다. 게다가 처음부터 속으로 올리버의 인상이 좋든 말든 상관없이 친구의 말이라면 반대로 어깃장을 놓기로 굳게 마음을 먹은 터였다. 브라운로 씨는 친구의 질문에 하나도 만족스러운 대답을 할 수 없다는 사실을 인정하면서, 올리버의 과거사에 대한 조사는 아이가 기력을 회복할 때까지 미뤄놓았다고 말했다. 그러자, 그림윅 씨는 악의적인 웃음을 지었다. 그러면서 빈정거리며 가정부가 밤에 접시의 개수를 세는 버릇은 있는지 물었다. 만약 어느 화창한 아침에 숟가락 한두 개가 사라지지 않는다면 기꺼이 머리통을 삼켜버리겠다고 장담했다.

브라운로 씨도 못지않게 성미 급한 사람이었지만 친구의 괴팍한 성벽을 잘 알고 있었기 때문에 이 모든 말을 기분 좋게 받아주었다. 그림윅 씨가 차를 마시면서 머핀이 아주 맛좋다며 찬사를 퍼부었기에 모든 상황이 아주 부드럽게 넘어갔다. 또한 올리버는 이 사나운 노신사 앞에서 처음으로 편안한 마음이 들기 시작했다.

"자, 이제 올리버 트위스트의 인생과 모험에 대한 특별하고 진실하며 완전한 이야기는 언제 들을 텐가?" 그림윅 씨가 차를 다 마시고 나자 올리버를 곁눈질하며 브라운로 씨에게 물었다.

"내일 아침에. 나랑 단 둘이 있을 때 들었으면 하네. 얘야, 내일 아침 열 시에 여기로 올라오너라."

"네." 브라운로 씨의 당부에, 올리버는 약간 주저하며 대답했다. 그림윅 씨의 강력한 눈길에 혼란스러웠기 때문이다.

"이거 하나 알려주지. 이 아이는 내일 아침에 올라오지 않을 걸세. 방금 주저하는 걸 봤거든. 자넬 속이고 있는 거라고, 이 친구야." 그림윅 씨가 브라운로 씨에게 속삭였다.

"장담하건대 절대 아니야." 브라운로 씨가 목소리를 높이며 말했다.

"만약 안 그렇다면 내 머리통을 …" 그림윅 씨가 지팡이로 바닥을 탕 내리치며 말했다.

"이 아이는 진실하다고, 내 목숨을 걸지!" 브라운로 씨가 탁자를 내리치며 대꾸했다.

"그러면 난 그렇지 않다는 데 내 머리통을 걸지!" 그림윅 씨가 똑같이 탁자를 내리치며 반박했다.

"두고 보면 알겠지." 브라운로 씨가 치밀어 오르는 분노를 억누르며 말했다.

"그럴 테지. 확실히." 그림윅 씨가 도발하듯 미소를 지으며 답했다.

운명이었는지, 바로 그 순간에 베드윈 부인이 작은 책 꾸러미를 들고 들어왔다. 그날 아침에 브라운로 씨가 이전 사건에서 알게 된 책방에서 구입한 책들이었다. 베드윈 부인이 책 꾸러미를 탁자 위에 놓고 방을 나서려던 찰나에 브라운로 씨가 급하게 불러 세웠다.

"잠깐, 베드윈 부인, 배달 온 아이 좀 붙잡아 둬요! 돌려보낼 것이 있으니."

"벌써 가버렸는걸요." 베드윈 부인이 대답했다.

"어서 쫓아가 봐요. 중요한 일이니까. 가난한 사람인데 책값을 안 치렀소. 돌려보낼 책도 좀 있고." 브라운로 씨가 덧붙였다.

현관문이 활짝 열렸다. 올리버가 한 쪽으로, 하녀는 다른 쪽으로 뛰어갔고, 베드윈 부인은 현관 계단에 서서 아이를 소리쳐 불렀다. 하지만 이미 아이의 모습은 보이지 않았다. 올리버와 하녀가 숨을 헐떡이며 돌아와서 아이를 찾지 못했다고 말했다.

"이런 낭패가 있나. 이 책들은 꼭 오늘 밤 안으로 돌려줬으면 싶은데." 브라운로 씨가 탄식했다.

"올리버에게 들려 보내지 그래. 틀림없이 무사히 돌려주고 오겠지?" 그림윅 씨가 삐딱하게 웃으며 말했다.

"네, 제게 맡겨주세요, 제발요, 네? 얼른 뛰어갔다 올게요." 올리버가 냉큼 끼어들었다.

브라운로 씨는 아직 올리버가 밖에 나가면 안 된다고 할 참이었지만, 악의적인 그림윅 씨의 헛기침 소리에 순간적으로 심부름을 보내기로 마음먹었다. 이렇게 하면 적어도 친구의 의심은 싹 가시게 할 수 있을 것이라 생각했기 때문이다.

"그래, 네가 가 주면 좋겠구나. 책들은 탁자 옆 의자 위에 있단다. 가지고 가거라." 브라운로 씨가 말했다.

올리버는 뭔가 쓸모 있는 사람이 되었다는 기쁨에 들떠 부산스럽게 책들을 한 팔로 안아들었다. 그러고 나서 모자를 손에 든 채 전할 말을 기다리고 서 있었다.

"가서 이 책들을 돌려주고 내가 치르지 못한 4파운드 10실링을 지불하고 오너라. 이게 5파운드 지폐이니, 거스름돈으로 10실링을 받아와야 한다." 브라운로 씨가 그림윅 씨를 곁눈질하며 말했다.

"10분도 안 걸릴 거예요." 올리버가 진지하게 대답했다. 그러더니, 윗옷 주머니에 지폐를 넣고 단추를 잠그고 나서 책을 조심스럽게 팔에 끼고 공손히 인사를 한 후 방에서 나갔다. 베드윈 부인이 현관문까지 따라와서 가장 가까운 지름길에 대해 이리저리 방향을 가르쳐주고, 책방 이름과 거리 이름을 다 알려주었다. 올리버가 잘 알아들었다고 대답했지만, 베드윈 부인은 일을 잘 마무리하고 감기에 걸리지 않게 조심하라며 온갖 잔소리를 덧붙이고 나서야 다녀오라고 인사를 했다.

"참 착하고 예쁜 아이야! 어쩐지 눈앞에서 멀어지는 모습을 차마 못 보겠구나." 베드윈 부인이 올리버의 뒷모습을 바라보며 혼잣말을 했다.

바로 그 순간, 올리버가 즐겁게 뒤를 돌아보며 고개를 끄덕이고는 모퉁이를 돌아갔다. 베드윈 부인은 미소를 지으며 손을 흔들고 나서 문을 닫고 자기 방으로 돌아갔다.

"어디 보자, 길어야 20분이면 돌아오겠군. 그 때쯤이면 어두컴컴하겠어." 브라운로 씨가 시계를 꺼내 탁자 위에 놓으며 말했다.

"이봐! 자네 정말 저 아이가 돌아올 것이라고 생각하나, 응?" 그림윅 씨가 물었다.

"자넨 안 그런가?" 브라운로 씨가 미소를 지으며 되물었다.

순간적으로 그림윅 씨의 마음속에서 강한 반발심이 솟구쳤다. 친구의 확신에 찬 미소를 보자 반발심은 더더욱 강해졌다.

"그래. 기대 안 해. 새 양복에다 값비싼 책을 한가득 품고 주머니엔 5파운드 지폐가 있잖은가. 녀석은 도둑 친구들에게로 가서 자네를 실컷 비웃을 거야. 만약 그 아이가 이 집으로 돌아오기라도 하면 내 머리통을 삼켜버릴 거라고." 그림윅 씨는 탁자를 주먹으로 탕 내리치며 말했다. 그러면서 의자를 탁자로 더 가까이 끌어당겨 앉았다. 두 친구는 시계를 사이에 놓고 아무런 말 없이 결과를 기다렸다.

여기에서 짚고 넘어갈 만한 사실이 있다. 우리는 스스로의 판단을 아주 중요하게 생각하며 터무니없이 성급하게 내린 결정에 괜히 자부심을 가지기도 한다. 그래서인지, 그림윅 씨가 그리 나쁜 사람이 아니고 친구가 속는 모습에 진심으로 유감스러워할 사람이긴 했지만, 이 순간만큼은 진짜로 올리버 트위스트가 돌아오지 않기를 간절히 바라고 있었다.

날은 점점 어두워져서 이제 시계판의 숫자들이 거의 보이지 않을 정도가 되었다. 하지만 두 노신사는 여전히 조용히 앉아 시계를 바라보고 있었다.

15장

올리버 트위스트에게 너무나 관심이 많은
유쾌한 유대인 노인과 낸시 양

리틀 새프런 언덕에서 가장 지저분한 지역에 있는 싸구려 술집의 어두운 객실에서 온몸에 술 냄새를 풀풀 풍기는 남자 하나가 작은 백랍 술병과 작은 유리잔 위로 몸을 웅크린 채 앉아 있었다. 어둡고 음침한 소굴 같은 곳이라 겨울철엔 온종일 가스등이 타고 있었고, 여름철엔 햇빛 한 줌 들지 않는 곳이었다. 남자는 벨벳 외투에 황갈색 반바지, 발목 부츠에 스타킹 차림이었다. 어두침침한 불빛 속에서도 경험 많은 경찰 끄나풀이라면 단번에 이 남자가 사익스 씨라는 사실을 알아차렸을 것이다. 사익스 씨 발치에는 흰 털에 빨간 눈을 한 개가 앉아 있었다. 두 눈을 동시에 껌뻑거리며 주둥이 한쪽에 커다랗게 찢어진 새로 생긴 상처를 핥고 있었다.

"조용히, 이 놈아! 조용히 하라고!" 사익스 씨가 갑자기 정적을 깨며 소리쳤다. 한낱 개가 눈을 껌뻑이는 소리에도 방해를 받을 만큼 깊은 명상 중이었는지, 아니면 얌전히 있는 동물을 발로 차서라도 안정을 찾아야 할 만큼 신경이 예민해지는 고민이 있는지는 모르겠다. 이유가 무엇이든 결과는 개를 발로 걷어찬 다음 욕을 퍼붓는 것으로 나타났다.

개들은 원래 주인이 가한 공격에 곧바로 보복을 하는 동물이 아니다. 하지만 사익스 씨의 개는 주인과 마찬가지로 성질이 나빴던 터라 그 순간에 너무 아팠던 모양인지 곧바로 발목 부츠 한쪽을 꽉 물고 말았다. 개는 부츠를 물고 한껏 흔들어댄 다음, 으르렁거리며 긴 의자 밑으로 숨어들어, 사익스 씨가 개의 머리를 향해 내던진 백랍 술병을 겨우 피할 수 있었다.

"그래, 덤벼보라고! 이 악마 같은 놈! 이리 나와! 안 들려?" 사익스 씨가 한 손에 부지깽이를 쥐고 다른 손으로 주머니에서 커다란 주머니 칼을 꺼내 펴면서 윽박질렀다.

원래 거친 목소리를 가진 사익스 씨가 가장 거친 목소리로 말했으니, 개에게 안 들렸을 리가 없었다. 하지만 개는 목이 잘리는 걸 완강하게 거부하듯 그 자리에 그대로 머물면서 더 사납게 으르렁거렸다. 동시에 야생짐승처럼 부지깽이 끝을 이빨로 꽉 물었다.

이렇게 저항하는 개 때문에 더 부아가 치민 사익스 씨는 무릎을 꿇은 채 더 사납게 공격하기 시작했다. 개는 부지깽이를 피해 좌우로 펄쩍펄쩍 뛰며 으르렁거렸다. 주인은 욕을 퍼부어대며 이리저리 찔러대고 내리쳤다. 이렇게 결투가 최고조에 이를 즈음, 문이 갑자기 열렸고 개가 줄행랑치듯 달아나버렸다. 결국 사익스 씨는 부지깽이와 주머니 칼을 양손에 든 채 덩그러니 남겨졌다.

옛 속담에 손뼉도 마주쳐야 소리가 나는 법이라고 했다. 개가 도망쳐버린 데에 실망한 사익스 씨는 즉시 새로 들어온 사람을 향해 싸움의 칼날을 겨눴다.

"젠장, 왜 나랑 개 사이에 끼어든 거요?" 사익스 씨가 불같이 화를 내며 따져 물었다.

"그런 줄 몰랐네, 정말 몰랐다고." 페이긴이 주눅 든 모습으로 대답했다. 알고 보니, 새로 들어온 사람은 유대인 노인이었다.

"몰랐다고? 이 간에 피 한 방울도 안 남을 도둑놈! 이 난리통에 소리를 못 들었다고?" 사익스 씨가 으르렁대며 몰아붙였다.

"정말 아무 소리도 못 들었다네. 목숨 걸고 맹세해." 유대인 노인이 대답했다.

"그래, 그렇겠지! 뭘 들었을 리가 있나. 원체 남몰래 들락날락하니 어떻게 듣겠어! 30초 전에 저 개가 당신이었다면 좋았을 걸." 사익스 씨가 사납게 비웃으며 받아쳤다.

"왜?" 유대인 노인이 억지로 미소를 지으며 물었다.

"왜냐하면 이 나라에서는 저 똥개들 반값도 못하는 당신 같은 인간의 목숨은 신경 쓰지만 개 한 마리 정도는 마음대로 죽여도 괜찮으니까. 그래서야." 사익스 씨가 아주 의미심장한 표정으로 주머니칼을 접으며 대답했다.

유대인 노인은 손을 비비고 탁자에 앉아 친구의 말을 농담인 척 웃어넘겼다. 하지만 속으로는 아주 불안해했다.

"계속 웃어넘기시지." 사익스 씨가 부지깽이를 제자리에 갖다 놓고 잔인하게 경멸하는 눈초리로 유대인 노인을 훑어보며 말했다. "어디 웃을 수 있을 때 실컷 웃으라고. 혼자 잠자리에서라면 몰라도 나를 비웃을 수는 없을 걸. 내가 당신 뒷덜미를 잡고 있다고! 앞으로도 계속! 내가 잡혀가면 당신도 잡혀가게 될 테니, 날 잘 받들어 모셔야 할 거야."

"그래, 그렇고말고. 나도 잘 알고 있다네. 우리, 우린 서로 이해관계가 얽혀 있잖나. 서로 얽혀 있다고." 유대인 노인이 달래듯 수긍했다.

"흠." 사익스 씨는 유대인 노인 쪽이 더 얽혀 있다고 생각하는 것 같았다. "그래, 뭐 할 말이 있어서 온 거요?"

"전부 도가니를 통해 안전하게 녹였네. 이게 자네 몫이야. 실제보다 더 쳐준 셈이지. 다음 번에도 신세를 질 테니, 그리고 …" 유대인 노인이 대답했다.

"허튼 소리 집어치워. 돈 어디 있어? 어서 넘기라고!" 사익스 씨가 성마르게 말을 끊었다.

"그래, 그래, 알겠네. 시간을 좀 주게, 시간을." 유대인 노인이 달래듯 대답했다. "자, 여기 있네! 모두 안전하다고!" 유대인 노인은 이렇게 말하면서 낡은 면 손수건을 품속에서 꺼내더니, 끝 쪽의 커다란 매듭을 풀고 누런 종이 꾸러미를 꺼냈다. 사익스 씨가 재빨리 그 꾸러미를 낚아채서 급히 열더니 안에 든 금화를 세기 시작했다.

"이게 전부요?" 사익스 씨가 물었다.

"전부지." 유대인 노인이 대답했다.

"오는 길에 꾸러미를 풀고 한두 개 슬쩍 한 거 아뇨?" 사익스 씨가 의심스럽다는 듯이 물었다. "괜히 상처받은 표정 짓지 마쇼. 이미 수없이 그랬으면서. 거기 딸랑이나 흔드시지."

쉽게 말해서 이 말은 종을 울리라는 말이었다. 종소리가 울리자, 또 다른 유대인이 나타났다. 페이긴보다는 나이가 어려 보였지만 거의 비슷하게 사악하고 혐오스러운 외모였다.

빌 사익스는 그저 빈 병만을 가리켰다. 유대인은 그 손짓을 완벽히 이해하고 병을 채우러 나갔다. 그 전에 페이긴과 잠시 인상적인 표정을 교환했다. 페이긴은 기다렸다는 듯이 고개를 살짝 흔들었다. 너무나 은근슬쩍 일어난 일이라서 아무리 관찰력이 좋은 사람이라 하더라도 거의 눈치 채지 못할 정도였다. 사익스도 개가 뜯어놓은 구두끈을 다시 묶느라 허리를 숙이고 있어서 눈치 채지 못했다. 실제로 이런 신호가 오가는 것을 보았더라면 좋은 징조는 아니라고 생각했을 터였다.

"바니, 여기 누구 없느냐?" 페이긴이 사익스가 쳐다보는 것을 알고는 땅만 바라보며 물었다.

"아무도 없어요." 바니가 대답했다. 진심이든 아니든 간에 코에서 울려나오는 코맹맹이 소리였다.

"아무도 없다고?" 페이긴이 놀란 어조로 되물었는데, 아마 사실대로 말해도 좋다는 신호인 것 같았다.

"낸시 양 말고는 없어요." 바니가 대답했다.

"낸시라고!" 사익스가 버럭 소리를 질렀다. "어디? 정말 타고난 재주가 대단한 여자야. 그걸 인정 안 한다면 내 눈을 쳐서 멀게 하라고."

"바에서 고기 먹고 있는데요." 바니가 대답했다.

"여기로 오라고 그래. 지금 당장." 사익스가 술을 따르며 말했다.

바니가 허락을 구하듯 쭈뼛대며 페이긴을 쳐다봤지만, 페이긴이 땅만 바라보며 가만히 있자 그냥 물러가서 이내 낸시를 데리고 들어왔다. 낸시는 보닛과 앞치마, 바구니, 대문 열쇠로 완벽히 위장한 차림새였다.

"냄새를 맡았구나, 그렇지, 낸시?" 사익스가 잔을 내밀며 물었다.

"그래, 빌." 낸시가 잔을 비우면서 대답했다. "이러고 다니느라 너무 지쳤어. 그 쥐새끼 같은 녀석이 아파서 침대에만 박혀서 …"

"아, 낸시, 얘야!" 페이긴이 고개를 들며 끼어들었다.

유대인 노인이 붉은 눈썹을 괴상하게 찌푸리며 움푹 꺼진 눈을 반쯤 감았지만, 이것이 낸시 양이 너무 말이 많다고 경고를 보내는 의미인지는 그다지 중요하지 않다. 우리가 신경써야 할 점은 사실뿐이다. 실제로, 낸시는 단번에 말을 멈추고 사익스 씨에게 여러 번 우아한 미소를 날리고 나서 다른 화제로 말을 돌렸다. 십 분쯤 지나자 페이긴이 갑자기 헛기침을 하기 시작했다. 그러자, 낸시는 어깨에 숄을 두르며, 가야 할 시간이라고 말했다. 사익스 씨도 낸시가 가는 길로 볼일이 있다면서 따라나섰다. 둘이 함께 길을 나섰고, 개도 주인의 모습이 사라지자마자 안뜰에서 슬그머니 기어나와 멀찌감치 뒤따라갔다.

사익스 씨가 나가자 유대인 노인은 문 밖으로 머리를 쑥 내밀고서 어두운 골목으로 걸어가는 사익스 뒤에다 대고 주먹을 날리며 욕을 중얼거렸다. 그리고 나서 악랄한 미소를 지은 채 탁자에 앉아 경찰 범죄 잡지의 흥미로운 대목에 심취해서 읽기 시작했다.

한편, 올리버 트위스트는 이 유쾌한 노신사와 너무나 가까운 거리에 있다는 사실을 꿈에도 생각지 못한 채 책방을 찾아가고 있었다. 클러큰웰에 접어들었을 때, 길을 잘못 들었다가 반쯤 가서야 깨달았다. 하지만 그 길도 옳은 방향으로 이어져 있다는 것을 알고는 다시 되짚어 돌아갈 필요 없이 그대로 팔에 책을 꼭 낀 채 최대한 빠른 걸음으로 걸어갔다.

올리버는 지금 얼마나 행복하고 만족스러운 상태인지를 실감하면서, 바로 이 순간에도 배를 곯고 매를 맞아 훌쩍대고 있을지 모르는 가엾은 꼬마 딕을 한 번만 볼 수 있다면 뭐라도 하겠다는 생각을 하며 걷고 있었다. 그 때, 젊은 여자 하나가 크게 비명을 질렀다.

"오, 내 동생!"

올리버는 깜짝 놀라 무슨 일인가 싶어서 막 고개를 들려다가 목을 꽉 감싸는 팔 때문에 멈춰 설 수밖에 없었다.

"하지 마요. 놔줘요. 누구예요? 대체 왜 이래요?" 올리버가 벗어나려고 허우적거리며 소리쳤다.

대답으로 돌아온 것은 올리버를 꽉 껴안은 젊은 여자의 커다란 한

숨뿐이었다. 이 젊은 여자는 작은 바구니와 대문 열쇠를 들고 있었다.

"오, 맙소사! 드디어 찾았구나! 오! 올리버! 이 못된 녀석, 너 때문에 내가 얼마나 고생한 줄 알아! 이제 가자, 가자고. 아, 애를 찾았어요. 세상에, 하느님, 감사합니다! 드디어 찾았어요!"

젊은 여자가 아무렇게나 소리치며 울부짖기 시작했다. 어찌나 끔찍하게 야단법석을 떨었는지, 마침 그곳을 지나가던 두 여자가 옆에서 구경하고 있던 번들거리는 머리의 푸줏간 아이한테 어서 의사 선생을 불러와야 하지 않겠냐며 물었다. 그러자 나태까지는 아니지만 좀 빈둥거리는 것처럼 보이는 푸줏간 아이가 그럴 필요는 없을 거라고 대답했다.

"오, 아니, 아니에요, 괜찮아요." 젊은 여자가 올리버의 손을 꽉 잡으며 말했다. "이제 괜찮아졌어요. 자, 곧장 집으로 가자, 이 나쁜 녀석! 어서!"

"아가씨, 뭐 때문에 그래요?" 한 여자가 물었다.

"오, 애가 한 달 전쯤에 부모님을 두고 도망을 쳤지 뭐예요. 그렇게 열심히 일하고 존경받는 분들을 내팽개치고, 도둑질을 하는 나쁜 녀석들과 어울려 다니면서 어머니 속을 어찌나 썩였는지 몰라요." 젊은 여자가 대답했다.

"이런 못된 녀석!" 한 여자가 말했다.

"어서 집으로 돌아가, 이 나쁜 꼬마!" 다른 여자가 맞장구를 쳤다.

"아니에요. 난 이 여자를 몰라요. 누나도 아버지도 어머니도 없다고요. 고아란 말이에요. 펜턴빌에 살고요." 올리버가 경악을 하며 반박했다.

"애 말하는 것 좀 봐. 아주 뻔뻔하기는!" 젊은 여자가 소리쳤다.

"어, 낸시잖아!" 그제야 올리버가 젊은 여자의 얼굴을 알아보고 외쳤다. 너무 놀라 뒷걸음을 쳤다.

"이것 보세요, 저를 알아보네요!" 낸시가 소리를 지르며 구경꾼들에게 호소했다. "그래, 너도 어쩔 수 없었겠지. 어서 집으로 가자꾸나. 선량한 여러분들, 여러분들이 좀 도와주세요. 아니면 이 아이가 우리 다정한 부모님을 죽이고 제 마음을 찢어놓을 거랍니다!"

"대체 이게 무슨 난리야?" 한 남자가 맥주가게에서 불쑥 튀어나오며 버럭 소리를 질렀다. 발치에는 흰 개가 붙어 있었다. "이게 누구야? 꼬마 올리버잖아! 자, 네 불쌍한 어머니가 있는 집으로 가자! 이 녀석! 어서 가자고!"

"난 이 사람들 가족이 아니에요. 모르는 사람들이라고요. 살려줘요! 살려줘!" 올리버가 남자의 우악스런 손아귀에서 벗어나려고 허우적거리며 소리쳤다.

"살려달라고! 그래, 살려주지, 이 꼬마 악당아! 근데, 이 책들은 다 뭐야? 훔친 거구나, 그렇지? 이리 내." 남자는 이렇게 말하면서 올리버가 꽉 쥐고 있는 책들을 빼앗으면서 올리버의 머리를 때렸다.

"옳거니! 그 녀석 정신을 차리게 하려면 그 수밖에 없지!" 구경꾼 하나가 다락방 창문 밖으로 소리쳤다.

"그렇고말고!" 졸음이 가득한 얼굴의 목수가 다락방 창문 밖으로 고개를 끄덕이며 맞장구를 쳤다.

"그게 아이한테도 교훈이 될 거야!" 두 여인이 말했다.

"그리고 한 대 더 맞아야 하죠!" 남자가 올리버의 목덜미를 잡고 한 대 더 때리면서 대꾸했다. "자, 어서 가자, 꼬마 악당아! 여기, 황소눈, 이 녀석 잘 지켜! 잘 보라고!"

올리버는 최근에 열병을 앓아 체력이 약해진 데다 갑작스런 공격을 받아 정신이 멍해졌으며, 개가 사납게 으르렁대고 남자가 잔인하게 을러대서 잔뜩 겁을 먹었다. 게다가 구경꾼들까지 정말 못된 녀석이라고 굳게 믿고 있는 상황에서 한낱 어린아이에게 무슨 뾰족한 수가 있었

올리버가 그의 인정 많은 친구들에게 붙잡히다.

으랴. 이미 어두워졌고 위험한 동네여서, 근처 어디에서도 도움을 구할 수 없었고 저항도 소용이 없었다. 순식간에 올리버는 어두운 좁은 골목의 미로 속으로 끌려가고 말았다. 몇 번 비명을 질렀지만 정말로 누군가가 알아들었을지는 중요하지 않았다. 설사 소리가 뚜렷이 들렸다 하더라도 아무도 신경 쓰지 않았을 것이기 때문이다.

*   *   *   *   *

가스등이 켜졌다. 베드윈 부인은 열어놓은 현관 앞에서 초조하게 기다리고 있는 중이었다. 하인은 스무 번이나 거리로 달려나가 올리버가 오고 있는지 살펴보았다. 두 노신사도 여전히 어두컴컴한 거실에 앉아 시계를 바라보고 있었다.

16장

낸시에게 끌려온 후, 올리버 트위스트에게 벌어진 일

좁은 거리와 골목을 지나 드디어 널따란 공터로 나왔다. 가축우리와 여기저기 흩어져 있는 흔적으로 보아 가축시장임이 분명했다. 이곳에 이르자, 사익스는 걸음을 늦췄다. 낸시가 더 이상 빨리 걷지 못하고 뒤처지기 시작했기 때문이다. 사익스는 올리버를 돌아보며 낸시의 손을 잡으라고 사납게 명령했다.

"안 들려?" 올리버가 주저하며 두리번거리자 사익스가 윽박질렀다.

사람들이 다니는 길에서 사각지대인 구석진 곳이었기에 괜히 저항해봤자 허사라는 것을 잘 아는 올리버가 손을 내밀었다. 낸시도 그 손을 붙잡았다.

"다른 손은 이리 주고." 사익스가 올리버의 다른 손을 붙잡으며 말했다. "가자, 황소눈."

개가 머리를 쳐들고 으르렁거렸다.

"이 봐!" 사익스가 다른 손을 올리버의 목에 대고 욕설을 내뱉었다. "이 녀석이 끽 소리만 내도 여길 물어뜯어! 알겠지!"

개가 다시 으르렁대며 입술을 핥았다. 당장이라도 올리버의 목을 물어뜯고 싶다는 듯이 올리버를 노려보았다.

"아주 물어뜯고 싶어서 예수쟁이들마냥 의지가 충만하군! 아니라면 내 눈을 쳐서 멀게 하라고!" 사익스가 음산하고 흉악한 미소를 지으며 흡족하게 개를 바라보며 말했다. "자, 너도 이제 무슨 일이 벌어질지 잘 알 테니, 어서 마음껏 소리쳐봐! 이 개가 곧바로 그 장난을 끝내줄 거니까. 자, 어서 가자, 강아지야!"

황소눈은 드물게 다정한 주인의 말투에 기쁜 듯 꼬리를 쳐댔다. 그러면서 올리버를 향해 다시 으르렁대며 경고를 날린 후 앞장서 걸어갔다.

이들은 스미스필드 가축시장을 지나가고 있었다. 하지만 여기가 정반대인 그로브너 고급주택가라고 해도 올리버는 알 수가 없었다. 밤이 어둡고 안개가 짙게 깔렸다. 가게의 불빛이 짙은 안개를 뚫지 못했고, 시간이 갈수록 점점 더 안개가 자욱해져서 거리와 집을 뒤덮었다. 그래서 올리버의 눈에 낯선 장소가 더더욱 낯설게 보였고, 올리버의 불안감은 한층 더 우울하고 비참하게 쌓여만 갔다.

다들 걸음을 서두르던 차에 교회 종소리가 묵직하게 울리며 시간을 알려주었다. 첫 번째 종소리에 사익스와 낸시는 걸음을 멈추고 소리가 나는 쪽으로 고개를 돌렸다.

"8시야, 빌." 종소리가 그치자 낸시가 입을 열었다.

"그걸 왜 말하는 거야. 나도 들었어, 들었다고!" 사익스가 대답했다.

"저기 갇힌 사람들도 들었을까?" 낸시가 물었다.

"당연히 들었겠지. 내가 잡혀 들어갔을 때도 축제에 장이 열렸다고. 나팔소리가 끽끽대는 것까지 안 들리는 소리가 없었어. 그날 밤 밖에서 들려오는 요란한 소음 때문에 정작 감옥 안은 어찌나 조용하던지, 아예 철창에 머리통을 처박고 싶었다고." 사익스가 대답했다.

"불쌍한 녀석들!" 낸시가 여전히 종소리가 나는 쪽을 바라보며 읊조렸다. "아, 빌, 저렇게나 괜찮은 어린애들이!"

"그래, 너네 여자들이 생각하는 거라곤 그런 게 전부지. 괜찮은 애들이라고? 뭐, 이제 죽은 목숨이나 다름없는데, 그게 무슨 소용이야!"

사익스가 속으로 질투심을 억누르려는 듯 올리버의 손목을 더 꽉 잡았다. 그러고는 얼른 가자고 명령했다.

"잠깐! 빌, 만약 자기가 8시에 교수형을 당하러 끌려나왔다면 서둘러 지나가진 않았을 거야. 나는 쓰러질 때까지 여기를 돌고 또 돌았겠지. 땅바닥에 눈이 쌓이고 몸을 감쌀 숄 하나 없더라도." 낸시가 말했다.

"그게 무슨 소용인데? 쇠줄에 20미터짜리 단단한 밧줄을 던져주는 게 낫지. 네가 100킬로미터를 걷든 말든 아무 도움도 안 된다고. 자, 거기 서서 훈계하지 말고 어서 가자."

감정이 메마른 사익스가 이렇게 말하자, 낸시가 웃음을 터뜨리더니, 숄을 더 확 당기며 같이 걸어갔다. 하지만 낸시의 손이 떨리는 것을 느낀 올리버가 가스등을 지나가면서 올려다본 낸시의 얼굴은 소름끼치도록 하얗게 질려 있었다.

셋은 인적이 드물고 더러운 길을 30분 남짓 걸어갔다. 어쩌다 마주치게 되는 사람들도 사익스 씨와 비슷한 사회적 신분인 것 같은 차림이었다. 드디어 중고 옷가게가 가득 늘어선 더럽고 비좁은 골목으로 접어들자, 개는 이제야 감시 역할이 끝났다는 듯이 앞서 뛰어가더니 폐점한 어떤 가게의 문 앞에 멈춰 섰다. 그 가게는 거의 다 쓰러져가는 형편이었고, 문에는 세를 놓는다고 쓰인 판자가 못 박혀 있었다. 겉보기에 몇 년이나 그렇게 걸려 있었던 것 같았다.

"괜찮아." 사익스가 신중하게 주변을 살핀 후 소리쳤다.

낸시가 덧문 아래쪽으로 허리를 굽혔고 올리버는 종소리를 들었다. 그들은 길 건너편에서 잠시 가스등 아래 서 있었다. 창틀이 살며시 들어올려지는 듯한 소리가 들리더니 곧바로 문이 슬쩍 열렸다. 그러자 사익스는 겁먹은 올리버의 목덜미를 마구잡이로 휘어잡고 재빨리 가게 안으로 들어갔다.

복도는 완전히 어두컴컴했다. 다들 그들을 안으로 들인 사람이 문고리를 걸고 빗장을 잠그는 동안 가만히 기다렸다.

"누구 없어?" 사익스가 물었다.

"없어요." 올리버의 귀에 익숙한 목소리였다.

"영감은 있겠지?" 사익스가 또 물었다.

"네. 풀죽어서 입을 꾹 다물고 있어요. 당신을 보면 엄청 반가워할걸요? 아이쿠야!"

대답하는 말투와 목소리 모두 올리버에게 익숙했다. 하지만 이런 어둠 속에서는 말하는 사람의 형체를 제대로 분간할 수가 없었다.

"불 좀 켜봐. 그냥 가다간 목을 부러뜨리거나 개를 밟겠어. 혹시 그랬다가 다리 안 물리게 조심하라고!" 사익스가 말했다.

"잠깐 기다려요. 불을 가져올 테니." 대답소리가 들리고 나서 뒤로 물러가는 발소리가 났다. 잠시 후에 존 도킨스, 즉 교묘한 미꾸라지가 모습을 드러냈다. 오른손에는 양초를 꽂은 막대기가 들려 있었다.

이 어린 신사는 올리버에게 장난스럽게 한 번 웃어줬을 뿐, 별다르게 아는 척을 하지 않았다. 그저 계단을 따라 내려오라고 손짓만 했다. 텅 빈 부엌을 지나, 작은 뒤뜰에 지어놓았는지 흙냄새가 나는 나지막한 방문을 열자 왁자지껄한 웃음소리가 들렸다.

"아이고, 이거 두 손 두 발 다 들겠군!" 찰리 베이츠가 허파에서부터 울려나오는 듯한 웃음을 터뜨리며 소리쳤다. "왔구나, 왔어, 그래! 드디어 왔다고! 페이긴, 애 좀 봐요! 보라고요! 진짜 못 참겠네, 정말 웃긴다고. 나 좀 잡아줘, 실컷 웃어보게."

이렇게 억누를 수 없는 웃음이 터져 나오는 바람에 찰리 베이츠는 5분이나 즐거운 황홀경에 빠져 바닥에 나뒹굴며 발을 차댔다. 그러더니 벌떡 일어나서 미꾸라지에게서 양초 막대기를 낚아챈 후 올리버에게 다가가 빙빙 돌면서 살펴보기 시작했다. 한편, 유대인 노인은 잠옷 모자를 벗고 굽실대며 당황한 올리버를 향해 몇 번이고 허리를 굽혔다. 이 와중에도 교묘한 미꾸라지는 워낙 무뚝뚝하기도 하거니와 일에 방해가 될 때엔 즐거움에 들뜨는 편이 아니라서 차분하게 올리버의 주머니를 구석구석 털고 있었다.

"애 옷 좀 봐요, 페이긴!" 찰리가 올리버의 새 옷에 촛불을 바짝 갖다 대면서 말했다. "이 옷 좀 보라고! 끝내주는 옷감에 솜씨 좋게 잘 뽑았네! 아이고, 내 눈이야! 눈이 부셔! 그리고 이 책들도! 완전 신사 그 자체구만!"

"이렇게 멋진 걸 보니 아주 기쁘구나." 유대인 노인이 공손하게 허리를 숙이는 척하며 말했다. "교묘한 미꾸라지가 다른 옷을 가져다 줄 게다. 그렇게 훌륭한 양복에 때라도 묻으면 안 되니까. 진작 오고 있는 중이라고 전갈이라도 보내지, 왜 안 그랬어? 저녁이라도 따뜻하게 준비했을 텐데 말이야."

페이긴의 말에 찰리 베이츠가 다시 와락 웃음을 터뜨렸다. 웃음소리가 너무 커서 페이긴도 긴장을 풀었고 미꾸라지조차 미소를 지었다. 하지만 미꾸라지는 막 5파운드짜리 지폐를 발견한 터라, 그 미소가 찰리의 농담 때문인지 돈 때문인지 애매모호했다.

"어이! 그거 뭐야?" 사익스가 유대인 노인이 지폐를 낚아채자마자

올리버를 환영하는 페이긴과 소년들.

한 발 나서며 물었다. "페이긴, 그건 내 거야."

"아니, 아니지. 내 거야. 빌, 내 거라고. 자넨 책을 가지게." 유대인 노인이 말했다.

"그게 내 게 아니라면!" 빌 사익스가 단호한 태도로 모자를 쓰면서 말했다. "그러니까, 나와 낸시 게 아니라면 이 아이를 다시 돌려줄 거야."

유대인 노인이 움찔했다. 올리버도 전혀 다른 이유로 움찔했다. 이 논쟁의 끝이 올리버를 다시 돌려주는 쪽으로 날지도 모르는 것 아닌가.

"이리 내! 넘기시지!" 사익스가 말했다.

"빌, 이건 정말 불공평해. 공평하지 못하다고, 그렇지, 낸시?" 유대인 노인이 물었다.

"공평하든 말든, 이리 넘기라고, 어서! 낸시와 내가 귀중한 시간을 내서, 당신이 놓친 아이들을 이리저리 찾아다니며 납치하는 일 말고는 그렇게 할 일 없는 줄 알아? 이리 줘, 이 수전노 늙다리야, 내놓으라고!"

사익스 씨는 이렇게 부드럽게 항의를 늘어놓은 뒤, 유대인 노인의 손가락에서 지폐를 확 빼냈다. 그러더니, 유대인 노인의 얼굴을 냉정하게 쳐다보면서 지폐를 작게 접어 목수건 속에 묶어 감췄다.

"이건 우리가 고생한 대가야. 절반도 안 되는 금액이지만. 책은 읽고 싶으면 가지라고. 아님, 팔든가." 사익스가 말했다.

"아주 예쁜 책인데요?" 찰리 베이츠가 온갖 찡그린 표정으로 책 한 권을 들고 읽는 척을 하며 말했다. "아주 잘 쓴 책이군, 안 그래, 올리버?" 베이츠는 원래 장난기를 타고난 성격이어서 올리버의 괴롭고 비참한 표정에 더 호들갑스럽게 난리법석을 떨기 시작했다.

"이건 노신사 분의 책이에요." 올리버가 양손을 비틀어대며 말했다. "내가 열병으로 죽어갈 때 집으로 데려가 간호해주신 선량하고 친절한 노신사 분 거라고요. 제발 돌려주세요. 돈과 책만 돌려보내주면 평생 여기에 잡아둬도 좋아요. 그러니, 제발, 제발 그것들만이라도 돌려보내 주세요. 내가 훔쳤다고 생각하실 거예요. 오, 제발 자비를 베풀어 돌려주세요!"

올리버는 슬픔에 겨워 열정적으로 말을 뱉어냈다. 그러면서 유대인 노인의 발치에 무릎을 꿇은 채 간절하게 양손을 비볐다.

"이 아이 말이 맞아." 페이긴이 조심스럽게 주위를 둘러보더니, 덥수룩한 눈썹을 실룩거리며 말했다. "올리버, 네 말이 맞다. 아무렴, 그렇고말고. 정말 네가 훔쳐갔다고 생각할 거야. 하하! 일부러 시간을 골랐더라도 이보다 좋을 수는 없었을 거야!" 페이긴은 양손을 부비면서 낄낄거렸다.

"당연하지. 얘가 책을 팔에 끼고 클러큰웰을 지나가는데, 당장에 알아챘다고. 아주 잘 됐지. 찬송가나 부르는 마음 약해빠진 것들일 거야. 아니면 처음부터 얘를 데려가지 않았겠지. 그리고 얘를 찾아 수소문도 안 할 거야. 경찰에 알려지면 얘가 잡혀갈 거라고 생각할 테니까. 확실히 안전하다고." 사익스가 맞장구를 쳤다.

이런 대화가 오가는 동안, 올리버는 무슨 말인지 모르겠다는 듯 페이긴과 사익스를 번갈아 쳐다보며 어리둥절한 척했다. 그러다가 빌 사익스의 말이 끝나자마자 벌떡 일어나서 맹렬히 방을 뛰쳐나가며 살려달라고 비명을 질렀다. 하지만 그 소리는 황량한 낡은 집의 지붕까지만 메아리칠 뿐이었다.

"개를 붙잡아, 빌!" 유대인 노인과 두 제자가 쫓아나가자, 낸시가 문을 닫고 앞을 막아서며 소리쳤다. "개를 붙잡으라고. 아이를 갈가리 찢어놓을 거야."

"그래도 싸지!" 사익스가 낸시의 손을 뿌리치려고 버둥대며 소리쳤다. "저리 물러서, 아니면 네 머리통을 벽에다 쳐서 갈라버릴 테니."

"그렇게 해, 빌. 그래도 상관없다고." 낸시가 끈질기게 사익스를 붙잡으며 비명을 질렀다. "개가 아이를 물어뜯게 놔두면 안 돼. 날 먼저 죽여."

"안 된다고! 당장 떨어지지 않으면 소원대로 해주지."

사익스가 이를 악문 채 말하면서 낸시를 방 끝 쪽으로 내던졌다. 때마침 유대인 노인과 두 제자가 올리버를 붙잡아 질질 끌면서 돌아왔다.

"여긴 또 뭔 일이야!" 페이긴이 두리번거리며 말했다.

"이 계집이 미친 것 같아." 사익스가 포악하게 대답했다.

"아니, 안 미쳤어." 낸시가 파리한 얼굴로 숨을 헐떡이며 끼어들었다. "아니, 미치지 않았어, 페이긴. 그런 생각은 하지도 마."

"그럼, 조용히 있어야지, 안 그래?" 유대인 노인이 험상궂은 표정으로 위협했다.

"아니, 안 그럴 거야. 자, 이제 어쩔래?" 낸시가 크게 목소리를 높이며 대들었다.

페이긴은 이런 상태의 인간들이 보이는 태도와 습성에 익숙한 편이라서, 그 순간에 낸시와 대화를 이어나간다는 게 그다지 안전한 일이 아니라는 것을 확실히 느꼈다. 유대인 노인은 모두의 관심을 돌리려고 올리버를 쳐다보았다.

"그래, 도망치고 싶다는 거지, 응?" 유대인 노인이 벽난로 구석에 있는 울퉁불퉁한 몽둥이를 들면서 말했다. "그래?"

올리버는 아무런 대답이 없었다. 하지만 유대인 노인의 행동을 지켜보며 숨을 가쁘게 쉬고 있었다.

"도움을 얻어 경찰을 부르려고, 엉?" 유대인 노인이 올리버의 팔을 잡으며 비웃었다. "우리가 그 병을 고쳐주마, 아주 친절하게."

유대인 노인이 몽둥이로 올리버의 어깨를 세게 내려친 다음, 또다시 때리려고 손을 들었다. 그러자, 낸시가 앞으로 뛰쳐나와 몽둥이를 낚아채 곧바로 벽난로 안으로 집어던졌다. 너무나 세게 던져서 불붙은 석탄 몇 개가 벽난로 밖으로 튀어나왔다.

"페이긴, 아이를 때리는 건 못 봐주겠어. 아이를 잡아왔잖아. 뭐가 더 필요해? 그냥 놔둬, 놔두라고. 안 그러면 내가 일찌감치 교수대에 서는 한이 있더라도 당신들 얼굴에 흉터를 남겨버릴 테니까."

낸시는 맹렬하게 발을 쾅쾅 구르면서 이렇게 위협했다. 그러면서 입술을 꽉 깨물고 양손을 꽉 쥔 채 페이긴과 사익스를 한 번씩 쳐다보았다. 낸시의 얼굴은 서서히 달아오른 격정으로 하얗게 질려 있었다.

"아휴, 낸시!" 유대인 노인이 달래는 투로 입을 열었다. 잠시나마 페이긴과 사익스가 서로를 쳐다보며 당황한 기색이 역력했다. "너, 너 오늘 밤 아주 대단하구나. 하하! 애야, 아주 연기가 훌륭해."

"훌륭하다고! 내 연기가 선을 넘지 않게 조심해. 안 그러면, 페이긴, 당신만 손해 볼 테니. 미리 말해두는데, 날 건드리지 마." 낸시가 말했다.

화난 여자는 뭔가 특별했다. 특히 강한 열정에 사나운 충동이 더해졌을 때는 어느 남자건 함부로 건드리면 안 되는 법이다. 유대인 노인은 낸시 양의 격노를 다스려보려고 애쓰는 게 다 소용없는 짓이라는 것을 깨달았다. 그냥 뒤로 물러서서 반은 간절한 듯, 반은 두려운 듯 사익스를 힐끔거리며, 대화를 이어나가보라고 눈짓을 줄 수밖에 없었다.

이렇게 무언의 간청을 받은 사익스 씨는 낸시가 곧바로 이성을 찾지 못하면 자존심이 구겨지고 영향력이 떨어질 거라고 느낀 모양이었다. 그래서 재빨리 욕설과 협박을 쏟아내며 영향력을 과시하려고 했다. 하지만 낸시가 꿈쩍도 하지 않자, 사익스 씨는 좀 더 효과적인 논쟁에 기대보기로 했다.

"너 무슨 생각으로 이러는 거야?" 사익스가 이렇게 물으면서 사람의 몸에서 가장 아름다운 부분인 눈에 대한 아주 평범한 욕을 덧붙였다. 사실 사익스가 이 땅에서 내뱉는 저주 중에서 지상에서 5만 번에 한 번이라도 천국에서 들어준다면 맹인이 되는 게 홍역만큼이나 흔해 빠진 병이 될 터였다. "진짜 무슨 생각으로 이래? 빌어먹을! 네가 뭔데? 정말 네가 누군지 알기나 하냐고!"

"그래, 알아, 다 알고 있지." 낸시는 신경질적으로 웃으면서 무심하게 고개를 흔들며 대답했다.

"그래, 그럼, 입 다물어." 사익스가 개를 윽박지를 때처럼 으르렁대면서 대꾸했다. "안 그러면 아주 영영 입 다물게 만들어 줄 테니까."

낸시는 전보다 더 불안하게 웃음을 터뜨렸다. 그러고는 사익스를 잽싸게 쏘아본 후, 고개를 돌린 채 피가 날 때까지 입술을 깨물었다.

"참 친절도 하지." 사익스가 경멸스러운 태도로 낸시를 훑어보면서 덧붙였다. "다정하고 고상한 척하기는! 이 참한 아이의 친구가 될 자격이 차고 넘치네, 그래!"

"오, 하느님, 용서하소서! 여기에 아이를 데려오기 전에, 내가 길거리에서 죽어버렸더라면, 아니, 오늘 스쳐 지나온 그 감옥에 갇혀버렸더라면 좋았을 텐데! 이 아이는 이제 오늘 밤부터 도둑에 거짓말쟁이, 악당에다 나쁜 짓은 다하게 되겠지. 그걸로 이 늙은이한테는 충분하지 않아? 굳이 아이를 때릴 필요까지 있냐고!" 낸시가 격정적으로 소리쳤다.

"자, 자, 사익스." 유대인 노인이 사익스를 달래듯 어르면서, 아주 열심히 지켜보고 있는 아이들 쪽을 가리켰다. "우리 고운 말을 써야지, 고운 말."

"고운 말이라고!" 낸시는 보고만 있기에도 두려울 만큼 격정적으로 소리를 질렀다. "고운 말이라고, 이 악당! 그래, 내가 하는 고운 말 좀 들어봐. 난 애 나이의 반도 안 되는 꼬마 때부터 당신을 위해 도둑질을 했어!" 낸시가 올리버를 가리키며 말을 이었다. "난 똑같은 짓거리를 12년이나 쭉 해온 거야. 그걸 몰라? 말해봐! 정말 모르냐고?"

"그래, 그래. 그래도 그게 네 밥벌이잖아!" 유대인 노인이 달래듯 말했다.

"그래, 맞아!" 낸시는 말을 한다기보다 단어를 비명처럼 연속적으로 쏟아내듯이 퍼붓기 시작했다. "그게 내 밥벌이야! 춥고 축축하고 더러운 길거리가 내 집이지. 당신이 날 그렇게 오래전에 길거리로 내몬 악당이잖아. 그리고 내가 죽을 때까지 밤낮으로 그 길거리에 묶어둘 놈이지!"

"그쯤 해둬, 더 화를 입기 전에!" 유대인 노인이 화가 나서 끼어들었다. "더 이상 지껄이면 가만두지 않겠어!"

낸시는 입을 다물었지만 분을 이기지 못하고 머리와 옷을 쥐어뜯으며 유대인 노인에게 달려들었다. 때마침 사익스가 낸시의 손목을 잡아챘고, 낸시는 부질없는 난동을 부리다가 기절해버렸다.

"이제 괜찮을 거요. 이렇게 한 번씩 발작을 할 때면 팔 힘이 장난 아니게 세진다니까." 사익스가 낸시를 구석에 누이며 말했다.

유대인 노인은 이 정도로 끝난 게 안심이라는 듯 이마를 닦으며 미소를 지었다. 하지만 유대인 노인도, 사익스도, 개도, 아이들도 이런 소동이 사업상 흔히 일어나는 작은 소란 정도로밖에 여기지 않는 것 같았다.

"여자들을 부리면 이런 점이 가장 안 좋다니까." 유대인 노인이 몽둥이를 제자리에 갖다 놓으며 말했다. "하지만 여자들은 영리하지. 우리 일이란 게 여자들 없이 돌아가지 않으니, 뭐. 찰리, 올리버를 침대로 데려가거라."

"내일 올리버가 이 좋은 양복은 안 입는 게 좋겠죠, 페이긴?" 찰리 베이츠가 싱긋 웃으며 물었다.

"물론이지." 유대인 노인이 찰리에게 미소를 되돌리며 대답했다.

베이츠 선생은 맡은 일에 무척 신나하며 양초가 꽂힌 막대기를 들고 가까운 부엌으로 올리버를 데려갔다. 부엌에는 전에 올리버가 잠자던 침대 두세 개가 놓여 있었다. 여기에서 베이츠는 터져 나오는 웃음을 참지 못한 채, 올리버가 브라운로 씨의 집에서 홀가분하게 벗어버린 낡은 옷을 꺼냈다. 이 옷을 구입한 유대인 옷장수가 우연히 페이긴에게 보여주는 바람에, 올리버의 행방이 처음으로 알려지게 된 셈이다.

"어서 새 양복은 벗어. 페이긴에게 줘서 잘 보관하라고 할 테니까. 이거 참 재밌네!" 찰리 베이츠가 말했다.

가엾은 올리버는 어쩔 수 없이 그대로 따랐다. 베이츠 선생은 새 양복을 둘둘 말아 팔에 끼고 나가면서 어둠 속에 올리버만 남겨두고 문을 잠갔다.

찰리의 웃음소리와 벳 양의 목소리가 들려왔다. 우연히 들르게 된 벳 양은 낸시에게 물을 끼얹어주고 낸시가 깰 때까지 허드렛일을 하느라, 올리버보다 더 행복한 처지의 사람들을 잠 못 들게 할 정도로 부산을 떨었다. 하지만 올리버는 아프고 지친 상태여서 금세 잠에 빠져들었다.

17장

올리버의 불운이 계속되는 가운데, 올리버의 평판을 나쁘게 만들 위대한 인물이 런던에 나타나다

무대 위 관습처럼 모든 극악한 멜로드라마에서는 비극적인 장면과 희극적인 장면이 베이컨의 켜켜이 쌓인 붉은 줄과 흰 줄 마냥 번갈아 가며 등장한다. 남자 주인공이 속박과 불운에 짓눌려 짚단 위로 푹 엎어지면, 다음 장면에서는 충직하지만 무신경한 시종이 나와서 희극적인 노래를 불러 관객을 웃겨준다. 우리는 가슴을 졸이며, 여자 주인공이 오만하고 잔인한 남작의 손아귀에 사로잡혀 순결과 목숨이 위태로운 모습을 보게 된다. 위기에 처한 여자 주인공이 단검을 꺼내들어 우리의 기대감이 절정에 오르면 휘파람 소리가 들리면서 우리 앞에 성(城)의 커다란 홀이 펼쳐진다. 이 홀에서는 잿빛 머리의 집사가 우스꽝스러운 모습의 시종들을 데리고 우스꽝스러운 합창곡을 부른다. 이 시종들은 교회 묘지에서 궁전까지 마음대로 무리를 지어 우르르 몰려다니며 자유롭게 노래를 흥얼댄다.

이런 장면의 변화들이 어이없게 느껴질 수 있지만, 처음 느낌만큼 부자연스럽지는 않다. 실제 삶에서도 호화로운 홀에서 임종의 병상으로, 상복에서 외출복으로 바뀌는 일들이 조금도 놀랍지 않잖은가. 단지, 여기에서 우리는 수동적인 구경꾼이 아니라 바쁜 배우라는 게 큰 차이가 날 뿐이다. 극장에서 인생을 흉내 내는 배우들은 급격한 변화와 갑작스러운 감정의 충동을 맹목적으로 따라할 뿐이니, 관전만 하는 관객들이 보기에는 그냥 말도 안 되고 어이없는 장면으로만 느껴지는 것이다.

책에서도 갑작스러운 장면 전환과 시공의 빠른 변화가 오랜 관습으로 허용될 뿐만 아니라, 작가의 훌륭한 기법으로 여겨진다. 각 장이 끝날 때마다 등장인물들이 얼마나 곤란한 처지에 몰렸는지를 가늠해서 작가의 기량을 평가하기도 한다. 그래서 이런 구구절절한 설명이 불필요할지도 모르겠지만, 이 올리버 트위스트의 전기에서 주인공이 태어난 마을로 화제를 전환하려는 의도임을 알아주길 바란다. 이렇게 장면을 전환하려는 데에는 훌륭하고 실질적인 이유가 있을 것이라는 생각은 독자들이 당연히 하리라 믿는다. 그렇지 않다면 구태여 독자들을 이 여정에 초대할 이유가 없지 않겠는가.

이른 아침, 범블 씨는 구빈원 정문을 나와서 위풍당당한 걸음으로 하이 스트리트를 걸었다. 가슴 속에는 교구관직에 대한 자부심으로 가득 차 있었다. 삼각모자와 외투는 아침 햇살에 눈부시게 반짝거렸고, 지팡이를 다부지게 움켜쥔 모습이 건강하고 활력 넘쳐 보였다. 범블 씨는 언제나 고개를 높이 들고 다녔지만, 이날따라 평소보다 더 높이 들었다. 몽롱한 눈빛에 전체적으로 들뜬 분위기가 풍겨서, 말단 교구관의 머릿속으로 말로 다 하지 못할 위대한 생각들이 스쳐 지나가고 있음을 짐작할 수 있었다. 낯선 사람이 그 모습을 봤다면 흠칫 놀랄 만할 정도였다.

범블 씨는 조그만 가게 주인 같은 사람들이 공손히 말을 건네도 대화를 나누기 위해 발걸음을 멈추지 않았다. 그냥 손을 한 번 흔들어 답례를 할 뿐, 위풍당당한 발걸음을 늦추지 않았다. 그렇게 걸어서, 교구의 배려 속에 극빈자 고아들을 맡아 키우는 맨 부인의 고아농장에 다다랐다.

"망할 교구관놈!" 맨 부인이 정원의 쪽문을 흔드는 익숙한 소리에 혼잣말을 내뱉었다. "이런 이른 아침에 올 사람이 그놈 아니고 누구겠어! 어머, 범블 씨, 당신일 줄 알았어요! 어쩜, 정말 반가워요! 자, 어서 응접실로 들어오세요, 어서."

앞 문장은 수잔에게 한 말이었고, 뒤에 반갑게 맞이하는 말은 당연히 맨 부인이 정원 문을 열고 커다란 관심과 존경을 보이며 범블 씨를 안으로 들이면서 건넨 말이었다.

"맨 부인, 좋은 아침이오." 범블 씨가 다른 건방진 자식처럼 의자에 철퍼덕 앉지 않고 조금씩 슬며시 앉으며 말했다.

"아, 네, 좋은 아침이네요." 맨 부인이 연신 미소를 지으며 대답했다. "요즘 잘 지내시죠, 교구관님!"

"뭐, 그저 그렇소. 교구 생활이란 게 꽃밭이 아니니까요, 맨 부인."

"아, 정말 그렇죠." 맨 부인이 맞장구를 쳤다. 만약 구빈원의 고아들도 이 말을 들었다면 모두 아주 예의바르게 한목소리로 찬동했을 것이다.

"교구 생활이란 게 말이오, 맨 부인." 범블 씨가 지팡이로 탁자를 치며 말을 이었다. "우려와 성가심, 고생의 삶이지요. 하지만 모든 공직자들이, 말하자면 고발에 시달려야 하니까요."

맨 부인은 말단 교구관의 말을 잘 알아듣지도 못하면서 공감한다는 표정으로 양손을 들어올리며 한숨을 쉬었다.

"아! 한숨이 나올 만하지요, 맨 부인!" 말단 교구관이 말했다.

맨 부인은 올바르게 대처했다는 생각에 다시 한 번 한숨을 내쉬었다. 그러자 말단 교구관은 공직자로서 만족스러운지 흡족한 미소를 억누르며 정색하면서 삼각모자를 근엄하게 쳐다보며 입을 열었다.

"맨 부인, 내가 런던에 가게 되었소."

"어머, 범블 씨!" 맨 부인이 깜짝 놀라 주춤하며 소리쳤다.

"런던 말이오. 마차를 타고 극빈자 둘을 데리고! 재판이 하나 있는데, 이사회가 날 지명해서 클러큰웰 하급법원에 가서 처리하라지 뭐요." 범블 씨가 어깨를 쫙 펴며 말을 이었다. "난 이 클러큰웰 하급법원이 나를 상대로 망신이나 당하지 않을까 걱정스럽다오."

"아휴, 너무 심하게 다루진 마세요, 교구관님." 맨 부인이 구슬리듯 말했다.

"클러큰웰 법원이 자초한 일이라오, 부인. 그리고 클러큰웰 법원이 예상보다 더 불리한 상황에 처한다 해도 그건 오로지 자기네들 탓일 거요."

범블 씨가 이렇게 무시무시한 태도로 결의에 찬 단호함을 내보이자, 맨 부인이 꽤나 감탄스러워하는 것 같았다. 마침내 맨 부인이 입을 열었다.

"마차를 타고 간다고요? 극빈자들은 수레에 태워 보내는 줄 알았어요."

"그거야 병이 들었을 때지요. 비가 오는 날씨에 병든 극빈자들을 지붕 없는 수레에 태운다오. 감기에 걸리지 말라고."

"아, 그렇군요!"

"상대측 마차가 두 극빈자를 데려갈 계약을 했는데, 싸게 치는 셈이지. 둘 다 아주 안 좋은 상태이니, 런던으로 옮겨놓는 게 땅에 묻는 것보다 2파운드나 싸게 먹힌다오. 그러니까, 다른 교구에 던져버릴 수 있다면 말이지. 아마 가능할 것 같소. 도중에 죽지 않는다면. 하하하!"

범블 씨가 잠깐 웃다가 삼각모자를 슬쩍 보더니 다시 정색을 했다.

"우리가 업무를 잠시 잊고 있었군요, 맨 부인. 여기 이번 달 교구 봉급이 있소."

범블 씨가 종이로 감싼 은화 몇 개를 지갑에서 꺼내놓으면서 영수증을 요구했다. 그러자 맨 부인이 영수증을 써주었다.

"얼룩이 많이 지긴 했지만 이만하면 괜찮겠죠. 감사합니다, 범블 씨. 정말 덕분에 감사해요." 고아농장주가 말했다.

범블 씨가 맨 부인의 예의바른 인사에 담담히 고개를 끄덕이고는 아이들은 어떻게 지내냐고 물었다.

"아이고, 그 어여쁜 꼬마 녀석들! 아주 잘 지내고 있지요. 물론 지난주에 죽은 두 아이 빼고는요. 그리고 꼬마 딕이 좀." 맨 부인이 감상적인 어조로 답했다.

"그 아이는 전혀 나아지지 않았소?" 범블 씨가 묻자 맨 부인이 고개를 저었다.

"아주 심술궂고 사악하고 나쁜 교구 아이로군. 그 녀석 어디 있소?" 범블 씨가 화를 내며 물었다.

"1분 내로 불러올게요. 이봐, 딕!"

맨 부인이 몇 번이나 부른 끝에 딕을 찾아냈고, 아이의 얼굴을 물에 넣었다 뺀 다음 치마로 닦고 나서 끔찍한 말단 교구관 범블 씨 앞으로 데려갔다.

아이는 창백하고 말랐으며 뺨이 홀쭉했고 큼직한 두 눈만 반짝거렸다. 불행을 상징하는 후줄근한 교구 옷이 연약한 몸에 헐렁하게 걸쳐져 있었고, 어린 팔다리는 노인처럼 덜렁거렸다.

이렇게 범블 씨의 눈빛에 벌벌 떨며 감히 눈도 못 마주친 채 범블 씨의 목소리만 들어도 겁에 질리는 여린 존재가 바로 딕이었다.

"이 고집 센 녀석, 어서 눈을 들지 못하겠니?" 맨 부인이 혼을 내자 아이가 순순히 고개를 들고 범블 씨를 쳐다보았다.

"딕, 뭐가 문제냐?" 범블 씨가 다정한 척 말을 걸었다.

"아무 문제 없어요." 아이가 기어들어가는 목소리로 대답했다.

"당연히 그렇겠지. 아무런 부족함도 없을 거야, 암." 맨 부인이 한바탕 웃음을 터뜨리며 말했다.

"근데, 저는 …" 아이가 머뭇거리며 입을 열었다.

"애야! 너 지금 뭐가 부족하다고 말할 참이냐? 엉? 이 조그만 녀석이 …" 맨 부인이 끼어들었다.

"잠깐, 맨 부인. 잠깐만요!" 말단 교구관이 권위를 보여주듯 한 손을 들어올리며 막아섰다. "그래, 애야, 뭘 말하고 싶은 게냐?"

"저기, 누가 종이에 글을 좀 써줬으면 좋겠어요. 그걸 접고 봉해서 잘 좀 보관해주세요. 제가 땅에 묻히고 난 뒤에요." 아이가 주저하며 말했다.

"아니, 그게 무슨 말이냐? 무슨 뜻이지?" 범블 씨가 소리를 높여 되물었다. 이런 일에 익숙한 범블 씨도 아이의 진지한 태도와 여린 모습에 마음이 약간 흔들렸다.

"저는 불쌍한 올리버 트위스트에게 제 간절한 마음을 남겨두고 싶어요. 제가 얼마나 자주 형을 생각하며 혼자 앉아서 울었는지 알려주고 싶어요. 어두운 밤에 홀로 방황하고 있을 형을 위해서요." 아이가 작은 두 손을 쥐며 열정적으로 말을 이어나갔다. "그리고 또 하나 알려주고 싶은 게 있어요. 제가 어린 나이에 죽는다는 게 참 다행이라는 사실을요. 혹시 어른이 될 때까지 산다면 천국에 있는 어린 누이가 절 잊어버리거나 모습이 저랑 아주 달라져버리지 않겠어요? 우리 남매가 둘 다 어린 상태라면 훨씬 더 행복할 거예요."

범블 씨는 말할 수 없을 정도로 놀라서 이 어린아이를 머리에서 발끝까지 훑어보다가 맨 부인을 향해 입을 열었다. "맨 부인, 이것들 모두가 한통속이오. 그 건방진 올리버 녀석이 다 나쁜 물을 들여놓은 거요!"

"도저히 믿을 수가 없어요. 이렇게 고집 센 악당 녀석은 정말 처음 본다니까!" 맨 부인이 두 손을 들고 사악한 눈빛으로 딕을 보면서 말했다.

"이 아이를 데려가시오, 부인! 이 건은 이사회에 알려야만 할 사안이오." 범블 씨가 거만하게 말했다.

"이사님들께서는 제 잘못이 아니라는 것을 알아주시겠죠, 네?" 맨 부인이 애달프게 훌쩍이며 물었다.

"그러실 거요, 부인. 내가 이 사안에 대해 진솔하게 낱낱이 다 고할 테니까. 자, 이제 저 녀석을 데려가시오. 꼴도 보기 싫으니."

범블 씨의 말에 딕은 즉시 끌려가서 석탄창고에 갇혔다. 범블 씨도 여행준비를 하러 금세 돌아갔다.

이튿날 아침 6시에 범블 씨는 삼각모자를 둥근 모자로 바꿔 쓰고 망토가 달린 푸른색 외투를 입은 후, 소송에 걸린 두 범죄자를 데리고 마차에 올랐다. 그렇게 시간이 흘러 런던에 도착했다. 도중에 두 극빈자들의 비뚤어진 행동 말고는 불편한 점이 없었다. 이 두 극빈자가 부들부들 떨면서 춥다고 불평을 해대는 통에, 범블 씨도 외투를 입고 있었지만 이가 딱딱 부딪칠 정도로 불편했던 것이다.

두 극빈자들에게 밤을 보낼 장소를 마련해준 후, 범블 씨는 마차가 멈춘 그 집으로 돌아가 스테이크와 굴 소스 및 흑맥주로 간단하게 저녁을 해결했다. 그러고 나서 벽난로 위에 뜨거운 물을 탄 진 칵테일 술잔을 놓고 의자를 불 가까이로 끌어당겨 앉은 후, 불평불만이 만연한 세태에 대해 이리저리 상념에 젖었다가 차분히 신문을 읽기 시작했다.

단번에 범블 씨의 눈을 사로잡은 문단은 다음의 광고문이었다.

5기니 보상금

올리버 트위스트라는 이름의 어린 소년이 지난 목요일 저녁, 펜턴빌의 집에서 가출했거나 유괴를 당하여 행방이 묘연함. 올리버 트위스트를 찾는 데 단서를 제공하거나, 특히 광고주가 관심이 많은 올리버 트위스트의 과거 이력에 대해 실마리를 제공하는 분에게 보상금을 지불할 것임.

이어서 올리버의 옷차림과 생김새, 처음 만나고 사라진 정황이 자세히 적혀 있었고, 브라운로 씨의 주소와 이름도 전부 나와 있었다.

범블 씨는 두 눈을 크게 뜨고 천천히 조심스럽게 서너 번이나 광고를 읽어 내려갔다. 그러고 나서 5분도 못 돼서 펜턴빌로 길을 나섰다. 너무 들뜬 나머지, 칵테일 진은 고스란히 남겨놓고 말이다.

"브라운로 씨 계십니까?" 하녀가 문을 열자 범블 씨가 물었다.

이 물음에 하녀는 약간 어정쩡한 태도로 되물었다. "잘 모르겠어요, 어디서 오셨어요?"

범블 씨가 설명하는 중에 올리버의 이름을 입에 올리자마자, 응접실 문에서 엿듣고 있던 베드윈 부인이 숨넘어갈 정도로 급하게 복도를 달려왔다.

"어서 들어오세요, 어서. 그 아이 소식을 들을 줄 알았어요. 오, 불쌍한 것! 그럴 줄 알았어! 확신했다고. 오, 세상에! 내가 그럴 거라고 말했지, 암."

이 훌륭한 노부인은 이렇게 말하고 나서 응접실로 서둘러 돌아가서 소파에 앉아 울음을 터뜨렸다. 그러는 사이에, 그다지 붙임성 없던 하녀가 위층으로 뛰어올라갔다가 다시 내려와서 범블 씨한테 즉시 따라오라고 했다. 범블 씨는 말없이 그대로 따랐다.

범블 씨는 작은 서재로 안내되었다. 거기에는 브라운로 씨와 친구 그림윅 씨가 유리병과 유리잔을 앞에 두고 앉아 있었다. 그림윅 씨가 단번에 탄식을 질렀다.

"말단 교구관이군! 교구의 관리라고. 아니면 내 머리통을 삼켜버릴 거야."

"제발 지금은 끼어들지 말게. 여기 앉으시지요." 브라운로 씨가 입을 열었다.

범블 씨는 그림윅 씨의 괴상한 태도에 상당히 혼란스러운 표정으로 자리에 앉았다. 브라운로 씨는 말단 교구관의 얼굴을 더 잘 볼 수 있도록 등잔을 옮기며 약간 성급하게 말을 이었다.

"그래, 광고를 보고 찾아오셨다고요?"

"네, 그렇습니다."

"말단 교구관 맞죠, 안 그렇소?" 그림윅 씨가 끼어들어 물었다.

"네, 교구관 맞습니다." 범블 씨가 자랑스럽게 대답했다.

"그럼 그렇지. 내 그럴 줄 알았어. 어디로 보나 말단 교구관이라니까!" 그림윅 씨가 친구에게 말했다.

브라운로 씨는 친구가 얌전히 입을 다물도록 고개를 살짝 저으며 입을 열었다.

"그 가엾은 아이가 지금 어디에 있는지 아시오?"

"그건 저도 아는 게 없지요." 범블 씨가 대답했다.

"그럼, 이 아이에 대해 뭘 알고 있단 말이오? 말해 보오. 알고 있는 게 있으면 뭐든지. 그래, 뭘 알고 있소?" 브라운로 씨가 재촉해 물었다.

"아무래도 좋은 점은 아니겠지, 안 그렇소?" 그림윅 씨가 범블 씨의 겉모습을 샅샅이 살펴본 후, 비아냥대며 물었다.

범블 씨는 이 말을 재빨리 받아서 불길하고 근엄하게 고개를 끄덕였다.

"그것 봐!" 그림윅 씨가 의기양양하게 브라운로 씨를 보며 우쭐거렸다.

브라운로 씨는 근심 어린 눈빛으로 범블 씨의 찡그린 얼굴을 바라보다가 올리버에 대해 알고 있는 것을 최대한 간단하게 말해달라고 청했다.

범블 씨는 모자를 내려놓고 외투 단추를 풀더니, 팔짱을 낀 채 회고하듯 고개를 젖히고 잠시 고민 끝에 이야기를 시작했다.

거의 20분이나 이어진 교구관의 말을 그대로 옮기면 무척이나 지루할 테니, 요점만 말하자면, 올리버는 천박하고 사악한 부모 밑에서 태어나 버려진 아이로, 날 때부터 배신과 배은망덕, 사악함만을 보여주었고, 죄 없는 아이를 잔인하고 비겁하게 공격한 후 주인집에서 야반도주했다는 것이다. 범블 씨는 자신의 말에 신빙성을 더하기 위해 교구에서 가져온 서류들을 탁자 위에 내놓았다. 그리고 나서 다시 팔짱을 낀 채 브라운로 씨가 다 살펴볼 때까지 기다렸다.

"두렵게도 모두 다 사실인 것 같군요." 브라운로 씨가 서류를 훑어본 후 서글프게 입을 열었다. "여기 약소하지만, 당신 정보에 대한 대가요. 만약 그 아이에게 유리한 정보였다면 기꺼이 세 배라도 내주었을 테지만 말이오."

범블 씨가 조금이라도 일찍 이 사실을 알았더라면 이야기에 전혀 다른 색깔을 입혀 말했을 터였다. 하지만 그러기에는 너무 늦었다. 어쩔 수 없이 범블 씨는 고개를 저으며 5기니를 주머니에 넣은 후 물러갔다.

브라운로 씨가 한참이나 방 안을 서성이며 교구관의 이야기에 아주 심란해하자, 그림윅 씨조차도 더 이상 놀리지 못했다.

마침내 브라운로 씨가 멈춰 서더니 종을 요란스럽게 울려댔다.

"베드윈 부인, 그 올리버란 녀석은 아주 몹쓸 자식이오." 베드윈 부인이 들어오자 브라운로 씨가 냉큼 말했다.

"그럴 리가요. 그럴 리가 없어요." 베드윈 부인이 강하게 반발했다.

"내가 그렇다고 말하잖소. 그럴 리가 없다니, 그게 무슨 말이오? 방금 그 아이가 태어날 때부터의 이야기를 전부 다 들었소. 지금까지 줄곧 어린 악당으로 살아왔다고."

"절대로 믿을 수 없어요. 절대로요!" 베드윈 부인이 단호하게 대답했다.

"당신네 할멈들은 돌팔이 의사나 거짓말범벅인 이야기책 말고는 아무것도 믿을 수 없다지." 그림윅 씨가 으르렁거리며 말을 이었다. "난 처음부터 그럴 줄 알았어. 왜 애초에 내 조언을 받아들이지 않았나? 그 아이가 열병만 앓지 않았어도 안 그랬겠지, 엉? 뭐, 이상하게 관심이 간다고? 관심? 좋지!" 그림윅 씨는 휙 난롯불을 들쑤셨다.

"그 아인 아주 사랑스럽고 감사함을 잘 아는 착한 아이랍니다. 아이들이 어떤지는 제가 잘 알아요. 40년 간의 경험이 있다고요. 이런 경험 없는 사람들이 아이들에 대해 이러쿵저러쿵 하지 마세요. 제 생각이니까요!" 베드윈 부인이 화를 내며 반박했다.

이것은 아직 독신인 그림윅 씨를 크게 한방 먹이는 말이었다. 하지만 이 노신사는 그저 미소만 지을 뿐 아무런 반응도 하지 않았다. 그러자 노부인이 고개를 치켜들고 다시 한바탕 설교를 늘어놓을 요량으로 앞치마의 주름을 펴기 시작했다. 바로 그 때 브라운로 씨가 막아섰다.

"조용히 해요!" 브라운로 씨는 짐짓 화난 척 말을 이었다. "이제 다시는 그 아이의 이름을 입에 올리지 마시오. 이 말을 하려고 부른 거요. 어떤 일이 있어도 다시는! 베드윈 부인, 명심하시오, 진심이니까! 이제 물러가도 좋소."

그날 밤, 브라운로 씨 집의 사람들은 무척 울적한 기분으로 잠자리에 들었다.

그 시각, 올리버도 착하고 다정한 친구들을 떠올리며 울적한 기분이었지만, 그 친구들이 무슨 소리를 들었는지 모르는 게 그나마 다행이었다. 만약 알았더라면 곧바로 마음이 찢어질 듯 아팠을 것이다.

18장

악명 높은 친구들과 어울려 지내게 된 올리버

이튿날 정오 무렵, 미꾸라지와 찰리 베이츠가 일상적인 활동을 하러 나갔을 때, 페이긴 씨는 옳다구나 하고 올리버에게 배은망덕이라는 큰 죄에 대해 긴 설교를 시작했다. 유대인 노인은 올리버가 자신을 걱정해주는 친구들 곁을 고의로 떠났고, 그 친구들이 올리버의 건강 회복을 위해 그렇게 고생을 했는데도 올리버가 도망친 데에서 분명한 유죄라며 따지고 든 것이다. 특히 자신이 시의적절하게 도움을 주지 않았다면 굶어죽을 뻔했을 올리버를 받아들여 보살펴주었다는 사실을 강조해서 말했다. 이에 덧붙여, 예전에도 비슷한 상황에 처한 어린아이를 구해준 적이 있었는데, 그 아이가 믿음을 저버리고 경찰과 내통하려 하더니, 마침내 어느 날 아침 올드 베일리에서 교수형을 당하게 되었다는 음울하고 인상적인 이야기를 해주었다. 이 비극적인 이야기에서 페이긴은 자신의 역할을 숨기려들지 않았다. 오히려 눈물을 글썽이면서 이 틀러먹은 배신자 때문에 어쩔 수 없이 공범 증언을 하지 않을 수 없었다며 탄식했다. 솔직히 말하면 그 증언이 완전한 진실이라고는 할 수 없었지만, 페이긴 자신과 몇몇 엄선된 친구들의 안전을 위해서 꼭 필요했다고 했다. 페이긴 씨는 교수형을 당할 때 느낄 수 있는 불편함에 대해 다소 거북스러운 상황을 묘사해주면서, 아주 친절하고 정중한 태도로 올리버 트위스트가 그러한 불쾌한 상황에 처하지 않기를 간절히 바란다며 장광설을 끝맺었다.

어린 올리버는 유대인 노인의 말을 들으면서 그 속에 담긴 은근한 협박을 희미하게나마 알아채자마자 피가 차갑게 식었다. 우연히 무죄와 유죄가 뒤섞여 일어날 때 법과 정의조차도 그 둘을 제대로 분간할 수 없다는 사실을 이미 경험으로 알고 있었다. 그리고 실제로 이 유대인 노인과 사익스 씨 간의 말다툼을 돌이켜보면, 불편한 사실을 알게 된 사람이나 입이 너무 가벼운 사람들을 유대인 노인이 계략을 고안해서 여러 번 궁지에 몰아넣었다는 사실을 짐작할 수 있다. 이 두 사람의 말다툼은 거의 과거에 벌어졌던 이런 종류의 음모에 관한 것 같았다. 올리버가 소심하게 흘끗 올려보다가 탐색하는 듯한 유대인 노인의 눈길과 마주쳤을 때, 이 주의 깊은 노신사는 올리버의 창백한 얼굴과 덜덜 떨리는 팔다리를 놓치지 않고 있었다.

유대인 노인은 추악한 미소를 띤 채 올리버의 머리를 토닥이면서, 앞으로 얌전히 잘 지내고 일에 잘 적응하면 계속 좋은 친구로 남을 수 있을 거라고 말했다. 그리고 나서 모자를 집어 들고 낡은 누더기 외투로 몸을 푹 감싼 후 밖으로 나가며 방문을 잠갔다.

이렇게 올리버는 그날 내내, 또 그 후로 몇날 며칠을 이른 아침부터 자정까지 아무도 보지 못한 채 홀로 긴 시간을 보내게 되었다. 그러다 보니, 생각에 잠기는 시간이 많아졌고, 자연스럽게 친절한 친구들이 계속 떠올랐다. 그리고 그 친구들이 이미 올리버 자신에 대해 좋지 못한 인상을 갖게 되었을 걸 생각하니 울적해질 수밖에 없었다.

일주일 정도가 지나자, 유대인 노인이 방문을 열어주었고 올리버는 자유로이 집 안을 돌아다닐 수 있게 되었다.

집 안은 무척 더러웠다. 위층 방들에는 아주 높은 목재 벽난로 선반과 커다란 문, 판자벽과 천장까지 오래 방치되어 시커멓게 때가 끼기는 했지만 다양한 방식으로 꾸며져 있었다. 이런 모든 요건들로 짐작하건대, 아주 오래전, 유대인 노인이 태어나기도 전에 이 집은 더 나은 사람들의 것이었고, 지금은 암울하고 황량해보여도 꽤나 화려하고 멋진 집이었을 게 분명했다.

거미들이 벽과 천장 구석에 거미집을 쳐놓았고, 가끔씩 올리버가 살며시 방에 들어갈 때마다 생쥐들이 겁에 질려 후다닥 바닥을 가로질러 쥐구멍 속으로 쏙 숨어들어가곤 했다. 그밖에는 아무런 생명체의 모습이나 소리가 없었다. 밤이 오면 이따금씩 올리버는 방에서 방으로 들락날락거리는 일에도 지쳐서 현관문의 복도 구석에 웅크린 채 최대한 사람들 가까이에 있으려고 했고, 그 자세 그대로 몇 시간이고 앉아서 유대인 노인이나 아이들이 돌아올 때까지 귀를 기울였다.

모든 방마다 곰팡이 서린 덧창이 꽉 닫혀 있었고, 덧창을 고정하는 빗장들은 나무에 단단히 못질이 되어 있었다. 유일한 빛이라고는 꼭대기의 동그란 구멍들에서 스며들어오는 빛줄기밖에 없어서, 방 안을 더욱 음울하게 만들었을 뿐만 아니라 괴상한 그림자들로 가득 채우기만 했다. 뒤쪽 다락방에는 바깥쪽에서 녹슨 쇠창살을 댄 창이 하나 있었는데, 덧창은 없었다. 종종 올리버는 이 창을 통해 우울한 표정으로 바깥 구경을 했다. 하지만 뒤죽박죽으로 모여 있는 지붕들과 시커먼 굴뚝만이 보일 뿐이었다. 때때로 멀리 떨어져 있는 집의 난간벽 위로 잿빛 머

리가 보이기도 했지만 어느새 눈앞에서 사라졌다. 올리버의 다락방 창
문은 쇠창살로 가려진 데다 오랜 세월 동안 빗물과 연기에 흐릿해져 있
어서, 올리버는 바깥세상의 다른 형태를 어렴풋이 구분할 수 있을 뿐이
었고, 누군가가 바깥에서 올리버의 모습을 본다거나 목소리를 듣는다
는 것은 불가능했다. 이는 올리버가 성 바울 대성당의 꼭대기 돔 안에
갇혀 사는 상황이나 마찬가지였다.

어느 날 오후, 미꾸라지와 찰리 베이츠가 저녁에 밖에 나갈 일이 생
겼다. 그날따라, 미꾸라지가 약간 외모를 꾸미는 데 걱정이 앞섰는지,
선심 쓰듯 올리버에게 도와달라며 말을 걸었다.

올리버는 도울 수 있다는 사실에 너무나 기뻤고, 험상궂은 얼굴이
라도 쳐다볼 수 있는 얼굴이 있다는 사실에 너무나 행복했으며, 정직하
게 할 수 있는 일이라면 주변 사람들의 기분을 맞춰주고 싶었기 때문
에, 미꾸라지의 제안을 기꺼이 받아들였다. 미꾸라지가 탁자에 앉아 발
하나를 올리버의 무릎에 얹자, 올리버는 즉시 바닥에 무릎을 꿇고 앉아
구두를 닦기 시작했다.

미꾸라지는 편한 자세로 탁자 위에 앉아 파이프를 문 채 다리 하나
를 앞뒤로 흔들면서 구두를 벗을 필요도 없이 그대로 구두를 닦게 했
다. 이럴 때 합리적인 동물이라면 자연스레 느낄 만한 자유로움과 독립
적인 느낌 때문인지, 아니면 미꾸라지의 기분을 달래준 담배의 영향 때
문인지, 아니면 생각을 누그러뜨려준 순한 맥주 때문인지 모르겠지만,
미꾸라지는 평소 성격과 다르게 약간 낭만과 열정에 들뜬 모양이었다.
잠시 생각에 잠긴 얼굴로 올리버를 내려다보더니 고개를 들면서 한숨
을 쉬고는 반쯤 혼잣말처럼 베이츠를 향해 입을 열었기 때문이다.

"얘가 치기배가 아닌 게 참 안타까워!"

"아! 얘는 뭐가 자기한테 좋은지도 모른다니까." 찰리 베이츠가 맞

장구를 쳤다.

미꾸라지는 또다시 한숨을 쉬더니, 파이프를 다시 물었다. 찰리 베이츠도 똑같이 따라했다. 둘은 잠시 침묵 속에서 담배를 피웠다.

"치기배가 뭔 뜻인 줄은 아냐?" 미꾸라지가 애처롭다는 말투로 물었다.

"뭔지는 알 것 같아." 올리버가 고개를 들어 쳐다보며 대답했다. "그건 … 어, 너도 그 중 하나잖아, 안 그래?" 올리버가 주춤거리며 되물었다.

"그렇지. 다른 일은 성에 안 차니까." 미꾸라지가 거칠게 모자를 홱 젖히며 반박하려면 해보라는 듯 찰리 베이츠를 바라보았다.

"아무렴. 찰리도 그렇고, 페이긴도 그렇고, 사익스도 그렇고, 낸시도 그렇고, 벳도 그렇고, 우리는 모두 사익스의 개까지 그렇다고. 사실, 그 개가 우리 패거리에서 제일가는 녀석이지." 미꾸라지가 반복했다.

"적어도 배신할 일은 없지." 찰리 베이츠가 덧붙였다.

"그 녀석은 증언대에서도 실수하지 않으려고 멍멍 소리도 내지 않을 거야. 아니, 저기다 묶어놓고 2주 동안 굶겨도 꿈쩍도 안할 걸?" 미꾸라지가 말했다.

"그렇고말고." 찰리 베이츠가 거들었다.

"아주 이상한 개야. 사람들과 같이 있을 땐 낯선 사람이 웃거나 노래를 불러도 사납게 보지 않거든! 시끄러운 악기 소리가 들려도 으르렁 대지 않는다고! 게다가 다른 종자의 개들을 싫어하지도 않더군! 전혀!" 미꾸라지가 줄줄이 늘어놓았다.

"그 녀석은 아주 완벽한 예수쟁이야." 찰리 베이츠가 덧붙였다.

찰리 베이츠는 아무것도 모른 채 그저 이 동물의 능력을 칭찬하느라 한 말이었겠지만, 사실 다른 의미에서도 꽤나 적절한 말이었다. 평소에 아주 완벽한 기독교인이라고 자처하는 수많은 신사숙녀들과 사익스 씨의 개 사이에는 강력하고도 특별한 유사점들이 존재하기 때문이었다.

"자, 자." 미꾸라지가 옆으로 샌 화제를 바로잡으려고 나섰다. 이렇게 매사에 철두철미한 직업의식이 몸에 배여 있었다. "그건 여기 꼬마 숙맥과는 아무 상관이 없잖아."

"그건 그렇지. 올리버, 페이긴 밑에서 일해 보는 게 어때?" 찰리 베이츠가 물었다.

"그래서 한탕 잡는 건 어떻고?" 미꾸라지가 씩 웃으며 덧붙였다.

"그렇게 해서 한밑천 장만한 다음, 은퇴해서 신사처럼 사는 거야. 나는 그럴 생각이거든. 앞으로 다섯 번째 윤년에 삼위일체 주간 마흔 두 번째 화요일에 말이야." 찰리 베이츠가 말했다.

"난 싫어. 그냥 내보내줬으면 좋겠어. 난, 난 … 여길 떠나고 싶어." 올리버가 잔뜩 겁먹은 얼굴로 대답했다.

"하지만 페이긴은 정반대로 생각할 걸?" 찰리 베이츠가 맞받아쳤다.

올리버도 너무나 잘 알고 있었지만 여기에서 감정을 더 드러내면 위험할 것 같아서 한숨만 내쉬고 구두 닦는 일에 열중했다.

"야! 넌 배짱도 없어? 자존심도 없고? 그냥 계속 친구들한테 얻어먹고 살 거야?" 미꾸라지가 소리쳤다.

"젠장! 너무 못됐다, 정말." 찰리 베이츠가 주머니에서 비단 손수건 두세 개를 꺼내 찬장에 던져 넣으며 말했다.

"나라면 못 그러지." 미꾸라지가 역겨운 듯 거들먹거리는 태도로 말했다.

"하지만 넌 친구를 버리고 가잖아. 그래서 네가 저지른 일로 대신 벌받게 말이야." 올리버가 반쯤 미소를 지으며 말했다.

"그건 말이야." 미꾸라지가 파이프를 휘저으며 말을 이었다. "다 페이긴을 생각해서야. 경찰들은 우리가 같이 일한다는 걸 알잖아. 우리가 운 좋게 달아나지 못했으면 페이긴이 걸려들었을 거야. 그렇지? 찰리?"

찰리 베이츠는 고개를 끄덕이며 말을 하려고 하다가, 올리버가 도망가던 장면이 문득 떠오르는 바람에 담배 연기가 웃음과 뒤엉켜 사레에 걸려 5분이나 기침을 하느라 발을 굴러대야 했다.

"이봐!" 미꾸라지가 1실링과 반 페니짜리 동전을 한 움큼 끄집어내면서 말했다. "여기에 즐거운 인생이 있다고! 이 돈이 어디서 왔든 무슨 상관이야? 자, 받아. 이걸 집어온 데로 가면 더 많으니까. 너 할래, 안할래? 이 멍청한 녀석아!"

"그건 나쁜 짓이야, 그렇지, 올리버? 미꾸라지는 목이 비틀어질 거야, 안 그래?" 찰리 베이츠가 놀리듯 물었다.

"무슨 말인지 모르겠어." 올리버가 대답했다.

"뭐, 이런 거지." 찰리 베이츠는 이렇게 말하며, 목수건 한쪽 끝을 잡아서 빳빳하게 세운 후, 고개를 한쪽으로 툭 떨어뜨리면서 이 사이로 괴상한 소리를 내뱉었다. 이렇게 생생한 무언극을 통해 '목이 비틀어진다'는 말의 뜻이 교수형이라는 것을 알려준 셈이다.

"이런 뜻이란 말이지. 하, 저 녀석 꼴 좀 봐! 정말 저렇게 꽉 막힌 녀석은 처음 본다니까. 저 녀석 때문에 웃겨죽겠어, 진짜." 찰리 베이츠가 다시 한 번 한바탕 웃음을 터뜨린 후, 눈물까지 글썽이며 다시 파이프를 물었다.

"넌 지금까지 아주 잘못 컸어." 미꾸라지는 올리버가 구두를 다 닦자 아주 흡족하게 살펴보면서 말을 이었다. "그래도 페이긴이 어떻게든 쓸 만하게 만들겠지. 아니면 가장 쓸모없는 아이라는 결론이 나거나. 당장 시작하는 게 좋을 거야. 어차피 이 일에 손대게 될 거 지금 괜

베이츠 선생이 직업의 전문 용어를 몸으로 설명하다.

히 시간 낭비만 하는 꼴이니까."

찰리 베이츠도 여러 도덕적 훈계를 늘어놓으며 미꾸라지의 조언을 뒷받침했다. 그러다가 할 말이 다 떨어지자, 찰리 베이츠와 미꾸라지는 자신들의 생활에 따라오는 온갖 즐겁고 신나는 일들을 떠들어대기 시작했다. 그러면서 올리버가 할 수 있는 최선의 일은 자기네들처럼 당장 페이긴의 호감을 얻는 일이라는 암시를 은근슬쩍 흩뿌려놓았다.

"그리고 이 점을 언제나 머릿속에 박아두라고, 멍청아." 미꾸라지가 말을 하는데, 유대인 노인이 위층 자물쇠를 푸는 소리가 들려왔다. "네 가 닦개랑 똑딱이를 가져오지 않으면 …"

"그렇게 말하면 어떡해? 얘가 못 알아듣잖아." 찰리 베이츠가 끼어 들며 타박했다.

"네가 손수건과 시계를 가져가지 않으면, 다른 녀석이 가져갈 거야. 그래서 잃어버리는 녀석들도 손해고, 너도 손해니까 하나도 좋을 게 없 는 상태잖아. 그걸 가져간 녀석들만 덕본 거지. 그러니, 너도 그걸 가져 갈 권리가 있는 거야." 미꾸라지가 올리버에게 맞춰 대화의 수준을 낮 추어 말했다.

"옳거니, 그렇고말고!" 어느새 방에 들어온 유대인 노인이 맞장구를 쳤다. "그게 요점이지. 미꾸라지가 한 말을 잘 들어. 하하하! 얘가 아주 자기 직업에 관해 도통했거든."

유대인 노인은 미꾸라지의 말을 칭찬하며 신이 나서 양손을 비벼댔 고, 제자들의 능수능란함에 기뻐서 낄낄 웃어댔다.

대화는 이쯤에서 끝이 났다. 유대인 노인이 벳 양과 낯선 신사를 데 리고 들어왔기 때문이다. 미꾸라지가 이 신사를 향해 톰 치틀링이라고 부르며 인사를 건넸다. 치틀링은 계단에서 머뭇거리며 벳 양과 인사를 나누느라 마지막으로 들어왔다.

치틀링 씨는 미꾸라지보다 나이가 많았다. 거의 18세 정도는 넘은 것 같았지만 미꾸라지를 극진히 대했다. 아마도 미꾸라지의 타고난 직업적 천재성과 수완에 살짝 주눅이 들어서인 것 같았다. 치틀링은 반짝거리는 작은 눈에 곰보 얼굴, 털모자에 어두운 코르덴 재킷, 기름 때 묻은 면바지에 앞치마 차림이었다. 사실 옷차림새가 제대로 정리가 안 된 편이라고 할 수 있었다. 치틀링은 '빵살이'를 끝낸 지 겨우 1시간밖에 안 되었고, 지난 6주 내내 제복만 입는 바람에 사복에 신경 쓸 겨를이 없었다고 변명했다. 또한 심하게 짜증을 내며, 그곳에서는 뜨거운 증기로 옷을 소독하는 새로운 방식을 사용해서 옷에 구멍이 나도 배상을 받지 못하기 때문에 지극히 반헌법적이라고 덧붙였다. 게다가 머리를 깎는 규정도 똑같다면서 명백히 불법이라고 주장했다. 마지막으로 지난 42일 동안 중노동을 하며 술을 한 모금도 입에 대지 못해서 "온몸이 석회통만큼 바싹 말라 있지 않다면 손에 장을 지지겠다"고 장담했다.

"올리버, 이 신사 분이 어디서 온 것 같으냐?" 유대인 노인이 씩 웃으며 물었다. 마침 다른 아이들은 탁자에 술병을 갖다놓았다.

"전, 전 … 모르겠어요." 올리버가 대답했다.

"얜 누구요?" 톰 치틀링이 경멸스러운 눈빛으로 올리버를 쳐다보며 물었다.

"내 어린 친구지." 유대인 노인이 대답했다.

"그렇다면, 운이 좋은 녀석이군요." 치틀링이 의미심장한 표정으로 페이긴을 바라보며 말했다. "내가 어디서 왔건 신경 쓰지 마, 꼬마야. 너도 곧 그리 가게 될 테니. 내 5실링 걸지!"

이런 실없는 말에 아이들이 와락 웃음을 터뜨렸다. 그렇게 똑같은 주제로 농담을 더 주고받다가 페이긴과 짧게 몇 마디 수군거린 뒤 다들 물러갔다.

치틀링과 페이긴은 따로 대화를 나누더니, 불가로 의자를 당겨 앉았다. 유대인 노인은 올리버에게 옆에 와서 앉으라고 하고서, 일부러 흥미롭게 꾸민 얘깃거리로 대화를 이끌었다. 주요 내용은 이 직업의 큰 이점들과 미꾸라지의 숙련된 기술, 찰리 베이츠의 사교성, 페이긴 자신의 관대함이었다. 결국 얘깃거리가 소진되기 시작하자, 치틀링 씨의 기력도 소진되었다. 감옥살이는 한두 주만 해도 몹시 지치는 일이기 때문이다. 벳 양은 이들이 쉴 수 있도록 자리를 떠났다.

이날 이후로, 올리버는 거의 혼자 있지 않고 다른 두 아이들과 끊임없이 대화를 나누게 되었다. 게다가 유대인 노인과 전에 하던 손수건 놀이가 다시 시작되었다. 이 놀이가 기술을 연마하기 위한 것인지, 올리버를 가르치기 위한 것인지는 페이긴 씨만이 알 일이었다. 때때로 유대인 노인은 젊을 때 저지른 강도질 이야기를 들려주곤 했는데, 너무나 기이하고 우스꽝스러운 이야기들이어서 올리버는 저도 모르게 웃음을 터뜨릴 때가 많았다. 그러면 안 된다고 생각했지만 이야기가 재미나긴 했기 때문이다.

한 마디로, 이 교활한 유대인 노인이 올리버를 올가미에 얽어맨 셈이다. 맨 처음에 올리버를 고독하고 우울한 상태로 내버려 둠으로써, 이제 황량한 곳에서 혼자 슬픈 생각에 잠겨 있으니, 누구라도 함께 있고 싶다는 간절함을 갖게 만들어버린 것이다. 이렇게 페이긴은 서서히 올리버의 영혼에 암울한 독을 주입하면서 순수한 영혼을 더럽히려 하고 있었다.

19장

토론 끝에 결정된 중대한 계획

매섭고 축축한 바람이 불던 추운 어느 밤에, 유대인 노인이 펑퍼짐한 외투로 쭈글쭈글한 몸을 단단히 감싸고 외투의 깃을 귀까지 올려 얼굴의 반을 완전히 가린 채 밖으로 나왔다. 안에서 문을 잠그고 쇠사슬고리를 거는 동안 바깥 계단에서 아이들이 문단속을 잘하고 집 안으로 들어가는 발소리가 잠잠해질 때까지 듣고 있다가, 최대한 빠르게 거리를 조심조심 내려갔다.

올리버가 잡혀 있는 집은 빈민 구역인 화이트채플 근처였다. 유대인 노인은 잠시 모퉁이에서 발걸음을 멈추고 의심스러운 눈초리로 둘러본 후, 길을 건너서 스피털필즈 방향으로 걸어갔다.

돌바닥은 진흙이 켜켜이 쌓여 있었고, 거리엔 검은 안개가 자욱했으며, 비가 추적추적 내려서 사방이 차갑고 끈적끈적했다. 유대인 노인이 돌아다니기에는 딱 맞는 밤 날씨 같았다. 이 추악한 노인이 벽과 문간 아래로 숨어서 미끄러지듯 걸어다니는 모습은 마치 진흙과 어둠에서 만들어진 징그러운 파충류가 밤에 먹이를 찾아 기어다니는 것 같았다.

유대인 노인은 꼬불꼬불하고 좁은 골목을 수없이 지나서 베스널 그린에 이르렀다. 거기에서 갑자기 왼쪽으로 돌자, 집들이 다닥다닥 붙어 있는 밀집지역의 흔하디 흔한 추레하고 더러운 골목 미로가 펼쳐졌다.

유대인 노인은 길이 아주 익숙한 모양이었다. 어두컴컴한 밤인 데다 길이 복잡했지만 당황한 기색 없이, 급히 여러 샛길과 골목을 지나 저 멀리 끝에 등불 하나가 비치고 있는 골목으로 들어섰다. 어느 집 문을 두드리자 어떤 사람이 나왔고, 유대인 노인은 몇 마디 수군거리더니 위층으로 올라갔다.

유대인 노인이 방문의 손잡이를 잡자마자 개가 으르렁거렸고, 누구냐고 묻는 남자의 목소리가 들렸다.

"나지, 또 누구겠나, 빌. 나라고." 유대인 노인이 고개를 들이밀며 말했다.

"그럼, 안 들어오고 뭐하쇼. 엎드려 있어, 이 멍청한 짐승! 외투를 입었다고 악마를 못 알아보냐?" 사익스가 말했다.

아무래도 개는 페이긴 씨의 큼직한 외투에 속은 것 같았다. 유대인 노인이 단추를 풀고 외투를 벗어 의자 등받이에 걸치자 개는 꼬리를 살랑대며 원래 앉아 있던 구석으로 돌아가 천성대로 느긋하고 흡족한 모습을 보여주었기 때문이다.

"그래, 어떻소!" 사익스가 말했다.

"뭐, 잘 지내지. 아, 낸시구나!"

유대인 노인이 대답하면서 낸시에게도 말을 건넸는데, 낸시가 인사를 받아줄까 싶어 당혹스러운 말투였다. 낸시가 올리버를 편들어 난리를 친 이후로 처음 만나는 자리였기 때문이다. 하지만 곧 그 당혹감은 사라졌다. 낸시가 난로에서 발을 떼면서 의자를 뒤로 밀며 페이긴에게 의자를 끌어다 앉으라고 했을 뿐 예전 문제에 대해서는 일언반구 말이 없었기 때문이다. 확실히 추운 밤이기는 했다.

"진짜 춥구나, 낸시." 유대인 노인이 삐쩍 마른 양손을 불에 대고 녹이면서 말했다. "뼛속까지 시린 것 같아." 유대인 노인이 옆구리를 짚으면서 덧붙였다.

"영감의 뼛속까지 관통하다니, 춥긴 추운 모양이군." 사익스가 입을 열었다. "낸시, 여기 마실 것 좀 내와. 젠장, 당장 내오라고! 방금 무덤에서 튀어나온 못생긴 귀신처럼 저렇게 달달 떨고 있는 삐쩍 곯은 늙다리 송장이라니, 보고만 있어도 병나겠어."

낸시는 재빨리 찬장에서 술병 하나를 꺼냈다. 찬장 안에 온갖 모양의 술병이 그득한 걸로 봐서 술 종류도 다양한 것 같았다. 사익스는 브랜디 한 잔을 따라주며 유대인 노인에게 어서 마시라고 채근했다.

"이 정도면 충분하네, 충분해. 고맙네, 빌." 유대인 노인은 잔을 입술에만 살짝 갖다 댔다 내려놓으면서 말했다.

"뭐야! 당신을 속일까봐 무서운 거요? 어?" 사익스가 유대인 노인을 빤히 노려보며 물었다.

사익스 씨가 경멸이 담긴 신음을 내뱉더니, 술잔을 잡고 화롯불 재에다 남은 술을 확 부어버리고 나서 다시 잔을 채웠다.

사익스가 두 번째 잔을 마시는 동안, 유대인 노인은 힐끗 방 안을 둘러보았다. 이미 자주 와본 곳이라서 호기심이 아니라, 늘 불안해하고 의심하는 버릇 때문이었다. 그다지 볼 것도 없는 방이었다. 옷장의 내용물만 제쳐두고 보면 영락없이 평범한 노동자의 집 그 자체였다. 단지, 구석에 세워둔 묵직한 몽둥이 두세 개와 벽난로 선반에 걸어둔 '구명용구'인 호신용 지팡이만이 조금 의아할 뿐이었다.

"자, 난 준비됐소." 사익스가 입맛을 다시며 말했다.

"사업 준비 말인가?" 유대인 노인이 물었다.

"그렇소. 그러니 할 말을 해보쇼."

"첫시Chertsey에 있는 금고 있잖아, 빌?" 유대인 노인이 의자를 앞으로 당기고 목소리를 확 낮추며 말했다.

"그래, 그게 뭐요?" 사익스가 물었다.

"아, 내가 뭘 말하는지 잘 알잖나. 낸시, 이 친구 내 말이 뭔지 잘 알지?" 유대인 노인이 말했다.

"아니, 잘 모르겠는데." 사익스가 비아냥거리며 대꾸했다. "아니면 알고 싶지 않은지도. 그게 그거지만. 어서 말해보시지. 있는 대로 솔직하게 말하라고. 거기 앉아서 눈이나 끔뻑대며 간보지 말고, 강도질 생각을 먼저 해놓고도 안 그런 척하지 말란 말이오. 알겠소?"

"쉿, 조용히, 빌! 남들이 듣는다고, 남들이." 유대인 노인은 사익스의 분노를 막아보려고 했지만 허사였다.

"들으라지! 신경 안 써." 사익스는 이렇게 소리쳤지만 실제로는 신경이 쓰이는지라 목소리를 낮추며 분을 삭였다.

"자, 자. 그저 조심하자는 거지, 딴 뜻은 없어. 이보게, 첫시의 금고 말일세. 언제 할 건가? 어? 언제? 그렇게 기막힌 건수는 처음이야, 처음!" 유대인 노인이 양손을 비비며 기대감에 눈썹을 씰룩거렸다.

"안 할 거요." 사익스가 딱 잘라 차갑게 대답했다.

"안 한다니!" 유대인 노인이 의자에 등을 기대며 소리쳤다.

"안 해, 안 할 거라고! 적어도 우리가 예상한 것처럼 내통할 만한 건이 아니니까." 사익스가 대꾸했다.

"그럼, 일을 제대로 시작해보지도 않았단 말이군. 그런 얘기라면 하지도 말게." 유대인 노인이 분노로 하얗게 질린 얼굴로 말했다.

"아니, 얘기는 해야겠소. 당신이 뭐라고 얘기를 하라 마라 명령이야? 내 말해주지. 토비 크래킷이 2주일이나 서성거려봤지만 하인 하나 끌어들이지 못했다고." 사익스가 반발하며 말했다.

"빌, 그러니까, 그 집에 있는 두 녀석 중 어느 한 놈도 못 끌어들였다는 얘긴가?" 유대인 노인이 사익스가 열을 내자 목소리를 누그러뜨리며 물었다.

"그래, 그런 말이지. 그 두 녀석을 늙은 여주인이 20년 동안이나 데리고 있었기 때문에 500파운드를 준대도 못 끌어들일 거라는 얘기요." 사익스가 대답했다.

"그런데, 빌, 하녀들도 못 끌어들였다는 말인가?" 유대인 노인이 불만스럽게 물었다.

"어림도 없었지."

"멋쟁이 토비 크래킷도 못 했다고? 여자들이야 뻔한데, 빌." 유대인 노인이 미심쩍다는 듯 되물었다.

"아니, 멋쟁이 토비 크래킷도 못 한 일이오. 토비 말로는 가짜 구레나룻 수염에 카나리아 색깔의 조끼 차림으로 2주일 내내 서성거렸는데 소용이 없었다고 하더군." 사익스가 대답했다.

"콧수염에 군대바지를 써보면 좋았을걸." 유대인 노인이 말했다.

"그것도 해봤지. 마찬가지로 아무 쓸모가 없었다더군." 사익스가 대꾸했다.

유대인 노인은 이 말에 멍한 표정을 지었다. 잠시 아래턱을 푹 숙인 채 곰곰이 생각을 해본 끝에 고개를 들고 깊은 한숨을 쉬면서, 포기 선언을 했다. 멋쟁이 토비 크래킷의 보고가 사실이라면 이 건수는 끝난 것 같다고 말이다.

"그렇지만, 그렇게 정성을 들였는데 이렇게 날려버려야 하다니, 아주 슬픈 일이네." 유대인 노인이 두 손을 무릎 위로 툭 떨어뜨리면서 말했다.

"그건 그렇지만, 운이 없었지!" 사익스가 한탄했다.

길고 긴 침묵이 이어졌다. 그동안 유대인 노인은 얼굴을 잔뜩 찡그린 채 사악한 표정으로 깊은 생각에 잠겼다. 사익스는 유대인 노인을 이따금 슬쩍 훔쳐보았다. 낸시는 사익스의 심기를 건드리지 않으려는 듯 귀머거리처럼 난롯불만 쳐다보며 앉아 있었다.

"페이긴, 직접 밖에서 들어가 안전하게 일을 처리한다면 금화 50냥은 더 내놓을 의향이 있소?" 사익스가 오랜 침묵을 깨며 갑자기 입을 열었다.

"있고말고." 유대인 노인이 퍼뜩 몸을 바로 세우며 대답했다.

"합의하는 거요?" 사익스가 물었다.

"그래, 그렇게 하지, 암." 유대인 노인이 눈을 번들거리며 사익스의 손을 잡았다. 몹시 흥분해서 얼굴의 근육이 모조리 씰룩거리고 있었다.

"그렇다면," 사익스가 유대인 노인의 손을 거만하게 슬쩍 뿌리치며 말을 이었다. "원하는 대로 당장 해치우겠소. 토비와 둘이서 그저께 밤에 그 집 안뜰 담장을 넘어가서 문과 덧창의 판자들을 다 두드려봤지. 금고는 감옥처럼 밤에 빗장이 걸려 있더군. 하지만 안전하고 슬며시 깨고 들어갈 수 있는 곳이 딱 한 군데 있더라고."

"거기가 어딘가?" 유대인 노인이 열중해서 물었다.

"뭐, 잔디를 건너가면 …" 사익스가 속삭였다.

"그러면?" 유대인 노인이 눈이 튀어나올 정도로 고개를 앞으로 숙이면서 물었다.

"으흠!" 사익스가 갑자기 말을 멈추며 헛기침을 했다. 낸시가 머리를 거의 움직이지 않은 채 돌아보면서 유대인 노인의 얼굴을 가리켰기 때문이다. "어딘지 알아서 뭐하게? 나 없이 이 일을 못한다는 건 잘 알지만, 당신하고 거래할 때는 안전이 최선이거든."

"뭐, 자네 좋을 대로 하게. 맘대로 하라고. 또 다른 도움이 필요하진 않나? 자네하고 토비면 되겠어?" 유대인 노인이 물었다.

"필요 없소. 그냥 손잡이 드릴과 남자아이 하나만 있으면 되지. 드릴은 우리가 갖고 있으니, 아이나 찾아주쇼." 사익스가 대답했다.

"남자아이라! 아, 그럼, 창틀이겠군, 어?" 유대인 노인이 소리쳤다.

"그건 신경 쓰지 말라니까! 아무튼, 남자아이 하나가 필요하고 너무 크면 안 된다고, 젠장!" 사익스가 기억을 떠올리면서 말을 이었다. "굴뚝 청소부 네드의 어린 아들만 있었어도! 그 친구는 일부러 아들을 작게 키워서 일이 있을 때마다 빌려줬거든. 그런데 그 친구가 감옥에 잡혀가니, 청소년 선도회가 끼어들어 그 아들을 데려가서 읽고 쓰기를 가르쳐 도제로 보내버렸지. 그런 짓들을 하고 있다고." 사익스가 억울한 기억이 떠올라 점점 분노에 차서 말했다. "그런 짓들을 하니, 그들에게 돈만 충분하면, 다행히 신의 섭리로 그럴 리가 없긴 하지만, 1, 2년 안에 우리와 같이 일할 남자애들이 대여섯도 남지 않게 될 거야."

"그렇겠지." 유대인 노인은 사익스가 말을 주절주절 늘어놓는 동안에도 딴 생각을 하다가 마지막 문장만 용케 알아듣고 고개를 끄덕였다. "이봐, 빌."

"또 뭐요?" 사익스가 물었다.

유대인 노인이 여전히 난롯불만 쳐다보고 있는 낸시를 고갯짓으로 가리키며 방에서 내보내라는 신호를 보냈다. 사익스는 그럴 필요까지 있겠냐는 듯 어깨를 으쓱하면서도 낸시에게 맥주 단지를 가져오라고 시켰다.

"맥주를 마시고 싶은 것도 아니면서." 낸시가 팔짱을 끼고 앉은 채로 담담하게 말했다.

"시키면 시키는 대로 해!" 사익스가 대답했다.

"말도 안 돼. 페이긴, 그냥 계속 해요. 빌, 저 영감이 뭐라고 할지 다 알고 있다고. 날 신경 쓸 필요 없어." 낸시가 차분하게 응수했다.

그런데도 유대인 노인은 여전히 망설이며 주저했다. 사익스가 놀란 표정으로 두 사람을 번갈아 쳐다보았다.

"페이긴, 낸시가 신경 쓰이는 거요, 왜? 이젠 믿어도 될 만큼 오랜 인연이잖소. 아니면 뭐, 악마가 씌었나. 낸시가 나불거리고 다닐 애도 아니고. 그렇지, 낸시?" 사익스가 물었다.

"당연하지!" 낸시가 의자를 탁자 쪽으로 끌어와서 탁자에 팔꿈치를 얹으며 대답했다.

"아니, 내 뜻은 그게 아니라. 네가 그런 애가 아니라는 건 잘 알지. 하지만 …" 유대인 노인이 뜸을 들이며 말끝을 흐렸다.

"하지만 뭐요?" 사익스가 재촉했다.

"저번 밤처럼 야단법석을 부릴까봐서." 유대인 노인이 대답했다.

이 고백에 낸시는 와락 웃음을 터뜨렸고, 브랜디 한 잔을 들이키고 나서 반항적으로 고개를 흔들며 "계속 밀어붙여!", "끝까지 버티라고!" 같은 말들을 외쳐댔다. 페이긴과 사익스는 이 말들을 듣고 안심하는 것 같았다. 페이긴이 만족스러운 듯 고개를 끄덕이며 의자에 앉았고 사익스도 자리를 잡고 앉았기 때문이다.

"자, 페이긴. 당장 빌에게 올리버에 대해 말해요!" 낸시가 웃으며 말했다.

"하! 참으로 영리한 아이구나. 이제껏 이렇게 예리한 여자애는 처음 본다니까!" 유대인 노인이 낸시의 목을 토닥이며 말을 이었다. "맞아,

내가 얘기하려던 게 올리버에 관한 거였다고. 정말로. 하하하!"

"그 아이가 어쨌다는 거요?" 사익스가 물었다.

"자네가 쓸 만한 아이가 바로 그 애라네." 유대인 노인이 콧등에 손가락을 댄 채 소름끼치게 씩 웃으면서 거친 목소리로 속삭였다.

"그 애라고!" 사익스가 소리쳤다.

"그 애를 데려가, 빌!" 낸시가 끼어들었다. "나라면 그럴 거야. 다른 애들만큼 대단한 기술은 없어도 지금 기술이 필요한 게 아니잖아. 그냥 문만 열어주면 되지. 한 번 믿어봐, 빌, 안전할 거야."

"나도 그렇게 생각하네. 지난 몇 주 동안 훈련도 잘 받았고 이제 밥벌이를 시작할 때도 됐지. 게다가 다른 애들은 몸집이 너무 크잖나." 페이긴이 거들었다.

"뭐, 내가 원하는 딱 그 몸집이긴 하지." 사익스가 곰곰이 생각하며 말했다.

"게다가 빌, 자네가 원하는 건 뭐든 할 걸세. 충분히 겁을 주면 안 그럴 수 없을 테니까." 유대인 노인이 덧붙였다.

"겁을 주라고! 확실히 말해두는데, 겁 주는 것 이상일 거요. 일단 일에 투입된 후에 조금이라도 이상한 기색이 보이면 그냥 꼴까닥하게 해주지. 다시는 살아 있는 꼴을 못 보게 될 거요. 나한테 보내기 전에 그 점부터 생각해보쇼. 진짜 거짓말 아니니까!" 사익스가 침대 밑에서 쇠지레를 꺼내들면서 윽박질렀다.

"이미 다 생각해봤네. 그 아이를 잘 살펴봤지, 아주 꼼꼼히 말이야. 일단 우리와 한패라는 것을 느끼게 해주기만 하면, 일단 도둑질에 가담했다는 생각만 주입해주면, 녀석은 우리 것이 되는 걸세! 평생 우리 것이! 이거 참! 일이 이보다 잘 풀리기도 어려울 텐데 말이야!" 유대인 노인은 기쁨에 겨워 팔짱을 낀 채 머리와 가슴을 한껏 웅크리며 말 그대로 자기 몸을 껴안듯이 우쭐거렸다.

"우리 것이라니! 당신 것이라는 말이겠지." 사익스가 정정했다.

"뭐, 그럴지도 모르지. 빌, 자네 좋을 대로 생각하게." 유대인 노인이 낄낄거리며 말했다.

"그런데, 도대체 왜 그렇게 애를 쓰는 거요? 얼굴 허연 꼬마 하나를 놓고 말이오. 밤마다 런던 시장 바닥에 퍼질러 자는 애들 중에 골라잡을 수 있는 녀석들이 쉰 명은 있는 마당에." 사익스가 사납게 노려보며 말했다.

"왜냐하면 그 애들은 내게 아무 쓸모가 없으니까." 유대인 노인이 약간 당황하며 말을 이어갔다. "데려올 만한 가치가 없다고. 말썽이 생기면 걔들은 겉모습 때문에 유죄를 받게 될 게 아닌가. 그러면 난 애들을 다 잃어버리게 되는 거지. 하지만 이 아이는 제대로 다루기만 하면 다른 애들 스무 명 데리고도 못할 일을 할 수 있거든." 유대인 노인이 다시금 냉정을 되찾으며 말을 덧붙였다. "혹시 다시 도망을 친다면 그 때는 우리도 큰일이지. 그러니 그 애는 꼭 우리와 한패가 되게 만들어야 해. 녀석이 나쁜 짓을 같이 했다는 사실만으로도 녀석을 이리저리 휘두를 수 있다고. 내가 원하는 건 그게 전부네. 어떤가, 가엾은 어린아이를 손보는 것보다 훨씬 더 좋은 방법 아닌가 말일세. 게다가 아이를 처리하는 건 우리도 위험부담이 크잖은가."

"언제 할 거야?" 낸시가 냉큼 사익스를 막아서며 물었다. 사익스가 인정 많은 척하는 페이긴의 가식적인 꼴을 보면서 역겨움을 참지 못하고 한바탕 소리를 내지르려던 참이었기 때문이다.

"아, 그래, 언제 할 건가, 빌?" 유대인 노인이 물었다.

"모레 밤에 결행하자고 토비와 정했어. 그 사이에 내가 별다른 전갈을 주지 않으면 말이야." 사익스가 불퉁스러운 목소리로 대답했다.

"좋군. 달이 없는 밤이니." 유대인 노인이 말했다.

"맞소." 사익스가 대꾸했다.

"말끔히 털어올 준비는 다 한 거겠지?" 유대인 노인의 물음에 사익스가 고개를 끄덕였다.

"그리고 또 …"

"아, 전부 계획을 짜놨으니, 세세한 건 신경 쓰지 마쇼. 내일 밤 그 애를 이리 데려오기나 하고. 동트면 한 시간 뒤에 출발할 거요. 그러니, 당신은 입 다물고 물건 녹일 도가니나 준비해두시지. 그것만 해두면 돼."

세 사람 모두 열렬히 토론한 결과, 내일 저녁에 낸시가 유대인 노인 집으로 가서 올리버를 데려오기로 했다. 올리버가 마음이 내키지 않을 경우에라도 자기를 위해 나서준 낸시라면 기꺼이 따라나설 것이라는 페이긴의 교활한 의견이 반영된 결과였다. 또한 도둑질 원정을 차질 없이 계획대로 실행하기 위해 가엾은 올리버는 사익스 씨에게 전적으로 맡기기로 했다. 설사 올리버가 재난이나 불운한 사태에 휘말리거나 처벌을 받게 되더라도 사익스에게 책임을 묻지 않기로 한 것이다. 또한 이 거래약속이 구속력을 갖게 하기 위해 사익스 씨가 돌아와서 보고하는 모든 사항은 멋쟁이 토비 크래킷에게 확인받기로 했다.

이렇게 거래조항들을 조정한 후, 사익스 씨는 급하게 브랜디를 들이키기 시작했고, 쇠지레를 위협적으로 마구 흔들어대며 사나운 욕설을 섞어 아무렇게나 고성방가를 시작했다. 그러다가 직업적인 흥이 올랐는지, 도둑질 도구가 담긴 상자를 보여주겠다며 고집을 부렸다. 기어이 비틀거리며 상자를 가져와서는 다양한 도구의 특징과 기능을 설명하려고 상자를 열자마자, 바로 그 상자에 걸려 넘어져서 그대로 곯아떨어지고 말았다.

"잘 자거라, 낸시." 유대인 노인이 처음처럼 외투로 몸을 감싸며 말했다.

"잘 가세요."

유대인 노인은 낸시와 눈이 마주치자 아주 세세히 낸시를 훑어보았다. 낸시는 조금도 움찔하지 않았다. 이 문제에 있어서 낸시는 토비 크래킷만큼이나 진실하고 성실했다.

유대인 노인은 다시 한 번 작별인사를 건넨 후, 낸시가 등을 돌리자 몰래 사익스의 몸뚱이를 발로 한 번 차주고는 아래층으로 내려왔다.

"늘 이렇다니까!" 유대인 노인이 집으로 향하면서 혼잣말을 중얼거렸다. "저런 여자들의 가장 나쁜 점은 아주 작은 일에도 오래전 잊어버렸던 감정을 떠올리는 거지. 가장 좋은 점은 그 감정을 오래 간직하지 못한다는 거고. 하하! 금보따리를 내걸었으니, 더 이상 올리버 편을 들진 않겠지!"

페이긴 씨는 이런 즐거운 생각에 잠겨 시간도 잊어버린 채 진흙탕을 건너 음울한 집으로 돌아왔다. 미꾸라지가 페이긴이 돌아오기를 초조하게 기다리고 있었다.

"올리버는 자냐? 얘기를 좀 하고 싶은데." 페이긴이 미꾸라지와 함께 아래층으로 내려가면서 처음으로 한 말이었다.

"몇 시간 전부터요. 자, 여기 있네요!" 미꾸라지가 방문을 열어 젖히며 대답했다.

올리버는 바닥에 놓인 후줄근한 침상에 누워 곤히 잠들어 있었다. 불안으로 하얗게 질리고 슬픔이 가득한 얼굴이라서인지, 마치 죽은 사람처럼 보였다. 수의를 입고 관 속에 누워 있는 모습이 아니라, 막 숨을 거뒀을 때 보이는 모습 같았다. 어리고 부드러운 영혼은 방금 하늘로 날아갔지만, 영혼이 빠져나간 육신에 아직 세상의 역겨운 공기가 들어가기 직전의 모습 말이다.

"지금은 안 되겠군. 내일 하지, 내일." 유대인 노인이 살며시 발길을 돌리며 말했다.

20장

사익스 씨의 손에 넘겨진 올리버

올리버가 아침에 일어났을 때, 침대 옆에 두꺼운 밑창을 댄 새 신발이 놓여 있는 걸 보고 엄청 놀랐다. 처음에는 이제 풀려나나 싶어서 기분이 좋았지만, 그런 생각은 유대인 노인과 아침 식사를 함께 하면서 금세 사라져 버렸다. 유대인 노인이 무서운 말투와 태도로 그날 밤 빌 사익스의 집으로 데려갈 거라고 올리버에게 말했기 때문이다.

"거기, 거기서 … 머물게 되나요?" 올리버가 걱정스럽게 물었다.

"아니, 아니란다, 얘야. 거기서 쭉 머물라는 게 아냐. 우리가 널 어떻게 보내버리겠니. 걱정 말렴, 올리버. 다시 우리한테로 돌아올 테니. 하하하! 널 보내버릴 정도로 우리가 잔인하진 않지. 아무렴, 그렇고말고!"

유대인 노인이 불 위로 몸을 굽히고 빵을 굽다가 뒤를 돌아보며 이렇게 농을 쳤다. 그러면서 올리버가 아직도 가능하다면 달아나고 싶어 한다는 것을 다 안다는 듯이 킬킬 웃어대기까지 했다.

"왜 네가 사익스 집에 가야 하는지 알고 싶을 게다, 그렇지?" 유대인 노인이 올리버를 빤히 쳐다보며 물었다.

올리버는 이 늙은이가 자기의 생각을 다 읽고 있다는 것을 알고 저절로 얼굴이 달아올랐지만, 대담하게 그렇다고 대답했다.

"그래, 네 생각에는 왜인 것 같으냐?" 페이긴이 질문으로 되받아쳤다.

"진짜 모르겠는데요." 올리버가 대답했다.

"저런!" 유대인 노인이 올리버의 얼굴을 꼼꼼히 살펴보다가 실망한 얼굴로 돌아서며 말을 이었다. "그럼, 사익스가 말해줄 때까지 기다리렴."

유대인 노인은 올리버가 그다지 궁금해하지 않아서인지 짜증이 난 것 같았다. 사실 올리버는 무척 걱정스러웠다. 하지만 머리로 온갖 추측을 해보면서도 교활한 페이긴의 표정에 너무 혼란스러워져서 제때 질문을 던지지 못한 탓이 컸다. 이후로는 다시 질문할 기회가 없었다. 유대인 노인이 밤에 외출 준비를 할 때까지 입을 꾹 다물고 있었기 때문이다.

"촛불은 켜도 좋다." 유대인 노인이 초 하나를 탁자 위에 놓으며 말했다. "그리고 널 데리러올 때까지 이 책이나 읽고 있으렴. 그럼, 다녀오마!"

"다녀오세요!" 올리버가 작게 인사했다.

유대인 노인은 문으로 걸어가면서 어깨 너머로 슬쩍 돌아보더니, 갑자기 멈춰 서서 올리버를 불렀다.

올리버가 쳐다보자 유대인 노인은 초를 가리키며 불을 켜라고 손짓했고 올리버는 그대로 따랐다. 올리버는 촛대를 탁자 위에 놓으면서도 유대인 노인이 컴컴한 방구석에서 눈살을 찌푸린 채 빤히 쳐다보고 있다는 것을 알았다.

"조심해라, 올리버! 조심해!" 유대인 노인이 경고하듯 오른손을 흔들며 말을 이었다. "사익스는 아주 거친 남자라서 한번 열이 오르면 피 보는 것쯤은 아무렇지도 않아 하지. 무슨 일이 벌어지든 아무 소리도 말고 시키는 대로만 해. 명심해!" 유대인 노인은 마지막 말을 유독 강조하면서 소름끼치는 미소를 짓더니 고개를 끄덕이고는 방을 나섰다.

페이긴이 사라지자 올리버는 손에 머리를 기댄 채 떨리는 마음으로 방금 들은 말들을 곰곰이 되짚어보았다. 페이긴의 경고에 대해 생각하면 할수록 점점 더 진짜 의미와 목적을 알 수 없게 돼버렸다. 대체 굳이 왜 자신을 사익스에게 보내려는 건지 도무지 알 수가 없었다. 한참을 고민해본 결과, 사익스 씨가 적합한 다른 아이를 찾을 때까지 잡일을 할 아이가 필요했던 모양이라고 단정지었다. 고생에는 도가 터서 급변하는 상황에도 서글픔을 느끼지 않는 올리버는 잠시 생각에 잠겨 있다가 무거운 한숨을 쉬고 나서 유대인 노인이 놓고 간 책을 읽기 시작했다.

올리버는 책장을 넘기면서, 시큰둥하게 뒤적거리다가 눈에 띄는 문단을 발견하자 이내 열중하게 되었다. 악명 높은 범죄자들의 삶과 재판을 기록한 책으로, 여러 사람의 손때가 묻어 책장이 너덜너덜했다. 책속에는 피를 얼어붙게 만드는 끔찍한 범죄와 한적한 길가에서 은밀히 벌어진 살인사건에 대한 이야기가 담겨 있었다. 또한 남들 몰래 깊디깊은 구덩이와 우물에 시체를 숨겨두었지만 결국 수년 뒤 시체가 떠오르자 살인자들이 미칠 듯이 공포에 질려 죄를 자백하면서 교수대에 목을 매달아 고통을 끝내달라고 애걸복걸하는 이야기도 있었다. 여기에 더해, 한밤중에 침대에 누워 있다가 사악한 생각에 이끌려 어쩔 수 없이 끔찍한 범죄를 저지를 수밖에 없었다는 사람들의 이야기도 적혀 있었다. 책 속의 무시무시한 묘사들이 너무나 사실적이고 생생해서 허연 책장들이 핏물로 붉게 물드는 것만 같았고, 책에 적힌 말들은 죽은 자들의 영혼이 공허하게 중얼거리는 속삭임처럼 들렸다.

올리버는 두려움에 발작적으로 책을 덮고 멀리 밀쳐버렸다. 그러고 나서 무릎을 꿇고 이런 짓은 절대 하지 않게 해달라고 빌었다. 만약 이토록 무섭고 경악스러운 범죄를 저지를 운명이라면 차라리 당장 죽게 해달라고 말이다. 올리버는 차츰차츰 안정을 되찾으면서 나지막하고 떨리는 목소리로 지금 처한 위험으로부터도 구해주실 것을 빌었다. 만약 이 가엾고 버림받은 아이에게 구원의 손길을 내밀어주실 작정이라면 이렇게 사악함과 범죄의 한가운데 홀로 내팽개쳐진 바로 지금 구해주시기를 빌고 또 빌었다.

올리버는 기도를 마치고 나서도 계속 머리를 양손에 묻고 있다가 부스럭거리는 소리에 벌떡 일어났다.

"뭐야! 거기 누구죠?" 올리버가 문가에 어른거리는 형체를 발견하고 소리쳤다.

"나야, 나라고." 떨리는 목소리가 들려왔다.

올리버가 촛불을 머리 위로 들고 문쪽을 바라보았다. 낸시였다.

"촛불 좀 내려놔. 눈부셔." 낸시가 고개를 돌리며 말했다.

올리버는 낸시의 창백한 얼굴을 보고 어디 아프냐고 물었다. 낸시는 의자에 몸을 던지고 등을 돌린 채 앉더니 손을 비틀면서 대답을 하지 않았다.

"오, 하느님이시여, 용서하소서!" 잠시 뒤 낸시가 소리쳤다. "이럴 줄은 몰랐어."

"뭔 일 있어요? 내가 도와줄까요? 할 수만 있다면 도울게요, 진짜로." 올리버가 재촉했다.

낸시는 몸을 앞뒤로 흔들다가 목을 부여잡고 숨이 넘어가는 소리로 헐떡거렸다.

"낸시! 왜 그래요?" 올리버가 소리쳤다.

낸시는 양손으로 무릎을 치면서 발로 바닥을 굴러대다가 갑자기 멈추고 숄을 꽉 싸매더니 추위에 몸을 덜덜 떨었다.

올리버는 불을 휘저었다. 낸시는 의자를 불 가까이로 끌어당기고 나서 가만히 앉아 있다가 고개를 들고 두리번거렸다.

"가끔 나도 내가 왜 이러는지 모르겠어. 축축하고 더러운 이 방 때문이겠지. 자, 얘야, 준비 됐니?" 낸시가 옷매무새를 가다듬는 척하면서 변명을 늘어놓았다.

"꼭 같이 가야 하나요?" 올리버가 물었다.

"그래, 빌이 보내서 왔어. 넌 나랑 같이 가야 돼." 낸시가 대답했다.

"뭣 때문에요?" 올리버가 뒤로 주춤 물러나며 물었다.

"뭣 때문이냐고?" 낸시가 눈을 들어 올리버의 얼굴을 보자마자 눈길을 피하면서 냉큼 대답했다. "아, 뭐, 해로운 일은 아냐."

"믿을 수 없어요." 올리버가 낸시를 빤히 바라보다가 말했다.

"뭐, 마음대로 생각해. 뭐, 좋은 일도 아니지." 낸시가 억지웃음을 지으며 대답했다.

올리버는 낸시의 선한 감정을 끌어내는 힘이 자신에게 있다는 것을 눈치 채고, 순간적으로 동정심에 호소해볼까 싶었다. 하지만 아직 11시도 되지 않아서 길거리에 사람들이 많이 돌아다닐 테니 그 중에 자기 얘기를 믿어줄 사람이 반드시 있으리라는 생각이 번뜩 들었다. 이런 생각에 올리버는 얼른 앞으로 나서서 서두르며, 준비가 다 됐다고 말했다.

낸시는 올리버의 머릿속을 스쳐 지나가는 생각을 놓치지 않으려 눈을 가늘게 뜬 채 세세히 관찰하고 있었다. 그러면서 올리버에게 무슨 생각인지 다 안다는 듯 의미심장한 표정으로 경고를 던졌다.

"쉿, 그만!" 낸시가 올리버 쪽으로 몸을 굽히고 신중하게 두리번거리더니 문을 가리키며 입을 열었다. "소용없어. 내가 얼마나 열심히 애써본 줄 알아? 다 헛수고였어. 산 넘어 산이라고. 네가 여기에서 도망을 친다 해도 지금은 아니야."

낸시가 열을 내며 말하는 태도에 충격을 받은 올리버가 엄청 놀란 표정으로 낸시의 얼굴을 쳐다보았다. 낸시는 진실을 말하는 것 같았다. 무척이나 불안한 모양인지, 안색이 하얗게 질려 있었고, 말 그대로 몸을 부들부들 떨고 있었다.

"내가 저번에도 널 구해줬지. 앞으로도 그럴 거고, 지금도 그러고 있는 거야." 낸시가 큰 소리로 말을 이어갔다. "내가 아니라 다른 사람이 널 데리러 왔다면 훨씬 더 거칠게 굴었을 거야. 너를 조용히 데려오겠다고 약속을 했으니, 네가 안 그러면 너뿐만 아니라 나까지 사달이 날 거라고. 아마 날 죽일지도 몰라. 자, 여기 좀 봐! 이미 너 때문에 이렇게 됐어. 맹세코 진실이야."

낸시가 급히 목과 팔에 난 멍 자국을 가리키며 아주 빠르게 말을 덧붙였다.

"이걸 기억하라고! 지금 당장만이라도 날 힘들게 하지 말아줘. 내가 널 도울 수 있다면 돕겠지. 하지만 그럴 힘이 없어. 저들한테 널 해칠 생각은 없어. 너에게 무슨 짓을 시키든 네 잘못이 아니라고. 쉿! 아무 말 하지 마. 네가 무슨 말을 하든, 내겐 상처가 될 뿐이니까. 손 이리 내. 자, 어서, 손을 잡으라고!"

낸시는 올리버가 무의식적으로 내민 손을 잡고 촛불을 불어 끈 다음, 올리버를 끌고 계단을 올라갔다. 어둠 속 누군가가 문을 재빨리 열었다가, 낸시와 올리버가 나가자마자 다시 재빨리 문을 닫았다. 문 밖에는 전세 마차가 기다리고 있었다. 낸시는 좀 전에 말할 때처럼 급하게 올리버를 끌고 마차로 들어가서 커튼을 쳤다. 마부는 행선지를 묻지도 않고 곧바로 채찍을 휘둘러 전속력으로 마차를 몰고 갔다.

낸시는 계속 올리버의 손을 꽉 잡고 귓속말로 경고와 위로의 말을 쏟아냈다. 모든 상황이 너무 급박하고 빠르게 진행되었다. 전날 밤 페이긴의 발길이 향했던 집 앞에 마차가 도착했을 때 올리버는 여기가 어딘지, 또 어떻게 오게 됐는지를 떠올려볼 겨를도 없었다.

아주 잠시 잠깐, 올리버가 텅 빈 거리로 급히 눈길을 던졌고, 입술 끝에서는 도와달라는 외침이 터져 나오려고 했다. 하지만 고통스러운 목소리로 애원하던 낸시의 목소리가 귓가에 울려서, 차마 소리를 내지르지는 못했다. 그렇게 우물쭈물하는 동안 기회는 사라졌다. 올리버는 이미 집 안으로 들어섰고 문은 닫혀버렸다.

"이쪽이야, 빌!" 처음으로 낸시가 올리버의 손을 놓으며 말했다.

"안녕!" 사익스가 계단참에 촛불을 들고 나타났다. "시간이 벌써 이렇게 됐군. 자, 어서 들어와!"

사익스 같은 사람한테서는 보기 드문 진심에서 우러나온 환영 인사였다. 낸시는 이 말에 아주 흡족해서 다정하게 인사를 되돌렸다.

"황소눈은 톰이 데려갔어. 방해만 되니까." 사익스가 불빛을 비춰주며 말했다.

"맞아." 낸시가 맞장구를 쳤다.

"그래, 아이를 잘 데려왔군." 방 안으로 들어서자 사익스가 문을 닫으며 말했다.

"그래, 여기 이렇게 데려왔지." 낸시가 대답했다.

"조용히 따라오던가?" 사익스가 물었다.

"양처럼 얌전했지." 낸시가 대꾸했다.

"그것 참 다행이군." 사익스가 험상궂은 표정으로 올리버를 내려다보며 말했다. "아니라면 내가 손 좀 봐줬을 테니. 이리 와, 꼬마야. 너한테 일러둘 말이 있으니, 당장 시작하자."

사익스가 이렇게 새로운 제자에게 말하면서 올리버의 모자를 벗겨 구석에 던지더니, 탁자 옆에 앉아서 올리버의 어깨를 잡아끌어 앞에 세웠다.

"자, 우선, 이게 뭔지 알겠어?" 사익스가 탁자 위에 놓여 있던 권총을 집어 들면서 물었다.

올리버가 고개를 끄덕였다.

"좋아, 그럼, 여길 봐. 이게 화약이고, 저기 저게 총알이야. 이건 낡은 모자 천조각인데 장전할 때 사용하지."

사익스가 설명하자, 올리버는 알겠다며 우물거렸다. 그러자 사익스는 아주 정교하고 신중하게 권총을 장전하기 시작했다.

"자, 이제 장전이 됐어." 사익스가 완벽히 마무리하며 말했다.

"네, 그렇네요." 올리버가 대답했다.

"그래." 사익스가 올리버의 손목을 쥐고 총구를 올리버의 관자놀이에 딱 갖다대자, 올리버는 깜짝 놀라지 않을 수 없었다. "나랑 같이 밖에 나갔을 때 입만 뻥긋해도 이 장전된 총알이 네 머리에 박혀 있을 거야. 그러니 내가 말을 시키지 않는 한, 한 마디도 하면 안 돼. 혹시라도 허락 없이 말을 해야겠거든 먼저 기도부터 올리도록."

사익스는 경고 효과를 더하기 위해 험악한 인상을 쓰면서 말을 이어갔다.

"내가 알기론 네가 소리 없이 처리돼도 네 안부를 궁금해할 사람은 없다던데. 그러니, 굳이 널 위해서 이렇게 고생해가며 설명해줄 필요도 없는 건데 말이야. 알아들어?"

"그러니까, 간단히 요약하면 이런 말이지?" 낸시가 올리버를 향해 살짝 찡그리며 자기 말을 잘 들으라는 듯 신호를 주면서 끼어들었다. "혹시라도 애가 이번 일에 방해가 되면 나중에 이리저리 말하고 다닐 수 없도록 머리에 총을 쏴버리겠다는 거지, 교수형을 각오하고라도 말이야. 평생토록 사업상 문제를 그런 식으로 처리해왔잖아, 그렇지?"

"바로 그 말이야!" 사익스가 흡족하게 맞받아쳤다. "여자들은 요약을 잘한단 말이야. 물론 한 번 꼭지가 돌면 주저리주저리 늘어놓긴 하지만. 자, 이제 이 녀석도 확실히 알아들었을 테니, 저녁이나 먹자고. 출발하기 전에 잠도 좀 자야지."

이러한 요구에 발맞춰, 낸시는 재빨리 식탁보를 깔고 잠시 사라졌다가 흑맥주 단지와 양머리 요리를 한 접시 들고 나왔다. 그러자 사익스가 '제미'(jemmy)라는 단어가 양머리를 가리키는 속어도 되고 문 따는 쇠지레도 뜻한다며 이 단어를 가지고 여러 재담을 늘어놓았다. 사실, 이 유쾌한 신사는 앞으로 다가올 작업에 대한 기대감에 사기가 솟고 기분이 들뜬 것 같았다. 맥주를 단번에 다 마셔버리고 식사 내내 욕을 80번 이상은 안 했다는 것이 확실한 증거였다.

저녁 식사를 끝내고 나서, 사익스는 물에 탄 독한 술을 두어 잔 해치우더니 침대에 몸을 던졌다. 그러고는 낸시에게 정확히 새벽 5시에 깨우라며, 잘못하면 가만두지 않겠다는 욕을 수없이 주절거렸다. 올리버도 사익스의 명령에 따라 옷을 입은 채로 바닥에 매트리스를 깔고 누웠다. 낸시는 벽난로 앞에서 불을 살피며 정확한 시간에 깨울 준비를 했다.

올리버는 한참을 깨어 있었는데, 낸시가 몰래 충고를 더 해줄지도 모른다는 생각에서였다. 하지만 낸시는 불 앞에 앉아 꼼짝도 하지 않은 채 생각에 잠겨 있었다. 가끔씩 불을 뒤적일 때말고는 꼼짝도 하지 않았다. 올리버는 불안하게 낸시를 지켜보다가 결국 곯아떨어졌다.

올리버가 깨어났을 때 탁자 위에는 찻주전자와 찻잔이 놓여 있었고, 사익스는 의자 등받이에 걸쳐놓은 외투에 여러 도구들을 쑤셔 넣고 있었으며, 낸시는 바쁘게 아침을 준비하느라 여념이 없었다. 촛불이 타고 있었고 밖이 아직 어두컴컴했다. 거기다 날카로운 빗줄기가 유리창을 때리고 있었고, 하늘은 먹구름에 뒤덮여 캄캄했다.

"자, 이제!" 사익스가 큰 소리를 치자 올리버가 깜짝 놀라서 벌떡 일어났다. "5시 반이야! 정신 차려, 아니면 아침밥은 없어. 이미 늦었다고."

올리버는 후다닥 세수를 하고 아침을 조금 먹고 나서, 사익스의 불퉁한 물음에 준비가 다 됐다고 대답했다.

낸시는 올리버를 거의 쳐다보지 않은 채 목에 두를 손수건을 던져주었고, 사익스는 어깨에 두를 커다랗고 거친 망토를 주었다. 그대로 차려입은 올리버는 사익스에게 손을 내밀었다. 사익스는 잠시 멈춰 서서 외투 주머니에 권총을 넣어 두었다는 위협적인 손짓을 했다. 그러고 나서 올리버의 손을 꽉 쥐고는 낸시와 작별인사를 나누었다.

올리버는 문 앞에서 잠시 멈춰 서서 고개를 돌렸다. 혹시라도 낸시와 눈을 맞출 수 있을지 모른다는 바람에서였다. 하지만 낸시는 이미 벽난로 앞으로 돌아가서 미동도 없이 앉아 있었다.

21장

원정

올리버와 사익스는 음산한 아침에 길을 나섰다. 비바람이 거세고 먹구름이 잔뜩 끼어 폭우가 쏟아질 것처럼 어둑어둑했다. 공기는 밤에 비가 많이 와서 축축했다. 길 여기저기에 물웅덩이가 생겼고 도랑은 흘러넘치고 있었다. 하늘에서 희미한 빛줄기가 비쳤지만, 날을 밝혀준다기보다 오히려 더 음산하게 만들었다. 음울한 빛줄기는 가로등 불빛만 더 침침하게 만들 뿐, 비에 젖은 지붕과 황량한 거리를 밝고 따뜻하게 만들어주지는 못했다. 마을 전체가 쥐죽은 듯 고요했다. 집집마다 창문이 굳게 닫혀 있었고, 거리는 아무 소리 없이 텅 비어 있었다.

베스널 그린 거리로 접어들자 날이 조금씩 밝아오기 시작했다. 이미 가로등 불빛은 많이 꺼져 있었다. 시골 마차들이 느리게 런던을 향해 움직이고 있었고, 가끔씩 진흙투성이 역마차가 덜커덕거리며 지나갔다. 역마차의 마부가 무거운 짐을 끄는 짐마차꾼을 향해 길을 막고

서 있다며 경고조로 채찍을 휘둘렀다. 그러면서 짐마차꾼 때문에 역사무실에 도착하는 시간이 15초 정도 늦어질지 모른다며 호들갑을 떨었다. 선술집 여관들은 벌써부터 가스등을 켜고 문을 열었다. 차츰차츰 다른 가게들도 문을 열기 시작했고, 거리에도 드문드문 사람들이 지나다니기 시작했다. 일 나가는 일꾼들 무리가 우르르 지나가더니, 머리에 생선바구니를 인 남녀들과 채소를 가득 실은 당나귀 수레, 가축과 도살한 가축을 가득 실은 마차, 우유통을 든 배달부 아줌마들이 연이어 도시 동쪽의 교외 쪽으로 터덜터덜 걸어가고 있었다. 올리버와 사익스가 도시의 중심지에 가까워질수록 소음이 심해지고 거리가 복잡해졌다. 그러다가 쇼어디치와 스미스필드 사이의 거리로 접어들자 아주 소란스럽고 복작거렸다. 거리는 다시 밤이 될 때까지 그럴 것이다. 런던 인구의 절반이 바쁜 아침을 시작한 것이었다.

사익스는 선가(街)와 크라운가(街)로 돌아내려가다가 핀스베리 광장을 가로질러, 치즈웰가(街)에서 바비컨으로 접어들었다. 거기에서 다시 롱레인을 지나 스미스필드로 들어섰다. 이곳의 시끌벅적한 소음 때문에 올리버는 완전히 어안이 벙벙해졌다.

마침 장날 아침이었다. 땅은 발목이 푹푹 빠질 정도로 오물과 진흙으로 뒤덮여 있었고, 냄새나는 가축들에게서 하염없이 올라오는 뜨거운 김은 굴뚝 꼭대기에 자욱한 안개와 뒤섞여 무겁게 내려앉았다. 커다란 장터 한가운데 있는 가축우리들과, 빈 곳마다 빽빽하게 들어찬 임시 울타리들 안에는 양들이 가득 차 있었다. 도랑 옆 말뚝에는 가축들이 묶여서 서너 겹으로 늘어서 있었다. 농부와 도축업자, 소몰이꾼, 보따리 장사꾼, 남자아이들, 도둑들, 온갖 천박한 떠돌이들이 한데 뒤섞여 있었다. 소몰이꾼의 휘파람 소리와 개 짖는 소리, 황소가 울부짖는 소리, 양들의 울음소리, 돼지들이 꿀꿀대는 소리, 장사꾼들이 외치고 욕하거나 사방에서 싸우는 소리, 선술집마다 울려 퍼지는 종소리와 고함소리, 북적거리고 밀고 밀치며 때리고 야단치는 소리, 시장 구석구석에서 울려 나오는 추악한 불협화음이 가득했다. 이러는 가운데, 씻지도 않고 면도도 안한 더러운 패거리들이 끊임없이 군중 속을 오가며 정신을 산란하게 만들었다.

사익스는 올리버를 끌고 다니며 아무렇지도 않은 듯 복잡한 군중 속을 헤치고 나아갔다. 그러는 와중에, 마주치는 친구에게 두세 번 고개를 끄덕이고는 끊임없이 술 한 잔 하자는 말을 수없이 뿌리치면서, 계속 앞으로 밀고 나가서 결국 시장통을 빠져나왔다. 그러고 나서 호지어 레인을 거쳐 홀번에 다다랐다.

"자, 꼬마야!" 사익스가 성 앤드류 교회의 시계를 올려다보며 입을 열었다. "정확히 7시구나! 열심히 걸어. 뒤처지지 말고, 어서, 이 느림보야!"

사익스가 올리버의 손목을 확 잡아채면서 말했다. 올리버는 빠른 걸음과 달리기의 사이 속도로 걸음을 재촉하면서, 사익스의 빠른 걸음걸이에 맞추려고 애를 썼다.

두 사람은 하이드 파크 모퉁이를 지나 켄싱턴으로 가는 길로 접어들 때까지 빠른 걸음을 유지했다. 저 멀리서 짐마차 하나가 다가오자 그제야 사익스가 속도를 늦추었다. 짐마차에 '하운즐로우'라고 적혀 있는 걸 본 사익스가 마부에게 아주 예의바르게 '아이즐워스'까지 태워달라고 부탁했다.

"어서 뛰어올라오쇼. 당신 아들이요?" 마부가 말했다.

"그렇소, 내 아들이오." 사익스가 올리버를 노려보면서 권총을 넣어둔 주머니에 손을 얹으며 대답했다.

"아버지 걸음이 빨라서 따라오기 힘들었구나, 그렇지?" 마부가 숨을 헐떡이는 올리버를 보고 말했다.

"전혀 안 그렇소." 사익스가 중간에 끼어들며 대답했다. "이 아인 이런 데 익숙해요. 자, 내 손을 잡아, 네드. 어서 올라오라고!"

사익스는 올리버를 짐마차 위로 끌어올렸다. 그러자 마부가 푸대자루 더미를 가리키면서, 거기 누워 쉬라고 했다.

서로 다른 이정표들을 지나쳐가면서, 올리버는 사익스의 목적지가 어디인지 더더욱 궁금해졌다. 켄싱턴과 해머스미스, 치즈윅, 큐 브릿지, 브렌트퍼드를 다 지나쳤지만, 이제 막 길을 나서기라도 한 듯 계속 갔다. 마침내 '역마차집'이라는 선술집에 다다랐는데, 조금만 더 가면 다른 샛길이 나오는 모양이었다. 그래서인지 여기에서 짐마차가 멈춰 섰다.

사익스는 짐마차에서 풀쩍 뛰어내리면서도 올리버의 손을 잡고 있었다. 곧바로 올리버를 내려놓고도 무섭게 노려보면서 의미심장하게 주먹으로 주머니를 툭툭 쳤다.

"잘 가거라, 애야." 마부가 말했다.

"애가 좀 무뚝뚝해요. 워낙 퉁명스럽죠. 너무 신경 쓰지 마쇼!" 사익스가 올리버의 몸을 흔들면서 대답했다.

"내가 신경 쓸 게 뭐 있겠소! 아무튼, 날씨 한 번 좋군요." 마부가 다시 올라타더니, 짐마차를 몰고 달려갔다.

사익스는 짐마차가 완전히 멀어질 때까지 기다렸다. 그리고 나서 올리버에게 주위를 돌아봐도 좋다고 허락을 한 후, 다시 올리버를 끌고 길을 나섰다.

두 사람은 왼쪽으로 꺾어 선술집을 지나쳐서 오른쪽 길로 한참을 걸어갔다. 길 양쪽으로 수많은 정원들과 대저택들을 지나쳤고, 맥주 한 모금을 위해 잠시 멈춘 것 말고는 마을에 다다를 때까지 쉬지 않았다. 여기에서 올리버는 어느 집 담벼락에 커다란 글씨로 '햄프턴'이라고 적힌 것을 보았다. 두 사람은 몇 시간 동안 들판에서 서성거렸다. 마침내 마을로 돌아와서 간판 그림이 지워진 낡은 선술집에 들어가 부엌 불 옆에서 저녁을 시켰다.

부엌은 낡고 천장이 나지막했다. 커다란 대들보가 천장을 가로지르고, 불가에는 등받이가 높은 긴 의자들이 놓여 있었는데, 작업복 차림의 거친 남자들이 여럿 앉아서 술을 마시며 담배를 피우고 있었다. 남자들은 올리버를 거들떠보지도 않았고, 사익스에게도 별로 신경을 쓰지 않았다. 사익스도 별로 신경 쓰지 않아서, 사익스와 올리버는 주변 사람들에게 큰 거리낌 없이 구석에 앉아 있었다.

두 사람은 차가운 고기로 저녁을 때우고 나서도 한참을 머물렀다. 사익스가 그렇게 눌러앉아 담배 서너 대를 피우자, 올리버는 더 이상 걷지 않을 것이라는 확신이 들기 시작했다. 아침 일찍부터 걷기만 한 올리버는 너무 지쳐서 처음엔 꾸벅꾸벅 졸다가 피로와 담배 연기 때문에 노곤해져서 잠이 들어버렸다.

사익스가 흔들어 깨운 때는 어두컴컴한 밤이었다. 올리버가 잠을 떨치고 주위를 둘러보는데, 사익스가 일꾼 한 사람과 맥주를 사이에 놓고 친밀하게 대화를 나누고 있는 모습이 눈에 들어왔다.

"그래, 로워 핼리퍼드로 가는 길이라고 했소?" 사익스가 물었다.

"그렇소." 일꾼이 술 때문에 기분이 좀 나빠졌는지 좋아졌는지 모르겠지만 약간 알딸딸한 모습으로 대답했다. "거기다 단숨에 갈 생각이오. 아침에 올 때만큼 짐이 많은 것도 아니니 말이 속도를 낼 거요. 자, 말을 위해서 건배! 젠장, 참 좋은 말이라오!"

"아들 녀석과 나를 좀 태워주실 수 있겠소?" 사익스가 새로 사귄 친구 쪽으로 술잔을 밀면서 물었다.

"곧장 떠날 거라면 가능하죠. 그 쪽도 핼리퍼드로 가는 길이요?" 일꾼이 술에서 눈을 떼며 말했다.

"셰퍼턴까지 갈 예정이오." 사익스가 대답했다.

"좋소, 내가 가는 데까지 같이 갑시다. 베키, 계산은 다 된 거지?" 일꾼이 흔쾌히 말했다.

"네, 저분이 다 내셨어요." 베키가 대답했다.

"아니! 그러면 안 되지." 일꾼이 술김에 큰소리를 쳤다.

"왜 안 돼요? 우리를 태워주는데 술값 정도는 내야 되지 않겠소?" 사익스가 되물었다.

일꾼은 아주 심각한 얼굴로 곰곰이 따져보는 것 같더니, 사익스의 손을 꽉 붙잡고 아주 좋은 친구라고 선언했다. 이 말에 사익스는 농담 말라고 대답했다. 만약 일꾼이 술에 취하지 않은 제정신이었다면 사익스의 숨은 의도를 의심이라도 했을 텐데 말이다.

두 사람은 몇 마디 칭찬을 더 주고받은 후, 술집에 있는 사람들에게 거하게 작별인사를 하고 나갔다. 베키는 술단지와 잔을 치울 요량으로 양손에 가득 든 채 문 밖까지 따라나가 그들이 떠나는 것을 구경했다.

일꾼이 건배까지 하며 칭찬한 말〔馬〕은 이미 짐마차에 묶여 떠날 준비를 마친 상태였다. 올리버와 사익스는 더 이상 예의를 차리지 않고 곧바로 짐마차에 올라탔다. 일꾼은 말의 '늠름함'을 자랑하려고 말구종과 세상 사람들을 향해 다시 한 번 큰소리를 치느라 뜸을 들이며 짐마차에 올라탔다. 그러고는 말구종에게 말 머리를 놓으라고 했다. 머리가 풀려난 말은 아주 불쾌하다는 듯이 고개를 쳐들고서 맞은편 창문 쪽으로 달려가다가 잠시 뒷다리로 벌떡 서더니 곧바로 출발해서 빠르고 용맹스럽게 마을 밖으로 덜커덕거리며 달려갔다.

칠흑 같이 어두운 밤이었다. 강과 늪지대에서 안개가 피어올라 황량한 들판으로 퍼져 나갔다. 게다가 살을 에는 추위에, 사방은 온통 음울하고 캄캄했다. 마부는 잠이 와서 꾸벅거렸고 사익스도 대화를 나눌 기분이 아니어서 짐마차 전체가 조용했다. 올리버는 불안하고 겁에 질린 채로 짐마차 한구석에 웅크리고 앉아, 메마른 나뭇가지들이 마치 음산한 풍경에 환상적인 기쁨을 느끼기라도 하는 듯이 이리저리 암울하게 흔들리는 광경을 쳐다보고만 있었다.

선베리 교회를 지날 때쯤 시계가 7시를 쳤다. 반대편 뱃사공의 집 창문에서 불빛이 거리로 흘러나와, 묘지 위로 자란 검은 나무에 더 음침한 그림자를 드리웠다. 거기서 멀지 않은 곳에서 희미하게 떨어지는 물소리가 들려왔고, 고목의 나뭇잎들이 밤바람에 부드럽게 흔들렸다. 마치 죽은 자들의 안식을 위해 들려주는 조용한 음악 같았다.

선베리를 지나 다시 황량한 길로 접어들었다. 4, 5킬로미터 정도 더 가자 짐마차가 멈춰 섰다. 사익스는 짐마차에서 내려서 올리버의 손을 잡고 다시금 길을 걸어가기 시작했다.

셰퍼턴에 다다랐지만 너무나 지쳐버린 올리버의 기대와는 달리, 어떤 집에도 들어가지 않았다. 그저 어둠 속에서 진흙탕길을 걸어갔다. 그렇게 음울한 오솔길과 추운 황무지 벌판을 계속 걸어가다가, 마침내 저 멀리 마을 불빛이 보이는 곳에 이르렀다. 앞을 조심히 바라보던 올리버는 바로 아래로 물이 흐르고 있다는 것과 다리를 향해 가고 있다는 것을 알아챘다.

사익스는 다리가 가까워질 때까지 계속 앞으로 걸어가다가 갑자기 왼쪽 둑을 따라 내려갔다.

'물이다!' 올리버가 잔뜩 겁에 질려 생각했다. '나를 죽이려고 이 외진 곳까지 데려왔구나!'

올리버가 목숨을 지키려고 막 땅바닥에 몸을 던지려던 찰나, 앞에 있는 다 쓰러져가는 외딴 집 한 채가 눈에 들어왔다. 다 허물어져가는 현관문 양쪽으로 하나씩 창문이 나 있었고, 2층도 있었지만 눈에 띄는 불빛은 전혀 없었다. 집이 캄캄하고 허물어져서 아무리 봐도 사람이 살지 않는 것 같았다.

사익스는 아직도 올리버의 손을 잡은 채 낮은 현관 쪽으로 슬며시 다가가 빗장을 들어올렸다. 그런 다음, 문을 밀면서 함께 안으로 들어갔다.

22장

도둑질

"누구요!" 사익스와 올리버가 복도에 발을 들이자마자, 크고 거친 목소리가 들려왔다.

"토비, 그렇게 난리치지 말고, 불 좀 비춰 봐." 사익스가 문에 빗장을 걸며 말했다.

"오, 내 친구!" 똑같은 목소리가 소리쳤다. "바니, 불 좀, 불! 어서 저분을 모셔와. 아니, 먼저 잠 좀 깨라고."

토비라고 불린 남자가 이렇게 말하면서 바니라는 사람에게 장화 벗는 기구 같은 물건을 던지는 소리가 났다. 나무로 된 물건이 우당탕 바닥에 떨어지는 소리에 연이어 비몽사몽 불분명하게 중얼거리는 소리가 들려왔다.

"안 들려? 저기 복도에 빌 사익스가 와 있으니, 공손히 모셔오라고. 어찌 된 게 네 녀석은 음식에 아편이라도 탄 것처럼 잠에 취해 있냐?

이제 잠이 좀 깨? 아니면 이 촛대로 확실하게 깨워주랴?"

이런 요란스러운 말소리가 들리는 와중에, 서둘러 바닥을 가로질러 달려오는 슬리퍼 소리가 나더니, 오른쪽 문에서 촛불이 불쑥 튀어나왔다. 그리고 나서 아직까지도 코맹맹이 소리에서 벗어나지 못한 새프런 언덕 술집의 종업원이었던 바니가 나타났다.

"사익스 씨!" 바니가 진심인지 모르겠지만 반갑게 사익스를 맞이했다. "들어오세요, 어서."

"자, 너 먼저 들어가라." 사익스가 올리버를 들이밀며 말했다. "꾸물거리지 말고! 안 그러면 발꿈치를 밟아버릴 거야."

사익스가 욕을 내뱉으며 올리버를 앞으로 밀었다. 그렇게 해서 다들 천장이 낮은 어두컴컴한 방으로 들어갔다. 연기가 피어오르는 벽난로와 부러진 의자 두세 개, 탁자 하나와 아주 낡아빠진 소파가 있는 방이었다. 이 소파에는 한 남자가 두 다리를 높이 뻗은 채 편히 드러누워 기다란 점토 파이프를 피우면서 휴식을 취하고 있었다. 남자는 큼직한 쇠단추가 달린 날렵하게 재단된 누런 갈색 외투에, 오렌지색 목수건, 거칠지만 화려한 무늬의 조끼와 담갈색 반바지 차림이었다. 바로 토비 크래킷 씨인 이 남자는 머리나 얼굴에 그다지 털이 많지 않았고, 그나마 있는 털도 모두 붉게 염색해서 길고 꼬불꼬불하게 꼬아놓았다. 가끔씩 엄청나게 더러운 손가락들로 머리털을 긁곤 했는데, 그 손가락에는 큼직하고 평범한 반지들이 끼여 있었다. 키는 중간치보다 약간 큰 편이었고 다리는 좀 약해 보였지만, 토비 크래킷은 승마구두에 대한 뿌듯함이 넘쳐서 두 다리를 높이 뻗은 채 아주 흡족하게 구두를 감상하고 있던 참이었다.

"빌, 이 친구야!" 토비가 문 쪽으로 고개를 돌리며 말했다. "자넬 보니 무척 반갑군. 그 작업을 포기하려는 게 아닌가 싶었지. 그러면 나 혼자 해야 했을 거야. 아이쿠!"

토비 크래킷 씨는 올리버를 발견하고 깜짝 놀라 탄식을 내뱉더니, 벌떡 일어나 앉으면서 이 아이가 누구냐고 물었다.

"그 애야. 그 애!" 사익스가 난롯불 쪽으로 의자를 끌면서 대답했다.

"페이긴 씨 애들 중 하나요!" 바니가 씩 웃으며 말했다.

"페이긴네 애라고! 거 참, 예배당에서 노파들 주머니 털기에 아주 딱이겠어. 이 얼굴이 한밑천이군." 토비가 올리버를 바라보며 소리쳤다.

"자, 자, 그쯤 해둬." 사익스가 성마르게 끼어들더니, 눈치 없는 친구에게 몸을 숙여 귓속말을 속삭였다. 그러자, 크래킷 씨가 크게 한바탕 웃어 젖히더니, 감탄스러운 표정으로 올리버를 한참 동안 쳐다보았다.

"자, 이제, 기다리는 동안 먹고 마실 것만 좀 갖다 줘. 우리가, 아니나라도 기운을 차려야지. 야, 여기 불가에 앉아서 쉬어. 오늘 밤에 또같이 나가야 하니까. 뭐, 그리 멀진 않을 거야." 사익스가 자리에 다시앉으며 말했다.

올리버는 가만히 겁에 질린 표정으로 사익스를 바라보다가 의자를 불가로 끌어당겨 앉았다. 그러고는 지금 어디에 있는 건지, 또 무슨 일이 벌어지고 있는 건지 전혀 알 길이 없어서 지끈거리는 머리를 양손에 파묻었다.

"자, 여기." 바니가 음식 조금과 술병 하나를 탁자 위에 놓자, 토비가 입을 열었다. "작업 성공을 위하여!" 토비가 건배를 하느라 벌떡 일어섰고, 빈 파이프를 한쪽 구석에 조심스럽게 갖다놓고는 탁자로 돌아와서 독한 술잔을 완전히 비워버렸다. 사익스도 똑같이 잔을 비웠다.

"이 녀석도 한 잔 줘. 순진한 꼬마야, 어서 쫙 들이켜 봐." 토비가 술잔을 반쯤 채우며 말했다.

"진짜, 전 못 …" 올리버가 애절한 표정으로 토비의 얼굴을 쳐다보며 말했다.

"어서 들이키라고! 너한테 뭐가 좋은지 모를까봐 그래? 빌, 어서 마시라고 해." 토비가 쩌렁쩌렁 울리는 목소리로 재차 강요했다.

"마시는 게 좋을 걸!" 사익스가 손으로 주머니를 툭툭 치며 말했다. "젠장, 미꾸라지 녀석들 전부 합친 것보다 더 골칫거리라니. 어서 마셔, 어서!"

두 남자의 위협적인 강요에 겁을 먹은 올리버가 급히 술잔을 들이키자마자 발작적으로 재채기를 하기 시작했다. 그러자 토비 크래킷과 바니가 아주 즐거워했고, 불퉁스러운 사익스마저 미소를 지었다.

그러고 나서 사익스가 식욕을 채우고 나자 두 남자는 의자에 드러누워 잠깐 눈을 붙였다. 올리버는 성화에 못 이겨 억지로 삼킨 빵조각 말고는 거의 아무것도 먹지 못했고, 그 상태로 불가의 의자에 가만히 앉아 있었다. 바니는 담요로 몸을 감싼 채 벽난로 옆 바닥에 누웠다.

한동안 다들 잠이 들었거나 잠든 척했다. 중간에 바니가 벽난로에 석탄을 던져 넣으려고 한두 번 일어난 것 말고는 아무도 꿈쩍하지 않았다. 올리버는 음울한 오솔길에서 홀로 길을 잃고 어두운 교회 묘지를 헤매는 상상을 하거나 지난 하루 동안 목격한 이런저런 광경들을 되짚어 떠올리다가 깊은 잠에 빠져버렸다. 그러다가 토비 크래킷이 벌떡 일어나며 1시 반이 되었다고 외치는 소리에 잠이 깼다.

나머지 두 사람도 벌떡 일어나서 다들 바쁘게 밖으로 나갈 준비를 했다. 사익스와 토비는 커다란 검은 숄로 목과 턱을 감싸고 큼직한 외투를 걸쳤다. 바니는 찬장을 열고 여러 물건들을 꺼내서 급히 주머니에 쑤셔 넣었다.

"바니, 권총 좀 줘 봐." 토비 크래킷이 말했다.

"여기 있어요. 직접 장전한 거예요." 바니가 권총 두 자루를 꺼내주며 대답했다.

"좋아! 다른 무기는?" 토비가 권총을 집어넣으면서 말했다.

"나한테 있어." 사익스가 대답했다.

"얼굴 가릴 천, 열쇠, 타래송곳, 암등 … 잊어버린 거 없지?" 토비가 외투 안쪽에 달린 고리에 작은 쇠지레를 걸며 물었다.

"다 됐어. 바니, 저기 나무 막대기 좀 가져와 봐. 벌써 시간이 다 됐군."

사익스가 이렇게 말하면서 바니의 손에서 두툼한 막대기를 받아들었다. 바니는 또 다른 막대기를 토비에게 건네준 뒤 올리버의 망토 끈을 매주었다.

"자, 가자!" 사익스가 손을 내밀며 말했다.

올리버는 뜻밖의 상황과 이상한 분위기, 억지로 마신 술 때문에 완전히 넋이 빠져서 사익스가 내민 손에 기계적으로 자기 손을 내맡겼다.

"토비, 아이의 그 쪽 손을 마저 잡아. 바니, 밖을 살펴봐."

사익스의 말에 바니가 문으로 갔다가 돌아와서 아무 이상 없이 조용하다고 전했다. 도둑 둘이서 사이에 올리버를 데리고 밖으로 나갔다. 바니는 문단속을 철저히 한 후, 다시 몸을 말고서 이내 잠이 들어버렸다.

완전히 어두컴컴했다. 안개가 초저녁보다 더 짙게 깔렸다. 비가 오지 않았는데도 공기가 더 축축해져서, 올리버가 밖으로 나온 지 몇 분도 지나지 않아 머리카락과 눈썹이 반쯤 얼어붙어 뻣뻣해졌다. 세 사람은 다리를 건너서 불빛을 향해 계속 걸어갔다. 원래 먼 거리가 아니었기 때문에 좀 걷다보니 이내 첫시Chertsey에 다다랐다.

"마을을 가로질러 가자. 이 밤중에 우리를 볼 사람이 어디 있겠어?" 사익스가 속삭이자, 토비가 고개를 끄덕였다.

늦은 시간이라 황량한 작은 마을의 큰길을 서둘러 가로질렀다. 드문드문 침실 창문에서 흐릿한 불빛이 새어나왔고, 이따금씩 들리는 개들의 거친 울음소리가 고요한 밤을 깨웠다. 하지만 길에는 아무도 없었다. 교회의 종이 2시를 칠 즈음, 마을을 완전히 빠져나왔다.

세 사람은 발걸음을 재촉하면서 왼쪽 길로 꺾어들었다. 400미터쯤 걸어가자, 담장이 둘러싼 단독 저택이 앞에 나타났다. 토비 크래킷은 숨 돌릴 겨를도 없이 눈 깜빡할 사이에 담 위로 기어 올라갔다.

"자, 이젠 아이를 올려 보내. 내가 잘 잡을 테니." 토비가 말했다.

올리버가 주위를 둘러보기도 전에 사익스가 얼른 올리버의 겨드랑이를 붙잡아 올렸다. 3, 4초 만에 토비와 올리버는 담장 반대편 풀밭에 떨어졌고 사익스도 곧장 담을 넘어왔다. 이렇게 세 사람은 저택 쪽으로 조심스럽게 발걸음을 옮겼다.

그제야 올리버는 처음으로 살인은 아닐지라도 도둑질이 이 원정의 목적이라는 사실을 깨닫고 슬픔과 두려움에 미칠 지경이 되었다. 올리버는 두 손을 꽉 움켜쥔 채 자기도 모르게 억눌린 신음소리를 내뱉었다. 눈에는 안개가 낀 듯 눈물이 차올랐고, 잿빛 얼굴에는 차가운 땀이 맺혔으며, 팔다리에 힘이 빠져 털썩 주저앉고 말았다.

"일어나!" 사익스가 분노로 몸을 떨면서 주머니에서 권총을 꺼내며 중얼거렸다. "일어나. 안 일어나면 이 풀밭에다 머리통 곤죽을 만들어 주겠어."

"오, 제발 절 보내주세요! 그냥 도망가서 들판에서 죽게 내버려 두세요. 다시는 런던 근처에도 안 올게요. 절대 다시는요! 오, 제발 절 가엾게 여기셔서 도둑질만은 시키지 말아주세요. 천국에 사는 빛나는 천사님들을 생각해서라도 자비를 베풀어주세요!"

이렇게 절박한 호소에도 사익스는 끔찍한 욕을 내뱉으며 권총을 겨눴다. 그 순간, 토비가 권총을 낚아채며 손으로 올리버의 입을 막은 채 저택 쪽으로 끌고 갔다.

"쉿! 그건 여기서 안 돼. 한 마디만 더 하면 내가 직접 머리통을 박살내주겠어. 그 편이 소리도 안 나고 좀 더 확실하고 점잖은 방법이지. 빌, 덧문 좀 열어 봐. 이제 애는 괜찮을 거야. 얘보다 더 나이 많은 아이들도 추운 밤엔 똑같이 난리를 피우더라고."

사익스는 이런 일에 올리버를 보낸 페이긴에게 저주를 퍼부으며 쇠지레를 힘차게 움직였다. 소리는 거의 나지 않았다. 약간 지지부진해서 토비의 도움을 받자 덧문은 경첩이 흔들리며 열렸다.

저택 뒤편의 작은 격자 창문은 땅에서 1.5미터쯤 되는 높이에 복도 끝의 부엌으로 나 있었다. 창이 아주 작았기 때문에 집 안 사람들은 굳이 철저히 막아놓을 필요가 없다고 생각한 모양이었다. 하지만 올리버 정도의 아이가 드나들기에는 충분했다. 사익스 씨가 간단한 기술로 격자창을 풀었고 금세 창이 열리고 말았다.

"자, 이제 잘 들어, 꼬마야." 사익스가 주머니에서 암등을 꺼내 올리버의 얼굴을 곧바로 비추며 속삭였다. "널 저기로 들여보낼 거야. 이 암등을 가지고 바로 앞 계단으로 살며시 올라가서 작은 거실을 지나 현관문을 열라고. 우리가 들어갈 수 있도록."

"위쪽에 빗장이 있어서 네 손이 안 닿을 거야." 토비가 끼어들었다. "거실 의자를 이용해. 거기에 의자 세 개가 있거든, 빌, 아주 커다란 푸른 유니콘과 황금 쇠스랑이 새겨진 의자야. 이 집 노부인네 가문 문장이거든."

"조용히 못 해?" 사익스가 위협적인 표정으로 말했다. "방문은 열려 있어?"

"아주 활짝." 토비가 확인을 위해 집 안을 훔쳐본 후 대답했다. "흥미로운 점은 언제나 문을 활짝 열어둔다는 거야. 집 안에서 자는 개가 깰 때마다 복도를 돌아다닐 수 있도록. 하하! 오늘 밤은 바니가 벌써 꼬여냈지. 아주 깔끔하게!"

비록 토비가 거의 들리지 않을 정도로 속삭이며 소리 없이 웃었지만, 사익스는 어서 입 다물고 일이나 하라고 근엄하게 명령했다. 토비는 사익스의 명령에 따라 우선 암등을 꺼내 땅에 내려놓은 후 머리를 창문 아래 벽에 딱 갖다대고 손을 무릎에 얹은 채 등으로 발판을 만들었다. 그러자마자 사익스는 그 등을 밟고 올라서서 올리버를 살짝 들어 올려 발부터 창 안으로 집어넣고 옷깃을 움켜쥔 채 마룻바닥에 무사히 내려놓았다.

"이 등을 가져가. 바로 앞에 계단이 보이지?" 사익스가 방을 들여다 보며 말했다.

올리버는 초죽음 상태로 겨우 소리를 냈다. "네."

사익스는 권총 총구로 현관문을 가리키며 언제라도 쏠 수 있다는 것을 슬쩍 보여주었다. 정말 조금이라도 올리버가 주저하면 곧바로 쓰러져 죽을 것이라는 의미였다.

"1분이면 끝나. 내가 널 놓으면 바로 시작하는 거야. 잠깐!" 사익스가 나지막이 속삭이다가 말을 멈췄다.

"저게 뭐지?" 토비가 나직이 물었다.

둘은 유심히 귀를 기울였다.

"아무것도 아니네." 사익스가 올리버를 놓으면서 말했다. "지금이야!"

올리버는 그 짧은 순간에 정신을 바짝 차려서, 죽는 한이 있더라도 저 계단을 올라가 저택 사람들을 깨워보기로 단단히 마음먹었다. 이런 생각에 가득 차서 즉시 조심스럽게 앞으로 걸어갔다.

"돌아와!" 갑자기 사익스가 크게 소리쳤다. "돌아와! 돌아오라고!"

갑자기 고요한 정적이 깨지더니 커다란 외침소리가 뒤따랐다. 잔뜩

도둑이야!

겁을 집어먹은 올리버는 등을 떨어뜨리는 바람에 앞으로 나가지도 도망가지도 못한 채 우물쭈물했다.

또다시 외침소리가 반복되자 불빛이 나타났고 옷을 반쯤 걸친 남자 두 명이 계단참에 서 있는 모습이 올리버의 눈 앞에 어른거렸다. 그러더니 불빛이 번쩍하고 커다란 소음이 났고 연기가 피어오르면서 어디선가 쾅 무너지는 소리가 들렸다. 올리버는 비틀거리며 뒤로 물러났다.

사익스는 잠깐 사라졌나 싶었지만 다시 일어나 연기가 흩어지기 전에 올리버의 옷깃을 잡았다. 이미 뒤로 물러나고 있는 두 남자를 향해 권총을 쏘면서 올리버를 끌어올렸다.

"팔을 더 꽉 잡아." 사익스가 창문으로 올리버를 끌어당기며 말했다. "여기 숄을 줘. 애가 저들 총에 맞았어. 빨리! 젠장, 피 흘리고 있잖아!"

어느새 큰 종소리가 나더니, 총소리와 남자들의 외침소리가 뒤섞여 들려왔다. 올리버는 울퉁불퉁한 땅 위를 빠르게 업혀가는 느낌이 들었다. 그리고 소음이 멀어지면서 차가운 죽음의 느낌이 가슴속에 스며들었고 아무것도 보지도 듣지도 못하게 되었다.

2부

1장

범블 씨와 어느 숙녀의 유쾌한 대화에 관하여.
말단 교구관조차도 어떤 면에서는 민감할 수 있다

엄청나게 추운 밤이었다. 눈이 땅에 겹겹이 쌓여 두껍게 얼어 있어서 골목이나 모퉁이에 쌓인 눈더미만이 날카로운 바람에 울부짖듯 흩날렸다. 손아귀에 걸려든 먹이에 더욱 세차게 노여움을 쏟아내듯 바람은 눈을 거칠게 사로잡아 구름 속에서 안개 소용돌이를 만들어 공중에 흩뿌렸다. 이렇게 황량하고 암울하며 살을 에는 추위가 음습하는 밤에는, 번듯한 집에서 따뜻한 화롯가에 둘러앉아 있다는 사실을 하느님께 감사할 사람들도 있겠지만, 집이 없는 사람들이나 굶주리고 비참한 처지의 사람들은 길거리에서 쓰러져 죽기 십상이었다. 이런 날에는 굶주림에 지친 부랑자들이 수도 없이 텅 빈 거리에서 눈을 감는다. 이들의 죄가 무엇이건 이보다 더 쓰라린 세상에서 눈을 뜨는 일은 없을 터였다.

문 밖의 상황이 이럴 때, 올리버 트위스트의 출생지라고 소개된 적 있는 구빈원에서 간호부장으로 일하던 코니 부인은 작은 방 안의 밝은 벽난로 앞에 앉아 흡족하게 작은 원탁을 바라보고 있었다. 원탁 위에는 탁자만한 크기의 쟁반이 놓여 있었고 간호부장들이 가장 기쁘게 즐길 만한 식사거리들이 갖춰져 있었다. 사실 코니 부인은 막 차 한 잔으로 기분을 달래려던 참이었다. 원탁에서 벽난로로 눈길을 돌리자 세상에서 가장 작은 찻주전자가 작은 목소리로 작은 노래를 부르고 있었다. 이 소리에 코니 부인은 내심 만족스러웠고 저절로 입가에 미소가 지어질 정도로 흡족한 듯 보였다.

"그래!" 간호부장이 원탁에 팔꿈치를 기댄 채 생각에 잠긴 표정으로 벽난로를 쳐다보며 입을 열었다. "정말 우리가 감사해야 할 일들이 엄청 많아! 한가득 있다고, 우리가 몰라서 그렇지, 하!"

코니 부인은 개탄스러운 듯 고개를 절레절레 흔들며 그 사실을 모르는 극빈자들의 무지함을 한탄스러워하더니, 60그램짜리 양철 차통 속에 은수저를 깊게 집어넣고 차를 끓이기 시작했다.

정말이지, 얼마나 사소한 물건 하나가 인간의 연약한 마음을 어지럽히는가! 이렇게 코니 부인이 도덕적인 사색을 하는 중에, 너무 작아 쉽게 끓어오르는 검은 찻주전자가 넘치기 시작했고 그 끓는 물에 코니 부인의 손이 살짝 데였다.

"이 망할 주전자!" 간호부장이 벽난로 선반에 급하게 주전자를 내려놓으면서 말했다. "이 멍청하게도 두 잔밖엔 안 들어가는 주전자! 도대체 누구한테 쓸모가 있겠어." 코니 부인이 잠시 뜸을 들이다가 말을 이었다. "나처럼 불쌍하고 고독한 사람이 아니라면 말이야. 에휴!"

간호부장은 의자에 털썩 주저앉아 다시 원탁에 팔꿈치를 기대고 자신의 쓸쓸한 운명에 대해 생각했다. 작은 찻주전자와 찻잔 하나를 보고 있자니, (벌써 25년 전에 죽은) 코니 씨가 떠올랐다. 코니 부인은 감정을 주체할 수 없었다.

"다시는 갖지 못할 거야!" 코니 부인은 샐쭉하게 외쳤다. "다시는 … 그처럼 좋은 …"

이 말이 남편을 뜻하는 건지 아니면 찻주전자를 의미하는 건지 불분명했지만, 후자일 가능성이 컸다. 코니 부인이 이 말을 하면서 찻주전자를 쳐다보면서 집어 들기까지 했기 때문이다. 코니 부인이 막 첫잔을 들이킬 때 살며시 방문을 두드리는 소리가 들려왔다.

"오, 들어오라고!" 코니 부인이 날카롭게 쏘아붙였다. "또 노파 하나가 죽어가는 모양이군. 언제나 내가 뭘 먹으려고만 하면 죽는다니깐. 거기 서서 찬바람 들어오게 하지 말고, 어서 들어와. 뭐가 문제지?"

"아무것도 아닙니다, 부인. 아무것도." 남자의 목소리가 들려왔다.

"어머나! 범블 씨인가요?" 간호부장이 한결 상냥한 어조로 물었다.

"네, 그렇습니다, 부인." 범블 씨가 밖에서 신발을 닦고 외투에 묻은 눈을 털고 나서 모습을 드러냈다. 한 손에 삼각모자를 들고 다른 손엔 짐을 하나 들고 있었다. "문을 닫을까요, 부인?"

코니 부인은 주저하며 대답을 못했는데, 방 안에서 범블 씨와 대화를 나누는 것이 부적절한 처신은 아닌지 걱정스러웠던 것이다. 범블 씨는 이렇게 주저하는 틈을 타서 추위를 핑계로 그냥 문을 닫았다.

"날씨가 참 거치네요, 범블 씨." 간호부장이 말했다.

"네, 정말 그렇군요. 교구에 나쁜 날씨라 할 수 있지요. 우리가 오늘 오후에 2킬로그램짜리 빵 20개와 치즈 1개 반을 배급했는데도 극빈자 녀석들은 여전히 만족을 안 해요."

"물론 그렇겠지요. 과연 그럴 때가 오긴 할까요, 범블 씨?" 간호부장이 차를 한 모금씩 홀짝거리면서 말했다.

"글쎄요, 없겠지요." 말단 교구관이 맞장구를 치며 말을 이었다. "마누라에 많은 식구가 딸린 어떤 남자한테 2킬로그램짜리 빵하고 큰 치즈덩어리 하나를 다 주면 고마워나 하는 줄 아세요? 고마워한다고요? 천만의 말씀! 동전 하나도 아깝다니까요. 이 남자가 한 술 더 떠서 석탄도 달라는 거예요. 손수건에 담을 만큼이라도 좀 달라고요! 석탄이라! 제깟놈이 석탄을 가지고 뭘 하겠어요? 치즈 굽는 데다 쓰고는 다시 더 달라고 하겠죠. 그런 녀석들 하는 짓이 그런 식이라고요. 오늘 석탄을 앞치마 가득 싸서 줘도 뻔뻔스럽게 모레쯤에 또 와서 더 달라고 징징대겠죠."

간호부장이 이 알기 쉬운 설명에 완전히 동의하는 표정을 짓자, 말단 교구관이 말을 계속 이어갔다.

"전 이 지경까지 타락한 걸 본 적이 없어요. 그저께는 어떤 남자가, 부인은 결혼한 적이 있으시니까 제가 이런 얘기도 합니다만, 등에 뭐 하나 걸치지도 않고 우리 감독님 집에 찾아 왔어요. 마침 집 안에는 저녁 손님들도 있었는데, 거기에서 구걸을 하는 겁니다. 빈손으로는 안 가겠다고 버티니 손님들은 얼마나 놀랐겠습니까? 어쩔 수 없이 감독님이 감자 500그램과 오트밀 300밀리리터를 내줬어요. 그러자 은혜도 모르는 남자가 이러는 거예요. '맙소사, 이게 나한테 무슨 소용이 있소? 차라리 철테 안경이나 하나 주는 게 낫지요!' 감독님이 준 것을 다시 뺏으며 대답했죠. '좋아, 그럼, 아무것도 안 주지.' 그러자 남자가 '그럼 길 위에서 죽을 겁니다!'라고 하자 감독님이 '아니, 안 죽을 거요!'라고 하시더군요."

"하하! 그것 참 잘하셨네요! 진짜 그라넷 씨다워요. 그래서요?" 간호부장이 끼어들었다.

"그래서 그 남자는 돌아갔고 진짜 길 위에서 죽어 버렸어요. 정말 고집스러운 놈이었다니까요!"

"정말 믿기 힘든 이야기네요. 하지만 범블 씨, 구빈원 밖 구제라는 게 나쁜 일은 아니잖아요? 당신은 경험이 많으시니 잘 아시겠지요. 어때요?" 코니 부인이 강조하며 물었다.

"코니 부인, 구빈원 밖 구제라는 게요, 잘만 관리하면 교구의 안전장치가 되지요. 가장 큰 원칙은 극빈자들에게 정확히 그들이 원하지 않는 것만 주어야 한다는 거죠. 그러면 지쳐서 구걸하러 오지 않거든요." 교구관이 우월한 지식을 뽐내는 듯한 미소를 지으며 대답했다.

"세상에! 참으로 영리한 대처네요, 정말!" 코니 부인이 감탄했다.

"그렇죠. 우리끼리 하는 말이지만, 부인, 그게 가장 큰 원칙이죠. 그래서 그 거만한 신문들을 보면 병든 가족에게 구제품으로 치즈 조각을 주었다는 기사들이 늘 나오잖아요. 전국 어디서나 똑같아요. 요즘 규칙이 그래요. 그렇지만 …" 말단 교구관이 짐을 푸느라 잠시 말을 멈추었다. "이건 공무상 비밀이니 새어나가면 안 됩니다. 우리처럼 교구 관리들 사이가 아니라면 말이죠. 이건 이사회에서 환자용으로 주문한 적포도주입니다. 진짜 신선하고 순수한 적포도주죠. 오늘 오후에 통에서 꺼낸 거요. 종소리처럼 맑고, 침전물도 하나 없죠!"

범블 씨는 첫 번째 병을 불빛에 들어 흔들어 보인 다음, 두 병 모두 서랍장 위에 놓았다. 그러고는 병을 쌌던 손수건을 접어 살며시 주머니에 넣고서 떠나려는 듯 모자를 집어 들었다.

"가는 길이 엄청 추울 텐데요, 범블 씨." 코니 부인이 말했다.

"바람이 엄청 불지요." 범블 씨가 외투 옷깃을 올리며 대답했다. "사람 귀가 떨어져 나갈 정도예요."

코니 부인은 작은 주전자를 보다가 문가로 걸어가는 범블 씨를 쳐다보았다. 범블 씨가 작별인사 전에 헛기침을 하자 코니 부인이 수줍어하며, 혹시 차나 한 잔 같이 안 하시겠냐고 물었다.

범블 씨는 즉시 옷깃을 다시 내리고 모자와 지팡이를 의자에 내려놓은 후 다른 의자를 탁자 가까이로 끌고 왔다. 그러고는 천천히 의자에 앉으면서 부인을 바라보았다. 코니 부인은 작은 주전자만을 쳐다보고 있었다. 범블 씨는 다시 헛기침을 하면서 슬며시 미소를 지었다.

코니 부인은 일어나서 찬장에서 찻잔과 잔받침을 하나씩 더 가져왔다. 다시 자리에 앉으며 범블 씨의 은밀한 시선과 마주쳤지만 코니 부인은 붉어진 얼굴로 차를 끓이는 데 집중했다. 범블 씨는 다시금 더 크게 헛기침을 했다.

"달게 해 드려요, 범블 씨?" 코니 부인이 설탕통을 집으며 물었다.

"아주 달게 해주세요." 범블 씨는 이렇게 대답하면서 코니 부인을 물끄러미 바라보았다. 말단 교구관이 이렇게 부드럽게 사람을 바라본 적이 있었던가? 바로 이 순간의 범블 씨가 유일했다.

찻잔이 말없이 건네졌다. 범블 씨는 빵 부스러기에 반바지가 더러워지는 것을 방지하려고 무릎에 손수건을 펴놓았다. 가끔씩 깊은 한숨을 쉬었지만 식욕이 줄어들기는커녕 더 늘어나 토스트와 차를 열심히 먹고 마셨다.

"고양이가 있군요, 부인." 범블 씨가 새끼 고양이들에 둘러싸여 벽난로 앞에서 불을 쬐고 있는 고양이를 바라보며 말했다. "새끼 고양이들도 있네요!"

"고양이를 진짜 좋아해서요. 상상도 못하실 걸요? 저 녀석들이 얼마나 행복해하고, 얼마나 기운이 넘치고, 얼마나 즐거워하는지 몰라요. 정말이지, 제게는 친구 그 이상이죠." 코니 부인이 대답했다.

"제법 괜찮은 동물들이군요. 아주 가정적이고요." 범블 씨가 고개를 끄덕이며 응수했다.

"오, 맞아요! 게다가 자기들 집을 너무도 좋아하니, 그 점도 제겐 큰 기쁨이랍니다." 코니 부인이 열정적으로 맞장구를 쳤다.

"코니 부인. 제가 드리고 싶은 말은, 어떤 고양이라도 당신과 같이 살면서 집을 좋아하지 않는다면 그런 녀석은 멍청이일 거라는 겁니다." 범블 씨가 천천히 찻숟가락을 두드리며 말했다.

"어머! 범블 씨도 참!" 코니 부인이 나무라듯 말했다.

"사실을 숨겨봤자 무슨 소용입니까, 부인." 범블 씨가 천천히 찻숟가락을 휘두르며 짐짓 위엄스럽게 말했다. "그런 녀석은 기꺼이 물에 빠뜨려 죽일 겁니다."

"그러면 당신은 잔인한 남자가 될 텐데요." 코니 부인이 교구관의 잔을 받으려 손을 내밀면서 유쾌하게 말했다. "게다가 아주 무정한 남자도 될 테고요."

"무정한 남자라고요, 부인? 무정한?" 범블 씨는 아무런 말 없이 찻잔을 내밀면서 찻잔을 잡는 코니 부인의 작은 손가락을 꽉 붙잡았다. 그러면서 자신의 레이스 조끼를 손바닥으로 두 번 두드리고는 크게 한숨을 쉬었다. 그러더니 의자를 벽난로에서 조금 멀리 물렸다.

코니 부인과 범블 씨는 원탁에 서로 얼굴을 마주한 채 앉아 있었다. 범블 씨가 벽난로를 바라보며 벽난로에서 물러난 결과, 코니 부인과의 거리가 조금 멀어졌다. 분별 있는 독자라면 범블 씨의 영웅적인 처사에 감탄하지 않겠는가. 물론 범블 씨도 시간이나 장소에 따라, 기회가 기회니 만큼 부드러운 빈말을 하고 싶을 터였다. 하지만 그런 빈말은 경솔하고 천박한 사람들에게는 잘 어울릴지 몰라도 이 나라의 판사님들과 의원님들, 장관님들, 시장님들 같은 고위공직자들에게는 완전히 위엄을 떨어뜨리는 일이었다. 특히 말단 교구관의 품위와 위엄을 떨어뜨리는 일이지 않겠는가. 누구보다도 엄격하고 단호해야 할 사람이 말단 교구관이니까.

하지만 범블 씨의 의도가 어떻든 간에 불행히도 탁자가 원탁이어서

범블 씨와 코니 부인이 함께 차를 마시다.

결과적으로 범블 씨가 의자를 조금씩 움직이자 코니 부인과의 거리가 점점 더 좁아지기 시작했다. 원탁을 따라 돌고 돌아서 결국 범블 씨의 의자가 부인의 의자와 딱 붙게 되었다. 실제로 두 의자가 부딪치자 범블 씨도 움직임을 멈췄다.

이 순간, 코니 부인이 의자를 오른쪽으로 움직였다면 난롯불에 데었을 것이고 왼쪽으로 움직였다면 범블 씨의 팔에 안겨버렸을 것이다. 그러니 (분별 있는 간호부장으로서 그런 결과를 단번에 예견했던 터라) 그냥 가만히 앉아서 범블 씨에게 차 한 잔을 더 건네줄 수밖에 없었다.

"무정하다고요, 코니 부인?" 범블 씨가 차를 저으면서 코니 부인의 얼굴을 쳐다보며 말했다. "당신도 무정한가요, 코니 부인?"

"세상에! 독신 남자가 하기에는 아주 괴상망측한 질문이군요. 뭘 알고 싶은 건가요, 범블 씨?" 코니 부인이 소리쳤다.

말단 교구관은 마지막 한 방울까지 차를 다 마신 후 토스트 하나를 먹어치우고 무릎에 떨어진 부스러기를 떨어버렸다. 그러고 나서, 입술을 쓱 닦더니 코니 부인에게 입을 맞추었다.

"범블 씨!" 이 분별력 있는 부인이 속삭이듯 외쳤다. 너무나 놀란 나머지 목소리도 크게 내지 못한 탓이다. "범블 씨, 소리지를 거예요!" 범블 씨는 아무런 대꾸도 하지 않고 천천히 위엄 있게 코니 부인의 허리에 팔을 둘렀다.

코니 부인은 이미 소리를 지르겠다고 밝혔으니, 이런 대담한 짓에 당연히 소리를 질러야 했겠지만, 때마침 급하게 문을 두드리는 소리에 김이 빠져버렸다. 소리가 나자마자 범블 씨는 깜짝 놀라 아주 재빠르게 포도주 병 쪽으로 뛰어가서 아주 열정적으로 술병의 먼지를 닦기 시작했다. 그러자 코니 부인은 날카롭게 누구냐고 물었다. 사람이 갑작스럽게 놀라게 되면 두려움이 덜하게 되는 모양이었다. 어느새 코니 부인의 사무적인 목소리가 되돌아왔기 때문이다.

"부인, 샐리 할멈이 죽기 직전이랍니다." 메마르고 추하게 생긴 극빈자 노파가 문에 머리를 들이민 채 말했다.

"그래? 그게 나하고 무슨 상관이야? 내가 살릴 수도 없는데, 안 그래?" 코니 부인이 화를 내며 물었다.

"그렇죠, 그렇고말고요. 아무도 손쓸 수 없는 지경이죠. 저도 갓난아기부터 튼튼한 남자까지 사람 죽는 건 많이 봤어요. 죽음이 올 때는 정확히 알 수 있지요. 그런데 샐리 할멈은 뭔가 고민이 있나 봐요. 발작을 하지 않을 때면, 그럴 때가 별로 없긴 하죠, 아주 괴로워하며 죽어가고 있으니까, 부인이 꼭 들어야 할 이야기가 있다고 말해요. 부인이 올 때까진 죽지 않을 거래요."

이 말에 코니 부인은, 자기를 귀찮게 괴롭히지 않고서는 죽지도 않는 노파들에 대해 온갖 욕을 퍼부었다. 그러고는 급히 두꺼운 숄을 걸치더니 범블 씨에게, 무슨 일이 있을지도 모르니 기다려 달라고 부탁했다. 코니 부인은 소식을 전하러 온 노파에게 빨리 걸으라며, 밤새도록 계단에서 비틀대며 있을 거냐고 닦달하면서 가는 길 내내 잔소리를 퍼부었다.

혼자 남게 된 범블 씨의 행동은 약간 설명하기 어려웠다. 범블 씨는 찬장을 열어 찻숟가락 개수를 세고, 설탕집게의 무게를 가늠해보고, 은제 우유단지를 꼼꼼히 살펴보며 진짜 은인지 확인하고는 삼각모자를 비뚤게 쓰고 근엄하게 춤을 추며 원탁을 네 바퀴나 돌았다. 이 독특한 공연을 마친 후, 다시 삼각모자를 벗고 벽난로를 등진 채 다리를 쭉 뻗고 앉아 상념에 잠겼는데, 머릿속으로 정확한 가구 목록을 작성해보는 것 같았다.

2장

아주 불쌍한 주제를 다루는 짧은 장. 전체 이야기에서는 아주 중요할 수 있는 대목

　코니 부인의 조용한 방에 들이닥친 노파는 죽음의 전령으로서 아주 딱 들어맞았다. 늙어서 구부러진 몸에 팔다리는 마비가 와서 떨렸으며 힐끗거리는 곁눈질로 얼굴은 일그러져서, 자연의 손이 아니라 거친 연필로 그려놓은 기괴한 그림 같았다.

　아아! 자연이 준 그대로의 아름다운 얼굴로 우리를 기쁘게 하는 경우는 어찌 그리 드문가! 세상의 걱정과 슬픔, 굶주림이 마음을 바꿔놓는 것처럼 얼굴도 바꿔놓는다. 오직 이러한 고뇌들이 잠들어 영원히 풀어질 때만 구름이 걷히고 맑은 하늘이 보이는 것이리라. 죽은 사람들의 얼굴이 딱딱하게 굳어진 상태에서도 오래전에 잊힌 잠자는 아기의 표정으로 가라앉아 어린 시절의 얼굴로 변하는 것은 흔한 일이다. 너무나 고요하고 평화로운 얼굴로 되돌아가서, 행복한 어린 시절에 그들을 알았던 사람들은 관 옆에 무릎을 꿇고 앉아 이 땅에 내려온 천사의 얼굴을 접하게 되는 것이다.

꼬부랑 노파는 코니 부인이 내뱉는 잔소리에 웅얼거리면서 비틀비틀 복도를 지나 계단을 올랐다. 그러다 결국 숨이 차서 발걸음을 멈추고는 등불을 건네주며 알아서 뒤따라가겠다고 했다. 좀 더 잰 걸음의 상관인 코니 부인이 먼저 병든 노파가 누워 있는 방으로 향했다.

휑한 다락방에 침침한 등불이 한쪽 구석에서 타고 있었다. 노파 하나가 침대 곁을 지키고 있었고, 교구 약사의 도제가 벽난로 옆에 서서 깃촉으로 이쑤시개를 만들고 있었다.

"추운 밤이군요, 코니 부인." 젊은 신사가 인사를 건넸다.

"아주 춥네요, 정말." 코니 부인이 아주 예의바른 어조로 대답하며 무릎을 굽혔다.

"거래 업자들에게 더 좋은 석탄을 공급하라고 해야겠어요." 약사의 도제가 녹슨 부지깽이로 벽난로의 석탄덩어리를 깨며 말했다. "이런 것들은 추운 밤에 쓸 만한 게 못 돼요."

"그건 이사회가 결정할 사항이죠. 적어도 그분들은 우리를 따뜻하게 지내게 해주잖아요. 우리가 사는 곳도 얼마나 추운데요."

병든 노파의 신음소리에 대화는 여기에서 끝이 났다.

"아!" 젊은 신사가 침대 쪽으로 고개를 돌리면서 환자에 대해 까맣게 잊고 있었던 것처럼 말했다. "이제 거의 끝나갑니다, 코니 부인."

"네, 그런가요?"

"두어 시간 더 끈다면 아주 놀랄 일이지요." 약사의 도제가 이쑤시개의 끝을 다듬는 일에 열중하며 말을 이었다. "장기가 거의 다 망가진 상태예요. 할머니, 환자가 졸고 있나요?"

간호하던 노파가 침대 위로 몸을 숙여 환자 상태를 확인하더니, 고개를 끄덕였다.

"그러면 아마 그대로 숨을 거둘지도 몰라요. 당신이 호들갑만 떨지 않으면 말이죠. 바닥에 등불을 내려놓아요. 코니 부인이 보지 못하잖아요." 젊은 신사가 말했다.

노파는 시키는 대로 했지만 이 여자는 그렇게 쉽게 죽지 않을 것이라는 뜻으로 고개를 절레절레 흔들면서, 마침 방으로 돌아온 다른 노파 옆에 자리를 잡고 앉았다. 코니 부인은 초조한 표정으로 숄로 몸을 감싼 채 침대 발치에 앉았다.

약사의 도제는 이쑤시개를 다 만든 후 벽난로 앞에 자리를 잡고 10여 분 정도 이쑤시개를 한참 사용하더니, 지루해졌는지 코니 부인에게 수고하시라는 말을 남기고 까치발로 살금살금 방을 빠져나갔다.

다들 한동안 침묵 속에서 가만히 앉아 있었다. 두 노파는 침대에서 일어나 벽난로 쪽으로 몸을 수그려 메마른 손을 펴면서 불을 쬐었다. 불길이 쪼그라든 얼굴에 괴기스러운 빛을 비추자 노파들의 얼굴이 더욱 흉측하게 느껴졌다. 두 노파는 나지막이 대화를 나누었다.

"무슨 말을 더 했어, 애니, 나 없는 동안?" 죽음의 전령 역할을 하러 다녀온 노파가 물었다.

"한 마디도 안 했어. 한참 자기 팔을 꼬집고 뜯고 했지만 내가 손을 꼭 붙들고 있으니 이내 제풀에 꺾이더라고. 힘도 별로 안 남아 있어. 쉽게 조용히 만들 수 있었지. 비록 교구 배급을 받아먹고 살지만 내가 늙은이치곤 그리 약한 편이 아니잖아. 아니지, 아니고말고!"

"데운 포도주는 마셨어? 의사가 먹이라고 했잖아."

"먹이려고 했지. 그런데 이를 악물고 컵을 얼마나 세게 잡고 늘어지던지 다시 빼앗을 수밖에 없었어. 그래서 내가 마셨지. 몸에 좋을 테니까!"

두 노파는 조심스럽게 두리번거리면서 누가 엿듣지나 않는지 확인하고 벽난로 쪽으로 더 몸을 굽히며 한껏 키득거렸다.

"기억나? 저 할멈도 똑같은 짓을 하고 신나게 떠들어대던 때 말이야."

"그래, 그랬지. 아주 쾌활한 성격이었지. 저 할멈이 직접 밀랍인형처럼 깔끔하게 처리한 시체들이 엄청 많았어. 옛날부터 내 눈으로 봐왔지. 저 할멈의 손이 어떻게 시체들을 만졌는지도 생생하게 기억나. 뭐, 나도 많이 도왔었지."

이렇게 말하면서 노파는 떨리는 손가락을 앞으로 쭉 뻗어 당당하게 흔들었다. 그러고는 주머니를 뒤적여 낡은 양철 코담뱃갑을 꺼내더니 동료의 손바닥과 자기 손바닥에 조금씩 떨어뜨렸다. 그러는 동안 코니 부인은 죽어가는 할멈이 깨어나기를 노심초사하며 지켜보다가 두 노파에게 얼마나 더 기다려야 하느냐고 쏘아붙였다.

"얼마 걸리지 않을 걸요. 누구든 죽음은 금방 다가오니까요. 일단 꿋꿋이 참고 기다리세요! 곧 우리 모두를 데리러 올 겁니다." 두 번째 노파가 코니 부인의 얼굴을 올려다보며 대답했다.

"입 닥쳐, 멍청한 늙은이 같으니라고! 마사, 당신이 말해 봐. 전에도 이랬어?" 코니 부인이 단호하게 물었다.

"자주요." 첫 번째 노파가 답했다.

"하지만 다시는 안 그럴 걸요. 그러니까, 딱 한 번 더 깨어날 거라고요 … 아주 잠깐일 테니, 명심하세요!" 두 번째 노파가 덧붙였다.

"잠깐이건 말건, 이 할멈이 깨어날 때 난 여기 없을 거야. 그러니 잘 들어. 다시는 이런 일로 부르지 말라고. 이 집에 노파들이 죽어갈 때마다 지켜봐야 하는 게 내 의무가 아니니까. 명심해, 이 건방진 노파들, 또다시 날 오라 가라 하면 버르장머리를 고쳐줄 테니, 알아서 해!"

코니 부인이 뛰쳐나가려는 순간, 침대 쪽을 돌아보던 두 노파가 비명을 질러서 뒤돌아볼 수밖에 없었다. 어느새 몸을 일으킨 환자가 양팔을 뻗고 있었다.

"거기 누구요?" 환자가 텅 빈 목소리로 소리쳤다.

"쉿, 쉿!" 두 노파 중 하나가 몸을 굽히며 말했다. "누워, 누우라고!"

"살아 있는 한 다시는 눕지 않을 거야! 말할 거라고! 이리 와! 더 가까이! 귓속말을 할 수 있게."

환자가 떼를 쓰며 코니 부인의 팔을 꽉 잡아 침대 옆 의자에 억지로 앉히고 입을 열려고 했다. 바로 그 때, 두 노파가 엄청나게 궁금한 표정으로 엿들으려고 몸을 앞으로 숙이고 있는 모습이 환자의 눈에 들어왔다.

"저들은 내보내. 어서! 빨리!" 환자가 졸린 목소리로 말했다.

두 노파는 한 목소리로 저 가엾은 것이 가장 친한 친구들도 못 알아볼 만큼 정신이 나갔다고 탄식을 쏟아내기 시작했다. 그러고는 절대로 곁을 떠나지 않겠다고 고집을 부렸다. 상관인 코니 부인이 두 노파를 떠밀어 바깥으로 내보낸 후, 문을 닫고 침대맡으로 돌아왔다. 이렇게 쫓겨난 두 노파들은 어조를 바꾸어 샐리 할멈이 취했다고 열쇠구멍으로 소리를 쳤다. 실제로 약사가 처방한 아편에다 이 훌륭한 두 노파가 너그러운 마음으로 물에 탄 진 한 잔을 더해서 마시게 했기 때문에 환자가 더 정신을 못 차리는 것이었다.

"이제 내 말을 들어보게." 죽어가는 환자가 마지막 여력을 한껏 끌어 모아 애써 입을 열었다. "바로 이 방에서 … 바로 이 침대에서 아주 예쁜 젊은 여자를 간호한 적이 있었어. 얼마나 많이 걸었던지 발이 온통 찢기고 멍든 상처에 몸은 먼지와 피범벅인 채로 구빈원으로 실려 왔지. 남자아이를 낳고 죽었는데, 그게 언제였더라!"

"언제면 어때. 그 여자가 뭐?" 코니 부인이 참지 못하고 재촉했다.

"그래." 환자는 다시 까무룩 정신을 놓으면서 중얼거렸다. "여자가 뭐? … 뭐 … 난 알아!" 환자가 벌떡 일어나며 소리쳤다. 얼굴은 상기되고 눈은 머리에서 튀어나올 듯 보였다. "내가 그 여자 물건을 훔쳤어. 그랬다고! 몸이 아직 따뜻할 때! 몸이 식기도 전에 내가 훔쳤어!"

"도대체 뭘 훔쳤는데?" 코니 부인이 도움을 청하듯 소리쳐 물었다.

"그거!" 환자가 코니 부인의 입을 손으로 막으며 말했다. "그게 여자가 가진 전부였지. 몸을 따뜻하게 할 옷이나 음식도 필요했을 텐데, 품속에 아주 고이 간직하고 있었다고. 금이었어. 아주 값비싼 금! 목숨을 살리고도 남을 금이었는데!"

"금이라고!" 코니 부인이 말을 되풀이하면서 뒤로 쓰러지는 환자에게 몸을 굽혔다. "계속 말해 봐, 어서. 그래, 아이 엄마가 누구였지? 그게 언제였어?"

"그 여자가 내게 잘 보관해 달라고 부탁했지. 주위에 여자가 나뿐이었으니 나를 믿었던 거야. 목에 걸고 있던 그것을 처음 보여줬을 때부터 이미 나는 마음속으로 훔쳤어. 또한 그 여자가 죽은 것도 나 때문인지 몰라! 사람들이 그 사실을 알았다면 그들이 아이에게 좀 더 잘 해줬을 텐데!"

"무슨 사실? 말해 봐!" 코니 부인이 물었다.

"아이가 자라면서 엄마랑 아주 닮았어." 환자는 질문과 상관없이 아무렇게나 주절거렸다. "그 아이 얼굴을 보면 도저히 옛날 일을 잊을 수 없었어. 불쌍한 여자 같으니라고! 어찌나 어린 여자였던지! 그렇게 연약한 팔다리에! 잠깐, 더 해줄 말이 있어. 내가 다 말한 게 아니지, 그렇지?"

"그래, 그래." 죽어가는 환자의 말소리가 점점 희미해지자 코니 부인은 한 마디도 놓치지 않으려고 고개를 기울이며 대답했다. "어서 빨리 말해. 그러다가 다 못 털어놓는다고!"

"그 아이의 엄마가," 환자가 더 격렬하게 애를 쓰며 입을 열었다. "죽음의 고통이 덮쳤을 때, 내게 귓속말을 했지. 아이가 무사히 태어나서 잘 자라면 언젠가 불쌍한 엄마를 알게 되더라도 그리 부끄럽지 않을 것이라고 말이야. 메마른 손을 모아 쥐면서 빌었지. '오, 천국의 하느님이시여! 이 아이가 아들이건 딸이건 이 험난한 세상에서 친구가 되어줄 사람들을 만나게 해주소서. 홀로 쓸쓸히 내버려진 이 아이를 가엾게 여기소서!'라고."

"아이 이름은?" 코니 부인이 물었다.

"올리버라고 부르더군. 내가 훔친 금은 …" 환자가 힘없이 대답했다.

"그래, 그게 … 뭐?" 코니 부인이 소리치며 대답을 들으려고 몸을 숙이다가 본능적으로 뒤로 물러섰다. 환자가 천천히 뻣뻣하게 몸을 일으켜 세우면서 앉은 자세를 취하다가 두 손으로 이불을 움켜쥐며 불분명한 소리를 중얼거리더니 이내 쓰러져 죽어버린 것이다.

*　　　*　　　*　　　*　　　*

"완전히 죽어버렸네!" 노파 중 하나가 문을 열고 급히 들어오면서 말했다.

"결국 아무 얘기도 없더라고." 코니 부인이 무심하게 밖으로 나가면서 말했다.

두 노파는 끔찍한 의무를 이행하느라 정신이 없어서 대답할 겨를도 없어 보였다. 이제 시체 주변에는 두 노파만이 남았다.

3장

다시 페이긴 씨와 동료들 이야기 속으로

시골의 구빈원에서 이런 일이 벌어지고 있을 때, 페이긴 씨는 낡은 소굴, 즉 낸시가 올리버를 데리고 나간 바로 그 소굴에 들어 앉아 연기만 피어오르는 불 앞에서 상념에 잠겨 있었다. 무릎 위에 놓인 풀무 한 쌍으로 보아 불을 더 세게 지피려고 하다가 깊은 생각에 빠진 모양이었다. 팔짱을 끼고 양손 엄지손가락들로 턱을 받친 채 멍하니 녹슨 철망을 바라보고 있었다.

페이긴 씨 뒤쪽 탁자에는 교묘한 미꾸라지와 찰리 베이츠 선생, 치틀링 씨가 둘러앉아 카드놀이에 여념이 없었다. 원래 4명이 짝을 지어 해야 하는 카드놀이에서 미꾸라지가 두 사람 몫을 하고 있었다. 교묘한 미꾸라지는 언제나 유난히 똑똑해 보이는 얼굴이었지만, 카드놀이의 규칙을 따르면서 치틀링 씨의 손에 든 패를 유심히 읽어보려는 동안에는 흥미로운 표정이 가미된 얼굴이었다. 가끔씩 틈날 때마다 이리저리 진지한 눈길을 던지면서 옆 사람의 카드를 관찰한 결과에 따라 현명하게 카드판을 이끌어갔다. 아주 추운 밤이어서 미꾸라지는 집 안에서도 모자를 쓰고 있었다. 게다가 사기 담뱃대를 계속 물고 있다가 탁자 위의 술단지를 기울여 술을 마실 때만 담뱃대를 잠깐 내려놓곤 했다. 탁자 위 술단지 속에는 카드놀이의 여흥을 위해 물에 탄 진이 가득했다.

베이츠도 카드놀이에 열중했다. 하지만 미꾸라지보다 흥분을 잘하는 성격이라 술을 더 자주 마시면서 쓸데없는 잡담이나 농담만 늘어놓는 데 더 열을 올렸다. 이런 행동은 과학적인 삼세판 승부에 전혀 어울리지 않았다. 실제로 미꾸라지는 가까운 동료로서 이처럼 부적절한 행동에 대해 엄하게 경고한 적이 여러 번이었다. 하지만 베이츠는 이런 충고를 극도로 가볍게 받아넘겼다. 그저 미꾸라지에게 '망하라'느니, '자루에 머리를 집어넣으라'느니, 또는 이와 비슷하게 재치 있게 되돌려 치는 방식으로 맞받아칠 뿐이었다. 그럴 때마다 치틀링 씨는 베이츠의 맞대응에 마음속으로 감탄을 금치 못했다. 주목할 만한 사실은 치틀링 씨와 베이츠 조가 늘 진다는 점이었고, 질 때마다 베이츠는 화를 내기는커녕 진정으로 재미있어했다. 너무나 즐거운 나머지 카드판이 끝날 때마다 호들갑스럽게 웃어대며 이렇게 재미있는 카드판은 난생 처음이라고 말할 정도였다.

"삼세판에서 두 번을 다 져버렸네." 치틀링 씨가 조끼 주머니에서 은화를 하나 꺼내며 길쭉한 얼굴로 말했다. "너 같은 녀석은 처음 본다, 정말. 계속 다 이겨버리다니. 찰리와 나는 패가 좋을 때조차 이기지 못하잖아."

말의 내용이든 처참한 말투든 뭣 때문인지는 몰라도 찰리 베이츠가 무지 즐거워하며 한바탕 웃음을 터뜨리는 바람에, 넋이 나가 있던 유대인 노인조차 퍼뜩 정신을 차리며 무슨 일이냐고 물었다.

"무슨 일이냐고요, 페이긴?" 베이츠가 소리쳤다. "우리 카드놀이를 봤어야 했어요. 여기 톰 치틀링 씨가 나와 편을 먹고 미꾸라지를 상대했는데 한 점도 못 땄거든요."

"그래, 그래!" 유대인 노인이 충분히 이해가 간다는 듯 미소를 지으며 말했다. "톰, 다시 해보지 그래. 다시 해보라고."

"페이긴, 고맙지만 더는 안 할 겁니다. 이 정도면 충분해요. 저기 저 미꾸라지가 어찌나 운이 좋은지 도저히 상대가 안 된다고요." 치틀링 씨가 대답했다.

"하하! 이런. 저 미꾸라지를 이기려면 아침 일찍 일어나야만 해." 유대인 노인이 말했다.

"아침이라뇨! 쟤를 이기려면 밤새 구두를 신은 채 눈에 망원경을 달고 목에는 오페라 안경을 걸어야 된다고요." 베이츠가 말했다.

도킨스 씨는 고고한 철학자라도 된 양 멋진 찬사들을 담담히 받아들였다. 그러고는 카드를 뒤집어서 그림카드가 먼저 나오는 사람에게 1실링씩 주는 놀이를 하자고 제안했지만 아무도 응하지 않았다. 담배도 다 피워버린 후라서 칩으로 사용하던 분필조각을 들고 탁자 위에 런던 감옥의 평면도를 그리기 시작했다. 그러는 동안 날카로운 소리로 휘파람을 불면서 시간을 때우고 있었다.

"톰, 지루해 미칠 지경이지?" 미꾸라지가 한참동안의 침묵을 깨고 치틀링에게 말을 걸었다. "페이긴, 여기 치틀링 씨가 무슨 생각 중인지 알아요?"

"내가 어찌 알겠느냐?" 유대인 노인이 풀무질을 하다가 주위를 둘러보며 대답했다. "아마 카드판에서 진 거나 생각하겠지. 아니면 방금 떠나온 시골 별장을 생각하거나? 하하! 그렇지?"

"그건 아니죠." 미꾸라지가 치틀링 씨의 대답을 막으며 끼어들었다.

"찰리, 넌 어떻게 생각해?"

"뭐, 내 생각을 말하자면," 베이츠가 싱긋 웃으며 대답했다. "치틀링 씨가 벳한테 유독 다정스럽단 말이지. 이것 봐, 얼굴을 붉히시네! 오, 내 눈이야! 정말 너무 웃겨! 톰 치틀링이 사랑에 빠졌다네! 오, 페이긴, 페이긴! 이것 좀 봐요!"

베이츠는 치틀링 씨가 열정의 희생양이 됐다는 생각에 완전히 빠진 나머지 어찌나 격정적으로 의자에 주저앉았던지 의자가 뒤뚱거리며 뒤로 넘어가버렸다. 결과적으로 바닥에 내동댕이쳐졌는데도 그냥 뻗어서 마냥 웃기만 하다가 다시 제자리를 찾아 앉은 후에도 또다시 웃음을 터뜨렸다.

"얘한테는 너무 신경 쓰지 말렴." 유대인 노인이 도킨스에게 눈짓을 하고 혼을 내듯 풀무로 베이츠를 툭 치면서 말했다. "벳은 멋진 아가씨야. 톰, 기회를 잡아. 놓치지 말라고."

"내가 말하고 싶은 점은요, 페이긴." 치틀링 씨가 빨갛게 달아오른 얼굴로 대답했다. "그건 당신들과는 아무 상관도 없는 일이라는 사실이에요."

"그렇지. 베이츠는 그냥 떠들어대는 거야, 신경 쓰지 마. 벳은 훌륭한 아가씨니까, 걔가 시키는 대로만 해, 톰. 그러면 한몫 잡을 테니." 유대인 노인이 달래듯 말했다.

"그래서 시키는 대로 하고 있잖아요. 벳의 충고가 없었으면 감옥살이도 하지 않았겠죠. 하지만 페이긴, 당신에겐 좋은 일이었잖아요, 안 그래요? 6주인데, 뭐 어때요? 언젠가 한 번쯤은 치러야 할 일이었으니, 밖으로 나다니기 싫은 겨울철인 게 좋았죠, 뭐, 안 그래요?" 치틀링 씨가 대답했다.

"아, 물론 그렇지, 그럼." 유대인 노인이 대답했다.

"그럼, 다시 한 번 더 들어가는 것도 상관없겠네? 뱃만 괜찮다면 말이야, 엉?" 미꾸라지가 베이츠와 유대인 노인에게 눈짓을 하며 물었다.

"그래, 그렇다, 어쩔래? 나 참, 아! 누가 이렇게까지 말하겠어, 엉?" 치틀링이 화를 내며 따지고 들었다.

"아무도 없지, 아무도. 단 하나도 없어. 그렇게까지 할 사람은 너 말고는 없고말고. 하나도 없지, 없어." 유대인 노인이 대답했다.

"뱃에 대해 다 불었다면 난 그냥 빠져나올 수 있었다고요, 안 그래요, 페이긴? 내 한 마디면 충분했다고요." 이 가엾은 반푼이 같은 녀석이 화를 내며 계속 퍼부어댔다.

"물론 그랬지, 그럼." 유대인 노인이 맞장구를 쳤다.

"하지만 불지 않았다고요, 안 그래요, 페이긴?" 치틀링이 요란스럽게 질문을 쏟아냈다.

"그럼, 그렇고말고. 아주 용감했지, 배짱이 두둑했다고. 정말이야!" 유대인 노인이 대답했다.

"그랬을 거예요. 그리고 내가 그랬다고 뭐가 그렇게 웃기냔 말이에요, 네?" 치틀링이 주변을 둘러보며 따져 물었다.

유대인 노인은 치틀링 씨가 상당히 화가 난 상태라는 것을 눈치 채고 급히 아무도 웃지 않는다는 사실을 인지시키며, 다들 엄숙하고 진지하다는 것을 증명하려고 가장 주범격인 베이츠에게 신호를 보냈다. 하지만 불행하게도 베이츠는 이토록 진지했던 적이 없다는 대답을 하려던 찰나, 웃음이 폭발적으로 터져 나오는 바람에 치틀링 씨가 모욕을 당한 셈이 되었다. 이에 치틀링 씨는 예고도 없이 방을 가로질러 베이츠에게 주먹을 겨누며 달려들었다. 워낙 도망가는 기술이 출중한 베이츠가 주먹을 피해 몸을 숙이자마자 아주 절묘하게 치틀링 씨의 주먹이 유대인 노인의 가슴에 꽂히고 말았다. 페이긴이 비틀거리며 벽에 부딪쳐 숨을 헐떡이자 치틀링 씨가 아주 난처한 얼굴로 물끄러미 쳐다보았다.

"조용!" 순간적으로 미꾸라지가 소리쳤다. "초인종 소리가 들렸어." 미꾸라지가 등불을 들고 살며시 계단을 오르기 시작했다.

다들 어둠 속에서 침묵을 지키는 동안, 성급하게 또다시 종소리가 울렸다. 잠시 후, 미꾸라지가 다시 나타나서 페이긴에게 조심스럽게 속삭였다.

"뭐! 혼자라고?" 유대인 노인이 소리쳤다.

미꾸라지는 고개를 끄덕이며 손으로 촛불을 가린 채 찰리 베이츠에게 넌지시 지금만이라도 얌전히 있는 게 좋을 거라는 신호를 보냈다. 이렇게 친구를 위하는 배려를 보이면서도 미꾸라지는 유대인 노인의 얼굴에 눈을 고정한 채 지시를 기다렸다.

유대인 노인은 누런 손가락을 문 채 잠시 생각에 잠겼다. 그러는 동안, 뭔가 최악의 상황이 펼쳐질까 싶어 두려운 듯 얼굴 근육이 계속 씰룩거렸다. 마침내 유대인 노인이 고개를 들었다.

"어디 있지?" 유대인 노인의 물음에 미꾸라지는 위층을 가리키며 방을 나서려는 행동을 취했다.

"그래." 유대인 노인이 이 무언의 질문에 냉큼 대답했다. "어서 데려와. 쉿! 조용히 해, 찰리! 천천히, 톰! 살살 나가라고!"

이 간략한 명령이 떨어지자마자, 조금 전까지만 해도 서로 투닥거리던 찰리 베이츠와 톰 치틀링 씨가 한순간에 조심스럽게 명령을 따랐다. 미꾸라지가 등불을 손에 든 채 조잡한 작업복 차림의 남자를 따라 계단을 내려왔을 때는 베이츠와 치틀링 씨 둘 다 어디론가 사라져 버렸다. 남자가 급히 방 안을 둘러보더니 얼굴의 아랫부분을 가렸던 커다란 숄을 끌어내려 얼굴을 드러냈다. 세수도 면도도 안한 핼쑥한 얼굴은 바로 멋쟁이 토비 크래킷이었다.

"잘 지내셨소, 페이긴?" 토비가 유대인 노인에게 고개를 끄덕이며 말했다. "미꾸라지야, 이 숄을 털모자 안에 꼭 넣어둬. 나갈 때 찾기 쉽게. 그래, 잘했어! 넌 이 영감보다 더 쓸 만한 기술자가 되겠구나."

토비는 이렇게 말하면서 작업복을 벗어 허리춤에 묶은 후 불가로 의자를 끌어다놓고 앉아 선반 위에 발 하나를 올려놓았다.

"이거 보여요, 페이긴?" 토비는 암담하게 부츠를 가리키며 말을 이었다. "구두약을 바른 지가 언제인지 모를 정도요. 거품을 내보지도 못했다니까, 맙소사! 아, 그런 식으로 쳐다보지 말아요. 때 되면 어련히 말할까. 일단 먹고 마실 만한 거 좀 내보쇼. 그 전에는 사업 얘기 못하겠소. 사흘 만에 처음으로 조용히 배 좀 채워봅시다!"

유대인 노인이 미꾸라지에게 먹을 만한 것들을 탁자로 가져오라는 손짓을 하고 나서, 토비의 맞은편에 자리를 잡고 앉아 때를 기다렸다.

딱 보기에도 토비는 서둘러 대화를 시작할 생각이 없어보였다. 처음에 유대인 노인은 느긋하게 토비의 안색을 살피며, 무슨 실마리라도 잡으려고 기대했지만 다 허사였다. 토비는 지치고 피곤해보였지만 평소처럼 만족스럽고 편안한 안색이었다. 먼지투성이 턱수염과 구레나룻 사이로, 멋쟁이 토비 크래킷의 자기만족적이고 예전과 다름없는 음흉한 미소가 빛났다. 그러자 유대인 노인은 괴로운 듯 안달을 하며 흥분한 상태로, 토비가 열심히 입에 넣고 있는 음식 하나하나를 지켜보면서 방 안을 왔다 갔다 했다. 모든 행동이 다 소용이 없었다. 토비는 태연스럽게 아무렇지도 않은 듯 계속 먹기만 했다. 그러다가 더 이상 못 먹겠다 싶어지자, 미꾸라지를 밖으로 내보내고 문을 닫은 후 독한 술잔을 휘휘 젓더니 차분히 입을 열기 시작했다.

"무엇보다도 첫 번째로 말이오, 페이긴."

"그래, 그래." 유대인 노인이 의자를 끌어와 앉으며 끼어들었다.

토비 크래킷은 잠시 말을 멈추고 술을 한 모금 마신 뒤, 진이 훌륭하다고 감탄했다. 그러고 나서 낮은 벽난로 선반에 두 발을 얹은 후, 조용히 말을 이어갔다. "무엇보다도 첫 번째로, 빌은 어떻게 지내오?"

"뭐!" 유대인 노인이 깜짝 놀라 벌떡 일어서면서 비명을 질렀다.

"아니, 설마 무슨 말인지 모르는 건 …" 토비가 하얗게 질린 얼굴로 입을 열었다.

"설마라니!" 유대인 노인이 사납게 발을 쿵쿵 구르며 소리쳤다. "다들 어디 있지? 사익스하고 아이 말이야. 둘이 어디 있어? 어디로 갔냐고? 어디 숨어 있는 거지? 왜 이리로 안 왔어?"

"작업은 실패했소." 토비가 희미하게 말했다.

"그건 알아." 유대인 노인이 주머니에서 신문조각을 꺼내며 가리켰다. "더 말할 건?"

"그들이 총을 쏴서 아이가 맞았소. 우린 뒤쪽 들판으로 내달렸지. 아이를 부축해서 곧장 튀었단 말이오. 울타리와 도랑을 넘어서. 계속 쫓아오더군. 젠장! 온 동네를 다 깨웠다니까, 개들도 쫓아오고."

"그 아이는!"

"빌이 그 애를 업고 바람처럼 내달렸소. 잠깐 멈춰서 함께 양쪽에 끼고 도망가려고 했는데, 아이 머리가 아래로 툭 떨어지고 몸이 차갑게 식었더라고. 우리 발치까지 녀석들이 쫓아오고 있어서 냅다 달아났지, 아니면 교수대로 직행이니까! 우린 어린 녀석을 도랑에 내버려 두고 각자 찢어졌소. 죽었는지 살았는지 내가 아는 건 그게 전부요."

유대인 노인은 더 이상 듣지 않고 괴성을 지르며 머리카락을 잡아뜯었다. 그러더니, 방을 뛰쳐나가 집 밖으로 나가버렸다.

4장

비밀에 가려진 인물이 등장하고,
이 이야기에서 빠질 수 없는
수많은 일들이 일어나고 펼쳐진다

유대인 노인은 길모퉁이에 이르러서야 토비 크래킷이 알려준 충격적인 소식에서 회복되기 시작했다. 평소답지 않게 빠르게 정신없이 걸어가다가, 갑자기 마차 한 대가 스쳐 지나가서 보행자들이 위험을 알리는 괴성을 지르자 인도로 물러섰다. 유대인 노인은 급하게 두리번거리면서 어디로 가야 할지 잠깐 주저하다가 뒤돌아서 반대편으로 걸어가기 시작했다. 가능한 한 큰길은 피하고 구석진 골목만 골라서 걸어가다가 스노 언덕에 다다랐다. 여기에서 발걸음을 더 재촉해서 한 치의 머뭇거림도 없이 다시 골목으로 접어들었고, 그제야 마음이 놓였는지, 평소처럼 발을 질질 끌며 숨을 돌릴 여유를 찾은 것 같았다.

스노 언덕과 홀번 언덕이 교차하는 지점 가까이에, 런던 시에서 나올 때 오른쪽을 보면 새프런 언덕으로 이어지는 좁고 음침한 골목이 있다. 이곳의 더러운 가게들에는 온갖 크기와 색깔의 중고 비단손수건들이 큰 뭉치로 판매되고 있었다. 바로 이곳이 소매치기들한테서 장물을 사들이는 상인들이 거주하는 지역이었다. 이런 수백 장의 손수건들이 창문 밖에 매달려 있거나 문기둥에 걸려 있었고, 가게 안 선반 위에도 잔뜩 쌓여 있었다. 좁은 필드 골목에 한해서이긴 하지만, 이발소와 커피 가게, 맥주 가게, 생선튀김 가게가 들어서서 상가를 이루고 있었다. 좀도둑들의 시장판인 이곳은 이른 아침과 해질녘에 상인들이 불쑥 찾아와 가게 안쪽의 어두컴컴한 응접실에서 거래를 하고 나서 처음 올 때와 마찬가지로 말없이 떠나갔다. 여기에서는 옷장수, 구두수선공, 천 장사꾼들이 좀도둑들 보라고 간판 대신 제품들을 펼쳐놓았다. 또한 낡은 쇠붙이와 뼈제품, 흰곰팡이가 핀 양털과 면제품이 음침한 다락에서 수북이 썩어가고 있었다.

바로 이런 장소에 유대인 노인이 들어선 것이다. 페이긴은 이 골목의 야윈 거주자들에게 잘 알려진 사람이어서, 물건을 사거나 팔려고 기웃거리던 몇몇이 페이긴을 알아보고 고개를 끄덕였다. 유대인 노인도 똑같이 인사를 건넬 뿐, 그 이상의 친밀함은 보이지 않고 골목 끝까지 걸어갔다. 거기에서 키 작은 장사꾼에게 말을 걸었다. 이 장사꾼은 창고문 앞에서 어린이용 의자에 몸을 구겨 넣어 앉은 채 파이프 담배를 피우고 있었다.

"어, 페이긴 씨, 당신을 보다니 눈병이 나을 정도요!" 페이긴이 건강하게 잘 지내는지 안부를 묻자 이 존경스러운 장사꾼이 대답했다.

"라이블리, 이 동네가 좀 덥군 그래." 페이긴이 눈썹을 들어올리며 양손으로 자기 어깨를 감싸며 말했다.

"그래, 그런 불평을 한두 번 들은 적이 있죠. 하지만 곧 시원해질 겁니다. 그렇겠죠?"

장사꾼이 대답하자, 페이긴이 고개를 끄덕였다. 페이긴은 새프런 언덕 쪽을 가리키며, 오늘 밤 저기에 누가 나타났냐고 물었다.

"저기 '절름발이'에요?" 장사꾼이 되묻자, 유대인 노인이 고개를 끄덕였다.

"글쎄요." 장사꾼이 기억을 떠올리며 말했다. "그래, 내가 알기론 대여섯 사람이 거기로 들어갔는데, 당신 친구는 없었던 것 같아요."

"사익스는 없었다는 건가?" 유대인 노인이 실망스러운 얼굴로 물었다.

"변호사들 말마따나 '실종'이란 거죠." 장사꾼이 고개를 저으며 음흉한 표정으로 말을 이었다. "혹시 오늘 밤엔 우리 거래선 쪽으로 뭐 가져온 거 없어요?"

"오늘 밤엔 없어." 유대인 노인이 돌아서며 말했다.

"페이긴, '절름발이'로 올라갈 거예요?" 장사꾼이 뒤에서 소리쳐 물었다. "잠깐만요! 거기서 같이 한 잔 하는 거 전 괜찮은데요!"

하지만 유대인 노인은 돌아보며 손을 흔들어 혼자 가고 싶다는 뜻을 전했다. 게다가 장사꾼은 의자에서 쉽게 몸을 빼내지 못하는 상태라서, 당분간 절름발이 술집은 라이블리 씨를 맞이하지 못할 듯 싶었다. 라이블리 씨가 겨우 두 발로 일어섰을 때는 유대인 노인은 벌써 사라진 후라서, 까치발까지 들어 찾아보았지만 소용이 없었다. 하는 수 없이 다시 의자에 주저앉아 믿기지 않는다는 듯 건너편 가게의 여주인에게 고개를 저어보인 후 아주 심각하게 파이프를 다시 물었다.

'세 절름발이', 아니 '절름발이'라고 손님들에게 익히 잘 알려진 이 술집은 앞서 사익스 씨와 흰 개가 실랑이를 벌였던 바로 그 술집이었다. 페이긴은 카운터 남자에게 손짓만 한 후 곧바로 위층으로 올라가 방 안으로 조용히 들어가 누군가를 찾는 것처럼 눈 위로 손을 가린 채 초조하게 둘러보았다.

방에는 가스등 두 개가 켜져 있었다. 덧창과 꽉 여민 빛바랜 붉은 커튼 때문에 불빛이 새어나가지 않는 동시에 바깥이 완전히 차단되었다. 천장은 등불에 그을려 새까매지는 것을 예방하려고 아예 까맣게 색칠을 해둔 상태였다. 방 전체에 담배연기가 자욱해서 처음에는 아무것도 분간하지 못할 정도였다. 하지만 열린 문으로 연기가 조금씩 빠져나가자, 귀를 울리는 소음만큼이나 혼란스럽게 뒤섞여 있는 사람들의 머리가 점차 눈에 띄었다. 눈이 점점 익숙해져가자 남녀 할 것 없이 수많은 사람들이 긴 탁자에 둘러앉아 북적대는 모습이 보였다. 탁자 위쪽 끝에는 의사봉을 든 사회자가 앉아 있었고, 저 멀리 구석자리에는 코가 멍들고 치통으로 얼굴에 붕대를 감은 전문 음악가 선생이 피아노를 뚱땅거리고 있었다.

페이긴이 슬며시 들어섰을 때, 이 전문 음악가 선생이 전주곡처럼 건반을 훑자 여기저기서 노래를 청하는 소리가 터져 나왔다. 이 소리가 가라앉자 젊은 숙녀가 앞으로 나와 4절로 된 발라드로 청중들을 즐겁게 해주었고 반주자는 절과 절 사이에 모든 멜로디를 최대한 크게 연주했다. 이 노래가 끝나자 사회자가 감상을 말했다. 그러고 나서 사회자의 좌우에 있던 전문 음악가 선생들이 듀엣을 자청하자 큰 박수를 받으며 노래를 시작했다.

이 사람들 중에서 눈에 띄는 몇몇의 얼굴이 관심을 끌었다. 우선 (이 술집의 주인인) 사회자는 거칠고 조악하며 몸집이 큰 남자로, 노래가 이어지는 동안에도 두 눈을 이리저리 굴렸다. 언뜻 여흥에 빠진 것처럼 보이다가도 모든 상황과 말에 눈과 귀를 열어두고 있었다. 사회자 가까이에 있는 가수들은 전문가다운 침착함으로 사람들의 찬사를 담담하게 받아들이면서 호들갑스러운 추종자들이 들이미는 독한 술잔을 차례로 받아마셨다. 추종자들의 얼굴에는 거의 모든 단계의 사악함이 모조리 드러나 있어서 그 혐오스러움이 눈길을 끌 수밖에 없었다. 모든 단계의 교활함과 사나움, 취기가 가장 강력하게 나타나 있었다. 한편으로 여자들에게는 이제 거의 사라져가는 신선함이 마지막 흔적만 남아 있거나, 아예 여성스러운 자취가 사라지고 방탕과 범죄에 갇힌 멍한 혐오만이 남아 있었다. 아직 소녀이거나 어린 아가씨들로, 모두 절정기를 지나지 않았지만, 이들의 모습은 이 음울한 풍경 가운데서도 가장 어둡고 서글픈 부분이었다.

페이긴은 심각한 감정 변화 없이 사람들 얼굴을 샅샅이 훑어보았지만, 자신이 찾고 있는 얼굴은 보이지 않는 것 같았다. 마침내 사회자 자리를 차지한 술집 주인과 눈이 마주치자 슬쩍 손짓을 하고 조용하게 방을 나왔다.

"페이긴 씨, 어쩐 일이에요?" 술집 주인이 층계참까지 따라나오며 물었다. "우리랑 같이 놀지 않을래요? 다들 반가워할 텐데."

유대인 노인은 급하게 고개를 저으며 나직이 물었다. "그 친구, 여기 있나?"

"아뇨." 술집 주인이 대답했다.

"바니한테서도 연락 없고?" 유대인 노인이 물었다.

"없어요." 술집 주인이 대답을 이어갔다. "완전히 안전해질 때까지 꼼짝도 않을 겁니다. 저쪽에서 여기저기 냄새를 맡고 다니는 중이니, 바니가 움직였다간 즉시 산통을 다 깨버릴 테니까요. 바니, 그 녀석은 괜찮을 거예요. 무슨 일이 있었다면 나한테 소식이 금방 들어왔을 테니까. 장담하는데, 바니는 제대로 처신하고 있을 거예요, 그냥 내버려 둬요."

"그 친구는? 오늘 밤 여기 올 건가?" 유대인 노인은 아까처럼 누군가를 강조하며 물었다.

"멍크스, 말이에요?" 술집 주인이 머뭇거리며 되물었다.

"쉿! 그래."

"틀림없어요." 술집 주인이 시곗줄을 당겨 금시계를 꺼내면서 대답했다. "곧 이리 올 거예요. 10분만 기다리면 …"

"아니, 아니야." 유대인 노인이 서둘러 말을 끊었다. 마치 그 인물을 만나고 싶으면서도 당장 이곳에 없다는 사실에 안심하는 것 같았다. "내가 만나러 여기 왔었다고, 오늘 밤 날 찾아오라고 전해줘. 아니, 내일로 하지. 지금 여기 없으니, 내일이면 시간은 충분할 거야."

"좋아요! 더 전할 말 없어요?"

"당장은 없네." 유대인 노인이 계단을 내려가며 답했다.

"근데요." 술집 주인이 층계 난간 너머로 거친 목소리로 속삭였다. "팔아넘기기에 지금이 딱이요! 필 바커가 여기 있는데, 완전히 취해서 어린애가 업어올 수 있을 정도라고요."

"아! 하지만 아직 필 바커는 때가 아니야." 유대인 노인이 올려다보며 답했다. "필을 치워버리기 전에 그 친구가 할 일이 더 있다고. 그러니, 손님들한테로 돌아가서, 아주 즐겁고 신나게 놀라고. 숨이 붙어 있을 때 말이야, 하하하!"

술집 주인은 유대인 노인의 웃음에 화답하듯 같이 웃고 나서 손님들에게로 돌아갔다. 유대인 노인은 혼자 남자마자 불안하고 생각 많은 얼굴로 돌아갔다. 잠시 머리를 굴리다가 이륜마차를 불러 베스널 그린 쪽으로 향했다. 그렇게 사익스 씨의 집에서 400미터쯤 떨어진 앞에서 마차를 보내고, 남은 길은 걸어갔다.

"자, 여기에 무슨 수작을 부리고 있다면, 이 앙큼한 것, 너한테서 다 알아내고야 말 테다." 유대인 노인이 문을 두드리면서 중얼거렸다.

문을 열어준 여자가 낸시는 자기 방에 있다고 말했다. 페이긴은 살며시 위층으로 올라가서 아무런 소리 없이 방으로 들어갔다. 낸시는 혼자 탁자에 고개를 처박고 엎드려 있었다. 머리카락이 탁자 위로 아무렇게나 펼쳐져 있었다.

'술을 마시고 있었군. 아니, 어쩌면 그저 참담해서인지도.' 유대인 노인은 아무렇지도 않게 속으로 넘겨짚었다.

유대인 노인이 이렇게 생각하며 문을 닫으려고 몸을 돌리자 그 소리에 낸시가 퍼뜩 깨어났다. 낸시는 페이긴의 교활한 얼굴을 꼼꼼히 뜯어보면서, 다른 소식이 있느냐고 따져 물었고 토비 크래킷의 이야기를 전해 들었다. 말이 끝나자 낸시는 아까처럼 다시 엎어져서는 입을 다물었다. 그냥 성질을 내며 촛불을 밀치고 들썩이다가 한두 번 바닥에 발을 끌었을 뿐이다.

침묵이 흐르는 동안, 유대인 노인은 방 안을 초조하게 두리번거리며 사익스가 몰래 돌아온 흔적이 없는지 확인했다. 그런 조사결과에 흡족한 얼굴로, 헛기침을 두세 번 하면서 대화를 시도했다. 하지만 낸시는 석상을 대하듯 페이긴에게는 조금도 신경을 쓰지 않았다. 마침내 페이긴이 다시 말을 걸면서 두 손을 비비며 최대한 달래는 어투로 말했다.

"그러면 지금 빌은 어디에 있을 것 같으냐, 엉?"

낸시가 신음소리를 내며 잘 모르겠다고 대답을 했다. 반쯤 코 막힌 소리가 새어나오는 걸로 보아 울고 있는 것 같았다.

"그리고 그 아이도." 유대인 노인이 낸시의 얼굴을 보려고 눈을 치켜뜨며 덧붙였다. "어린 것이 가엾게도! 도랑에 버려졌다니, 낸시, 생각만 해도!"

"그 아이는," 낸시가 갑자기 쳐다보며 말했다. "우리와 있는 것보다 거기가 더 나아요. 빌한테 해가 되지만 않는다면 그냥 도랑에서 죽어 그대로 썩었으면 좋겠어요."

"뭐라고!" 유대인 노인이 놀라서 소리쳤다.

"네, 그래요." 낸시가 페이긴의 시선을 맞받아치며 대답했다. "내 눈에서 그 아이가 사라지고 최악의 상황이 끝났다는 것을 알면 정말 기쁘겠어요. 그 아이가 내 주위에 얼쩡거리는 걸 더 이상 참을 수가 없다고요. 그 아이를 보기만 하면 나 자신과 당신들 모두에게 억한 심정이 든단 말이에요."

"쳇! 너 취했구나." 유대인 노인이 비아냥거렸다.

"내가 취했다고요?" 낸시가 신랄하게 소리쳤다. "당신 때문에 내가 취한 거잖아! 당신이 내가 안 취하게 가만히 놔둔 적 있어? 지금은 아니지만 … 에이, 농담이 안 통했나 보네, 그래요?"

"그래! 안 통했어." 유대인 노인이 격노해서 소리쳤다.

"에이, 그러면 바꿔봐요!" 낸시가 웃음을 터뜨리며 대꾸했다.

"바꿔보라고!" 유대인 노인이 소리를 꽥 내질렀다. 저녁 내내 짜증스러웠던 데다가 낸시가 의외로 고집 세게 뻗대자 끝없이 분노가 솟구쳤다. "그래, 바꿔보지! 내 말 잘 들어, 이 매춘부야. 똑똑히 들으라고. 내가 여섯 마디만 하면 사익스를 목매달게 할 수 있어. 내 손가락으로 녀석의 목젖을 누르는 것만큼 확실하게. 만약 녀석이 아이를 혼자 남겨두고 온다든가, 죽든 살든 내 앞에 아이를 데려다놓지 못하면, 네 손으로 그 녀석을 직접 죽여 버리는 게 좋을 거야. 교수대로 보내고 싶지 않다면 말이야. 이 방에 발을 들여놓는 바로 그 순간에 그렇게 하라고. 명심해, 안 그러면 너무 늦을 테니까!"

"그게 다 무슨 말이에요?" 낸시가 무심코 소리쳐 물었다.

"무슨 말이냐고?" 페이긴이 화가 나서 미친 듯이 퍼붓기 시작했다. "그 아이는 나한테 수백 파운드의 가치가 있어. 안전하게 한몫 잡을 수 있는 기회가 굴러들어왔는데, 내가 한 번 불면 목숨을 날려버릴 수 있는 술주정뱅이 건달의 변덕 때문에 그 기회를 놓쳐야겠냐고! 게다가 태생부터 악마인 녀석한테 엮이는 바람에, 그 악마 놈이 날 …"

유대인 노인은 숨을 헐떡거리면서 말을 더듬거리다가, 한순간 쏟아내던 분노를 멈추었다. 조금 전만 해도 두 주먹을 불끈 쥐고 두 눈을 부라리며 잿빛 얼굴로 격정에 사로잡혀 있었지만, 지금은 의자에 움츠리고 앉아 무슨 나쁜 비밀을 흘리기라도 한 게 아닐까 싶어 벌벌 떨고 있었다. 잠깐 침묵하던 유대인 노인은 용기를 내어 낸시를 돌아보았다. 처음처럼 흐트러진 상태인 낸시를 보고 약간 안심하는 것 같았다.

"애야, 낸시! 내 말이 거슬렸느냐, 응?" 유대인 노인이 평소처럼 쉰 목소리로 물었다.

"이젠 날 좀 그냥 내버려 뒤요, 페이긴!" 낸시가 나른하게 고개를 들면서 대답했다. "이번에 빌이 못했다면 다음에 또 하겠죠. 당신을 위해서 수없이 좋은 일을 해줬잖아요. 그리고 가능한 한 앞으로도 그럴 거고요. 또 못할 땐 어쩔 수 없는 거죠. 그러니 이제 그만해요."

"그 아이는 어떡하고?" 유대인 노인이 초조하게 양손바닥을 비비며 물었다.

"그 아이도 다른 사람들처럼 운수에 맡기는 거죠. 다시 말하지만 난 그 아이가 죽어서 더 이상 해를 당하지 않고 당신한테서 벗어나길 바라요. 단, 빌한테 아무 일도 없다면요. 그리고 토비가 잘 빠져나갔다면 빌도 분명히 안전할 거예요. 빌은 어느 때건 토비 같은 사람 두 명 몫은 하니까." 낸시가 급하게 끼어들어 늘어놓았다.

"그리고 내가 아까 말한 건 어때?" 유대인 노인이 번들거리는 눈으로 낸시를 바라보며 물었다.

"나한테 뭘 시킬 작정이라면 처음부터 다시 다 말해야 할 거예요. 아니, 내일까지 기다리시든가요. 당신 때문에 잠깐 정신이 들었지만 이제 다시 멍해졌어요." 낸시가 대꾸했다.

페이긴은 다시 여러 질문을 던졌다. 자신이 실수로 내뱉은 말에서 뭔가를 알아챘는가 싶어 확인하려는 목적이었다. 하지만 낸시는 모든 질문에 즉각 대답을 했고, 페이긴의 집요한 눈길에도 주춤하지 않았다. 꽤나 취해 있는 게 틀림없었다. 사실 낸시는 유대인 노인의 여제자들이 흔히 그렇듯 어릴 때부터 술과 친했다. 낸시의 흐트러진 모습과 방 안 가득 퍼져 있는 독주 냄새로 보아 확실했다. 낸시는 순간적으로 감정이 격해졌다가 곧 가라앉아 멍해졌고, 또다시 휘몰아치는 복잡한 감정에 복받쳐 눈물을 흘렸다. 그러다가 이내 "죽는다고 하지 마!"라고 소리를 질렀다가 "행복하기만 하다면 못할 일이 있으랴" 하며 횡설수설 주절 거렸다. 페이긴은 이런 상황을 많이 겪어봤기에 아주 만족스럽게 낸시가 많이 취해서 정신이 오락가락한다는 사실을 확신했다.

그러자 한결 마음이 가벼워진 페이긴은 낸시에게 토비의 이야기를 전해주고 직접 사익스가 돌아오지 않았다는 사실을 확인한 후, 탁자에 엎드린 채 잠이 든 낸시를 그대로 두고 집으로 돌아갈 길을 나섰다.

자정까지 한 시간이 채 남지 않은 때였다. 어두컴컴하고 살이 에일 듯 추운 날씨여서 굳이 밖에서 서성거릴 마음이 없었다. 거리에 휘몰아치는 날카로운 바람이 먼지나 진흙뿐만 아니라 행인들도 깨끗하게 치워버린 것 같았다. 드문드문 보이는 사람들도 서둘러 집으로 향하는 모습이었다. 유대인 노인은 뒤에서 바람이 불어서, 돌풍이 일어날 때마다 부들부들 떨리는 몸이 떠밀려서 앞으로 나아갔다.

페이긴은 집 근처 모퉁이에 다다르자 벌써부터 주머니를 뒤적여 대문 열쇠를 찾기 시작했다. 바로 그 때, 어두운 그림자가 불쑥 나타나더니 길을 건너 슬며시 다가왔다.

"페이긴!" 페이긴의 귀 가까이에 속삭이는 목소리가 들렸다.

"아! 자네는 …" 유대인 노인이 재빨리 고개를 돌리며 말했다.

"그렇소!" 낯선 남자가 말을 가로챘다. "여기서 두 시간이나 기다렸소. 대체 어디에 있었소?"

"자네 일 때문이었지." 유대인 노인이 불안한 눈초리로 상대방을 쳐다보았고, 대답을 하면서 걸음을 늦추었다. "저녁 내내 자네 일로 돌아다녔다고."

"아, 물론 그렇겠죠! 그래, 어떻게 됐소?" 낯선 남자가 비웃음을 흘리며 말했다.

"좋지 않아." 유대인 노인이 대답했다.

"나쁜 일은 아니겠죠, 엉?" 낯선 남자가 딱 멈춰 서더니 깜짝 놀란 표정으로 페이긴을 돌아보았다.

페이긴이 고개를 저으며 막 대답을 하려는데, 낯선 남자가 페이긴을 가로막으며 집 쪽을 가리켰다. 그러면서, 너무 오래 서서 기다리느라 피가 얼어붙어 몸 속으로 바람이 부는 것 같으니 안에 들어가서 은밀히 말하는 게 좋겠다고 했다.

페이긴은 이런 늦은 시간에 손님을 집에 들이는 게 꺼려지는 표정이었고, 집 안에 불도 피워놓지 않았다고 웅얼거렸다. 그래도 상대방이 단호하게 다시 요청하자 페이긴은 문을 열 수밖에 없었다. 그러면서 등불을 가져올 동안 조용히 문을 닫으라고 주의를 주었다.

"무덤처럼 어둡네. 서두르시오!" 낯선 남자가 더듬더듬 걸음을 내디디며 말했다.

"문을 닫게." 페이긴이 복도 끝에서 속삭였다. 말이 끝나기가 무섭게 문이 쾅 닫혔다.

"내가 그런 게 아니오." 낯선 남자가 더듬거리며 걸어오면서 말했다. "바람이 불었는지, 아니면 그냥 저절로 닫힌 건지, 둘 중 하나겠죠. 어서 불이나 비춰 봐요. 아니면 이 빌어먹을 소굴에서 뭔가에 부딪쳐 내 머리통이 깨지겠소."

페이긴은 살며시 부엌 계단을 내려갔다. 잠시 사라졌다가 촛불을 들고 다시 나타나서는 아래층 뒷방에 토비 크래킷이, 앞방에 아이들이 자고 있다고 알려주었다. 페이긴은 남자에게 따라오라고 손짓하면서 위층으로 안내했다.

"여기에서 할 말을 하자고." 유대인 노인이 위층의 방문 하나를 열어젖히며 말했다. "덧창엔 구멍들이 나 있어서 이웃들에게 불빛이 새어나가지 않도록 촛불은 계단에 둘 거야. 자, 어서!"

유대인 노인은 이렇게 말하고 나서 허리를 굽혀 방문의 맞은편 위쪽 계단에 촛불을 놓고 방으로 들어갔다. 다른 가구는 없이, 고장난 안락의자와 덮개 없는 낡은 소파만이 문 뒤쪽에 놓여 있을 뿐이었다. 지친 기색이 역력한 낯선 남자는 풀썩 소파에 앉았고 페이긴은 안락의자를 끌고 와서 마주보고 앉았다. 방 안은 그다지 어둡지 않았다. 문이 약간 열려 있어 밖에 놓아둔 촛불이 맞은편 벽에 희미하게 비쳤다.

두 사람은 한참을 속삭이듯 대화했다. 말소리가 여기저기 드문드문 흘러나와서 확실히 알아들을 수는 없었지만, 혹시라도 엿듣는 사람이 있었다면 낯선 남자에게 페이긴이 변명을 늘어놓고 있다는 사실과 낯선 남자가 굉장히 짜증스러워한다는 사실은 쉽게 눈치 챌 수 있었을 것이다. 두 사람이 대화를 나눈 지 15분쯤 흘렀을 때, 유대인 노인이 낯선 남자를 '멍크스'라고 여러 번 불렀는데, 이 멍크스가 약간 언성을 높이며 말했다.

"다시 말하지만, 계획이 아주 틀려먹었소. 왜 다른 아이들과 같이 데리고 있으면서 당장에 겁쟁이 소매치기로 못 만들었던 거요?"

"말이야 쉽지!" 유대인 노인이 어깨를 으쓱하며 탄식했다.

"아니, 그렇게 하려고 했어도 못했을 거란 소리요? 다른 아이들은 이미 수없이 그렇게 했잖소? 적어도 일 년 정도만 꾹 참고 꾸준히 시도 했더라면 그 아이를 범죄에 빠뜨리고 종신형 정도로 무사히 나라 밖으로 내쫓았을 거 아니오?" 멍크스가 단호하게 따져 물었다.

"그러면 누가 이익을 얻을까?" 유대인 노인이 겸손하게 물었다.

"나요." 멍크스가 대답했다.

"하지만 난 아니지. 그 아이가 내게 쓸모가 더 있을지 어떻게 알고? 거래를 할 때는 서로 간의 이익을 다 고려해야 합리적이지 않나? 그렇지?" 유대인 노인이 온순하게 말했다.

"그럼, 어쩌라고?" 멍크스가 물었다.

"그 아이를 소매치기로 훈련시키는 게 쉽지 않다는 걸 단번에 알았지. 똑같은 상황에서 다른 아이들과 전혀 달랐다고." 유대인 노인이 대답했다.

"빌어먹을, 다르겠지! 아니면 이미 오래전에 도둑질을 했을 거 아니오." 멍크스가 투덜거렸다.

"그 아이를 심하게 몰아세울 약점이 없었어." 유대인 노인이 불안하게 멍크스의 안색을 살피며 말을 이었다. "그 아이는 손을 더럽힌 적이 없으니, 겁을 줄 만한 약점이 없었다고. 처음부터 그런 게 없으면 다 소용없거든. 그러니 어쩌겠어? 미꾸라지와 찰리하고 같이 보내라고? 처음에 그랬다가 어떻게 됐어? 우리 모두 얼마나 벌벌 떨었던지."

"뭐, 그게 내 잘못은 아니잖소." 멍크스가 말했다.

"아니지, 아니고말고! 지금 그걸로 싸우자는 게 아니오. 사실 그 일이 없었다면 당신이 우연히 그 아이를 알아볼 일도 없었을 테고 아예 못 찾아냈을 테지. 근데, 당신을 위해서 내가 여자애를 시켜 아이를 다시 데려다놓으니까, 이젠 그 여자애가 아이 편을 들고 나서는 거요."

"그런 계집은 목을 졸라버려야지!" 멍크스가 성마르게 소리쳤다.

"아니, 지금은 그럴 수 없소." 유대인 노인이 미소를 지으며 달랬다.

"그리고 그런 건 우리 방식이 아니지. 뭐, 그게 아니라면 언제든 기꺼이 해치웠을 거라고. 멍크스, 난 이 여자애들이 어떤지 잘 알아. 낸시는 그 아이가 나쁜 물 들기 시작하면 나무토막 보듯 무심해질거야. 자네는 그 아이를 도둑으로 만들고 싶은 거지? 살아있기만 하다면 이번에야말로 반드시 그렇게 만들 수 있어. 그리고 만약에 …" 유대인 노인이 더 가까이 다가가며 말했다. "가능성이 전혀 없지 않은데 … 만약 최악에, 최악의 상황이어서 그 아이가 죽었다면 …"

"죽었다 해도 내 탓은 아니오!" 멍크스가 겁에 질린 표정으로 말을 끊으며 떨리는 손으로 유대인 노인의 팔을 붙잡았다. "페이긴, 명심해요! 난 이 일에 손대지 않았다고. 처음부터 죽음만은 안 된다고 말했잖소. 난 피를 보지 않겠소. 그런 건 밝혀지기 마련이고 언제나 사람을 따라다니며 괴롭힌단 말이오. 만약에 그 아이가 총에 맞아 죽었다고 해도 내 탓은 아니오, 알겠소? 이 지옥 소굴을 태워버려야지, 원! 저건 뭐지?"

"뭐야!" 유대인 노인이 벌떡 일어서려는 겁쟁이의 몸을 양팔로 둘러 잡으며 소리쳤다. "어디야?"

"저기!" 멍크스가 반대쪽 벽을 노려보며 대답했다. "저 그림자! 망토에 보닛 차림의 여자 그림자를 봤소! 단숨에 벽을 스쳐갔단 말이오!"

유대인 노인이 팔을 놓고 쿵쾅거리며 방 밖으로 달려 나갔다. 촛불은 그 자리에 그대로 놓여 있었다. 그 불빛 속에 보이는 것이라고는 텅 빈 계단과 하얗게 질린 두 사람의 얼굴 밖에 없었다. 두 사람은 가만히 귀를 기울였지만 집 안에는 깊은 정적만 흐를 뿐이었다.

"잘못 본 모양이군." 유대인 노인이 촛불을 들고 멍크스를 돌아보며 말했다.

"맹세코 진짜 봤소!" 멍크스가 몸을 떨면서 대답했다. "처음 봤을 때는 허리를 숙이고 있었는데, 내가 소리를 치니까 쏜살같이 달아났다고."

유대인 노인이 무시하는 눈길로 멍크스의 창백한 얼굴을 쳐다보더니, 따라오고 싶으면 따라오라고 말한 후 계단을 올라갔다. 두 사람은 방을 모조리 다 훑어보았지만 어느 곳이나 다 춥고 텅 빈 방일 뿐이었다. 복도로 내려가서 지하창고들도 다 둘러보았다. 낮은 벽에 푸른곰팡이가 피어 있었고 달팽이와 벌레들이 지나간 흔적이 촛불에 번들거렸지만 사방이 쥐 죽은 듯이 조용했다.

"자, 이제 어떤가?" 다시 복도로 나왔을 때 유대인 노인이 물었다. "우리들 말고는 이 집에 토비와 아이들뿐이라네. 걔들은 걱정할 필요 없고. 여길 보게!"

유대인 노인은 증거로 주머니에서 열쇠 두 개를 꺼냈다. 그러고는 아까 아래층에 내려갔을 때 토비와 아이들의 방문을 밖에서 잠가 대화에 방해받지 않게 단속을 했다고 설명했다.

이런 증언에도 멍크스는 머뭇거렸다. 아무리 뒤져봐도 아무것도 발견하지 못하자 멍크스의 주장은 차츰 힘을 잃어갔다. 그러자 멍크스는 음산하게 여러 번 헛웃음을 터뜨리더니, 흥분해서 상상이 지나쳤던 것 같다고 털어놓았다. 그러다가 갑자기 새벽 1시가 지난 것을 알아채고는, 더 이상 대화를 하기에는 너무 늦었으니 다음으로 미루자고 말했다. 결국 이 의기투합한 짝은 그렇게 헤어졌다.

5장

앞장에서 매몰차게 숙녀를 저버린 무례함을 속죄하다

한낱 작가 따위가 말단 교구관처럼 높으신 양반을 벽난로에 기대어 외투자락을 양팔에 말아 올린 채 마냥 기다리게 하는 것은 전혀 적절치 않은 일일 것이다. 또한 이 말단 교구관이 다정하고 애정 어린 눈길로 바라보며 달콤한 말을 귓가에 속삭였던 숙녀를 똑같은 방식으로 내팽 개쳐두는 것도 작가의 신분이나 신사도에 맞지 않을 것이다. 자고로 전기 작가란 펜으로 글을 적어가면서, 자신의 분수를 잘 알고 이 땅 위에 높고 중요한 권위를 가진 분들에게 존경을 표할 줄 안다고 믿기에, 서둘러 이분들에게 그 지위에 맞는 존경심을 표하며 그 높은 지위와 덕성에 맞춰 이분들의 이야기를 다루고자 한다. 원래 이 목적을 위해 작가는 이 자리에서 말단 교구관의 신성한 권위와 절대 잘못을 행할 리 없는 말단 교구관의 지위에 대해 소개하고자 계획했다. 이는 올바른 마음을 가진 독자라면 즐거움과 유익함을 동시에 얻을 수 있는 주제일 터였지만, 불행하게도 시간과 공간의 부족으로 좀 더 편리하고 적절한 기회로 미루지 않을 수 없었다. 그 때가 오면 제대로 자격을 갖춘 말단 교구관, 다시 말해 교구 교회에서 공식적 임무를 부여받아 일하는 교구 구빈원 소속 관리는 그 공직의 권위와 덕성 면에서 인간으로서 최고의 자질과 탁월함을 갖추고 있다는 사실을 충분히 보여줄 것이다. 반면, 회사의 말단 직원이나 법원의 말단 관리, 심지어 아주 낮은 직급의 부속 예배당 말단 관리들은 이런 훌륭한 자질들을 전혀 내세울 수 없는 자들이라는 사실도 알려줄 것이다.

범블 씨는 찻숟가락을 세어보고, 설탕집게의 무게를 가늠해보고, 우유단지를 꼼꼼히 살펴보았다. 그러더니, 의자의 말총 깔개까지 방 안 가구들의 정확한 상태를 면밀히 확인했다. 이런 과정을 대여섯 번이나 반복하고 나자, 코니 부인이 돌아올 시간이 되었다는 생각이 들기 시작했다. 생각은 생각을 낳는 법이어서, 코니 부인이 돌아올 기적도 없자 범블 씨는 코니 부인의 서랍장 내부를 들여다보며 궁금증을 푸는 게 순수하게 시간을 잘 보내는 방법일 수 있다는 생각이 문득 들었다.

범블 씨는 열쇠구멍에 귀를 대고 아무도 오지 않는다는 사실을 확인한 후, 맨 아래 칸부터 세 개의 기다란 서랍장을 살펴보기 시작했다. 서랍 안에는 두 겹의 신문지 사이에 말린 라벤더를 뿌리고 소중하게 보관해둔, 유행에 잘 맞는 질 좋은 옷들이 가득 들어 있었다. 범블 씨는 굉장히 흡족해하면서, 어느덧 오른쪽 구석의 서랍까지 열어보게 되었다. 그 속에는 자물쇠로 잠긴 상자가 있었고 살짝 흔들어보니 동전 소리처럼 상쾌한 소리가 났다. 그러고 나서 범블 씨는 위풍당당하게 난롯가로 돌아와 원래 자세를 다시 취하며 엄숙하고 단호한 말투로 입을 열었다. "난 해내고 말 거야!" 이 놀라운 선언을 뒤로 하고, 신이 난 강아지라도 된 마냥 고개를 흔들어대다가 즐겁고 흥미로운 사실을 발견이라도 한 듯 옆으로 서서 자기 다리를 쭉 훑어보았다.

범블 씨가 이렇게 담담하게 다리를 훑어보고 있을 때, 코니 부인이 황급히 방 안으로 들어와 숨을 헐떡이며 난롯가의 의자에 털썩 주저앉더니 한 손은 눈을 가리고 다른 손은 가슴에 얹은 채 숨을 몰아쉬었다.

"코니 부인." 범블 씨가 허리를 숙여 코니 부인을 바라보며 말했다. "왜 그러죠? 부인, 무슨 일입니까? 제발 대답해줘요. 난 … 난 …" 범블 씨는 깜짝 놀라서 '애가 탄다'는 말이 생각나지 않아 머뭇거렸다.

"오, 범블 씨! 너무 끔찍하게도 곤란했어요!" 코니 부인이 소리쳤다.

"곤란했다고요, 부인! 감히 누가 그런 짓을 …? 아, 알겠어요!" 범블 씨가 타고난 위엄을 내보이며 담담히 말했다. "그 사악한 극빈자들 때문이군요!"

"생각만 해도 끔찍해요!" 코니 부인이 몸을 떨며 말했다.

"그러면 생각을 하지 마세요, 부인." 범블 씨가 말했다.

"생각을 안 할 수가 없어요." 코니 부인이 훌쩍거렸다.

"그럼, 뭘 좀 마셔요, 부인. 포도주 좀 어떻소?" 범블 씨가 달래듯 말했다.

"세상에, 안 돼요! 전 못해요 … 아! 저 오른쪽 구석 선반 위에 … 아!" 코니 부인이 이렇게 말하면서 정신없이 찬장을 가리키며 경련하듯 몸을 부르르 떨었다. 범블 씨는 찬장으로 달려가서 녹색 유리병을 낚아채더니 찻잔에 부어 부인의 입술에 갖다대었다.

"이제 좀 낫군요." 코니 부인이 반쯤 마신 후 뒤로 몸을 기대며 말했다.

범블 씨는 경건하게 천장을 쳐다보며 감사를 올린 후, 다시 찻잔을 내려다보다가 코 가까이로 들어올렸다.

"페퍼민트예요." 코니 부인이 희미한 목소리로 외치면서 말단 교구관을 향해 살짝 미소를 지어보였다. "드셔보세요! 다른 것도 약간 섞었거든요."

범블 씨는 미심쩍은 표정으로 맛을 보았다. 한두 번 입맛을 다시고는 완전히 들이켰다.

"아주 편안해진답니다." 코니 부인이 말했다.

"정말 그렇군요, 부인." 범블 씨가 이렇게 말하면서 의자를 끌고 와 옆에 앉으며, 무슨 일이냐고 부드럽게 물었다.

"아무것도 아니에요. 제가 다 바보 같아서 흥분을 잘하고 연약해서 그렇죠, 뭐." 코니 부인이 대답했다.

"연약하지 않아요." 범블 씨가 의자를 좀 더 끌어당기며 반박했다. "코니 부인, 당신이 연약하다고요?"

"우리는 모두 연약한 존재잖아요." 코니 부인이 일반론을 펼쳤다.

"그건 그렇죠." 범블 씨가 동의했다.

이후로 잠시 아무 말도 오가지 않았다. 그러다가 범블 씨가 코니 부인의 의자 등받이에 걸치고 있던 왼손을 옮겨 코니 부인의 앞치마 끈을 조금씩 휘감기 시작했다.

"우리 모두 연약한 존재들이죠." 범블 씨가 되풀이하자 코니 부인이 한숨을 쉬었다.

"부인, 한숨 쉬지 말아요."

"어쩔 수가 없답니다." 코니 부인이 이렇게 말하고는 다시 한숨을 쉬었다.

"부인, 이 방은 참 편안하군요." 범블 씨가 둘러보며 말을 이었다. "여기에 방 하나만 더하면 아주 완벽하겠어요."

"혼자 쓰기엔 너무 많죠." 부인이 중얼거렸다.

"둘한테는 그렇지도 않겠죠. 안 그래요, 부인?" 범블 씨가 부드러운 어조로 대꾸했다.

코니 부인은 고개를 푹 숙였고 범블 씨도 부인의 얼굴을 보려고 고개를 숙였다. 코니 부인은 아주 예의바르게 고개를 돌리며 손수건을 집으려고 손을 내밀다가 범블 씨의 손을 스쳤다.

"이사회에서 석탄을 주고 있죠, 코니 부인?" 범블 씨가 다정하게 부인의 손을 쥐면서 물었다.

"양초도요." 코니 부인이 범블 씨의 손을 살짝 쥐며 대답했다.

"석탄과 양초, 이 집까지 공짜라니. 코니 부인, 당신은 천사가 틀림없어요!" 범블 씨가 감탄했다.

코니 부인은 이런 폭발적인 감정에 약했다. 그대로 범블 씨의 품에 안기자, 동요한 범블 씨는 부인의 정숙한 코에 열정적인 입맞춤을 남겼다.

"참으로 완벽한 밤이군요! 슬라우트 씨가 오늘 밤 병이 더 악화되었다는 걸 아나요, 나의 천사여?" 범블 씨가 격정적으로 소리치며 물었다.

"네." 코니 부인이 수줍어하며 대답했다.

"의사 말로는 일주일도 못 버틸 거라더군요. 그 사람이 여기 원장이니, 죽으면 공석이 될 테고 반드시 누가 채워야 할 거요. 오, 코니 부인, 정말 그렇게만 된다면! 우리 둘의 마음과 집을 합칠 좋은 기회가 아니겠소!"

범블 씨의 말에 코니 부인이 훌쩍거리기 시작했다.

"짧게 한 마디를 덧붙인다면?" 범블 씨가 수줍어하는 아름다운 부인에게 고개를 숙이며 말을 이었다. "딱 한 마디만 더 하자면, 축복받은 나의 코니?"

"그, 그, 그래요!" 코니 부인이 한숨을 내쉬듯 말을 내뱉었다.

"하나만 더." 범블 씨가 말을 이었다. "좀 흥분을 가라앉혀 봐요. 날짜는 언제로 정할까요?"

코니 부인은 두 번이나 말하려고 입술을 달싹였지만 다 실패했다. 드디어 용기를 끌어 모아 범블 씨의 목에 팔을 두르고, 원한다면 가능한 한 빨리 하자고 말했다. 그리고 그를 '사랑스러운 오리'라고 불렀다.

이렇게 애정 넘치고 만족스럽게 합의가 이루어지자, 페퍼민트 음료를 한 잔 가득 따라 마시는 것으로 계약이 치러졌다. 코니 부인의 떨리는 마음을 다스려야 했기에 더더욱 필수적인 절차였다. 그러는 사이에 코니 부인은 범블 씨에게 노파의 죽음을 알렸다.

"아주 잘 됐군. 집으로 돌아가는 길에 소어베리 가게에 들러 내일 아침에 사람을 보내라고 하겠소. 그것 때문에 그렇게 힘들었던 거요, 당신?" 범블 씨가 페퍼민트를 홀짝이며 말했다.

"사실 특별한 일도 아니었어요." 코니 부인이 회피하듯 대답했다.

"뭔가가 있는 거 같은데. 나한테만 말해주지 않겠소?" 범블 씨가 재촉했다.

"지금은 안 돼요. 언젠가, 우리가 결혼한 후에 말해줄게요." 코니 부인이 대답했다.

"결혼한 후에라! 극빈자 녀석이 무례하게 군 건 …" 범블 씨가 소리쳤다.

"아뇨, 아니에요." 코니 부인이 급하게 말을 끊었다.

"만약 그렇다면 … 누구라도 감히 그 천박한 눈으로 우리 아름다운 부인의 얼굴을 쳐다보기라도 하는 날엔 …" 범블 씨가 엄포를 놓았다.

"감히 그럴 리가요." 코니 부인이 대꾸했다.

"안 그러는 게 좋을 거야!" 범블 씨가 주먹을 움켜쥐며 말을 이었다. "교구 안이건 밖이건 어떤 녀석이든 감히 그런 짓을 한다면 두 번 다시 못하도록 본때를 보여주지!"

이렇게 소리 높여 격렬한 반응을 보이지 않았다면 부인의 매력을 높이 사지 않는 것으로 보였을지도 몰랐다. 하지만 범블 씨가 이렇게 호전적인 몸짓으로 위협을 해대는 모습을 보이자, 코니 부인은 이 헌신적인 행동에 깊이 감동해서 '사랑스러운 비둘기'라고까지 불렀다.

이 사랑스러운 비둘기는 외투깃을 세우고 삼각모자를 쓰고 나서, 미래의 배우자와 길고 다정한 포옹을 나눈 뒤 차가운 밤바람 속으로 다시 길을 나섰다. 잠시 남자 극빈자들이 수용된 건물에 들러서, 앞으로 원장직을 잘 수행할 수 있다는 자신감을 얻기 위해 극빈자들을 조금 괴롭혀주었다. 충분한 자격을 갖췄다는 자신이 들자, 홀가분한 마음으로 건물을 나서면서 밝은 미래를 그려보았다. 머릿속은 온통 앞으로 다가올 승진 생각뿐이었다. 그러다가 어느덧 장의사 가게에 다다랐다.

마침 소어베리 부부는 저녁 식사를 하러 나가고 없었다. 노아 클레이폴은 먹고 마시는 두 가지 기능 외에는 몸을 잘 안 움직이는 자라서 문 닫을 시간이 지나서도 가게문을 열어두었다. 범블 씨가 지팡이로 계산대를 몇 번 두드렸지만 아무런 반응이 없었다. 가게 뒤쪽 작은 응접실 유리창에 불빛이 비쳐서 호기심에 엿볼 생각이 들었다. 그런데 막상 들여다보고 있자니, 기가 막힐 정도로 놀라운 상황이 펼쳐졌다.

저녁 식사가 차려져 있었고, 탁자 위에는 버터 바른 빵과 접시, 유리잔들, 맥주 단지와 포도주 병이 가득 했다. 탁자의 위쪽 끝에는 노아 클레이폴이 안락의자 팔걸이에 다리를 걸친 채 늘어져서 한 손에는 주머니칼을, 다른 손에는 버터 바른 빵 덩어리를 들고 있었다. 그 옆에는 샬롯이 바짝 붙어 서서 굴을 까주고 있었다. 클레이폴은 아주 게걸스럽게 굴을 삼키고 있었다. 이 젊은 신사의 코 주변이 유독 붉고 오른쪽 눈이 깜빡거리는 걸로 봐서 약간 취기가 오른 상태임이 분명했다. 달아오른 속을 시원하게 식혀줄 굴을 먹어치우고 있는 현상만으로도 술에 취했다는 사실을 증명하고도 남았다.

주인이 없을 때 클레이폴 씨의 모습.

"여기 맛있게 살이 오른 놈이야, 노아! 먹어 봐, 어서. 이것만큼은." 샬롯이 말했다.

"굴이란 녀석은 참으로 맛이 좋구나!" 노아가 굴을 삼키며 감탄했다. "많이 먹으면 속이 울렁거리는 게 좀 아쉬운 점이지, 그렇지, 샬롯?"

"진짜 잔인한 점이지." 샬롯이 대답했다.

"그래, 넌 굴 안 좋아해?" 노아가 물었다.

"그렇게 좋아하진 않아. 난 나보다 노아, 자기가 먹는 걸 보는 게 더 좋아." 샬롯이 대답했다.

"이런! 참 이상한 아이구나!" 노아가 곰곰이 생각하듯 말했다.

"하나 더 먹어. 여기 아주 먹음직스럽고 예쁜 놈이 있어." 샬롯이 말했다.

"더는 못 먹겠어. 미안, 이리 와, 샬롯, 키스해줄게." 노아가 말했다.

"뭐야!" 범블 씨가 방 안으로 뛰어들며 소리쳤다. "다시 한 번 말해 봐."

샬롯은 비명을 지르며 앞치마로 얼굴을 가렸다. 노아도 허둥지둥 바닥에 다리를 내려놓으며 어정쩡한 자세로 겁에 질려 말단 교구관을 쳐다보았다.

"어디 다시 한 번 말해봐, 이 사악하고 건방진 녀석아! 감히 그런 말을 입에 올리다니, 응? 그리고 이 버릇없는 뻔뻔한 계집, 감히 남자를 부추겨? 키스해준다고? 나 참!" 범블 씨가 버럭 화를 내며 소리쳤다.

"진짜 그러려던 게 아니었어요. 얘가 늘 나한테 키스한다고요, 내가 좋건 싫건 상관없어요." 노아가 울먹이며 변명을 늘어놓았다.

"야, 노아." 샬롯이 원망하듯 소리쳤다.

"네가 그랬잖아, 잘 알면서! 얘가 늘 그런다고요, 범블 씨. 계속 내 턱을 쓰다듬고, 온갖 수작은 다 부린다고요!" 노아가 대들 듯 말했다.

"조용!" 범블 씨가 단호하게 소리쳤다. "아가씨는 아래층으로 내려

가. 노아, 너는 가게문 닫고. 주인장이 돌아오기 전에 한 마디라도 더하기만 해 봐, 어디. 그리고 주인장 들어오면 내가 내일 아침 식사 후에 노파용 관 하나 보내랬다고 전해. 알아들었나? 키스라니!" 범블 씨가 양손을 들어올리며 외쳤다. "교구 안 천박한 자들의 죄악과 사악함이 진짜 끔찍하군! 의회가 이런 역겨운 행태를 엄히 다스리지 않는다면 이 나라는 망할 거야. 고상한 품격을 영원히 잃어버리는 거라고!" 말단 교구관은 이렇게 한탄하면서 고고하고 비장한 태도로 장의사 가게를 나왔다.

이제 충분히 범블 씨를 따라다녔고 노파의 장례 준비도 잘 마쳤으니, 어린 올리버 트위스트의 뒤를 쫓아 올리버가 여전히 토비 크래킷이 버리고 도망간 도랑에 쓰러져 있는지 확인하러 떠나는 것이 좋겠다.

6장

올리버의 뒤를 쫓아 모험 속으로

"늑대들한테 목이나 물어 뜯겨라!" 사익스가 이를 갈며 중얼거렸다. "나라면 더 거칠게 울부짖게 만들었을 텐데."

사익스는 사나운 본성에서 나오는 절박한 목소리로 으르렁거리며 무릎 위에 부상당한 아이를 내려놓았다. 추적자들이 어디까지 쫓아왔나 싶어 잠시 돌아보기 위해서였다.

날이 어두운 데다 안개가 자욱하게 끼어서 눈앞을 분간하기가 어려웠다. 하지만 남자들의 고함소리가 공기를 갈랐고, 경고 종소리에 흥분한 이웃 개들이 짖는 소리가 사방에서 울렸다.

"이 겁쟁이 놈아! 그만 멈춰!" 사익스가 토비 크래킷을 향해 힘껏 소리쳤다. 토비는 기다란 다리로 이미 저 멀리 달아나고 있었다. "멈추라고!"

사익스가 계속해서 소리를 지르자 토비가 딱 멈춰 섰다. 아직 권총의 사정거리에서 벗어났는지 안심할 수 없었고 사익스가 농담이나 하고 있을 기분이 아니라는 것을 잘 알았기 때문이다.

"좀 거들어야지. 돌아와!" 사익스가 동료를 사납게 부르면서 소리쳤다.

토비는 짐짓 돌아가려는 행동을 보이며 천천히 걸어갔지만 나지막한 목소리로 헐떡거리며, 그다지 내키지 않는다고 중얼거렸다.

"얼른!" 사익스가 아이를 도랑에 눕혀놓고 주머니에서 권총을 꺼내며 외쳤다. "나랑 장난칠 생각하지 마."

바로 그 순간, 소음이 더 커졌다. 사익스가 다시 둘러보니 추적자들이 벌써 벌판의 울타리를 기어오르고 있었고 개 두 마리도 몇 걸음 앞에서 달려오고 있었다.

"다 끝났어, 빌!" 토비가 소리쳤다. "애는 버리고 어서 도망치라고."

토비는 마지막 충고를 남기고 적에게 붙잡히느니 친구에게 총을 맞는 게 낫다는 생각에 재빨리 내뺐다. 사익스는 이를 꽉 문 채 주위를 돌아본 후 올리버의 몸 위에 망토를 덮어놓고, 추적자들을 따돌리려는 듯 울타리를 따라 뛰기 시작했다. 그러다가 울타리가 꺾어지는 모퉁이에서 잠시 멈춰서 권총을 높이 들고 한 방 쏜 후 훌쩍 자취를 감췄다.

"어이, 어이, 그만! 핀처! 넵튠! 이리 와, 여기!" 뒤쪽에서 떨리는 외침 소리가 들렸다.

개들은 주인들처럼 추적놀이에 흥미가 떨어졌는지, 즉시 명령에 따랐다. 마침 벌판으로 들어선 세 남자들은 서로 의견을 나누고 있었다.

"내 조언은, 아니, 내 명령은 당장 집으로 돌아가자는 거야." 셋 중 가장 뚱뚱한 남자가 말했다.

"자일스 씨가 좋다면 저도 좋아요." 덩치가 좀 있는 키 작은 남자가 대답했다. 얼굴이 새하얗게 질린 채로 아주 예의바른 모습이었는데, 사실 겁먹은 상태였다.

"여러분, 저도 무례하게 보이고 싶진 않아요. 자일스 씨가 잘 아시겠죠." 개를 불러들인 남자가 말했다.

"물론이죠. 자일스 씨가 하시는 말씀인데 우리 처지에 반대할 수 있나요? 아뇨, 아니죠, 전 제 처지를 잘 알아요! 타고난 별자리 덕분에 제 처지를 잘 알지요." 정말로 이 키 작은 남자는 제 처지를 잘 아는 것 같았다. 특히, 이를 따닥따닥 부딪치며 떨고 있는 지금의 처지가 전혀 좋지 않다는 것은 아주 완벽히 알고 있는 것 같았다.

"브리틀스, 자네 겁먹었군." 자일스 씨가 말했다.

"아닙니다." 브리틀스가 답했다.

"아니, 진짜야." 자일스 씨가 반복했다.

"자일스 씨, 그건 틀린 말입니다." 브리틀스가 말했다.

"거짓말은 자네가 하고 있지, 브리틀스."

이렇게 네 번의 반박이 오가게 된 시작점은 자일스 씨의 조롱 섞인 농담이었고, 애초에 자일스 씨가 농담을 꺼낸 이유는 두 남자가 찬사를 보내는 척하며 집으로 되돌아가는 책임을 온전히 자신에게 뒤집어씌워서 화가 났기 때문이었다. 개 주인이 아주 철학적인 언급으로 둘의 말싸움을 끝냈다.

"여러분, 내가 무엇이 문제인지 말해주겠소. 우리는 모두 겁을 먹은 겁니다."

"당신 얘기만 하시오." 가장 창백한 얼굴을 한 자일스 씨가 말했다.

"그러고 있잖습니까? 이런 상황에서 겁을 먹는 것은 자연스럽고 당연하죠. 나는 겁을 먹었어요." 개 주인이 대꾸했다.

"저도 그래요. 하지만 굳이 상대방한테 겁먹었다고 다그칠 필요는 없잖아요." 브리틀스가 말했다.

이렇게 다들 솔직히 털어놓자, 자일스 씨도 한발 물러서서 겁을 먹었다고 인정했다. 그러자마자 세 남자가 동시에 뒤로 돌아 한마음으로 집을 향해 뛰었다. 그러다가, 갈퀴를 들고 뛰느라 가장 숨을 헐떡이던 자일스 씨가 잠깐 멈추자고 했고, 아까 성급하게 말을 꺼낸 것을 사과했다.

"하지만 정말 대단하지 않나? 사람이 피가 들끓으면 못할 일이 없을 것 같으니. 어쩌면 누군가를 죽였을지도 몰라. 그 도둑놈들 중 하나를 붙잡았다면 말이야." 자일스 씨가 해명을 마친 후 화제를 돌리며 말했다.

나머지 두 사람도 비슷한 감정을 느꼈고 이제 흥분이 가라앉아서 그 이유가 뭘까 추측을 해보았다.

"난 뭣 때문인지 알겠어. 그 울타리 때문이었어." 자일스 씨가 말했다.

"어쩐지 그런 것 같아요." 브리틀스가 수긍하며 고개를 끄덕였다.

"내 말이 맞을 거야. 그 울타리를 보자마자 흥분이 가라앉았거든. 거기를 기어오를 때 갑자기 차분해지더라고." 자일스 씨가 말했다.

놀랍게도 다른 두 사람도 바로 그 순간에 똑같이 불쾌한 감정이 들었다고 했다. 셋 모두 도둑놈들이 시야에 들어온 바로 그 순간에 감정의 변화를 느꼈기 때문에 그 시점은 명백했고, 그 원인은 울타리 때문인 게 확실했다.

이는 도둑들을 놀라게 한 두 남자와, 바깥채에서 자다가 개들과 함께 깨서 추적에 동참하게 된 떠돌이 땜장이 사이에서 이루어진 대화였다. 자일스 씨는 저택의 여주인을 모시는 집사 겸 청지기였고, 브리틀스는 어릴 때부터 허드렛일을 하던 하인이었다. 서른 살을 훌쩍 넘은 나이에도 전도유망한 소년 취급을 받고 있었다.

세 사람은 서로 용기를 북돋우며 바싹 붙어서 갑작스럽게 바람이 나뭇가지 사이로 불어칠 때마다 걱정스럽게 두리번거리면서, 도둑들의 눈에 띄지 않도록 나무 밑에 숨겨둔 등불 쪽으로 서둘러 돌아갔다. 얼른 등불을 들고 잰 걸음으로 최대한 빨리 집으로 돌아갔다. 세 사람의 형체가 멀어져서 어른거리게 된 이후에도, 멀리서 불빛이 깜빡거리며 춤을 추는 듯했다.

차츰차츰 시간이 흐르자 공기가 점점 더 차가워졌고, 짙은 연기처럼 안개가 땅 위에 깔렸다. 이슬 먹은 풀잎에다, 오솔길과 낮은 땅은 온통 진흙탕이었다. 축축한 밤바람이 음산하게 불어와 신음소리를 내며 지나갔다. 여전히 올리버는 사익스가 내버리고 간 지점에서 미동도 없이 정신을 잃은 채 쓰러져 있었다.

아침이 밝았다. 아침의 탄생이라기보다 밤의 죽음 같은 첫 새벽빛이 희미하게 하늘을 물들이자 살을 에는 듯 공기가 더 차가워졌다. 어둠 속에서 흐릿하고 무시무시해 보이던 물체들이 점점 뚜렷해지면서 낯익은 모습들로 명확해졌다. 빠르게 굵은 빗방울이 헐벗은 관목에 시끄럽게 떨어졌다. 하지만 올리버는 세차게 때리는 빗줄기를 느끼지 못했다. 여전히 진흙 위에 누워 의식 없이 뻗어 있었던 것이다.

드디어 고통에 찬 나지막한 신음소리가 정적을 깨뜨렸다. 아이는 신음을 흘리며 정신을 차렸다. 아무렇게나 솔로 감싸놓은 왼팔은 묵직하게 늘어져 있었고, 솔은 피에 흠뻑 젖어 있었다. 올리버는 힘겹게 몸을 일으켜 세우고 나서 도움을 청하려고 힘없이 둘러보다가 또다시 고통에 찬 신음을 내뱉었다. 추위에 지쳐서 온몸의 마디마디가 시렸지만, 일어서보려고 안간힘을 다했다. 하지만 머리부터 발끝까지 벌벌 떨다가 푹 주저앉고 말았다.

그렇게 정신을 잃었던 올리버가 다시 정신을 차렸다. 저릿한 가슴 통증에 이대로 가만있다가는 죽을 거라는 경고라도 받은 것처럼 두 발로 서서 걸어보려 안간힘을 썼다. 머리가 어지러워서 술 취한 사람처럼 비틀거렸다. 그래도 올리버는 머리를 가슴에 푹 숙인 채 더듬거리며 앞으로 나아갔다.

이제는 머릿속으로 갖가지 당황스럽고 혼란스러운 생각이 몰려들었다. 여전히 사익스와 토비 사이에서 걷고 있는 것 같았다. 두 도둑이 화를 내며 서로 싸우는 말소리가 귓가에 들리는 듯했다. 그러다가 올리버가 넘어지지 않으려고 애를 쓰며 주의를 기울이면 자신이 그 둘에게 말을 걸고 있었다. 어느새, 전날처럼 사익스와 둘이서 걷다가 그림자 같은 사람들이 스쳐 지나갈 때 사익스가 손목을 꽉 쥐는 느낌이 들었다. 또한 갑자기 들리는 총성에 놀라 뒤로 물러섰다. 커다랗게 외치는 고함소리가 허공에 울렸고 눈앞에서 불빛이 번쩍거렸다. 온갖 소음과 난리법석이 펼쳐지자, 어떤 손이 올리버를 급히 끌고 갔다. 이렇게 빠르게 흘러가는 환상들 사이로, 뭔가 흐릿하고 불안한 통증이 솟아나서 끊임없이 올리버를 괴롭혔다.

이렇게 올리버는 비틀거리면서 거의 기계적으로 말뚝과 대문, 울타리 사이를 기어서 지나쳤다. 마침내 길이 나타나자 또다시 큰비가 퍼붓기 시작해서 정신을 차릴 수 있었다.

둘러보니, 그리 멀지 않은 곳에 집 한 채가 있었다. 거기까지라면 충분히 갈 수 있을 것 같았다. 저 집 사람들이 올리버를 불쌍히 여겨 동정을 베풀어줄지도 모르고, 그렇지 않더라도 사람들이 있는 데서 죽는 게 외딴 벌판에서 죽는 것보다는 낫다고 생각했다. 올리버는 마지막으로 안간힘을 다해 비틀거리며 집 쪽으로 발걸음을 옮겼다.

집에 가까이 다가갈수록 전에 본 적이 있다는 느낌이 들었다. 자세한 기억은 안 나지만 건물의 형체와 특징이 어딘가 낯설지 않아 보였다.

저 정원의 담장! 지난밤에 올리버가 무릎을 꿇고 두 남자에게 자비를 빌던 그 풀밭이었다. 바로 그들이 침입하려던 저택이었다.

올리버는 이 저택을 알아본 순간 어찌나 겁이 났는지 다친 몸의 아픔도 잊은 채 오로지 도망칠 생각만 했다. 도망이라! 겨우 서 있기도 힘겨웠다. 설사 힘이 있다한들 여리고 어린 몸으로 어디로 도망을 칠 수 있단 말인가. 올리버는 정원의 문을 밀어보았다. 문은 잠겨 있지 않아서 활짝 열렸다. 올리버는 비틀거리며 풀밭을 지나 계단을 기어오른 후 약하게 문을 두드렸다. 그러고는 기진맥진해서 현관 기둥에 기대어 푹 쓰러져버리고 말았다.

때마침 자일스 씨와 브리틀스, 땜장이가 부엌에서 차를 마시며 간밤의 피로와 공포에서 벗어나 기운을 회복하고 있던 참이었다. 사실 자일스 씨는 아랫사람들과 그다지 친밀하게 지내는 편이 아니었다. 고고한 상냥함으로 대함으로써 아랫사람들을 만족시키면서도 자신의 우월한 사회적 위치를 각인시켰던 것이다. 하지만 죽음과 화재, 도둑질은 모든 사람을 동등하게 만들기 마련이었다. 그래서 자일스 씨는 부엌의 난롯가에 다리를 쭉 뻗고 앉아 왼팔을 식탁에 기댄 채 오른팔로 도둑 사건을 세세하게 묘사하며 설명하고 있었다. 주방장과 하녀를 비롯한 청중들은 숨죽인 채 귀를 기울이고 있었다.

"아마 두 시 반쯤이었을 거야. 뭐, 세 시 가까이라고 해도 틀림없겠지만. 하여튼 잠이 깨서 몸을 뒤척이는데, (여기에서 자일스 씨가 의자에 앉은 채로 몸을 뒤척이며 식탁보 자락을 끌어당겨 이불인 것처럼 덮는 시늉을 했다) 무슨 소리가 들리는 것 같더군."

자일스 씨가 여기까지 말했을 때, 주방장은 얼굴이 하얗게 질려서 하녀에게 문을 닫으라고 부탁했다. 그러자 하녀가 브리틀스한테 다시 부탁을 했고, 브리틀스는 땜장이에게 넘겼지만 땜장이는 못들은 척 딴청을 피웠다.

"소리가 들렸다고. 처음에는 '환청이야'라고 생각하고 다시 잠들려는데, 또다시 소리가 들리는 거야." 자일스 씨가 계속 이야기를 이어갔다.

"무슨 소리였나요?" 주방장이 물었다.

"뭔가 부수는 소리 같더군." 자일스 씨가 주위를 둘러보며 답했다.

"육두구 강판에 쇠막대기를 가는 소리와 더 비슷했어요." 브리틀스가 끼어들었다.

"네가 들을 때는 그랬지. 하지만 그 때는 뭔가를 부수는 소리였다고. 나는 얼른 이불을 걷고 침대에 앉아서 귀를 기울였지." 자일스 씨가 식탁보를 둘둘 말면서 말했다.

주방장과 하녀가 동시에 "세상에!" 하며 탄식을 내뱉으면서 의자를 바짝 끌어당겼다.

"지금도 그 소리가 또렷하게 들리는 것 같군. '누군가가 문이나 창문을 억지로 뜯고 들어오려고 하는구나. 어쩐다? 우선 저 불쌍한 브리틀스를 깨워서 목숨을 구해야겠어. 아니면 침대에서 그냥 죽음을 맞을 거야. 자기도 모르는 사이에 목이 잘릴지도 몰라.'라고 말했지."

자일스 씨의 말에 모두의 눈이 브리틀스를 향했고, 브리틀스는 입을 떡 벌린 채 완전히 겁에 질린 표정을 짓고 있었다.

"난 이불을 내던졌어." 자일스 씨가 식탁보를 내던지고 주방장과 하녀를 아주 매섭게 노려보며 말을 이었다. "침대에서 조용히 일어나 거시기를 …"

"자일스 씨, 숙녀 분들 앞인데요." 땜장이가 중얼거렸다.

"아니, '신발'을 신었단 말이네." 자일스 씨는 땜장이를 돌아보며 단어를 강조해서 말했다. "장전된 권총을 집어 들고 까치발로 브리틀스의 방으로 들어갔지. 브리틀스를 흔들어 깨운 다음에, '브리틀스, 너무 놀라지 마!'라고 말했어."

"정말 그러셨죠." 브리틀스가 낮은 목소리로 말했다.

"내가 '브리틀스, 우린 이미 죽은 목숨이지만 너무 겁먹지는 말라고.'라고 말을 이었지." 자일스 씨가 말했다.

"브리틀스가 정말 겁을 먹었나요?" 주방장이 물었다.

"아니, 전혀. 조금도 흔들림이 없었어. 나만큼이나!" 자일스 씨가 대답했다.

"나였다면 그 자리에서 죽어버렸을 거예요, 진짜로." 하녀가 말했다.

"넌 여자니까." 브리틀스가 약간 우쭐하며 대꾸했다.

"브리틀스 말이 맞아." 자일스 씨가 고개를 끄덕였다. "당연히 여자들은 그렇겠지. 하지만 우리 남자들은 브리틀스 방 벽난로 선반 위에 있던 암등을 들고 칠흑 같이 어두운 계단을 더듬거리며 내려갔어."

자일스 씨가 설명에 적절한 묘사를 더하기 위해 자리에서 일어나 눈을 감고 두 걸음을 떼었다. 그러다가 깜짝 놀라며 서둘러 의자에 다시 앉았다. 주방장과 하녀는 비명을 질렀다.

"문 두드리는 소리군. 누가 문 좀 열어 봐." 자일스 씨가 완전히 담담한 척 입을 열었다.

아무도 꼼짝하지 않았다.

"이런 아침 시간에 문 두드리는 소리라니, 참 기이한 일이군." 자일스 씨가 주위의 창백한 얼굴들을 둘러보고는 멍한 표정으로 말을 이었다. "하지만 문은 열어야지. 누구 없나?"

자일스 씨는 이렇게 말하면서 브리틀스를 바라보았다. 하지만 원체 겸손한 성격의 이 청년은 자신을 보잘것없는 존재라고 여기는지 자일스 씨의 질문이 자신에게 향할 리 없다고 생각한 듯 아무런 대답도 하지 않았다. 다음으로 자일스 씨가 땜장이에게 애절한 눈길을 보내자 땜장이는 갑자기 꾸벅꾸벅 졸기 시작했다. 당연히 여자들은 대상에서 제

외되었다.

"브리틀스가 문을 열 때 지켜볼 사람이 필요하다면 내가 그 역할을 맡도록 하지." 자일스 씨가 잠깐 뜸을 들이다가 입을 열었다.

"나도 그렇게 하지요." 땜장이가 갑자기 잠든 만큼이나 갑작스럽게 잠을 깨며 말했다.

브리틀스는 졸지에 이 조건을 받아들이고 말았다. 다들 덧창을 열면서 알게 된 사실이지만 환하게 밝은 시간이라는 것을 깨닫고 새삼 안심하면서 개들을 앞세운 채 위층으로 올라갔다. 두 여자는 아래층에 남아 있기가 무서워서 맨 뒤에서 따라왔다. 자일스 씨의 충고에 따라 다들 시끄럽게 떠들면서 밖에 있는 악당에게 자신들이 더 수가 많다는 것을 경고했다. 더불어, 이 천재 신사의 머리에서 나온 다른 책략에 따라, 복도에서 개들의 꼬리를 꼬집어서 심하게 짖어대도록 만들기도 했다.

이런 예방대책들을 세운 후에, 자일스 씨는 달아나지 못하도록 땜장이의 팔을 꽉 붙잡은 채 문을 열라고 명령을 내렸다. 브리틀스가 명령에 따르자, 다들 쭈뼛대며 서로의 어깨 너머로 훔쳐보기 시작했다. 하지만 눈앞에 나타난 무시무시한 악당은 다름 아닌 불쌍하고 어린 올리버 트위스트였다. 아무런 말 없이 지쳐서 묵직한 눈꺼풀을 들어올리며 동정을 구하는 모습이었다.

"뭐야, 어린애잖아!" 자일스 씨가 용감하게 땜장이를 뒤로 밀어내며 소리쳤다. "아니, 이게 어떻게 된 일이지, 어? 브리틀스, 여기 좀 봐, 모르겠어?"

문 뒤에 숨어 있던 브리틀스가 올리버를 보자마자 크게 소리를 질렀다. 자일스 씨가 아이의 다리와 성한 팔을 하나씩 들어 안으로 끌고 들어와 복도 바닥에 완전히 눕혔다.

"여기 잡았어요!" 자일스 씨가 아주 흥분한 상태로 위층을 향해 소

메일리 부인의 집 앞에 쓰러져 있는 올리버.

리를 질렀다. "마님, 도둑놈 하나를 잡았어요! 아가씨, 여기 도둑을 잡았다고요! 부상을 당했어요! 제가 쏜 녀석이죠. 브리틀스는 불을 비추고 있었고요."

"등불로요, 아가씨." 브리틀스는 소리가 더 잘 들리게 입가에 손을 모은 채 외쳤다.

주방장과 하녀는 자일스 씨가 도둑을 잡았다는 소식을 전하러 위층으로 뛰어올라갔고, 땜장이는 교수형을 당하기 전에 먼저 죽지 않도록 분주하게 올리버를 깨워댔다. 이 모든 소음과 난리법석 속에서 다정한 여자의 목소리가 들려오자 한순간에 사방이 조용해졌다.

"자일스!" 계단 위에서 속삭이듯 목소리가 들렸다.

"여기 있습니다, 아가씨." 자일스 씨가 대답했다. "놀라지 마십시오. 전 다치지 않았습니다. 이놈이 그다지 필사적으로 저항하진 않았거든요. 제가 곧바로 이놈을 쓰러뜨렸지요."

"쉿! 여러분이 도둑들만큼이나 우리 이모님을 놀라게 하고 있어요. 저 가엾은 사람은 많이 다쳤나요?" 아가씨가 대답했다.

"중상인 것 같습니다, 아가씨." 자일스 씨가 말할 수 없을 정도로 만족해하며 대답했다.

"막 숨을 거둘 것 같은데요, 아가씨." 브리틀스가 아까처럼 똑같이 소리를 질렀다. "이리 오셔서 한 번 보시지 않을래요? 정말 죽을지도 모르잖아요!"

"쉿, 제발 좀 조용히! 잠시만 기다려요, 이모님께 상의드릴 테니."

아가씨는 이렇게 말하고 나서 목소리만큼이나 부드럽고 상냥한 발걸음으로 물러났다. 잠시 후 돌아오더니, 부상당한 사람을 위층 자일스 씨의 방으로 조심스럽게 옮기라고 하면서, 브리틀스에게 어서 조랑말을 타고 즉시 첫시로 가서 최대한 빨리 경찰과 의사를 데려오라고 지시했다.

"그렇지만 우선 이놈을 한 번 보시지 않겠어요, 아가씨?" 자일스 씨는 올리버가 무슨 솜씨 좋게 맞혀 떨어뜨린 희귀한 새라도 되는 것처럼 자랑스럽게 말했다. "슬쩍 한 번만요, 네?"

"세상에, 지금은 싫어요. 불쌍한 사람! 오! 자일스, 좀 살살 다뤄요, 제발!" 아가씨가 대답했다.

이렇게 돌아서는 아가씨를 늙은 집사는 꼭 친자식이라도 되는 양 자랑스럽고 다정한 눈길로 올려다보았다. 그러고 나서 올리버에게 몸을 숙이며 여자들처럼 아주 조심스러운 손길로 올리버를 위층으로 옮기는 일을 도왔다.

7장

올리버가 신세를 지게 된 저택의 식구들을 소개하고, 그들이 올리버를 어떻게 생각하는지에 관해 알아본다

현대식 우아함보다는 고전적인 안락함이 느껴지는 가구들이 놓인 단정한 방에서 두 숙녀가 잘 차려진 아침 식탁에 앉아 있었다. 검은 집사복을 완벽하게 차려입은 자일스 씨는 식기대와 식탁의 중간쯤 되는 곳에 자리를 잡고, 몸을 최대한 꼿꼿이 세우고 서서 시중을 들었다. 고개를 젖혀 한쪽으로 약간 기울인 자세로, 왼쪽 다리를 약간 앞으로 내민 채 오른손은 조끼에 찔러 넣고 왼손은 옆으로 내려 작은 쟁반을 들고 있었다. 언뜻 보기에, 자신의 존재 가치와 중요한 지위에 아주 흡족해하는 듯했다.

두 숙녀 중 노부인은 참나무 의자의 높은 등받이보다 더 꼿꼿했고, 아주 깔끔하고 단정한 옷차림이었다. 유행이 지난 복식이었지만 현재의 취향을 약간 더해서 더 돋보이게 만든 복고풍이었다. 노부인은 두 손을 식탁 위에 모은 채 당당히 앉아 있었다. 나이 때문에 침침해졌지만 총명

함은 잃지 않은 눈으로 젊은 아가씨를 세심하게 바라보고 있었다.

젊은 아가씨는 여성으로서 사랑스럽게 피어나는 봄을 맞이하고 있었다. 만약 천사가 인간으로 태어났다면, 바로 이러한 아가씨의 모습일 것이라고 생각해도 신성모독은 아닐 터였다.

아가씨의 나이는 열일곱 살을 넘지 않았다. 가냘프고 세심한 육체에, 다정하고 부드러우며 순수한 아름다움을 지닌 아가씨에 비해 이 속세는 너무 속물적이고, 주변의 거친 인간들은 아가씨에게 어울리지 않는 존재인 것 같았다. 아가씨의 깊고 푸른 눈에서 빛나는 지성은 고귀한 머릿속에 새겨져서 나이를 훨씬 뛰어넘어 이 세상 것이 아닐 정도로 느껴졌으며, 다정하고 좋은 기운이 서린 풍부한 표정에는 수천 가지의 빛이 어른거려서 조금도 우울한 구석이 없었다. 무엇보다도 명랑하고 행복한 미소는 따뜻한 가정의 평화와 행복만을 위해 태어난 듯했다.

아가씨는 분주하게 노부인의 시중을 들다가도, 노부인의 눈길과 마주칠 때면 이마 위로 땋아 올린 머리를 장난스럽게 뒤로 넘기며 환한 웃음을 지어보였다. 너무나 사랑스럽고 꾸밈없는 미소여서, 천사들도 아가씨를 향해 미소를 보낼 것만 같았다.

"그러고 보니, 브리틀스가 떠난 지 한 시간이 넘었지 않느냐?" 노부인이 잠시 뜸을 들이다가 물었다.

"한 시간 하고 20분이 넘었습니다." 자일스 씨가 검은 리본에 달린 은시계를 꺼내보며 대답했다.

"그 녀석은 항상 느리구나." 노부인이 말했다.

"예, 브리틀스는 항상 그렇지요." 집사가 대답했다. 브리틀스가 서른 살이 되도록 느리다는 것을 보면 앞으로도 재빠른 녀석이 될 가능성은 없어보였다.

"나아질 기미가 보이지 않고 점점 더 안 좋아지는 것 같구나." 노부인이 말했다.

"다른 아이들과 노느라 늦는 거라면 변명의 여지가 없겠네요." 아가씨가 미소를 지으며 말했다.

자일스 씨는 여기에서 자신도 정중하게 미소를 지어야 하나 고심했다. 때마침, 이륜마차가 정원 문에 멈춰 서더니, 뚱뚱한 신사가 뛰어내려 곧바로 문으로 달려왔다. 그렇게 얼렁뚱땅 집 안으로 들어와서는 방문을 벌컥 열고 들어서다 자일스 씨와 식탁을 모두 뒤집어엎을 뻔했다.

"어찌 이런 일이! 메일리 부인, 얼마나 놀랐는지, 조용한 밤중에 말입니다. 이런 일은 정말 듣도 보도 못했어요!"

이렇게 소리치면서 뚱뚱한 신사는 두 숙녀와 악수를 나누고 의자를 끌어다 앉고 나서 안부를 물었다.

"얼마나 놀라셨어요, 그래. 정말 너무 놀라 돌아가실 뻔 했겠어요. 왜 저한테 사람을 보내지 않았어요? 맙소사, 제 하인이 당장 뛰어왔을 테고 저도 그랬겠죠. 제 조수도 기꺼이 뛰어왔을 텐데. 이런 상황이라면 누구라도 그랬을 텐데요. 이런, 세상에! 그런 예상치 못한 일이! 그것도 조용한 밤중에!"

의사인 뚱뚱한 신사는 도둑이 갑자기 한밤중에 들이닥친 사실에 특히 더 불만인 것 같았다. 마치 도둑질에 종사하는 신사들의 관례상, 하루 이틀 전에 우편으로 약속을 잡고 정오에 작업을 해야 하는 것처럼 말했다.

"그리고 로즈 양도," 의사가 아가씨에게 고개를 돌리며 말을 이었다. "정말 …"

"오! 저도 진짜 많이 놀랐어요." 로즈가 의사의 말을 막으며 끼어들었다. "그런데 위층에 부상당한 사람이 있어요. 이모님은 선생님이 좀 봐주셨으면 하고요."

"아! 그랬죠, 참. 내 듣기론 자일스 자네 작품이었다지?" 의사가 대답했다.

자일스 씨는 찻잔 정리에 열중하다가 붉게 달아오른 얼굴로 '명예롭게도' 그런 일을 했다고 말했다.

"명예라고, 어? 글쎄, 잘 모르겠는데. 뒤쪽 부엌에서 도둑을 쏜 것이 열두 걸음 떨어진 결투 상대를 맞힌 것만큼 명예로운 일인가? 아무튼, 자네가 결투에 나섰고 상대가 헛총질을 했다고 생각하세, 자일스."

자일스 씨는 의사 선생이 이 문제를 가볍게 취급하려고 하자 자신의 영광스러운 업적을 무시하는 처사라는 생각에, 감히 자신이 왈가왈부할 사안은 아니지만 상대방에게는 큰일이었을 거라고 정중히 반박했다.

"아, 그래, 옳은 말일세! 근데, 그 사람은 어디 있나? 안내해주게. 그럼, 메일리 부인, 돌아가는 길에 다시 뵙겠습니다. 저게 도둑이 들어온 창이에요? 정말 믿을 수가 없다니까!"

의사는 계속 주절대면서 자일스 씨를 따라 위층으로 올라갔다. 이 동네 의사, 로스번 씨는 근처 15킬로미터 내에서 그냥 '의사 선생'으로 통하는 사람이었다. 의사 선생이 뚱뚱한 이유는 잘 먹고 살아서라기보다 언제나 신나게 살기 때문이었다. 어떤 탐험가가 이 동네의 다섯 배쯤 넓은 지역을 다 뒤진다고 해도 유일하게 찾아낼 만큼 가장 친절하고 다정하며 유별난 노총각이 바로 이 의사 선생이었다.

의사는 예상보다 훨씬 더 오래 모습을 드러내지 않았다. 마차에서 커다랗고 납작한 상자가 위층으로 옮겨졌고, 침실의 종은 자주 울려댔다. 이에 따라 하인들도 끊임없이 계단을 오르내렸다. 이런 상황으로 미루어 짐작할 수 있는 결론은 위층에서 뭔가 심각한 일이 벌어지고 있다는 것이었다. 마침내 의사가 돌아왔다. 환자의 상태를 묻는 걱정스러운 질문에 알 듯 모를 듯 이상한 표정을 지으며 살며시 문을 닫았다.

"메일리 부인, 이것 참 별난 일입니다." 의사가 문에 등을 대고 서서 말했다.

"위중한 상태는 아니겠지요?" 노부인이 물었다.

"그런 상황을 별나다고 하겠습니까? 아직 위중한 상태는 아니지만 혹시 이 도둑을 보셨나요?" 의사가 되물었다.

"아뇨." 노부인이 대답했다.

"아니면 뭔가 들으신 말이라도?"

"아뇨."

"죄송합니다만, 제가 막 말씀드리려 할 때 로스번 선생님이 들어오셨어요." 자일스 씨가 끼어들었다.

처음에 자일스 씨는 자신이 고작 어린 소년을 쏘아 맞췄다는 사실을 털어놓을 엄두가 나지 않았다. 용감하다고 찬사를 받았던지라, 잠시 달콤한 기분에 취하느라 설명을 미룰 수밖에 없었다. 그 짧은 시간이나마 담대한 용맹성을 한껏 자랑하고 싶었던 것이다.

"로즈가 그 남자를 보고 싶어 했지만 내가 들으려고도 하지 않았지요." 메일리 부인이 말했다.

"흠! 겉보기에는 그저 평범해요. 놀랍지 않답니다. 저와 함께 보시지 않겠습니까?" 의사가 제안했다.

"꼭 필요하다면 그러지요." 메일리 부인이 대답했다.

"그렇다면 꼭 필요하다고 생각합니다. 어느 경우에라도 그를 보지 않는다면 아주 후회하실 테니까요. 이제 아주 조용하고 편안한 상태랍니다. 허락하신다면, 로즈 양, 같이 들어갈까요? 조금도 두려워할 필요 없어요. 내 명예를 걸고 맹세하지요!"

의사는 로즈 양의 팔짱을 끼고 다른 한 손을 메일리 부인에게 내밀어 아주 정중하고 위엄 있게 위층으로 이끌면서, 도둑의 모습을 보면 놀랄 정도로 호감을 갖게 될 거라고 수없이 장담했다.

"자," 의사가 침실 문의 손잡이를 살며시 돌리면서 속삭이듯 입을 열었다. "어떻게 생각하실지 모르겠군요. 최근에 면도를 하지는 못했지만 전혀 사납게 보이지 않는답니다. 그래도 잠시만요! 제가 먼저 문병객을 맞이해도 될 상태인지 살펴볼게요."

의사는 먼저 방 안으로 들어가 둘러보고 나서 두 숙녀에게 들어오라는 손짓을 했고, 두 숙녀가 들어오자 방문을 닫고 침대의 커튼을 살며시 걷었다. 거기에는 우락부락하고 시커먼 얼굴의 악당 대신에 고통과 피로에 지쳐 곯아떨어진 어린아이 하나가 누워 있었다. 다친 팔은 부목에 묶여서 가슴 위에 살포시 얹혀 있었고, 머리를 받치고 있는 다른 팔은 베개 위로 펼쳐진 기다란 머리카락에 묻힌 채였다.

이 정직한 의사 선생은 커튼을 손에 쥔 채 잠시 가만히 내려다보고만 있었다. 이렇게 의사가 환자를 지켜보고 있을 때, 로즈 양은 살며시 뒤에서 나와 침대 옆 의자에 앉더니 올리버의 머리카락을 얼굴에서 치워주면서 올리버에게로 몸을 숙이자 로즈 양의 눈물이 올리버의 이마에 떨어졌다.

올리버는 잠결에 몸을 뒤척이며 미소를 지었다. 로즈 양이 흘린 동정과 연민의 눈물 덕분에 올리버가 전혀 알지 못했던 사랑과 애정이 넘치는 기분 좋은 꿈이라도 꾸는 모양이었다. 부드러운 음악 소리나 고요한 곳에서 이는 잔물결, 꽃향기나 친숙한 말소리들은 때때로 실상에서 가본 적 없는 곳에 대한 희미한 기억을 불러일으켰다가 숨결처럼 사라지게 한다. 또한 오래전 잊었던 행복한 순간에 대한 기억들도 언뜻 떠올랐다가 무의식 속으로 사라져 애써 기억하려고 해도 더는 기억할 수 없게 된다.

"이게 무슨 일이람? 이 가엾은 어린아이가 도둑들과 한 패라니!" 메일리 부인이 탄식했다.

"악은 수많은 신전에 깃드는 법이지요. 외면이 아름답다고 악을 섬기지 않을 것이라 누가 장담할 수 있겠습니까?" 의사가 다시 커튼을 치면서 한숨을 쉬었다.

"그래도 이렇게 어린 데요!" 로즈 양이 발끈했다.

"우리 사랑스러운 아가씨, 범죄란 죽음과 같아요. 늙고 주름진 사람들에게만 한정된 일이 아니랍니다. 가장 어리고 아름다운 자들이 범죄자로 선택되는 일은 아주 흔하지요." 의사가 애석하다는 듯 고개를 절레절레 흔들며 말했다.

"하지만, 정말, 진짜로 이 여린 아이가 스스로 이 사회의 가장 나쁜 무리에 들어가게 되었다고 생각하시나요?" 로즈 양이 물었다.

의사는 그럴 가능성이 크다는 식으로 고개를 끄덕였다. 그러더니, 환자에게 안 좋다며 두 숙녀를 옆방으로 데려갔다.

"아무리 저 아이가 나쁜 아이라고 해도 아직 어리잖아요." 로즈 양이 말을 이어갔다. "엄마의 사랑이나 가정의 따뜻함을 아예 몰랐을 수 있어요. 학대와 매질, 배고픔 때문에 악당들과 한패가 되어 범죄로 내몰린 건지도 모르지요. 이모님, 사랑하는 우리 이모님, 이 아픈 아이를 감옥에 보내기 전에 제발 이런 점을 먼저 생각해주세요. 갱생할 기회는 줘봐야죠. 오! 전 이모님의 사랑 덕분에 부모 없는 서러움을 느껴본 적이 없답니다. 하지만 이모님이 안 계셨으면 저도 저 불쌍한 아이처럼 어떤 도움이나 보호도 못 받았겠죠. 너무 늦기 전에 제발 자비를 베풀어주세요!"

"오, 애야, 넌 내가 저 아이의 머리카락 하나라도 해칠 거라고 생각하느냐?" 메일리 부인이 훌쩍이는 소녀를 품속에 끌어안으며 말했다.

"오, 아니죠!" 로즈 양이 애절하게 대답했다.

"그래, 아니란다. 내 남은 날도 얼마 되지 않을 테니, 내가 베푼 만큼 돌려받겠지! 저 아이를 구하려면 어떻게 해야 할까요, 선생님?" 메일리 부인이 물었다.

"글쎄요, 부인. 생각을 좀 해보지요." 의사가 말했다.

로스번 씨는 양손을 주머니에 찔러 넣은 채 방 안을 여러 번 왔다 갔다 하다가 멈춰 서서 까치발로 몸의 균형을 잡으며 무서운 인상을 썼다. "그래, 그거야, 아니, 아니야." 하는 탄식을 여러 번 내뱉고서 계속 왔다 갔다 하며 인상을 찡그리더니, 마침내 딱 멈춰 서서 입을 열었다.

"제게 자일스와 브리틀스를 마음대로 괴롭혀도 되는 권한을 주신다면 이 문제를 해결할 수 있을 것 같습니다. 자일스가 충직하고 오래 된 집사라는 걸 잘 알지만 보상할 방법은 수천 가지도 넘지 않습니까? 총을 잘 쏜 것에 대한 포상금을 줄 수도 있고요. 반대하지 않으시죠?"

"아이를 보호할 방법이 달리 없다면 할 수 없지요." 메일리 부인이 대답했다.

"다른 방법은 없어요. 없어. 절 믿으세요." 의사가 말했다.

"그렇다면 우리 이모님은 선생님께 권한을 드릴 거예요." 로즈 양이 눈물 가득한 눈으로 미소를 지으며 말했다. "하지만 부디 그 불쌍한 사람들을 너무 심하게 다루지는 말아주세요."

"로즈 양, 오늘 당신 외에는 모두가 인정사정도 없는 매몰찬 인간으로 생각하는 것 같군요. 난 그저 한창 성장하고 있는 청년들을 위해서 말하는데, 당신에게 처음으로 구혼하는 젊은 친구가 생긴다면 아주 너 그렇고 다정하게 대해주길 바랄 뿐이오. 내가 그 젊은 친구가 되어 바로 지금 이렇게 유리한 기회를 이용할 수 있다면 얼마나 좋겠소?"

"선생님도 불쌍한 브리틀스만큼이나 철이 없으시네요." 로즈 양이 얼굴을 붉히며 핀잔을 주었다.

"뭐, 그건 어려운 문제가 아니군." 의사가 마음껏 웃으며 말을 이었다. "아무튼, 이 아이 문제로 돌아와서, 우리가 합의해야 할 점이 남아 있소. 한 시간쯤 후면 아이가 깨어날 텐데, 내가 아래층에 있는 저 융통성 없는 경찰관 녀석한테는 아이가 움직이거나 말을 하게 되면 목숨이 위험하다고 말해두긴 했지만, 우리는 아이와 대화를 나눠도 괜찮을 거요. 다만, 이 조건은 달아야겠소. 난 두 분들 앞에서 아이를 시험해볼 것이고 만약 아이의 말을 듣고서 두 분의 냉철한 이성에 비춰봐서도 진짜 나쁜 녀석이라는 판단이 서면 우리는 손을 떼고 그 아이를 그냥 내버려 두자는 겁니다."

"오, 안 돼요, 이모님!" 로즈 양이 애원했다.

"그래야 합니다! 동의하신 거죠?" 의사가 물었다.

"저 아이가 악에 물들었을 리가 없어요. 불가능해요." 로즈 양이 말했다.

"좋아요. 그렇다면 내 제안을 못 받아들일 이유가 없지 않겠소?" 의사가 재차 물었다.

마침내 합의가 이루어졌고, 다들 초조하게 앉아서 올리버가 깨어나기만을 기다렸다.

기다림의 시간은 로스번 씨의 예상보다 더 길어졌다. 한 시간이 지나고 또 한 시간이 지났지만 여전히 올리버는 잠에서 깰 줄을 몰랐다. 실제로 저녁이 다 되어서야 다정한 의사로부터, 드디어 아이가 입을 열 수 있을 만큼 정신을 차렸다는 소식이 들려왔다. 의사는 아이가 고통이 심하고 피를 많이 흘려 기운은 없지만, 말하고 싶은 게 있는 것 같으니 내일 아침까지 쉬게 하는 것보다 얼른 말할 기회를 주는 게 낫겠다고 말했다.

대화는 꽤 오래 이어졌다. 올리버는 통증이 몰려오거나 힘이 빠져서 이따금 말을 멈춰야 했지만 간단하게나마 과거를 모조리 털어놓았다. 아픈 아이가 어둑해진 방 안에서 가냘픈 목소리로 모진 인간들한테 당한 사악하고 비극적인 상황을 잔잔히 말하는 것을 듣고 있자니, 다들 침통해졌다.

오! 만약 우리가 같은 종의 인간들을 억압하고 괴롭힐 때 단 한 번이라도, 인간의 잘못에 대한 어두운 증거들이 묵직한 먹구름처럼 느려도 반드시 하늘로 올라가 저승에서 복수의 비로 우리 머리 위에 쏟아질 것이라는 생각을 한다면, 또 우리가 단 한순간이라도 상상 속에서 어떤 권력이나 자만심으로도 없앨 수 없는 망자들의 깊은 증언을 듣는다면, 과연 나날이 이어지는 우리 일상에 상처와 불의, 고통과 비참함, 잔인함과 잘못이 비집고 들어설 자리가 있으랴!

그날 밤 부드러운 손길이 올리버의 베개를 어루만졌고, 올리버가 잠든 동안 사랑스럽고 선량한 마음들이 올리버를 지켜보았다. 올리버는 이대로 가만히 죽더라도 여한이 없을 정도로 편하고 행복한 상태였다.

올리버가 말을 끝맺고 다시 잠들자, 의사는 눈가를 훔치며 갑자기 약해진 자신의 모습에 민망해하다가 자일스 씨 문제를 해결하러 아래층으로 내려갔다. 응접실에 아무도 안 보이자, 부엌에서 계획을 실행하는 것이 더 효과적일 것 같다고 생각하며 곧장 부엌으로 들어갔다.

마치 가정 의회의 하원이라도 열린 듯 하녀들과 브리틀스, 자일스 씨, 공로가 인정되어 밤새도록 실컷 먹고 즐기도록 특별히 초대받은 땜장이, 경찰관이 모여 있었다. 이 경찰관은 커다란 머리에 커다란 얼굴인 데다 커다란 경찰봉을 들고, 커다란 발목부츠를 신고 있었다. 이미 커다란 덩치만큼이나 많은 양의 에일 맥주를 마신 것처럼 보였다.

여전히 화젯거리는 어젯밤의 사건이었다. 의사가 들어왔을 때, 자일스 씨는 침착하게 대응하던 장면을 설명하고 있었고, 브리틀스는 맥주 잔을 손에 든 채 자일스 씨가 입을 열기 전에 끼어들어 한 마디씩 덧붙이곤 했다.

"그냥 앉아 있게!" 의사가 손을 내저으며 말했다.

"감사합니다, 선생님. 마님과 아가씨가 에일 맥주를 좀 내주라고 하셨죠. 그리고 제 좁은 방보다 여기에서 다 같이 한 잔하고 싶어서요." 자일스 씨가 말했다.

브리틀스는 나지막하게 뭔가를 중얼거렸다. 거기 모인 신사숙녀들에게는 자일스 씨의 생색내는 태도에 애써 감사함을 표하는 말로 들렸다. 우쭐대며 뿌듯한 얼굴로 주위를 둘러보는 자일스 씨는 마치 다들 행동만 조심한다면 버림받을 일은 없을 거라고 말하는 것 같았다.

"환자는 좀 어떤가요, 선생님?" 자일스 씨가 물었다.

"그저 그래. 그런데 자네가 이 일로 곤란해진 것 같아 걱정이네, 자일스." 의사가 대답했다.

"설마 그 아이가 죽을 거라는 말씀은 아니겠지요." 자일스 씨가 떨리는 목소리로 말했다. "그 생각만 하면 다시는 행복할 수 없을 것 같아요. 제가 어린아이의 목숨을 끊다니요. 아니, 여기 있는 브리틀스도 그럴 생각이 없었어요. 나라의 은접시를 모두 준다고 해도 안 될 일이지요."

"그게 문제가 아니지. 자일스, 자네 교인인가?" 의사가 슬쩍 물었다.

"네, 그, 그렇죠." 자일스 씨가 하얗게 질린 얼굴로 더듬거렸다.

"그리고 자네는 어떤가?" 의사가 브리틀스를 홱 돌아보며 물었다.

"아이고, 선생님!" 브리틀스가 소스라치게 놀라며 대답했다. "저도, 자, 자일스 씨와 똑같지요."

"그렇다면 말해보게. 둘 다, 자네 둘 다 말일세! 위층의 저 아이가 지난밤 작은 창문으로 들어온 바로 그 아이라고 맹세할 수 있나? 어서 말해보게! 얼른! 우린 어떤 대답에도 각오가 되어 있네!" 의사가 다그쳤다.

세상에서 가장 다정다감한 성정을 지닌 사람이라고 여겨지는 의사 선생이 이렇게까지 무섭게 화를 내며 몰아치니, 자일스와 브리틀스는 맥주를 마신 취기에 흥분까지 더해져서 정신이 멍한 상태로 서로를 빤히 쳐다보고만 있었다.

"경찰관, 이 두 사람의 대답에 집중하란 말이오, 알겠소?" 의사가 경찰관의 예리한 감을 보여 달라는 듯 엄숙하게 집게손가락을 흔들고 콧잔등을 두드리면서 말했다. "곧 뭔가가 밝혀질 거요."

경찰관은 최대한 현명하게 보이도록 정색을 하더니, 벽난로 구석에 되는 대로 기대놓았던 경찰봉을 집어 들었다.

"알겠지만, 이건 간단한 신원확인 문제라오." 의사가 말했다.

"그렇지요, 선생님." 경찰관이 아주 격하게 기침을 하면서 대답했다. 맥주를 급히 들이키다가 기도로 잘못 들어갔기 때문이다.

"자, 이 집에 도둑이 침입했어요. 화약 연기가 자욱한 가운데 순간적으로 두 남자가 흐릿하게 남자 아이의 모습을 보았죠. 경보 종소리가 시끄럽게 울려 퍼지는 어둠속에서 말입니다. 이튿날 아침, 바로 이 집에 남자 아이 하나가 찾아왔고 하필이면 아이의 팔이 다쳐서 붕대를 감고 있다는 이유로 이 사람들이 난폭하게 다룬 거죠. 이렇게 해서 아이의 목숨이 굉장히 위험해졌는데, 그 아이가 도둑이라고 장담을 하고 있어요. 자, 문제는 이 사람들의 주장이 사실로 입증되느냐는 겁니다. 만약 아니라면 이 사람들은 어떻게 되는 거요?"

의사의 말에 경찰관은 심각하게 고개를 끄덕였다. 그러면서 이럴 때 법이 없다면 법이 다 무슨 소용이겠냐고 되물었다.

"자네들에게 다시 묻겠네." 의사가 큰 소리로 말했다. "엄숙히 맹세하건대 정말 저 아이의 신원을 확신할 수 있겠나?"

브리틀스는 자일스 씨를 미심쩍게 바라보았고 자일스 씨도 똑같이 의심스럽게 쳐다보았다. 경찰관은 귀에 손을 갖다대고 대답을 기다렸다. 두 하녀와 땜장이도 몸을 숙이며 귀를 기울였다. 의사는 유심히 주변을 둘러보았다. 그런데 그 순간, 대문에서 종소리와 함께 바퀴소리가 들려왔다.

"런던 형사들이에요!" 브리틀스가 아주 안심하는 표정으로 소리쳤다.

"뭐라고?" 이번에는 의사가 경악해서 소리를 질렀다.

"런던 보가(街) 형사들이라고요, 선생님." 브리틀스가 촛불을 들면서 대답했다. "자일스 씨랑 제가 오늘 아침에 전갈을 보냈거든요."

"뭐야?" 의사가 소리쳤다.

"네, 마차꾼한테 전갈을 보냈는데, 언제 오나 했지요." 브리틀스가 대답했다.

"자네가 그랬다고, 엉? 이 빌어먹을 … 마차, 굼벵이 같으니라고, 흥." 의사가 나가면서 말했다.

8장

위태로운 상황에 처한 올리버

"누구십니까?" 브리틀스가 쇠사슬을 건 채 문을 조금 열고는 손으로 촛불을 가리며 슬쩍 내다보았다.

"문을 여세요" 밖에서 남자가 대답했다. "보가(街) 형사들이오. 오늘 오라는 연락을 받았소."

이 말에 안심한 브리틀스가 문을 활짝 열자 커다란 외투를 걸친 퉁퉁한 남자가 탁 버티고 서 있었다. 남자는 이 집에 사는 사람처럼 무심한 표정으로 들어와서 아무렇지 않다는 듯 구두를 매트에 쓱쓱 닦았다.

"이봐, 내 동료 좀 도와주게. 마차를 지키고 있는데, 잠시 마차를 보관해둘 수 있겠나?" 형사가 물었다.

브리틀스는 고개를 끄덕이며 건물을 가리키자, 약간 뚱뚱한 형사가 다시 정원 대문으로 돌아가서 동료가 마차를 건물 안에 들여놓는 일을 도왔다. 그러는 동안 브리틀스는 존경의 눈길로 바라보며 촛불을 비춰

주었다. 일을 마치자 형사들은 응접실로 안내되었고, 외투와 모자를 벗자 원래 체형이 고스란히 드러났다.

문을 두드린 남자는 중간키에 통통한 덩치로 쉰 살쯤 되어 보였다. 짧게 깎은 검은 머리카락이 번들거렸고, 반쯤 기른 구레나룻에 둥근 얼굴, 날카로운 눈을 갖고 있었다. 다른 형사는 붉은 머리에 삐쩍 마른 체형으로 긴 구두를 신고, 약간 험상궂은 안색에 보기 싫은 들창코였다.

"주인께 블래더스와 더프 형사가 왔다고 알려주겠나?" 통통한 형사가 머리를 부드럽게 넘기고 수갑을 탁자에 내려놓으면서 입을 열었다. "아! 안녕하세요, 선생님. 괜찮으시면 조용히 얘기 좀 나눌까요?"

형사가 마침 모습을 드러낸 로스번 씨에게 이렇게 말을 건네자, 로스번 씨는 브리틀스에게 물러가라는 손짓을 한 후, 두 숙녀를 모시고 와서 문을 닫았다.

"이분이 이 집의 주인이십니다." 로스번 씨가 메일리 부인을 가리키며 말했다.

블래더스 형사는 허리를 굽혀 인사했다. 메일리 부인이 앉으라고 권하자, 형사는 모자를 바닥에 내려놓고 의자에 앉으면서 더프에게도 똑같이 하라고 손짓했다. 더프 형사는 이런 형식적인 예의에 익숙하지 않아서 불편을 느끼는 것 같았다. 그래서인지 자리에 앉기 전에 다리를 여러 번 움찔거리며 꾸물거리더니, 앉아서도 당황스러워하며 지팡이의 머리 부분을 입 안에 쑤셔 넣었다.

"자, 선생님, 이 집에서 벌어진 도둑 사건 말인데요? 구체적인 상황을 말씀해주시죠." 블래더스 형사가 물었다.

로스번 씨가 길게 에둘러 설명하기 시작했는데, 그 모습이 시간을 끌려는 것처럼 보였다. 블래더스와 더프 형사는 잘 알아듣는 듯 가끔씩 서로 고개를 끄덕였다.

"물론 현장을 보기 전까지는 확실히 말할 수 없겠지만, 일단 제 의견은, 뭐 이 정도까지는 확실한데요, 무지렁이의 소행은 아니라는 겁니다. 그렇지, 더프?" 블래더스 형사가 말했다.

"그건 확실하지." 더프 형사가 대답했다.

"그런데, 여기 숙녀 분들을 위해 무지렁이란 말을 풀이하자면 시골 사람의 소행은 아니라는 거죠?" 로스번 씨가 미소를 지으며 말했다.

"맞습니다. 도둑 사건에 대해 하실 말씀은 더 없나요?" 블래더스 형사가 물었다.

"그렇소, 전부 다 말한 거요." 의사가 대답했다.

"자, 그러면 하인들이 떠들어대는 그 남자 아이 얘기는 다 뭡니까?" 블래더스 형사가 물었다.

"아무것도 아니요. 놀란 하인 중 하나가 그 아이가 도둑질에 연루됐다고 멋대로 생각한 것일 뿐이죠. 말도 안 되는 소리에다 아주 엉터리라오." 의사가 대답했다.

"그렇다면 아주 간단히 처리되겠군요." 더프 형사가 말했다.

"이 사람 말이 맞습니다." 블래더스 형사가 맞장구를 치며 고개를 끄덕거렸다. 그러면서 수갑이 캐스터네츠라도 되는 양 이리저리 부딪치면서 말을 이었다. "그 아이는 누군가요? 자기가 누구라던가요? 어디 출신이지요? 그냥 하늘에서 뚝 떨어지진 않았을 것 아닙니까, 안 그래요, 선생님?"

"물론 그렇죠." 의사가 초조한 눈길로 두 숙녀를 힐끗 보면서 대답했다. "그 아이의 이력은 다 알고 있지요. 뭐, 곧 알려드리죠. 그런데 일단 도둑들이 들어오려고 했던 현장을 보고 싶지 않소?"

"당연히 보고 싶죠. 현장을 먼저 조사하는 게 좋겠군요. 그 다음에 하인들을 심문해보도록 하죠. 그게 보통 일을 처리하는 방식이지요."

블래더스 형사가 대답했다.

당장에 등불을 가져오도록 하고 나서, 블래더스와 더프 형사는 경찰관과 브리틀스, 자일스 등 모든 사람들을 이끌고 복도 끝에 있는 작은 방에 들어가 창문 바깥을 내다보았다. 그러고는 밖으로 나가 풀밭에서 창문으로 안을 들여다보았고, 촛불을 건네받아 덧창을 조사했고, 등불을 손에 들고 발자국을 살펴본 후, 갈퀴로 덤불을 파헤쳐보았다. 모두가 숨죽이며 지켜보는 동안, 모든 조사가 끝나자 다들 집 안으로 들어갔다. 자일스 씨와 브리틀스는 어젯밤의 모험에서 담당했던 역할을 연극처럼 재연해보였다. 거의 여섯 번 넘게 재연했는데, 처음에는 중요한 한 가지 부분에서, 마지막에는 열두 가지쯤 되는 부분에서 서로의 기억이 충돌했다. 두 사람이 양보 없이 고집을 부리자, 블래더스와 더프 형사는 방을 나가 둘이서만 오래 의견을 나눴다. 그 비밀스럽고 엄숙한 분위기로 볼 때, 훌륭한 의사들이 의학상의 난제를 두고 토론하는 것은 그저 어린애들 장난처럼 느껴졌다.

그동안, 로스번 씨는 옆방에서 아주 불안한 상태로 왔다 갔다 했고, 메일리 부인과 로즈 양은 걱정스러운 얼굴로 마냥 바라보고만 있었다.

"이거 참!" 로스번 씨가 이리저리 빠르게 몸을 돌리다가 갑자기 멈춰 서며 입을 열었다. "어떻게 해야 할지 모르겠군요."

"당연히 그 불쌍한 아이의 사정을 들려주면 충분히 선처해줄 거예요." 로즈 양이 말했다.

"그건 의심스럽소." 로스번 씨가 고개를 저으면서 대답했다. "내 생각엔 전혀 그럴 것 같지 않아요. 저 형사나 더 높은 판사들이 결국 그 아이가 누구냐고 물을 것 아닙니까? 어쨌든 도망친 아이니, 일반적인 상식이나 가능성에 비춰볼 때 저 아이의 말은 아주 의심스럽지요."

"선생님은 분명히 믿으셨잖아요." 로즈 양이 끼어들며 항변했다.

"나야 믿지요. 이상한 이야기이긴 해도. 그래서 아마 내가 이런 일을 처리하기에는 멍청한 늙은이일지 모르겠소. 하지만 저 숙달된 경찰관들에겐 먹히지 않을 이야기라고."

"왜 안 되죠?" 로즈 양이 물었다.

"왜냐하면, 형사들 눈으로 보면 눈살 찌푸려지는 점들이 많기 때문이죠. 그 아이의 이야기 중에 안 좋아 보이는 부분은 증명이 가능하고, 좋아 보이는 부분은 전혀 증명을 할 수가 없어요. 이 형사 녀석들은 '왜'와 '어떻게'를 꼭 알아내려고 들죠. 그냥 당연히 받아들이는 게 없어요. 그 아이가 말하는 사정만 들어봐도 한동안 도둑들과 같이 살았고, 소매치기 혐의로 경찰서에 끌려갔다가 어디인지도 모르는 곳으로 강제로 끌려갔다고 하지 않았소. 그렇게나 집요한 남자들에게 잡혀 첫 시로 끌려와서 집의 창문으로 집어넣어졌어요. 그런데 막 소리를 쳐서 집안 사람들을 깨우려던 바로 그 순간에, 멍청한 집사가 튀어나와서 총을 쐈다는 말이잖아요! 마치 그 아이가 좋은 일을 하려던 걸 막은 것처럼! 이런 점을 정말 모르겠소?" 로스번 씨가 대답했다.

"물론 잘 알지요." 로즈 양이 열을 내는 의사 선생을 보고 미소를 지으며 대답했다. "하지만 여전히 그 가엾은 아이에게 죄를 물을 수 있는 부분은 없다고 생각해요."

"그래, 없지, 없어! 여자들의 눈으로 보면 그럴 테지! 좋은지 나쁜지 모르겠지만 여자들은 늘 한 가지만 보니까. 언제나 첫인상을 말이오."

로스번 씨가 이렇게 경험에서 우러나오는 결론을 내뱉은 후, 주머니에 양손을 찔러 넣고 더 빨리 방 안을 왔다 갔다 했다.

"곰곰이 생각해볼수록 우리가 저 아이의 이야기를 솔직히 다 밝히면 계속 곤란과 어려움에서 벗어나지 못할 것 같아요. 우리가 하는 말을 믿지 않을 게 분명하거든. 결국 저 형사들이 아이에게 아무런 짓을 할 수 없다 해도, 이 상황을 질질 끌다가 조금이라도 의심스러운 점들을 발견하는 날엔 말 그대로 아이를 불행에서 구해내려는 메일리 부인과 로즈 양의 선한 계획이 다 허사가 될 거란 말이오."

"오! 정말 어쩌면 좋을까요? 세상에! 왜 저 사람들을 오라고 한 거죠?" 로즈 양이 한탄하며 소리쳤다.

"아휴, 진짜! 나라면 절대로 부르지 않았을 텐데." 메일리 부인도 탄식했다.

"제가 아는 건 우리가 반드시 정색을 하고 딱 잡아떼야 한다는 점입니다." 로스번 씨가 마음은 급하지만 침착하게 자리에 앉으며 입을 열었다. "좋은 목적으로 하는 일이니 괜찮겠지요. 아이가 열이 심하고 말을 할 수 없는 상태라는 것이 불행 중 다행입니다. 어쨌든 최선을 다해 봐야죠. 그 최선이라는 것이 거짓말이라고 해도 자책할 일은 아니지요. 들어오세요!"

"자, 선생님." 블래더스 형사가 더프 형사를 뒤따라 방으로 들어와서 말을 더 이어가기 전에 먼저 방문을 굳게 닫았다. "이 사건은 자작극이 아니군요."

"자작극이라니, 대체 무슨 말이오?" 로스번 씨가 급하게 물었다.

"자작극이란? 숙녀 분들." 블래더스 형사가 숙녀들 쪽으로 고개를 돌리면서 숙녀들의 무지는 동정이 가지만 의사 선생의 무지는 경멸한다는 듯이 말을 이었다. "하인들이 연루된 경우를 뜻합니다."

"이 사건에서 의심할 만한 사람은 아무도 없어요." 메일리 부인이 말했다.

"그런 것 같습니다만, 하인들은 관련되었을지도 모르지요." 블래더스 형사가 대답했다.

"그럴 가능성이 크답니다." 더프 형사가 말했다.

"우리는 이 사건이 도시 녀석들 짓이라고 생각합니다. 작업 방식이 고단수거든요." 블래더스 형사가 계속 보고했다.

"아주 끝내줘요, 진짜." 더프 형사가 낮은 어투로 덧붙였다.

"두 사람이 있었고 아이를 하나 데리고 왔던 겁니다. 창문 크기로 볼 때 확실하죠. 현재로선 이 정도만 알 수 있어요. 당장 위층에 있다는 아이를 만나보고 싶은데, 어떤가요?" 블래더스 형사가 말했다.

"우선 형사분들에게 마실 거라도 좀 내주시지요, 메일리 부인?" 로스번 씨가 뭔가 새로운 생각이 떠오른 것처럼 환한 얼굴로 말했다.

"오! 물론이죠! 원하신다면 당장 갖다드릴게요." 로즈 양이 진지한 표정으로 소리쳤다.

"아이고, 감사합니다, 아가씨!" 블래더스 형사가 소매로 입가를 닦으며 말했다. "이런 종류의 일을 하면 목이 엄청 마르거든요. 너무 애쓰실 필요 없이 간단히 마실 수 있는 것이면 됩니다."

"뭘 드시겠어요?" 로스번 씨가 로즈 양을 따라 찬장 쪽으로 향하면서 물었다.

"괜찮다면 독주나 조금 섞어주시죠. 런던에서 오는 동안 무척 추웠답니다. 기분 탓인지는 몰라도 독주는 언제나 따뜻한 기운을 주죠." 블래더스 형사가 대답했다.

마지막 말은 메일리 부인을 향해 한 말이라서 메일리 부인이 아주 정중하게 고개를 끄덕였다. 그러는 동안 로스번 씨는 슬쩍 방에서 나갔다.

"아!" 블래더스 형사가 왼손의 엄지와 검지로 포도주 잔의 밑동을 꽉 잡고 가슴 앞에 치켜들며 말을 이었다. "숙녀 분들, 전 지금까지 이런 작업들을 상당히 많이 봐 왔습니다."

"에드먼튼 뒷골목 털이범 말이지, 블래더스." 더프 형사가 동료의 기억을 거들며 말했다.

"이번 경우랑 비슷한 방식이었지, 엉? 오지랖 칙위드의 짓이었어, 확실해." 블래더스 형사가 대꾸했다.

"항상 그 녀석 짓이라고 하는군. 하지만 그건 집안의 딸랑이 짓이라고. 오지랖이랑은 아무 관련이 없어." 더프 형사가 말했다.

"저리 꺼져! 내가 더 잘 안다고. 오지랖이 자기 돈을 도둑맞았다고 했던 때 기억하나? 진짜 깜짝 놀랄 일이었지! 어떤 소설책보다도 흥미로웠다니까!" 블래더스 형사가 반박했다.

"그건 무슨 사건이었는데요?" 로즈 양이 이 불청객들의 상황이 험악해지자 안절부절못하며 끼어들었다.

"도둑 사건이었죠. 아무도 해결하지 못할 뻔했죠. 이 오지랖 칙위드가 …" 블래더스 형사가 설명에 나섰다.

"오지랖이란 참견쟁이를 말한답니다." 더프 형사가 끼어들었다.

"그런 건 이 아가씨도 잘 안다고, 안 그래요?" 블래더스 형사가 이렇게 물으면서 설명을 이어갔다. "늘 끼어든단 말이지! 오지랖 칙위드는 말이죠, 배틀 브리지 쪽에서 술집을 하고 있었어요. 커다란 창고에서 닭싸움과 오소리몰이 같은 판을 벌여서 젊은 신사들이 많이 찾아왔죠. 나도 자주 가봤는데, 아주 영리하게 놀이판을 관리하더군요. 당시에 혼자 살던 그 녀석이 어느 날 밤에 327기니가 든 천가방을 도둑맞은 거예요. 한밤중에 침실에서 검은 안대를 찬 장신의 남자가 침대 밑에 숨어들었다가 가방을 낚아채서 창문 밖으로 뛰어내린 거였죠. 겨우 2층 높이였거든요. 도둑이 꽤나 빨리 달아났지만 이 녀석도 재빨랐지요. 부스럭거리는 소리에 금세 깨서 침대에서 쏜살같이 빠져나와 도둑 뒤에서 나팔총을 쏴댔어요. 그 바람에 이웃사람들도 곧바로 잠에서 깨서 큰소리를 치며 도둑을 같이 쫓았어요. 그러다가 오지랖이 쏜 총에 도둑이 맞았다는 사실이 드러났어요. 멀리 떨어진 담장까지 핏자국이 떨어져 있고 거기서 도둑을 놓쳤거든요. 이렇게 재산을 날려버린 칙위드 씨는 다른 파산자들과 함께 관보에 이름을 올리게 되었죠. 이 불쌍한 사람 앞으로 갖가지 성금과 기부금이 몰려들었어요. 그런데도 칙위드는 너무 상심해서 3, 4일이나 거리를 헤매며 절망감을 드러내고 다녀서 많은 사람들은 자살을 하지 않을지 걱정을 했답니다.

어느 날, 칙위드가 급하게 경찰서로 뛰어와서는 치안 판사에게 뭔가를 심각하게 말하자, 치안 판사가 종을 울려 사복형사 젬 스파이어스를 불러들여 칙위드 씨와 함께 가서 도둑을 잡으라고 했어요. '스파이어스 형사, 내가 그 녀석을 봤어요. 어제 아침에 우리 집 앞을 지나가지 뭐요.' 칙위드가 말했죠. '왜 당장 달려가서 뒷덜미라도 잡지 않았어요?' 스파이어스 형사가 물었어요. '너무 갑작스러운 상황이라서 정신이 없었죠. 하지만 우리 둘이라면 확실히 잡을 수 있을 겁니다. 밤 10시와 11시 사이에 다시 지나가더라고요.'

스파이어스 형사는 이 말에 하루 이틀 정도 잠복해야 할 것 같아서 속옷과 빗을 주머니에 챙겨 넣고 따라 갔죠. 그리고는 모자를 푹 눌러 쓴 채 술집 창가의 붉은 커튼 속에 숨어 앉아 곧바로 달려 나갈 수 있도록 각오를 다지면서 파이프 담배만 피워댔어요. 그러던 중에 갑자기 칙위드가 '저기다! 도둑 잡아라! 살인자!'라고 소리를 질러서 스파이어스 형사가 튀어 나갔더니, 칙위드가 큰 소리를 지르며 거리를 내달리는 뒷모습이 눈에 들어왔어요. 이렇게 스파이어스 형사와 칙위드가 달려가자 사람들이 돌아다봤고, 다들 '도둑이야!'를 외쳤어요. 칙위드도 계속 미친 듯이 고함을 질러댔죠. 스파이어스 형사는 모퉁이를 돌아서면서 순간적으로 칙위드의 모습을 놓쳤고 여기저기 뛰어다니다가 사람들이 모여 있는 것을 발견하고는 거기로 뛰어들었어요. '어디로 갔소?' '젠장!' '또 놓쳤네!' 칙위드의 목소리였죠. 진짜 믿을 수 없는 상황이었지만 아무 곳에도 범인의 흔적조차 보이질 않으니 다시 술집으로 돌아갈 수밖에 없었어요.

이튿날 아침, 스파이어스 형사는 똑같은 자리에 앉아 커튼 속에서 큰 키에 검은 안대를 찬 남자를 잡으려고 두 눈이 시리도록 감시를 늦추지 않았죠. 그러다가 잠깐 쉬려고 눈을 감은 순간, 칙위드가 '저기다!'라고 고함을 치는 소리가 들려왔어요. 스파이어스 형사가 다시 뛰어 나가보니 칙위드가 벌써 앞서 달리고 있었죠. 전날보다 두 배나 먼 거리를 달리며 쫓았지만 또 범인을 놓치고 말았다지 뭡니까! 이런 일이 한두 번 더 벌어지자 이웃사람들 몇몇은 악마가 칙위드 씨의 돈을 훔치고 장난을 치고 있는 거라고 말했고, 나머지 몇몇은 가엾은 칙위드 씨가 슬픔에 겨워 미쳐버린 거라고 쑥덕거렸어요.”

“젬 스파이어스 형사는 뭐라고 말했나요?” 블래더스 형사의 설명이 시작되고 나서 바로 방으로 되돌아온 로스번 씨가 물었다.

“젬 스파이어스 형사는 한참을 묵묵히 있었답니다. 그저 아무렇지도 않은 척 하면서 듣기만 했죠. 형사 일을 할 줄 아는 사람이었어요. 어느 날 아침, 술집으로 걸어 들어가서 코담뱃갑을 꺼내며 '칙위드, 누가 도둑질을 했는지 알아냈어요.'라고 말했죠. 그러자 칙위드가 '그래요? 아, 형사님, 내게 복수할 기회만 주세요. 그러면 편히 죽을 것 같으니! 형사님, 그 악당은 어디 있습니까?'라고 흥분하며 답했어요. 스파이어스 형사가 코담배를 조금 집어 건네며 입을 열었죠. '자, 여기! 그리고 헛소리 좀 집어치우시지! 당신이 직접 벌인 짓이잖아!' 사실이었어요. 그런 짓을 해서 돈도 꽤 벌었고요. 너무 그럴 듯하게 보이느라 과도하게 연극을 벌이지 않았다면 감쪽같았겠죠!” 블래더스 형사가 포도주 잔을 내려놓고 수갑을 맞부딪치며 말했다.

형사들이 올리버를 만나다.

"아주 흥미로운 얘기군요. 자, 이제 위층으로 올라갈까요?" 로스번 씨가 권했다.

"네, 그러지요." 블래더스 형사가 대답했다. 두 형사는 로스번 씨를 따라 올리버의 침실로 올라갔다. 자일스 씨도 촛불을 들고 앞장섰다.

올리버는 꾸벅꾸벅 졸고 있었지만 훨씬 더 열이 심해서 안 좋아 보였다. 로스번 씨의 부축으로 잠시 상체를 세우고 겨우 앉을 수 있었다. 그렇게 무슨 일이 벌어지고 있는지 전혀 알지 못한 채 낯선 사람들을 쳐다보았다. 실제로 지금 어디에 있는지, 무슨 일이 있었는지 전혀 모르는 모양이었다.

로스번 씨가 나지막하지만 강한 어조로 입을 열었다. "이 아이가 바로 그 소년입니다. 저기 뒤쪽 땅에 몰래 들어갔다가 스프링총에 맞아 오늘 아침 이 집에 도움을 청하러 왔지요. 지금 촛불을 들고 있는 저 똑똑한 신사에게 붙잡혀 심한 대접을 받는 바람에 이렇게 목숨이 위태로운 상황에 처하게 됐답니다."

블래더스와 더프 형사는 자일스 씨를 쳐다보았다. 당황한 집사는 두렵고 당혹스러운 표정으로 두 형사를 바라보다가 올리버 쪽으로 눈길을 돌렸고, 또다시 로스번 씨 쪽을 쳐다보았다.

"자네 설마 그걸 부정하려는 건 아니지?" 로스번 씨가 올리버를 살며시 다시 눕히며 물었다.

"전, 그저 최선을 다했을 뿐입니다. 이 아이가 그 아이인 줄 알았다고요. 아니었다면 상관도 안 했을 거예요. 제가 그렇게 잔인한 인간은 아니라고요." 자일스 씨가 대답했다.

"무슨 아이라고 생각했단 말인가요?" 블래더스 형사가 물었다.

"도둑이 데려온 아이요! 그, 그놈들은 분명히 아이 하나를 데리고 있었다고요." 자일스 씨가 대답했다.

"그래요? 지금도 그렇게 생각해요?" 블래더스 형사가 물었다.

"뭘요?" 자일스 씨가 멍한 표정으로 되물었다.

"아직도 똑같은 아이라고 생각하느냐고요?" 블래더스 형사가 답답하다는 듯이 따졌다.

"잘 모르겠어요, 진짜로 모르겠어요. 그 아이라고 맹세는 못하겠어요." 자일스 씨가 참혹한 표정으로 답했다.

"어떻게 생각하죠?" 블래더스 형사가 다시 물었다.

"어떻게 생각해야 할지도 모르겠어요. 그 아이가 아니라고 생각해요. 아니, 아닌 게 확실해요. 그럴 겁니다." 불쌍한 자일스 씨가 대답했다.

"의사 선생님, 이 사람 술 취한 겁니까?" 블래더스 형사가 의사를 보며 물었다.

"참, 둔하고 멍청한 사람이군요!" 더프 형사가 아주 경멸스러운 어투로 자일스 씨를 향해 탄식을 내뱉었다.

이런 대화가 오가는 동안, 로스번 씨는 올리버의 맥을 짚고 있었다. 그러다가 침대 옆 의자에서 일어나서 형사들에게 더 의심스러운 점이 없다면 옆방으로 옮겨서 브리틀스를 부르자고 제안했다.

이 제안에 따라 다들 옆방에 다시 모였다. 불려온 브리틀스는 자신과 자신의 상관에 대한 새로운 모순과 불가능한 혼란만을 더했을 뿐이었다. 결국 어느 것도 확실히 밝히지 못한 채 강한 의심만 남긴 꼴이었다. 브리틀스는 진짜 도둑 아이를 앞에 데려와도 알아보지 못할 뿐만 아니라, 올리버를 그 아이라고 여긴 이유도 자일스 씨가 그렇게 말했기 때문이라고 했다. 또한 좀 전에 부엌에서 자일스 씨가 자신이 너무 성급하게 판단한 게 아닌지 걱정했다는 사실도 털어놓았다.

이밖에도 여러 가지 추측들이 난무하는 가운데, 자일스 씨가 실제로 누구를 쏘아 맞춘 건 맞는지 근본적인 의문이 제기되었다. 자일스 씨가 쏜 권총을 조사해보니, 그 안에 화약과 갈색 종이 외에 총알이 없었다. 다들 놀랄 수밖에 없었지만 로스번 씨만은 담담했다. 바로 10분 전에 총알을 미리 빼둔 사람이 로스번 씨였기 때문이다. 하지만 누구보다도 안심한 사람은 자일스 씨였다. 이미 몇 시간 동안 어떤 사람에게 치명적인 부상을 입혔다는 두려움에 괴로워하던 참이어서, 이 새로운 사실에 매달려 마음을 달래고 싶었던 것이다. 결국 형사들은 올리버를 대수롭지 않게 여기게 되었고 동네 경찰관만 그 집에 남겨둔 채 다음날 아침에 다시 오기로 하고 마을 여관으로 떠났다.

이튿날 아침, 간밤에 두 남자와 아이 하나가 미심쩍은 상황에서 체포되어 킹스턴 유치장에 잡혀 있다는 소문이 돌았다. 블래더스와 더프 형사는 곧바로 킹스턴으로 향했지만 조사 끝에 밝혀진 미심쩍은 상황이라는 게 고작 건초더미 밑에서 자다가 발견되었다는 것 하나뿐이었다. 비록 중대한 범죄이긴 하지만 겨우 징역형에 처해질 사안이었다. 또한 국왕의 백성에게 평등하게 사랑을 베푸는 영국 법의 자비로운 눈으로 볼 때, 건초더미 밑에서 잠잔 것만으로는 폭력적인 도둑질의 증거가 되지 못했고 사형에 처해질 수도 없는 범죄였다. 블래더스와 더프 형사는 빈손으로 다시 돌아올 수밖에 없었다.

결과적으로, 동네 치안 판사는 더 깊은 조사와 더 많은 상담을 해보고 난 후 올리버를 소환해야 할 필요가 있을 경우 즉시 명령에 따르겠다는 메일리 부인과 로스번 씨의 보증을 인정했다. 블래더스와 더프 형사는 2기니 정도를 보수로 받고서 서로 다른 의견을 내세우며 런던으로 되돌아갔다. 더프 형사는 모든 상황을 고려해볼 때 이 사건은 집안의 딸랑이 짓이라는 확신을 했고, 블래더스 형사는 이 사건의 기술로 볼 때 오지랖 칙위드의 짓인 게 틀림없다고 장담했다.

그러는 동안, 올리버는 메일리 부인과 로즈 양, 마음씨 좋은 로스번 씨가 애지중지 보살핀 결과, 점차 건강을 회복해갔다. 올리버의 고마운 마음이 흘러넘치는 열렬한 기도를 하늘에서 듣는다면, 이 고아 아이가 기원하는 축복이 이들 세 사람의 영혼에 스며들어 평화와 행복이 널리 퍼져 나갈 터였다.

9장

올리버가 다정한 친구들과 함께 시작하게 된 행복한 생활에 대하여

올리버의 병세는 가볍지도 간단하지도 않았다. 부러진 팔을 늦게 치료하는 바람에 통증이 길어졌을 뿐만 아니라, 축축하고 차가운 공기에 오래 방치된 탓에 열과 오한이 여러 주 동안 계속되어서 얼굴이 말이 아니었다. 하지만 결국에는 조금씩 좋아져서 더듬더듬 말을 할 수 있게 되었다. 눈물 어린 목소리로, 상냥한 두 숙녀 분의 따뜻함을 맘속 깊이 느끼고 있으며 다시 기력을 되찾으면 감사한 마음을 보여주기 위해 무엇이든지 하고 싶다고 말했다. 가슴에 가득한 사랑과 보은의 마음을 보여줄 수 있는 일이라면 아무리 작은 일이라도 해서 두 숙녀 분의 다정한 친절이 쓸데없는 일이 아니었음을 증명할 거라고도 덧붙였다. 게다가 두 숙녀 분의 사랑 덕분에 불쌍한 한 아이가 비참함과 죽음에서 벗어날 수 있었다면서 진심으로 열과 성을 다해 은혜를 갚고 싶다고 했다.

"가엾은 아이 같으니라고!" 어느 날, 로즈 양이 올리버가 핏기가신 입술로 감사의 말을 하려고 애쓰는 모습을 보고 탄식을 내뱉었다. "앞으로 우리를 도와줄 기회는 수없이 많을 거야. 우린 곧 시골로 내려갈 예정인데, 이모님이 너도 데려가실 작정이셔. 조용한 곳에서 맑은 공기를 마시며 봄의 아름다움과 즐거움을 만끽하면 네 건강은 며칠 안에 회복될 거야. 그러고 나서 네가 고생을 감당할 수만 있다면, 우리를 위해 해줄 수 있는 일이 수백 가지는 넘을 걸?"

"고생이라뇨!" 올리버가 소리쳤다. "오! 친절한 아가씨, 제가 아가씨를 위해 일할 수만 있다면, 아가씨의 꽃에 물을 주고 새들을 돌보며 아가씨를 즐겁게 해드릴 수만 있다면, 온종일 이리저리 뛰어다니며 아가씨를 행복하게 해드릴 수만 있다면, 어떤 고생을 해도 괜찮다고요!"

"그렇게까지는 하지 않아도 돼." 로즈 양이 미소를 지으며 말을 이었다. "이미 말했지만 어차피 우리를 위해 해줘야 할 일이 수백 가지도 넘을 거라니까. 지금 약속한 것의 반만 해도 우리는 즐겁고 아주 행복할 거야."

"행복하실 거라고요! 정말 고마운 말씀이세요!" 올리버가 경탄했다.

"네 덕분에 우리가 얼마나 더 행복해질지 말로 다 할 수 없을 정도야. 우리 이모님이 네가 말한 그런 비참한 불행에서 너를 구해내셨다고 생각하니 이루 말할 수 없을 정도로 기쁘단다. 하지만 네가 그런 이모님의 자비와 연민에 대해 진심으로 고마워하고 애정을 느끼고 있다는 걸 알게 되니, 훨씬 더 기쁘구나. 넌 상상도 못 할 거야. 무슨 말인지 알겠니?" 로즈 양이 올리버의 신중한 얼굴을 바라보며 물었다.

"오, 그럼요, 알고말고요! 하지만 전 지금 제가 은혜를 모르는 사람처럼 느껴져요." 올리버가 진지하게 대답했다.

"누구에게?" 로즈 양이 물었다.

"이전에 저를 그토록 성심성의껏 보살펴주신 친절한 신사와 다정한 노부인에게요. 만약 그분들이 제가 얼마나 행복한지 아신다면 분명히 기뻐하실 거예요." 올리버가 대답했다.

"분명히 그러실 거야. 그리고 로스번 씨가 이미 약속하셨어. 네가 길을 나설 수 있을 만큼 건강해지면 그분들에게 너를 데리고 갈 거라고." 로즈 양이 말했다.

"정말요? 그분들의 다정한 얼굴을 다시 본다면 얼마나 기쁠지 모르겠어요!" 올리버가 환한 얼굴로 소리쳤다.

얼마 지나지 않아 올리버는 길을 나설 수 있을 만큼 건강을 회복했다. 어느 날 아침, 로스번 씨와 올리버는 메일리 부인의 작은 마차를 타고 길을 나섰다. 첫시 다리에 다다랐을 때 올리버가 하얗게 질린 얼굴로 탄성을 내질렀다.

"얘야, 왜 그러니? 뭘 본 거야? 무슨 소리가 들려? 뭐가 느껴지고, 어?" 로스번 씨가 평소처럼 호들갑을 떨면서 소리쳤다.

"저거요. 저 집이에요!" 올리버가 마차 창 밖을 가리키며 외쳤다.

"그래, 그게 뭐? 마부, 여기서 멈춰 보게. 멈추라고. 얘야, 저 집이 어쨌다는 거냐?" 로스번 씨가 소리쳤다.

"도둑들이요 … 저를 데려갔던 집이 저 집이에요!" 올리버가 속삭였다.

"젠장! 이봐! 여기 내려주게!" 로스번 씨가 외쳤다.

마부가 마차에서 내려주기도 전에 로스번 씨가 이미 마차 밖으로 구르다시피 뛰쳐나와 그 황폐한 집 쪽으로 달려가서 미친 사람처럼 문을 차기 시작했다.

"누구야?" 작고 추레한 꼽추가 문을 갑자기 열어젖히는 바람에 막 문을 차려던 로스번 씨가 거의 복도 안으로 고꾸라질 뻔했다. "무슨 일이요?"

"무슨 일이냐고!" 로스번 씨가 다짜고짜 꼽추의 멱살을 잡으며 소리를 질렀다. "큰일이지. 도둑 사건이니까."

"그럼, 이제 살인 사건도 되겠구먼. 이 손을 안 치우면 말이지. 내 말 안 들려?" 꼽추가 냉랭하게 대답했다.

"잘 들린다, 어쩔래? 어디 있어? 그 빌어먹을 악당 녀석, 이름이 뭐더라 … 사익스, 맞아, 사익스 어디 있어, 이 도둑놈아!" 로스번 씨가 멱살을 힘껏 흔들면서 말했다.

꼽추는 너무나 놀라고 화가 난 듯 쏘아보더니, 솜씨 좋게 몸을 비틀어 로스번 씨의 손아귀에서 빠져나와 끔찍한 욕설을 퍼붓고는 집 안으로 들어가 버렸다. 하지만 로스번 씨가 문이 닫히기 전에 막무가내로 거실 안으로 비집고 들어갔다. 그리고 나서 초조하게 둘러보았지만, 가구 배치나, 생물이든 무생물이든 어떤 흔적도, 찬장의 위치조차도 올리버의 설명과 달랐다.

"자!" 꼽추가 로스번 씨를 예의주시하다가 입을 열었다. "이렇게 난폭하게 내 집에 쳐들어온 이유가 뭐야? 도둑질하러? 아니면 날 죽이러? 어느 쪽이야?"

"세상에 어떤 사람이 쌍두마차를 타고 그런 짓을 하러 오겠어, 이 미친 늙다리 마귀야?" 로스번 씨가 짜증을 내며 되받아쳤다.

"그럼, 뭘 원하는데? 내 손에 죽기 전에 당장 꺼지지 못해? 이 미친놈아!" 꼽추가 큰소리를 쳤다.

"그건 내 맘이지. 언젠가는 네 놈 정체를 밝혀주마." 로스번 씨가 다른 방을 들여다보며 말했다. 마찬가지로 그 방도 올리버의 설명과 전혀 달랐다.

"그래? 날 찾고 싶으면 언제든지 여기로 와. 너에게 협박이나 당하자고 내가 여기서 25년을 혼자 미쳐 산 게 아니거든. 반드시 이 일은 되갚아주마. 꼭 대가를 치르게 될 거야." 꼽추가 비릿하게 웃으며 완전히 미쳐 날뛰듯 고함을 지르며 춤을 춰댔다.

"진짜 멍청한 짓을 했군." 로스번 씨가 혼잣말을 웅얼거렸다. "아이가 잘못 본 모양이야. 자! 이거나 주머니에 챙겨 넣고 다시 입이나 닥치라고." 로스번 씨는 돈을 좀 던져주고 나서 마차로 돌아갔다.

꼽추는 마차 앞까지 따라오면서 지독한 저주와 욕설을 사납게 퍼부어댔다. 로스번 씨가 마부에게 말을 걸려고 고개를 돌리자 꼽추는 마차 안을 들여다보았다. 순간 올리버와 마주친 꼽추의 눈이 얼마나 날카롭고 사나우며 분노와 원한에 차 있던지 올리버는 몇 달 동안 한순간도 그 눈초리를 잊을 수가 없었다. 꼽추는 마부가 다시 자리에 앉을 때까지 끊임없이 무시무시한 욕설을 뱉어냈다. 마차가 다시 길을 떠날 때까지도 꼽추는 거짓인지 진짜인지 모를 분노를 뿜어내며 발을 동동 구르면서 머리카락을 쥐어뜯었다.

"난 멍청이야! 올리버, 넌 내가 그런 줄 이미 알고 있었지?" 로스번 씨가 한참 후에 입을 열었다.

"아뇨, 선생님."

"그러면 다음부터는 절대 잊지 말거라."

"멍청이란 걸." 로스번 씨가 잠시 뜸을 들이다가 다시 입을 열었다. "설사 그 곳이 진짜 맞는 장소였고 그 도둑 녀석들이 거기 있었다고 해도 나 혼자 빈손으로 뭘 할 수 있었겠어? 날 도와줄 사람이 있었다손 치더라도 우리 쪽만 드러나서 이미 조용히 덮어놓은 이 사건을 털어놓는 셈이 될 뿐이지 않았겠느냐고. 하지만 난 그런 꼴을 당해도 싸. 언제나 충동적으로 행동하다가 망쳐놓곤 했거든. 내게 좋은 약이 되었을 수도 있지."

실상은 이 훌륭한 의사 선생이 여태껏 평생을 충동적으로 행동해왔지만 이 충동 본능이 나쁜 평판을 받지 않은 데다, 특별히 곤경이나 불행에 빠지기는커녕 선생을 아는 모든 사람들로부터 가장 따뜻한 존경과 존중을 받고 있었다. 진실을 말하자면, 지금 의사 선생은 올리버의 이야기를 뒷받침할 수 있는 확실한 증거를 잡을 기회를 놓친 것에 실망해서 잠시 화가 났던 것이다.

하지만 곧 기분이 괜찮아졌다. 올리버가 여전히 솔직하고 일관성 있게 대답을 잘하고 줄곧 성실하고 진실한 면을 보여주었기 때문이다. 이후로는 올리버의 말을 완전히 믿기로 결론을 내렸다.

올리버가 브라운로 씨가 사는 거리의 이름을 알고 있어서 곧바로 그 거리로 향할 수 있었다. 마차가 그 거리로 들어서자, 올리버는 심장이 너무 쿵쾅거려서 숨이 찰 정도였다.

"자, 애야, 어느 집이지?" 로스번 씨가 물었다.

"저기! 저기요!" 올리버가 열렬히 창 밖을 가리키면서 대답했다. "저 흰 집이요. 아! 빨리요! 서둘러요! 너무 떨려서 죽을 것만 같아요."

"자, 자. 이제 곧 만나게 될 거야. 그분들도 네가 무사히 잘 있는 걸 보면 아주 기뻐하실 게다." 로스번 씨가 올리버의 어깨를 토닥이며 말했다.

"네! 그러시길 바라요! 제게 정말 잘해주셨거든요. 진짜, 정말 잘해주셨어요." 올리버가 소리쳤다.

마차가 멈춰 섰지만 다음 집이었다. 마차가 다시 몇 걸음 더 나아가서 멈추었다. 올리버는 행복에 겨운 눈물을 흘리면서 집의 창문을 올려다보았다.

그런데, 흰 집은 텅 비어 있었고, 창문에 '임대' 벽보만 붙어 있었다.

"옆집 문을 두드려봐." 로스번 씨가 올리버의 팔을 잡으면서 소리쳤다. "옆집에 살던 브라운로 씨가 어떻게 된 거요, 아는 게 있소?"

하녀는 잘 모르겠다며 가서 물어보겠다고 대답했다. 그러더니 곧바로 돌아와서, 브라운로 씨가 전 재산을 팔아 6주 전에 서인도제도로 가버렸다고 알려주었다. 올리버는 양손을 부여잡은 채로 털썩 주저앉고 말았다.

"거기 집을 돌보던 노부인도 함께 가셨소?" 로스번 씨가 잠시 뜸을 들이다가 물었다.

"네. 브라운로 씨와 아주머니, 오랜 친구, 세 분이 같이 가셨대요." 하녀가 대답했다.

"그럼, 다시 집으로 가지. 이 빌어먹을 런던을 벗어날 때까지는 말을 먹이려고 멈추지도 말게!" 로스번 씨가 마부에게 단단히 일렀다.

"책방 주인은요, 선생님? 그 쪽 길도 잘 알아요. 그 주인을 보고 가죠, 네, 선생님? 제발요!" 올리버가 간절하게 말했다.

"불쌍한 녀석, 하루에 실망은 이쯤이면 됐어. 우리 둘 모두에게 말이지. 책방 주인을 찾아갔다가 그 주인이 죽었거나 집이 불에 탔다거나 도망간 후라면 어쩌겠니? 안 될 말이지. 그냥 곧장 집으로 가자꾸나!" 로스번 씨가 이렇게 충동적으로 단언하는 바람에, 마차는 다시 집으로 돌아갈 수밖에 없었다.

올리버는 이 쓰디쓴 실망감 때문에 행복한 와중에도 복받쳐 오르는 슬프고 서러운 감정을 지우지 못했다. 아파서 침대에 누워 있는 동안에도 수없이 브라운로 씨와 베드윈 부인이 뭐라고 말할지 상상하면서 내심 즐거웠기 때문이다. 두 분이 베풀어준 은혜를 떠올리며 잔인한 이별에 눈물짓던 길고 긴 낮과 밤이 얼마나 많았는지에 대해 얘기할 생각을 하니, 정말 뛸 듯이 기뻤던 것이다. 또한 올리버는 최종적으로 두 분의 의심을 깨끗이 씻어내고 자신이 어떻게 강제로 끌려갔는지를 설명할 수 있으리라는 희망 덕분에, 수많은 고생과 시련 속에서도 스스로 기운을 북돋우며 버틸 수 있었다. 그런데 이제 두 분은 멀리 떠나버렸고 올리버가 사기꾼이자 도둑놈이라는 믿음을 간직한 채 죽을 때까지 그렇게 오해로 남아 있을 것이라는 생각이 올리버를 계속 짓누르고 있었다.

이런 상황에서도 올리버를 구해준 은인들의 행동은 늘 똑같았다. 어느덧 2주일이 지나 화창하고 따뜻한 날씨가 시작되자 나무에 새싹이 돋고 어린 꽃송이가 피어났다. 그러자 첫시의 집을 떠날 준비를 했다. 페이긴이 탐했던 은접시는 은행에 맡기고, 자일스 씨와 다른 하인들은 집을 지키기로 했다. 그러고 나서 집안 식구들은 올리버를 데리고 조금 떨어진 시골 별장으로 떠났다.

어느 누가 표현할 수 있으랴, 이 병약한 소년이 향기로운 공기를 만끽하며 푸른 언덕과 울창한 숲속에서 느끼는 즐거움과 기쁨, 마음의 평화와 고요함을! 어느 누가 말할 수 있으랴, 답답하고 시끄러운 곳에서 살던 고통에 지친 사람들의 마음속에 평화와 고요의 장면들이 젖어들어, 찢겨진 가슴속 깊이 전해지는 신선함을! 북적대고 숨 막히는 거리에서 고된 삶을 살면서 그대로 박제되어버린 사람들, 습관이 제2의 천성이 되어버린 사람들, 좁은 일상 속에서 모든 삶의 요소를 사랑하게 된 사람들, 이런 사람들도 죽음의 손길이 닿을 때면 마지막으로 단 한 번, 짧게라도 대자연의 얼굴을 보고 싶어 한다고 알려져 있다.

또한 오랜 고통이나 기쁨의 장면들에서 멀리 떨어진 곳에 도착하게 되면 단번에 새로운 존재로 다시 태어난 것 같은 기분이 든다. 햇살 가득한 푸른 자연 속으로 날마다 조금씩 들어가면서, 하늘과 언덕, 들판, 반짝이는 강물을 보고 마음속 추억을 일깨워, 맛보기로 천국을 엿보게 되면, 급격히 꺾여가는 몸도 위로받게 된다. 그리고 불과 몇 시간 전에 외로운 침실 창문 밖으로 지켜본 석양이 침침하고 연약한 시야에서 희미해지듯이 평화롭게 무덤 속으로 침잠해 들어가게 되는 것이리라! 평화로운 시골풍경이 일깨워주는 추억은 이 세상의 것이거나 이 세상의 생각과 희망이 아니다. 이러한 추억이 부드럽게 흘러들어 우리가 사랑했던 사람들의 무덤에 놓을 새로운 화환을 만드는 법을 가르쳐주고, 우리의 생각을 깨끗이 정화시키며, 오랜 원한과 증오를 내려놓게 만든다. 그러나 이 모든 것의 밑바닥에는 평소에 그다지 사색적이지 못한 사람들에게도 아주 머나먼 시간 속에 오래전부터 그런 감정들이 존재하고 있었다는 어렴풋한 의식이 깔려 있다. 이런 의식 덕분에 앞으로 다가올 시간에 대한 엄숙한 생각을 일깨우게 되고, 오만하고 세속적인 마음을 억누를 수 있게 되는 것이다.

일행은 아주 사랑스러운 곳에 다다랐다. 지금까지 지저분한 군중 속 소란스러운 말다툼의 한복판에서 나날을 보내던 올리버로서는 완전히 새로운 세계에 들어선 듯했다. 장미와 인동덩굴이 별장 벽에 매달려 있었고, 담쟁이덩굴이 나무줄기를 휘감아 올라가고 있었으며, 정원의 꽃들은 달콤한 향기로 공기를 가득 채웠다. 바로 옆에는 소박한 교회 묘지가 있었다. 큼직하고 보기 싫은 비석들로 복작대는 게 아니라 파릇파릇한 뗏장과 이끼로 덮인 작은 봉분들로 가득했다. 봉분 아래에는 마을 노인들이 드러누워 안식을 취하고 있었다. 올리버는 종종 이곳을 서성거리면서, 어머니가 누워 있을 황량한 무덤을 떠올리며 훌쩍이다가도 고개를 들어 머리 위 드높은 하늘을 바라보며 어머니가 땅 속에 누워 있는 게 아니라고 생각하기로 했다. 그러면서 어머니를 위해 오롯이 슬픔의 눈물을 흘렸다.

행복한 날들이 흘러갔다. 낮에는 평화롭고 고요했고, 밤에는 무섭지도 걱정스럽지도 않았다. 비참한 감방에서 괴로워하거나 비열한 인간들과 어울릴 필요도 없었고, 그저 즐겁고 행복한 생각만 하면 되었다. 올리버는 아침마다 작은 교회 가까이에 살고 있는 백발의 노신사를 찾아가서 읽고 쓰기를 배웠다. 노신사는 아주 친절히 공들여 가르쳐주었다. 그 보답으로 올리버는 늘 노신사를 즐겁게 해주려고 애를 썼다. 그러고 나서 메일리 부인과 로즈 양과 같이 산책을 하며 두 숙녀가 책에 대해 얘기하는 것을 듣거나 그늘에 앉아 로즈 양이 책을 읽어주는 소리를 들었다. 할 수만 있다면 날이 어두워져 글자가 보이지 않을 때까지 계속 그러고 있고 싶었지만 다음날 공부거리를 준비해야 했다. 그래서 정원이 보이는 작은 방에서 열심히 공부를 했다. 그러다가 저녁이 되어 어둑어둑해지면 두 숙녀가 다시 산책길에 나섰고 올리버는 함께 따라 나가서 두 숙녀가 대화하는 소리를 즐겁게 들었다. 만약 두 숙녀가 원하는 꽃을 따다줄 일이 생기거나 집에 두고 온 물건을 대신 가져다주려고 뛰어갈 때면 올리버는 너무 행복해서 아주 날쌔게 몸을 움직였다. 날이 완전히 어두워져서 집으로 돌아오면 로즈 양은 피아노 앞에 앉아 즐거운 분위기의 곡을 치거나 부드럽고 나지막한 목소리로 이모님이 좋아하는 옛 노래를 불렀다. 이럴 때에는 촛불도 켜지 않았다. 올리버는 창가에 앉아 황홀경에 취해 달콤한 음악을 들었다.

일요일에는 올리버가 이제까지 겪었던 일요일과는 전혀 다르게 시간을 보냈다. 얼마나 행복했던지! 그즈음의 행복한 나날들처럼 최고로 행복했다. 작은 교회에서는 아침이면 푸른 나뭇잎이 창가를 두드리고, 밖에서는 새들이 지저귀며, 나지막한 현관으로 달콤한 공기가 슬며시 스며들어와 아늑한 교회 건물을 향기로 가득 채웠다. 가난한 사람들이 얼마나 깔끔하고 단정한 차림으로 경건하게 무릎을 꿇고 기도를 올리는지, 교회에 모이는 일이 지루한 의무가 아니라 진짜로 즐거운 일 같았다. 비록 찬송가 노랫소리가 세련되지 못했지만 올리버의 귀에는 어느 교회에서 듣던 음악보다 진실되고 아름답게 들렸다. 이후에는 평소처럼 산책을 했고 여러 단정한 이웃농가들을 들락날락하며 놀았다. 밤에는 지난 일주일 동안 공부한 성경을 한두 장씩 읽어 내려갔다. 올리버가 이 의무를 수행할 때 자기가 느낀 자부심과 기쁨은 그 자신이 목사였더라도 더 크지 않았을 것이다.

아침이 밝으면 올리버는 6시에 일어나 벌판을 돌아다니며 널리 펼쳐져 있는 생울타리에서 야생화들을 꺾어 꽃다발을 만들어 집으로 가져왔다. 이 꽃다발로 세심히 정성을 들여 아침 식탁을 장식했다. 또한 로즈 양의 새들을 위해 신선한 개쑥갓도 가져와서 마을 서기에게 배운 대로 아주 솜씨 좋게 새장을 꾸며 놓았다. 이렇게 새들이 말쑥하고 단정하게 하루를 보낼 수 있게 만들어준 후에는 보통 마을로 내려가서 구제 업무를 도왔다. 이 일이 없을 경우에는 가끔씩 풀밭에서 크리켓 놀이를 했다. 이 일도 없을 때는 항상 정원에서 일하거나 식물을 돌보았다. 본업이 정원사인 선생님에게 배운 대로 성심성의껏 일을 하고 있으면 로즈 양이 나타나 올리버가 한 일에 대해 끝이 없을 정도로 칭찬을 아끼지 않았다.

이렇게 석 달이 물 흐르듯 흘러갔다. 가장 축복받고 은혜로운 삶을 사는 사람들조차도 이처럼 순전히 행복하기만 한 시간은 갖기 힘들었을 것이다. 그러니, 올리버에게는 얼마나 더할 나위 없는 행복의 시간이었으랴! 한쪽에는 가장 순수하고 인정 많은 관대함이, 다른 쪽에는 가장 온화하고 진실한 영혼에서 우러나오는 감사함이 존재했다. 결국 이 짧은 휴가가 끝날 즈음에 올리버 트위스트가 메일리 부인과 로즈 양에게 완전히 가족 같은 정을 느끼게 된 것은 전혀 놀라운 일이 아니었다. 또한 올리버가 어리고 예민한 마음으로 보여주는 열렬한 사랑에 두 숙녀가 자부심과 애정으로 답하는 것은 자연스러운 현상이었다.

10장

올리버와 친구들의 행복에 갑자기 먹구름이 드리우다

봄이 날아가듯 지나가고 여름이 왔다. 시골 마을이 처음에는 아름다웠다면 지금은 완전히 화려한 풍요로움 그 자체였다. 지난 몇 달 간 메마르고 헐벗은 것처럼 보이던 커다란 나무들이 이제는 강한 생명력과 활기를 내뿜고 있었다. 나무들은 목마른 대지 위로 푸른 팔을 뻗어 벌거벗은 곳곳에 포근한 그늘을 만들어주었다. 이 깊고 상쾌한 그늘에서는 햇볕이 내리쬐는 탁 트인 들판을 바라볼 수 있었다. 대지에는 푸릇푸릇한 양탄자가 깔렸고 가장 풍성하고 짙은 향기가 넘쳐났다. 1년 중 가장 활기가 넘치는 절정기여서 만물이 피어오르듯 번창하고 있었다.

하지만 작은 별장의 고요한 생활에는 큰 변화가 없었다. 집안 사람들의 분위기도 전과 같이 명랑하고 평온했다. 올리버는 이미 오래전에 건강을 회복했다. 하지만 건강하거나 아프거나 상관없이 올리버는 주위의 사람들을 따뜻한 마음으로 대했다. 수많은 사람들이 자신의 건강 상태에 따라 변덕스러워지기 마련인데, 올리버는 고통으로 기력을 잃어가며 사소한 것까지도 주변 사람들에게 의존할 수밖에 없었을 때와 지금이 똑같았다. 언제나 상냥하고 인정 많은 아이였던 것이다.

어느 아름다운 밤에 세 사람은 평소보다 더 길게 산책을 했다. 낮이 유난히 더웠지만 밤이 되자 환한 달이 떠오르고 가벼운 바람이 불어서 유달리 시원했기 때문이다. 로즈 양도 기분이 좋아서 즐겁게 대화를 나누면서 산책을 했다. 그러다가 평소보다 더 멀리 걷게 되었고, 메일리 부인이 피곤해서 더욱 천천히 걸어서 집으로 돌아왔다. 로즈 양은 보닛만 벗어놓은 채 평소처럼 피아노 앞에 앉았다. 몇 분 동안 무심히 피아노 건반을 두드리더니, 낮고 엄숙한 분위기로 빠져들었다. 피아노 연주 사이로 로즈 양이 울고 있는 듯한 소리가 들렸다.

"로즈, 애야!" 메일리 부인이 불렀다.

로즈 양은 아무런 대답이 없었지만 부인의 부름에 고통스러운 생각에서 퍼뜩 정신을 차린 듯 좀 더 빠르게 손가락을 놀리기 시작했다.

"애야, 로즈!" 메일리 부인이 황급히 일어서서 로즈 양 쪽으로 몸을 숙이며 말을 이었다. "무슨 일이니? 눈물을 다 흘리고! 애야, 뭐 때문에 힘든 거니?"

"아무것도 아니에요, 이모님. 아무것도. 저도 이유를 모르겠어요. 설명할 수가 없어요, 그저 기분이 …" 로즈 양이 말끝을 흐렸다.

"어디 아픈 건 아니고?" 메일리 부인이 다급히 물었다.

"아뇨, 아니에요! 아픈 건 아니에요!" 로즈 양이 뭔가 차가운 소름이 온몸에 돈 듯 몸을 부르르 떨며 말을 이었다. "곧 괜찮아질 거예요. 창문 좀 닫아주세요, 네?"

올리버는 서둘러 창문을 닫았다. 로즈 양이 기운을 차리려 애를 쓰며 더 경쾌하게 건반을 치려고 했지만 손가락이 힘없이 건반 위에 떨어졌다. 로즈 양은 두 손에 얼굴을 묻은 채 소파에 쓰러져서 어쩔 수 없이 눈물을 쏟아냈다.

"오, 애야! 이런 네 모습은 처음 보는구나!" 메일리 부인이 로즈 양을 감싸 안으면서 탄식했다.

"가능하면 이모님을 놀라게 해드리고 싶지 않았어요. 정말 많이 노력했는데 어쩔 수가 없게 되었네요. 아무래도 병이 난 것 같아요."

정말 그랬다. 촛불을 가져와 로즈 양의 얼굴을 비춰보자, 산책에서 돌아온 지 금방이었는데도 로즈 양의 안색이 대리석처럼 하얗게 변해 있었다. 아름다움은 여전했지만, 표정은 확실히 변했고 이전에는 볼 수 없었던 초췌하고 불안한 기색이 완연했다. 잠시 후 부드러운 얼굴이 붉게 달아오르더니, 연약하고 푸른 눈 위로 묵직하게 휑한 기운이 내려앉았다. 그러다가 먹구름이 지나가듯 어두운 기색이 사라지자, 로즈 양은 또다시 죽을 듯이 창백해졌다.

올리버는 메일리 부인을 걱정스럽게 지켜보던 중이었기에 노부인이 이 상황에 얼마나 놀랐는지 잘 알 수 있었다. 솔직히 말하자면 올리버도 엄청 놀랐지만 메일리 부인이 대수롭지 않은 척 가볍게 넘기려고 애쓰는 모습을 보고 자신도 그러려고 마음을 다잡았다. 두 사람의 노력이 통했는지, 메일리 부인이 로즈 양에게 이제 잠자리에 들라고 하자, 로즈 양이 훨씬 좋아진 기색으로, 아침에 일어나면 다 나아 있을 것이라며 안심시켰다.

"정말 아무 일도 아니겠죠? 오늘 밤에 안 좋아 보였는데 …" 올리버가 메일리 부인이 돌아오자 말을 걸었다.

메일리 부인은 아무 말 하지 말라는 듯 손짓을 하고 나서 어두운 구석에 앉아 한동안 가만히 있었다. 그러다가 결국 떨리는 목소리로 입을 열었다.

"나도 아무 일 아니었으면 좋겠구나, 올리버. 몇 년 동안 그 애랑 아주 행복하게 지냈는데. 아마 너무 행복했는지도 몰라. 불행이 닥칠 때가 된 건지도. 하지만 그 불행이 이건 아니었으면 하는데."

"뭐가요?" 올리버가 물었다.

"그토록 오랫동안 내게 위안과 행복을 주던 소중한 아이를 잃어버린다면 얼마나 큰 충격이겠느냐."

"오! 하느님, 안 돼요!" 올리버가 황급히 탄식을 내뱉었다.

"아멘, 정말 그러길!" 메일리 부인이 두 손을 비틀며 맞장구쳤다.

"정말 그렇게 끔찍한 일이 벌어지지는 않겠죠? 두 시간 전만 해도 괜찮았잖아요."

"지금은 아주 아픈 게 맞아. 그리고 더 나빠지리란 건 확실하단다. 오, 가엾은 로즈! 그 아이가 없으면 난 어쩌라고!"

메일리 부인이 엄청난 슬픔에 빠져 한탄하자, 올리버는 제 감정을 억누르고 노부인을 위로하면서, 소중한 아가씨를 위해서라도 좀 더 마음을 진정시켜야 한다고 간곡하게 애원했다.

"그리고 마님, 잘 생각해보세요." 올리버가 어쩔 수 없는 눈물을 흘리면서 말을 이었다. "로즈 아가씨가 얼마나 젊고 착한지를, 주위 사람들에게 얼마나 큰 기쁨과 위안을 주는 존재인지를요. 전 확신해요. 정말, 분명히, 아가씨를 이토록 걱정하는 마님을 위해서라도, 아가씨 자신을 위해서, 또한 아가씨에게서 행복을 얻는 모든 사람들을 위해서 결코 죽지 않을 겁니다. 하늘도 아가씨가 이렇게 젊은 나이에 죽도록 내버려 두지 않을 거라고요."

"쉿!" 메일리 부인이 올리버의 머리에 손을 얹으며 말했다. "가엾게도 참으로 어린아이답게 순진무구한 생각을 하는구나. 하지만 내가 뭘 해야 할지 가르쳐준 셈이야. 잠시 깜빡하고 있었구나, 올리버, 날 이해

해주렴. 이 나이가 들도록 수많은 질병과 죽음을 봐왔지. 우리가 사랑하는 사람들과 헤어지는 일이 얼마나 고통스러운지도 잘 안단다. 게다가 젊고 착한 사람들이라고 해서 항상 오래도록 사랑하는 사람들 곁에 머물 수 있는 게 아니라는 것도 너무나 잘 알고 있지. 오히려 이런 사실이 우리의 슬픔을 덜어주기도 한단다. 하느님은 정의로우시거든. 이 세상보다 더 밝은 세계가 있으며 그 세계로 가는 길이 빠를 수 있다는 사실을 가르쳐주시는 게야. 오, 하느님의 뜻대로 이뤄지길! 난 로즈를 사랑한단다. 얼마나 사랑하는지는 하느님만이 아시겠지!"

올리버는 메일리 부인이 애써 슬픔을 억누르며 차분하고 단단하게 몸을 추스르는 모습을 보면서 깜짝 놀랐다. 더 놀라운 점은 메일리 부인의 굳건한 태도가 계속 지속되었고 로즈 양을 간호하는 동안 줄곧 민첩하고 차분하게 모든 일들을 수월하게 해나간다는 사실이었다. 심지어 겉으로 보기에는 아무런 걱정도 없어 보였던 것이다. 하지만 올리버는 어렸고 힘겨운 상황 아래에서 굳건한 심지를 가진 사람들이 어떤 일을 해낼 수 있는지 잘 몰랐다. 하긴 그 자신들도 제 역량을 잘 모르는데 올리버가 어떻게 알겠는가?

불안하고 초조한 밤이 지나갔다. 아침이 되자 메일리 부인의 예상이 맞아떨어졌다. 로즈 양은 아주 위험하고 심각한 열병의 초기 단계였다.

"올리버, 우린 적극적으로 대처해야 해. 쓸데없이 슬픔에 빠져 있어선 안 돼." 메일리 부인이 입술에 손가락을 댄 채 올리버의 얼굴을 지그시 바라보며 말을 이었다. "이 편지를 최대한 빨리 로스번 씨에게 보내야 해. 장이 서는 마을로 이걸 들고 가거라. 들판을 가로지르는 샛길로 가면 7킬로미터도 안 될 거야. 거기서 급행 마차편으로 첫시로 곧장 전달해야 돼. 여관에 있는 사람들이 맡아줄 거야. 올리버, 너만 믿으마."

올리버는 아무런 대답 없이 당장이라도 튀어나갈 듯 안달 난 표정이었다.

"여기 편지가 하나 더 있는데," 메일리 부인이 잠시 뜸을 들이며 고심하다 말을 이었다. "이걸 지금 보내야 할지, 로즈의 상태를 지켜보면서 기다려야 할지 잘 모르겠구나. 최악의 상황이 아니라면 보내고 싶지 않은데."

"그 편지도 첫시로 보내는 건가요?" 올리버가 초조하게 편지를 받으려고 떨리는 손을 내밀며 물었다.

"아니." 메일리 부인이 기계적으로 편지를 건네주며 대답했다. 올리버가 언뜻 보니, 어느 시골 영주의 저택에 사는 해리 메일리 씨 앞으로 된 편지였다. 그곳이 어디인지는 알 수가 없었다.

"이 편지도 부칠까요?" 올리버가 초조하게 쳐다보며 물었다.

"아니, 내일까지 기다려봐야겠구나." 메일리 부인이 편지를 도로 가져가며 대답했다.

메일리 부인은 올리버에게 지갑을 내주었고, 올리버는 지체 없이 최대한 빨리 길을 나섰다.

올리버는 재빨리 들판을 가로질러 달리다가 이따금씩 들판 샛길을 내달리기도 했다. 양쪽으로 높게 자라난 옥수수에 가려졌다가 이내 넓은 들판으로 나오자 풀을 깎고 건초더미에 둘러싸여 일하는 일꾼들이 보였다. 하지만 올리버는 걸음을 멈추지 않은 채 그저 간신히 숨만 헐떡이며 달려갔다. 마침내 후끈한 열기를 내뿜으며 먼지를 뒤집어 쓴 채 마을 장터에 도착했다.

여기에서 잠시 멈춰 선 올리버는 여관을 찾느라 두리번거렸다. 하얀 건물의 은행과 붉은 건물의 양조장, 누런 건물의 마을회관이 있었다. 그리고 한쪽 구석에는 커다란 건물이 있었다. 온통 초록 나무로 둘러싸인 그 건물은 앞에 '조지'라는 간판이 걸려 있었다. 올리버는 이 간판을 보자마자 서둘러 그곳으로 발걸음을 재촉했다.

올리버가 현관에서 졸고 있는 우편배달부에게 말을 걸자, 올리버의 사정을 들은 우편배달부는 올리버를 말구종에게 넘겼고, 또다시 모든 사정을 듣게 된 말구종이 올리버를 여관 주인에게 보냈다. 키가 큰 여관 주인은 푸른 목수건에 하얀 모자, 암갈색 반바지에 부츠 차림으로, 마구간 문 옆의 펌프에 기댄 채 은제 이쑤시개로 이를 쑤시고 있었다.

이 주인 양반이 발송 계산서를 작성하러 여관 안으로 느릿느릿 잰체하며 들어가더니, 계산서를 작성하는 데도 엄청나게 시간을 잡아먹었다. 계산서가 준비되고 계산이 다 치러진 후에도 말에 안장을 얹고 마부가 단장을 하느라 10분은 넘게 걸렸다. 그동안 올리버는 너무나 절박하고 걱정스러운 마음에 애면글면하면서, 차라리 직접 말에 뛰어올라 다음 역까지 전력을 다해 달리고 싶다는 생각을 했다. 마침내 모든 준비가 끝나자, 올리버는 마부에게 작은 편지 꾸러미를 건네주며 최대한 빨리 전해달라고 애원과 경고를 수없이 늘어놓았다. 마부는 말에 박차를 가하며 울퉁불퉁한 포장도로로 달려 나갔고 몇 분 지나지 않아 마을을 벗어나 유료도로로 들어섰다.

이렇게 확실히 편지를 보내고 나자 더 이상 허비할 시간이 없다고 느낀 올리버는 다소 가벼워진 마음으로 급히 여관 마당으로 나갔다. 그런데 막 여관 문을 돌아나가던 순간에 외투로 몸을 감싸고 여관 문을 나오던 장신의 남자와 부딪치고 말았다.

"하!" 남자가 올리버를 보자, 순간적으로 몸을 움츠리며 탄성을 질렀다. "이게 뭐야?"

"죄송합니다. 급하게 집으로 돌아가려는 생각에 나오시는 걸 못 봤네요." 올리버가 사과했다.

"죽일 놈!" 남자가 커다랗고 까만 눈을 굴리며 혼잣말 하듯 중얼거리기 시작했다. "누가 생각이나 했겠어! 갈아서 뼈도 못 추리게 만들어야지! 어디, 석관에서 벌떡 일어나 내 앞길을 막아!"

"죄, 죄송해요. 저 때문에 어디 다치셨나요?" 올리버가 낯선 남자의 사나운 모습에 넋이 나간 듯 말을 더듬었다.

"썩을 놈!" 남자가 꽉 깨문 이 사이로 끔찍하게 내뱉었다. "내가 용감하게 한 마디를 뱉었다면 하룻밤 만에 네 놈을 치워버렸을 텐데. 네 놈 머리에 저주가 내리고 네 놈 가슴에 시커먼 죽음이 들어갈 것을! 여기서 뭘 하고 있는 거냐?"

남자는 주먹을 흔들며 횡설수설 말을 중얼거렸다. 마치 한 대 칠 것처럼 올리버에게 다가가다가 금세 땅바닥에 픽 쓰러져서 몸을 뒤틀고 입에 거품을 물며 발작을 일으켰다.

올리버는 잠시 이 미친 남자의 발작을 바라보다가 도움을 청하러 여관 안으로 뛰어 들어갔다. 남자가 무사히 여관으로 실려 들어가는 것을 보고 나서야 올리버는 잃어버린 시간을 만회하려고 최대한 빨리 집을 향해 뛰어갔다. 막 헤어진 그 남자의 기이한 행동을 돌이켜 생각해 볼 때 참으로 놀랍고 두렵기까지 했다.

하지만 이런 감정은 그리 오래가지 못했다. 올리버가 별장에 다다랐을 때, 마음을 써야 할 일이 넘쳐났기 때문에 자기 자신에 대한 생각은 조금도 할 겨를이 없었던 것이다.

로즈 메일리는 급격하게 병세가 악화되어서 자정이 되기 전부터 헛소리를 하기 시작했다. 그 지역 의사가 줄곧 로즈의 곁을 지켰는데, 처음 환자를 본 후, 메일리 부인을 옆으로 데려가서 지극히 위험한 상황이라고 알렸다.

"솔직히, 회복된다면 거의 기적에 가까울 겁니다." 의사가 말했다.

그날 밤에 올리버가 얼마나 자주 침대에서 벌떡 일어나 몰래 숨죽여 계단을 내려가서 병실 문 밖에서 귀를 대고 있었는지 모른다. 갑자기 쿵쿵거리는 발소리에 무슨 끔찍한 일이 일어난 것은 아닌지 두려워서 벌벌 떨며 식은땀을 흘린 적도 부지기수였다. 게다가 깊숙한 무덤의 가장자리를 비틀거리고 있는 이 친절한 아가씨의 생명과 건강을 얼마나 큰 고뇌와 열정 속에서 기원했는지 모른다. 이 열렬함에 비한다면 그동안 올렸던 다른 기도는 비교도 되지 않을 정도였다.

아! 우리가 간절히 사랑하는 사람의 생명이 죽음 앞에 떨고 있을 때 아무 도움도 되지 못한 채 마냥 서 있는 두려움과 가슴을 찌르는 고통이라니! 아! 마음속으로 고통스러운 잡념들이 우르르 몰려들어 가슴을 격렬하게 고동치게 하고 숨을 가쁘게 만들고, 어찌할 바를 알 수 없는 절망스러운 고통과 위험 앞에서 우리의 무력함에 영혼과 정신이 가라앉고 있으니, 그 어떤 고문이 이 슬픔에 비할 것인가! 이 극단의 시간에 그 어떤 기억이나 노력이 우리의 고통을 덜어줄 수 있을 것인가!

아침이 밝았다. 작은 시골 별장은 홀로 고요했다. 사람들은 속삭이며 조용히 말을 했고, 이따금씩 대문 앞에 걱정 가득한 얼굴들이 보였는데, 여자들과 아이들이 눈물 가득한 얼굴로 돌아서곤 했다. 올리버는 하루 종일, 어두워진 후에도 몇 시간 동안이나, 정원을 가만히 왔다 갔다 하면서 병실을 올려다보았다. 그럴 때마다 병실 안에 죽음이 드러누워 있기라도 한 듯 어두워진 창문을 쳐다보며 몸을 부르르 떨었다.

밤늦게 로스번 씨가 도착했다. "어려운 상태군요." 선량한 의사가 몸을 돌리면서 말을 이었다. "이렇게나 젊고 사랑스러운 아가씨이지만, 가망이 거의 없어요."

또다시 아침이 밝았다. 마치 아무런 불행이나 걱정이 없다는 듯 태양이 밝게 빛났다. 주변의 나뭇잎은 생생했고, 꽃들은 활짝 피어나 있었다. 건강한 생명력과 기쁨의 소리와 정경들이 사방을 둘러싸고 있었다. 하지만 아름다운 아가씨는 병상에 누워 빠르게 시들어가고 있었다. 올리버는 가만히 집을 빠져나와 오래된 교회 뜰로 가서 푸른 잔디 언덕에 앉아 조용히 훌쩍이며 기도를 올렸다.

너무나 평화롭고 아름다운 풍경이었다. 햇살 가득한 풍광 속에는 기분좋은 찬란함이, 여름새들의 노랫소리 속에는 쾌활함이, 머리 위를 날아가는 떼까마귀의 날렵한 비행 속에는 자유로움이 담겨 있었고, 이 모든 것들 속에는 생명과 즐거움이 가득했다. 마침내 올리버가 쓰라린 눈을 들어 주위를 둘러보았을 때, 문득 아직은 죽음의 때가 아니라는 생각이 들었다. 이렇게 하찮은 생명들조차 모두 즐겁고 쾌활한 때에 로즈 양이 죽을 리가 없었다. 무덤이란 춥고 삭막한 겨울에나 맞는 것이지, 햇빛과 향기에는 맞지 않으니까. 게다가 수의란 늙고 쪼그라든 사람의 몫이지, 단연코 그 유령 같은 주름으로 젊고 우아한 여인의 몸을 감쌀 수는 없는 법이었다.

그 순간, 장례식을 알리는 교회 종소리가 울려서 올리버의 아이다운 생각을 깨뜨려버렸다. 또다시 종소리가 울렸다. 그리고 또 한 번! 장례식이 시작되고 있었다. 초라한 차림의 문상객들이 하얀 상장을 달고 교회 뜰 안으로 들어섰다. 어린아이가 죽은 모양이었다. 문상객들은 모자를 벗은 채 무덤가에 서 있었고, 아이의 어머니인 것 같은 여인이 눈물 흘리는 사람들 사이에 있었다. 하지만 태양은 밝게 빛났고 새들은 노래하듯 지저귀고 있었다.

올리버는 집 쪽으로 돌아서서 로즈 아가씨에게 받은 친절한 은혜에 대해 생각했다. 그러면서 로즈 아가씨에게 얼마나 많은 고마운 마음과 애정을 간직하고 있는지를 보여줄 기회가 다시 오기를 기원했다. 사실 그동안 올리버는 로즈 양에게 헌신적으로 봉사했기 때문에 태만하거나 생각이 모자랐다고 자책할 이유는 조금도 없었다. 그렇지만 올리버의 머리 속에는 좀 더 열성적이고 진지했으면 좋았으리라 싶은 자잘한 일들이 수백 가지나 떠올랐다. 우리는 주위 사람들을 대할 때 더욱 주의를 기울일 필요가 있다. 모든 죽음의 끝에 남겨진 사람들에게는 죽은 이에게 못해준 일들이나 깜빡 잊어버린 일들, 갚아야 하는 은혜들이 수없이 떠오르기 때문이다. 허망한 회한만큼 더 깊은 회한이 없지 않는가! 이러한 고통을 피하고 싶다면 우리 모두 살아 있을 때 이 사실을 꼭 기억해야 한다.

올리버가 집으로 돌아갔을 때 메일리 부인은 작은 응접실에 앉아 있었다. 그런 메일리 부인의 모습에 올리버의 심장이 철렁했다. 메일리 부인은 한시도 로즈 양의 침대 곁을 떠난 적이 없었기 때문에 무슨 변고가 생긴 건지 올리버는 몸이 떨려왔다. 로즈 양은 깊은 잠에 빠져 있다고 했다. 이 잠에서 깨어나 회복해서 목숨을 건지거나, 아니면 모두에게 작별을 고하고 숨을 거둘 수도 있다는 것이다.

두 사람은 몇 시간이나 가만히 앉아서 귀만 기울일 뿐, 두려운 마음에 입조차 떼지 못했다. 음식은 입도 대지 않은 채 치워졌다. 두 사람 모두 생각이 다른 곳에 가 있는 표정으로 태양이 저물어가는 광경을 지켜보고 있었다. 태양은 점점 더 낮아지다가 마침내 하늘과 땅을 찬란한 색조로 뒤덮으며 작별 인사를 고했다. 두 사람을 향해 다가오는 발걸음 소리가 예민한 귓가를 울렸다. 로스번 씨가 들어오자, 두 사람 모두 무의식적으로 재빨리 문가로 다가갔다.

"로즈는요? 빨리 말해줘요! 모두 감당할 수 있답니다. 이제 더 이상 가슴 졸이는 일은 사양이에요! 제발, 말해주세요! 어서요!" 메일리 부인이 울부짖듯 말을 쏟아냈다.

"진정하셔야 됩니다." 로스번 씨가 부인을 부축하며 말을 이었다. "진정하세요, 부인, 제발."

"이것 놔요, 오, 내 아이! 귀여운 내 아이가 죽어가고 있구나! 죽은 거야!"

"아니요!" 로스번 씨가 격렬하게 소리쳤다. "하늘에 계신 선하고 자비로우신 분 덕택에 로즈 양은 앞으로도 오랫동안 우리 곁에 남아서 모두를 축복하며 살 수 있게 되었어요."

메일리 부인은 무릎을 꿇고 양손을 모으려고 했다. 하지만 오랫동안 간신히 버티던 마지막 기력이 감사의 말 첫 마디와 함께 하늘로 날아가서, 부인은 때마침 양팔을 뻗은 로스번 씨의 품속에서 기절했다.

11장

새롭게 도착한 젊은 신사에 대한 소개와
올리버에게 펼쳐진 새로운 모험

행복감이 흘러넘쳐서 거의 감당할 수조차 없을 정도였다. 올리버는 뜻밖의 소식에 넋이 나갈 만큼 멍해져서 울거나 말할 수도, 차분하게 안심할 수도 없었다. 대체 무슨 일이 벌어졌는지 이해할 기력도 없다가 한참 동안 조용한 저녁 공기 속을 서성거리며 한바탕 울음을 터뜨려서 긴장을 풀고 나서야 단번에 즐거운 변화를 실감할 수 있었던 것이다. 이제 가슴을 억누르던 짐 같은 괴로움이 한순간에 사라져서 홀가분해지는 것을 느낄 수 있었다.

어둠이 빠르게 내려앉고 있을 즈음, 올리버는 병실에 장식하려고 조심스럽게 꺾어든 꽃을 가득 안은 채 집으로 돌아오고 있었다. 큰길을 따라 발걸음도 가볍게 걸어가고 있을 때, 뒤에서 사나운 속도로 달려오는 마차 소리가 들려왔다. 뒤를 돌아보니, 우편 마차 한 대가 전속력으로 달려오고 있었다. 말들이 기세 좋게 달려오고 있는데 길이 좁아서 올리버는 마차가 지나갈 때까지 대문에 기대어 서 있었다.

마차가 쏜살같이 지나가는 순간에 올리버는 하얀 잠옷모자를 쓴 남자의 모습을 흘깃 보았다. 워낙 순식간이어서 확실히 알아볼 수는 없지만 무척 낯익은 얼굴이었다. 잠시 후에 잠옷모자가 마차의 창 밖으로 불쑥 튀어나와 큰 목소리로 마부에게 멈추라고 고함을 지르자 마부가 급히 말을 세웠다. 그러자 잠옷모자가 또다시 불쑥 나타나더니 똑같은 고함소리로 올리버의 이름을 불렀다.

"여기요! 올리버 군, 새로운 소식 좀 없소? 로즈 양 말이오! 올리버 군!"

"거기 자일스 씨인가요?" 올리버가 마차 문으로 달려가며 소리쳐 물었다.

자일스 씨가 대답을 하려고 다시 잠옷모자를 밖으로 불쑥 내밀었다가, 갑자기 뒤로 끌어당겨지더니 다른 구석에 앉아 있던 젊은 신사가 대신 얼굴을 들이밀며 성급하게 소식을 물었다.

"한 마디로! 좋아졌나, 아니면 나빠졌나?" 신사가 소리쳤다.

"좋아졌어요. 아주 많이요!" 올리버가 서둘러 대답했다.

"오, 하느님, 감사합니다! 확실한 거지?" 신사가 소리쳐 물었다.

"네, 확실합니다. 몇 시간 전부터 좋아지기 시작했어요. 로스번 선생님도 이제 모든 고비를 넘겼다고 하셨고요."

올리버의 대답에, 신사는 더 말하지 않고 마차 문을 열고 뛰어나오더니 얼른 올리버의 팔을 잡고 옆으로 끌고 갔다.

"정말 확실한 거지? 애야, 네가 뭘 잘못 알고 있을 확률은 없는 거겠지, 엉? 가망 없는 희망으로 날 속이려 들지 말고." 신사가 떨리는 목소리로 다그쳤다.

"세상에, 제가 그럴 리가요. 정말 제 말을 믿으셔도 돼요. 로스번 선생님 말씀이 로즈 아가씨가 앞으로도 오랫동안 우리 곁에 남아서 모두를 축복하며 살 수 있게 되었다고 하셨어요. 직접 제 두 귀로 들었다고요."

너무나도 행복했던 그 장면을 회상하면서 올리버의 두 눈에 눈물이 고였다. 신사는 얼굴을 돌린 채 가만히 있었다. 올리버는 신사가 훌쩍이는 소리를 몇 번 들었다고 생각했지만 새롭게 말을 걸어서 신사를 방해하고 싶지 않았다. 신사의 감정이 어떨지 잘 알았기에 그저 멀찌감치 떨어져서 꽃다발에만 집중하는 척 서 있었다.

그동안, 자일스 씨는 하얀 잠옷모자를 쓴 채로 마차의 발판에 걸터앉아 무릎에 두 팔꿈치를 얹고 흰 땡땡이 무늬의 푸른색 손수건으로 눈물을 훔치고 있었다. 이 정직한 집사는 결코 감정을 가짜로 짜낸 게 아니었다. 젊은 신사가 말을 걸려고 돌아섰을 때 자일스 씨의 두 눈이 아주 벌겋게 충혈되어 있었기 때문이다.

"자일스, 자네는 마차를 타고 어머니께 먼저 가는 게 좋겠네. 난 그냥 천천히 걸으면서 어머니를 뵙기 전에 시간을 좀 가져야겠어. 내가 곧 간다고 전해주게."

젊은 신사의 당부에, 자일스 씨가 후줄근한 얼굴을 손수건으로 훔치면서 말했다. "죄송합니다만, 해리 도련님, 우편배달부에게 그 말을 전하도록 해주시면 감사하겠습니다. 제 이런 꼴을 하녀들에게 보이는 건 제 체면이 서지 않을 것 같아 좀 곤란해서요."

"뭐, 좋을 대로 하게. 짐도 대신 가져가라고 하고. 자네도 원하면 우리를 따라와. 다만, 그 잠옷모자만 좀 더 적당한 걸로 바꾸게나. 아니면 우리가 미친 사람들인 줄 알 거야." 해리 메일리가 미소를 지으며 대답했다.

자일스 씨는 점잖지 못한 차림이었음을 떠올리고 즉시 잠옷모자를 잡아채 주머니에 넣고 나서 마차에서 꺼낸 점잖고 근엄한 모양의 모자로 바꿔 썼다. 우편배달부는 말을 몰고 갔고 자일스 씨와 해리 메일리 씨, 올리버는 여유롭게 뒤를 따라 걸어갔다.

다함께 걸으면서 올리버는 가끔씩 호기심 어린 흥미로운 눈초리로 새로 만난 젊은 신사를 흘긋 쳐다보았다. 나이는 스물다섯 살 정도쯤 되어 보였고 중간키에 잘생긴 얼굴은 솔직해 보였으며 편안하고 호감이 가는 태도를 지니고 있었다. 연륜 차이만 있을 뿐, 메일리 부인을 쏙 빼닮은 모습이라서, 어머니라고 하지 않았더라도 쉽사리 두 사람의 관계를 짐작할 수 있었다.

해리 메일리 씨가 집에 도착했을 때, 메일리 부인은 걱정스러운 얼굴로 아들을 기다리고 있었다. 어머니와 아들이 만나자 둘 사이에 커다란 감정의 물결이 출렁거렸다.

"어머니! 왜 미리 편지를 보내지 않으셨어요?" 아들이 속삭이듯 물었다.

"쓰긴 썼단다. 하지만 생각을 바꿔서 로스번 씨의 의견을 듣기 전까지는 보내지 않기로 했지."

"하지만, 끔찍한 상황이 벌어질지도 몰랐잖아요? 만약 로즈가 … 차마 그 말을 입에 담지 못하겠지만, 만약 이 병이 다른 식으로 결말이 났다면 어떻게 어머니가 스스로를 용서하실 수 있었겠어요? 저도 다시는 행복이라는 걸 몰랐을 테고요!"

"해리야, 만약 그런 일이 벌어졌다면 아마 네 행복은 무너졌겠지. 하루 일찍 오든 늦게 오든 아무 상관이 없었을 거란다."

"제가 그렇게 되리라는 걸 누가 의심하겠어요, 어머니? 내가 왜 '그렇게 되리라'고 말하지? … 네, 당연히 불행해질 거예요. 어머니도 아시잖아요. 아셔야 한다고요!"

"로즈는 남자가 줄 수 있는 가장 최고의 순수한 사랑을 받을 자격이 있단다. 그 아이의 헌신과 사랑은 보통의 보답이 아니라 깊고 오래 지속되는 보답을 받아야 하지. 만약 이런 생각이 아니었다면, 사랑했던 사람의 변심이 얼마나 로즈를 가슴 아프게 할지 알지 못했다면 나도 쉽게 편지를 부칠 수 있었을 게다. 내 마음속에서 얼마나 많은 갈등이 벌어졌는지 모를 거야. 내게는 엄격히 따라야 할 의무가 있으니 말이다."

"참으로 잔인하시네요, 어머니. 아직도 제가 제 마음도 모르고 충동적으로 실수를 저지르는 어린애라고 생각하시는 겁니까?"

"내 생각에는 말이다, 아들아." 메일리 부인이 아들의 어깨에 손을 올려놓으면서 대답했다. "젊을 때에는 마음속에 수많은 충동들이 솟아오르지만 오래가지 않고 개중에 어떤 충동들은 충족되고 나면 덧없이 흘러가고 마는 거란다."

메일리 부인이 아들의 얼굴을 응시하며 말을 이었다. "만약에 열정적이고 열렬하며 야심에 찬 남자가 오명을 가진 아내를 맞이하게 되면, 오명이 아내의 탓이 아니라 하더라도 냉정하고 심술궂은 사람들은 아내와 아이들 탓을 하게 될 거야. 그리고 남자가 성공하면 할수록 남자를 비난하면서 조롱의 대상으로 삼겠지. 결국 남자가 아무리 너그럽고 선한 사람이라고 해도 한순간 젊은 시절에 맺은 인연을 후회할 수도 있는 거란다. 그렇게 되면 아내도 남편의 그런 생각을 알게 되는 고통을 겪어야 하겠지."

"어머니." 아들이 참을 수 없다는 듯이 입을 열었다. "그런 남자라면 이기적인 짐승에다 남편 자격도 없는 자로, 그런 아내를 얻을 수도 없겠죠."

"지금 당장은 그렇게 생각하겠지."

"앞으로도 영원히 그럴 거예요! 지난 이틀 동안 정신적으로 얼마나 고통스러웠는지 아세요? 어머니도 잘 아시다시피, 저의 열정은 하루 이틀의 이야기이거나 결코 가볍게 생겨난 게 아니에요. 로즈, 그 예쁘고 상냥한 여자에게! 제 마음은 그 어떤 남자보다 확고하다고요. 제 삶에서 로즈 말고는 아무런 생각도 전망도 희망도 없어요. 그러니 어머니께서 반대하신다면 제 평화와 행복을 빼앗아 바람에 날려버리는 셈이 되는 거예요. 어머니, 다시 생각해주세요. 행복이란 걸 너무 하찮게 보지 마시고요."

"해리야, 난 따뜻하고 섬세한 마음을 가진 사람들이 상처받지 않게 하려고 했던 것뿐이란다. 아무튼 이 문제에 대해선 그만 말하자꾸나. 이미 충분하잖니."

"그럼, 이 문제는 로즈에게 맡길게요. 혹시 어머니께서 일부러 고집을 부리셔서 제 앞길을 방해하지는 않으시겠죠?"

"그럴 리가 있겠니? 하지만 난 네가 잘 생각해서 …"

"잘 생각했다고요!" 아들이 어머니의 말을 성급히 자르고 나왔다. "어머니, 이미 여러 해 동안 생각했어요. 진지하게 생각할 수 있게 된 이후로는 계속 그래 왔다고요. 제 감정은 변함없이 그대로예요. 왜 제 감정을 드러내는 걸 힘들게 미뤄야 하죠? 무슨 이득이 있나요? 아뇨! 전 떠나기 전에 로즈에게 제 마음을 전할 겁니다."

"그렇게 하려무나."

"그 말씀 속에는 로즈가 냉담하게 거절할 거라는 뜻이 담겨 있는 것 같네요."

"냉담하진 않겠지. 전혀 아니야."

"그렇다면요? 로즈에게 다른 사랑이 생겼나요?"

"아니, 그건 아니야. 내가 착각한 건지 모르지만 로즈도 이미 너를 무척 좋아하는 것 같더구나. 내가 하고 싶은 말은 …" 메일리 부인이 끼어들려는 아들을 막으면서 말을 이었다. "이번에 모든 걸 걸기 전에 희망에 너무 부풀어 괴로워지기 전에 잠시만이라도 로즈의 내력에 대해 생각해보라는 거야. 로즈도 자신의 출생이 미심쩍다는 것을 알기 때문에 마음의 결정을 내리기가 어려울 거라는 사실을 염두에 두라는 말이야. 우리에게 헌신적이어서, 중요한 일이든 사소한 일이든 언제나 정성을 다해 완전히 자신을 희생하는 게 그 아이의 성격이라는 점도."

"그게 무슨 말씀이죠?"

"너 스스로 알아보렴. 난 로즈에게 가봐야겠어. 축복을 빌어주마!"

"오늘 밤에 다시 뵐 수 있을까요?" 아들이 간절하게 물었다.

"사정이 되는 대로 하자꾸나. 일단 로즈한테 갔다 온 다음에."

"제가 왔다는 걸 전해주실 거죠?"

"당연하지."

"그리고 제가 얼마나 걱정하고 괴로워했는지, 얼마나 보고 싶어 하는지도 전해주세요. 그래 주실 거죠, 어머니?"

"아무렴. 모두 전해주마." 메일리 부인은 아들의 손을 애정을 담아 지그시 잡아주고 나서 서둘러 방에서 나갔다.

이렇게 바쁘게 대화가 오가는 동안, 로스번 씨와 올리버는 방 다른 쪽 끝에 서 있었다. 로스번 씨는 해리 메일리에게 손을 내밀어 악수를 청했고 두 사람은 서로 마음을 다해 진한 인사를 주고받았다. 그런 다음, 로스번 씨는 젊은 친구에게 받은 여러 가지 질문에 대해 의사로서 환자의 상태를 정확히 설명해주었다. 올리버의 얘기만큼이나 위안이 되고 희망적인 진단이었다. 바쁘게 짐가방을 나르던 자일스 씨도 열심히 의사 선생의 설명을 귀 기울여 들었다.

"요즘엔 또 쏘아 맞힌 게 없는가, 자일스?" 의사가 설명을 끝마치고 나서 물었다.

"특별히 없는뎁쇼." 자일스 씨가 눈까지 벌겋게 달아오른 얼굴로 대답했다.

"도둑을 잡았다거나 강도의 정체를 확인했다거나 말일세."

"전혀 없습니다." 자일스 씨가 아주 근엄하게 대답했다.

"그래. 안됐구만. 자네는 그런 일을 아주 잘하지 않는가. 그건 그렇고, 브리틀스는 잘 지내나?"

"그 아이는 잘 있습죠. 선생님께 존경의 인사를 전해달라고 하더군요." 자일스 씨의 어투가 평소대로 되돌아왔다.

"그거 좋군. 자네를 보니 생각이 났네. 황급히 이리로 오기 전에, 자네의 선하신 여주인 마님의 부탁에 따라 자네를 위해서 작은 심부름을 했거든. 잠깐 이 구석으로 와주겠나?"

자일스 씨는 약간 의아한 표정을 지은 채 진중하게 구석으로 가서 의사와 잠시 속닥였다. 대화가 끝나자 자일스 씨는 수없이 허리를 숙여 인사를 하고 평소답지 않은 위풍당당한 걸음으로 물러갔다. 이 대화의 내용은 응접실에서는 밝혀지지 않았지만, 부엌에서는 곧바로 드러났다. 자일스 씨가 곧바로 부엌으로 가서 에일 맥주 한 잔을 달라고 한 후에 근엄한 분위기로 발표했기 때문이다. 메일리 부인이 도둑 사건 때 자일스 씨의 용감한 행동에 감동해서 은행에 자일스 씨만이 쓸 수 있는 돈을 25파운드나 예치해두었다는 것이다. 이 말을 들은 두 하녀들은 양손과 두 눈을 들고서 이제 자일스 씨가 우쭐거리며 자랑을 늘어놓을 차례라고 생각했다. 하지만 자일스 씨는 셔츠 장식을 잡아 펴면서 "아니, 아니야."라고 반응했다. 그러면서, 혹시라도 자기가 거만하게 보인다면 얘기를 해주면 고맙겠다고 말했다. 자일스 씨는 겸손함이 묻어나는 여러 말들을 늘어놓았다. 이런 말들은 대개 위인들의 말처럼 박수와 찬사를 받아 마땅했고 대체로 적절했다.

위층에서도 나머지 저녁 시간이 즐겁게 흘러가고 있었다. 로스번 씨는 무척 기분이 상기되어 신난 상태였다. 해리 메일리도 처음에는 지치고 생각이 많았지만 이 훌륭한 신사의 유쾌한 성격에는 도저히 저항할 수가 없었다. 로스번 씨는 재치 있는 농담과 직업상 에피소드들, 가벼운 농담들을 늘어놓으며 유머 감각을 뽐낸 것이다. 올리버는 여태껏 그렇게 기이하고 재미있는 이야기는 처음이라 한없이 웃음을 터뜨렸고, 로스번 씨도 흡족해하며 아주 크게 웃어서 해리도 분위기에 따라 한껏 웃을 수밖에 없었다. 이렇게 세 사람은 그 상황에서 최대한 즐겁게 대화를 나눴고 아주 느지막한 시간이 되어서야 한결 가벼워진 감사한 마음으로 휴식을 취하러 물러갔다. 그동안 불안과 걱정으로 제대로 쉬지 못했기에 충분한 휴식이 무엇보다 필요하긴 했다.

이튿날 아침에 올리버는 훨씬 좋은 마음으로 일어나서 여러 날 동안 느끼지 못했던 희망과 즐거움 속에서 일상의 일들을 하기 위해 여기저기 돌아다니기 시작했다. 새장을 찾아 다시 원래 자리에 내걸어 새들이 지저귈 수 있도록 해놓고, 야생화도 다시금 찾아 모아서 로즈 양이 그 아름다움에 기뻐할 수 있도록 준비해놓았다. 지난날에는 걱정에 찬 아이의 슬픈 눈에는 아무리 아름다운 것이라도 우울하게만 보였는데, 이제는 그런 현상이 마술처럼 사라져 버렸다. 이슬은 푸른 풀잎들 위에서 더욱 밝게 반짝거리는 것 같았고, 풀잎 사이로 부는 바람이 달콤한 음악처럼 들렸으며, 하늘은 더욱더 푸르고 밝은 것만 같았다. 우리 마음의 상태가 바깥세상의 외관에 미치는 영향이 이와 마찬가지이다. 자연과 동료 친구들을 보면서 모두가 다 어둡고 음침하다고 외치는 사람들이 틀린 것은 아니지만 그 침침한 색깔들은 모두 자신의 뒤틀린 눈과 마음을 반영하는 것이다. 실제 색깔은 섬세하기에 좀 더 맑은 눈으로 볼 필요가 있다.

한 마디 언급해두자면, 올리버가 이 아침 산책을 혼자하지 않았다는 사실이다. 해리 메일리는 첫 날 아침에 올리버가 꽃을 가득 안고 돌아오는 모습을 보고 난 이후로 꽃에 대한 열정에 사로잡혀서 꽃꽂이 솜씨를 발휘하기 시작했다. 올리버는 꽃꽂이에서 훨씬 뒤처지고 말았지만 어디에서 가장 좋은 꽃을 찾을 수 있는지는 잘 알고 있었다. 날마다 아침이면 두 사람은 함께 들판을 헤치고 다니면서 가장 아름답게 피어있는 꽃들을 집으로 가져왔다. 이제 로즈 양의 침실 창문은 활짝 열려 있었다. 로즈 양은 풍성한 여름 공기를 느끼며 활기를 되찾고 싶어 했다. 격자창 바로 안쪽에는 매일 아침 아주 신경 써서 다듬은 꽃다발이 물병에 담겨 있었다. 올리버는 그 작은 물병의 꽃다발이 계속 바뀌긴 해도 시든 꽃다발이 버려지지 않는다는 사실을 알아채지 않을 수 없었다. 또한 의사는 정원에 나올 때마다 항상 창가의 꽃다발을 쳐다보며 아주 의미심장하게 고개를 끄덕거리고 나서 아침 산책을 나서곤 했다. 이러는 가운데, 여러 날이 쏜살같이 흘러갔고 로즈 양도 빠르게 회복되어 갔다.

로즈 양은 거의 방을 떠나지 않았고 메일리 부인과도 가끔씩 짧은 거리를 걷는 것 말고는 저녁 산책을 하지 않았지만, 올리버가 마냥 손을 놓고 지내지는 않았다. 거의 두 배나 열심히 백발의 노신사에게 배우러 다녔다. 노력에 비례해 학습 진도가 엄청 빨라졌다. 이러는 와중에 까무러칠 뻔한 뜻밖의 사건이 벌어졌다.

집 안쪽의 1층에 언제나 올리버가 편안히 책을 읽던 작은 방이 있었다. 격자창이 나 있는 전형적인 시골집 방이었고, 창문 주위로 기어 올라온 재스민과 인동덩굴이 달콤한 향기를 가득 채워주었다. 창문 밖으로 정원이 내다보이고, 정원에는 울타리문 하나가 작은 풀밭 쪽으로 나 있었다. 그 너머로는 완전히 푸른 목초지와 나무숲뿐이었다. 다른 인가가 전혀 없어서 아주 드넓은 전경이 펼쳐져 있었다.

어느 아름다운 황혼녘에 어둑해질 때쯤 올리버는 창가에 앉아 책에 푹 빠져 있었다. 한참 동안 책에 열중하다가 점차 조금씩 잠에 빠져들고 말았다. 낮에 무척 무더웠고 독서에 진을 뺐기 때문에 책 저자들에게 실례되는 행동은 아니었다.

때때로 우리는 잠에 빠지면 몸은 꼼짝하지 못해도 정신은 주변의 상황들을 느끼고 있으면서 마음대로 떠도는 경우가 있다. 묵직하게 짓눌리고 기력이 약해져 몸을 가누지 못하는 느낌과 생각이나 동작을 전혀 제어할 수 없는 상태가 일종의 수면이긴 하지만, 이런 경우 우리는 주위에서 벌어지는 상황을 모두 의식하게 된다. 꿈이라도 꾸게 되면 당시에 들려오는 말소리나 소음들이 빠르게 우리의 꿈 속에 들어와서 현실과 꿈이 뒤섞여 뒤죽박죽이 된다. 그러나 이 정도가 가장 놀라운 현상이 아니다. 비록 우리의 감각과 시각이 죽어 있다고 해도 우리가 자면서 하는 생각과 우리 앞에서 벌어지는 환영은 그저 조용히 있는 물체 자체에도 영향을 받는다. 우리가 잠을 자려고 눈을 감았을 당시에 그 물체가 없었거나 그 물체의 접근을 알아채지 못했을 경우에도 마찬가지이다.

올리버는 자신이 작은 방에 있다는 것과 앞의 책상에 책들이 놓여 있다는 것, 밖에서 인동덩굴 사이로 달콤한 바람이 살랑거리고 있다는 것까지 완벽하게 인지하고 있었지만 잠들어 있는 상태였다. 그런데, 갑자기 상황이 바뀌어 공기가 무거워지면서 갑갑해지기 시작했다. 올리버는 두려움에 가득 찬 상태로 다시 유대인 노인의 집에 있다는 생각이 들었다. 추악한 노인이 늘 앉아 있던 한구석에서 올리버를 가리키며 옆에 얼굴을 돌리고 앉아 있는 남자에게 속삭이고 있었다.

"쉿! 조용히 해요. 확실히 그 애가 맞군요. 어서 갑시다."

"당연하지! 내가 이 녀석을 잘못 봤을 수 있다고 생각하오? 이 녀석

유대인 노인과 멍크스

과 똑같은 모습을 한 유령들이 떼를 지어 있어도 이 녀석이 섞여 있으면 한눈에 찾아낼 거라고. 만약 땅 속 깊이 묻어놓고 나를 데려가도 찾아낼 거요. 거기에 묻혀 있다는 표시가 없더라도 말이오!"

남자가 어찌나 끔찍한 증오를 드러내며 말했던지, 올리버가 두려움에 잠이 깨어 벌떡 일어나고 말았다.

오, 맙소사! 심장의 피가 쪼그라들면서 목소리가 나오지 않고 몸에 힘이 빠지고 있었다. 도대체 무엇 때문인가! 저기, 저기 창문 가까이에, 거의 몸이 닿을 정도로 가까운 곳에서 안을 들여다보는 남자와 눈이 마주쳤다. 바로 유대인 노인이 거기 서 있었다! 그리고 그 옆으로 분노인지 두려움인지 모르겠지만 험악하게 찌푸린 얼굴로 서 있는 남자가 보였다. 바로 여관 뜰에서 부딪친 남자였다.

한순간 눈앞에서 번쩍하더니 두 남자가 사라져 버렸다. 하지만 두 남자는 올리버를 알아보았고 올리버도 마찬가지였다. 두 남자의 얼굴 표정은 마치 돌에 깊게 새겨져 올리버가 태어날 때부터 앞에 두고 늘 보아온 것처럼 올리버의 뇌리 속에 확실하게 각인되었다. 올리버는 순간적으로 너무 놀라서 우두커니 서 있다가 곧바로 창문을 넘어 정원으로 뛰어가 큰 소리로 도움을 요청했다.

12장

올리버의 모험은 아쉽게 끝이 나고, 해리 메일리와 로즈 양 사이에 중요한 대화가 벌어진다

올리버가 외치는 소리에 집안 사람들이 우르르 몰려들었다. 올리버는 하얗게 질린 얼굴로 몹시 흥분해서 집 뒤쪽 들판을 가리키면서 겨우 "유대인이요! 유대인 노인!"이라는 말만 반복하고 있었다.

자일스 씨는 무슨 말인지 몰라서 당황했고, 해리 메일리는 이해력이 빠른 데다 어머니에게 올리버의 내력을 들은 후라서 단번에 그 말을 알아들었다.

"놈이 어느 쪽으로 갔지?" 해리가 구석에 있는 무거운 막대기를 들면서 물었다.

"저쪽이요. 한순간에 놓쳐버렸어요." 올리버가 유대인 노인이 달아난 쪽을 가리키며 대답했다.

"그러면 도랑 속에 있겠군! 따라와! 최대한 가까이 붙어서 따라오라고." 해리가 이렇게 말하면서 울타리를 훌쩍 뛰어넘어 다른 사람들이 뒤쫓아가는 것이 힘들 정도로 쏜살같이 달려갔다.

자일스 씨는 가능한 한 열심히 따라갔고, 올리버도 마찬가지였다. 1, 2분 정도 지나자 산책에서 돌아온 로스번 씨가 모두의 뒤를 따라 울타리를 훌쩍 뛰어넘더니 의외로 민첩하게 무시무시한 속도로 뒤쫓아가면서 계속 무슨 일이냐고 고래고래 고함을 질러댔다.

다들 단 한 번도 숨을 돌리기 위해 멈추지 않고 달려갔다. 앞선 무리들이 올리버가 가리킨 들판 쪽으로 들어가서 도랑과 울타리를 뒤지기 시작했을 때, 후발주자들이 간신히 속도를 따라잡아 도착했다. 올리버는 로스번 씨에게 이렇게 맹렬하게 추격을 하게 된 상황을 설명했다.

탐색은 아무런 소득 없이 끝났고, 새로 생긴 흔적은 어디에도 없었다. 이제 다들 사방으로 5, 6킬로미터 정도 펼쳐진 드넓은 들판이 내려다보이는 작은 언덕 위에 올라섰다. 왼쪽 골짜기에 마을이 있었지만, 올리버가 가리킨 방향을 따라 그 마을로 가려면 들판을 돌아 갔어야 해서 시간이 턱없이 부족했을 것이다. 오른쪽에는 목초지 주변에 울창한 숲이 있었지만 똑같은 이유로 은신하기 좋은 숲속에는 이르지 못했을 터였다.

"꿈을 꾼 게 분명해, 올리버." 해리 메일리가 말했다.

"오, 아뇨. 정말이에요." 올리버가 노인의 노쇠한 얼굴을 떠올리고는 몸을 부르르 떨면서 대답했다. "꿈이라기에는 너무 선명하게 보였어요. 두 남자 모두가 지금처럼 생생하게 보였다고요."

"다른 남자는 누구였지?" 해리와 로스번 씨가 동시에 물었다.

"여관 뜰에서 갑자기 어떤 남자랑 부딪쳤다고 말씀드렸잖아요? 바로 그 남자였어요. 서로 눈을 정면으로 마주쳤다고요. 정말 맹세도 할 수 있어요."

"둘 다 이쪽으로 도망쳤다고? 확실해?" 해리가 따져 물었다.

"둘 모두 창문 앞에 서 있었다는 것은 확실해요." 올리버가 집 정원과 초원 사이의 울타리 문을 가리키면서 말을 이었다. "키가 큰 남자가 저기를 뛰어넘었고, 유대인 노인은 오른쪽으로 뛰더니 저기 틈으로 기어나갔어요."

해리와 로스번 씨는 올리버가 신중한 얼굴로 말하는 모습을 지켜보다가 서로를 바라보더니 올리버의 말이 틀림없다고 확신하는 것 같았다. 하지만 어느 쪽을 둘러봐도 서둘러 달아난 흔적이 전혀 보이지 않았다. 길게 자란 풀들이 무성했지만 아무 데도 짓밟고 지나간 흔적이 없었다. 도랑의 양옆과 가장자리는 진흙탕이었지만 발자국이나 누군가 지나간 흔적이 조금도 남아 있지 않았다.

"이것 참 이상하군!" 해리가 말했다.

"이상하다고? 블래더스와 더프 형사라도 아무것도 알아낼 수 없을 걸세." 로스번 씨가 맞장구를 치며 말했다.

탐색은 분명히 헛수고 같았지만, 다들 어둠이 내려 더 이상 찾을 수 없게 될 때까지 포기하지 않았다. 밤이 깊어 어쩔 수 없이 단념할 수밖에 없었다. 자일스 씨는 낯선 두 남자의 모습을 올리버에게 귀담아 듣고서 마을의 술집 여러 군데를 찾아다녔다. 특히 두 남자 중에 유대인 노인은 술을 마시거나 주변에 얼씬거렸다면 충분히 기억에 남을 만한 용모였다. 하지만 자일스 씨는 이런 기묘한 상황을 해결할 만한 실마리를 전혀 찾지 못했다.

이튿날, 다시 탐색이 시작되고 탐문조사가 시작되었지만, 더 나은 결과는 얻지 못했다. 그런 다음날, 올리버와 해리 메일리 씨는 두 남자에 대해 뭔가 정보를 얻을 수 있을까 싶어서 장터 마을로 갔지만 이 노력은 똑같이 허사로 끝났다. 며칠이 지나자, 새로운 땔감이 떨어진 사건들이 금세 사라지듯이 이 사건도 관심에서 멀어졌다.

그동안, 로즈 양은 빠르게 회복되었다. 이미 바깥 공기를 쐴 수 있게 되었고, 다시 가족들과 어울리며 예전처럼 모두를 기쁘게 해주었다.

비록 이처럼 가족들에게 행복한 변화가 찾아왔고 시골 별장에 다시 발랄한 목소리와 즐거운 웃음소리가 들리게 되었지만, 이따금씩 로즈에게서 긴장감이 느껴졌다. 메일리 부인과 해리 메일리는 문을 닫고 오래 대화를 나누는 일이 잦아졌고, 로즈 양의 얼굴에 눈물 흔적이 보인 적도 많았다. 로스번 씨가 첫시로 돌아갈 날이 정해진 후로는 이런 일들이 더 잦아졌다. 분명히 젊은 아가씨와 또 다른 사람의 마음에 우울한 기운이 드리워지는 상황이 벌어지고 있었다.

결국 어느 아침, 로즈 양이 응접실에 혼자 있을 때 해리 메일리가 쭈뼛거리며 들어와서 잠깐 대화를 하자며 허락을 구했다.

"잠깐, 잠깐이면 충분하오, 로즈" 해리가 의자를 로즈 쪽으로 끌어당겨 앉으며 말했다. "내가 하려는 말은 이미 알고 있을 거요. 내 마음속에 간직한 가장 소중한 희망을 당신이 모를 리 없소. 내 비록 입 밖으로 꺼낸 적이 없어 직접 듣지는 못했겠지만 말이오."

로즈 양은 해리가 들어올 때부터 얼굴이 아주 창백했다. 하긴 최근에 많이 아프지 않았던가. 로즈 양은 그저 고개만 까딱이고 나서 옆에 있는 화분 쪽으로 몸을 기울인 채 조용히 해리의 말을 기다렸다.

"난, 난, 이미 여기를 떠났어야 했소." 해리가 말했다.

"그렇지요, 정말로. 이렇게 말하는 저를 용서하세요. 하지만 그러셨기를 바랐어요." 로즈 양이 대답했다.

"난 여기에 너무나 두렵고 걱정스러운 마음으로 도착했소. 내 소중한 사람을 잃어버릴까 봐 너무 두려웠지. 내 모든 희망인 당신이 이승과 저승 사이에서 떨면서 죽어가고 있었소. 젊고 아름답고 선한 이들에게 병환이 찾아오면, 그들의 순수한 영혼은 서서히 찬란한 영원의 안

식처로 가게 되지. 또한 우리 중에서 가장 훌륭하고 아름다운 사람들이 꽃다운 나이에 피어보기도 전에 시들어버리는 일이 잦다는 사실도 잘 알고 있잖소."

이 말을 듣는 얌전한 여인의 눈에 눈물이 고였다. 로즈 양이 몸을 기울이고 있는 화분으로 눈물이 한 방울 떨어져 꽃봉오리에서 반짝 빛났다. 그러자 꽃이 한층 더 아름다워졌다. 마치 로즈 양의 깨끗하고 여린 마음이 밖으로 흘러나와서 자연의 가장 사랑스러운 존재와 동화된 듯했다.

젊은 남자는 열정적으로 계속 말을 이어나갔다. "신이 만든 천사처럼 아름답고 순수한 여인이 삶과 죽음 사이에서 퍼덕거렸소. 아! 그 여인 앞에 친숙한 머나먼 세계가 반쯤 펼쳐졌을 때 그 여인이 슬픔과 재난으로 가득한 이 세상으로 돌아오리라고 어느 누가 기대할 수 있었겠소! 로즈, 로즈, 저 하늘 위에서 땅으로 빛 한줄기가 던지는 연약한 그림자처럼 당신이 사라져가고 있었지. 당신이 이 땅 위에서 다른 이들과 함께 살 수 없게 된다는 생각에 괴로웠소. 도대체 왜 당신이 이렇게 가버려야 하는지 알 수 없었지. 세상의 수많은 뛰어난 사람들이 어린 나이에 저 찬란한 세계로 날아가 버리는 것처럼 당신도 그렇게 가버릴까 봐 무척 두려웠소. 그러면서도 당신을 사랑하는 사람들에게 돌려주기를 밤새 기도했지. 그 모든 게 감당하기 힘들었소. 밤낮으로 괴로워하면서 혹시라도 당신이 내 마음을 모르고 떠나버리진 않을까 하는 이기적인 생각에 모든 이성과 감각이 마비될 정도였지. 하지만 당신은 서서히 회복을 했소. 날마다 조금씩 건강의 물방울이 되돌아와서 당신의 쇠약해진 생명의 물줄기에 섞여서 다시금 힘찬 생명력을 되찾게 된 것이오. 나는 당신이 거의 죽음 앞까지 갔다가 다시 되살아나는 모습을 간절한 심정으로 지켜보았소. 당신은 내가 이런 일을 겪지 않았으면 했겠지만, 내겐 이득이오. 이 슬프고도 기쁜 경험 덕분에 이 세상 모든 사람들을 더욱 너그러운 마음으로 보게 되었으니 말이오."

"제 말은 그런 뜻이 아니었어요. 당신이 여기를 떠나 다시 고귀하고 높은 이상을 추구하기를 바랐어요. 당신에게 가치 있는 일로 되돌아가기를요." 로즈 양이 훌쩍이며 말했다.

"이 세상에서 당신의 마음을 얻는 것보다 더 가치 있는 일은 내게 없소." 해리가 로즈 양의 손을 잡으면서 말을 이었다. "로즈, 소중한 로즈. 여러 해 동안, 여러 해 동안, 당신을 사랑해왔소. 언젠가 출세해서 자랑스럽게 집으로 돌아와, 이 모든 것이 당신과 함께 나누기 위해 노력한 성공이라고 말하고 싶었소. 그리고 그 행복한 순간에, 어린 시절에 말없이 전했던 사랑의 증표들을 말해주며 오랜 무언의 약속을 지키자고 당신의 손을 잡고 싶었지! 아직 그 시간은 오지 않았소. 하지만 지금 아무런 명성도, 확실한 미래도 없이, 당신에게 간청하는 것이오. 너무나 오랫동안 당신의 것이었던 내 마음을 받아주시오. 당신의 말에 내 모든 것을 걸겠소."

"당신의 행동은 언제나 다정하고 고결했어요. 제가 고마움을 모르는 무정한 여자는 아니라는 건 잘 아실 테죠. 그러니 제 대답을 잘 들어보세요." 로즈 양이 들썩이는 감정을 추스르면서 말했다.

"내가 당신의 마음을 얻기 위해 노력해도 된다는 거요? 그렇소, 사랑하는 로즈?"

"아뇨, 저를 잊으려고 노력하셔야 한다는 말이에요. 물론 오랜 친구라는 사실은 잊으면 안 돼요. 그러면 저도 깊은 상처를 받을 거예요. 세상을 둘러보세요. 당신이 자랑스럽게 사랑에 빠질 수 있는 여인들이 얼마나 많겠어요? 제게 다른 사람에 대한 열정을 털어놓아도 좋아요. 가장 진실되고 따뜻하며 충실한 친구가 되어 드릴게요."

잠시 침묵이 흘렀다. 로즈 양이 한 손으로 얼굴을 가린 채 한껏 눈물을 흘리고 말았다. 해리는 여전히 로즈 양의 다른 손을 붙잡고 있었다.

"그러면 로즈, 그렇게 결정한 이유가 무엇이오?" 마침내 해리가 낮은 목소리로 물었다.

"당연히 이유를 아셔야죠. 당신이 무슨 말을 해도 제 마음은 안 바뀔 거예요. 제가 꼭 지켜야 하는 의무 같은 거니까요."

"의무?"

"그래요, 해리. 친척도 재산도 없이 이름에 오점만 남은 여자가 당신의 첫 열정에 매달려 당신의 희망과 미래에 방해물이 되어선 안 돼요. 그런 식으로 당신의 친구들에게 오해받고 싶지 않고요. 당신과 당신 가족들에게도 민폐를 끼치고 싶지 않아요. 당신의 너그럽고 따스한 성품에 기대어 당신의 미래에 커다란 방해물이 될 수는 없어요."

"나에 대한 호감도 의무 같은 거라면 ⋯." 해리가 입을 열었다.

"아뇨, 아니에요." 로즈 양이 붉게 달아오른 얼굴로 대답했다.

"그렇다면 당신도 나를 사랑하오? 그것만 인정해주오, 사랑하는 로즈. 그러면 이 씁쓸한 절망감이 조금이라도 덜할 것 같소!"

"그럴 수만 있다면요, 사랑하는 사람에게 큰 해를 끼치지 않는다면 말이에요."

"다른 상황이었다면 다른 대답을 했겠소? 이것만큼은 숨기지 말아요, 로즈."

"그래요. 잠깐!" 로즈 양이 손을 빼면서 덧붙였다. "우리가 왜 이 고통스러운 대화를 계속 해야 하나요? 제게는 너무나 고통스럽지만 영원히 행복을 가져다줄 이야기였어요. 한때 당신의 애정을 한껏 누리는 높은 자리에 있었다는 사실을 떠올리는 것만으로도 너무 행복할 테니까요. 게다가 당신이 인생에서 새로운 성취를 해나갈 때마다 제게는 새로운 용기와 확신이 생길 테니까요. 이제 안녕을 고할게요, 해리! 오늘처럼 이런 식으로는 만나지 말아요. 하지만 이런 관계만 아니라면 더 오랫동안 행복하게 인연을 이어갈 수 있어요. 세상의 모든 축복이 당신과 함께 하길! 진실되고 진지한 마음으로 모든 열성을 다해 기도드려요!"

"남들의 말 말고, 로즈. 당신 자신의 말로 이유를 설명해주오. 당신의 입으로 직접 하는 말을 듣고 싶소!"

"당신 앞에 펼쳐진 길은 아주 찬란해요. 공인이 되고자 하는 사람에게 도움이 되는 대단히 유능하고 힘 있는 인맥이 당신 앞에 준비되어 있어요. 하지만 유력한 인맥이란 거만하죠. 저는 저를 낳아준 어머니를 경멸할 게 분명한 사람들과 어울리고 싶지 않아요. 또한 어머니의 자리를 너무나 잘 채워주신 분의 아들에게 치욕과 실패를 안겨주기 싫어요." 한순간에 확신이 무너진 듯, 로즈 양은 고개를 돌리며 말을 이어나갔다. "한 마디로 제 이름에는 낙인이 찍혀 있어요. 세상은 무고한 사람에게 낙인을 찍어버리죠. 이 오점은 제 자신의 핏속에만 간직할 거예요. 그러면 비난도 고스란히 제게만 떨어지겠죠."

"한 마디만 더, 로즈. 사랑하는 로즈! 한 마디만 더!" 해리가 로즈 양에게 몸을 들이밀며 소리쳤다. "만약에 내가 운이 없어서 이름 없이 평범한 삶을 살아갈 운명이었다면, 혹시 내가 가난하고 병들고 무기력한 처지였다면, 그래도 나를 거절했겠소? 설마 내가 부귀와 명예를 얻을 수 있는 집안에서 태어났다고 이렇게 날 밀어내는 거요?"

"저에게 대답을 강요하지 마세요. 그런 문제가 아니에요. 이렇게 재촉하면 너무 불공평하잖아요."

"당신의 대답이 내 바람대로라면 외로운 길에 한 줄기 빛처럼 행복을 밝혀줄 것이오. 이 세상 누구보다 당신을 사랑하는 사람을 위해서 그저 몇 마디만 해주면 안 되겠소? 아, 로즈! 열렬하게 계속 이어질 변함없는 내 사랑을 위해서, 앞으로 내가 겪을 고통의 운명을 불쌍히 여겨 제발 이 질문만은 대답해주오!"

"만약 당신의 운명이 다르게 정해졌다면, 당신이 저보다 아주 조금만 더 나은 처지였다면, 평온하고 한적한 보금자리에서 제가 당신에게 도움과 위안을 주고 야심차고 훌륭한 분들 사이에서 오점이나 결점이 되지 않는다면, 이런 고통은 없었겠지요. 저는 지금도 아주 많이 행복하답니다. 하지만 상황이 달랐다면 훨씬 더 행복했겠지요."

이렇게 스스로 인정을 하고 보니, 어린 소녀 시절 때 남몰래 품었던 오랜 희망들이 마음속에 물밀 듯이 쏟아져 들어왔다. 하지만 오랜 희망들이 시들어서 되돌아올 때면 늘 그렇듯이 눈물이 쏟아졌고 로즈 양의 마음도 한결 가벼워졌다.

"어쩔 수 없이 이렇게 약한 모습을 보이고 마는군요. 하지만 제 마음은 더 단단해질 뿐이네요. 이제 정말 당신을 보내 드려야겠어요." 로즈 양이 손을 내밀면서 말했다.

"한 가지만 약속해주오. 한 번, 단 한 번만, 조만간 1년 안에, 마지막으로 이 문제에 대해서 얘기할 수 있는 기회를 주겠다고 말이오."

"제 결심을 바꾸려고 그러시는 거라면 소용없을 거예요." 로즈 양이 처량한 미소를 지으며 대답했다.

"아니요. 지금 들은 말을 다시 들어도 좋소. 결국 반복되더라도! 당신의 발치에 내 지위와 재산, 모든 것을 내놓고 당신의 결정을 기다리겠소. 여전히 당신이 마음을 바꾸지 않는다 하더라도 아무 말도, 아무 짓도 하지 않겠소."

"그렇다면 그렇게 하세요. 그저 고통만 더 늘어날 뿐이겠지만 그 때쯤이면 저도 더 잘 이겨내겠지요."

로즈 양이 다시 손을 내밀었지만, 해리는 로즈 양을 끌어당겨 품에 안고 아름다운 이마에 입맞춤을 했다. 그리고 나서 서둘러 방을 떠났다.

13장

별로 중요해 보이지 않는 짧은 장이지만, 앞장과 뒤에 따라올 내용을 이어줄 중요한 열쇠가 되는 장

"그래서 자네는 오늘 아침에 나랑 같이 길을 나서겠다고 결심했다는 거지, 응?" 의사와 올리버의 아침 식탁에 해리 메일리가 앉자 의사가 말했다. "무슨 마음이 두 시간 반마다 바뀌는가!"

"언젠가는 다른 말씀을 하실 겁니다." 해리가 괜히 얼굴을 붉히며 말했다.

"그랬으면 좋겠네. 솔직하게 말하자면 그럴 것 같지 않네만. 어제 아침에는 여기에 머물면서 어머니를 모시고 바닷가로 놀러갈 거라고 착한 아들 행세를 하더니, 정오가 되기도 전에 마음을 바꿔 런던에 간다면서 내가 가는 데까지 함께 길동무를 해주겠다고 했지. 그러다가 별안간 밤에는 숙녀 분들이 일어나기 전에 출발하자고 떼를 썼잖은가. 그래서 결국 저 어린 올리버가 초원을 돌아다니며 온갖 식물 현상을 연구해야 할 이 시간에 이렇게 식탁에 매인 신세가 된 걸세. 가엾게도 말이야, 그렇지, 올리버?"

"선생님과 메일리 씨가 떠나실 때 집에 없었다면 아주 섭섭했을 거예요." 올리버가 대꾸했다.

"참한 아이로구나. 런던으로 돌아오면 꼭 보러 오너라. 그런데, 해리, 귀족 나리들한테서 무슨 급한 통보라도 받은 건가? 그래서 이렇게 갑자기 서두르는 거고?"

"귀족 나리들이라 함은 콧대 높은 제 숙부님을 포함해서 말씀하시는 건가요? 제가 여기에 온 후로 그분들과는 전혀 소식을 주고받은 적이 없어요. 이맘때엔 그분들을 만날 일이 없기도 하고요." 해리가 대답했다.

"그래. 자넨 참 희한해. 하지만 물론 그 사람들이 크리스마스 전 선거에서 자네를 의회에다 집어넣겠지. 뭐, 갑작스러운 변화이긴 하지만 정치생활을 준비하는 데는 나쁘지 않겠어. 어디나 훈련 과정은 꼭 필요한 법이지. 좋은 훈련은 언제나 바람직하거든. 출세를 위한 경쟁이든 우승컵을 따기 위해서건 내기건 간에 말이야."

해리 메일리는 이 짧은 대화에 한두 마디 더해서 의사를 깜짝 놀라게 해주려는 듯 보였지만, 그냥 "두고 보면 알겠죠"라는 말로 대화를 끝맺고 말았다. 곧바로 역마차가 문 앞에 도착했고, 자일스 씨가 짐을 가지러 들어오자 선량한 의사 선생도 짐을 싣는 것을 보러 서둘러 밖으로 나갔다.

"올리버, 나랑 얘기 좀 하자꾸나." 해리 메일리가 낮은 목소리로 말했다.

올리버는 메일리 씨가 부르는 대로 창문 구석으로 다가갔다. 그런데 메일리 씨의 행동에서 슬프고 들뜬 기분이 동시에 느껴져서 무척 놀라웠다.

"이젠 글을 잘 쓸 수 있지?" 해리가 올리버의 팔에 손을 올려놓으면서 말했다.

"그렇다고 생각해요." 올리버가 대답했다.

"난 한동안 집에 오지 못할 거야. 네가 내게 편지를 보내줬으면 좋겠구나. 어디 보자, 2주일에 한 번씩 월요일마다 런던 중앙우체국으로 말이야. 괜찮겠니?"

"아! 물론이죠. 오히려 제가 영광이에요." 올리버는 커다란 임무를 받은 양 뛸 듯이 기뻐하면서 외쳤다.

"어머니와 로즈 양이 어떻게 지내는지 알려주렴. 간략하게 그분들이 어디로 산책을 나가 어떤 얘기를 하고, 로즈, 아니, 그분들이 행복하게 잘 지내는지를 써서 보내주면 돼. 알겠니?"

"아, 네, 잘 알겠어요."

"그분들한테는 말하지 않는 게 좋아." 해리가 급하게 말을 덧붙였다. "어머니가 걱정하셔서 내게 더 자주 편지를 쓰시게 될 수도 있어. 그런 심려를 끼쳐 드릴 수는 없지. 그러니 우리 둘만의 비밀로 하자꾸나. 그리고 시시콜콜한 하나까지 모조리 다 알려주렴. 너만 믿으마."

올리버는 중요한 임무를 맡게 된 자신이 자랑스러워서 우쭐한 기분으로, 반드시 비밀을 지키고 자세한 소식을 전하겠다는 약속을 했다. 해리 메일리 씨도 올리버를 잘 돌봐주고 보호해주겠다는 약속을 남기고 떠났다.

로스번 씨는 벌써 마차를 타고 앉아 있었다. 뒤에 남기로 한 자일스 씨는 현관문을 열고 기다리고 있었고, 하녀들은 정원에 구경을 나와 있었다. 해리는 격자창을 슬쩍 올려다보더니 마차에 훌쩍 올라탔다.

"갑시다! 세게, 빠르게, 전속력으로! 오늘 내 기분에 맞추려면 날아가야 할 거야." 해리가 소리쳤다.

"어이!" 로스번 씨가 급하게 앞 창문을 내리면서 마부에게 소리쳤다. "아니, 내 기분에 맞추려면 아주 천천히 가야 할 걸세. 알겠나?"

마차는 덜커덩거리는 요란스러운 소리를 내면서 먼지구름을 일으키며 굽은 길을 달려갔다. 거리가 멀어질수록 소리는 점점 작아졌고 마차가 달리는 모습만 이따금 보이다가 사라졌다. 어느새 먼지구름도 보이지 않을 정도가 되자 구경꾼들도 각자 흩어졌다.

그러나 마차가 저 멀리 사라지고 나서도 눈을 떼지 못한 채 지그시 바라보던 단 한 사람이 남아 있었다. 해리가 격자창을 슬쩍 올려다보았을 때 하얀 커튼 뒤로 로즈 양이 앉아 있었던 것이다.

마침내 로즈 양이 입을 열었다. "아주 유쾌하고 행복해 보이네. 안 그러면 어쩔까 걱정했는데. 다 내 착각이었어. 정말 다행이야, 다행이지."

눈물은 슬플 때 흘리지만 기쁠 때도 나오는 법이다. 그러나 지금 로즈 양이 흘리는 눈물은 기쁨보다는 슬픔을 좀 더 간직한 듯했다. 수심 어린 얼굴로 여전히 창 밖을 응시하며 앉아 있었기 때문이다.

14장

앞서 나온 상황과 완전히 달라졌지만
그리 드물지 않은 결혼생활의 모습

범블 씨는 칙칙한 벽난로를 우울하게 바라보면서 구빈원 거실에 앉아 있었다. 여름이어서 햇살이 비춰 들어와, 벽난로의 쇠살대를 차갑게 반사하는 바람에 눈이 엄청 부셨다. 천장에는 파리 잡는 망이 매달려 있었다. 범블 씨는 울적한 생각에 잠겨서 천장을 자꾸 올려다보았다. 날벌레들이 번들번들한 망사 주위를 맴도는 걸 보며, 범블 씨는 깊은 한숨을 내쉬었다. 그럴 때마다 얼굴에 드리운 우울한 그림자가 한층 더 짙어졌다. 범블 씨는 상념에 사로잡혀 있었다. 날벌레들이 과거의 고통스러운 기억을 떠올리게 한 것 같았다.

범블 씨의 우울한 모습을 보면 다들 씁쓸해하면서도 마음 한 쪽으로 고소해할 게 틀림없었다. 하지만 그것만이 전부가 아니었다. 범블 씨의 외양이 크게 바뀐 것으로 보아 직위에 큰 변화가 있었던 것이다. 레이스 달린 외투와 삼각모자는 어디로 갔는가? 여전히 무릎 반바지 차림에 짙은 색 면스타킹을 신고 있었지만, 과거와 똑같은 반바지는 아니었다. 옷자락이 넓은 외투는 이전의 외투와 비슷했지만 전체적인 외관은 너무나도 달라진 것이다. 그 위엄있는 삼각모자는 소박한 둥근 모자로 바뀌어 있었다. 이제 범블 씨는 말단 교구관이 아니었다.

인생에서 어떤 승진은 실제로 얻는 이득 외에도 승진에 따른 외투와 조끼에서 특별한 가치와 위엄을 얻는 경우가 있는데, 육군 대장에게는 군복이, 주교에게는 비단 앞자락이, 변호사에게는 비단 가운이, 말단 교구관에게는 삼각모자가 그랬다. 주교에게서 비단 앞자락을, 말단 교구관에게 삼각모자와 레이스를 벗겨버린다면 무엇이 남겠는가? 한낱 인간이 남을 뿐이다. 때때로 위엄과 거룩함조차도 사람들의 상상 이상으로 외투와 조끼에 달려 있다.

범블 씨는 코니 부인과 결혼했고 구빈원의 원장이 되었다. 다른 사람이 말단 교구관의 권좌에 올랐고, 이 새로운 교구관에게 삼각모자와 금빛 레이스 달린 외투, 지팡이, 이 세 가지 모두를 물려준 것이다.

"내일이면 두 달이 되는구나! 한평생은 흐른 것 같군." 범블 씨가 한숨을 쉬면서 말했다.

범블 씨의 말에는 8주라는 짧은 시간 동안 행복감을 듬뿍 맛보았다는 뜻이 담겨 있을 수도 있겠지만, 한숨에는 더 큰 의미가 담겨 있었다.

"나 자신을 팔아넘긴 거지. 찻숟가락 여섯 개, 설탕집게 하나, 우유단지 하나, 중고가구 몇 점에다 현금 20파운드에 말이야. 아주 값을 잘 쳐준 거지. 값싸게, 아주 헐값에!" 범블 씨가 상념에 꼬리를 이으며 혼잣말을 중얼거렸다.

"헐값이라고!" 범블 씨의 귓가에 비명처럼 따가운 목소리가 들렸다. "어떤 값을 치렀어도 당신에겐 과분한 거야. 정말로 당신한텐 값을 충분히 치렀다고. 하느님도 잘 아실 걸!"

범블 씨가 돌아서자, 곧바로 친애하는 부인의 얼굴이 보였다. 부인은 남편의 불평 몇 마디만 듣고도 어림짐작으로 세게 질러본 것이었다.

"범블 부인!" 범블 씨가 감정을 담아 단호한 목소리로 불렀다.

"뭐!" 부인이 맞받아쳤다.

"나를 똑바로 바라봐주겠소?" 범블 씨가 아내를 지그시 응시하며 말했다.

'만약 이 여자가 이런 눈빛에도 움찔하지 않으면 뭔들 소용 있겠어? 극빈자들한테는 한 번도 실패해본 적이 없었어. 이것마저 실패한다면 힘이 다 떨어진 거지, 뭐.' 범블 씨는 혼자 속으로 생각했다.

눈만 조금 크게 떠도 극빈자들이 벌벌 떨었던 이유는 영양이 부족해서 쇠약한 상태였기 때문일지도 몰랐다. 아니면, 고인(故人) 코니 씨의 전 부인이 독수리처럼 사나운 눈빛에 특별히 단련된 사람인지도 몰랐다. 실제로 이 부인은 범블 씨의 험상궂은 얼굴에 움찔하기는커녕 오히려 엄청나게 경멸하는 표정을 지었다. 심지어 진심을 담아 코웃음까지 쳤다.

너무나 뜻밖의 반응에 범블 씨는 처음에는 믿지 못하다가 이내 깜짝 놀란 표정을 짓고 말았다. 다시 멍한 상태로 돌아갔지만 곧바로 아내의 목소리에 정신이 들었다.

"하루 종일 거기서 코나 골며 앉아 있을 거야?"

"난 내가 됐다 싶을 때까지 여기 앉아 있을 거요, 부인. 게다가 지금 코를 골고 있지 않지만 언제든 코도 골고 하품도 하고, 재채기도 하고, 웃고 울고, 마음 내키는 대로 할 거요. 그런 건 내 특권이잖소." 범블 씨가 대꾸했다.

"당신의 특권이라고!" 범블 부인이 경멸이 가득 담긴 어조로 비웃으며 말했다.

"그렇게 말했소, 부인. 자고로 남자의 특권이란 명령하는 것이오."

"맙소사! 그러면 여자의 특권은 뭐지?" 코니 씨의 전 부인이 소리쳤다.

"순종하는 것이오, 부인. 당신의 죽은 남편이 가르쳐야 했는데. 그랬다면 아마 지금까지 살았을지도 모르오. 그랬다면 좋았을 텐데, 가엾은 사람!" 범블 씨가 버럭 큰소리를 쳤다.

범블 부인은 단번에 결정적인 순간이 왔다는 것을 알아차렸다. 부부 사이에 지배권을 놓고 최종 담판이 도래한 셈이다. 그래서 고인이 된 전 남편이 언급되자마자, 의자에 털썩 주저앉아 범블 씨를 향해 냉혈한이라고 크게 비명을 지르며 발작적으로 울음을 터뜨렸다.

그러나 범블 씨의 영혼은 눈물 따위에 흔들리지 않았다. 마치 방수포처럼 물기를 막아내는 마음씨를 갖고 있었던 것이다. 세탁 가능한 비버 가죽모자가 비를 맞으면 더욱더 질이 향상되는 것처럼 범블 씨의 신경도 눈물 폭포에 더욱더 단단해지고 강해졌다. 게다가 눈물은 상대방의 힘을 인정하는 약자의 증표여서 범블 씨는 내심 기쁘고 우쭐했다. 그렇게 연약한 부인을 흐뭇한 얼굴로 바라보면서 더 크게 실컷 울라고 부추겼다. 의사들에 따르면 한바탕 울어버리는 것도 건강에 좋은 운동이라면서 말을 더했다.

"눈물은 폐를 확장시키고 얼굴을 씻어준다고 했소. 눈 운동도 되고 마음도 가볍게 만든다지. 그러니 실컷 우시오."

범블 씨는 이렇게 장난스럽게 눙치며 벽에서 모자를 집어 들고 한쪽으로 삐딱하게 썼다. 남편의 우월함을 자신 있게 보여주었다는 생각에 푹 젖어 양손을 호주머니에 찔러 넣고 무척 여유롭고 익살스러운 발걸음으로 문 쪽으로 걸어갔다.

범블 부인은 눈물이 물리적인 공격보다 손이 덜 가기 때문에 눈물

작전을 사용한 것이었다. 하지만 곧 범블 씨도 알아채겠지만 부인에게는 물리적인 공격도 준비가 되어 있었다.

처음에는 휙 하는 소리가 들려왔고, 뒤이어 방의 반대쪽 끝으로 범블 씨의 모자가 날아갔다. 일단 남편의 모자를 벗기는 일에 성공한 범블 부인은 익숙한 솜씨로 남편의 멱살을 한 손에 꽉 거머쥐고 다른 손으로 재빠르게 소나기처럼 주먹질을 퍼부었다. 그리고 나서, 약간 변화를 줘서 남편의 얼굴을 할퀴고 머리카락을 쥐어뜯었다. 이렇게 남편의 죄에 충분히 벌을 내린 후, 눈에 띈 의자 위로 남편을 밀어버렸다. 그리고 감히 다시 한 번만 더 남자의 특권인지를 입에 올려보라며 엄포를 놓았다.

"일어나! 어서 썩 꺼지라고. 더 험한 꼴 당하기 전에." 범블 부인이 명령조로 말했다.

범블 씨는 더 험한 꼴이 무엇일지 궁금해하면서 아주 참혹한 얼굴로 일어섰다. 그러고는 모자를 집어 든 채 문 쪽을 바라보았다.

"갈 거야, 말 거야?" 범블 부인이 다그쳤다.

"물론이지, 여보, 간다고, 가요." 범블 씨가 재빨리 문 쪽으로 움직이면서 말을 늘어놓았다. "그럴 생각은 없었지만, 나 가오, 여보! 당신이 너무 난폭해서 도무지 …."

그 순간, 범블 부인이 격렬한 부부 싸움 중에 흐트러진 양탄자를 바로잡으려고 급하게 앞으로 걸어왔다. 범블 씨는 못 다한 말을 끝맺을 생각도 못 한 채 쏜살같이 방에서 뛰쳐나갔다. 코니 씨의 전 부인에게 진지를 완전히 내주고 만 것이다.

범블 씨는 기습 공격을 당해 끔찍하게 패배를 한 셈이었다. 분명히 범블 씨에게는 약자를 괴롭히는 성향이 있었다. 이런 성향을 잘 발휘해서, 자잘한 가혹행위로 상당한 쾌감을 얻기도 했다. 이렇게 볼 때, 범블 씨는 겁쟁이가 틀림없었다. 절대로 범블 씨의 성품을 깎아내리려는 의도는 아니다. 엄청나게 존경받고 추앙받는 공직자들도 이와 비슷한 약점에 시달리기 때문이다. 오히려 범블 씨에 대한 찬사일 수도 있었다. 범블 씨가 공직자의 적절한 자격을 이미 갖추었다는 느낌을 만방에 널리 알리는 격이 아닌가.

그러나 아직 범블 씨의 망신은 끝나지 않았다. 범블 씨는 구빈원을 한 바퀴 둘러보면서, 처음으로 구빈법이 너무 심하다는 생각을 했다. 아내를 교구에 떠맡기고 달아나는 남편은 벌을 줄 게 아니라 고생을 많이 한 대가로 상을 내려야 한다고 말이다. 그러다가 여자 극빈자들이 모여 교구의 빨래를 하는 방에 이르자, 안에서 여러 여자들의 말소리가 흘러나오고 있었다.

"에헴! 최소한 이 여자들은 계속 내 특권을 존중해주겠지. 이봐! 이봐, 거기! 이 왈가닥 여편네들, 이렇게 떠들어대면 어쩌자는 거야?"

범블 씨는 타고난 위엄을 모두 끌어 모아 호통을 치면서 문을 열어젖히고 무척 사납고 화난 기세로 걸어 들어갔다. 하지만 창피스럽게도 금세 움츠러들고 말았다. 뜻밖에도 바로 눈앞에 부인 마님이 턱하니 서 있었기 때문이다.

"여보, 당신이 여기 있을 줄 몰랐소."

"내가 여기 있을 줄 몰랐다고! 당신이야말로 여기서 뭐 하는 거야?" 범블 부인이 말을 반복하며 따져 물었다.

"이 사람들이 너무 말이 많아서 제대로 일을 못하고 있다고 생각했소, 여보." 범블 씨가 탐탁지 않은 눈길로 빨래통 앞에 있는 두 노파를 흘낏거리며 대답했다. 두 노파는 구빈원장이 고분고분하게 대답하는 것을 보며 감탄하고 있었다.

"이 사람들이 너무 말이 많다고 생각했다고? 그게 당신하고 무슨 상관인데?"

"아니, 여보 …" 범블 씨가 약하게 반박해보려고 했다.

"당신하고 무슨 상관이냐고?" 범블 부인이 재차 따지고 들었다.

"그건 그렇군. 당신이 여기 간호부장이니까. 그래도 당신이 여기 있는 줄 몰랐소." 범블 씨가 수긍했다.

"범블 씨, 명심하라고. 우리는 당신이 참견하는 것을 전혀 원치 않아. 당신은 상관없는 일에 참견하는 걸 너무 좋아해. 그래서 구빈원 사람들 모두가 당신 등 뒤에서 비웃는 거고. 당신은 언제나 바보처럼 보인다고. 저리 가, 어서!"

범블 씨는 괴로운 심정으로 두 노파가 킬킬대는 모습을 지켜보느라 잠시 머뭇거렸다. 인내심이 바닥나버린 범블 부인이 비누거품이 가득한 양동이를 집어 들고 문 쪽을 가리키며, 그 뚱뚱한 몸에 비눗물을 부어버리기 전에 당장 나가라고 명령했다.

상황이 이러하니, 범블 씨가 어쩔 수 있겠는가? 범블 씨는 풀죽은 모습으로 슬그머니 걸음을 옮겼다. 문에 다다랐을 때, 킥킥대던 여자들의 웃음소리가 참을 수 없다는 듯 와락 터져 나왔다. 이제 끝장이었다. 그들의 눈에도 구빈원장의 처지가 말이 아니었던 것이다. 바로 극빈자들 앞에서 구빈원장의 위엄이 깎이고 말았다. 이제 범블 씨는 높고 화려한 교구관직에서 한없이 초라한 공처가의 처지로 추락했다.

"겨우 두 달 사이에! 두 달이라! 두 달 전만 해도 구빈원에서만큼은 모든 사람들의 주인이었는데, 이제는 …!" 범블 씨의 머릿속은 비참한 생각들로 가득 찼다.

너무 심하지 않은가. 범블 씨는 멍한 상태로 걸어가다가 대문을 열어준 아이의 뺨을 한 대 때리고 터덜터덜 길거리로 나갔다.

범블 씨는 정처 없이 길을 걸었다. 이렇게 길을 오가다보니, 처음의 비참함은 가라앉았지만 솟구치는 반감 때문에 목이 말라왔다. 수많은

범블 씨가 극빈자들 앞에서 망신당하다.

술집들을 그냥 지나치다가 결국 샛길에 있는 술집 앞에 멈춰 섰다. 창문 너머로 슬쩍 들여다보니 칸막이방에 손님이 하나밖에 없었다. 때마침 비가 억수같이 쏟아지기 시작해서 마음을 정하기 쉬웠다. 범블 씨는 술집 안에 들어가면서 술을 주문하고 바를 지나쳐서 아까 들여다보았던 칸막이방으로 들어갔다.

거기에 앉아 있는 남자는 거무스름한 피부에 키가 컸다. 커다란 망토 차림이었는데, 낯선 분위기를 풍겼다. 옷에 묻은 땟물과 수척한 얼굴로 보아 먼 길을 지나온 것 같았다. 남자는 범블 씨가 들어오자 슬쩍 곁눈질만 했다. 간단하게 인사를 건네는 범블 씨에게 고개도 끄덕이지 않았다.

낯선 남자가 붙임성이 없어도 범블 씨는 두 사람 몫의 위엄을 발휘할 수 있었다. 범블 씨는 아무런 말 없이 물에 탄 진을 마시면서 엄청난 위엄과 당당함을 뽐내며 신문을 펼쳐 들었다.

하지만 이런 상황에서 남자들이 자리를 함께 앉게 되면 호기심을 참지 못하는 법이다. 범블 씨는 낯선 남자를 몰래 훔쳐보고 싶은 마음이 강하게 들어서 흘깃 쳐다보곤 했다. 그런데 그 때마다 낯선 남자도 몰래 보고 있었다는 사실에 당황해하며 눈을 돌렸다. 남자의 눈빛이 무척 특이해서 범블 씨는 더욱 당황스러웠다. 날카롭게 번뜩이는 눈빛에 의심과 불신이 가득해서 범블 씨가 이제까지 본 눈빛 중에 가장 불쾌했다.

이런 식으로 두 사람이 눈길을 여러 번 마주치고 나자, 낯선 남자가 거칠고 깊은 목소리로 침묵을 깼다. "나를 찾고 있었소? 아까 창문으로 들여다봤잖소?"

"뭐, 그럴 의도는 아니었소만, 혹시 이름이 …?" 여기서 범블 씨가 말을 끌었다. 낯선 남자의 이름이 알고 싶어서 말을 끌면 알아서 말해주지 않을까 생각했다.

"그런 게 아니었군. 아니면 내 이름을 알았을 것 아니오. 당신은 전혀 모르고 있군. 이름은 알려고 하지 마시오." 낯선 남자가 입을 삐죽거리며 빈정거리는 표정을 지었다.

"이거 실례했소, 그런 뜻이 아니었소, 젊은이." 범블 씨가 당당하게 말했다.

"뭐, 괜찮소." 낯선 남자가 말했다.

짧은 대화가 끝나고 다시 침묵이 이어졌다. 또다시 낯선 남자가 침묵을 깼다.

"전에 당신을 본 적이 있는 것 같소. 그 때는 옷차림이 달랐는데, 길거리에서 지나쳤을 뿐이지만 다시 보니 알아보겠소. 당신 예전에 여기 교구관이었죠, 아니요?"

"그렇소. 교구의 관리였소." 범블 씨가 약간 놀라며 말했다.

"그렇군. 당신이 교구관이었을 때 본 것 같소. 지금은 뭘 합니까?" 낯선 남자가 고개를 끄덕이며 되물었다.

"구빈원 원장이오. 구빈원장이라오, 젊은이!" 범블 씨가 차분하게 힘주어 대꾸했다. 혹시라도 이 낯선 남자가 설부르게 친한 척을 하면 곤란했기 때문이다.

"당신은 늘 그렇듯이 자신의 이익이 최우선이겠지요?" 이 질문에 깜짝 놀라 눈을 치켜뜬 범블 씨를 낯선 남자가 예리하게 바라보면서 말을 이었다. "이봐요, 편하게 주저하지 말고 대답해요. 당신을 잘 알고 있으니까 말이오."

"결혼한 남자로서 정직하게 돈벌이를 할 수 있다면 무엇도 피하지 않을 거요. 교구의 관리들은 그리 급료가 후한 편이 아니라서, 정중하고 정당한 방식이라면 약간의 사례금 정도는 거절하지 않는다오." 범블 씨가 명백히 당황한 표정을 지으며 손바닥으로 눈 위를 가려 더 자세히 낯선 남자를 머리끝에서 발끝까지 훑어보았다.

낯선 남자는 미소를 지으며 다시 고개를 끄덕였다. 사람을 잘못 보지 않았다는 확신이 느껴졌다. 그러더니 남자가 종을 울렸다.

"이 잔을 다시 채워주시오. 아주 독하고 뜨겁게. 그런 걸 좋아하시겠죠, 분명히?" 낯선 남자가 범블 씨의 빈 잔을 술집 주인에게 건네면서 말했다.

"너무 독하게는 말고." 범블 씨가 우아하게 헛기침을 하면서 대답했다.

"무슨 말인지 잘 아시겠지, 주인장!" 낯선 남자가 건조하게 전했다.

술집 주인은 미소를 지으며 사라졌다가 잠시 후에 김이 펄펄 나는 술잔을 갖고 돌아왔다. 범블 씨가 한 모금 꿀꺽 넘기자마자 눈가에 눈물이 맺혔다.

"자, 내 말을 들어보시오." 낯선 남자가 방문과 창문을 닫은 후에 말을 이었다. "난 오늘 이곳에 당신을 찾으러 왔소. 당신을 첫 번째로 염두에 두고 있을 때 당신이 내가 앉아 있는 바로 이 방으로 걸어 들어온 것이오. 악마가 친구들에게 가끔씩 던져준다는 기막힌 우연 중 하나가 아니겠소? 당신으로부터 정보를 좀 얻고 싶소. 그냥 달라는 게 아니오. 우선 이것부터 내놓고 시작하겠소."

낯선 남자는 이렇게 말하면서 짤랑거리는 동전소리가 들리지 않게 하려는 듯이 금화 두 개를 탁자 위로 슬그머니 밀었다. 범블 씨가 진짜 금화인지 꼼꼼히 살펴보고 나서 무척 흡족하게 조끼 주머니에 챙겨 넣자 낯선 남자가 계속 말을 이었다.

"당신의 기억을 되돌려서, 그러니까, 작년 겨울로부터 12년 전으로 거슬러 가봅시다."

"아주 오래전이군. 좋소. 돌아갔소." 범블 씨가 말했다.

"배경은 구빈원이오."

"좋소!"

"때는 밤이고."

"알았소."

"장소는, 그게 어디가 됐건, 천한 매춘부들이 허락되지 않은 건강한 생명을 세상에 내지르는 구석이오. 갓난아기를 낳아 교구에 떠넘기고 수치심은 무덤에다 묻어버리는 곳 말이오, 망할 것들!"

"출산실 말인가?" 범블 씨는 낯선 남자가 흥분해서 쏟아내는 말을 간신히 따라잡으며 물었다.

"그렇소. 남자 아이가 하나 거기서 태어났소."

"그런 애들이 얼마나 많은데." 범블 씨가 실망스럽게 고개를 흔들며 말했다.

"빌어먹을 악마놈들! 난 한 녀석을 말하는 거요. 유순하고 창백한 얼굴을 한 녀석인데, 여기 장의사 집에서 도제살이를 하다가 런던으로 달아났다고 하더군. 차라리 장의사 집에서 자기 관을 짜서 못질을 해버렸으면 좋았을 텐데." 낯선 남자가 소리쳤다.

"아니, 당신 지금, 올리버! 꼬마 트위스트를 말하는 거구먼! 당연히 기억한다오. 그 녀석보다 더 고집 세고 지독한 악당은 없었는데 ⋯."

"내가 원하는 건 그 아이 얘기가 아니오. 그건 충분히 들어 알고 있소." 낯선 남자는 불쌍한 올리버의 사악함에 대해 늘어놓으려고 시동을 거는 범블 씨를 막으면서 말을 덧붙였다. "노파 말이오. 그 아이의 어미를 간호했던 할멈, 지금 어디 있소?"

"어디 있냐고? 답하기 힘들군. 어디로 갔건 거기는 산파일이 없을 테니, 실직 상태일 걸세." 범블 씨는 술기운에 장난기가 되살아났다.

"대체 그게 무슨 말이오?" 낯선 남자가 단호하게 따져 물었다.

"할멈이 작년 겨울에 죽었다는 말이오."

남자는 이 소식을 듣더니, 범블 씨를 빤히 쳐다보았다. 한동안 눈길을 돌리지 않았지만, 어딘가 공허하고 멍한 눈빛이 뭔가 상념에 잡힌 것 같았다. 얼마간 낯선 남자는 새로운 소식에 안도해야 할지 실망해야 할지 갈피를 못 잡는 표정이었다. 그러다가 마침내 편하게 숨을 돌리면서 눈길을 거두며 별일 아니라고 내뱉었다. 그러고는 술집을 나가려는 듯 자리에서 일어섰다.

하지만 범블 씨도 충분히 머리가 잘 돌아가는 사람이었다. 자신의 아내가 간직하고 있는 어떤 비밀을 비싸게 팔아먹을 기회가 생겼다는 사실을 단번에 알아차린 것이다. 범블 씨는 샐리 할멈이 죽던 밤을 잘 기억하고 있었다. 마침 그 날 밤에 코니 부인에게 청혼을 했기 때문에 기억을 떠올리기는 손쉬웠다. 코니 부인은 그 비밀에 대해서 단 한 마디도 해주지 않았지만, 범블 씨는 그 비밀이 구빈원 산파였던 노파가 올리버의 젊은 생모를 돌보던 일과 관계있다는 것쯤은 알고 있었던 것이다. 범블 씨는 황급히 그 때 상황을 떠올리면서 낯선 남자에게 은근히 입을 뗐다. 노파가 죽기 직전에 어떤 여자가 한 방에 같이 있었는데, 그 여자가 뭔가 새로운 정보를 줄 수 있을 것 같다고 말이다.

"내가 어떻게 하면 그 여자를 찾을 수 있겠소?" 낯선 남자는 깜짝 놀라서 물었다. 이 새로운 소식 때문에 모든 두려움이 확 되살아난 것처럼 보였다.

"나를 통해서만 가능하오." 범블 씨가 대답했다.

"언제?" 낯선 남자가 황급하게 소리쳐 물었다.

"내일."

"저녁 9시로 합시다." 낯선 남자가 쪽지에 불안함이 담긴 글씨체로 강가 근처 외진 곳의 주소를 적어주었다. "저녁 9시에 이리로 그 여자를 데리고 오시오. 비밀로 하라는 말은 필요 없겠지. 그러는 게 당신에게도 이득이니.”

낯선 남자는 말을 끝맺고 나서 술값을 내고 먼저 나가면서, 약속시간만 몇 번이나 강조하더니 인사도 없이 떠났다.

범블 씨는 주소 쪽지를 훑어보다가 거기에 이름이 없다는 것을 발견했다. 아직 남자 뒷모습이 보여서 범블 씨는 남자의 이름을 물으러 뒤쫓아갔다.

“뭐요? 왜 따라오는 거요?” 범블 씨가 팔을 붙잡자 남자가 홱 돌아보면서 소리를 질렀다.

“그냥 물어볼 게 하나 있어서 그랬소. 여기서 당신을 무슨 이름으로 찾으면 되오?” 범블 씨가 주소 쪽지를 가리키며 물었다.

“멍크스!” 남자는 이 한 마디만 내뱉고 서둘러 가버렸다.

3부

1장

범블 씨 부부와 멍크스 씨의 저녁 만남에서
오간 이야기

먹구름이 내려앉아 흐린 여름 저녁이었다. 하루 종일 하늘을 뒤덮은 구름이 느릿느릿 움직이는 빽빽한 수증기 속으로 퍼져 나가 이미 굵직한 빗방울을 떨어뜨리기 시작해서 사나운 폭풍우를 예고하고 있었다. 이런 날씨에 범블 씨 부부는 시내에서 빠져나와, 2킬로미터쯤 떨어진 강가의 나지막한 늪지대 쪽으로 발걸음을 돌렸다. 여기저기 다 쓰러져가는 집들이 보였다.

둘 다 낡고 해진 겉옷으로 몸을 둘러쌌다. 비도 피하고 남들의 시선도 피하기 좋아서 선택한 옷차림인 것 같았다. 남편은 불 꺼진 등불을 들고 앞서서 걷고 있었는데, 남편의 큼직한 발자국을 따라 아내가 쉽게 걷도록 해주려는 배려처럼 느껴졌다. 한참을 말없이 걸어가다가, 범블 씨는 가끔씩 발걸음을 늦추고 아내가 잘 따라오고 있는지 확인하려는 듯 고개를 돌렸다. 아내가 바로 뒤에서 따라오는 것을 확인한 후에는 다시 보폭을 넓혀서 빠른 속도로 걷기 시작했다.

어딘가 미심쩍은 점이 전혀 없는 분명한 장소였다. 이미 오랫동안 천박한 악당들만 사는 곳이었고, 성실한 노력으로 밥벌이를 하는 것처럼 꾸며놓긴 했지만 거의 약탈과 범죄로 유지되는 곳이었기 때문이다. 허름한 가축우리 같은 집들이 모여 있었다. 어떤 집은 급하게 벽돌을 대충 쌓아서, 또 어떤 집은 낡고 좀먹은 선박 목재로 지어 놓았다. 이런 집들도 질서 있게 단정하게 들어선 게 아니라, 다들 뒤죽박죽으로 섞여 있었다. 집들 대부분은 강둑에서 몇 미터 안 되는 곳에 세워져 있었다. 물이 새는 보트 몇 대가 진흙땅으로 끌어올려져 낮은 담장에 꽉 묶여 있었다. 노나 밧줄 따위가 여기저기 널려 있어서 첫눈에는 이 누추한 오두막집 사람들이 강에서 생업으로 먹고사는 것처럼 보이지만, 슬쩍 보기만 해도 이리저리 널려 있는 부서지고 쓸모없는 물건들이 그냥 가져다둔 것이지, 실제로 사용되지 않는다는 사실을 쉽게 알 수 있을 정도였다.

이렇게 허름한 오두막집들이 모여 있는 한복판에 큰 건물이 서 있었다. 건물은 강물 위쪽으로 삐죽이 솟아 있었다. 이전에 공장으로 사용되던 건물로, 인근의 사람들에게 일자리를 제공해줬겠지만 지금은 버려진 지 오래였다. 쥐 떼와 벌레 떼에 습기가 더해져서 건물의 기둥들이 썩어 문드러져가고 있었다. 건물의 상당 부분이 이미 물속으로 가라앉았고 나머지 부분도 삐딱하게 기울어져 흔들거리며 어두운 강물 위로 쓰러져가고 있었다. 마치 옛 친구를 따라 똑같은 운명을 맞이하려고 호시탐탐 기회를 엿보는 것만 같았다.

바로 이 버려진 건물 앞에서 범블 씨 부부가 걸음을 멈췄다. 때마침 저 멀리서 첫 천둥소리가 허공을 가르며 뒤흔들었고 세차게 비가 쏟아졌다.

"아마 여기 어딜 텐데." 범블 씨가 손에 든 쪽지를 보며 말했다.

"이봐요, 거기!" 위에서 고함소리가 들렸다.

범블 씨가 소리를 따라 고개를 쳐들자 2층에서 문 밖으로 상체를 내밀고 있는 사람이 보였다.

"잠깐 가만히 있어요. 곧장 내려갈 테니." 이런 외침 소리가 들리더니 머리가 사라지고 문이 닫혔다.

"저 사람이야?" 범블 씨의 부인이 묻자 범블 씨는 고개를 끄덕였다.

"그러면 내가 해준 말, 꼭 명심해. 될 수 있으면 말도 적게 하고. 단번에 들키지 말란 말이야." 범블 부인이 신신당부했다.

범블 씨는 아주 후회스러운 표정으로 건물을 쳐다보다가 아무래도 미심쩍어서, 당장 그만두자고 말하려고 했지만, 멍크스가 나타나는 바람에 입을 다물고 말았다. 멍크스는 범블 씨 부부가 서 있는 곳 가까이의 작은 문을 열고 안으로 들어오라고 손짓했다.

"어서 들어와요! 언제까지 기다리게 할 거요?" 멍크스는 발을 구르면서 성급하게 소리쳤다.

범블 부인은 처음에 머뭇거리다가 대담하게 걸어 들어갔다. 범블 씨는 뒤처지는 게 창피하고 무서워서 얼른 쫓아 들어갔다. 무척 불안해하면서 평소에 당당하게 뽐내던 위엄도 전혀 보이지 않았다.

"대체 그 비를 쫄딱 맞으면서 왜 그렇게 서 있었소?" 멍크스가 문에 빗장을 걸고 나서 몸을 돌려 범블 씨에게 말을 건넸다.

"우리, 우리는 그저 몸을 식히고 있었을 뿐이오." 범블 씨가 말을 더듬으며 걱정스럽게 두리번거렸다.

"몸을 식힌다니! 아무리 비가 쏟아져도, 앞으로 내릴 비를 다 맞아도 사람 몸속의 지옥불은 끌 수 없는 법이라오. 그렇게 쉽게 몸을 식힐 수 없단 말이오, 행여나!"

멍크스는 이렇게 애정 담긴 설교를 늘어놓고 나서, 범블 부인에게 불쑥 다가서더니 강렬한 눈빛으로 빤히 쏘아보았다. 원체 강단 있는 범블 부인조차도 시선을 피해 바닥을 내려다볼 수밖에 없었다.

"이 사람이 그 여자인가 보군, 그렇소?" 멍크스가 물었다.

"에헴! 바로 그 여자요." 범블 씨가 부인의 경고를 명심한 채 대답했다.

"여자들이란 비밀을 지킬 수 없는 존재라고 생각하나 보죠?" 범블 부인이 끼어들면서 멍크스의 탐색하는 듯한 표정을 빤히 바라보며 물었다.

"여자들이란 한 가지 비밀만큼은 들킬 때까지 꼭 지킨다는 건 알고 있지." 멍크스가 말했다.

"대체 그게 뭔가요?" 범블 부인이 물었다.

"이름에 오점을 남기는 짓 말이오. 그래서 어떤 여자가 교수형이나 유배형을 당할 만한 비밀을 간직하고 있다면 절대 발설할까 봐 걱정 안 해도 된다는 거지! 알아듣겠소, 부인?" 멍크스가 대답했다.

"아뇨." 범블 부인이 살짝 얼굴을 붉히며 대답했다.

"물론 그렇겠지! 당신이 어떻게 알겠어?"

멍크스는 미소를 짓다만 얼굴 표정으로 두 친구에게 따라오라고 또다시 손짓했다. 지붕은 낮지만 상당히 넓은 방을 서둘러 질러갔다. 멍크스가 다시 위층의 창고로 이어지는 사다리 같은, 가파른 계단을 오르려고 하는데, 틈새 사이로 벼락이 번쩍 치더니 곧이어 커다란 천둥소리가 울려 퍼져서 허술한 건물이 중심부터 크게 흔들렸다.

"저 소리 들어봐!" 멍크스가 뒤로 움츠러들며 소리쳤다. "들어보라고! 우르릉 쾅쾅대면서 마치 악마들이 숨어 있는 동굴 수천 개에서 한꺼번에 메아리치는 것 같군. 진짜 싫다고!"

멍크스는 잠시 가만히 있다가 갑자기 얼굴에서 손을 떼자, 온통 뒤틀어지고 하얗게 질린 얼굴이 드러났다. 그 모습에 범블 씨는 말할 수 없을 정도로 불안해졌다.

"가끔씩 발작이 찾아와요." 범블 씨가 깜짝 놀라는 모습을 보고 멍크스가 말했다. "천둥 때문에 일어나기도 해요. 신경 쓰지 말아요. 이번에는 다 지나갔으니."

멍크스는 사다리를 올라가서 황급히 방의 덧창을 닫고 천장의 묵직한 대들보에 걸쳐진 도르래 밧줄을 당겨서 등불을 내렸다. 등불은 낡은 탁자와 의자 세 개를 어스름하게 비춰주었다.

세 사람이 모두 의자에 앉자 멍크스가 입을 열었다. "자, 당장 본론에 들어갑시다. 그게 모두에게 좋을 테니. 그래, 이 여자가 사정을 다 알고 있다는 거요?"

범블 씨에게 물었지만 범블 부인이 아주 잘 알고 있다는 표시를 내면서 먼저 대답을 하겠다며 나섰다.

"이 사람 말로는 그 할멈이 죽던 날 밤에 당신이 같이 있었고, 뭔가를 들었다는데, 맞소?"

"그 아이의 생모에 대한 거죠, 맞아요." 범블 부인이 냉큼 대답했다.

"첫 번째 질문은 할멈이 어떤 말을 남겼냐는 거요." 멍크스가 말했다.

"그건 두 번째 질문이에요. 첫 번째는 얼마나 값을 쳐주느냐는 거죠." 범블 부인이 엄청나게 공들여 운을 뗐다.

"어떤 얘기인 줄도 모르는데, 어느 누가 알 수 있겠소?" 멍크스가 물었다.

"분명히 당신보다 더 잘 알 수 있는 사람은 없겠죠." 범블 부인이 대담하게 대답했다. 남편이 보증하듯이 범블 부인은 기가 센 여자였다.

"흠! 값을 쳐줄 만한 뭔가가 있다는 건가, 어?" 멍크스가 무척이나 알고 싶은 표정으로 진지하게 물었다.

"그럴지도 모르죠." 차분한 대답이 들려왔다.

"뭔가 그 여자한테서 받은 것이나 몸에 지니고 있던 것, 아니면 …" 멍크스가 하나하나 짚어나갔다.

"일단 돈부터 거는 게 좋아요. 얘기를 들어보니, 내가 말해줘야 할 사람이 당신이라는 게 확실하더군요." 범블 부인이 말을 가로챘다.

범블 씨도 그저 짐작만 할 뿐, 아내한테서 더 들은 얘기가 없어서 휘둥그런 눈으로 목을 빼고 대화를 듣고 있다가 놀라움을 훤히 드러내면서 아내와 멍크스를 번갈아 쳐다보았다. 거기다 멍크스가 얼마를 원하느냐고 물어오자 범블 씨는 더욱 놀랄 수밖에 없었다.

"당신한테 얼마의 값어치가 있는 것이죠?" 범블 부인은 여전히 차분하게 물었다.

"그거야 전혀 없을 수도 있겠지. 어쩌면 20파운드일지도 모르고. 그러니 정보를 털어놔 봐요. 그래야 어떤 쪽인지 알지."

"거기에 5파운드를 더해서 금화로 25파운드를 줘요. 그럼 내가 아는 걸 다 얘기해줄게요. 그 밑으로는 안 돼요."

"25파운드라고!" 멍크스가 주춤거리며 외쳤다.

"나로선 그냥 평범하게 말한 거예요. 별로 큰돈도 아니잖아요."

"그 비밀이란 게 정작 밝혀지면 아무것도 아닐 수 있잖나. 그런데도 큰돈이 아니라고! 게다가 12년이나 아무 일 없이 잠자던 비밀인데!" 멍크스가 성질 급하게 내뱉었다.

"이런 문제들은 좋은 포도주처럼 잘 묵혀 두었다가 세월이 흐르면서 값어치가 두 배로 뛰는 경우도 종종 벌어지지요. 아무 일 없이 지났다고 해서, 앞으로도 그러리라는 보장이 어디 있죠? 누가 알아요, 12년이 아니라 1만 2천 년이나 1200만 년 동안 잠자다가 불쑥 엉뚱하게 세상에 깨어나게 될지!" 범블 부인은 여전히 꿋꿋하게 무심한 태도를 유지하면서 대답했다.

"막상 돈을 걸었는데, 아무것도 아닌 얘기라면?" 멍크스가 망설이면서 물었다.

"다시 쉽게 빼앗을 수 있잖아요. 난 여기에 아무런 보호도 없이 혼자 있는 여자일 뿐이니까요."

"혼자라니, 여보." 범블 씨가 두려움에 떨리는 목소리로 간신히 말을 내뱉었다. "당신 곁에 내가 있잖소, 여보." 범블 씨는 이가 부딪쳐 덜덜 떨리는 소리를 냈다. "멍크스 씨가 얼마나 신사적인데, 교구의 관리에게 폭력을 쓰겠소? 물론 내가 더 이상 젊지 않고 힘도 못 쓰게 보이겠지만. 하지만 내 분명히 말해두었소, 여보, 내가 아주 단호한 관리라는 걸 말이오. 나도 한번 열을 받으면 평소 이상의 힘이 생긴다고. 어디성질 한번 건드려보시지."

범블 씨는 사나운 결심을 보여주듯 등잔을 꽉 잡는 척 허세를 부렸다. 하지만 세세한 동작 하나하나에서 겁에 질린 기색이 뻔히 보였다. 정말이지, 열을 받을 수 있게 성질을 건드려 놓아야, 극빈자들 앞에서만 생기는 호전적인 단호함을 구경이라도 할 수 있을 것 같았다.

"바보 같으니라고. 내가 입을 다물고 있으라고 했잖아." 범블 부인이 말했다.

"목소리를 낮춰서 말하는 법도 모르는 사람이라면 여기 오기 전에아예 혀를 잘라버리지 그랬소? 결론은! 이 남자가 당신 남편이라는 거요, 어?" 멍크스가 음울하게 읊조렸다.

"이 남자가! 내 남편이라고?" 범블 부인이 킥킥 웃으면서 어물쩍 넘어가려고 했다.

"당신들이 들어올 때부터 그렇게 보였소." 멍크스는 말을 이어가면서도 범블 부인이 남편을 노려보는 성난 눈길을 놓치지 않았다. "뭐, 더 좋소. 두 사람이 한 몸이면 한 사람과 거래하는 셈이니까 더 확실하지. 자, 난 결정했소. 이걸 보시오!"

멍크스는 옆 호주머니 속에 손을 쑤셔 넣어서 무명천 가방을 꺼내 금화 25파운드를 세어 범블 부인에게 내밀었다. "자, 챙겨 넣으시오. 이 저주받을 천둥이 곧 지붕 꼭대기에 덮칠 것 같으니, 다 지나가고 나서 당신 얘기를 듣는 것으로 하죠."

실제로 천둥소리는 훨씬 더 가까이 들렸다. 거의 머리 위에서 우르르 쾅쾅 부서지던 소리가 잠잠해지자, 멍크스는 탁자에서 얼굴을 들고 범블 부인 쪽으로 몸을 숙이며 귀를 기울였다. 두 남자가 얘기를 들으려고 탁자 위로 고개를 모았고, 여자도 자신의 작은 목소리가 잘 들리도록 고개를 숙이자 세 사람의 얼굴이 거의 닿을 정도였다. 흔들리는 등불에서 어스름한 불빛이 바로 내리비춰서 세 사람의 얼굴은 더 창백하고 불안해보였다. 가장 음울하고 짙은 어둠에 둘러싸이자 세 사람 모두 끔찍한 유령처럼 보였다.

"샐리 할멈이라고 불리던 노파가 죽었을 때 곁에는 나밖에 없었죠." 범블 부인이 입을 열었다.

"정말 딴 사람이 아무도 없었소? 다른 침대에 병자나 부랑자가 있진 않았고? 혹시라도 누가 엿듣거나 알아들었을 가능성도 없소?" 멍크스가 똑같이 속삭이는 목소리로 물었다.

"단 한 사람도요. 우리 둘뿐이었어요. 할멈의 육신에 죽음이 닥칠 때 나 혼자 옆에 서 있었거든요."

"좋소. 계속하시오." 멍크스가 범블 부인을 유심히 바라보며 말했다.

"할멈은 어떤 젊은 여자에 대해 말하기 시작했어요. 몇 년 전에 그 여자는 할멈이 죽어가던 바로 그 방의 똑같은 침대에서 아기를 낳았다고 하더군요."

"그래? 빌어먹을! 일이 어떻게 그렇게 되나!" 멍크스가 입술을 떨면서 어깨 너머로 흘낏 넘겨보았다.

"어젯밤에 당신이 이 사람에게 이름을 말해준 바로 그 아이였어요. 할멈이 아이 엄마의 물건을 훔쳤다고 했어요." 범블 부인이 무심히 남편 쪽으로 고갯짓을 하며 말했다.

"살아 있을 때?" 멍크스가 물었다.

"죽은 다음이에요. 할멈은 아직 피가 식지도 않은 시체를 뒤져, 죽은 애 엄마가 마지막 숨을 거두며 아기를 위해 맡아달라고 간청한 물건을 훔쳤던 거예요." 범블 부인이 몸을 부르르 떨면서 대답했다.

"할멈이 그걸 팔았나? 팔아치웠냐고? 어디로? 언제? 누구한테? 얼마나 오래 됐지?" 멍크스가 절박하게 소리치며 물었다.

"할멈은 아주 힘겹게 그 말을 하고 나서 곧바로 쓰러져 죽어버렸어요."

"무슨 말을 더 안 하고? 거짓말이야! 날 갖고 놀 생각이군? 분명히 뭔가 더 말했어. 당신네 둘을 모조리 찢어발겨서라도 알아내고야 말 거야." 멍크스가 목소리를 낮추느라 꽉 억눌린 목소리로 소리치자 훨씬 더 무시무시하게 들렸다.

"말은 단 한 마디도 더 하지 않았어요." 범블 부인은 (남편과는 전혀 달리) 이 낯선 남자의 난폭한 말투에도 아무렇지 않은 듯 말을 이어갔다. "하지만 할멈이 한 손으로 내 가운을 꽉 그러잡고 있었죠. 할멈이 죽은 것을 보고서 간신히 손을 떼어내려다가 반쯤 풀린 그 손 안에 더러운 쪽지 하나가 보였어요."

"쪽지 안에는 …" 멍크스가 몸을 앞으로 쭉 뻗으면서 끼어들었다.

"별 거 없었어요. 전당포 영수증이었죠."

"뭘 맡긴 거였소?" 멍크스가 물었다.

"일단 내 얘기를 차근차근 들어봐요. 할멈이 한동안은 돈이 좀 될까 싶은 기대에 그 장신구를 갖고 있다가 전당포에 잡힌 거겠죠. 해마다 푼돈을 긁어모아 전당포 이자를 물면서까지 물건을 잡아둔 거예요. 혹시나 좋은 일이 생기면 그 때 찾으려고요. 하지만 아무 일도 생기지 않았어요. 좀 전에 말한 대로 할멈은 완전히 닳아 해진 종잇조각만 달랑 손에 쥔 채 죽고 말았죠. 기한이 이틀 남았더군요. 내 생각에도 언젠가 큰돈이 될까 싶어서 곧바로 물건을 찾아왔죠."

"지금 그 물건은 어디 있소?" 멍크스가 재빨리 물었다.

"여기요." 범블 부인이 냉큼 대답했다. 마치 처분하게 되어 천만다행이라는 듯이 조그마한 염소가죽 주머니를 얼른 탁자 위로 내던졌다. 프랑스제 시계도 겨우 들어갈 만큼 작은 주머니였다. 멍크스는 와락 달려들어 떨리는 손으로 주머니를 확 열어보았다. 안에는 작은 금장 로켓*이 들어 있었고 그 로켓을 열어보니, 머리타래 두 개와 평범한 결혼 금반지가 담겨 있었다.

"반지 안쪽에 '애그니스'라고 새겨져 있어요. 이름의 성이 들어갈 자리는 비워두고 옆에 날짜가 박혀 있죠. 아이가 태어나기 1년 전 날짜였어요. 내가 발견한 거예요."

"이게 다란 말이오?" 멍크스가 작은 주머니의 내용물을 꼼꼼하게 샅샅이 뒤져본 후에 덧붙여 물었다.

"그래요." 범블 부인이 대답했다.

범블 씨는 멍크스 씨가 얘기를 다 들은 후에도 25파운드를 다시 돌

---

* 사진 등을 넣어 목걸이에 다는 작은 갑.

려달라는 말을 하지 않아서 다행이라는 듯이 길게 한숨을 내쉬었다. 그제야 얘기가 계속되는 동안 콧잔등 위로 똑똑 떨어지던 땀을 닦아낼 용기를 낼 수 있었다.

"그냥 짐작만 할 뿐, 나도 깊은 사정은 몰라요." 잠시 침묵이 흐르자 범블 부인이 멍크스에게 불쑥 말을 걸었다. "또 알고 싶지도 않아요. 모르는 편이 안전할 테니까. 하지만 딱 두 가지만 묻고 싶어요."

"물어보는 건 자유요. 뭐, 대답을 할지 안 할지는 또 다른 문제니까." 멍크스가 약간 놀란 표정을 지으며 말했다.

"음 ···. 그러면 문제가 세 가지이군." 범블 씨가 장난기를 참지 못하고 말을 보탰다.

"내가 이런 물건을 가져오리라고 예상했나요?" 범블 부인이 물었다.

"그렇소. 또 다른 질문은?" 멍크스가 대답했다.

"그 물건을 어떻게 하려고요? 나한테 해가 되지는 않겠죠?"

"절대로 그런 일은 없소. 자, 여기를 보시오! 하지만 단 한 걸음도 앞으로 나오지 마시오. 당신네들 목숨이 중하다면." 멍크스는 이렇게 말하면서 갑자기 탁자를 옆으로 스르륵 밀더니, 마룻바닥에 달린 쇠고리를 잡아당겼다. 그러자 커다란 뚜껑문이 활짝 열려서 하마터면 범블 씨의 발이 빠질 뻔했다. 범블 씨는 엄청나게 허둥대며 몇 발짝 뒤로 물러섰다.

"아래를 보시오." 멍크스가 우물 같은 구멍 아래로 등불을 내리면서 말을 이었다. "날 무서워할 건 없소. 이게 진짜 내 속셈이었다면 아까 당신네가 앉아 있었을 때 아주 조용히 떨어뜨려버릴 수도 있었으니 말이오."

이 말에 용기를 낸 범블 부인이 뚜껑문의 끝 쪽으로 다가섰다. 심지어 범블 씨조차 호기심에 이끌려 똑같이 다가갔다. 아래에서는 폭우에

증거를 없애다.

불어난 탁한 물살이 빠르게 굽이치고 있었다. 푸른 이끼가 낀 진흙투성이의 말뚝들에 걸려 소용돌이치고 철썩대는 물소리 때문에 다른 소리는 전부 묻혀버렸다. 아래는 한때 물레방아가 돌아가던 곳이었다. 이제는 얼마 남지 않은 썩은 말뚝과 파편조각이 거센 물살을 막아보려는가 싶었지만 물레방아를 세차게 때리고 돌아나간 물살은 오히려 더 힘을 얻은 듯 쏜살같이 흘러갔다.

"이 아래로 사람을 던지면 내일 아침엔 어디쯤 흘러가 있겠소?" 멍크스가 컴컴한 구멍 속으로 등불을 슬쩍 흔들면서 말했다.

"강을 따라 20킬로미터쯤 떠내려가다가 산산조각이 나겠지." 범블 씨는 생각만으로도 몸을 움츠리며 대답했다.

멍크스는 아까 급히 품속에 숨겼던 작은 주머니를 다시 꺼내서, 도르래의 부속품이었다가 바닥에 놓여 있는 납덩어리에 묶은 채 물속으로 집어던졌다. 그러자 곧바로 떨어져서 조그맣게 첨벙 소리만 남기고는 금세 물살에 휩쓸려 사라졌다.

세 사람은 서로의 얼굴을 바라보면서 한결 편하게 숨을 내쉬었다.

멍크스가 묵직하게 떨어지는 뚜껑문을 닫으면서 입을 열었다. "자! 바다가 죽은 자들을 밀어 올리는 일은 있다 해도 금과 은은 영원히 간직할 거라고 책에 적혀 있더군. 저 쓰레기도 그 중 하나고. 이제 할 얘기도 더 없으니, 즐거운 파티는 이쯤에서 끝내도록 하죠."

"아무렴요." 범블 씨가 아주 날렵하게 대꾸했다.

"당신 혀는 머리통 안에 가만히 모셔둘 거지, 엉? 당신 부인은 전혀 걱정도 안 되지만." 멍크스가 위협적인 표정으로 으름장을 놓았다.

"날 좀 믿어보시오, 젊은이. 우리 다 같이 서로를 믿자고, 젊은이. 물론 나도 그래야겠죠, 멍크스 씨." 범블 씨가 과하게 인사치레를 하며 조금씩 사다리 쪽으로 몸을 숙였다.

"그러겠다니 참 다행이군. 어서 등불을 밝히시오! 한시라도 빨리 여기를 떠나시오." 멍크스가 급하게 다그쳤다.

대화가 이쯤에서 끝난 게 천만다행이었다. 안 그랬다면 계속 사다리에서 15센티미터도 안 되는 곳까지 몸을 숙이던 범블 씨가 틀림없이 아래층으로 곤두박질쳤을 것이다. 멍크스가 밧줄에서 떼어 손에 든 등불로부터, 범블 씨가 자기 등불에 불을 옮겨 붙인 후, 더 이상 말을 걸어볼 엄두도 내지 못하고 조용히 내려갔다. 그 뒤를 범블 부인이 따랐다. 멍크스는 잠시 멈춰 서서 세차게 내리는 빗소리와 소용돌이치는 물소리밖에 안 들린다는 사실에 안심하며 맨 뒤에서 쫓아갔다.

세 사람은 아주 조심스럽게 천천히 아래층 방을 가로질러갔다. 멍크스는 그림자가 보일 때마다 깜짝깜짝 놀랐다. 범블 씨는 바닥에서 30센티미터 정도에 등불을 들고 또 다른 뚜껑문이 숨겨져 있진 않은지 초조하게 살피면서 살금살금 걸어갔다. 커다란 덩치에 비하면 놀라울 정도로 가볍고 조심스러운 발걸음이었다. 처음에 범블 씨 부부가 들어왔던 문 앞에 다다르자, 멍크스가 살며시 빗장을 들어 문을 열어주었다. 범블 씨 부부는 멍크스 씨와 서로 고개만 끄덕이고 나서 축축하고 어두컴컴한 바깥으로 나왔다.

범블 씨 부부가 떠나자마자 멍크스는 아래층 어딘가에 숨겨놓은 아이를 불러냈다. 홀로 남겨진 게 진저리치게 싫었던 모양이다. 결국 그 아이에게 등불을 들려 앞세워서 방금 전의 방으로 되돌아갔다.

2장

익히 알고 있는 훌륭한 인물들의 사정에 더해서, 멍크스와 유대인 노인 간에 음모가 피어나는 장

앞장에 출연한 세 명의 잘난 인물들이 그렇게 소소한 거래를 완벽하게 처리한 바로 다음날 저녁, 빌 사익스 씨는 낮잠에서 깨어나 졸린 얼굴로 인상을 찌푸리며 몇 시냐고 으르렁거렸다.

이렇게 사익스 씨가 일어나서 시간을 물은 방은 첫시 원정 이전에 세 들어 살던 방이 아니었다. 물론 같은 동네였고 예전 집에서 그리 멀지 않은 곳이기는 했다. 하지만 겉보기에 허름하고 무척 좁은 방에 가구도 보잘것없어서 예전 집만 못해 보였다. 햇빛도 경사진 지붕에 뚫린 자그마한 창문을 통해 들어올 뿐이었다. 밖으로 나가면 비좁고 더러운 골목길로 바로 이어졌다. 사익스 씨가 최근 들어 쪼들리고 있다는 흔적이 곳곳에서 눈에 띄었다. 가구가 턱없이 모자랐고, 안락함이라고는 눈을 씻고 찾아봐도 없었다. 게다가 갈아입을 옷이나 속옷 같은 자잘한 용품들도 다 사라져 버렸으니, 얼마나 궁핍한 형편인지 알 만하지 않은

가. 이래도 부족하다면 몰라보게 야위고 핼쑥해진 사익스 씨의 몰골을 보면 아주 확실히 알 수 있을 터였다.

이 도둑은 마땅한 잠옷이 없어서 큼직한 하얀 외투로 온몸을 감싼 채 침대에 누워 있었다. 마치 죽어가는 사람처럼 병색이 완연한 모습에 더해, 지저분한 잠옷모자와 일주일 동안 자란 뻣뻣하고 검은 턱수염이 참담한 현실을 고스란히 보여주고 있었다. 개는 주인의 침대 옆에 앉아서 서글픈 표정으로 주인을 바라보고 있었다. 그러다가 가끔씩 바깥 거리에서나 아래층에서 무슨 소리라도 나면 귀를 쫑긋거리며 낮게 으르렁거렸다. 창가에 어떤 여자가 앉아서 이 도둑이 평상복으로 늘 입고 다니는 낡은 조끼를 바지런히 꿰매고 있었다. 어찌나 병간호와 궁핍한 생활에 시달렸던지 너무나도 창백하고 야윈 모습이었다. 사익스의 물음에 대답하는 목소리를 듣지 못했다면 이 여자가 이 이야기에 이미 등장한 적이 있는 낸시라는 사실을 알아채기 상당히 힘들었을 터였다.

"7시 넘은 지 얼마 안 됐어. 오늘 밤은 몸 좀 어때, 빌?"

"물처럼 흐물흐물해. 여기, 손 좀 빌려줘. 이 지긋지긋한 침대에서 벗어나고 싶다고." 사익스가 자신의 눈과 팔다리에 저주를 퍼부으며 말했다.

사익스는 병이 들어도 고약한 성미가 좋아지지 않았다. 낸시가 손을 잡고 일으켜 세워 의자에 앉혀줬는데도 사익스는 어설프고 굼뜨다며 욕설을 주저리주저리 늘어놓으면서 낸시를 한 대 갈겼다.

"질질 짜는 거야? 이봐! 거기서 훌쩍거리며 서 있지 마. 질질 짜는 거 말고 그렇게 할 일이 없는 거면 다 끝장내버리자고. 내 말 듣고 있어?"

"당연히 듣고 있지. 지금 또 무슨 이상한 생각을 하는 거야?" 낸시가 얼굴을 돌리고 억지로 웃으면서 되물었다.

"그래! 잘 생각했어. 그래야 너한테도 좋지!" 사익스가 낸시의 눈에 맺힌 눈물을 빤히 바라보면서 으르렁거렸다.

"저기, 빌, 혹시 오늘 밤에 심하게 굴겠다는 뜻은 아니지?" 낸시가 사익스의 어깨에 살짝 손을 얹으며 떠보았다.

"아니냐고! 왜 안 되지?" 사익스 씨가 소리쳤다.

"얼마나 수많은 밤을 지새우면서 힘들게 당신 곁을 지키며 아이 돌보듯 돌봤는데. 이렇게 원래 당신처럼 회복된 것도 오늘이 처음이라고. 진짜 그런 정성을 생각했으면 방금처럼 날 대할 순 없는 거야, 안 그래? 자, 어서, 그러지 않겠다고 말해." 낸시가 달콤함이 묻어나는 어조로 여성적인 부드러운 분위기를 풍기며 나긋나긋하게 말했다.

"뭐, 그럼, 안 그럴게. 아니, 제기랄, 또 질질 짜는 거야!"

"별 거 아냐. 신경 쓸 거 없어. 곧 끝날 테니까." 낸시가 의자에 털썩 널브러지며 말했다.

"뭐가 끝날 거라는 거야? 또 무슨 멍청한 짓을 벌이려는 거야? 어서 일어나서 바쁘게 움직이라고. 여편네들의 헛생각으로 날 속일 생각 말고." 사익스 씨가 막돼먹은 거친 목소리로 다그쳤다.

다른 때 같았으면 이렇게 윽박지르는 어투로 몇 마디 타이르면 다 해결되었을 터였다. 그런데 지금은 낸시가 정말로 힘이 빠지고 지쳐버린 모양이었다. 이런 유사한 상황에서 사익스 씨가 적절히 양념처럼 내뱉곤 하던 욕설이 튀어나오기도 전에 낸시가 의자 등받이 위로 머리를 젖히고 기절해버린 것이다. 평소에 낸시 양의 발작은 격렬하게 몸을 비틀다가 스스로 겨우 벗어나는 병이었기 때문에, 사익스 씨는 이렇게 흔치 않은 응급상황에서는 어찌할 바를 몰랐다. 그저 신을 모욕하는 저주를 내뱉으려고 하다가, 치료에는 전혀 효과가 없다는 것을 퍼뜩 깨닫고는 목소리를 높여 도움을 청하기 시작했다.

"이봐, 여기 무슨 일이라도 일어났는가?" 페이긴이 불쑥 들여다보며 물었다.

"얼른 이 여자 좀 도와주시오. 거기 서서 재잘거리며 웃지나 말고!" 사익스가 다급하게 대답했다.

페이긴은 놀라서 탄성을 지르더니, 황급히 낸시를 도우러 달려들었다. '교묘한 미꾸라지'라 불리는 존 도킨스 씨도 존경하는 페이긴 영감을 따라 들어와 손에 들고 있던 보따리를 바닥에 급히 내려놓았다. 그러더니 바로 뒤따라 들어온 찰리 베이츠 선생의 손에서 병을 낚아채어 이로 코르크 마개를 뽑아내고는 낸시의 입 속으로 흘려 넣었다. 물론 실수 방지 차원에서 먼저 한 모금 맛을 본 다음에 말이다.

"찰리, 풀무질을 해서 신선한 바람을 좀 쐬게 해줘. 그리고 페이긴, 빌이 속치마를 푸는 동안 낸시의 손등을 좀 쳐봐요." 도킨스 씨가 말했다.

모두가 합심해서 열정적으로 펼친 회복 작전은 곧바로 효과를 나타냈다. 특히 이 작전에서 맡은 바 임무를 유난히 즐겁게 행했던 베이츠 선생의 공이 컸다. 서서히 정신을 되찾은 낸시는 침대 옆의 의자로 비틀거리며 다가가서 앉더니, 베개에 얼굴을 푹 파묻어버렸다. 졸지에 사익스 씨가 뜬금없이 들이닥친 손님들을 상대하게 되었다.

"아니, 무슨 사악한 바람이 불어서 여기까지 오셨소?" 사익스가 페이긴에게 물었다.

"사악한 바람이라니, 이 사람아, 전혀 아닐세. 사악한 바람은 절대 좋은 것들을 가져다주지 않는 법이지. 난 좋은 것들을 가져왔다네. 자네가 보면 기뻐할 만한 것들을 말이야. 미꾸라지야, 보따리 좀 풀어봐라. 오늘 아침에 우리가 돈을 달달 긁어서 산 소소한 물건들을 빌에게 보여주렴."

페이긴의 요구에 따라, 미꾸라지는 커다란 낡은 식탁보로 된 보따

페이긴과 그의 동료들이 기절한 낸시를 깨우다.

리를 풀었다. 그리고는 안에 들어 있는 물건들을 하나씩 꺼내어 찰리 베이츠에게 건네주었다. 그러자 찰리가 차례대로 탁자에 내려놓으며 물건 하나하나의 희소성과 탁월성에 대해 온갖 찬사를 다 늘어놓았다.

"세상에, 이렇게 엄청난 토끼고기 파이가 어디 있겠어요?" 찰리 베이츠가 큼직한 고기파이를 들어 보이며 탄성을 내질렀다.

"빌, 이렇게 맛좋은 고기에, 이렇게 연한 다리살이라니, 뼈도 입 안에서 녹아버려서 발라낼 필요가 없다니까요. 이건 6페니 은화 7개로 산 녹차 반 파운드네요. 어찌나 진한지 끓는 물에 타면 찻주전자 뚜껑을 날려버릴 정도죠. 이건 갈색 설탕 1파운드 반인데, 깜둥이들이 힘들여 정제하기 전의 설탕이래요. 오, 이런! 밀기울빵 2파운드짜리 2개에다 최고로 신선한 치즈 1파운드까지 있고, 글로스터 치즈조각에 마무리로 가장 값비싼 술을 곁들이면!"

찰리 베이츠는 이 마지막 찬사를 끝으로, 큼직한 주머니 중 한군데에서 커다란 포도주 병 하나를 꺼내놓았다. 그 순간에 미꾸라지도 손에 들고 있던 병에서 독주를 한 잔 가득 부었다. 그러자 병색이 완연한 사익스가 조금도 주저하지 않고 곧장 목구멍으로 털어 넣었다.

"오! 빌, 자네 이제 됐군, 됐어." 페이긴이 무척 흡족하게 양손을 비벼대며 말을 걸었다.

"됐다고? 당신이 도와주기를 목 빼고 기다리다가 이미 스무 번도 넘게 끝장날 뻔했지. 이런 꼴에 처한 사람을 3주 넘게 그냥 내버려 두면 어떡하나, 이 고약한 늙은이야!" 사익스 씨가 큰 소리로 내질렀다.

"어허, 얘들아, 이 친구 말 좀 들어보렴! 우리가 이렇게 대단한 물건들을 가져왔는데도 이런 원망이라니 말이야." 페이긴이 어깨를 으쓱거리며 말했다.

"뭐, 물건들은 나름대로 괜찮군." 사익스 씨가 식탁 위를 슬쩍 훑어보더니, 약간 누그러져서 말을 이었다. "그래도 당신이 무슨 할 말이 있소? 왜 날 여기에 내팽개쳐놓고 죽을 지경까지 몰아넣었냐고! 몸도 마음도 다 너덜너덜해질 때까지 말이야. 내가 저기 저 개만도 못한 거요? 찰리, 저 개 좀 치워버려라!"

"이렇게 못 말리는 개도 처음이야. 할멈이 시장 보러 가서 음식 냄새를 맡는 것처럼 킁킁거린다고! 무대에 오르면 한몫 크게 잡을 녀석이야. 아무렴, 다 죽은 연극까지 되살릴 걸?" 찰리 베이츠가 명령받은 대로 순순히 따르면서 소리쳤다.

"꼼짝 말라고, 좀." 개가 침대 밑으로 물러나면서도 여전히 화난 듯이 으르렁거리자 사익스가 버럭 소리를 질렀다. "이 말라비틀어진 수전노 늙은이야, 무슨 할 말이 있냐고, 엉?"

"이보게, 난 일주일 넘게 쭉 런던을 떠나 있었다네." 유대인 노인이 대답했다.

"그러면 나머지 2주 동안은? 쥐구멍 속 병든 쥐처럼 이 구석에 날 내팽개쳐두고 말이야. 그 나머지 2주는 어떻게 된 거냐고?" 사익스가 성마르게 따지고 들었다.

"그건 어쩔 수가 없었다네, 빌. 아이들 앞에서 길게 설명하기는 뭣하지만 내 명예를 걸고 말하는 걸세. 정말 어쩔 수 없었다고."

"당신의 뭘 건다고? 이봐! 거기 파이 한 조각 잘라줘 봐. 구역질이 올라와서 좀 밀어내야겠어. 아니면 목이 막혀 죽을 거 같아." 사익스가 극도로 역겨운 표정을 지으면서 으르렁거렸다.

"너무 성질 내지 말게, 이 사람아. 한 번도 자네를 잊은 적이 없다고, 단 한 번도." 페이긴이 굽실거리면서 살살 달랬다.

"아무렴! 그런 적이 없으시겠지. 내가 여기 누워 열병으로 온몸을 달달 떨고 있을 때 당신은 음모와 계략을 꾸미느라 바빴을 거야. 빌한테 이 일을 시켜야지, 아니 저 일을 시켜야지, 몸만 회복되면 아주 값싸게 돌릴 수 있겠지, 지금쯤이면 일이 간절할 만큼 돈이 다 떨어졌을 거야 하면서. 저 여자가 없었으면 난 벌써 죽었을 테지." 사익스가 씁쓸하게 웃으며 대답했다.

"자, 그것 보라고, 빌. 자네도 '저 여자가 없었으면'이라고 말하지 않나! 이 불쌍한 페이긴 영감이 아니면 어느 누가 자네한테 이렇게 쓸모 있는 여자를 붙여줬겠나?" 페이긴이 말꼬리를 잡으며 반박했다.

"지당하신 말씀이죠! 이제 됐어요, 됐다고." 낸시가 불쑥 튀어나오면서 소리쳤다.

낸시의 등장으로 상황이 새롭게 바뀌기 시작했다. 눈치 빠른 유대인 노인이 아이들한테 교활한 눈짓을 보내자 아이들이 연거푸 낸시에게 술을 권하기 시작했다. 하지만 낸시는 아주 조금씩만 받아먹었다. 그러는 동안 페이긴은 평소답지 않게 한껏 들뜬 기분으로 사익스의 협박을 가벼운 농담처럼 받아넘겼다. 술이 얼큰하게 들어간 사익스가 되도 않는 농담을 툭툭 던졌을 때에도 페이긴은 엄청나게 웃어주었다. 그러자 사익스도 조금씩 화가 풀린 모양이었다.

"뭐, 다 좋아. 하지만 오늘 밤에는 꼭 당신에게 돈을 좀 얻어야겠어." 사익스 씨가 말했다.

"난 지금 땡전 한 푼 없다네." 페이긴이 대답했다.

"그럼, 당신 집 안에 고스란히 쌓여 있겠군. 거기서 좀 가져와야겠어." 사익스 씨가 맞받아쳤다.

"쌓여 있다니! 진짜 얼마 없다고 …." 페이긴이 양손을 들면서 외쳤다.

"얼마가 있는지 나야 모르지. 장담하는데, 당신 자신도 잘 모를 거요. 그 많은 걸 다 세려면 엄청 오래 걸릴 테니까. 아무튼, 오늘 밤에는 돈이 좀 있어야겠어. 당장." 사익스 씨가 엄포를 놓았다.

"알았네, 알았어. 당장 미꾸라지를 보냄세." 페이긴이 한숨을 내쉬며 말했다.

"그건 안 될 말이지. 미꾸라지 녀석은 너무 잘 빠져나가잖소. 이리로 돌아오는 것을 아예 잊었다거나 길을 잃었다거나 덫을 피하느라 오지 못했다고 할 거요. 뭐, 당신이 시키는 대로 아무 핑계나 늘어놓겠지. 확실히 하려면 낸시가 가서 가져와야 할 거요. 그동안 나는 누워서 눈이나 붙일 거고." 사익스 씨가 되받아쳤다.

엄청난 실랑이와 입씨름이 벌어진 끝에, 페이긴은 선금 액수를 5파운드에서 3파운드 4실링 6펜스로 깎았다. 그러면서 이제 정말 수중에 18펜스밖에 안 남았다고 정색을 하며 수없이 되풀이했다. 사익스 씨는 "더 받을 수 없다면 어쩔 수 없지"라며 퉁명스럽게 받아들였다. 미꾸라지와 찰리 베이츠가 찬장에 먹을 것을 넣는 동안 낸시는 페이긴을 따라갈 채비를 했다. 페이긴은 이 다정한 친구에게 작별을 고하고 낸시와 아이들을 데리고 집으로 돌아갔다. 혼자 남은 사익스는 낸시가 돌아올 때까지 잠이나 잘 생각으로 침대에 드러누웠다.

얼마 지나지 않아, 페이긴 일행이 집에 다다랐다. 마침 거기에는 토비 크래킷과 치틀링이 카드놀이에 열중하고 있었다. 흥미롭게도 벌써 열다섯 판째였고, 치틀링이 내리 져서 열다섯 번째로 6펜스 동전을 잃은 참이었다. 크래킷 씨는 지위나 머리에서 훨씬 떨어지는 치틀링과 같이 놀고 있던 게 들켜서 약간 창피했던지 겸연쩍은 얼굴로 하품을 했다. 그러고는 사익스의 안부를 물으면서 모자를 집어 들며 나갈 준비를 했다.

"아무도 찾아오진 않았나, 토비?" 페이긴이 물었다.

"사람 다리라곤 하나도 못 봤소." 크래킷 씨가 옷깃을 세우면서 대답했다.

"싸구려 맥주처럼 아주 지루했지. 이렇게 오래 집을 봐줬으니, 톡톡히 값을 쳐줘야 할 거요, 영감. 젠장, 주머니가 완전 바닥난 상태인 데다, 이 젊은 친구가 심심할까봐 인심 좀 쓴 거지, 아니었으면 감방처럼 잠만 잤을 거요. 끔찍하게 지루했다고, 진짜라니까!"

토비 크래킷 씨는 이렇게 되는 대로 내지르면서 카드판에서 딴 동전들을 확 쓸어주더니, 자신 같은 거물에게는 별 거 아니라는 듯 거만한 몸짓으로 은화 동전들을 조끼 주머니에 쑤셔 넣었다. 그리고 나서, 한껏 우쭐대며 우아하고 점잖은 발걸음으로 방에서 나갔다. 이런 토비의 다리와 부츠에 존경의 시선을 보내며 끝까지 지켜보던 치틀링은 저분과 상대를 하는 일에 6펜스짜리 동전 15개 정도면 싸게 친 셈이라며 하나도 아깝지 않다고 장담했다.

"너 완전 괴짜 같아, 톰!" 찰리 베이츠가 치틀링의 장담에 아주 이상해하며 재미있다는 듯 말했다.

"전혀 아니야. 제가 그런가요, 페이긴?" 치틀링이 되물었다.

"아니, 아주 영리하고 똑똑하지, 아무렴." 페이긴이 치틀링의 어깨를 토닥여주면서 다른 아이들에게 눈짓을 했다.

"진짜 크래킷 씨는 엄청나게 멋져요, 그렇죠, 페이긴?" 치틀링이 물었다.

"암, 그렇고말고."

"그러니 그분과 친해지는 건 아주 칭찬받을 만한 일이죠, 안 그래요, 페이긴?" 치틀링이 연거푸 물었다.

"정말 그렇지. 저 아이들은 크래킷이 거들떠보지도 않으니까 널 질투하는 것뿐이란다."

"아! 그래서 그러는군요! 뭐, 돈은 다 잃었지만 또 나가서 벌어오면 되죠, 안 그래요, 페이긴?" 톰 치틀링이 의기양양하게 외쳤다.

"물론이지. 게다가 빠르면 빠를수록 좋으니, 당장에 나가서 잃은 돈을 메우렴. 시간 낭비 말고. 미꾸라지! 찰리! 너희들도 일해야지. 자, 어서! 10시가 다 되어가는데 빈손이잖아."

페이긴의 재촉에 따라, 아이들은 낸시에게 고개를 꾸벅 숙이며 인사를 건넨 후, 각자 모자를 집어 들고 방을 나갔다. 그러면서 미꾸라지와 명랑한 찰리는 치틀링을 짓궂게 놀려대며 핀잔을 줬다. 그러나 편을 들자면 치틀링은 그다지 튀거나 유별난 행동을 한 게 아니었다. 런던에서는 수많은 혈기 넘치는 젊은이들이 치틀링보다 더 비싼 값을 치르고서라도 멋쟁이 토비 크래킷이 활약하는 그들만의 주류사회에 얼굴을 들이밀고 싶어 했다.

아이들이 방에서 나가자 페이긴이 입을 열었다. "낸시야, 이제 내가 가서 돈을 가져올게. 이건 아이들이 가져오는 자질구레한 물건들을 보관해두는 작은 찬장 열쇠일 뿐이야. 돈은 절대로 잠가두지 않지. 뭐, 숨겨둘 만한 돈이 없거든, 하하하! 전혀 없다고. 이 사업은 남는 게 별로 없어서 말이야. 하지만 주위에 어린 친구들이 있는 게 좋아서 내가 다 감당하는 거지. 쉿!" 페이긴이 급히 열쇠를 품속에 숨기며 말을 이었다. "누가 왔나? 잘 들어봐!"

팔짱을 낀 채 탁자 앞에 앉아 있던 낸시는 누가 오든지 말든지, 그 사람이 누구인지에 대해서는 아무런 관심이 없는 것 같았다. 그러다가 어떤 남자의 중얼거리는 목소리가 귓가를 스치자마자 번개처럼 보닛과 숄을 벗어 탁자 밑으로 밀어 넣었다. 페이긴이 갑자기 몸을 돌리자, 낸시는 좀 전까지 허둥대던 행동과는 정반대로 아주 나른한 어조로 방안이 너무 덥다며 투덜거렸다. 페이긴은 등을 돌리고 있었기 때문에 낸시의 재빠른 행동은 보지 못했던 것이다.

"쳇!" 갑작스러운 손님의 방문에 짜증이 난 듯 페이긴이 낮게 읊조렸다. "내가 기다리던 사람이구나. 아래층으로 내려오고 있어. 저 사람이 여기 있는 동안, 돈 얘기는 꺼내지도 말거라, 낸시. 오래 머물지는 않을 거야. 10분도 안 걸릴 거라고."

바깥 계단에서 남자의 발걸음 소리가 들리자, 페이긴은 앙상한 집게손가락을 입술에 댄 채 촛불을 들고 문가로 다가갔다. 페이긴이 문을 열려고 하는데, 손님이 동시에 문을 열고 황급히 들어왔다. 손님은 낸시 가까이에 와서야 낸시의 존재를 알아차렸다.

손님은 바로 멍크스였다.

멍크스가 낯선 여자를 보고 뒤로 주춤하자, 페이긴이 입을 열었다. "그저 내가 데리고 있는 아이들 중 하나일 뿐이오. 거기 그냥 있어라, 낸시."

낸시는 탁자 가까이로 의자를 더 당겨 앉으며 무심한 눈빛으로 멍크스를 힐끗 쳐다보고 나서 눈을 돌렸다. 하지만 멍크스가 페이긴 쪽으로 몸을 돌리자, 낸시의 눈빛이 싹 변했다. 어찌나 예리한 눈빛으로 구석구석 훑어보았던지, 그곳에 구경꾼이 있어서 이 변화를 목격했다 하더라도 도저히 같은 사람한테서 나온 눈빛이라고 믿기 어려울 정도였다.

"새로운 소식이라도 있소?" 페이긴이 물었다.

"엄청난 게 있소."

"그럼 … 좋은 소식인가?" 페이긴은 너무 기대하는 모습을 보이면 귀찮아 할까봐 주저하면서 물었다.

"어쨌든, 나쁘진 않소. 이번엔 내가 아주 재빠르게 움직였거든. 우리 둘만 좀 얘기합시다." 멍크스가 미소를 지으며 대답했다.

낸시는 멍크스가 자신을 가리키고 있는 걸 알아챘지만, 탁자 쪽으로 의자를 더 끌어당겨 앉으며 먼저 방에서 나가겠다는 말을 하지 않았다. 유대인 노인은 낸시를 억지로 내쫓으려 하면 낸시가 돈 얘기를 크게 떠벌릴까 두려웠는지, 위층을 가리키면서 멍크스를 방에서 데리고 나갔다.

"지난번에 갔던 지긋지긋한 소굴 같은 곳은 아니겠지." 멍크스가 계단을 올라가면서 하는 말이 낸시에게 들려왔다. 페이긴이 뭐라고 웃으며 대답하긴 했는데, 그 말은 들리지 않았다. 마룻바닥이 삐걱거리는 소리로 보아서 2층으로 데리고 가는 것 같았다.

온 집안에 메아리치는 발걸음 소리가 그치기도 전에 낸시는 얼른 신발을 벗고 머리 위로 가운을 훌렁 뒤집어쓰고, 팔까지 감쌌다. 그러고 나서 문 앞에 서서 숨죽여 귀를 기울였다. 발걸음 소리가 멈추자마자 낸시는 방에서 스르륵 빠져나와 엄청나게 가벼운 걸음걸이로 조용히 계단을 올라가서 위층의 어둠 속에 몸을 감췄다.

15분쯤 후에 낸시가 다시 슬쩍 방으로 돌아오자, 곧바로 두 남자가 계단을 내려오는 소리가 들려왔다. 멍크스는 곧장 거리로 나섰고 유대인 노인은 돈을 가져오려고 다시 위층으로 느릿느릿 올라갔다. 유대인 노인이 돌아왔을 때 낸시는 보닛을 매고 숄을 두르면서 떠날 준비를 하고 있었다.

"아니, 낸시, 얘야. 왜 이렇게 창백하니?" 유대인 노인이 촛불을 내려놓으면서 깜짝 놀라 소리쳤다.

"창백하다니요?" 낸시는 페이긴을 자세히 살펴보려는 것처럼 눈썹 위에 양손을 대면서 되물었다.

"너무 끔찍하구나. 너 혼자 뭐하고 있었던 게냐?"

"뭐, 별 거 없었는데요. 그냥 이렇게 갑갑한 곳에 너무 오래 앉아 있어서 그런가 봐요. 자, 어서 돈부터 주세요, 그만 가게요." 낸시가 아무렇지 않게 대답했다.

페이긴은 낸시의 손에다 동전을 하나씩 건네주면서 계속 한숨만 내쉬었다. 두 사람은 서로 작별인사도 없이 조용히 헤어졌다.

낸시는 넓은 거리로 나오자마자 현관 계단에 털썩 주저앉아버렸다. 너무 당혹스러워서 길을 나설 엄두가 나지 않는 듯했다. 그러다가 갑자기 일어나서 사익스가 기다리는 집과는 정반대 방향으로 서둘러 발걸음을 옮겼다. 그렇게 점점 더 빨리 걷다가 정신없이 달려가기 시작했다. 결국 완전히 힘이 빠져 멈춰 서서 숨을 몰아쉬게 되었다. 그러다가 갑자기 마음이 가라앉은 것처럼 어쩔 수 없다는 무력함에 허리를 숙인 채 양손을 쥐어짜면서 눈물을 터뜨리고 말았다.

낸시는 실컷 울고 나자 마음이 안정되었는지, 아니면 완전히 희망이 없는 처지를 실감했는지 모르겠지만 결국 뒤돌아서고 말았다. 지금껏 허비한 시간을 만회하기 위해서 머릿속에 쏟아지는 생각들을 정리하면서 달리다보니, 어느덧 사익스가 기다리는 집 앞에 다다랐다.

낸시가 뭔가 혼란스러운 마음을 드러내보였을지도 모르지만, 사익스는 전혀 알아채지 못했다. 그저 돈을 가지고 왔는지 묻고 나서 긍정의 대답을 듣자마자, 흡족한 신음소리를 내뱉더니 베개에 다시 누워 금세 잠들어버렸다.

·

3장

앞장에서 이어지는 기이한 대화 장면

이튿날은 다행스럽게도 사익스 씨가 풍요로워진 주머니 사정 덕분에 성질도 누그러들었을 뿐만 아니라 먹고 마시느라 너무 바빠서 낸시의 행동이나 행실에 못마땅해하거나 심술을 부릴 시간도 없었다. 낸시는 멍하고 초조한 모습을 보이고 있었다. 뭔가 엄청난 고민이 없이는 결심하기 어려운 대담하고 위험한 일을 할 작정이었기 때문이다. 평소에 눈이 날카로운 페이긴이라면 낸시의 상태를 한눈에 간파했을 터였다. 하지만 사익스는 그렇게 예리한 안목이 없었고 누구한테나 물어뜯을 듯이 난폭하게 구는 것 말고는 불안감을 가져본 적이 없었기 때문에, 게다가 이미 말한 대로 유난히 기분이 좋은 상태였기 때문에 낸시의 사소한 행동에서 이상한 점을 보지 못했던 것이다. 사실 사익스는 낸시에 대해 거의 신경도 쓰지 않고 있었기 때문에 낸시의 마음속 혼란이 겉으로 더 드러났다 해도 사익스는 의심할 생각조차 못했을 터였다.

날이 저물어가자, 낸시는 더더욱 초조함을 감추지 못했다. 밤이 되자 낸시는 사익스가 술에 취해 잠들기를 기다리며 곁에 앉아 있었다. 낸시의 뺨이 유달리 창백해지고 눈이 열로 번들거리자 사익스조차 깜짝 놀라며 알아차릴 정도였다.

사익스는 열병으로 몸이 약해져서 침대에 누워 있었다. 열을 좀 내리려고 뜨거운 물에 진을 타서 마시고 있었는데, 잔을 채워달라며 낸시에게 서너 번쯤 내밀었을 때 낸시의 상태를 처음으로 알아차리게 된 것이다.

"어이쿠, 깜짝이야! 완전히 시체가 따로 없네. 무슨 일이야?" 사익스가 낸시의 얼굴을 뚫어져라 바라보다가 양손을 짚어 몸을 일으키며 물었다.

"무슨 일은! 아무 일도 아니야. 왜 그렇게 빤히 쳐다보는 거야?" 낸시가 대답했다.

"또 무슨 헛짓이야, 엉? 뭐냐고. 무슨 꿍꿍이야? 무슨 생각을 하고 있는 거지?" 사익스가 낸시의 팔을 잡고 거칠게 흔들면서 다그쳐 물었다.

"그냥 이것저것 생각하는 거야, 빌." 낸시가 몸을 떨면서 양손으로 두 눈을 누르며 대답했다.

"근데, 세상에, 그게 그렇게 이상해?" 낸시가 일부러 유쾌한 척 꾸며대며 되묻자, 사익스는 낸시가 거칠고 굳은 표정을 지었을 때보다 더 이상하게 느끼는 것 같았다.

"내가 말해주지. 열병에 걸린 게 아니라면 뭔가 이상하고 위험한 기운이 느껴진다고. 설마 … 아니지, 젠장! 그럴 리가 없어!"

"뭐가?" 낸시가 되묻자, 사익스가 빤히 바라보며 혼잣말을 중얼거렸다.

"이만큼 충실한 여자도 없지. 아니면 이미 석 달 전에 목을 따버렸을 거야. 열병이 나려고 그러는 거야, 아무렴."

사익스는 이렇게 스스로 결론을 내리고 나서 잔을 끝까지 쭉 들이켰다. 그러더니 으르렁거리며 욕설을 내뱉고는 약을 달라고 채근했다. 그러자 낸시가 벌떡 일어나서는 사익스에게 재빨리 약을 따랐다. 비록 등을 돌리고 있었지만 사익스가 약을 다 마실 동안 입술에 잔을 받쳐주었다.

"자, 이리 와서 옆에 앉아 있어. 원래 네 얼굴을 하라고. 안 그러면 네 자신도 못 알아볼 만큼 얼굴을 바꿔놓을 테니까."

낸시는 순순히 따랐다. 사익스는 낸시의 손을 꼭 잡은 채 베개에 털썩 누워 낸시의 얼굴 쪽으로 고개를 돌렸다. 사익스의 눈이 감겼다가 다시 떠지고 또다시 감겼다가 다시 떠졌다. 사익스는 몸을 이리저리 뒤척였고, 까무룩 잠이 들었다가도 금세 겁먹은 표정으로 벌떡 일어나서 주위를 멍하니 두리번거리다가 갑자기 쓰러져서 깊고 깊은 잠에 빠져들었다. 낸시를 잡고 있던 손에도 힘이 빠져서 팔이 스르륵 옆으로 떨어졌다. 사익스는 깊은 최면에 빠진 사람처럼 누워 있었다.

"드디어 아편의 효과가 나타났네." 낸시가 침대 옆에서 일어나면서 중얼거렸다. "지금도 너무 늦을 것 같아."

낸시는 황급히 보닛과 숄을 걸치면서 계속 주위를 둘러보았다. 약에 취해 잠든 사익스가 금방이라도 일어나 어깨에 손을 확 올릴까 싶어 두려웠기 때문이다. 그래도 침대 위로 몸을 숙여 살며시 사익스의 입술에 입을 맞췄다. 그러고 나서 방문을 소리 없이 열고 닫은 후, 서둘러 집을 나섰다.

야경꾼이 큰길로 나가는 컴컴한 골목길을 지나가며 9시 반이라고 외치고 있었다.

"9시 반이 지난 지 오래되었나요?" 낸시가 물었다.

"15분만 있으면 10시를 알리는 종이 칠 거요." 야경꾼이 낸시의 얼굴로 등불을 치켜들면서 말했다.

"한 시간은 족히 걸릴 텐데." 낸시는 이렇게 중얼거리며 빠르게 야경꾼을 스쳐 지나갔다.

런던의 동부 쪽 스피털필즈에서 부유한 서부 지역까지 가는 뒷길과 큰길에서는 이미 수많은 가게들이 문을 닫고 있었다. 시계가 10시를 알리자 낸시는 더욱 조급해졌다. 좁은 길을 따라 사람들을 팔꿈치로 밀치며 나아갔다. 말들의 머리 밑으로 내달리며 복잡한 길거리를 막무가내로 건너갔다.

"저 여자 미쳤군!" 사람들이 낸시가 달려가는 모습을 돌아보면서 말했다.

런던에서 상대적으로 부유한 지역에 이르자, 길거리에 인적이 줄어들었다. 그렇게 한적한 거리를 냅다 달려가는 낸시의 모습에 행인들은 더욱 큰 관심을 보였다. 어떤 사람들은 어디를 그렇게 바쁘게 가는지 궁금해서 종종걸음으로 쫓아오기까지 했다. 또 다른 몇몇은 낸시를 앞질러가서 뒤돌아보며 전혀 줄어들지 않는 낸시의 속도에 놀라기도 했다. 하지만 그런 사람들도 하나씩 떨어져나갔고, 낸시가 목적지 가까이에 이르렀을 때는 아무도 남아 있지 않았다.

낸시가 당도한 곳은 하이드 파크 근처의 조용하지만 멋진 거리에 있는 가족용 호텔이었다. 현관 앞을 밝히는 환한 불빛에 이끌려 호텔에 도착했을 때 11시를 알리는 종소리가 들렸다. 낸시는 결정을 못 내리고 몇 걸음 서성거렸지만 시계 소리에 결심한 듯 곧장 호텔로 들어섰다. 짐꾼의 자리는 비어 있었다. 낸시는 불안한 기색으로 두리번거리다가 계단을 향해 걸어갔다.

"이봐, 아가씨! 누구를 찾아왔지?" 단정하게 차려입은 여자가 뒤쪽문에서 내다보며 물었다.

"여기에 묵고 있는 숙녀 분이요." 낸시가 대답했다.

"숙녀 분이라고! 어떤 숙녀?" 여자가 경멸하는 표정으로 되물었다.

"로즈 양." 낸시가 짧게 대답했다.

이미 낸시의 옷차림을 보고 눈치를 챈 젊은 여자는 경멸하는 눈빛으로 쏘아보더니 남자 하나를 불렀다. 낸시는 그 남자에게 다시 부탁했다.

"누구라고 전할까요?" 남자가 물었다.

"그건 소용없어요." 낸시가 대답했다.

"용건은요?" 남자가 물었다.

"그것도 말할 필요가 없어요. 난 그 아가씨를 꼭 봐야 해요."

"하! 이제 됐어. 그냥 나가쇼." 남자가 낸시를 문 쪽으로 밀면서 말했다.

"어디 쫓아내보시지! 절대 내 발로는 안 나가! 당신들 둘이 덤벼도 어림없지." 낸시가 격렬하게 소리치다가 주위를 둘러보며 애걸했다. "여기 아무도 없나요? 저처럼 불쌍한 여자를 위해 한 마디만 전해줄 사람이요."

낸시가 이렇게 간청하자, 다른 하인들과 구경하고 서 있던 맘씨 좋게 생긴 요리사가 앞으로 나섰다. "여보게, 조, 가서 말이나 전해주지 그래."

"뭔 소용이 있어요? 아가씨가 이 따위 여자를 만나려고 하시겠어요?"

조가 낸시의 미심쩍은 처지를 슬쩍 언급하자 순결한 하녀 넷이 발끈하고 나섰다. 하녀들은 입을 모아, 저런 여자는 여성의 수치라고 비난하며 그냥 하수구에 갖다버려야 한다고 윽박질렀다.

"그건 마음대로들 해요." 낸시는 다시 남자들 쪽으로 고개를 돌리고 말을 이었다. "하지만 먼저 부탁부터 들어줘요. 전능하신 하느님을 위해서라도 말 좀 전해주세요."

마음 약한 요리사가 중간에 끼어들어 결국 조가 말을 전하기로 했다.

"뭐라고 전하죠?" 조가 계단에 한 발을 올린 채 물었다.

"어떤 젊은 여자가 로즈 양과 단 둘이 꼭 할 말이 있다고요. 아가씨가 첫 마디만 들어보면 제 말을 끝까지 들을지, 아니면 사기꾼으로 쫓아내야 할지 알게 될 거라고요." 낸시가 대답했다.

"에이, 너무 과장하는 거 아니오?" 조가 말했다.

"그냥 전해줘요. 그리고 얼른 대답도 알려주고요." 낸시가 단호하게 말했다.

조는 계단을 뛰어올라갔다. 낸시는 하얗게 질린 얼굴로 거의 숨을 죽인 채 그대로 서서, 순결한 하녀들이 수다스럽게 늘어놓는 경멸의 말들을 입술을 떨면서 들었다. 조가 돌아와서 낸시에게 올라오란다는 말을 전하자, 하녀들은 더 큰 소리로 힐난했다.

"이 세상에서 정숙하게 살아봤자 아무 소용 없다니까." 첫 번째 하녀가 말했다.

"놋쇠가 불을 견딘 황금보다 더 낫다니." 두 번째 하녀가 말했다.

"숙녀들이란 도대체 어떻게 생겨먹은 거야?" 세 번째 하녀는 어이없다는 듯 반문했다. 네 번째 하녀가 "창피해!"라고 말하자 나머지 하녀들이 한목소리로 따라하며 끝을 맺었다.

낸시는 이런 비아냥거리는 소리에 전혀 신경을 쓰지 않았다. 마음속에 더 큰 문제가 있었기에 덜덜 떨리는 다리로 조를 따라갔다. 어느새, 천장의 불빛이 환한 자그마한 대기실로 들어서게 되었고, 조는 낸시를 남겨두고 물러갔다.

낸시는 평생토록 길거리를 떠돌아다녔다. 런던에서 가장 악취 나는 매춘굴과 더러운 소굴에서 되는대로 살았지만, 낸시에게도 여성의 본성이 남아 있긴 했다. 낸시는 맞은편 문으로 다가오는 가벼운 발걸음 소리를 듣고, 잠시 후에 이 작은 방에서 펼쳐질 엄청나게 대조적인 두 여자의 모습을 떠올리며, 깊은 자괴감을 느꼈다. 급기야 그토록 원했던 이 만남을 감당할 수조차 없을 정도로 그녀는 움츠러들었다.

이런 감정들로 힘들게 되는 건 자존심 때문이었다. 세상에서 가장 고귀하고 자신감에 찬 사람들만큼이나 가장 천박하고 타락한 사람들도 가지고 있는 약점이 바로 자존심이다. 낸시는 도둑과 악당들의 비참한 동료이자 천한 소굴에 버려진 부랑자였고, 늘 교수대의 그늘에서 벗어날 수 없는 감옥을 오가는 인간쓰레기들과 한패였다. 이렇게 타락한 존재조차도 자존심 때문에 여성스러운 감정을 미미하게나마 느끼게 되는 것이다. 낸시는 이런 감정이 나약함을 드러내는 것이라고 생각했지만, 그런 감정이야말로 낸시에게도 인간성이 남아 있다는 유일한 증거였다. 어릴 때부터 이리저리 떠돌아다니면서 닳고 닳아서 이제는 거의 찾아볼 수조차 없게 된 인간성이었다.

낸시가 눈을 살짝 들어 앞에 있는 사람이 연약하고 아름다운 소녀라는 사실만 확인하고는 곧바로 고개를 숙였다. 그러더니 아무렇지 않은 척 머리를 치켜들면서 입을 열었다. "참 만나기 힘드네요, 아가씨. 수많은 다른 사람들처럼 그냥 기분이 상해서 가버렸다면 아가씨는 엄청 후회하게 되었을 거예요. 내가 이유 없이 이러진 않는다고요."

"당신에게 거칠게 대한 사람이 있다면 정말 미안해요. 그냥 잊어버리고, 왜 나를 보려고 했는지 말해주세요. 내가 바로 당신이 찾던 사람이에요." 이렇게 로즈 양이 달콤한 목소리와 예의바른 태도로 거만하거나 불쾌한 기색 없이 친절하게 대답하자, 완전히 뜻밖이었던지 낸시는 그만 울음을 터뜨리고 말았다.

"오, 아가씨, 아가씨! 당신 같은 사람이 더 많았다면 나 같은 사람은 훨씬 더 적었을 텐데요. 정말 그랬다면, 정말로!" 낸시가 깍지 낀 양손을 얼굴 앞에 열정적으로 들어올리며 말했다.

"일단 앉아요. 무슨 어려움에 처해 있다면 할 수 있는 한 기꺼이 도와드릴게요. 정말이에요. 어서 앉으세요." 로즈 양이 진심으로 말했다.

"그냥 서 있을게요. 그리고 나를 잘 알지도 못하면서 그렇게 친절하게 말하지 마세요. 벌써 밤이 늦었네요. 저 문은, 완전히 닫힌 거죠?" 낸시가 여전히 훌쩍이며 말했다.

"그럼요, 왜죠?" 로즈 양은 혹시라도 위험해지면 도움을 빨리 얻을 수 있도록 몇 걸음 뒤로 물러서며 물었다.

"왜냐하면 내 목숨과 다른 사람들의 목숨을 아가씨의 손에 맡길 참이거든요. 어린 올리버가 펜턴빌에 있는 집에서 나온 날 밤에 올리버를 페이긴 영감에게 끌고 간 여자가 바로 나예요."

"당신이라고요!" 로즈 양이 깜짝 놀라 소리쳤다.

"네, 아가씨! 당신이 올리버에게 들었던 나쁜 여자가 바로 나라고요. 도둑들과 함께 살면서 런던 거리에서 처음 눈 뜬 순간부터 지금껏 더 나은 삶도, 도둑들이 해주는 말 말고는 더 다정한 말도 알지 못했던 인간이죠. 오, 하느님이시여, 구원하소서! 그냥 대놓고 비난해도 괜찮아요. 난 생각보다 나이가 어리지만, 그런 일엔 아주 익숙하거든요. 내가 복잡한 길을 헤치고 나갈 때면 가난한 집 여자들도 움찔하며 뒤로 물러서는 걸요, 뭐."

"어쩜, 그렇게 끔찍한 일을!" 로즈 양이 무의식적으로 낸시한테서 살짝 떨어지며 탄식했다.

"오, 아가씨, 당신은 무릎을 꿇고 하늘에 감사기도를 올려야 할 거예요. 어릴 때부터 당신을 아껴주고 보살펴주는 친구들이 있었겠죠. 아마 추위와 배고픔, 폭력과 술주정에 한 번도 시달려보지 않았을 테죠. 거기에다 더한 최악의 상황도요. 나는 요람에 있을 때부터 그랬어요. 골목과 시궁창이 내 요람이었죠. 뭐, 내 죽을 자리도 거기겠군요."

"가엾게도! 당신 얘기를 들으니 가슴이 미어지네요!" 로즈 양이 목 멘 목소리로 말했다.

"하느님의 축복을 받으시길! 가끔씩 내가 어떻게 되는지 안다면 정 말로 불쌍하다는 생각이 들 걸요. 하지만 오늘은 내가 엿들은 얘기를 알려주려고 몰래 빠져나왔어요. 내가 여기 온 걸 알면 분명히 날 죽여 버릴 거예요. 아가씨, 멍크스란 이름을 가진 남자를 아세요?"

"아니요."

"그 남자는 아가씨를 알아요. 여기 있다는 것도요. 내가 아가씨를 찾아온 것도 그 남자가 이곳을 말하는 걸 들었기 때문이죠."

"그런 이름은 들어본 적이 한 번도 없어요."

"그러면 우리에게만 다른 이름을 쓰나 봐요. 그럴지도 모른다고 생 각하긴 했죠. 얼마 전에 올리버가 아가씨네 집에 강제로 들이밀어진 날 밤 이후로도 그 남자가 의심스러워서 그 남자와 페이긴이 몰래 얘기하 는 걸 엿들었어요. 거기에서 내가 알게 된 사실은 멍크스가 … 아가씨 에게 아느냐고 물어본 그 남자가 …"

"네, 아까 그 남자요."

"그 멍크스라는 남자가, 올리버가 우리들과 처음 헤어지게 된 날, 우연히 우리 아이들 둘과 함께 있는 모습을 본 거예요. 한눈에 자신이 찾고 있던 아이라는 걸 알아보고, 페이긴과 계약을 맺은 거예요. 왜 올 리버를 찾는지는 모르겠지만, 페이긴에게 올리버를 다시 찾아오면 얼 마를 주고, 도둑으로 만들면 돈을 더 주겠다고 했어요. 뭔가 나름대로 목적이 있겠지요."

"무슨 목적일까요?" 로즈 양이 물었다.

"그걸 알아보려고 귀를 기울이고 있다가 벽에 비친 내 그림자를 멍크스가 눈치 채고 말았죠. 하지만 남몰래 들키지 않고 피하는 일이라면 나만큼 잘할 수 있는 사람이 많지 않을 걸요? 당연히 달아났고, 어젯밤에서야 그 남자를 다시 보게 됐어요."

"그래서 어젯밤에 어땠죠?"

"어젯밤에 그 남자가 다시 와서, 페이긴과 같이 다시 위층으로 갔어요. 나는 그림자가 들키더라도 나라는 게 드러나지 않도록 온몸을 감싸고 문 앞에서 엿들었어요. 내가 들은 부분은 이랬어요. '그래서 그 아이의 신원을 밝혀줄 유일한 증거물은 강바닥에 잠자고 있고, 그 물건을 아이의 엄마한테서 받은 할멈은 관 속에서 썩고 있다는 거요.' 둘은 웃으면서 일이 잘 해결됐다고 하더군요. 멍크스가 아이에 대해 얘기를 하다가 아주 화를 내면서, 이 어린 악마의 돈을 무사히 갖게 되긴 했지만 다른 방법으로 빼앗고 싶었다고 말했어요. 올리버를 이 도시의 감옥이란 감옥을 모두 거치게 만든 다음, 결국에는 페이긴이 쉽게 꾸밀 수 있는 중죄를 짓게 해서 목을 매달아 버렸다면 아버지의 유언을 무효로 만들 수 있으니 얼마나 후련했을까 하면서요."

"말도 안 돼!" 로즈 양이 말했다.

"비록 내 입술에서 나오는 말이지만 모두 진실이랍니다. 그러고 나서 멍크스가, 내 귀에는 익숙하지만 아가씨는 들어보지 못했을 만한 욕설을 내뱉으며 말을 이었죠. 자신의 목을 걸지 않고 올리버의 목숨을 빼앗아 증오심을 해소할 수 있다면 그렇게 할 거라고요. 하지만 그럴 수 없기 때문에 올리버가 가는 길마다 버티고 서 있겠다는 거예요. 올리버의 출생과 이력을 이용하면 계속 해를 입힐 수 있다는 거죠. 멍크스가 짧게 덧붙였어요. '페이긴, 아무리 유대인인 당신이 머리를 짜내도 내가 내 동생 올리버를 상대로 짜낸 덫에는 명함도 내밀지 못할 거요'라고요."

"동생이라고요!" 로즈 양이 소리쳤다.

"그렇게 말했어요." 낸시는 불안하게 주위를 힐끗거리며 대답했다. 말을 시작한 후로 계속 사익스의 환영이 쫓아다니는 것 같아서 줄곧 두리번거릴 수밖에 없었던 것이다. "그리고 더 있어요. 멍크스가 아가씨와 다른 숙녀 분 얘기를 하면서, 올리버가 아가씨 집에 들어가게 된 게 하늘의 뜻이거나 악마의 장난 같다면서 웃음을 터뜨렸죠. 그래도 당신들이 두 발로 걷는 당신네 강아지의 정체를 알아내는 일이라면 수천수만 파운드를 아끼지 않을 건데 몰라서 다행이라고 했어요."

"이걸 다 진짜라고 전하는 거예요?" 로즈 양이 하얗게 질린 얼굴로 반문했다.

"멍크스는 진짜 화를 내며 진심으로 말했어요. 증오심이 끓어오를수록 진지해지는 거죠. 난 그보다 더 심한 짓을 하는 사람들도 많이 알아요. 하지만 그런 사람들 말을 열두 번 듣는 게 낫지, 멍크스의 말은 한 번만 듣는 것도 고역이에요. 너무 밤이 깊어지고 있네요. 이런 볼일을 보러 나왔다는 의심을 사지 않으려면 얼른 집으로 돌아가야 해요." 낸시가 대답했다.

"난 어쩌라고요? 당신 없이 이 얘기를 어떻게 해요? 돌아간다니! 왜 그렇게 끔찍한 동료들한테로 돌아가려고 하죠? 당장 옆방에서 신사 한 분을 모셔올 테니, 이 얘기를 다시 해줘요. 그러면 30분 안에 안전한 장소를 마련해줄 수 있어요." 로즈 양이 말했다.

"돌아갈래요. 돌아가야만 해요. 그 이유는 … 아, 당신 같은 순진한 아가씨에게 어떻게 설명을 할까요? 내가 말한 남자들 중에 가장 절박한 처지에 있는 남자가 있는데, 그를 떠날 수 없기 때문이죠. 내가 지금의 삶에서 구원받을 수 있다고 해도 안 된답니다." 낸시가 말했다.

"당신은 올리버를 위해서 일부러 나서준 적도 있었고, 이렇게 온갖 위험 속에서도 얘기를 전해주러 나를 찾아왔어요. 나한테 진실을 말하는 태도와, 분명히 부끄러워하며 죄를 뉘우치는 모습을 보면 아직 마음을 되돌릴 기회가 있다고 생각해요. 아! 같은 여자로서 이렇게 간절히 부탁할게요. 당신에게 이렇게 동정과 연민의 목소리로 호소하는 사람은 내가 처음일 거예요. 그러니, 내 말을 들어요. 당신을 구해 드릴게요." 로즈 양이 손을 모아 깍지 낀 채 눈물을 흘리며 간청했다.

"아가씨, 다정하고 부드럽고 천사 같은 아가씨, 그런 축복의 말을 해준 사람은 아가씨가 정말 처음이에요. 그런 말을 몇 년 전에만 들었더라도 이 죄 많고 슬픔 가득한 삶에서 벗어났겠죠. 하지만 지금은 너무, 너무 늦어버렸어요!" 낸시가 무릎을 꿇으면서 소리쳤다.

"회개와 속죄에 너무 늦은 때란 없답니다." 로즈 양이 말했다.

"아니요, 너무 늦었어요. 난 이제 그를 떠날 수 없어요! 나 때문에 그를 죽게 할 수는 없다고요." 낸시가 마음속 고통에 괴로워하며 소리쳤다.

"왜 그래야만 하죠?" 로즈 양이 물었다.

"어떻게 해도 그 남자를 구할 수 없으니까요. 내가 한 얘기를 다른 사람들에게 해서 일당들이 잡히면 그 남자는 분명히 죽을 거예요. 가장 대담하고 잔인한 사람이거든요!" 낸시가 소리를 질렀다.

"그런 남자 때문에 미래의 희망을 다 버릴 수 있어요? 당장 구원받을 수 있는데, 포기하겠다고요? 그건 미친 짓이에요." 로즈 양이 소리쳤다.

"나도 잘 모르겠어요. 다만 사실이 그렇다는 거예요. 나뿐만 아니라 나처럼 비참하고 나쁜 여자들이 다 그렇다고요. 나는 돌아가야 해요. 내가 잘못해서 하느님이 저주를 내리신 것인지, 온갖 고통과 학대를 받으면서도 그 남자에게 끌려요. 결국 그 남자 손에 죽게 되더라도 어쩔 수 없어요." 낸시가 대답했다.

"내가 어떻게 할까요? 당신을 이렇게 떠나가게 내버려 둘 수 없어요." 로즈 양이 물었다.

"그냥 내버려 두세요. 그러실 거죠? 이미 아가씨의 선함을 믿고 어떤 약속도 강요하지 않았으니까요." 낸시가 일어서며 대답했다.

"그러면 당신이 전해준 말을 어떻게 해야 하죠? 이 비밀 얘기를 조사해서 밝혀내야 올리버에게 도움을 줄 수 있잖아요? 당신도 올리버를 도우려는 거잖아요?" 로즈 양이 물었다.

"아가씨 주변에 이 이야기를 듣고 조언해줄 친절한 신사 분들이 계실 거 아니에요?" 낸시가 대답했다.

"그래도 필요할 때 당신을 어디에서 찾을 수 있을까요? 그 끔찍한 일당들이 어디에 사는지 알고 싶은 게 아니에요. 그냥 어느 시간 동안 당신이 지나치거나 서성거릴 만한 장소가 없느냐는 말이에요." 로즈 양이 물었다.

"비밀은 반드시 지킬 거죠? 아가씨 혼자나 이 비밀을 알고 있는 딱 한 사람만 데려온다고 약속할 수 있나요? 나를 감시하거나 미행하지 않겠다는 약속도요?" 낸시가 물었다.

"분명히 약속할게요." 로즈 양이 진지하게 대답했다.

"내가 살아 있는 한, 일요일 밤마다 11시에서 자정까지 런던교 위를 걸어다닐 게요." 낸시가 한치의 주저함도 없이 말했다.

"잠깐만요." 낸시가 서둘러 문 쪽으로 움직이자 로즈 양이 가로막으며 말을 이었다. "한 번만 다시 생각해봐요. 그곳에서 빠져나올 수 있는 기회라고요. 당신은 이렇게 귀중한 정보를 알려줬어요. 게다가 구원의 여지 없이 버려진 가엾은 여자이기도 하죠. 그러니 나에게 당연히 요구해도 돼요. 단 한 마디면 구원을 받을 수 있는데, 도둑 일당과 그 남자에게 돌아갈 건가요? 도대체 무엇에 홀려서 사악함과 비참함에 다시 얽매이려는 건가요? 아! 당신 마음을 되돌릴 방법이 없을까요? 진짜 당신에게 호소할 만한 게 조금도 없나요?"

"당신처럼 젊고 선하고 아름다운 아가씨들도 누군가에게 마음을 주면 사랑이 모든 일을 가능하게 하죠. 아가씨처럼 집이나 친구들, 구혼자들을 포함해서 모든 것을 다 가진 사람도 그렇잖아요. 하물며 나처럼 관뚜껑 말고는 확실한 지붕도 없고, 병들고 아플 때 의지할 친구도 없는 여자들이 어떤 남자에게 타락한 마음을 내준 경우라면 어떻겠어요? 그 남자가 비참한 삶의 텅 빈 자리를 메워주고 있다면 어느 누가 우리를 말릴 수 있겠어요? 아가씨, 우리를 가엾게 생각해줘요. 가엾게도 우리에게는 여자로서의 감정 중에 단 하나만이 남아서, 위안과 행복이 아니라 폭력과 고통의 원천이 되어버렸거든요."

낸시가 차분하게 대답하자, 로즈 양이 잠시 뜸을 들이다가 입을 열었다. "그렇다면 돈이라도 가져가요. 돈이 좀 있으면 거짓 없이 살 수 있을 거예요. 어쨌든, 우리가 다시 만날 때까지는 말이에요, 네?"

"한푼도 받을 수 없어요." 낸시가 손을 내저으며 대답했다.

"어떻게든 당신을 돕고 싶어서 그러니, 마음을 좀 열어줘요. 진짜 돕고 싶어요." 로즈 양이 가만히 한 걸음 다가서며 말했다.

"그렇게 돕고 싶다면 당장 날 죽여주세요. 그게 최고로 날 도와주는 길이에요. 오늘 밤에 내 처지가 그 어느 때보다도 슬프답니다. 내가 살아온 지옥보다 여기서 죽는 게 더 낫겠죠. 아가씨에게 하느님의 축복이 있길! 내 부끄러움만큼이나 아가씨에게 행복을 주시길!"

낸시는 이렇게 말하고 큰 소리로 훌쩍이며 돌아갔다. 이 불행한 여자가 떠나자마자 로즈 양은 이 꿈 같은 뜻밖의 만남에 기진맥진해서 의자에 털썩 주저앉아 애써 어지러운 생각을 정리해보려고 했다.

4장

새롭게 밝혀진 사실들에 대하여, 불행과 마찬가지로 놀라움도 한꺼번에 찾아오는 법

　로즈 양은 정말로 보기 드물게 어렵고 힘든 상황에 처하고 말았다. 당장이라도 올리버의 이력에 대한 비밀을 밝혀내고 싶었지만, 방금 대화를 나눈 불쌍한 여자가 솔직한 모습으로 비밀을 지켜달라고 한 간청을 저버릴 수 없었다. 낸시의 말과 태도에 감동을 받은 로즈 양은 자신이 보호하고 있는 어린아이에 대한 애정만큼이나 이 가엾은 여자의 참회와 희망을 바라는 마음이 커졌다.

　로즈 양 일행은 런던에서 사흘만 머물다가 멀리 해안가로 떠날 예정이었다. 지금은 첫날 밤 자정이었다. 이제 남은 48시간 안에 로즈 양이 취할 수 있는 행동은 무엇일까? 어떻게 하면 아무런 의심을 일으키지 않고 여행을 미룰 수 있을 것인가?

　로스번 씨는 지금 함께 있었고, 나머지 이틀도 그럴 터였다. 하지만 로즈 양은 이 훌륭한 신사 분의 급한 성격을 너무나도 잘 알고 있었다.

로스번 씨는 올리버 납치사건의 연루자를 알자마자 걷잡을 수 없이 화부터 낼 게 너무나도 분명했다. 그래서 로즈 양이 낸시를 대신해서 비밀을 전할 때 옆에서 도와줄 사람이 꼭 필요했다. 그렇다고 해서 메일리 부인에게 비밀을 알리는 것도 여의치 않았는데, 메일리 부인은 틀림없이 이 훌륭한 의사와 먼저 상의하려고 할 것이기 때문이다. 같은 이유로, 법률가의 자문을 구하는 것도 생각하기 힘들었다. 한 번은 해리에게 도움을 청해볼까 하는 생각도 들었다. 하지만 마지막으로 헤어질 때 상황이 떠올랐다. 지금쯤 자신을 잊고 더 행복하게 지낼 텐데 다시 불러들이는 것은 적절치 않게 느껴졌다. 이런 생각이 이어지자, 로즈 양의 눈에 눈물이 차올랐다.

이러저러한 생각 때문에 로즈 양은 마음이 괴로웠다. 어느 생각이 좋은 것 같다가도 다른 생각이 더 좋아보였다. 그러다가 이도저도 다 안 되겠다는 생각에 초조해져서 잠도 오지 않았다. 이튿날이 되어서도, 혼자서 이런저런 생각을 해보다가 결국 해리에게 의논해보기로 결심했다.

'그가 여기로 돌아오는 게 고통스럽다면 나한테는 얼마나 더 고통스러울까! 하지만 어쩌면 오지 않고 편지만 보낼지도 몰라. 아니면 와서도 애써 나를 피해 다닐 수도 있겠지. 여기를 떠났을 때처럼 말이야. 인사도 없이 떠날 줄은 몰랐지만 차라리 잘된 일이었어.' 로즈 양은 이렇게 생각하다가 펜을 떨어뜨리고 편지지에 눈물자국을 남길 수 없다는 듯 고개를 옆으로 돌렸다.

로즈 양이 쉰 번이나 펜을 들었다가 내려놓으며 첫 단어도 쓰지 못하고 고민하고 있을 때, 올리버가 숨도 못 쉴 정도로 흥분해서 방으로 들어왔다. 자일스 씨와 함께 산책을 나갔다 왔는데 무척 놀라운 일이 벌어진 모양이었다.

"왜 그렇게 어쩔 줄을 모르는 거니?" 로즈 양이 올리버를 맞이하며 물었다.

"저도 모르겠어요. 목이 막히는 느낌이에요. 오, 아가씨! 드디어 그분을 봤어요! 제가 진실만을 말했다는 걸 알게 되실 거예요!" 올리버가 대답했다.

"한 번도 네가 진실이 아닌 걸 말했다고 생각한 적이 없단다. 도대체 뭐니? 누구 얘기를 하는 거야?" 로즈 양이 올리버를 달래면서 말했다.

"그 신사 분을 봤어요. 제게 너무나 잘해주신 그 신사 분요. 우리가 그렇게나 자주 얘기했던 브라운로 씨요." 올리버는 말이 제대로 나오지 않았다.

"어디서?" 로즈 양이 물었다.

"마차에서 내려서 집으로 들어가시더군요. 말을 걸지 못했어요. 말을 걸 수가 없었어요. 그분은 절 못 봤고, 전 너무 떨려서 다가갈 수가 없었거든요. 하지만 자일스 씨가 거기에 그분이 사시는지 물어보니까 그렇다고들 했어요. 자, 이것 보세요." 올리버가 종잇조각을 펴 보이며 말을 이었다. "여기 있어요. 여기가 그분이 사시는 곳이에요, 당장 여기로 갈래요! 아, 어쩌죠, 어째! 다시 그분을 만나 말씀을 들으면 기분이 어떨까요!"

이렇게 올리버는 기쁨에 들떠 앞뒤가 맞지 않는 감탄사를 되풀이했다. 그러는 와중에 로즈 양은 주소를 읽어보았다. 마침 스트랜드에 있는 크레이븐가(街)여서, 이 기회를 이용하기로 단번에 결정했다.

"어서 빨리! 전세마차를 불러오라고 하고, 나랑 같이 갈 준비를 해. 바로 널 데리고 갈 테니, 1분도 지체하지 말고. 이모님한테는 그저 한 시간 정도 나갔다고 온다고 할 테니까, 어서 빨리 준비해."

올리버는 재촉이 필요 없을 정도로 서둘렀고, 두 사람은 5분도 채 안 되어 크레이븐가로 향하고 있었다. 거기에 도착하자, 로즈 양은 먼저 가서 말을 전하겠다며 올리버를 마차에 놔두고, 하인에게 명함을 주면서 아주 급한 용건으로 브라운로 씨를 뵙고 싶다고 요청했다. 하인이 곧 돌아왔고, 로즈 양은 하인을 따라서 위층 방으로 올라갔다. 그곳에는 암녹색 외투를 걸친 자애롭게 생긴 노신사가 한 분 있었다. 그리 멀지 않은 자리에 다른 노신사가 앉아 있었는데, 무명 바지에 무릎까지 오는 부츠를 신은 채 별로 자애롭지 못한 표정을 지으며 굵은 지팡이를 양손으로 그러쥐고 그 위에 턱을 얹고 있었다.

"어이쿠." 암녹색 외투 차림의 노신사가 황급히 몸을 일으키며 정중한 태도로 말을 이었다. "죄송하오, 아가씨. 난 또 성가신 사람이 찾아왔나 했소. 용서하고, 어서 앉으시지요."

"브라운로 씨이신가요?" 로즈 양이 다른 노신사를 바라보다가 눈길을 돌리며 물었다.

"그게 내 이름이오. 이 사람은 친구인 그림윅이지요. 그림윅, 잠시만 자리를 비켜주겠나?" 브라운로 씨가 말했다.

"제 생각엔 저 신사 분이 자리를 비켜주시지 않아도 될 것 같아요. 제가 정확하게 들은 거라면 지금 말씀드리고자 하는 용건을 저분도 잘 알고 계실 테니까요." 로즈 양이 끼어들었다.

브라운로 씨는 고개를 끄덕였다. 마침 뻣뻣하게 인사를 하고 의자에서 일어나던 그림윅 씨도 다시 고개를 끄덕하고는 의자에 도로 앉았다.

"제가 말씀을 드리면 엄청나게 놀라실 거예요. 하지만 저의 소중한 어린 친구를 굉장히 자애롭고 선한 모습으로 대해주셨죠. 그만큼 그 아이에 대한 얘기에는 관심이 있으실 거예요." 로즈 양이 자연스럽게 얼굴을 붉히며 말했다.

"그래요!" 브라운로 씨가 말했다.

"올리버 트위스트라는 아이에 대한 얘기예요."

로즈 양의 입술에서 이 말이 나오자마자, 탁자에 놓인 커다란 책에 푹 빠진 척하던 그림윅 씨가 책을 쾅 뒤엎어버리고는 의자에 등을 기대면서 깜짝 놀란 표정으로 멍하니 쳐다보았다. 그러다가 너무 감정을 드러내 보인 게 창피한 듯 몸을 앞으로 바로잡고 나서 앞을 똑바로 바라보면서 길고 나지막하게 휘파람을 불었다. 그 휘파람 소리는 멀리 날아가는 게 아니라 그림윅 씨의 배 속으로 깊숙이 삼켜지는 것 같았다.

브라운로 씨도 그림윅 씨만큼 놀랐지만 그렇게 이상하게 표현하지는 않았다. 그저 의자를 로즈 양 가까이로 끌어당기면서 입을 열었을 뿐이다. "아가씨, 내가 그 아이를 자애롭고 선하게 대했다는 말은 아무래도 좋소. 그 가엾은 아이에 대한 안 좋은 평판을 들었는데, 그걸 바꿔놓을 말이라면 제발 들려주길 바라오."

"나쁜 녀석! 나쁜 녀석이 아니라면 내 머리통을 삼켜버릴 거야." 그림윅 씨가 얼굴 근육을 하나도 움직이지 않고 복화술로 으르렁거렸다.

"그 아이는 고귀한 성품과 따뜻한 마음을 가지고 있어요. 하느님께서 그 아이의 나이에 맞지 않는 시련을 주셔서, 그 아이는 여섯 배나 나이 많은 어른들에게 예의를 차릴 만큼 어른스러운 감정을 지니게 되었답니다." 로즈 양이 얼굴을 붉히면서 말했다.

"난 겨우 예순하나요. 아무리 봐도 올리버란 아이가 열두 살은 됐을 테니, 여섯 배는 말도 안 되오." 그림윅 씨가 딱딱하게 굳은 얼굴로 말했다.

"내 친구에게 신경 쓸 것 없소, 로즈 양. 진심이 아니라오." 브라운로 씨가 말했다.

"아니, 진심이야." 그림윅 씨가 으르렁댔다.

"아니, 그렇지 않아." 브라운로 씨가 아주 화를 내며 말했다.

"진심이 아니라면 머리통을 삼켜버릴 거야." 그림윅 씨가 다시 으르렁거렸다.

"그렇다면 머리통을 쳐서 날려버려도 싸지." 브라운로 씨가 말했다.

"감히 누가 그렇게 하겠다고 나설지 궁금하군." 그림윅 씨가 지팡이로 바닥을 두드리면서 대꾸했다.

두 노신사는 이쯤에서 각자 코담배를 맡고 나서 악수를 했다. 이게 둘만의 오랜 화해 방법인 셈이었다.

"자, 로즈 양, 당신이 관심을 가진 문제로 돌아가죠. 그 가엾은 아이에 대한 정보가 있으면 어서 알려주시오. 먼저 말하자면, 그 아이에 대해 알아보려고 이리저리 애쓰다가 많이 지친 상태요. 게다가 이 나라를 떠나 있는 동안, 그 아이에 대한 첫 인상이 상당히 흔들리게 되었소."

로즈 양은 이미 생각을 정리해두었기에 단번에 올리버가 브라운로 씨의 집을 떠난 후 겪은 일들을 자연스럽게 늘어놓았다. 그러면서 지난 몇 달 간 올리버의 유일한 슬픔이라고는 은인을 만날 수 없다는 것뿐이었다고 말했다. 낸시의 정보는 브라운로 씨에게만 알리려고 나중으로 미루었다.

"오, 하느님이시여! 나로선 정말 다행이고 기쁜 일이오. 그런데 그 아이가 어디 있는지 아직 알려주지 않았잖소. 로즈 양, 왜 아이는 데려오지 않았소?" 브라운로 씨가 물었다.

"아이는 현관 앞 마차에서 기다리고 있어요." 로즈 양이 대답했다.

"현관이라니!" 브라운로 씨가 소리쳤다. 그러면서 황급히 방에서 나가 계단을 내려가서 한 마디 말도 없이 마차 안으로 들어갔다.

방문이 닫히자, 그림윅 씨는 고개를 젖히고 의자에 앉은 채 의자 뒷다리로 중심을 잡고 지팡이와 탁자를 짚으며 세 바퀴를 돌았다. 그러고는 벌떡 일어나 절뚝거리면서 방 안을 열두 번쯤 서성거리다가 갑자기

로즈 양 앞에 멈춰 서서 덥석 입을 맞추었다.

"쉿!" 로즈 양이 갑작스러운 입맞춤에 깜짝 놀라 일어나자 그림윅 씨가 말을 이었다. "두려워 말아요. 난 아가씨 할아버지 나이쯤 되는 늙은이니까. 아가씨는 아주 상냥한 사람이야. 마음에 든다고. 오, 다들 오는구먼!"

그림윅 씨가 재빨리 원래 자리로 몸을 던지자마자, 브라운로 씨가 올리버를 데리고 들어왔다. 그림윅 씨는 아무 일도 없었다는 듯이 아주 우아하게 맞이했다. 지금껏 로즈 양이 올리버를 위해 걱정하고 신경 써 온 보람이 느껴지는 순간이었다.

"그러고 보니, 우리가 잊으면 안 될 사람이 있군." 브라운로 씨가 종을 울리면서 말했다.

"베드윈 부인 좀 올라오라고 하게." 얼마 지나지 않아, 베드윈 부인이 문 앞에 나타나서 인사를 올리며 분부를 기다렸다.

"베드윈 부인, 날마다 눈이 더 나빠지는 모양이오." 브라운로 씨가 약간 짜증 섞인 말투로 말을 걸었다.

"네, 맞아요. 제 나이쯤 되면 눈이란 해마다 나빠지기 마련이죠." 베드윈 부인이 대답했다.

"그야 그렇지만 안경이나 좀 쓰고, 왜 불렀는지 알아보는 게 어떻소?" 브라운로 씨의 말에 노부인은 주머니를 뒤져서 안경을 찾기 시작했다. 하지만 올리버가 더 이상 참지 못하고 당장에 베드윈 부인의 품 속으로 달려들었다.

"아이고, 맙소사. 우리 착한 아이로구나!" 베드윈 부인이 올리버를 감싸 안으면서 소리쳤다.

"아, 다정한 할머니!" 올리버가 소리쳤다.

"돌아왔구나, 그럴 줄 알았지. 참 좋아 보이는구나. 어쩜, 신사 같은 옷차림이네! 그동안 어디에 있었던 거냐? 상냥한 얼굴도 그대로인 데다 안색은 더 좋아졌구나. 원래 부드러운 눈도 더 밝아졌고 말이야. 이얼굴과 눈, 조용한 미소를 잊어본 적이 없단다. 젊은 시절, 내 소중한 아이들이 죽은 이후로 날마다 그 아이들의 얼굴과 눈, 미소를 떠올리듯네 모습도 떠올렸지." 선량한 노부인은 이런 말을 늘어놓으면서 올리버를 세워놓고 얼마나 자랐는지 살펴보다가 다시 껴안고 머리카락을 쓸어주면서 웃다가 울다가 했다.

브라운로 씨는 베드윈 부인과 올리버가 편히 얘기를 나누도록 놔두고, 다른 방으로 로즈 양을 데리고 가서 낸시에 관한 이야기를 전부 들었다. 브라운로 씨는 적잖이 놀라고 당혹스러워했다. 아예 처음부터 로즈 양은 지인인 로스번 씨에게 먼저 털어놓지 않은 이유도 설명했다. 브라운로 씨는 로즈 양이 신중하게 잘 행동했다고 생각하면서, 당장 그 의사와 진지하게 의논해보겠다고 나섰다. 한시라도 빨리 계획을 실행하기 위해 브라운로 씨는 그날 저녁 8시에 호텔에 들르기로 했고, 그 동안 로즈 양이 메일리 부인에게 지금까지의 사정을 조심스럽게 알려놓기로 했다. 이러한 사전준비를 해놓은 후에, 로즈 양과 올리버는 집으로 돌아갔다.

로즈 양이 로스번 씨의 분노를 과하게 걱정한 게 아니었다. 마음씨 착한 의사는 낸시의 이야기를 듣자마자 곧바로 협박과 저주가 뒤섞인 말을 퍼부으며 블래더스와 더프 형사에게 고발하겠다고 엄포를 놓았다. 실제로 두 형사를 만나러 가기 위해 모자까지 썼을 정도였다. 만약 똑같이 성미가 급한 브라운로 씨가 격렬하게 따지고 들며 논리적인 근거와 설명으로 뜯어말리지 않았다면, 틀림없이 로스번 씨는 한순간도 결과를 생각하지 않고 내키는 대로 행동했을 터였다.

마침내 두 숙녀들과 자리를 함께 하게 되었을 때, 성질 급한 의사가 입을 열었다. "그러면 대체 어떻게 해야 한다는 거요? 부랑자 녀석들과 여자들에게 감사를 표하고, 올리버에게 은혜를 베풀어준 보답의 의미로 100파운드씩 드리겠다며 애걸복걸해야 하는 거요?"

"꼭 그렇다는 게 아니라, 살며시 아주 조심스럽게 일을 진행해야 한다는 겁니다." 브라운로 씨가 웃으면서 말했다.

"살며시 조심스럽게라니! 그냥 한꺼번에 싹 쓸어서 보내버려야지." 로스번 씨가 버럭 소리를 질렀다.

"어디로 보내버리든지 그건 상관없소. 하지만 그게 우리 목적에 도움이 될지 생각해보시오." 브라운로 씨가 황급히 대꾸했다.

"무슨 목적이요?" 로스번 씨가 물었다.

"한 마디로, 올리버의 부모가 누구인지 밝히고, 사기로 빼앗긴 올리버의 유산을 되찾아주는 것이지요."

"아! 그걸 깜빡 잊을 뻔했군요." 로스번 씨가 손수건으로 몸을 식히면서 말했다.

"생각해보시오. 그 가엾은 여자는 문제 삼지 않더라도, 그 악당들을 법정에 세웠다고 칩시다. 그게 무슨 소용이 있겠소?" 브라운로 씨가 반문했다.

"최소한 몇몇은 목을 매달고, 나머지는 유배를 보낼 수 있지요." 로스번 씨가 말했다.

"좋소. 하지만 그런 결과는 어차피 때가 되면 자연스레 벌어질 일이고, 우리가 끼어들어 앞당기는 건 돈키호테나 저지를 짓인 것 같소. 우리 이익에, 아니 적어도 올리버의 이익에 완전히 반대되는 무모한 짓말이오." 브라운로 씨가 미소를 지으며 대답했다.

"어째서요?" 로스번 씨가 물었다.

"우리가 멍크스라는 자를 무릎 꿇릴 수 없는 한, 이 비밀을 끝까지 파헤치기란 아주 어려울 게 분명하오. 머리를 잘 써서, 멍크스가 도둑들과 떨어져 있을 때 붙잡아야 할 거요. 설사 체포된들, 우리에겐 증거가 없잖소. 멍크스가 그 도둑 일당과 도둑질에 관여한 증거 말이오. 감옥에 갇힌다 해도, 겨우 부랑자로 처벌될 가능성밖에 없소. 물론 그 후로도 영원히 멍크스의 입이 굳게 닫혀 있으면, 우리 입장에서 그자는 한낱 귀머거리에 벙어리, 맹인에 멍청이일 뿐, 아무런 소용이 없어지는 거요."

"그렇다면 다시 묻겠소. 과연 이 정보를 전해준 여자와 한 약속을 지키는 게 올바른 생각이라고 생각하시오? 선의로 한 약속이긴 하지만, 사실은 …" 로스번 씨가 성마르게 덧붙였다.

"아가씨, 이 문제는 그냥 넘어갑시다." 브라운로 씨가 뭔가 말하려는 로즈 양을 가로막으며 말을 이었다. "약속은 지켜야 하오. 조금이라도 우리 일에 방해가 되지는 않을 거요. 하지만 우리가 행동에 나서기 전에 그 여자를 만나볼 필요가 있소. 우리가 직접 멍크스를 처리할 거라는 사실을 알리고 나서도, 그 여자가 멍크스라는 자를 넘겨줄 수 있는지 확인해야 하니 말이오. 적어도 멍크스의 은신처나 생김새 정도는 알아봐야 하지 않겠소. 다음 일요일 밤까지는 기다려야 하는데, 오늘이 화요일이군요. 그동안 다들 조용히 지냅시다. 올리버에게도 이 문제는 비밀로 하지요."

로스번 씨는 5일씩이나 미루자는 말을 찡그린 얼굴로 받아들였지만 딱히 더 나은 방법도 떠오르지 않아 어쩔 수 없는 모양이었다. 로즈 양과 메일리 부인은 한목소리로 브라운로 씨 편을 들었기 때문에 이 제안은 만장일치로 확정되었다.

"그리고 내 친구 그림윅의 도움을 빌렸으면 좋겠소. 좀 별나지만 꼼꼼한 친구여서 큰 도움이 될 거요. 변호사 교육을 받은 사람이기도 하죠.

뭐, 20년 동안 사건 의뢰가 단 한 건밖에 들어오지 않아서 변호사직을 그만두기는 했지만 여러분의 판단에 맡기겠소." 브라운로 씨가 말했다.

"나도 내 친구를 부를 수 있다면 반대하지 않겠소." 로스번 씨가 말했다.

"투표에 부칩시다. 그 친구가 누굽니까?" 브라운로 씨가 대답했다.

"이 부인의 아드님이자 이 아가씨의 … 오랜 친구지요." 로스번 씨가 메일리 부인 쪽으로 몸짓을 하고 로즈 양에게 의미심장한 눈길을 보내며 말을 맺었다.

로즈 양은 얼굴을 붉혔지만 반대해봤자 소용이 없을 것 같아서 아무 말도 하지 않았다. 결국 해리 메일리와 그림윅 씨가 비밀 위원회에 추가되었다.

"당연히 우리는 런던에 머물 거예요. 이 조사를 성공적으로 끝내기 위해서죠. 이 문제를 위해서라면 비용이나 수고를 아끼지 않고 최선을 다할 작정이에요. 희망이 조금이라도 남아 있는 한, 여기에 열두 달이라도 기꺼이 머물겠어요." 메일리 부인이 말했다.

"좋소! 그리고 보니, 왜 내가 올리버의 이야기를 확인해보지도 않고 그렇게 갑자기 영국을 떠나게 되었는지 궁금해하시는 것 같군요. 하지만 당분간은 묻지 말아 주십시오. 적절한 때가 오면 다 설명할 테니. 다 좋은 뜻에서 드리는 부탁이오. 혹시라도 가망 없는 기대를 불러일으켜 가뜩이나 힘든데 실망을 더하는 일이 될 수도 있기 때문이오. 자! 저녁이 다 준비된 거 같소. 지금쯤이면 옆방에 혼자 있는 올리버가 엉뚱한 생각을 하고 있을지도 모르겠소. 우리가 지쳐서 자신을 내쫓아버릴 음흉한 음모를 꾸민다고 말이오." 브라운로 씨는 이렇게 말하며 메일리 부인에게 손을 내밀고 저녁 식사 자리로 동반했다. 로스번 씨는 로즈 양을 이끌고 뒤따라갔다. 이렇게 회의는 끝이 났다.

5장

천재성을 드러내며 런던의 유명인사가 된 올리버의 옛 지인

낸시가 사익스를 잠재운 후, 황급히 로즈 양에게 향하던 그날 밤에, 독자들이 관심을 주어야 할 두 사람이 그레이트 노스로(路)를 통해 런던으로 오고 있었다.

두 사람은 남녀 한 쌍이었다. 남자는 길쭉한 안짱다리로 어물거리며 걸었는데, 아주 뼈만 남아서 정확한 나이를 짐작하기 어려웠다. 이런 사람은 소년이었을 때는 덜 자란 어른 같아 보이고, 어른이 되었을 때는 너무 커버린 소년처럼 보인다. 여자는 어렸지만 묵직한 등짐을 거뜬히 지고 다닐 정도로 다부지고 튼튼했다. 남자는 거의 짐이 없이, 어깨에 걸친 막대기에 손수건으로 싼 작은 보따리가 딜렁 매달려 있을 뿐이었다. 이러한 상황에서 긴 다리로 성큼성큼 걸어가다 보니, 남자가 여자보다 여섯 걸음은 앞서게 되었다. 마치 어물쩍거리는 여자를 타박하며 빨리 오라는 듯 남자는 가끔씩 고개를 휙 돌려 뒤를 돌아보았다.

이렇게 두 남녀는 먼지 덮인 길을 힘겹게 걸어갔다. 런던으로 빠르게 달려가는 역마차들을 피해 길을 비켜줄 때를 빼면 아무것도 신경 쓰지 않았다. 그러다가 마침내 하이게이트 아치교 아래를 지나게 되었을 때, 앞서 가던 남자가 걸음을 멈추고 성마르게 여자를 불렀다.

"샬롯, 빨리 좀 와. 진짜 느려터졌구나."

"정말 짐이 무겁단 말이야." 샬롯이 숨을 헐떡거리며 지친 몸으로 쫓아가며 말했다.

"무겁다니! 무슨 소릴 하는 거야? 대체 넌 어떻게 생겨먹은 거야? 어, 저것 봐라, 또 쉬고 있네! 너처럼 사람을 짜증나게 하는 애도 없을 거야!" 남자가 조그마한 보따리를 다른 쪽 어깨로 옮겨 메며 버럭 소리를 질렀다.

"아직도 멀었어?" 여자가 길가에 기대 앉아 땀이 줄줄 흘러내리는 얼굴을 쳐들며 물었다.

"멀었냐고? 거의 다 왔어. 저기를 봐! 런던의 불빛이라고." 남자가 앞을 가리키며 말했다.

"적어도 3킬로미터는 남은 것 같은데." 여자가 실망하며 말했다.

"3킬로미터건 30킬로미터건 상관없어. 어서 일어나서 따라오기나 해, 안 그러면 발로 차버릴 거야." 이런 말을 하는 남자는 바로 노아 클레이폴이었다.

노아의 붉은 코는 화가 나서 더욱 붉어졌다. 노아가 진짜 발길질을 하려는 듯 길을 건너자 여자는 마지못해 일어서서 나란히 터벅터벅 걸어갔다.

"오늘 밤은 어디서 머물 작정이야, 노아?" 샬롯이 몇백 미터는 걸은 후에 물었다.

"내가 어떻게 알아?" 노아도 걷는 게 힘들어서 신경이 곤두서 있었다.

"가까운 데면 좋겠어." 샬롯이 말했다.

"아니, 가까운 데는 안 돼. 아예 꿈도 꾸지 마." 노아가 대답했다.

"왜 안 돼?"

"내가 그렇다고 하면 그런 거지. 이유가 필요한가?" 노아가 위엄 있게 대답했다.

"그래도 그렇게 까다롭게 굴 필요는 없잖아."

"가장 먼저 눈에 띄는 술집에 묵었다가 소어베리가 금세 쫓아와서 우리를 잡아다 수레에 처넣고 끌고 가면 참 보기 좋겠다, 안 그래? 당연히 안 되지! 될 수 있으면 가장 좁은 길로 사라져서 가장 길에서 벗어난 집이 나타날 때까지 멈춰선 안 된다고. 넌 나에게 감사해야 돼. 처음부터 일부러 시골길을 돌아오지 않았으면 이미 일주일 전에 잡혀서 갇혔을 거야. 너처럼 바보 같은 머리로는 생각도 못 했겠지." 노아 클레이폴 씨가 비아냥거렸다.

"너처럼 똑똑하지 못한 건 잘 알아. 그렇다고 다 내 탓으로 돌리지 마. 갇히면 나만 갇히겠어? 같이 갇히는 거잖아." 샬롯이 대답했다.

"금고에서 돈을 집어온 건 너잖아." 노아가 말했다.

"너를 위해서 집어온 거잖아." 샬롯이 대꾸했다.

"내가 그 돈을 챙겼어?" 노아가 물었다.

"아니, 나를 믿으니까 나한테 맡긴다고 했잖아." 샬롯이 노아의 턱을 살짝 어루만지고 팔짱을 끼면서 말했다.

이건 사실이었다. 하지만 노아 클레이폴 씨는 어느 누구도 맹목적으로 바보처럼 믿지는 않았다. 이 신사가 샬롯을 이렇게까지 믿은 이유는 혹시라도 잡혔을 때 돈을 가지고 있는 샬롯에게 다 떠넘기고 혼자 빠져나가려는 생각 때문이었다. 물론 지금은 그런 속셈이 드러나지 않았기 때문에 두 남녀는 같이 다정하게 걸어가고 있었다.

이러한 조심스러운 계획에 따라서 노아는 쉴 새 없이 걸어서 이즐 링턴의 엔젤*에 다다랐다. 거기에서 복잡한 인파와 마차들의 숫자를 보고 런던에 제대로 왔다는 걸 깨달았다. 잠시 걸음을 멈춘 채, 가장 붐 비는 거리가 어디인지를 살펴본 후, 그 길을 피해 세인트 존스로(路)로 건너가서 곧장 복잡하고 지저분한 길들이 이리저리 얽혀 있는 곳으로 깊숙이 들어갔다. 그곳은 그레이스 인 레인과 스미스필드 사이에 위치 하고 있어서 런던 한복판이었지만 환경이 가장 나쁘고 천박한 지역이 었다.

노아 클레이폴은 이런 길들을 지나 샬롯을 질질 끌다시피 걸어갔 다. 그러다가 어떤 작은 술집을 발견하고는 전체적으로 살펴보려고 하 수도에 내려서기도 했지만, 너무 눈에 잘 띄는 곳이어서 포기하고 그냥 다시 걸어갔다. 드디어 지금까지 보았던 어떤 술집보다 더 초라하고 지 저분한 술집이 나타났다. 노아가 길 맞은편에서 샅샅이 살펴본 후에야 비로소 그날 밤은 거기서 묵겠다는 결정을 내렸다.

"자, 이제 짐을 이리 줘. 그리고 내가 말을 걸 때 말고는 입 다물고 있어. 이 술집 이름이 뭐야? 세, 세 뭐라는 거야?" 노아가 샬롯의 어깨 에서 짐을 풀어 자기 어깨에 메면서 말했다.

"절름발이." 샬롯이 말했다.

"세 절름발이라. 간판 그림도 아주 좋네. 자, 그러면! 바짝 따라 들 어오라고." 노아가 이렇게 명령하며 덜거덕거리는 문을 어깨로 밀치고 들어가자, 샬롯도 뒤따라 들어갔다.

바에는 아무도 없었다. 그저 젊은 유대인 하나가 팔꿈치를 계산대 에 괸 채 더러운 신문을 읽고 있을 뿐이었다. 유대인은 노아를 빤히 쳐

---

* 런던으로 가는 역마차의 종점.

다보았고 노아도 똑같이 빤히 쳐다보았다.

노아가 자선학교 교복차림이었다면 유대인이 그렇게 빤히 쳐다볼 법도 했지만, 지금은 교복을 벗어버리고 가죽바지 위에 짧은 작업복을 입고 있었기 때문에 술집에서 특별히 주의를 끌 이유는 못 되었다.

"이곳이 세 절름발이입니까?" 노아가 물었다.

"그게 이 집의 이름입니다." 유대인이 더듬으며 대답했다.

"시골에서 올라오다가 길에서 만난 신사 분이 이곳을 권하더군요." 노아가 이렇게 말하며 팔꿈치로 샬롯을 슬쩍 찔렀다. 남의 환심을 사는 정교한 솜씨를 보라는 듯 우쭐거리기 위해서이기도 했고, 놀란 표정을 짓지 말라는 경고를 주기 위해서이기도 했다. "오늘 밤 여기서 묵고 싶은데요."

"그럴 수 있을지 잘 모르겠네요. 하지만 가서 알아보지요."

이 유대인은 바로 바니였다.

"우선 자리로 안내해주죠. 가서 알아보는 동안, 찬 고기랑 맥주도 좀 갖다 주시고." 노아가 말했다.

바니는 작은 뒷방으로 안내한 후, 주문한 음식을 가져다주었다. 그러고 나서 그날 밤 묵을 수 있다는 소식을 전해주고 방에서 나갔다.

이 뒷방은 바 뒤쪽으로 몇 계단 아래에 있어서 누구라도 바닥에서 1.5미터 정도 높이에 있는 유리창의 작은 커튼만 걷으면 몰래 뒷방 손님들을 내려다볼 수 있었다. (유리창이 벽의 어두운 구석에 있어서 사람이 기둥 사이로 들어가면 안전하게 엿볼 수 있었다.) 뿐만 아니라, 칸막이벽에 귀를 대면 대충 무슨 소리가 오가는지도 알 수 있었다. 바니가 막 계산대 앞으로 돌아왔을 때, 페이긴이 평소처럼 어린 제자들 소식을 알아보려고 들른 참이었다.

"쉿! 옆방에 낯선 자들이 있어요." 바니가 말했다.

"낯선 자들이라고!" 유대인 노인이 나지막이 말을 따라 했다.

"아, 묘한 자들이에요. 내가 잘못 보지 않았다면 당신들과 비슷한 쪽인 것 같아요." 바니가 덧붙였다.

페이긴은 이런 정보를 아주 관심 있게 받아들이는 것 같았다. 그래서 은밀한 유리창 쪽으로 다가가 의자 위에 올라서서 창문에 눈을 대고 안을 들여다보았다. 노아 클레이폴은 찬 쇠고기를 먹고 맥주를 들이켰다. 옆에 가만히 앉아 있는 샬롯에게는 아주 조금만 내어주고, 노아가 다 먹고 마시고 있었다.

"아하!" 페이긴이 바니를 돌아보면서 속삭였다. "저 친구 눈빛이 맘에 드는구먼. 쓸모가 있을 것 같아. 여자를 길들이는 방법을 벌써 알잖아. 아무 소리도 내지 마, 쟤들 말 좀 들어보게. 어디 들어보자고."

페이긴은 다시 창문에 눈을 대고 칸막이벽에 귀를 기울였다.

"그래서 난 신사처럼 살아보려고." 노아 클레이폴이 다리를 쭉 뻗으며 말을 이어갔다. 안타깝게도 앞부분은 페이긴이 듣지 못했다. "이제 그 잘난 관 따위는 안녕이라고. 그 대신 신사처럼 살 거야. 샬롯, 너도 원한다면 숙녀처럼 살 수 있지."

"그건 나도 좋아. 하지만 매일 금고만 털고 도망다닐 수는 없잖아." 샬롯이 대답했다.

"금고는 무슨 금고! 그것 말고도 털 게 얼마나 많은데."

"무슨 말이야?"

"호주머니, 여자들 손가방, 집, 역마차, 은행!" 노아가 술기운이 올라 큰 소리로 말했다.

"하지만 혼자서는 못할 일들이잖아."

"그런 일을 할 수 있는 패거리에 들어갈 생각이야. 우리를 여러모로 써먹을 수 있을걸? 너도 여자 50명 몫을 해내잖아. 특히 내가 시키기만

하면 누구보다도 교활하고 잘 속이잖아.”

“진짜 네가 그렇게 말해주니, 너무 좋다!” 샬롯이 노아의 못생긴 얼굴에 입맞춤을 하면서 소리쳤다.

“자, 그만 해둬. 너무 다정한 척하지 말라고.” 노아가 아주 근엄하게 샬롯의 팔을 뿌리치면서 말을 이었다. “난 패거리의 대장이 돼서 남몰래 뒤를 따라다니며 등쳐먹을 거라고. 돈만 좀 만질 수 있으면 나에게 딱 좋을 거야. 그러다가 이쪽 분야의 신사 분들과 얽히게 되면 네가 갖고 있는 20파운드짜리 은행권을 줘버려도 싸게 먹히는 셈이지. 우린 그걸 어떻게 처분해야 할지도 모르잖아.”

이렇게 말을 늘어놓은 클레이폴 씨는 깊은 혜안이 담긴 표정으로 맥주잔을 들여다보면서 살짝 흔들더니 샬롯에게 슬쩍 고갯짓을 한 후 다시 한 모금 들이켰다. 한 잔을 더 시킬까 고민하던 차에 갑자기 문이 열리며 낯선 남자가 들어왔다.

낯선 남자는 바로 페이긴이었다. 페이긴은 무척 온화한 표정을 지으며 깍듯하게 인사를 하더니 가까운 탁자에 자리를 잡고 앉아 바니에게 술을 주문했다.

“아주 상쾌한 밤이군요. 이맘때치고는 서늘한 편이지만. 어디 시골에서 오신 모양이오?” 페이긴이 양손을 비비며 말을 걸었다.

“그걸 어떻게 아셨소?” 노아가 물었다.

“런던에는 먼지가 그렇게 많지 않지.” 페이긴이 노아와 샬롯의 신발과 보따리 두 개를 가리키며 말했다.

“아주 날카로우시구먼. 하하! 말씀 좀 잘 들으라고, 샬롯!” 노아가 말했다.

“뭐, 이 도시에서 살려면 날카로워야 한다네. 그게 진실일세.” 페이긴이 은밀하게 목소리를 낮추며 대답했다. 그러면서 오른쪽 집게손가

유대인 노인과 모리스가 서로를 이해하기 시작하다.

락으로 코를 치자, 노아도 비슷하게 흉내 내보다가 말았다. 페이긴만큼 코가 크지 않아서 잘 따라할 수가 없었던 것이다. 하지만 페이긴은 그런 모습이 노아의 호감을 샀다고 여기고, 바니가 가져다준 술잔을 아주 친숙하게 들어올렸다.

"아주 좋은 술이군요." 노아가 입술을 다시며 말했다.

"그럼! 항상 이런 술을 마시려면 금고나 호주머니, 여자 손가방이나 집, 역마차나 은행을 털어야 할 걸세." 페이긴이 말했다.

노아는 자신이 언급한 말을 페이긴이 그대로 읊어대자 뒤로 움찔 물러나 앉으며, 겁에 질려 창백한 얼굴로 페이긴과 샬롯을 번갈아 쳐다보았다.

"내 말은 신경 쓰지 말게. 하하! 우연히 자네 말을 들은 게 나라서 다행일세. 아무렴, 천만다행이지." 페이긴이 의자를 당겨 앉으며 말했다.

"내가 훔친 게 아니에요. 다 이 여자 짓이에요. 샬롯, 돈은 네가 가지고 있잖아." 노아가 의기양양하게 뻗었던 다리를 내려 의자 밑으로 최대한 밀어 넣으면서 말을 더듬었다.

"누가 훔쳤건, 누가 갖고 있건 상관없네. 나도 그쪽 길에 몸담고 있는 사람이거든. 자네가 맘에 들었네." 페이긴이 매서운 눈으로 샬롯과 보따리 두 개를 힐끗 보고는 대답했다.

"무슨 쪽이요?" 노아가 약간 마음을 놓으며 물었다.

"그쪽 사업 말일세. 이 술집 사람들도 그렇고. 자네는 아주 딱 맞게 찾아들어온 셈이지. 이 도시에서 이 '절름발이' 술집만큼 자네에게 안전한 곳은 없다고. 내가 안전하게 보호해주겠네. 자네와 이 아가씨가 정말 맘에 들었거든. 이제 마음을 편히 먹게."

이 말을 듣고서 노아의 마음이 더 편해졌을지 모르지만, 몸은 불편해진 모양이었다. 자꾸 불안한 듯 몸을 이리저리 뒤척이며 비틀면서 두려움과 의심이 섞인 눈으로 페이긴을 바라보고 있었기 때문이다.

"내 더 말해주지." 페이긴이 친절하게 고개를 끄덕이며 샬롯을 안심시킨 후 말을 덧붙였다. "자네의 소원을 이뤄줄 수 있을 만한 친구가 하나 있다네. 이쪽 사업에서 올바른 길로 들어서도록 도와줄 걸세. 처음 시작할 만한 일도 잡아주고 말일세. 나머지도 다 가르쳐주겠지."

"정말 진심으로 하는 말씀 같군요." 노아가 말했다.

"내가 자네한테 거짓말을 왜 하겠나? 자! 밖에 나가서 단 둘이 얘기 좀 하세." 페이긴이 어깨를 으쓱하며 반문했다.

"우리가 나갈 필요는 없답니다." 노아가 천천히 다리를 편하게 펴면서 말을 이었다. "그동안 샬롯이 보따리를 위층으로 옮겨놓으면 되거든요. 샬롯, 짐 좀 갖다 놔!"

노아의 명령이 떨어지자 샬롯은 아무런 군소리 없이 따랐다. 노아가 문을 열고 지켜보는 가운데, 샬롯이 힘겹게 짐을 들고 밖으로 나갔다.

"꽤 말을 잘 듣지요?" 노아가 다시 자리에 앉으면서, 야생동물을 길들이는 주인 같은 목소리로 물었다.

"아주 완벽하군. 자넨 천재일세." 페이긴이 노아의 어깨를 두드리며 대꾸했다.

"뭐, 천재가 아니라면 여기까지 오지도 못했겠죠. 아무튼, 샬롯이 돌아오기 전에 시간이 별로 없어요." 노아가 대답했다.

"그래, 어떻게 생각하나? 내 친구가 마음에 들면 함께 일해 보는 게 말일세." 페이긴이 물었다.

"사업이 잘 나가는 사람인가요? 그 점이 중요하죠!" 노아가 작은 눈으로 눈짓하며 말했다.

"최상급이지. 일손도 많고 사업 인맥도 끝내준다고."

"도시 출신들인가요?"

"시골 출신은 하나도 없다네. 요즘 일손이 달려서 그렇지, 예전 같 았으면 내가 추천한다고 해도 자네를 쓰지 않으려고 할 걸세."

"이걸 넘겨주어야 할까요?" 노아가 바지 주머니를 툭툭 치며 물었다.

"안 그러면 어렵겠지." 페이긴이 단호한 태도로 대답했다.

"20파운드나 된다고요. 너무 많은 돈인데!"

"자네가 처분도 할 수 없는 은행권이면 말이 달라진다네. 번호와 날 짜가 적혀 있지? 은행에서 지불이 막혔을 걸세. 아! 그 친구한테도 별 로 가치가 없지. 해외로 나가서 처리해야 하니, 시장에 팔아도 얼마 못 받거든." 페이긴이 반박했다.

"그 친구분은 언제 볼 수 있을까요?" 노아가 미심쩍게 물었다.

"내일 아침."

"어디서요?"

"여기서."

"음! 보수는요?"

"신사처럼 사는 거지. 숙식 제공에 파이프 담배와 술은 공짜라네. 자네가 버는 것에서 반, 저 아가씨가 버는 것에서 반을 받게 되겠지."

욕심 많은 노아가 더 자유로운 처지였다면 흔쾌히 받아들이지 않았 을 터였다. 하지만, 지금 거절을 하면 페이긴이 즉시 고발을 할 수도 있 었기 때문에 어쩔 수 없이 받아들일 수밖에 없었다.

"하지만 보시다시피, 샬롯이 일을 많이 할 수 있으니, 나는 좀 가벼 운 일을 했으면 좋겠어요." 노아가 입을 열었다.

"가볍고 쉽게 할 수 있는 일 말인가?"

"뭐, 그런 거죠. 지금 내게 맞는 일이 뭐가 있을까요? 너무 힘이 들 지도 않고 너무 위험하지도 않은 그런 거 있잖아요!"

"아까 남들을 몰래 따라다니며 등쳐먹을 거라고 했지? 지금 내 친구가 그런 염탐을 잘할 사람을 찾고 있긴 하다네."

"뭐, 그런 말을 하긴 했죠. 가끔씩 그런 일에 손을 대는 것도 괜찮겠어요. 하지만 그것만으론 남는 게 없잖아요." 노아가 천천히 입을 뗐다.

"그렇겠지! 암, 그럴 게야." 페이긴이 진지하게 생각해주는 척하면서 말했다.

"그러면 어떡하죠? 뭔가 남몰래 일하면서도, 집에 있는 것보다도 덜 위험한 일이 있을까요?" 노아가 걱정스럽게 페이긴을 바라보며 물었다.

"노파들은 어떤가? 그들의 손가방이나 보따리를 낚아채서 골목으로 달아나는 일도 꽤 돈벌이가 된다네."

"그 할멈들은 꽥꽥 소리를 지르며 손톱으로 할퀴지 않을까요? 그 일은 나에게 안 맞을 것 같아요. 다른 쪽으론 일거리가 없나요?" 노아가 다시 물었다.

"잠깐! 꼬마 등치기가 있다네." 페이긴이 노아의 무릎에 한 손을 얹으며 말했다.

"그게 뭔데요?"

"꼬마란 엄마들이 6펜스나 1실링을 쥐여주고 심부름을 보내는 어린애를 말하는 거고, 꼬마 등치기란 그런 아이한테서 동전을 빼앗아오는 걸 말한다네. 아이들은 언제나 손에 돈을 쥐고 다니거든. 꼬마들을 하수도에 처넣고 나서 아무 일도 없는 것처럼 걸어가면 된다네. 하하하!"

"하하! 세상에, 바로 그거야!" 노아가 신나게 다리를 걷어차며 웃어젖혔다.

"확실하지. 그렇게 꼬마들이 심부름을 잘 다니는 캠든 타운이나 배틀 브리지 같은 변두리 동네에 몇 군데를 찜해놓고서, 설렁설렁 다니면서 내키는 대로 꼬마들을 등치면 된다고. 하하하!" 페이긴이 노아의 옆구리를 찌르자 함께 한바탕 웃음을 터뜨렸다.

"좋아, 아주 잘 됐어! 내일 몇 시에 만날까요?" 마침 샬롯이 돌아오자, 노아가 마음을 진정시키며 물었다.

"10시면 어떻겠나?" 페이긴의 질문에 노아가 고개를 끄덕이자 페이긴이 말을 덧붙였다. "내 친구에게 누구라고 소개를 하면 되겠나?"

"볼터, 모리스 볼터라고 전해줘요." 일찌감치 이런 일에 대비하고 있던 노아가 가짜 이름을 댔다. "여기는 볼터 부인이고요."

"볼터 부인, 인사 올립니다. 앞으로 친하게 지내길 바랍니다." 페이긴이 샬롯을 향해 기괴하게 예를 갖추면서 말했다.

"샬롯, 이 신사 분 말씀이 안 들려?" 노아가 버럭 소리를 질렀다.

"들려, 노아! 들리고말고." 샬롯이 손을 내밀며 대답했다.

"아내는 애칭으로 노아라고 부른답니다. 이해하시죠?" 자칭 모리스 볼터가 된 노아가 페이긴을 바라보며 양해를 구했다.

"아, 그럼, 이해하고말고." 페이긴이 이번만큼은 거짓 없이 솔직하게 대답했다. "자, 난 가겠네, 편하게 쉬게!"

6장

곤경에 빠진 '교묘한 미꾸라지'

"결국, 당신 친구란 사람이 당신이었나요?" 이튿날, 볼터가 약속에 따라 페이긴의 집으로 들어서면서 물었다. "쳇, 어쩐지 그럴 것 같았어!"

"누구나 자신의 친구 아니겠나. 세상 어디에도 자기 자신만큼 좋은 친구는 없다네." 페이긴이 아주 음흉한 미소를 지으며 대답했다.

"늘 그런 건 아니죠. 어떤 사람들은 바로 자기 자신이 적일 때도 있잖아요." 모리스 볼터가 세상을 다 안다는 듯 대꾸했다.

"그런 건 너무 믿지 말게. 자기 자신이 적이라면 자기 외의 모든 사람을 경계했기 때문이 아니라 자신만을 너무 믿기 때문이겠지. 쯧쯧! 그러면 안 되는 건데."

"물론 그래선 안 되죠."

"거기엔 이유가 있다네. 다들 마법의 숫자는 3이나 7이라고 하지만 절대 아닐세. 마법의 숫자는 1이라고."

"하하! 영원히 1번이죠." 볼터가 소리쳤다.

"우리처럼 작은 공동체에서는 공동체 전체를 1번으로 생각해야 한다네. 자신만을 1번으로 생각해선 안 돼." 페이긴이 근엄하게 말했다.

"에이, 말도 안 돼요!"

"생각해보게. 우리는 같이 뒤섞여 살면서 공동의 이해관계를 갖고 있기 때문에 그럴 수밖에 없지. 예를 들어 자네 자신을 1번으로 돌본다고 해보세." 페이긴이 볼터의 반박에도 아랑곳하지 않고 말했다.

"당연히 그러겠죠."

"그렇지! 하지만 자네는 나를 1번으로 돌보지 않고서는 그럴 수 없다는 말일세."

"당신은 2번이죠." 볼터가 이기심을 드러내며 대답했다.

"아니, 그런 게 아닐세! 자신만큼이나 나도 똑같이 자네에게 중요하다는 말이야." 페이긴이 다그치며 말했다.

"뭐, 당신은 아주 좋은 분이고 나도 아주 좋아하긴 하지만, 우리가 그렇게 깊은 인연은 아니잖아요." 볼터가 끼어들었다.

"딱 하나만 생각해보게. 자네가 아주 좋은 일을 하나 해치웠고 나도 마음에 들었다고 해보세. 하지만 그 일 때문에 자네 목에는 넥타이가 채워지게 되는 거지. 아주 쉽게 묶이지만 풀기는 어려운 밧줄 말일세." 페이긴이 어깨를 으쓱하며 손을 앞으로 펼치면서 말하자, 볼터는 불편하게 조이기라도 한 듯 목수건에 손을 갖다 댔다. "교수대는 아주 흉한 안내판이지. 대차게 넓은 길을 내달리던 대담한 녀석들을 단번에 꼬꾸라지게 만든다고. 그러니, 거기서 멀리 떨어져서 편한 길로 다니는 게 자네에게 1번 목표라는 걸세." 페이긴이 말을 덧붙였다.

"물론 그렇죠. 근데, 그런 말은 왜 하는 겁니까?" 볼터가 물었다.

"그저 내 뜻을 분명히 알려주기 위해서라네. 교수대를 향한 안내판은 나한테 달려 있고, 내 사업이 편히 굴러가는 일은 자네에게 달려 있지. 전자는 자네의 1번이고, 후자는 나의 1번일세. 자네가 자네의 1번을 소중히 할수록 나의 1번에도 더 신경을 써야겠지. 자, 처음 얘기로 돌아가서, 우리 공동체를 1번으로 보살펴야 한다네. 우리가 뿔뿔이 흩어지지 않으려면 반드시 그래야 한다고." 페이긴이 눈썹을 치켜올리며 말했다.

"맞는 말이에요. 와! 참 머리가 잘 돌아가네요!" 볼터가 생각에 잠긴 얼굴로 대답했다.

페이긴은 이 찬사가 그냥 하는 말이 아니라 진심에서 우러나온 말인 것을 깨닫고 속으로 무척 기뻤다. 이렇게 서로를 알아가기 시작할 때부터 자신의 능력을 확실히 각인시키는 게 가장 중요했다. 이 첫 인상을 확고히 다지기 위해 페이긴은 자기 사업의 규모와 수준을 자세하게 늘어놓았다. 물론 사실에 적절히 허풍을 섞어 말했더니, 볼터는 눈에 띄게 존경하는 눈빛으로 바라보면서도 언뜻 두려움을 내비쳤다. 페이긴의 작전이 아주 잘 맞아떨어진 셈이었다.

"손해가 엄청나더라도 서로에 대한 확실한 믿음만 있으면 위안이 되지. 어제 아침에만 해도 최고의 일손을 빼앗겼다네." 페이긴이 말했다.

"죽었다는 말은 아니겠죠?" 볼터가 소리쳤다.

"아니, 아니야. 그 정도로 나쁜 건 아니라네."

"그럼, 그 사람은 …"

"잡혔네. 그래, 체포되었어." 페이긴이 얼른 대답했다.

"무슨 엄청난 죄를 저질렀나요?" 볼터가 물었다.

"아니, 별 거 아니야. 소매치기 미수로 잡혔는데, 몸에서 은제 코담뱃갑이 나온 걸세. 그건 자기 거였다고. 녀석은 코담배를 아주 즐겼거든. 경찰은 진짜 주인을 찾겠다며 녀석을 오늘까지 잡아두고 있다네. 아! 코담뱃갑 50개 값은 하는 녀석인데. 녀석을 찾아올 수만 있다면 그만한 돈은 줄 수 있지. 자네가 이 '미꾸라지' 녀석을 알았어야 했는데 말이야." 페이긴이 한탄했다.

"뭐, 곧 알게 되겠죠, 안 그래요?"

"그러지 못할 것 같다네. 새로운 증거가 없으면 즉결심판을 받아 6주 후면 나오겠지만, 새로운 증거가 나오면 감방살이감이야. 영리한 녀석인 걸 경찰도 알고 있기 때문에 종신형이라고. '교묘한 미꾸라지'에게는 종신형 이하로는 때리지 않을 거야." 페이긴이 한숨을 내쉬며 대답했다.

"감방살이감에 종신형이 다 무슨 소리에요? 좀 알아듣게 말해주세요." 볼터가 따지고 들었다.

페이긴이 '종신 유배형'을 뜻하는 말이라는 걸 설명하려는 순간에, 베이츠 선생이 바지주머니에 양손을 넣고 반쯤은 우스꽝스러운 표정으로 얼굴을 찡그리며 들어왔다.

"페이긴, 다 끝났어요." 찰리 베이츠가 새로운 동료와 인사를 나눈 후 입을 열었다.

"무슨 말이냐?"

"코담뱃갑 주인을 찾았어요. 두세 명이 더 와서 증언할 테고, 미꾸라지는 곧 출항할 거라고요. 페이긴, 난 정식으로 상복을 차려입고 미꾸라지를 배웅하러 가야겠어요. 잭 도킨스, 대단한 잭, 미꾸라지, 교묘한 미꾸라지가 고작 2펜스 반짜리 코담뱃갑에 잡혀 유배를 가게 되다니! 최소한 시곗줄이 달린 고급 금시계 정도쯤은 돼야 잡혀갈 줄 알았는데. 아, 부자 노신사라도 털어서 진짜 신사처럼 떠났어야 했다고. 아무런 명예나 영광도 없이 흔해빠진 소매치기로 잡혀가는 게 아니라!"

찰리 베이츠가 불행한 친구에 대한 감정을 토로하면서 비탄에 잠긴 실망한 표정으로 가까운 의자에 앉았다.

"왜 아무런 명예나 영광도 없다는 거냐?" 페이긴이 화난 눈으로 쏘아보며 소리쳤다. "그 녀석은 언제나 너희들 위였어! 최고였다고. 너희들 중에 어느 누가 그 녀석을 따라잡거나 근처에라도 가본 적이 있느냔 말이지, 어?"

"아무도 없죠. 단 한 명도요." 찰리 베이츠가 아쉬움이 가득 담긴 쉰 목소리로 답했다.

"그런데 왜 그런 소리를 하는 거냐? 왜 우는 소리를 하냐고?" 페이긴이 화를 내며 되물었다.

"그건 기록에 남지 않잖아요. 기소장에도 적히지 않을 거고 아무도 미꾸라지의 진정한 모습을 알지 못할 거라고요. 뉴게이트 형무소 잡지에 어떻게 나오겠어요? 아예 못 나오겠죠. 아, 내 눈이야, 내 눈, 한 방 크게 먹었네!" 찰리 베이츠는 아쉬움이 너무 커서, 존경하는 페이긴에게까지 성마르게 반박했다.

"하하!" 페이긴이 오른손을 내밀면서 발작하듯 껄껄 웃으며 볼터에게 소리쳤다. "이것 좀 보게. 얼마나 자기 일에 자부심을 갖고 있는지 말일세. 정말 보기 좋지 않나?"

볼터가 고개를 끄덕였다. 페이긴은 슬픔에 잠긴 찰리 베이츠를 보며 흡족해하다가 다가가서 어깨를 다독여주었다.

"걱정 마라, 찰리. 다 알려질 거다, 틀림없이. 미꾸라지가 얼마나 영리한 녀석이었는지 다들 알게 될 거라고. 옛 친구나 스승에게 한 점 부끄럼 없이 미꾸라지가 스스로 보여줄 게야. 그 녀석이 얼마나 어린지 생각해 보려무나! 찰리, 얼마나 특별한 명예냐, 그 어린 나이에 종신 유배형이라니!" 페이긴이 달래듯 말했다.

"뭐, 정말 명예이긴 하네요!" 찰리 베이츠가 약간 위안을 받은 듯 말했다.

"그 녀석이 원하는 건 모두 다 해줄 거야. 감방에 갇혀 지내는 동안, 신사처럼 살 수 있게 말이야. 신사처럼! 날마다 맥주를 마시고 주머니에 돈이 넘치도록 넣어주지. 쓸 수 없으면 짤랑거리며 갖고 놀기라도 하게." 페이긴이 계속 말을 늘어놓았다.

"정말 그럴까요?" 찰리 베이츠가 울먹였다.

"그래, 그럴 거야. 그리고 우린 큰 가발도 데려올 거야.* 아주 입심이 좋아 잘 떠드는 변호사를 말이지. 뭐, 원한다면 미꾸라지가 직접 연설을 해도 좋고. 그러면 신문에서 읽을 수 있겠지. '교묘한 미꾸라지 … 비명 같은 웃음 소리 … 법정을 발칵 뒤집어놓다.' 뭐, 이렇게 말이야, 어, 찰리?" 페이긴이 대답했다.

"하하! 그러면 진짜 뒤집어지겠죠, 그죠? 교묘한 미꾸라지가 한바탕 대소동을 일으킬 거라고요, 안 그래요?" 찰리 베이츠가 웃으며 되물었다.

"아무렴! 그렇고말고!" 페이긴이 소리쳤다.

"아, 틀림없이 그럴 거예요." 찰리 베이츠는 양손을 비비며 맞장구쳤다.

"지금 그 모습이 보이는 것 같구나." 페이긴이 찰리를 내려다보며 외쳤다.

"나도요. 하하하! 나도 그래요. 진짜 눈에 선하다고요. 이거 너무 재미있겠는데! 진짜 신난다고! 큰 가발 쓴 판사들이 근엄한 표정을 짓고 있는 앞에서 잭 도킨스가 입을 열겠죠. 마치 판사의 아들이 만찬장에서

---

* 법정에서 판사와 변호사는 가발을 착용했다.

건배사를 하는 것처럼 친밀하고 편안하게 말이죠, 하하하!" 찰리 베이츠가 외쳤다.

이런 식으로 페이긴이 어린 친구의 별난 기분을 맞춰주다 보니, 감옥에 갇힌 미꾸라지는 어느새 희생자가 아니라 뭔가 특별하고 정교한 희극의 주인공이 되어버렸다. 이제 찰리 베이츠는 옛 동료가 어서 빨리 능력을 드러낼 수 있도록 법정이라는 무대가 열리기를 애타게 기다리게 된 것이다.

"일단 적절히 손을 써서 미꾸라지가 어떻게 지내는지 좀 알아봐야겠구나." 페이긴이 말했다.

"내가 가볼까요?" 찰리 베이츠가 나섰다.

"절대 안 되지. 미쳤구나, 미쳤어. 그곳을 네 발로 걸어 들어가다니. 안 된다, 찰리, 안 돼. 또 하나를 잃을 순 없지." 페이긴이 말렸다.

"그럼, 직접 가려는 건 아니죠?" 찰리 베이츠가 빙긋 웃으며 말했다.

"그것도 적절치 않지." 페이긴이 머리를 저으며 대답했다.

"그럼, 이 신참을 보내지 그래요? 아무도 몰라볼 텐데." 찰리 베이츠가 볼터의 팔에 손을 얹으며 말했다.

"뭐, 본인만 괜찮다면야 …" 페이긴이 말했다.

"괜찮다뇨! 안 괜찮을 건 뭔가요?" 찰리 베이츠가 끼어들었다.

"없지, 없어." 페이긴이 볼터를 돌아보며 말했다.

"어, 그건 나한테 물어봐야 하지 않나요? 아니, 그건 안 돼요. 그런 건 내 업무가 아니잖아요." 볼터가 문 쪽으로 뒷걸음치며 깜짝 놀라 머리를 흔들었다.

"이 사람 업무가 뭔데요, 페이긴? 뭔가 수틀리면 먼저 달아나고, 모든 게 잘 돌아가면 혼자 다 먹어치우는 게 업무인가요?" 찰리 베이츠가 볼터의 깡마른 몸을 역겹게 훑어보면서 비아냥거렸다.

"상관 마. 그리고 어른한테 함부로 굴면 안 되지, 엉? 그러다가 나한 테 큰 코 다칠 거야." 볼터가 으름장을 놓았다.

찰리 베이츠는 이 엄청난 협박에 배를 잡고 깔깔 대더니, 페이긴이 참견할 새도 없이, 볼터에게 경찰서 방문이 그리 위험한 일이 아니라는 점을 설명해주었다. 볼터가 저지른 사건은 아직 런던 경찰서에 알려지 지 않았을 테니, 아무도 볼터를 의심하지 않을 거라면서, 위장만 적절 히 한다면 런던의 어디보다 더 무사히 다녀올 수 있을 거라고 했다. 또 한 제발로 경찰서에 오리라고는 어느 누구도 생각지 못할 게 아닌가.

볼터는 찰리의 설명에 반쯤 설득당한 것도 있지만 더 크게는 페이 긴의 협박이 두려워서 마지못해 고개를 끄덕였다. 페이긴의 지시에 따 라, 볼터는 즉시 옷을 갈아입었다. 마차꾼 반바지에 가죽 부츠를 신고, 도로 요금표들이 꽂혀 있는 중절모와 마부 채찍도 챙겼다. 이런 모습으 로 볼터는 코벤트 가든 청과물 시장에서 놀러나온 촌뜨기가 호기심에 기웃거리는 것처럼 경찰서로 어슬렁거리며 들어가기로 했다. 원래 어 색하고 볼품없는 깡마른 친구라서 역할을 충분히 해내리라고 페이긴 은 자신했다.

모든 준비를 마친 후, 볼터는 교묘한 미꾸라지를 알아볼 수 있는 몇 가지 특징을 숙지하고 나서 찰리 베이츠를 따라 어둡고 꼬불꼬불한 길 을 지나 보가(街) 근처에 다다랐다. 찰리는 경찰서의 정확한 위치를 알 려주면서, 곧장 복도를 지나 안뜰이 나오면 오른쪽 계단 위의 문을 열 고 들어가서 모자를 벗으라고 설명해주었다. 그리고 나서, 여기서 기다 리겠다며 얼른 서두르라고 재촉했다.

모리스 볼터는 찰리에게 들은 대로 움직였다. 워낙 정확한 설명이 어서 누구에게 묻지 않고도 순조롭게 치안 판사 앞에 다다를 수 있었 다. 지저분하고 후텁지근한 방 안에 여자들이 대부분인 구경꾼들이 왁자지껄하게 복작대고 있었다. 앞쪽에는 난간으로 막힌 높은 단상이 있었고, 왼쪽에는 피고석, 가운데는 증인석, 오른쪽에는 판사석이 있었다. 이 판사석은 칸막이로 가려져 있어서 평범한 사람들은 그저 법의 엄정함을 상상으로만 그려볼 수 있었다.

피고석에는 여자 둘이 앉아서, 그들을 감탄하며 바라보는 친구들에게 고개를 끄덕이고 있었고, 서기는 경찰관 둘과 탁자 위로 몸을 숙이고 있는 평범한 차림의 남자에게 선서를 시키고 있었다. 간수 하나는 피고석 난간에 삐딱하게 기대서서 커다란 열쇠로 자기 코를 툭툭 치다가, 구경꾼들이 지나치게 목소리가 커지려고 할 때마다 조용히 시켰다. 그러다가 갓난아기가 엄마의 솔에 갇혀 반쯤 숨 막힌 울음소리를 내자 '아기를 데리고 나가시오'라는 명령을 내리기도 했다. 방 안은 갑갑하고 퀴퀴한 냄새가 났다. 벽은 먼지로 색이 바랬고, 천장도 까맸다. 벽난로 선반 위에는 연기에 그을린 오래된 흉상이 있었고, 피고석 위로 먼지가 덮인 시계가 걸려 있었다. 이 시계만이 유일하게 제대로 돌아가고 있었다. 타락이나 빈곤이 사람에게 남긴 오점만큼이나 물건에 찌든 때도 보기 역겨웠다.

볼터는 열심히 미꾸라지를 찾아 두리번거렸다. 하지만 미꾸라지의 엄마나 누이로 어울릴 법한 여성들은 몇몇 눈에 들어오고, 아버지로 짐작될 만한 남자는 한두 명 보였지만, 찰리가 알려준 특징에 딱 맞는 사람은 찾을 수가 없었다. 볼터는 초조하고 불안한 상태로 기다리다가, 여자들의 재판이 끝난 뒤 새로 들어오는 죄수의 모습을 보고서 금세 마음을 놓았다. 보자마자 미꾸라지임을 직감한 것이다.

실제로 잭 도킨스였다. 평소처럼 커다란 외투자락을 걷어 올린 채 왼손은 주머니에 넣고 오른손에는 모자를 들고 건들거리며 들어와 피고석에 자리를 잡고 앉았다. 그러고는 쩌렁쩌렁한 큰 목소리로, 왜 이 불명예스러운 자리에 앉아야 되느냐고 따지고 들었다.

"입 다물지 못해?" 간수가 말했다.

"난 영국 국민이오. 안 그렇소? 내 권리는 어디로 간 거요?" 미꾸라지가 대꾸했다.

"곧 얻게 될 거야. 매운 맛과 함께." 간수가 대답했다.

"내 권리를 뺏으려들면 내무장관이 저 매부리코들에게 뭐라고 할지 어디 보자고. 자, 그럼! 도대체 뭐가 문제야? 판사님들께서 나를 잡아두고 서류만 훑을 게 아니라면 빨리 처리해주시면 고맙겠소. 신사 분과 만날 약속이 잡혀 있거든. 난 내 말에 책임을 지는 남자라고. 사업상 약속 시간은 꼭 지키는 사람이란 말이야. 내가 제시간에 가지 못하면 그 신사 분이 가버릴 텐데. 날 이렇게 붙잡아두고 못 가게 하면 손해배상 소송을 걸 거야. 어디 못 걸 거 같아, 엉!"

이 부분에서 미꾸라지는 향후 소송을 위해서라는 듯 간수에게 '판사석에 앉은 두 판사의 이름'을 물었다. 구경꾼들이 이 말을 듣고 찰리 베이츠만큼이나 배를 잡고 웃어댔다.

"거기 조용히 해!" 간수가 소리쳤다.

"이 녀석은 뭐지?" 판사가 물었다.

"소매치기 건입니다."

"전에도 여기 끌려온 적이 있나?"

"이미 몇 번은 끌려왔어야 할 녀석입죠. 두루 안 잡혀 들어간 곳이 없을 정도입니다. 제가 아주 잘 아는 녀석입죠." 간수가 대답했다.

"어! 나를 안다고, 정말? 좋아. 어쨌든 이건 명예훼손감이군." 교묘한 미꾸라지가 소리치자, 구경꾼들 사이에서 또 한 번 웃음이 터져 나왔고, 뒤따라 조용하라는 명령이 들려왔다.

"자, 그러면, 증인들은 어디 있소?" 서기가 물었다.

"아, 그래! 어디 있어? 나도 보고 싶네." 미꾸라지가 덧붙였다.

미꾸라지의 소원은 즉시 이뤄졌다. 경찰관 하나가 앞으로 나와서, 피고가 사람이 붐비는 곳에서 어떤 신사의 호주머니에서 손수건을 빼내는 걸 봤다고 말했다. 정확하게는 손수건을 빼내자마자 낡은 손수건이라는 걸 알아채고 얼굴을 한 번 닦은 후 다시 집어넣는 모습을 봤다고 설명했다. 그 경찰관은 즉시 미꾸라지에게 다가가 체포했고, 몸을 뒤지니 뚜껑에 이름이 새겨진 은제 코담뱃갑이 나왔다고 증언했다. 궁전 출입 명단을 조사해서 찾아낸 그 신사도 증인으로 나왔다. 그 신사는 코담뱃갑이 자기 것이라고 맹세하면서, 전날 그 복잡한 거리에서 코담뱃갑을 잃어버렸다고 말했다. 또한 그 거리에서 군중들 사이를 헤치고 나가는 젊은이 하나가 유난히 눈에 띄었는데, 바로 피고가 틀림없다고 증언했다.

"피고도 증인에게 물어볼 것이 있느냐?" 판사가 물었다.

"저자와 한 마디라도 주고받아서 내 체면을 떨어뜨리진 않겠소." 미꾸라지가 대답했다.

"아예 할 말이 없느냐?"

"할 말이 없냐는 말씀 안 들려?" 간수가 팔꿈치로 미꾸라지를 쿡 찌르며 다그쳤다.

"미안하오만, 지금 뭐라고 했소?" 미꾸라지가 멍한 눈빛으로 쳐다보며 물었다.

"이런 막돼먹은 부랑자 꼬마는 처음 봅니다, 판사님." 간수가 씨익 웃으며 말을 이었다. "무슨 할 말이 없냐고, 이 사기꾼아."

"없소. 정의가 없는 이곳에서는 말이오. 지금 내 변호사가 하원 부의장하고 아침을 먹고 있으니까, 다른 곳에서는 할 말이 많을 거요. 변호사뿐만 아니라 존경받는 수많은 지인들이 저 매부리코 판사들에게 뭐라고 할지 궁금하구먼. 아마 차라리 태어나지 말 것을, 오늘 아침 나를 재판하러 나오기 전에 하인들에게 모자걸이에 목을 매달아 죽여 달라고 할 것을 하며 후회하게 될 거요. 내가 반드시 …"

"자! 유죄! 어서 데리고 가시오." 서기가 끼어들어 선언했다.

"따라와." 간수가 명령했다.

"아, 그래, 갈 거야." 미꾸라지가 손바닥으로 모자를 털면서 대답했다. "판사님들! 겁에 질린 표정들 해봤자 소용없소. 조금도 안 봐줄 테니. 잘난 판사님들! 반드시 값을 치르게 해줄 거요! 당신네들이 무릎을 꿇고 애원해도 그냥은 못 나가지. 자, 어서 감옥으로 데려가시오! 어서!"

이 말을 끝으로 미꾸라지는 뒷덜미를 잡힌 채 끌려 나갔다. 결국 안뜰로 끌려 나갈 때까지 의회 차원에서 따지겠다며 고래고래 협박을 하고서는 아주 흡족한 표정으로 간수의 얼굴을 쳐다보며 웃었다.

볼터는 미꾸라지가 작은 감방에 갇히는 것을 보고 나서 얼른 찰리와 만나기로 한 장소로 되돌아갔다. 거기서 조금 기다리자, 은밀한 구석에서 조심스럽게 망을 보던 찰리 베이츠가 미행이 없는지를 확인하고 나서야 모습을 드러냈다.

두 사람은 서둘러 발길을 옮겼다. 미꾸라지가 그간의 학습 능력을 총동원해서 영광스러운 평판을 남겼다는 기쁜 소식을 페이긴에게 어서 빨리 전해주고 싶었던 것이다.

7장

로즈 양과의 약속시간을 지키지 못한
낸시와, 페이긴에게
비밀 임무를 부여받은 노아 클레이폴

낸시는 꾀를 부리고 시치미를 떼는 일에 일가견이 있는 여자였지만 앞으로의 일을 생각할 때면 혼란스러운 마음을 완벽히 감추기 어려웠다. 교활한 페이긴과 잔인한 사익스는 남들에게 비밀로 하는 계략도 낸시에게만은 의심 없이 털어놓곤 했다. 그 계략들이 아무리 사악하고 절박하고 씁쓸해도 페이긴에 대한 원한조차 수그러들 때가 있었다. 정작 페이긴 때문에 이렇게 범죄와 불행의 늪에 차츰차츰 빠져서 헤어 나올 수 없게 되었는데도 말이다. 하지만 이제는 낸시가 빼돌린 정보 때문에 페이긴이 붙잡혀 비참한 최후를 맞이하게 될까봐 더 마음이 쓰였던 것이다.

이런 망설임은 오랜 동료와 친구들한테서 완전히 떼지 못한 정 때문일 뿐이었다. 일단 결정을 했고 결코 흔들리지 않겠다고 몇 번이고 다짐했다. 사실 시간이 있었다면 사익스가 걱정돼서 뒤로 물러났을지도 몰랐다. 하지만 그녀는 비밀을 지켜달라고 몇 번이고 당부했고, 아무런 실마리도 남기지 않았으며, 심지어 이 비참한 곳에서 구해주겠다는 도움마저 거절했으니, 사익스를 위해 더 이상 뭘 어떻게 할 수 있겠는가! 낸시는 또다시 마음을 다잡았다.

이렇게 고민을 하면 할수록 결론은 하나뿐이었지만, 갈등은 계속되었고 마음에 상처를 남겼다. 낸시는 며칠 만에 창백하고 핼쑥해졌다. 때때로 눈앞에서 벌어지는 일에도 전혀 신경을 쓰지 않았고, 예전 같으면 가장 큰 목소리로 떠들어댔을 대화에도 끼어들지 않았다. 가끔씩 별로 즐겁지도 않으면서 웃어댔고, 아무 이유나 의미도 없이 소란을 피워댔다. 그러다가도 이내 조용히 턱을 괴고 침울하게 앉아 생각에 잠기곤 했다. 낸시는 억지로 기운을 차리려고 했지만, 그 모습이 더 불안해보였고 생각이 딴 곳에 가 있다는 사실만 더 두드러져 보였다.

일요일 밤이 되었다. 가까운 교회의 종소리가 시간을 알렸다. 사익스와 페이긴은 대화를 잠깐 멈추고 귀를 기울였다. 낮은 의자에 웅크리고 있던 낸시도 고개를 들고 귀를 쫑긋 세웠다. 11시였다.

"자정까지 1시간이 남았어. 게다가 캄캄하고 음침하니, 일하기 딱 좋은 밤이군." 사익스가 덧창을 올리고 밖을 내다보고 나서 자리로 돌아오며 말했다.

"아! 정말 안됐네, 빌. 당장은 일이 없으니 말일세." 페이긴이 맞장구를 쳤다.

"그 말은 맞군. 안된 일이지, 진짜 일하고 싶은데 말이야." 사익스가 불퉁하게 대답했다.

페이긴이 한숨을 내쉬고 실망스러운 듯 고개를 저었다.

"상황이 좋아지면 허비한 시간을 보충해야지. 내가 아는 건 그뿐이야." 사익스가 말했다.

"당연하지. 그 말을 들으니 참 기분이 좋네, 좋아." 페이긴이 용기를 내어 사익스의 어깨를 토닥이며 대답했다.

"기분이 좋다고! 뭐, 그러시든지." 사익스가 소리쳤다.

"하하하! 오늘 밤 아주 자네답군, 빌! 자네다워!" 페이긴이 약간 안도하듯 웃음을 터뜨렸다.

"당신이 시들시들한 늙은 손을 내 어깨에 올려놓으면 나답게 느껴지지 않으니, 어서 치우쇼." 사익스가 페이긴의 손을 떨쳐내며 말했다.

"붙잡히던 때가 떠올라서 초조한가 보지, 빌?" 페이긴이 기분 상한 모습을 보이지 않으려고 무심하게 물었다.

"악마한테 붙잡히는 게 떠오르지. 당신 같은 얼굴을 한 남자가 또 있을라고. 혹시 모르지, 당신 아비일지. 아마 지금쯤 붉은 수염을 지옥불에 지지고 있을 거요. 당신이 악마한테서 곧바로 태어난 자식이 아니라면 말이지. 악마의 자식이라고 해도 전혀 손색이 없긴 한데." 페이긴은 이 같은 찬사에도 아무런 대꾸 없이 사익스의 소매를 잡아당겨 낸시를 가리켰다. 마침 낸시는 두 남자가 대화하는 틈을 타서 보닛을 쓰고 방을 나가려던 참이었다.

"어이! 낸시, 이 밤에 어딜 가려는 거야?" 사익스가 소리쳤다.

"멀리 안 가."

"무슨 대답이 그래? 어디 가냐고?" 사익스가 되물었다.

"말했잖아, 멀리 안 나간다고."

"나도 물었지, 어디 가냐고? 내 말 안 들려?" 사익스가 되받아쳤다.

"나도 어디로 갈지 모르겠어." 낸시가 대답했다.

"그러면 내가 알려주지. 아무 데도 못 가. 앉아 있어." 사익스는 낸시가 나가는 것을 정말 반대해서가 아니라 그냥 고집을 부리는 거였다.

"몸이 좀 안 좋아. 저번에 말했잖아. 바람 좀 쐬고 싶어." 낸시가 애원했다.

"창 밖으로 머리를 내밀어." 사익스가 대답했다.

"그걸로는 충분치 않아. 길거리에서 쐬고 올게."

"그럼, 다 그만둬." 사익스가 단호하게 벌떡 일어서더니 문을 잠그고 열쇠를 뽑은 다음, 낸시의 머리에서 보닛을 벗겨서 낡은 찬장 위로 던져버렸다.

"자, 이제 그 자리에 가만히 앉아 있어, 알겠지?"

"보닛이 없다고 못 나갈 줄 알아? 도대체 왜 이러는 거야, 빌? 지금 무슨 짓을 하는 거냐고?" 낸시가 하얗게 질린 얼굴로 소리쳤다.

"무슨 짓이냐고? 아! 이 여자가 정신이 나간 모양이오. 감히 이런 식으로 덤벼들다니!" 사익스가 페이긴을 돌아보며 말했다.

"날 이렇게까지 몰아붙여야겠어? 날 보내줘, 어서, 당장." 낸시가 뭔가 터져 나오려는 것을 억누르듯이 양손을 가슴에 댄 채 겨우 말을 내뱉었다.

"안 돼!" 사익스가 대답했다.

"페이긴, 어서 날 보내주라고 해요. 그게 좋을 거예요. 이 사람에게도 그렇고. 내 말 안 들려요?" 낸시가 발로 바닥을 쿵쿵 구르며 소리를 질렀다.

"말이 안 들리냐고?" 사익스가 의자를 돌려 낸시를 마주보며 말을 이었다. "그래, 들리지! 30초만 더 들리면 개가 네 목을 물어뜯어 비명 소리가 나게 해줄 거야. 도대체 뭐에 씐 거지? 왜 그러냐고?"

"날 보내줘." 낸시가 심각하게 말하면서 문 앞에 주저앉아 간청했다. "빌, 날 보내줘. 지금 무슨 짓을 하는지 알아? 당신은 몰라, 정말로. 단 한 시간만, 제발, 응!"

"이 여자가 미친 게 아니라면 내 팔다리를 하나씩 자르라고! 어서 일어나." 사익스가 낸시의 팔을 거칠게 잡으면서 소리쳤다.

"날 보내주기 전에는 안 일어나. 절대, 안 일어난다고!" 낸시가 비명을 질렀다.

사익스는 잠시 지켜보다가 단숨에 낸시의 양손을 묶고서 질질 끌고 옆방으로 갔다. 거기서 긴 의자에 앉은 채 낸시를 다른 의자에 밀어 넣고 힘으로 눌렀다. 낸시는 몸부림치면서 애원하다가 12시를 알리는 종이 울리자 너무 지치고 힘들었던지 더 이상 저항하지 않았다. 사익스는 욕설을 내뱉으며 오늘 밤은 다시 나갈 생각조차 하지 말라며 엄포를 놓고 페이긴에게로 돌아갔다.

"휴! 정말 이상한 계집이라니까!" 사익스가 얼굴의 땀을 훔치며 말했다.

"정말 그렇군, 정말 그래." 페이긴이 생각에 잠긴 얼굴로 맞장구를 쳤다.

"도대체 왜 오늘 밤에 저렇게 나가려고 한 것 같소? 당신이 낸시를 더 잘 알잖아. 왜 저러지?" 사익스가 물었다.

"옹고집이지. 여자의 옹고집인 것 같네."

"뭐, 내 생각도 그렇소. 잘 길들인 줄 알았는데 여전하니, 원." 사익스가 으르렁거렸다.

"더 나빠졌지. 이런 사소한 이유로 저러는 걸 본 적이 없다네." 페이긴이 여전히 생각에 잠긴 표정으로 말했다.

"나도 처음 봤어. 내 생각엔 아직도 피 속에 열병이 남아 있는 것 같소. 그게 말끔히 나오지 않은 거지." 사익스가 말했다.

"아마 그럴 걸세."

"또다시 저러면 의사를 귀찮게 할 것도 없이 내가 피를 좀 흘리게 해주지 뭐." 사익스가 말했다.

페이긴은 이 치료법에 동의한다는 듯 고개를 끄덕였다.

"그래도 내가 앓아누워 있을 때, 밤낮으로 붙어 있던 여자요. 늑대처럼 시커먼 속을 가진 당신과는 정반대로 말이지. 거기다 요즘 아주 쪼들렸다고. 이런저런 이유로 걱정스럽고 짜증이 났겠지. 여기 너무 오래 갇혀 있어서 답답하기도 했을 거고, 안 그렇소?" 사익스가 말했다.

"바로 그걸세. 잠깐!" 페이긴이 속삭이며 대답하던 중에, 낸시가 불쑥 나와서 아까 앉았던 자리로 갔다. 눈이 퉁퉁 부어서 충혈되어 있었다. 낸시는 몸을 앞뒤로 흔들다가 고개를 뒤로 젖히고 웃음을 터뜨렸다.

"어, 이젠 또 정반대네!" 사익스가 놀란 표정으로 페이긴을 돌아보며 탄식했다.

페이긴은 신경 쓰지 말라며 고개를 까딱였고, 잠시 뒤에 낸시는 평소대로 돌아왔다. 페이긴은 사익스에게 또다시 발작이 일어날 것 같지는 않다고 속삭인 후, 모자를 집어 들고 작별인사를 했다. 페이긴은 방문 앞에서 잠시 뜸을 들이더니, 뒤돌아보며 캄캄한 계단에 불 좀 비춰 주겠냐고 물었다.

"낸시, 밑에까지 불 좀 비춰 드리라고. 영감이 내려가다가 목을 부러뜨려도 캄캄해서 아무도 못 보면 얼마나 아쉽겠어. 어서 불을 비춰 드려." 낸시는 촛불을 들고 페이긴을 따라 계단을 내려갔다. 복도에 다다르자, 페이긴은 입술에 손가락을 대고 낸시에게 가까이 다가가 속삭였다. "무슨 일이냐, 낸시, 응?"

"무슨 말이에요?" 낸시가 단조로운 어투로 물었다.

"네가 난리를 피운 이유 말이다. 혹시 저자가 너한테 너무 심하게 굴면, 왜 그냥 …" 페이긴이 앙상한 집게손가락으로 위층을 가리키며 귓속말을 하다가 머뭇거렸다.

"뭘요?" 낸시가 묻자, 페이긴은 낸시의 눈을 빤히 바라보았다.

"지금은 이쯤 해두고, 다시 얘기하자꾸나. 낸시, 난 너의 친구야. 너의 충실한 친구. 아주 조용하고 은밀하게 처리할 수 있는 방편이 많단다. 혹시라도 너를 개 취급하는 녀석에게 복수하고 싶으면! 아니, 개만도 못한 취급이지, 때때로 개 비위는 맞춰주니 말이야. 결심이 서면 나에게 오거라. 저런 녀석은 하룻밤 강아지만도 못하니까. 하지만 낸시, 넌 날 잘 알지, 아무렴."

"아주 잘 알고 있죠." 낸시는 감정을 전혀 드러내지 않고 대답했다. "그럼, 안녕히 가세요."

낸시는 페이긴이 손을 내밀자 뒤로 주춤 물러났지만, 담담한 목소리로 다시 작별인사를 하고서 고개를 끄덕이며 문을 닫았다.

페이긴은 골똘히 생각에 잠긴 채 집으로 걸어가고 있었다. 방금 일어난 일 덕분에 확신하게 되었지만, 그 전부터도 조금씩 떠오르던 생각이었다. 바로 낸시가 거칠게 구는 사익스에게 지쳐서 새로운 사랑을 시작했다는 확신이었다. 어느 순간, 낸시의 태도가 바뀌었고 혼자 외출하려는 일이 잦아졌다. 게다가 예전 같으면 열정적으로 참견했을 패거리 일에 무심했고, 특정한 밤 시간에 절박하게 집을 나가려고 하지 않았던가. 낸시가 새롭게 좋아하게 된 남자는 우리 부하 중에는 없었다. 아마도 낸시 같은 일꾼과 더불어 값진 자산이 될 인물일 터였다. 페이긴은 그 인물을 당장에라도 포섭하고 싶었다.

여기에는 음흉한 목적이 또 하나 있었다. 사익스는 너무 많은 것을 알고 있었고, 계속되는 조롱과 악담에 페이긴도 슬슬 염증이 났다. 낸시도 사익스를 떨쳐버리면 사익스의 분노를 감당 못하리라는 사실을 잘 알고 있을 터였다. 새로운 남자도 사익스한테 다리가 부러지거나 목숨이 위태로워질 것이다. 페이긴은 속으로 생각했다.

'조금만 설득하면 그 애도 독살보다 더 나은 방법이 없다는 걸 인정하게 되겠지. 여자들은 이전에도 똑같은 목표를 위해 더한 짓도 해왔잖아. 그렇게만 되면, 이 세상에서 내가 미워하는 그 악당 녀석이 완전히 사라지는 거야. 또 다른 녀석이 그 자리를 차지하겠지. 이 범죄를 꼬투리 삼아 낸시만 꽉 잡아두면 영원히 이용해먹을 수 있을 거야.'

페이긴이 사익스의 방에 홀로 앉아 있던 짧은 시간에 이런 생각들이 머릿속을 스쳐 지나갔고, 낸시와 헤어질 때 몇 마디 운을 띄워본 것이었다. 낸시는 놀란 표정을 짓지도 않았고, 영문을 모르겠다는 표정도 짓지 않았다. 분명히 페이긴의 말을 알아들었을 것이다. 헤어질 때의 눈빛이 다 말해주고 있었다.

하지만 낸시는 실제로 사익스를 죽이려는 계략을 들으면 뒤로 주춤 물러설지도 몰랐다. 지금으로서는 이게 가장 큰 문제였다.

'어떻게 하면 내 말을 좀 더 잘 듣게 할 수 있지? 뭔가 새로운 힘이 필요한데 말이야.'

페이긴은 열심히 머리를 굴렸다. 낸시가 순순히 털어놓지 않더라도 감시를 붙여서 새로운 남자를 알아내어 사익스에게 밝히겠다고 협박을 하면서 계략에 따르라고 한다면 어떨까.

"그래, 그렇게 되면 감히 거절하지 못하겠지. 제 목숨을 건다 해도 말이야. 이미 방법은 다 마련해뒀으니, 실행에 옮겨야지. 낸시, 아직 넌 내 손바닥 안이구나!" 페이긴이 사방에 거의 다 들릴 정도로 혼잣말을 했다.

페이긴은 어두운 눈빛으로 뒤를 돌아보며 사나운 악당이 사는 곳을 향해 위협적으로 손을 흔들었다. 그러고는 앙상한 손가락으로 원수들을 뭉개듯이 누더기옷의 주름을 하나하나 쥐어짜면서 집으로 향했다.

유대인 노인은 다음날 아침 일찍 일어나서 새로운 동료를 초조하게 기다렸다. 끝없이 계속될 것 같던 기다림 끝에, 노아가 모습을 드러내더니, 게걸스럽게 아침을 먹기 시작했다.

"볼터." 페이긴이 의자를 끌어다 노아의 맞은편에 앉으면서 말을 걸었다.

"네, 왜 그래요? 무슨 문제 있어요? 아침을 다 먹을 때까지 뭐 시키지 말아요. 그게 이곳의 큰 문제라고요. 밥 먹을 시간도 다 안 주고 말이야." 노아가 대꾸했다.

"먹으면서도 얘기는 할 수 있잖나, 안 그래?" 페이긴은 이 욕심 많은 젊은 친구에게 마음속으로 저주를 퍼부으며 말했다.

"오, 그렇죠. 얘기를 하면 더 잘 먹어요. 샬롯은 어디 있죠?" 노아가 큼직하게 빵을 잘라내면서 말했다.

"나갔다네. 오늘 아침에 다른 여자애하고 내보냈지. 자네랑 단 둘이 있고 싶어서 말일세."

"아! 샬롯을 내보내기 전에 버터 바른 빵 좀 구워놓으라고 했으면 좋았을 텐데. 뭐, 할 수 없죠. 자, 어서 말해보쇼. 먹는 덴 지장 없으니까."

사실 무엇도 먹는 데는 지장이 없어보였다. 확실히 노아는 먹기만 하려고 결심한 사람처럼 보였기 때문이다.

"어젠 참 잘했네. 훌륭해! 첫날에 6실링 9펜스 반이라니! 꼬마 등치기로 한몫 잡을 걸세."

"거기다 1파인트짜리 단지 세 개랑 우유깡통 하나도 잊지 말아야죠." 노아가 덧붙였다.

"그럼, 그럼. 단지는 아주 천재적인 솜씨였어. 우유깡통은 완전 걸작이었고."

"내가 보기에도 처음치고는 괜찮았어요. 단지는 바깥난간에서 집어왔고, 우유깡통은 술집 밖에 덩그러니 놓여 있더군요. 비를 맞으면 녹슬거나 감기에 걸릴 것 같아서 말이에요. 하하하!" 노아가 흡족해하며 농담을 던졌다.

페이긴은 크게 웃는 척했고, 노아는 실컷 웃고 나서 첫 번째 빵 덩어리를 다 먹어치운 뒤 두 번째 빵을 집어 들었다.

"볼터, 난 자네가 일 하나를 해줬으면 하네. 아주 조심해야 하는 일이야." 페이긴이 식탁 위로 몸을 기울이면서 말했다.

"더 이상 경찰서 같은 위험한 곳으로 밀어 넣을 생각 마세요. 나에게 맞지 않으니, 하는 말이에요."

"이 일은 조금도 위험하지 않네. 아주 조금도. 그냥 여자 하나를 몰래 미행하면 되는 걸세."

"늙은 여자요?"

"젊은 여자라네."

"뭐, 그런 일이라면 잘할 수 있겠군요. 학교에 다닐 때 그런 짓 많이 했죠. 그래, 왜 미행해야 하는 거죠? 혹시…."

"별 거 없다네. 그 여자가 어디를 가고 누굴 만나는지 무슨 말을 하는지 나에게 알려주면 돼. 길이면 어느 길이고, 집이면 어떤 집인지 기억했다가 모조리 알려주게."

"얼마 줄 거요?" 노아가 컵을 내려놓으면서 페이긴의 얼굴을 뚫어져라 바라보며 물었다.

"일을 잘하면 1파운드 주지. 자그마치 1파운드라네. 이 정도면 지금까지 값나가는 물건 말고는 어떤 일에도 쳐준 적 없는 돈이라고." 페이긴은 노아의 흥미를 끌려고 애쓰며 답했다.

"그 여자가 누군데요?"

"우리 패거리 중 하나지."

"저런! 같은 편 여자를 의심하시다니." 노아가 코를 찡긋하며 소리쳤다.

"그 여자가 새로운 친구들을 만나고 있는데, 누구인지 꼭 알아내야 하거든."

"알겠어요. 만약 괜찮게 사는 사람들이면 그냥 알고 지내고 싶어서 겠죠? 하하하! 그런 일이라면 내가 딱이지."

"그럴 줄 알았네." 페이긴은 제안이 받아들여지자 우쭐해서 소리쳤다.

"물론이죠. 그 여자는 어디 있어요? 어디서 기다리면 되죠? 어디로 가야 하나요?"

"자, 자, 그런 건 내가 다 알려주겠네. 적절한 때가 되면 그 여자를 알려줄 테니, 일단 준비만 하고 있게. 나머지는 나에게 맡기고."

그날 밤과 다음날 밤, 또 그 다음날 밤에도 노아는 마차꾼 차림을 한 채 신을 신고 페이긴의 명령을 기다렸다. 길고 지루한 6일 밤이 지나갔다. 그 밤에도 페이긴은 낙담한 얼굴로 집에 돌아왔고, 아직 때가 안 되었다고만 했다. 7일째 되던 날, 페이긴이 기쁨을 감추지 못하고 일찍 돌아왔다. 바로 일요일이었다.

"오늘 밤 밖에 나갈 거야. 분명히 그 일 때문이지. 오늘 하루 종일 혼자 있었고, 그 아이가 무서워하는 남자는 동이 틀 때까지 돌아오지 않을 테니까. 어서 따라와, 당장!"

페이긴의 명령에 노아는 아무런 말 없이 벌떡 일어섰다. 유대인 노인이 너무나 흥분한 상태여서 노아도 긴장감이 커졌기 때문이다. 두 사람은 집에서 몰래 나와 미로 같은 골목길을 지나 어느 술집 앞에 다다랐다. 알고 보니, 노아가 런던에 와서 처음 묵었던 술집이었다.

이미 11시를 넘긴 시간이었고 술집 문은 닫혀 있었다. 페이긴이 낮게 휘파람을 불자 살며시 술집 문이 열렸다. 두 사람이 조용히 들어가자 문이 슬그머니 닫혔다.

문을 열어준 젊은 유대인과 페이긴이 아무런 말 없이 손짓으로만 주고받더니, 노아에게 유리창을 가리키며 의자에 올라가서 옆방의 사람을 관찰하라고 손짓했다.

"저게 그 여자요?" 노아가 숨죽인 목소리로 묻자, 페이긴이 고개를 끄덕였다.

"얼굴이 잘 안보여요. 고개를 숙이고 있는데, 촛불마저 뒤에 있다고요." 노아가 속삭였다.

"가만히 있어보게."

페이긴이 바니에게 들어가 보라고 손짓을 했다. 그러자 바니는 당장 옆방으로 들어가서 초의 심지를 잘라내는 척하면서 촛불을 적당한 위치에 옮겨놓았다. 또한 여자에게 말을 걸어서 얼굴을 들게 했다.

"아, 이제 보여요."

"선명하게?"

"네, 천 명 속에서도 알아보겠어요."

방문이 열리고 여자가 나오자, 노아가 의자에서 황급히 내려왔다. 페이긴이 커튼이 쳐진 작은 칸막이 뒤로 노아를 끌고 갔다. 두 사람은 숨을 죽인 채, 바로 1미터 앞으로 여자가 지나쳐서 문 밖으로 나갈 때까지 기다렸다.

"쉿! 가라고." 바니가 문을 잡아주며 소리치자, 노아가 페이긴과 눈짓을 주고받은 후 쏜살같이 뛰쳐나갔다.

"왼쪽으로, 왼쪽으로 가라고. 계속 건너편에서." 바니가 속삭였다.

노아는 그렇게 따라갔다. 여자는 벌써 가로등 불빛 아래 저 멀리 사라지고 있었다. 여자의 행동을 더 잘 관찰하려고, 건너편 길에서 최대한 따라붙었다. 여자는 초조한 듯 두세 번 주변을 돌아보았고, 뒤의 남자 둘을 먼저 보내기 위해 한 번 멈춰 서기도 했다. 노아는 여자에게서 눈을 떼지 않고 일정한 거리를 유지하면서 따라갔다.

8장

지켜진 약속

교회 시계종이 11시 45분을 알리자, 런던교 위에 두 사람의 형체가 나타났다. 빠르고 날쌘 걸음을 옮기는 한 사람은 여자였다. 누군가를 찾는 것처럼 열심히 주위를 두리번거리고 있었다. 다른 한 사람은 남자였다. 가장 어두운 곳을 찾아다니며 슬며시 움직이고 있었다. 남자는 멀찌감치 떨어져서 여자와 보폭을 맞추어 걷다가 여자가 멈춰 서면 똑같이 멈춰 섰다. 그러다가 여자가 다시 움직이면 몰래 따라갔다. 하지만 결코 여자의 발걸음에 겹치지 않도록 주의하면서 쫓아갔다. 두 사람은 미들섹스에서 서리 기슭 쪽으로 런던교를 건너갔다. 그러던 중에 여자가 초조하게 행인들을 살펴보다가 실망했는지 갑자기 뒤로 돌아섰다. 하지만 감시하던 남자는 별로 놀라지도 않았다. 그냥 교각 위 틈새에 몸을 웅크리고 숨어서 반대쪽 인도로 여자가 지나가기만을 기다렸다. 여자가 아까와 같은 거리만큼 앞서 나가자, 남자는 소리 없이 미끄러져 내려와 다시 여자를 쫓아갔다. 다리의 중간쯤 되는 곳에서 여자가 멈춰 서자, 남자도 멈춰 섰다.

무척 어두컴컴한 밤이었다. 낮부터 날이 좋지 않아서 이 시간에 돌아다니는 사람은 더 없었다. 어쩌다 행인이 지나가더라도 급히 지나쳐 갔기 때문에 여자나 그 여자를 따라다니는 남자를 보았을 가능성이 거의 없었다. 두 사람의 행색도, 그날 밤에 머리를 누일 다리 밑이나 문 없는 움막을 찾아 다리를 건너가던 런던의 가난한 사람들이 성가시게 따라붙을 만한 차림이 아니었다. 두 사람 모두 말없이 가만히 서서 누구에게도 말을 걸지 않았고 두 사람에게 말을 거는 사람도 없었다.

강 위로 안개가 깔려서 런던의 여러 부두에 정박해둔 작은 배들 위의 모닥불이 더욱 붉게 보였고, 강둑 양쪽의 음침한 건물들은 더욱 어둡고 흐릿하게 보였다. 이 연기에 그을린 낡은 창고 건물들은 빽빽하게 들어선 지붕들 위로 묵직하고 음울하게 솟아올라, 너무 새카매서 그림자조차 비치지 않는 어두운 강물을 내려다보고 있었다. 오랫동안 런던교를 지켜봐온 세인트 세이비어 교회의 탑과 세인트 매그너스 교회의 첨탑이 어둠 속에 보였다. 하지만 다리 아래로 빽빽하게 늘어선 배들과, 다리 위로 흩어져 있는 교회 종탑들은 거의 어둠에 묻혀 보이지 않았다.

여자가 초조함을 감추지 못하고 이리저리 서성이던 그 때, 세인트 폴 대성당의 묵직한 종소리가 또다시 하루의 마감을 알렸다. 이 복잡한 도시에 자정이 찾아온 것이다. 궁전과 다락방, 감옥과 정신병원, 탄생과 죽음의 방들, 건강과 질병의 방들, 얼굴이 딱딱하게 굳은 시체와 곤히 잠든 아이. 이 모두의 위로 자정이 찾아왔다.

자정에서 채 2분도 안 지난 시각에 런던교 바로 앞에서 젊은 숙녀가 백발의 신사와 함께 전세마차에서 내리더니, 전세마차를 보내고 곧장 다리를 향해 걸어왔다. 두 사람이 인도에 발을 내딛자마자 여자가 깜짝 놀라 즉시 다가갔다.

두 사람은 이미 기대감 없이 혹시나 하는 심정으로 주위를 둘러보며 걸어가던 중이었다. 그 때 갑자기 어떤 여자가 불쑥 앞에 나타났던 것이다. 두 사람은 깜짝 놀라 소리를 내며 멈춰 섰다가 곧 소리를 억눌렀다. 때마침 시골 옷차림을 한 남자가 확 다가오는 것 같더니 실제로 옷깃을 스치고 지나갔기 때문이다.

"여긴 안 돼요. 여기서는 말하기 무서워요. 이리 오세요. 큰길 말고 저 계단 아래로요!" 낸시가 황급히 말하며 손으로 방향을 가리킬 때, 시골 옷차림을 한 남자가 뒤를 돌아보며 길을 다 가로막고 뭐하냐고 거칠게 말하면서 지나갔다.

낸시가 가리킨 계단은 서리 강둑 쪽으로, 세인트 세이비어 교회 쪽 다리에서 강으로 이어지는 계단이었다. 시골 옷차림을 한 남자는 급하게 몰래 이 계단까지 가서 잠깐 살펴본 후 계단을 내려가기 시작했다.

이 계단은 다리의 일부로, 세 개의 층계참으로 이루어져 있었다. 두 번째 층계참 끝 바로 아래로 왼쪽의 석벽은 템스 강을 바라보는 장식용 벽기둥이 끝나는 지점이다. 이 지점에서 아래 계단들은 넓어지기 때문에, 벽을 끼고 돌아가면 위층 계단에 있는 사람들은 바로 한 계단 위에 있다 해도 이 아래쪽이 보이지 않았다. 시골 옷차림을 한 남자는 이 지점에 이르자 급히 주위를 둘러보았다. 몸을 숨기기에 이보다 더 좋은 곳은 없어 보였고, 마침 썰물 때라서 공간은 넉넉했다. 남자는 벽기둥에 등을 대고 슬쩍 옆으로 돌아가서 기다렸다. 저들이 이 아래까지 내려오지는 않을 터였고, 대화 소리는 안 들리더라도 안전하게 다시 뒤쫓을 수는 있는 거리라고 그는 확신했다.

이 외로운 장소에서는 어찌나 시간이 느리게 흐르는지 몰랐다. 거기다 남자가 기대하던 것과는 완전히 다른 장면이 펼쳐져서 여자의 동

미행하다.

기가 무엇인지 너무나 궁금해서 몸이 근질거렸다. 결국 여러 번 조바심을 내다 포기하면서, 저들이 훨씬 더 위쪽에 서 있거나 은밀한 대화를 나누려고 완전히 다른 곳으로 가버린 거라고 넘겨짚었다. 남자가 숨은 곳에서 빠져 나와 막 계단을 올라가려던 참에, 발걸음 소리가 났고 곧바로 아주 가까운 곳에서 목소리가 들려왔다.

남자는 벽에 몸을 바싹 붙이고 숨죽인 채 조심스럽게 귀를 기울였다.

"이만하면 충분히 왔잖소. 더 이상은 가지 않겠소. 다른 사람 같았으면 당신을 믿고 이렇게 멀리까지 오지도 않았을 거요. 하지만 난 이렇게 당신 비위까지 맞춰주고 있잖소." 분명히 노신사의 목소리였다.

"비위까지 맞춰준다고요! 아주 사려 깊으시네요. 제 비위까지 맞춰주신다니요! 뭐, 좋아요, 그건 문제가 아니죠." 낸시가 소리치자 노신사가 한층 누그러진 어조로 말했다.

"왜, 무엇 때문에, 무슨 목적으로 우리를 이 이상한 장소로 데려온 거요? 저기 불빛이 비추고 사람들이 오가는 저 위에서는 왜 말을 못 하게 하고 이렇게 어둡고 음침한 소굴 같은 곳으로 우리를 데려온 거요?"

"말씀드렸잖아요. 저기서는 무서워서 말을 못 한다고요. 왜 그런지 모르겠지만 오늘 밤은 너무나 두렵고 무서워서 제대로 서 있지도 못할 지경이에요."

"무엇이 그렇게 두렵소?" 노신사가 낸시를 애처롭게 여기는 표정으로 물었다.

"저도 모르겠어요. 안 그랬으면 좋겠는데, 죽음에 대한 끔찍한 생각들과 피가 묻은 수의들, 불에 타듯 뜨거운 두려움이 하루 종일 사라지질 않았어요. 오늘 밤엔 책을 읽고 있었는데, 똑같은 공포가 글자처럼 선명하게 나타났죠."

"그저 상상일 뿐이오." 노신사가 달래며 말했다.

"상상이 아니에요. 진짜로 맹세하는데, 책장을 펼칠 때마다 '관'이라는 시커먼 글자가 커다랗게 쓰여 있었다고요. 아, 그리고 오늘 밤 거리에서도 관이 하나 스쳐 지나갔어요." 낸시가 쉰 목소리로 대답했다.

"그건 이상한 일도 아니오. 나도 자주 겪었소." 노신사가 말했다.

"그건 '진짜 관'이었겠죠. 제가 본 건 아니었어요." 낸시가 대꾸했다.

한편, 숨어서 엿듣던 남자는 낸시의 태도가 너무나 유별나서 낸시가 입을 뗄 때마다 살에 소름이 돋았고 피가 차갑게 식는 것 같았다. 희한하게도 젊은 숙녀가 진정하라면서 그런 끔찍한 환상에 사로잡혀 괴로워말라며 달래는 다정한 목소리가 들려오자, 그렇게 안심이 될 수가 없었다.

"좀 친절하게 말씀해주세요. 가여운 사람이니, 좀 더 다정하게 대해주셔야죠." 젊은 숙녀가 노신사에게 말했다.

"그쪽의 오만한 신앙인들이라면 오늘 밤 저를 보고 고개를 빳빳이 세운 채 지옥불과 심판에 대해 설교를 늘어놓았겠지요. 오, 상냥한 아가씨, 왜 하느님의 백성이라고 주장하는 사람들이 가엾은 우리에게 아가씨처럼 부드럽고 다정하게 대해주지 않을까요? 아가씨야말로 젊음과 아름다움뿐만 아니라 저들이 잃어버린 모든 것을 갖춘 분이니 그렇게 겸손하지 않고 좀 더 오만할 수도 있는 분인데!" 낸시가 울부짖었다.

"아! 터키인도 기도를 할 때는 세수를 깨끗이 한 후 얼굴을 동쪽으로 돌리는데, 그 잘난 사람들은 세상에 얼굴을 비벼 미소를 지워버린 후 천국의 가장 어두운 쪽으로 얼굴을 돌린다오. 이슬람교도와 위선적인 바리새인을 놓고 고르라면 당연히 이슬람교도를 고르겠소!" 노신사는 젊은 숙녀를 향해 이 말을 하는 것처럼 보였다. 아마도 낸시에게 마음을 추스를 시간을 주고자 하는 것 같았다. 잠시 뒤, 노신사는 낸시에게 말을 걸었다. "지난 일요일 밤에는 여기 나오지 않았잖소."

"올 수가 없었어요. 강제로 붙잡혀 있었거든요."

"누구에게 말이오?"

"빌, 일전에 이 아가씨에게 말한 적 있는 남자한테요."

"혹시 의심받고 있는 건 아니오? 오늘 밤 우리가 여기에서 만나게 된 문제로 말이오." 노신사가 물었다.

"아뇨. 이유를 대지 않고는 외출하기가 너무 어려워요. 지난번에도 아편을 탄 술을 먹이지 않았다면 이 아가씨를 만날 수 없었을 거예요." 낸시가 고개를 저으며 대답했다.

"당신이 돌아가기 전에 그 남자가 깨어났었소?" 노신사가 물었다.

"아뇨. 그 사람뿐 아니라 다른 누구도 저를 의심하지 않았어요."

"좋소. 이제 내 말을 들어보시오."

"네, 전 준비됐어요." 노신사가 잠시 말을 멈추자, 낸시가 대답했다.

"이 아가씨가 나를 포함해서 믿을 만한 친구들 몇몇에게 당신이 2주일 전에 말해준 얘기를 전해주었소. 사실 처음엔 속으로 당신을 믿어도 될지 의심했지만 지금은 확실히 믿고 있소." 노신사가 입을 열었다.

"네, 믿으세요." 낸시가 진지하게 대답했다.

"다시 한 번 말하지만 확고하다오. 당신을 믿는다는 걸 증명하기 위해서라도 주저하지 않고 말하겠소. 우리는 멍크스란 자를 겁박해서라도 비밀을 털어놓게 할 작정이오. 하지만 만약, 만약에 멍크스를 잡지 못하거나, 잡았다 하더라도 우리가 원하는 대로 할 수 없는 경우엔 당신이 그 유대인 노인을 넘겨줘야겠소." 노신사가 말했다.

"페이긴을요!" 낸시가 뒤로 주춤하며 소리쳤다.

"당신이 그자를 우리에게 넘겨줘야 하오."

"그렇게는 안할 거예요! 절대로! 아무리 악마 같은 사람이라도, 게다가 나에게는 악마보다 더 나쁜 짓을 많이 했지만, 절대 그럴 수는 없어요." 낸시가 대답했다.

"안할 거라고?" 노신사는 그런 대답을 충분히 예상한 듯 되물었다.

"절대로!"

"이유를 말해주시오."

"한 가지 이유는 이 아가씨가 알고 있고 저를 지지해줄 거예요. 그래주실 거예요. 저한테 약속했으니까요. 또 다른 이유도 있어요. 페이긴이 나쁜 인생을 살았지만 그건 저도 마찬가지예요. 우리 패거리는 똑같은 길을 함께 지나왔어요. 그러니 그들을 밀고할 수는 없어요. 그들도 나를 밀고할 수 있었지만 안 했어요. 다들 나쁜 사람이긴 마찬가지지만요." 낸시가 단호하게 대답했다.

"그렇다면, 멍크스를 넘겨주시오. 내가 처리하겠소." 노신사는 원래 원했던 목표인 듯 재빨리 제안했다.

"그자가 다른 사람들을 밀고하면 어쩌죠?"

"멍크스가 진실을 털어놓기만 하면 거기서 문제를 끝낼 거라고 약속하오. 올리버의 짧은 이력에는 공개적으로 드러내기가 고통스러울 상황들이 있을 게 분명하니 말이오. 일단 진실을 알아내기만 하면 다 없던 걸로 치겠소."

"만약 진실을 못 밝히면요?"

"그럴 경우에도 당신의 동의 없이는 이 페이긴이라는 유대인을 법정에 세우지 않겠소. 만약 법정에 세우더라도 반드시 당신이 인정할 만한 이유를 말해줄 수 있을 거요."

"아가씨도 약속하시는 건가요?"

"네, 진심으로 맹세해요." 로즈 양이 충실하게 대답했다.

"멍크스는 당신이 어떻게 알게 되었는지 영원히 모르겠죠?" 낸시가 잠시 뜸을 들이다가 물었다.

"당연하오. 멍크스는 그 정보가 어디서 나왔는지 상상도 못할 거요."

"어릴 때부터 나는 거짓말쟁이들 사이에서 거짓말쟁이로 자랐어요. 하지만 당신의 말은 믿어볼래요." 낸시가 또다시 뜸을 들이다가 대답했다.

낸시는 두 사람에게서 확실한 약속을 받고 나서야 본격적인 얘기를 시작했다. 하지만 목소리가 너무 낮아서 엿듣는 남자는 종종 요점을 파악하기가 힘들 정도였다. 그날 밤 들렀던 술집의 이름과 위치를 묘사하기 시작하면서 가끔씩 말을 멈추었는데, 노신사가 정보를 황급히 받아 적고 있는 모양이었다. 그 술집의 위치가 어디인지, 어디에서 남몰래 가장 잘 지켜볼 수 있는지, 멍크스가 습관적으로 들락날락거리는 밤 시간이 언제인지를 낱낱이 설명하면서, 멍크스의 특징과 생김새를 더 자세히 떠올려보려는 듯 잠시 생각에 빠졌다.

"키가 커요. 다부진 체격이지만 뚱뚱하지는 않고요. 그리고 걸을 때 아주 은밀하게 살금살금 다녀요. 계속 어깨 너머로 이쪽저쪽을 돌아보면서요. 아, 이 점을 기억하세요. 다른 사람에 비해 눈이 움푹 꺼져 있어서 단번에 알아볼 수 있거든요. 얼굴은 머리카락이나 눈동자처럼 까매요. 나이는 스물여섯이나 스물여덟 정도로 보이지만 아주 핼쑥하고 초췌한 모습이에요. 입술은 자주 변색되고 치아 자국으로 보기 흉해요. 갑작스럽게 발작을 일으키고 때때로 손을 물어뜯어서 손이 상처로 뒤덮여 있기도 해요. 왜 그리 놀라세요?" 낸시가 갑자기 말을 멈추며 물었다.

노신사는 별로 놀라지 않았다고 황급히 대답하면서 얘기를 계속하라고 재촉했다.

"제가 말한 술집에서 들은 이야기도 섞여 있어요. 직접 본 건 두 번

뿐이고 두 번 다 그 사람은 커다란 망토로 몸을 감싸고 있었거든요. 이 정도가 제가 알려줄 수 있는 전부예요. 잠깐만요. 목 위쪽에요, 얼굴을 돌릴 때 목수건 밖으로 삐죽 보이는 곳에 …"

"커다란 붉은 흉터가 있소? 화상이나 데인 상처 같은?" 노신사가 소리치며 끼어들었다.

"어떻게 아셨어요? 이미 아는 자군요!" 낸시가 외쳤다.

로즈 양도 깜짝 놀라 탄식을 내뱉었다. 잠시 동안 세 사람이 너무 조용해져서 엿듣는 남자가 세 사람의 숨소리까지 분명하게 들을 수 있을 정도였다.

"그런 것 같소. 당신이 묘사하는 대로라면 말이오. 뭐, 두고 보면 알겠지요. 많은 사람들이 놀랍도록 비슷하니까, 같은 사람이 아닐지도 모르오." 노신사가 침묵을 깨며 입을 열었다.

노신사는 대수롭지 않은 척 이렇게 말하며, 엿듣는 남자 가까이로 한두 걸음 다가와서 "그자가 틀림없지!"라며 혼잣말을 웅얼거렸다.

"자, 당신은 우리에게 아주 소중한 정보를 전해주었소. 이렇게 도움을 받았으니, 나도 돕고 싶소. 어떻게 해주면 좋겠소?" 노신사의 말소리로 보아, 원래 자리로 돌아가며 말하는 것 같았다.

"아무것도요. 저를 위해 하실 수 있는 일은 아무것도 없답니다. 진짜 아무런 희망이 없는 여자거든요." 낸시가 울먹이며 대답했다.

"스스로 희망을 버리면 어떡하오? 과거에 당신은 아무렇게나 산 게 맞소. 젊은 활기를 낭비했고, 창조주께서 단 한 번 내려주신 값진 보물들을 이리저리 날려먹은 거요. 하지만 미래에는 희망이 있소. 우리가 당신에게 마음의 평화를 줄 수 있다는 말은 아니오. 그건 당신이 직접 구할 때만 찾아오는 것이니까. 하지만 영국 어딘가의 조용한 요양원이나, 이 나라에 있는 게 불안하다면 외국 어딘가에 은신처를 마련해줄 수는 있소. 우리가 가장 바라는 것이기도 하오. 동이 트기 전에, 이 강이 첫 햇살에 깨어나기 전에, 옛 동료의 손이 닿지 않는 곳으로 가서 한순간에 지구에서 사라진 것처럼 모든 흔적을 지워버릴 수도 있소. 어떻소! 난 당신이 옛 동료와 한 마디라도 말을 섞거나, 낡은 소굴을 한 번이라도 쳐다보거나, 역병이나 죽음 같은 공기를 마시게 하고 싶지 않소. 그 모든 것과 단절하고 떠나세요. 아직 시간과 기회가 있단 말이오!"

"이제 우리가 하자는 대로 할 거예요. 분명 흔들리고 있다고요." 로즈 양이 소리쳤다.

"아니, 아닌 것 같소." 노신사가 말했다.

"맞아요, 아니에요." 낸시가 잠시 주저하다가 대답을 이어갔다. "저는 과거에 얽매여 있어요. 지금은 진저리나게 싫지만 떠날 수는 없어요. 돌아가기에는 너무 멀리 온 걸요. 뭐, 모르겠어요. 얼마 전만 해도 그런 말은 그냥 웃어넘겼을 거예요. 하지만," 낸시가 황급히 두리번거리며 말을 끝맺었다. "또다시 두려움이 몰려오고 있어요. 어서 집에 가야겠어요."

"집이라뇨!" 로즈 양이 '집'이라는 단어에 힘을 주면서 말했다.

"네, 아가씨, 집이요. 제가 평생을 바쳐 일으켜 세운 집이에요. 이만 헤어지죠. 누군가가 지켜보거나 들킬 것 같아요. 가세요! 어서! 제가 조금이라도 도움이 되었다면 제발 절 내버려 두세요. 혼자 돌아가고 싶어요."

"소용없겠소. 여기에 머물다간 더 위험하게 만들 수도 있겠소. 이미 생각보다 너무 오래 붙잡고 있었던 것 같소." 노신사가 한숨을 쉬며 끼어들었다.

"맞아요, 그렇다고요." 낸시가 재촉했다.

"이제 이 가엾은 사람의 인생은 어떻게 끝날까요?" 로즈 양이 울부짖었다.

"어떻게라고요! 아가씨, 앞을 보세요. 저 시커먼 강물을요. 저 같은 여자들이, 걱정해주거나 울어주는 이 하나 없이 저런 강물에 뛰어드는 얘기를 얼마나 많이 읽어보셨나요? 몇 년 후일지, 아니면 겨우 몇 달 후일지 모르지만, 결국 그것이 제 끝일 거예요."

"제발 그런 말은 하지 말아요." 로즈 양이 훌쩍이며 대답했다.

"다정한 아가씨, 당신 귀에는 그런 소식이 결코 닿지 않을 거예요. 오, 하느님이시여, 제발 그것만은! 이제 잘 가세요, 안녕!" 낸시의 작별 인사에 노신사가 먼저 돌아섰다.

"이 지갑이라도 제발 가져가요. 힘들고 곤란할 때 유용할 거예요." 로즈 양이 소리쳤다.

"싫어요! 돈 때문에 한 일이 아니에요. 떳떳하게 생각하고 싶어요. 하지만 뭔가 지니고 다니던 물건을 주세요. 뭔가 갖고 싶어요. 아니, 아뇨, 반지 말고 장갑이나 손수건 같은 거요. 다정한 아가씨, 당신 물건을 간직할 수 있게요. 자, 하느님의 축복이 함께 하길! 잘 가요, 안녕!"

노신사는 격정에 사로잡힌 낸시의 모습을 보면서 누구에게라도 들키면 낸시가 또다시 학대와 폭행에 시달리게 될까 걱정스러워서, 낸시의 부탁대로 어서 그 자리를 떠나려는 것 같았다. 물러가는 발걸음 소리가 들렸고 말소리가 그쳤다.

곧바로 젊은 숙녀와 백발 노신사의 모습이 다리 위에 나타났다. 두 사람은 계단 꼭대기에서 잠시 멈춰 섰다.

"잠깐만요!" 로즈 양이 귀를 기울이며 소리쳤다. "우릴 불렀나요? 목소리가 들린 것 같은데."

"아니요. 꼼짝도 하지 않았소. 우리가 갈 때까지 그럴 거요." 브라운로 씨가 애석하게 뒤를 돌아보며 대답했다.

로즈 양은 주저했지만, 브라운로 씨는 로즈 양의 팔을 끌어당겨 팔짱을 낀 채 부드럽게 이끌고 갔다. 두 사람이 사라지자, 낸시는 돌계단 위에 거의 눕다시피 쓰러져서 가슴속의 고통을 쓰디쓴 눈물로 토해냈다.

얼마 후에 낸시는 일어나서 힘없이 비틀거리며 다리 위로 올라갔다. 놀란 심경으로 엿듣던 남자는 그 후로도 몇 분 간 꼼짝도 하지 않고 있다가, 몇 번이나 조심스럽게 둘러보고 나서 혼자 남은 것을 확인한 후에 천천히 기어 나와, 내려올 때와 마찬가지로 은밀하게 벽을 따라 올라갔다.

노아 클레이폴은 계단 꼭대기에 다다라서도 몇 번이나 힐끔거리며 아무도 보고 있지 않다는 것을 확인한 후, 가장 빠른 속도로 힘껏 내달려 유대인 노인의 집으로 향했다.

9장

치명적인 결과

동이 트려면 거의 두 시간이 남아 있었다. 이맘때의 가을밤은 정말 죽음의 밤이라고 불릴 만했다. 거리가 조용하고 황량했으며, 소음마저 잠이 든 것 같았고, 방탕하게 소란을 피우던 사람들도 비틀거리며 집으로 돌아가 꿈에 빠져 있을 때였다. 이렇게 잠잠하고 고요한 시간에 페이긴은 낡은 소굴에 앉아 밤을 지새우고 있었다. 너무나 뒤틀리고 창백한 얼굴에다 벌겋게 충혈된 눈을 하고 있어서, 사람의 형상이라기보다는 축축한 채로 무덤에서 나와 악령에 시달리는 흉측한 유령 같은 모습이었다.

페이긴은 차갑게 식은 벽난로를 바라보며 웅크리고 있었다. 낡고 찢어진 이불로 온몸을 감싼 채 얼굴을 돌려 옆 탁자 위에서 타들어가는 촛불을 바라보고 있었다. 무슨 생각에 잠긴 듯 오른손을 입술로 가져가 길고 시커먼 손톱들을 물어뜯기 시작했다. 이가 거의 다 빠진 잇몸에는 개나 쥐의 이빨 같은 송곳니가 달려 있었다.

바닥에 쭉 펴놓은 매트리스 위에는 노아 클레이폴이 드러누워 잠들어 있었다. 페이긴은 슬쩍 눈을 돌려 노아를 바라보았다가 다시 촛불로 눈길을 돌리곤 했다. 오래 타버린 심지는 이미 축 늘어져 반으로 접힐 정도였고 뜨거운 촛농은 탁자 위에 덩어리져 굳어 있었다. 페이긴의 머릿속은 딴 생각으로 가득한 게 틀림없었다.

사실 그러했다. 중요한 계획이 틀어져버린 것에 대한 굴욕, 감히 낯선 사람들과 흥정을 벌인 낸시에 대한 증오, 밀고하지 않겠다고 말한 낸시에 대한 불신, 사익스에게 복수를 못하게 된 쓰디쓴 실망, 추적당하고 잡혀서 죽게 되리라는 두려움, 이 모든 감정이 한꺼번에 몰려와 사납고 지독한 분노에 불을 붙였다. 이러한 격정적인 울분이 페이긴의 머릿속으로 빠르게 끊임없이 소용돌이치듯 솟구쳐 올랐고, 가슴속에서는 온갖 사악한 생각과 음흉한 계략들이 꿈틀거리며 생겨나기 시작했다.

페이긴은 시간이 가는 줄도 모르고 꼼짝도 하지 않은 채 앉아 있었다. 바로 그 때, 밖에서 발걸음 소리가 들리는 것 같았다.

"드디어 왔군, 드디어!" 페이긴이 열에 들떠 메마른 입술을 훔치며 중얼거렸다.

때마침 종소리가 울렸다. 페이긴은 계단을 올라가서, 턱까지 외투로 감싼 채 한 팔에 보따리를 끼고 있는 남자를 데리고 이내 방으로 돌아왔다. 남자가 앉아서 외투를 벗어던지자 사익스의 건장한 덩치가 드러났다.

"자, 여기!" 사익스가 보따리를 탁자에 놓으면서 말을 이었다. "이거 잘 간수하쇼. 값도 흥정 잘해보시고. 이거 얻느라 꽤나 고생했소. 이미 세 시간 전에 다 끝낼 줄 알았는데."

페이긴이 보따리를 들어 찬장에 넣고 잠근 다음, 아무런 말 없이 다시 제자리에 앉았다. 그러는 동안에도 줄곧 사익스에게서 눈을 떼지 않았다. 이제 서로 마주보고 앉게 되자, 페이긴은 사익스를 대놓고 빤히 바라보기 시작했다. 페이긴이 여러 감정에 휩싸여 얼굴이 새파래지고 입술이 격렬하게 떨리고 있어서, 사익스는 자기도 모르게 의자를 뒤로 밀면서 깜짝 놀란 얼굴로 페이긴을 훑어보며 소리쳤다. "또 뭐요? 왜 사람을 그렇게 보는 거요?"

페이긴은 오른손을 들어 덜덜 떨리는 집게손가락을 흔들었지만, 감정이 앞서서 순간적으로 말이 나오지 않았다.

"제기랄! 완전히 미쳤구만. 조심해야겠어." 사익스가 경계하는 표정으로 가슴을 더듬으며 말했다.

"아니, 아니야. 자네가 아니네, 빌. 자네에겐 아무런 잘못이 없어." 페이긴이 목소리를 되찾으며 말했다.

"아, 그러신가?" 사익스가 페이긴을 노려보며 권총을 좀 더 꺼내기 편한 호주머니로 옮겼다. "그거 참 다행이군. 우리 중 누구한텐 말이오. 나야 상관없지만."

"빌, 자네한테 해줄 말이 있네. 그 말을 들으면 나보다 더 심각해질 걸세." 페이긴이 의자를 가까이 끌어당기며 말했다.

"그래? 어서 말해보쇼! 서둘러요. 아니면, 낸시는 내가 끝장난 줄 알겠소." 사익스가 못 믿겠다는 기색으로 되받아쳤다.

"끝장이라고! 그 아이는 벌써 그럴 마음을 먹었다고." 페이긴이 소리쳤다.

사익스가 엄청나게 당황한 기색으로 속뜻을 파악하려고 페이긴의 얼굴을 들여다보았지만, 아무런 표정도 읽어내지 못하자 커다란 손으로 페이긴의 외투 목덜미를 그러잡고 세게 흔들었다. "어서 말하라고, 당장! 숨 막혀 못하게 되기 전에. 빨리 입을 열고 쉬운 말로 해보라고.

어서 뱉어, 이 벼락 맞을 늙은이야, 어서!"

"만약 저기 누워 있는 녀석이 말이야 …" 페이긴이 입을 열었다.

사익스가 처음 알았다는 듯 노아가 잠자고 있는 곳을 돌아다보았다.

"그래서!" 사익스가 다시 고개를 돌리며 말했다.

"저 녀석이 우리를 밀고했다면 … 우선 목적에 맞는 사람을 찾아 거리에서 접선해서 우리의 모습과 특징을 낱낱이 말해주고 우리를 쉽게 찾을 수 있는 술집을 자세히 설명해줬다면 말일세. 이 모든 짓에다 우리가 엮여 있는 음모를 털어놓았다고 하자고. 게다가 붙잡히고 덫에 걸려 목사가 회유하거나, 독방에서 빵과 물만으로 연명하다가 억지로 털어놓은 게 아니라 자발적으로 말이야. 스스로 알아서 몰래 밤에 빠져나가 우리와 가장 척을 지는 자들을 찾아내서 고자질을 했다고 하세. 내 말 들리나? 저 녀석이 그런 짓을 했다면 어쩔 텐가?" 유대인 노인이 분노에 사로잡혀 눈을 번쩍거리며 소리쳤다.

"어쩌다니! 내가 갈 때까지 살아있다면 부츠 쇠굽으로 두개골을 머리카락 수만큼이나 산산조각 내서 갈아버려야지." 사익스가 엄청난 욕설을 퍼부으며 대답했다.

"바로 내가 그런 짓을 했다면? 너무나 많은 걸 알고 있어서 수많은 사람의 목을 매달게 할 수 있는 내가 말일세!" 페이긴이 거의 고함치듯 소리를 질렀다.

"모르지." 사익스가 이를 악문 채 생각만으로도 하얗게 질린 얼굴로 대답을 이어갔다. "감방에서 쇠고랑을 찰 짓을 저질러서 당신과 함께 재판을 받게 되면, 사람들이 다 보는 앞에서 쇠고랑으로 당신 머리통을 깨버릴 거야. 짐마차가 덮친 것처럼 머리통을 짓뭉개버릴 만한 힘이 있단 말이지." 사익스기 울퉁불퉁한 팔을 들어 보이며 중얼거렸다.

"정말 그럴 거라고?"

"당연하지! 어디 한 번 덤벼봐."

"만약 찰리나 미꾸라지나 벳이 그래도 …"

"누구건 상관없지. 누가 그러든 똑같이 해줄 거니까." 사익스가 성마르게 대답했다.

페이긴은 사익스를 빠히 바라보다가 조용히 하라고 손짓한 후 바닥의 매트리스 위로 허리를 숙여 노아를 깨웠다. 사익스가 의자에서 몸을 앞으로 기울이고 양손을 무릎에 얹은 채 바라보았다. 이 상황이 어떻게 끝이 날지 무척 궁금한 모양이었다.

"볼터, 볼터! 불쌍한 녀석! 이 녀석은 지쳤어. 너무 오랫동안 그 '여자 아이'를 지켜보느라고, 감시하느라고 말이지, 빌." 페이긴이 악마 같은 기대감이 서린 얼굴을 들며 천천히 한 단어를 강조해 말했다.

"무슨 뜻이야?" 사익스가 뒤로 움찔하며 물었다.

페이긴은 아무런 대답 없이 그저 허리를 굽혀 노아를 일으켜 앉혔다. 페이긴이 노아의 가명을 몇 번 되풀이해 부르자, 노아는 눈을 비비고 늘어지게 하품을 하면서 졸린 눈으로 두리번거렸다.

"그 얘기를 다시 해보렴. 이 친구가 들을 수 있도록 말이야." 페이긴이 사익스를 가리키며 말했다.

"뭘 말하라고요?" 잠이 덜 깬 노아가 불퉁하게 몸을 흔들며 물었다.

"그거 말이야, 낸시에 관한 거." 페이긴은 사익스가 얘기를 다 듣기도 전에 달려 나갈까 염려하듯 사익스의 손목을 꽉 붙잡으며 계속 물었다. "그 아이를 미행했지?"

"네."

"런던교까지?"

"네."

"거기서 낸시가 두 사람을 만났다고?"

"네, 그랬어요."

"한 사람은 노신사였고, 또 한 사람은 낸시가 이전에도 혼자 찾아간 적이 있었던 숙녀였다고 했지? 그들이 낸시에게 동료들을 다 넘기라고 했고. 멍크스부터 말이야. 그래서 낸시는 시키는 대로 따랐고, 멍크스의 특징을 말해 달라니까 말해주고, 우리가 자주 만나는 술집도 얘기해주고, 어디서 숨어서 보는 게 좋을지도 알려주고, 몇 시쯤 사람들이 그리로 가는지도 말해주고, 모든 걸 술술 늘어놓았단 거지? 협박도 없었는데 더듬거리지도 않고 줄줄 다 말했다고, 그랬어, 안 그랬어?" 페이긴이 분노로 반쯤 미쳐서 울부짖었다.

"다 맞아요, 바로 그랬다니까요!" 노아가 머리를 긁적이며 대답했다.

"지난 일요일에 대해서는 또 뭐라고 했지?"

"지난 일요일이요? 이미 다 얘기했잖아요." 노아가 곰곰이 생각을 떠올리며 대답했다.

"다시 말하라고, 한 번 더!" 페이긴이 사익스의 손목을 더 단단히 움켜쥐고는 다른 손을 높이 휘저으며 입에 거품을 물고 소리쳤다.

"그들이 그 여자에게 물었죠. 왜 지난 일요일에 만나기로 한 약속을 못 지켰냐고요. 그러니까 그 여자가 올 수 없었다고 대답했어요." 노아가 점점 잠에서 깨면서 사익스가 누구인지 조금씩 알아채가는 것 같았다.

"왜, 왜? 그걸 얘기해주라고."

"그 여자가 지난번에 얘기한 남자, 빌에게 강제로 붙잡혀서 집에서 나올 수가 없었대요."

"그 남자에 대해 뭐라고 하던가? 지난번에 얘기한 남자에 대해 무슨 말을 더 했냐고? 그걸 말해야지, 어서." 페이긴이 소리쳤다.

"뭐, 어디를 갈 건지 말하지 않으면 문 밖으로 쉽게 못 나간다고요. 그래서 처음 그 숙녀를 만나러 갔을 때도 그 남자한테 아편 탄 술을 먹였다고 했어요. 어찌나 웃기던지!" 노아가 웃으며 말했다.

"지옥불에 타죽을 계집!" 사익스가 페이긴을 맹렬하게 뿌리치면서 욕설을 내뱉었다. "이거 놔!" 사익스는 페이긴을 확 밀쳐내고 쏜살같이 뛰쳐나가 분노에 휩싸인 채 거칠게 계단을 올라갔다.

"빌, 빌! 한 마디만, 딱 한 마디만 하겠네." 페이긴이 황급히 뒤를 쫓아가며 소리쳤다.

사익스가 문을 못 열고 욕설을 퍼부으며 문을 마구 차고 있는 사이에 페이긴이 헐떡거리며 계단을 올라왔다.

"문이나 열어. 나한테 말 걸지 말고. 무사하지 못할 테니, 그냥 문이나 열라고, 어서!" 사익스가 으름장을 놓았다.

"한 마디만 들어보게. 자네 혹시 …" 페이긴이 자물쇠에 손을 대면서 입을 열었다.

"뭐요?"

"자네 혹시 너무 난폭하게는 안 할 거지, 빌?"

동이 트고 있었다. 두 남자가 서로의 얼굴을 볼 수 있을 만큼 햇살이 비춰들었다. 두 남자는 서로 슬쩍 눈길을 주고받았다. 두 남자 모두 눈에 불길이 타오르고 있어서 서로 착각할 여지는 없었다.

"그러니까 안전을 위해서 너무 난폭하게 다루지 말라는 말일세. 요령 좋게 하라고, 너무 함부로 하지 말고, 빌." 페이긴이 다 소용없다는 듯 모든 가식을 내려놓고 솔직하게 말했다.

사익스는 아무런 대답 없이, 페이긴이 자물쇠를 풀어준 문을 당기더니 고요한 거리로 휙 나가버렸다.

사익스는 한 번도 멈추지 않았고, 단 한순간도 고민하지 않았으며, 좌우로 고개도 한 번 돌리지 않았고, 하늘을 쳐다보거나 땅을 내려다보지도 않았다. 그저 무자비한 결심을 다잡으며 앞만 보고 나아갔다. 어찌나 이를 악다물었던지 늘어난 턱뼈가 살갗을 뚫고 나올 것처럼 보였다. 이렇게 한 마디도 하지 않고 잔뜩 벼르면서 곧장 내달려서 집 문 앞에 다다랐다. 열쇠로 살짝 문을 열고 살금살금 계단을 올라가서 방 안으로 들어갔다. 그러고 나서, 이중으로 문을 잠근 후 무거운 탁자를 옮겨 문 앞에 갖다놓고 침대의 커튼을 젖혔다.

낸시가 반쯤 벗은 채 침대에 누워 있었다. 사익스가 낸시를 흔들어 깨우자, 낸시가 깜짝 놀라서 황급히 몸을 일으켰다.

"일어나!" 사익스가 명령했다.

"빌, 당신이구나!" 낸시가 반가워하는 표정으로 말했다.

"그래. 어서 일어나." 촛불이 타고 있었지만 사익스는 초를 촛대에서 확 빼서 벽난로 안으로 던졌다. 낸시는 새벽녘의 희미한 햇살을 보고서 커튼을 걷으려고 일어섰다.

"그냥 놔둬. 이 정도 빛이면 충분해." 사익스가 불쑥 손을 내밀어 낸시 앞을 가로막으며 말했다.

"빌, 왜 날 그렇게 보는 거야!" 낸시가 경계하듯 나지막한 목소리로 말했다.

사익스는 코를 벌름거리고 가슴을 들썩이면서 잠시 낸시를 노려보며 앉아 있었다. 그러다가 낸시의 머리와 목을 움켜잡더니 방 한복판으로 끌고 가서 문 쪽을 한 번 바라보고는 큼직한 손으로 낸시의 입을 덥석 막았다.

"빌, 빌! 비, 비명 안 지를게, 우, 울지도 않고 … 결코 … 내 말을 들어봐 … 나에게 말해 … 내가 뭘 어쨌다고!" 낸시가 죽음의 공포에 몸부림치며 헐떡거렸다.

"이미 잘 알잖아, 이 악마 같은 계집! 넌 오늘 밤에 미행을 당했어. 네가 하는 말 하나하나를 다 들었단 말이지." 사익스가 숨죽인 목소리로 대답했다.

"그럼, 제발 목숨만은 살려줘. 내가 당신 목숨을 살려줬잖아." 낸시가 사익스에게 매달리며 애원했다. "빌, 사랑하는 빌, 날 죽일 마음은 아닐 거야. 오! 오늘 밤만 해도 당신을 위해 모든 걸 포기했다고. 조금 생각할 시간을 갖고, 이런 범죄는 저지르지 마. 결코 이 손은 안 놓을 거니까 날 떼버리진 못할 걸. 빌, 빌, 제발, 당신 자신을 위해서라도 내 피를 보기 전에 멈춰! 난 당신에게 진심을 다했다고, 죄 많은 내 영혼을 걸고 맹세해!"

사익스는 팔을 빼려고 격렬하게 흔들었지만 낸시가 양팔로 사익스의 팔을 꽉 붙들고 있어서, 아무리 떼어내려고 해도 그럴 수가 없었다.

"빌!" 낸시가 사익스의 가슴에 머리를 기대려고 애쓰며 소리쳤다. "오늘 밤 노신사와 다정한 숙녀가 외국에 집을 마련해주겠다고 했어. 편안하게 여생을 보낼 수 있도록 말이야. 그들을 다시 만나 무릎을 꿇고, 당신한테도 똑같은 자비를 베풀어달라고 간청해볼게. 우리 둘 다 이 끔찍한 곳을 떠나, 기도할 때 빼곤 과거를 잊고 각자 더 나은 삶을 살아보는 거야. 결코 다시는 만나지 말자고. 회개하는 데 너무 늦은 때라는 건 없으니까. 그들이 그렇게 말했지, 나도 이제는 좀 알겠어. 하지만 우리는 시간이 필요해, 아주 조금의 시간이!"

사익스는 한 팔을 빼내어 권총을 잡았다. 화가 머리끝까지 치솟은 와중에도 권총을 쏘면 당장에 발각되리라는 생각이 머리를 스쳐 지나갔다. 그래서 거의 자기 얼굴에 닿을락말락하는 낸시의 얼굴을 힘껏 권총으로 두 번 내리쳤다.

낸시는 비틀거리며 쓰러졌다. 깊이 찢겨진 이마 상처에서 빗물처럼 피가 쏟아져서 거의 앞이 보이지 않았다. 하지만 힘겹게 몸을 일으켜 무릎을 꿇고 앉은 후 품안에서 로즈 양의 흰 손수건을 꺼냈다. 그러더니 마주잡은 손으로 미약하나마 높이 손수건을 들고 창조주에게 자비를 구하는 기원의 한마디를 속삭였다.

차마 눈뜨고 보기에 너무나 처참한 광경이었다. 사익스는 비틀거리며 벽으로 물러서서 한 손으로 눈을 가리더니, 무거운 몽둥이를 집어 들고는 낸시를 세게 내리쳤다.

10장

달아난 사익스

넓은 런던 지역에 밤이 덮인 이래로 어둠 속에서 일어난 온갖 나쁜 짓들 중에서 최악의 사건이 벌어졌다. 아침 공기에 악취를 더하는 온갖 끔찍한 공포 중에서 가장 비열하고 잔혹한 짓이었다.

단지 햇살을 내리비칠 뿐만이 아니라 인간에게 새로운 생명과 희망, 신선함을 되찾아주는 밝은 태양이 복잡한 도시 위로 깨끗하고 눈부시게 솟아올랐다. 값비싼 채색 유리창에도 종이를 덧댄 창문에도, 성당의 둥근 지붕에도 썩은 벽 틈 사이에도 태양은 똑같은 빛을 비추었다. 마찬가지로, 태양은 살해당한 여자가 누워 있는 방에도 햇살을 내리비추었다. 사익스가 햇빛을 막아보려 했지만 어떻게든 빛은 새어 들어왔다. 그 광경은 몽롱한 새벽녘에도 처참했으니, 이제 환한 햇빛 속에서는 얼마나 더 끔찍했겠는가!

사익스는 꼼짝도 하지 않았다. 손끝조차 까딱하기가 두려웠다. 신음

소리가 들리고 손이 언뜻 움찔하는 게 보이자, 사익스는 분노에 두려움까지 더해져서 또다시 정신없이 내려치기 시작했던 것이다. 일단은 작은 양탄자를 던져 시체를 덮어놓았다. 하지만 여자의 눈빛을 떠올리며 그 눈빛이 다가오는 상상을 하는 것보다, 마치 천장에 어른거리는 핏빛 웅덩이를 노려보듯 치켜뜬 여자의 눈을 직접 보는 게 더 낫다는 생각이 들었다. 결국 양탄자를 다시 걷어버렸다. 그러자 시체가 드러났다. 단지 피와 살이라고 생각하면 그뿐이었지만, 피 칠갑을 한 살덩어리는 너무나 처참한 모습을 하고 있었다.

사익스는 성냥을 그어 벽난로를 지핀 후 그 불 속에 몽둥이를 집어넣었다. 몽둥이 끝에 붙은 머리카락이 불타서 가벼운 재로 변해 바람에 실려 굴뚝 속으로 소용돌이치며 빠져나갔다. 건장한 사익스도 이 광경에 흠칫 놀라고 말았다. 그랬지만, 몽둥이를 놓지 않고 부러질 때까지 잡고 있다가 석탄 위에 던져서 모조리 다 태워버렸다. 그러고 나서 손을 씻고 옷을 문질러 닦았다. 잘 지워지지 않는 핏자국은 그 부분을 잘라내어 불태워버렸다. 방 안 여기저기에 얼마나 많은 핏자국이 흩뿌려져 있었는지, 개의 발도 피범벅이었다.

이러는 동안, 사익스는 단 한 번도 시체에게 등을 돌리지 않았다. 모든 정리를 다 한 후에, 문 쪽으로 뒷걸음질을 쳤다. 혹시라도 개가 다시 발에 피를 묻혀서 범죄의 증거를 길거리까지 가지고 나올까봐 개를 질질 끌고 나갔다. 그러고는 문을 조용히 닫고 잠근 후 열쇠를 가지고 집을 떠났다.

사익스는 길을 건너가 바깥에서 아무것도 안 보이는지 창문을 흘끗 쳐다보았다. 낸시가 열려고 했던 커튼이 여전히 쳐져 있었다. 그 커튼 바로 밑에 시체가 놓여 있다는 사실을 잘 알고 있었다. 하마터면 햇빛이 바로 내리쬐는 그곳이 훤히 드러날 뻔했던 셈이다.

그렇게 한 번 위를 쳐다본 후, 방에서 벗어난 게 안심이 되었던지, 휘파람으로 개를 부르더니 재빨리 사라졌다.

사익스는 이즐링턴을 지나 휘팅턴* 기념비가 서 있는 하이게이트 언덕으로 올라갔다. 정처 없이 하이게이트 언덕을 돌아내려가서 다시 오른쪽으로 꺾어 들어갔다. 그리고 나서 오솔길로 들판을 가로질러 캔 숲 기슭을 돌아 햄스테드 히스 황야로 나왔다. 거기서 헬스 계곡을 가로질러 맞은편 강둑에 올라가서 햄스테드와 하이게이트 마을들이 만나는 길을 건너 쭉 걸어서 노스 엔드 들판까지 갔다. 거기에서 어느 울타리 밑에 누워 잠을 청했다.

사익스는 이내 다시 일어나 길을 나섰다. 멀리 시골로 향한 게 아니라 큰길을 따라 런던 방향으로 돌아갔다가 다시 돌아나와서 이미 지나왔던 땅을 또 다른 길로 지나갔다. 그러다가 들판을 이리저리 방황하며 도랑가에 누워 쉬다가, 다른 곳으로 가려고 벌떡 일어나 또다시 어슬렁거리며 돌아다녔다.

과연 어디로 가야 안전하게 먹을 것과 마실 것을 얻을 수 있을까? 헨던, 그곳은 그리 멀지 않고 사람들 인적도 뜸해서 좋을 것이다. 사익스는 헨던으로 곧장 향했다. 때로는 뛰고 때로는 괴상하게 달팽이처럼 어슬렁거리며, 혹은 딱 멈춰 서서 막대기로 울타리를 쳐서 부숴 가면서 나아갔다. 하지만 그곳에 도착했을 때 마주친 사람들은 문 앞에 있는 아이들까지 모두 사익스를 의심의 눈으로 쳐다보는 것 같았다. 사익스는 벌써 몇 시간째 아무런 음식도 먹지 못했지만 차마 빵 한 조각이나 물 한 방울 사먹을 용기가 나지 않아 돌아서고 말았다. 또다시 들판에

---

* 리처드 휘팅턴. 자수성가하여 1398년 런던 시장이 되어 세 번 역임하였다. 자선으로 유명했으며, 사후 전재산은 극빈자 합숙소와 병원 건립에 쓰였다.

서 정처 없이 어슬렁거리게 된 것이다.

사익스는 수없이 많은 길을 방황하다가 또다시 이전 장소로 되돌아왔다. 아침과 정오가 지나 날이 저물고 있었지만, 사익스는 여전히 같은 장소에서 이리저리 오가며 빙빙 돌면서 어슬렁거렸다. 그러다가 마침내 해트필드 쪽으로 길을 잡고 떠났다.

밤 9시가 되었다. 완전히 지친 남자와 다리를 절뚝거리는 개가 조용한 마을의 교회 옆 언덕을 내려와, 좁은 길을 터덜터덜 걸어서 희미한 빛을 밝히고 있는 작은 술집으로 슬쩍 들어갔다. 바에는 불이 지펴져 있었고 시골 사람들이 불 앞에서 술을 마시고 있었다. 그들은 낯선 남자에게 자리를 내주었지만 남자는 멀리 떨어진 구석에 자리 잡고 앉아 혼자 먹고 마셨다. 그러다가 옆을 지키는 개한테 가끔씩 음식을 조금씩 던져주는 게 전부였다.

거기 모인 사람들의 대화는 주로 근처의 농지와 농부에 대한 것이었다. 이 얘깃거리가 떨어지자 지난 일요일에 장례를 치른 노인의 나이에 대한 얘기가 나왔다. 젊은이들은 고인이 아주 나이가 많았다고 생각했지만, 노인들은 아직 젊은 편이라고 말했다. 어느 백발의 할아버지는 자기보다 나이가 많지 않았다며 조심만 했으면 최소한 10년이나 15년은 더 살았을 거라고 확언했다.

이런 대화에는 남의 이목을 끌거나 놀랄 만한 내용이 없었다. 사익스는 술값을 치른 후 구석에 조용히 앉아 있다가 꾸벅꾸벅 졸기 시작했다. 그 때, 누군가가 요란스럽게 들어와서 반쯤 잠이 깼다.

이 괴상한 남자는 봇짐장수에다 협잡꾼이었다. 숫돌과 칼 가는 혁대, 면도칼, 면도용 비누, 마구(馬具)용 연고, 개와 말, 치료약, 싸구려 향수, 화장품 같은 물건을 상자에 넣어 등에 둘러메고 시골 여기저기로 팔러 다녔다. 이 남자의 등장으로 시골 사람들은 갖가지 촌스러운 농담을 늘어놓기 시작했다. 이렇게 농담이 오가는 왁자지껄한 분위기 속에서 남자는 저녁을 해치우고 나서 보물 상자를 열었다. 자연스럽게 장사판을 벌이려는 속셈이었다.

"그런데 그건 뭐지? 먹어도 좋은 건가, 해리?" 시골 사람 하나가 씨익 웃으면서 구석에 있는 합성 비누를 가리키며 물었다.

"이것으로 말하자면, 확실하고 귀한 합성 비누로 온갖 얼룩을 다 지워주지요. 녹이나 때, 흰곰팡이, 반점, 오점을 비단이나 공단, 린넨, 면직물, 검은 상장, 천, 양탄자, 메리노 모직물, 모슬린, 능직물에서 말끔히 제거하는 거죠. 와인 얼룩이나 과일 얼룩, 맥주 자국, 물 자국, 페인트 자국, 기름 자국, 어떤 얼룩이든 이 확실하고 귀한 합성 비누로 한번 문지르면 다 없어진다고요. 명예에 오점이 남은 숙녀들도 이 비누 한 조각만 삼키면 단번에 해결된답니다. 독성이 강하니까요. 이걸 증명하고 싶은 신사들도 작은 조각 하나만 꿀꺽 해보쇼. 의문이 싹 사라질 테니까요. 권총 총알만큼이나 만족스러운 데다, 맛은 훨씬 더 고약해서 이것만한 게 없다고요. 한 덩어리에 1페니, 이 모든 효과에 단 1페니랍니다."

곧바로 두 사람이 샀지만, 더 많은 사람들이 망설이고 있었다. 이를 본 장사꾼은 더욱더 말이 많아졌다.

"이 비누는 만들어지기가 바쁘게 팔려나가는 물건이라고요. 물레방아 14개와 증기기관 6개, 화학전지 하나를 계속 돌리면서 만들고 있지만 팔리는 속도를 못 맞추고 있어요. 일꾼들이 너무 열심히 일하다가 죽어서 미망인들은 곧바로 연금을 받는데 아이들 한 명 당 1년에 20파운드씩 쳐주고, 쌍둥이면 50파운드까지 늘어나죠. 자, 한 덩어리에 1페니! 1/2페니 2개, 1/4페니 4개도 기꺼이 받습죠. 한 덩어리에 1페니라고요! 와인 얼룩, 과일 얼룩, 맥주 자국, 물 자국, 페인트 자국, 기름 자국, 진흙 자국, 핏자국까지! 여기 이 신사 분 모자에 얼룩이 있군요. 맥주 한 잔을 주문하기도 전에 말끔히 지워 드립죠."

"엇! 돌려주게." 사익스가 깜짝 놀라 벌떡 일어서며 소리쳤다.

"말끔히 지워 드릴게요, 선생님." 장사꾼이 여러 사람들에게 윙크를 하며 말을 이어갔다. "이 모자를 가지러 이리로 오기도 전에 말이죠. 신사 여러분, 이 모자에 시커먼 얼룩 좀 보세요. 1실링짜리 동전보다는 작지만 반 실링짜리보다는 더 큰 얼룩이죠. 와인 얼룩인지 과일 얼룩인지, 맥주 자국인지, 페인트 자국인지, 기름 자국인지, 진흙 자국인지, 핏자국인지 …" 장사꾼이 말을 맺지 못했다. 사익스가 흉악한 욕설을 내뱉으며 탁자를 뒤엎고 모자를 확 잡아채서 밖으로 뛰쳐나갔기 때문이다.

살인자 사익스는 자기도 모르게 하루 종일 괴팍한 감정과 우유부단한 망설임에 얽매여 있었던 것이다. 술집 사람들이 쫓아오지 않는다는 사실을 깨달은 후로는 자신을 불퉁한 술주정뱅이쯤으로 생각하겠거니 안심하며 다시 런던으로 향했다. 길에 서 있는 우편마차의 불빛을 피하며 지나가던 중에 작은 우체국 앞에 서 있는 그 우편마차가 런던에서 온 것임을 알게 되었다. 어떤 소식이 있을지 대충 알 만했지만 길을 건너가서 엿들었다.

문 앞에서 배달부가 우편행낭을 기다리고 있었다. 사냥터지기 차림을 한 남자가 불쑥 나타나자, 배달부가 남자에게 땅에 놓여 있던 바구니를 건네주었다.

"이건 자네 사람들 줄 걸세. 어이, 거기 안에 빨리 못 움직이겠어? 저 빌어먹을 행낭, 어젯밤에도 준비가 덜 되더니, 이래서 되겠냔 말이야!" 배달부가 말했다.

"런던에선 뭐 새로운 소식이 없나, 벤?" 사냥터지기가 말들을 더 잘 보려고 덧창 쪽으로 물러서며 물었다.

"뭐, 별거 없어. 옥수수값이 좀 올랐고, 저기 스피털필즈에서 무슨 살인사건 얘기도 들렸는데 별로 아는 게 없네." 배달부가 장갑을 끼면서 대답했다.

"아, 그건 사실이라네. 정말 끔찍한 살인이었지." 마차 안에서 신사가 창 밖을 내다보며 말했다.

"아, 그래요? 여자였나요, 아니면 남자였나요?" 배달부가 모자를 만지며 물었다.

"여자였어. 그랬던 거 같군." 신사가 대답했다.

"자, 벤." 마부가 성급하게 재촉했다.

"저 빌어먹을 행낭. 어이, 그 안에서 잠이라도 든 거야?" 배달부가 중얼거렸다.

"이제 가요!" 우체국 직원이 뛰어나오면서 소리쳤다.

"이제 온다고? 아, 그래, 그 말은 재산 좀 있는 젊은 여자가 날 좋아할 거라는 소리나 마찬가지지. 언제 올지도 모르는데 말이야. 자, 여기 이거나 잡으라고. 다 됐어!" 마차는 경적을 신나게 몇 번 울리고 나서 사라져 버렸다.

사익스는 이런 말에도 아무렇지 않은 듯 가만히 거리에 서 있었다. 그저 어디로 가야 할지 망설이는 것 같았다. 마침내 뒤로 돌아서서 해트필드에서 세인트 올번스로 이어지는 길을 택했다.

사익스는 끈질기게 계속 걸어나갔다. 하지만 마을을 뒤로 한 채 고독하고 어두운 길에 뛰어들자, 마음속 깊은 곳까지 뒤흔드는 두려운 공포가 스멀스멀 차오르는 걸 느꼈다. 앞쪽의 모든 물체가 그림자로 어른거리든 아니든 간에 무시무시하게 보였다. 그러나 이러한 두려움은 그날 아침에 발치를 따라다니던 섬뜩한 형체에 비하면 아무것도 아니었다. 어둠속에서도 그 형체를 느낄 수 있었고, 윤곽의 세세한 부분까지도 알아볼 수 있었다. 얼마나 뻣뻣하고 엄숙하게 따라붙는지도 느낄 수 있었다. 그 형체의 옷자락이 나뭇잎을 스치는 소리가 들렸고, 그 나지막한 마지막 비명소리가 바람결에 실려 왔다. 사익스가 멈추면 같이 멈췄고, 뛰면 다시 따라왔다. 차라리 달려들었다면 안심이 되었을 정도로, 그저 움직임만 부여받은 시체처럼 변함없이 느릿하고 우울한 바람에 실려 따라왔다.

때때로 사익스는 절박한 각오를 하고 설사 죽더라도 이 유령을 쫓아버리려고 뒤로 돌아서곤 했다. 하지만 뒤로 돌아서면 유령도 사익스의 등 뒤로 돌아갔기 때문에 머리카락이 바짝 서고 피가 얼어붙었다. 그날 아침엔 눈앞에 있던 유령이 이제 등 뒤에 쭉 붙어 다니는 것이다. 사익스가 강둑에 등을 기대자, 유령이 차가운 밤하늘을 배경으로 머리 위에 서 있는 게 느껴졌다. 사익스는 길바닥에 몸을 던져 드러누웠다. 머리맡에 유령이 아무런 말 없이 우두커니 가만히 서 있었다. 마치 피로 비문을 쓴, 살아 움직이는 비석 같았다.

무릇 살인자들이 심판을 피했다고 하느님의 섭리가 잠들었다는 말은 함부로 하는 게 아니다. 두려운 고통으로 가득한 기나긴 1분이 수백 번의 난폭한 죽음과 맞먹는 법이기 때문이다.

사익스가 지나가던 들판에 하룻밤 묵을 만한 헛간이 있었다. 문 앞에 키가 큰 포플러 나무 세 그루가 서 있어서 헛간 안이 무척 어두웠다. 게다가 바람이 음울한 통곡처럼 신음소리를 내고 있었다. 하지만 사익스는 해가 뜨기 전까지 도저히 걸을 수 없는 상태였다. 하는 수 없이 여기에서 벽 가까이에 몸을 눕혔다. 또다시 새로운 고문이 시작되었다.

이제 더 무시무시한 환영(幻影)이 계속해서 눈앞에 나타났다. 부릅뜨고 쏘아보는 눈이 너무나 윤기가 없고 투명해서 눈을 감고 떠올리는 것보다 차라리 마주보는 게 더 나을 정도였다. 어둠 속에 이런 눈이 빛나고 있었지만 아무것도 비추지는 않았다. 그저 두 개의 눈이었지만 온 사방에 퍼져 있었다. 이를 보지 않으려고 눈을 감으면 그 방에 있었던 낯익은 물건들이 모조리 떠올랐다. 일부러 기억을 떠올려보려고 해도 생각나지 않을 만한 물건들까지도 제자리에 그대로 나타났다. 낸시의 시체는 그 자리에 있었고, 낸시의 눈도 사익스가 몰래 빠져나올 때 봤던 그대로였다. 사익스는 벌떡 일어나서 바깥 들판으로 뛰쳐나갔다. 유령은 바로 뒤에 있었다. 사익스가 다시 헛간으로 돌아와서 또다시 쭈그리고 앉았다. 유령의 두 눈은 사익스가 드러눕기도 전에 이미 거기 와 있었다.

여기에서 사익스가 아무도 모를 공포에 팔다리를 벌벌 떨며 모든 땀구멍에서 식은땀을 흘리고 있을 때, 갑자기 밤바람을 타고 저 멀리서 고함소리가 들려왔다. 놀람과 경고가 섞인 외침소리였다. 이렇게 고요한 곳에서는 비록 경고의 비명소리일지라도 누군가의 목소리는 큰 위안이 되었다. 사익스는 누군가의 위험을 감지하고 힘과 활력을 되찾더니, 벌떡 일어서서 바깥으로 달려나갔다.

드넓은 하늘이 온통 불타는 듯 보였다. 불꽃이 튀고, 불길이 치솟아 저 멀리 하늘을 뒤덮었다. 사익스가 서 있는 쪽까지 연기가 구름처럼 몰려왔다. 고함소리는 새로운 목소리가 불어나면서 점점 더 커졌다. 화재를 알리는 외침소리가 경고 종소리와 육중한 물체들이 떨어지는 소리, 불꽃이 새로운 장애물을 만나 더 확 번지는 소리에 뒤섞여 들려왔다. 사익스가 보고 있는 동안 소음은 더더욱 커졌다. 거기엔 사람들이 남녀 모두 부산하게 움직이고 있었다. 사익스에게는 새로운 생명줄처럼 보였다. 사익스는 앞으로 곧장 달려가 찔레 가시와 덤불을 헤치고 울타리와 담을 뛰어넘었다. 그 앞을 개도 미친 듯이 커다랗게 짖으며 달려갔다.

이윽고 사익스가 그 곳에 다다랐다. 거기엔 반쯤 옷을 걸친 사람들이 이리저리 뛰어다니고 있었다. 어떤 사람들은 마구간에서 놀란 말을 끌고 나오려고 애를 썼고, 또 어떤 사람들은 마당과 헛간에서 소를 끌고 나왔다. 또 다른 이들은 소나기처럼 쏟아지는 불꽃을 뚫고 벌겋게 달아오른 대들보들이 무너지는 가운데에서 짐을 지고 나왔다. 한 시간 전만 해도 문과 창문이었던 공간으로 성난 불길이 확 치솟았다. 벽이 흔들거리며 화염 속에 무너져 내렸고, 불에 녹은 납과 쇠가 하얀 재로 바닥에 쏟아졌다. 여자들과 아이들은 비명을 질렀고, 남자들은 커다랗게 고함을 질러 서로의 힘을 북돋았다. 물 펌프가 덜컹거리는 소리와 거대한 물줄기가 불타는 나무에 떨어지는 소리가 어마어마한 함성에 더해졌다. 사익스도 목이 쉴 때까지 고함을 질러대며 무서운 기억에서 빠져나와 군중이 가장 많이 모여 있는 곳으로 뛰어들었다.

사익스는 여기저기 뛰어다니며 그날 밤을 보냈다. 물 펌프에서 작업하다가 어느새 연기와 불길 사이를 헤집고 다녔다. 소음과 사람들이 있는 곳이라면 어디든 분주하게 돌아다니며 한시도 멈추는 법이 없었다. 사다리를 오르내리고, 건물의 지붕에도 올라가고, 무게를 못 이기고 흔들리는 마루를 넘어가기도 하고, 떨어지는 벽돌과 돌을 피해 다니면서 모든 화재 지점을 돌아다녔다. 그런데도 사익스는 마법에 걸린 생명력을 가졌던지, 다시 아침이 밝고 연기와 시커먼 잿더미만 남을 때까지 어디 하나 긁히거나 멍드는 곳 없이 지치지도 않은 채 무사했던 것이다.

이 미친 듯한 흥분이 지나가자 10배나 더 심하게 살인 범죄에 대한 끔찍한 죄의식이 되돌아왔다. 사익스는 의심스러운 눈으로 주위를 두리번거렸다. 사람들이 여럿 모여 대화를 나눌 때마다 자기 얘기를 하는 게 아닌가 싶어 두려웠다. 사익스가 의미심장하게 손짓을 하자 개가 따라왔고 둘은 함께 조용히 그 자리를 벗어났다. 물 펌프 근처를 지나칠 때 거기 앉아 있던 사람들이 같이 숨 좀 돌리자며 사익스를 불러 세웠다. 사익스는 빵과 고기를 얻어먹으며 맥주를 들이키다가 런던에서 온 소방관들이 살인사건에 대해 얘기하는 것을 들었다.

"버밍엄으로 도망쳤다더군. 하지만 곧 붙잡힐 거야. 정찰대가 파견됐고, 내일 밤이면 전국에 소문이 쫙 퍼질 테니까." 소방관 하나가 말했다.

사익스는 서둘러 그 자리를 떠나서 거의 땅바닥에 쓰러질 때까지 걷고 또 걸었다. 그러다가 길에 드러누워 불안한 잠을 청했다. 그렇게 또다시 갈 길을 잃고 마음을 잡지 못해 방황하면서 홀로 밤을 보내야 한다는 두려움에 짓눌렸다.

갑자기 절박한 심정으로 사익스는 런던으로 돌아갈 결심을 했다.

'어쨌든, 거기서는 말할 상대라도 있겠지. 좋은 은신처도 있을 테고. 이런 시골로 추적을 하고 있으니, 내가 런던에 있으리라고는 생각도 못할 거야. 한 주 정도 숨어 있다가 페이긴한테 돈을 좀 뜯어내서 프랑스로 가면 되잖아? 젠장, 목숨 한 번 걸어보는 거지, 뭐.'

사익스는 이런 충동적인 생각을 주저 없이 행동에 옮겼다. 인적이 가장 뜸한 길만을 골라 런던으로 돌아가기 시작했다. 런던 가까이에 다다르면 숨어 있다가 황혼녘에 빙 돌아 들어가서 목적지까지 곧장 가기로 결정했다.

그런데, 개가 문제였다. 사익스의 세세한 정보가 알려졌다면 개가 함께 사라진 사실도 포함되었을 터였다. 개 때문에 길을 가다가 체포될 수도 있었다. 사익스는 개를 익사시키기로 마음먹고, 연못을 찾았다. 도중에 묵직한 돌을 하나 집어 들고 손수건으로 묶었다.

사익스가 이런 준비를 하는 동안, 개는 주인의 얼굴을 쳐다보았다. 본능적으로 느꼈는지, 아니면 주인의 곁눈질이 평소보다 엄했는지 몰

사익스가 그의 개를 죽이기로 작정하다.

라도 약간 뒤에서 겁을 먹은 표정으로 느릿느릿 따라갔다. 주인이 연못가에 멈춰서 두리번거리며 개를 부르자, 개가 즉시 멈춰 섰다.

"오라는 소리 안 들려? 이리 와!" 사익스가 소리쳤다.

개는 순전히 습관의 힘에 끌려 다가왔다. 하지만 사익스가 개의 목에 손수건을 묶으려고 허리를 굽히자, 개는 낮게 으르렁거리며 뒤로 퍼뜩 물러섰다.

"돌아와!" 사익스의 외침에도 개는 꼬리만 흔들 뿐, 움직이지 않았다. 사익스는 올가미를 만들면서 다시 개를 불렀다.

개는 앞으로 걸어오다가 다시 물러서서 멈추더니, 뒤로 돌아 전속력으로 달아나버렸다.

사익스가 휘파람을 불고 또 불며 앉아서 개가 돌아오기를 기다렸다. 하지만 개는 나타나지 않았고, 결국 사익스 혼자 길을 나서게 되었다.

11장

드디어 마주한 멍크스와 브라운로 씨의 대화

땅거미가 깔리기 시작할 무렵, 브라운로 씨가 자기 집 앞에 전세마차를 세우고 내렸다. 그러고 나서 마차 문을 조심스럽게 두드리자, 문이 열리면서 건장한 남자가 나와서 마차 계단 옆에 섰고 또 다른 남자가 마부석에서 내리더니 맞은편에 섰다. 브라운로 씨가 손짓을 하자, 두 남자가 세 번째 남자를 끌어내려 양옆으로 팔을 끼고 서둘러 집 안으로 들어갔다. 이 남자는 멍크스였다.

다들 말없이 계단을 올라갔고, 브라운로 씨가 앞장서서 뒷방으로 데리고 갔다. 멍크스는 마지못해 따라가다가 방문 앞에서 딱 멈춰 섰다. 두 남자는 지시를 기다리듯 노신사를 바라보았다.

"이 사람은 어떤 선택을 해야 할지 잘 알 거요. 만약 머뭇거리거나 제멋대로 손가락 하나라도 움직이면 곧바로 거리로 끌고 나가 경찰에 도움을 청하시오. 내 이름을 대고 중죄인으로 고소하면 될 거요." 브라운로 씨가 말했다.

"감히 어떻게 나를 중죄인으로 몹니까?" 멍크스가 물었다.

"감히 나에게 그렇게 하라고 부추기는 겐가, 젊은이?" 브라운로 씨가 담담한 눈빛으로 맞서며 대답을 이어갔다. "설마 이 집에서 나갈 정도로 미친 건 아니겠지? 한 번 놔주시오. 자, 어디 나가보게. 나가는 건 자네 자유고, 쫓아가는 건 우리 자유니까. 하지만 가장 엄숙하고 성스러운 모든 것에 걸고 경고하지. 자네가 거리로 발걸음을 내딛는 순간, 사기 및 도둑죄로 체포될 걸세. 내 결심은 확고하다네. 자네도 확고하게 나올 작정이라면 스스로의 머리에 피를 덮어쓰는 셈이 될 걸세."

"도대체 무슨 권리로 이 개들을 풀어 거리에서 나를 납치해서 이리로 끌고 온 거요?" 멍크스가 양옆에 서 있는 두 사람을 번갈아 쳐다보며 물었다.

"내 권리지. 이 사람들은 내가 시킨 일이니 아무 책임이 없다네. 이미 이리로 따라오면서 자네는 자유를 되찾을 힘과 기회가 있었지만 가만히 있는 게 더 낫다고 판단한 게 아닌가? 자네가 자유를 빼앗긴 게 그렇게 억울하다면, 다시 말하네만, 법에 몸을 맡기게. 나도 법에 호소할 테니. 하지만 돌이킬 수 없을 정도로 멀리 가버린 다음에 한 번 봐달라고 매달리진 말게나. 그 때는 이미 내 손을 떠나 너무 늦었을 테니 말일세. 그리고 자네가 스스로 구덩이에 뛰어든 것이니, 내가 떠밀었다고 말하면 안 되네."

브라운로 씨가 대답하자, 멍크스가 불안해하면서 무척 놀란 듯 망설였다.

"빨리 결정하게. 내가 공식적으로 자네를 고발하기를 원한다면 맘대로 해보란 말일세. 나로선 막을 수도 없는 끔찍한 형벌이 예상되지만, 그걸 원한다면 어쩔 수 없지. 그게 아니라, 내 인내심과 자네에게 깊은 상처를 입은 사람들의 자비심에 호소하고 싶은 거라면, 아무 말 말고 저 의자에 앉게. 지난 이틀 내내 자네만 기다리던 의자일세." 브라운로 씨가 아주 차분하고 단호하게 말을 던졌다.

멍크스는 못 알아들을 말을 웅얼거리면서 계속 머뭇거렸다.

"어서 결정하게. 내 말 한 마디면 다른 선택지는 영영 사라질 테니." 브라운로 씨의 재촉에도 멍크스는 여전히 망설였다. "난 타협할 생각이 없다네. 게다가 이해 관계 깊은 다른 이들을 대변하고 있는 격이라서 그럴 권리도 없고 말일세." 브라운로 씨가 덧붙였다.

"저, 혹시, 다른 중재안은 없을까요?" 멍크스가 더듬거리며 물었다.

"없네."

멍크스는 걱정스러운 눈으로 노신사를 바라보았지만 노신사의 단호하고 엄격한 눈빛에 방 안으로 걸어 들어가 어깨를 으쓱하고는 의자에 앉았다.

"밖에서 문을 잠그시오. 내가 종을 울리면 들어오고." 브라운로 씨가 두 남자에게 말했다.

두 남자는 그대로 따랐고, 방 안에는 멍크스와 노신사 둘만 남았다.

"참으로 극진한 대접을 받는군요. 우리 아버지의 가장 오랜 친구분께 말이죠." 멍크스가 모자와 외투를 벗어 던지며 말했다.

"자네 아버지의 가장 오랜 친구니까 이러는 걸세. 젊고 행복한 시절의 희망과 소원이 자네 아버지와 엮여 있기 때문이지. 바로 젊은 나이에 하느님의 곁으로 떠나서 여기에 나 혼자 쓸쓸하게 남겨둔 아름다운 여인이 자네 아버지의 누나란 말일세. 아직 소년이었던 자네 아버지는 내 아내가 될 예정이었던 유일한 누나가 죽음을 맞이하던 그날 아침에 침대 옆에 무릎을 꿇고 나와 같이 임종을 지켰네. 나는 그때부터 자네 아버지가 죽을 때까지 온갖 시련을 겪고 실수를 하는 모습을 낱낱이 지켜봐왔지. 오래된 추억과 기억들이 내 무덤덤한 가슴을 채워주었고, 심지어 자네 모습에서조차 옛 생각이 떠오른다네. 이 모든 이유 때문에 지금 자네를 점잖게 대하는 걸세. 또 한편으론, 에드워드 리포드, 그 이름값도 못하는 자네를 부끄럽게 여기는 것이고 말이야."

"이름이 무슨 상관이에요? 나한테 무슨 가치가 있는 이름인가요?" 멍크스는 반쯤은 침묵하며 반쯤은 화들짝 놀라면서 빤히 쳐다보다가 물었다.

"아무 가치가 없겠지. 자네한텐 아무것도 아니겠지만 그건 그 여인의 성이었어. 이렇게 오랜 세월이 지나 노인이 됐지만, 낯선 사람이 그 이름을 부르는 것만 들어도 옛날처럼 들뜨고 기쁜 마음이 든다네. 자네가 이름을 바꾼 건 아주, 천만다행이야." 브라운로 씨가 대답했다.

"아주 좋은 얘기군요." 멍크스는 오랜 침묵 끝에 입을 열었다. 그러던 동안 퉁명스럽게 반항하듯 몸을 앞뒤로 흔들었고, 브라운로 씨는 손으로 얼굴을 가린 채 앉아 있었다. "그런데, 나한테 뭘 원하는 거죠?"

"자네에겐 남동생이 하나 있지. 거리에서 뒤따라가 귓속말로 그 이름을 속삭이는 것만으로도 자네가 깜짝 놀라서 여기까지 따라오게 만든 그 남동생 말일세." 브라운로 씨가 몸을 바로 세우며 말했다.

"난 동생이 없어요. 외아들인 거 잘 알잖아요. 무슨 동생 얘기에요? 나만큼이나 잘 알면서 말이에요." 멍크스가 대답했다.

"내가 알고 있는 사실을 주의해서 잘 들어보게. 아마 자넨 모를 테니, 차츰 내 이야기에 관심을 갖게 될 걸세. 자네의 불행한 아버지는 가문의 자존심과 가장 추악하고 편협한 야망 때문에 어린 나이에 비참한 결혼을 강요당했고, 자네가 거기서 태어난 유일하고도 가장 부자연스러운 존재라는 사실을 알고 있네."

"뭐, 심한 말은 됐고요. 사실을 알고 있으니, 그걸로 충분하군요." 멍크스가 삐딱한 웃음을 지으며 끼어들었다.

"게다가 그 잘못된 결합에서 비롯된 비참함과, 느리게 이어지는 고문 같은 고통도 알고 있다네. 비참한 부부가 각자 얼마나 무관심하고 지겹게 무거운 사슬을 끌면서 독으로 가득한 세상을 살았는지 잘 알지. 그러다가 차가운 겉치레가 어떻게 노골적인 조롱으로 변했고, 무관심이 싫증으로, 싫증이 미움으로, 미움이 증오로 변해갔는지도 말일세. 결국 부부는 덜컹거리는 사슬을 확 비틀어 산산조각 낸 후 서로 멀리 떨어졌지. 오로지 죽음만이 깨뜨릴 수 있는 조각들을 감춘 채, 새로 사귄 친구들 앞에서는 최고로 유쾌한 모습만을 보여주려고 했네. 자네 어머니는 성공했지. 곧바로 다 잊어버렸으니까. 하지만 자네 아버지의 가슴속에서는 몇 년 동안이나 그 조각들이 녹슬고 썩어갔지."

"맞아요, 부모님은 헤어졌어요. 그래서 뭐요?"

"두 사람이 헤어지고 나서 한참 후에, 자네 어머니는 프랑스에서 흥청거리는 생활에 빠져 열 살이나 어린 남편을 완전히 잊어버렸지. 그때, 자네 아버지는 미래에 대한 기대도 저버린 채 집에서 빈둥거리다가 새로운 친구들을 사귀게 되었다네. 이런 상황은 자네도 이미 잘 알고 있겠지."

"난 몰라요, 모른다고요." 멍크스가 눈을 피했고, 모든 걸 다 부인하기로 결심한 사람처럼 발을 구르면서 대답했다.

"자네의 태도나 그런 행동을 보아하니, 자네가 한 번도 잊지 않고 늘 씁쓸하게 생각하고 있었다는 확신이 드는군. 난 15년 전 얘기를 하고 있다네. 자네가 11살 정도에, 자네 아버지가 31살밖에 안 되었을 때 말일세. 누차 말하지만, 자네 아버지는 그렇게 어린 나이에 결혼을 강요당한 거였지. 돌아가신 자네 부모님의 어두운 과거를 굳이 내가 들춰야겠나? 아니면 자네가 그냥 진실을 털어놓겠나?"

"난 털어놓을 게 전혀 없어요. 마음껏 얘기하세요."

"그렇다면 이 새로 사귄 친구부터 얘기하지. 그는 은퇴한 해군 장교였어. 부인은 반년 전에 죽고, 두 딸만 남았지. 자식이 더 많았지만 둘만 살아남았던 거야. 하나는 19살의 아름다운 아가씨였고 다른 하나는 두세 살밖에 안 된 어린아이였지."

"그게 나랑 무슨 상관이에요?"

멍크스가 대뜸 물었지만, 브라운로 씨는 못 들은 척 말을 이어갔다.

"그들은 자네 아버지가 빈둥거리며 지내던 지역에 살고 있었어. 그러다가 서로 알게 되고 친해지면서 빠르게 우정이 생겨났지. 자네 아버지는 흔치 않게 재능을 타고 난 사람이었어. 누나의 영혼과 인성을 갖고 있었지. 노장교는 자네 아버지를 더 잘 알게 될수록 사랑하게 되었다네. 거기서 끝났으면 좋았으련만, 노장교의 딸도 사랑에 빠지게 된 거야."

브라운로 씨는 말을 잠시 멈추었다. 그러다가 멍크스가 입술을 깨문 채 바닥을 내려다보고 있자, 금세 다시 입을 열었다.

"1년이 지나자 자네 아버지는 그 딸과 정식으로 약혼을 하게 되었지. 순진한 소녀의 유일하고 열렬한 첫사랑 대상이 된 걸세."

*　　　*　　　*　　　*　　　*

"얘기가 무척 기네요." 멍크스가 의자에서 몸을 가만두지 못하고 안절부절못하며 말했다.

"젊은이, 이건 비탄과 시련, 슬픔이 담긴 진솔한 이야기일세. 보통 그런 이야기는 길기 마련이야. 기쁨과 행복만 가득한 이야기였다면 아주 짧았겠지. 마침내 자네 아버지를 희생시켜 이득과 영향력을 강화하려고 했던 부자 친척 중 하나가 죽었다네. 고인은 돈이면 다 해결된다는 생각으로, 자네 아버지의 불행을 보상해주는 뜻에서 유산을 남겨주었지. 그래서 자네 아버지는 그 친척이 요양차 머물고 있던 로마로 즉시 떠나야 했어. 친척은 처리할 일만 남겨둔 채 세상을 떠나버린 거야. 그런데 자네 아버지는 로마에서 치명적인 병에 걸렸고, 그 소식이 파리에 전해지자 자네 어머니가 자네를 데리고 로마로 간 거지. 그런데 로마에 도착한 바로 다음 날, 자네 아버지가 아무런 유언도 남기지 않은 채 죽어버렸어. 그래서 그 재산이 모두 자네 어머니와 자네 앞으로 떨어진 거지."

이 대목에서 멍크스는 숨을 죽였고, 브라운로 씨 쪽을 쳐다보지 않았지만 엄청나게 진지한 표정으로 귀를 기울이고 있었다. 브라운로 씨가 말을 멈추자, 멍크스는 갑자기 안심이라도 한 것처럼 자세를 바꾸고 뜨겁게 달아오른 얼굴과 두 손을 닦았다.

"자네 아버지가 로마로 떠나기 전에 런던을 지나가던 길에, 나를 찾아 왔다네." 브라운로 씨가 멍크스의 얼굴을 지그시 바라보면서 천천히 입을 열었다.

"그런 얘기는 들어본 적 없는데요." 멍크스가 깜짝 놀라 불쾌한 기색을 띠면서 못 믿겠다는 어투로 끼어들었다.

"나를 찾아와서 여러 가지 물건을 맡겼지. 그 중에 직접 그린 초상화 한 점이 있었어. 가엾은 소녀의 초상화였는데, 두고 떠나기 싫었을 테지만 황급한 여정에 갖고 갈 수가 없었던 거야. 불안함과 후회가 가득한 그늘진 얼굴로 자기가 처한 불명예스러운 상황에 대해 정신없이 늘어놓더군. 그리고 어떤 손해를 보더라도 전 재산을 돈으로 바꿔서, 새로 얻게 된 재산의 일부를 자네 어머니와 자네 몫으로 떼어준 후, 이 나라를 떠나서 다시는 돌아오지 않겠다고 나한테 살짝 털어놓았다네.

혼자 떠나려는 게 아닌 건 단번에 알겠더군. 심지어 오랜 친구인 내게도, 이 땅에 소중한 존재를 함께 묻은 동지인 나에게조차도, 더 이상 특별한 말은 하지 않고 모든 걸 편지로 알려주겠다고 했지. 그러고 나서 마지막으로 한 번만 더 만나자고 했어. 아! 그게 마지막이었다네. 편지도 없었고, 다시는 만날 수 없었지." 브라운로 씨는 잠시 말을 멈췄다가 다시 입을 열었다.

"난 모든 것이 끝난 후에, 세속적인 표현대로 '죄 많은 사랑'의 장소로 찾아갔네. 내가 염려하던 대로 일이 벌어졌다면 몸을 그르친 그 아가씨에게 자신을 가엾게 여기는 사람이 한 명은 있다는 사실을 알려주고, 편히 거처할 집 하나는 마련해주려고 했지. 그런데 일주일 전에 가족이 모두 떠났더군. 자잘한 빚을 다 변제하고 밤중에 떠났다는 거야. 무슨 이유인지 어디로 갔는지 아무도 모르더라고."

이에 멍크스는 좀 더 숨을 자유롭게 쉬면서 승리의 미소를 띤 채 주위를 둘러보았다. 브라운로 씨는 멍크스의 의자 쪽으로 가까이 다가가면서 말을 이었다.

"자네 남동생이, 연약하고 초라하고 버려진 아이가 우연보다 더 강한 손에 의해 내 앞에 나타났지. 그리고 내가 그 아이를 범죄와 악행의 삶에서 구해냈는데 …"

"뭐라고요?" 멍크스가 소리쳤다.

"내가 그 아이를 구했다네. 내가 뭐랬나, 차츰 관심을 갖게 될 거라고 했잖나. 보아하니, 자네의 교활한 동료가 내 이름을 숨겼나보군. 하긴 자네가 내 이름을 들어도 몰랐을 테니. 어쨌든, 그 아이가 내 집에서 몸을 추스르는 동안, 아까 말한 초상화와 무척 닮았다는 사실에 깜짝 놀랐지. 심지어 때가 끼고 비참한 모습의 그 아이를 처음 봤을 때도 생생한 꿈속에서 언뜻 지나치던 옛 친구의 표정이 떠오르긴 했다네. 내가 그 아이의 이력을 알기도 전에, 그 아이가 덫에 걸려 사라져 버렸다는 사실은 말할 필요도 없겠지."

"왜죠?" 브라운로 씨의 말을 자르며, 멍크스가 황급히 물었다.

"왜냐하면 자네가 잘 알고 있기 때문이지."

"내가요?"

"부인해도 소용없네. 난 그 이상도 알고 있지."

"절대로, 내게 불리한 증거를 댈 수 없을 걸요. 어디 한 번 해보세요!"

멍크스가 말까지 더듬으며 반박하자, 브라운로 씨가 탐색하듯 바라보며 입을 열었다.

"그건 두고 보면 알겠지. 난 그 아이를 잃어버렸고 아무리 애써도 찾을 수가 없었어. 자네 어머니는 이미 죽었으니, 비밀을 풀어줄 사람은 자네밖에 없었잖은가. 마지막으로 자네 소식을 들었을 때, 자네가 서인도 제도의 영지에 있다는 걸 알았지. 자네 어머니가 죽자마자 자네는 여기서 저지른 악행의 죗값이 두려워서 거기로 도망친 거야. 그래서 나도 그곳으로 갔네. 자네는 몇 달 전에 그곳을 떠나 런던에 가 있을 거라더군. 하지만 아무도 정확한 장소를 몰랐어. 나는 돌아왔네. 자네의 대리인들도 자네의 집을 모르더군. 늘 그렇듯 이상하게 나타났다가 사라진다고 했지. 때때로 며칠씩이나 몇 달씩, 사납고 제멋대로였던 소년 시절 때와 마찬가지로 천박한 소굴을 돌아다니며 악명 높은 무리와 섞여 지내는 것 같다고 했어. 난 그들을 지겹게 쫓아다니며 끈질기게 매달렸다네. 밤낮으로 거리를 돌아다녔지만, 바로 2시간 전까지만 해도 내 노력이 다 허사로 돌아갈 판이었지. 단 한순간도 자네를 보지 못했다고."

"그런데 지금은 나를 보고 있죠." 멍크스가 벌떡 일어서며 말을 이었다. "그래서 뭐요? 사기와 도둑죄는 엄청난 말이라고요. 지금 갖고 있는 단서는 어떤 어린 놈 하나가 죽은 남자의 서툰 그림을 닮았다는 느낌뿐이잖아요. 남동생이라니! 그 신파극 찍은 남녀 사이에서 아이가 태어났다는 사실도 당신은 모르고 있었잖아요. 그것도 몰랐으면서."

"몰랐지. 하지만 지난 2주일 사이에 모든 것을 알게 됐다네. 자네에 겐 남동생이 있어. 자네는 다 알고 있었지. 유서도 있었지만 자네 어머니가 없애버렸고, 죽기 전에 그 비밀과 유산을 자네에게만 남겨주었던 거야. 유서에는 이 슬픈 인연으로 태어날지도 모르는 아이에 대한 언급이 담겨 있었지. 실제로 그 아이가 태어났고, 자네도 그 아이를 우연히 마주치게 된 거야. 첫 눈에 아버지를 닮은 모습을 알아채고 의심을 품게 됐고 말일세. 당장 그 아이가 태어난 곳을 찾아갔고, 증거를 발견했겠지. 자네는 그 증거들을 없애버렸고, 직접 유대인 공범에게 말한 것처럼 '그 아이의 신원을 밝혀줄 유일한 증거물은 강바닥에 잠자고 있고, 그 물건을 아이의 엄마한테서 받은 할멈은 관 속에서 썩고' 있게 된 거야. 이 무가치한 아들이자 겁쟁이, 거짓말쟁이 같으니라고. 밤마다 도둑들이나 살인자들과 컴컴한 방에서 음모를 꾸미고, 계략과 속임수로 너 같은 놈들 수백만 명보다 더 가치 있는 여인을 참혹하게 죽게 만든 네 놈이, 요람에서부터 아버지의 가슴에 쓰디쓴 고통이었고, 모든 사악한 열정과 악행, 방종이 추악한 질병처럼 얼굴에 드러나게 된 네 놈, 에드워드 리포드가 아직도 감히 맞서려는 것이냐?"

"아뇨, 아뇨, 아니에요!" 겁쟁이 멍크스는 차곡차곡 죄가 드러나자 무릎을 꿇고 말았다.

"말 한 마디, 한 마디! 너와 그 혐오스러운 악당 사이에 오고간 말은 모조리 다 알고 있어. 벽에 비친 그림자가 속삭이는 소리를 다 엿들었고, 내 귀에까지 전해주었지. 학대받는 아이의 모습을 보고 사악한 마음이 용기와 자비로 변했던 거야. 그 여인이 살해당했고, 네 놈은 실제로 가담하지 않았더라도 도의적으로 공범인 셈이야." 브라운로 씨가 소리쳤다.

"아뇨, 아니에요. 나, 난 모르는 일이에요. 여기로 날 데리고 왔을 때 진상을 알아보고 다니던 중이었다고요. 이유를 몰랐어요. 그저 흔한 말다툼인 줄 알았다고요." 멍크스가 황급히 끼어들었다.

"사건의 발단은 자네의 비밀을 조금 털어놓았기 때문이지. 자, 나머지를 다 털어놓겠는가?"

"네, 그럴게요."

"진실과 사실을 담은 진술서에 손을 얹고 증인들 앞에서 맹세하겠는가?"

"네, 약속합니다."

"진술서가 다 작성될 때까지 여기에 조용히 있다가 그것을 증명하기에 가장 적합한 장소로 따라올 텐가?"

"굳이 그래야 한다면 그대로 따릅죠."

"거기서 끝나는 게 아닐세. 순수하고 죄 없는 아이에게 보상을 해줘야지. 비록 죄 많고 비참한 사랑의 결실이라도 그 아이한텐 죄가 없으니까. 유서의 조항들을 잊지 말게. 자네 동생에게 관련된 부분만큼은 그대로 따르라는 말일세. 그러고 난 다음에는 어디든 가고 싶은 데로 가게나. 이 세상에서 다시 나를 만날 필요는 없다네."

멍크스는 두려움과 증오를 동시에 느끼며, 이 제안을 받아들일지 말지 고민하면서, 어둡고 사악한 얼굴로 서성거렸다. 그러는 사이에, 잠긴 문이 황급히 열리면서 로스번 씨가 무척 다급한 얼굴로 들어섰다. "그 남자를 체포한답니다. 오늘 밤 잡는다고요!"

"살인자 말이오?" 브라운로 씨가 물었다.

"네, 네. 그 남자 개가 낡은 소굴에 숨어 있답니다. 아마 주인도 어둠을 틈타 그리로 오겠죠. 감시꾼들이 사방으로 돌아다니고 있어요. 체포에 나선 사람들과 얘기해봤는데, 절대 빠져나가지 못할 거라더군요. 오늘 밤 경찰에서 현상금 100파운드를 걸었어요." 로스번 씨가 대답했다.

"내가 50파운드 더 걸겠소. 직접 그리로 가서 발표하지. 메일리 씨는 어디 있소?" 브라운로 씨가 말했다.

"해리요? 여기 이 친구가 붙들려 무사히 마차에 타는 것을 보고서, 곧장 이 소식을 들은 곳으로 달려갔죠. 그리고 말을 타고서 선발대와 만나기로 한 외곽 지점으로 갔어요."

"페이긴은? 어떻게 됐소?"

"마지막으로 들었을 때는 아직 잡히지 않았던데, 곧 잡히거나 지금쯤 잡혔을 겁니다. 경찰이 확신하더군요."

"자네 마음을 정했나?" 브라운로 씨가 낮은 목소리로 멍크스에게 물었다.

"네. 제, 제 비밀도 지켜주실 거죠?"

"그러지. 내가 돌아올 때까지 여기서 기다리게. 자네가 무사할 수 있는 유일한 방법이니까."

두 신사가 방을 나서자, 문은 다시 잠겼다.

"어떻게 됐나요?" 로스번 씨가 속삭이며 물었다.

"내가 바라던 이상으로 잘 됐소. 그 가엾은 여인이 준 정보에 내가 알고 있던 사실을 더하고, 우리의 좋은 친구가 현장에서 조사한 결과까지 보여줘서, 빠져나갈 틈도 주지 않았지. 모든 악행이 환하게 드러난 셈이니까. 모레 저녁 7시에 만나자고 편지를 써서 약속을 잡아주시오. 우리는 몇 시간 일찍 그곳에 도착하겠지만, 좀 쉬기도 해야 하니 말이오. 특히 로즈 양은 생각보다 훨씬 더 마음을 다잡을 필요가 있잖소.

아무튼, 지금 나는 살해당한 가엾은 여인의 복수를 하고 싶은 마음뿐이오. 어느 쪽으로 가면 됩니까?"

"곧바로 경찰서로 가면 시간에 맞출 수 있을 겁니다. 난 여기 남아 있겠습니다." 로스번 씨가 대답했다.

두 신사는 각자 제멋대로 날뛰는 들뜬 기분을 감추지 못한 채 서둘러 그 자리를 떠났다.

12장

추격과 도망

로더하이스의 교회에 인접한 템스 강 가까이에 지저분한 건물들이 강둑에 늘어서 있었고, 강 위의 배들이 석탄선의 먼지와 지붕 낮은 집에서 나오는 연기를 시커멓게 뒤덮어 쓰고 있었다. 이런 곳에 런던에서 가장 더럽고 괴상하며 유별난 은신처가 자리 잡고 있었는데, 대부분의 런던 사람에게는 이름조차 알려지지 않은 곳이었다.

이곳에 다다르려면 답답한 미로 같은 비좁은 진흙탕 길들을 통과해서 가장 거칠고 가난한 강가 사람들을 뚫고 지나가야 했다. 싸구려 식료품들이 가게들 안에 쌓여 있었고, 조악하고 흔해빠진 옷가지들이 옷가게 문에 매달려 있거나 집 난간과 창문에 주렁주렁 걸쳐져 있었다. 가장 낮은 계층의 일꾼들이 일거리를 찾아 어슬렁거렸고, 바닥짐을 옮기는 일꾼들과 석탄선 일꾼들, 낯 두껍게 나다니는 여자들과 누추한 아이들로 북적거렸다. 이렇게 강가의 하층민들 사이를 힘겹게 헤쳐 나가

면 좌우로 가지처럼 나 있는 비좁은 골목길들의 역겨운 광경이 드러나
면서 악취가 진동했다. 게다가 길모퉁이마다 겹겹이 들어선 창고들에
서 물건들을 가득 실은 육중한 짐마차가 덜커덩거리며 달려 나오는 소
리에 귀가 먹을 정도였다. 마침내 이제껏 지나온 길보다 더 외지고 한
적한 길에 다다르면, 인도로 쓰러질 것처럼 위태롭게 기울어진 집들과
스쳐 지나가기만 해도 곧바로 기우뚱거릴 듯한 담장들, 반쯤 부서지고
반쯤 무너질 듯한 지붕들, 세월과 먼지에 녹이 슨 철창으로 막아놓은
창문들이 눈앞에 펼쳐졌다. 황폐하게 버려진 곳이라고 하면 누구나 상
상할 수 있을 법한 광경인 셈이다.

이런 부근에, 서더크 자치구의 독헤드 너머로 '야곱의 섬'이라는 빈
민가가 있었다. 밀물이 들어오면 2~2.5미터 깊이에 4.5~6미터 너비의
진흙탕 도랑으로 둘러싸이는 곳이었다. 한때는 밀 폰드라고 불렸지만
지금은 폴리 디치라고 알려져 있었다. 위치적으로 템스 강에서 이어지
는 샛강이나 강어귀로, 옛 이름의 유래가 된 납공장인 레드 밀의 수문
을 열면 강물이 최고로 불어났다. 이럴 때, 밀 레인 쪽에서 걸쳐 놓은
나무다리에서 바라보면, 다리 양쪽에 사는 사람들이 집 뒷문과 창문에
서 양동이와 들통 같은 도구들을 내려서 물을 긷는 모습이 보였다.

여기에서 눈을 돌려 집 자체를 보면 아주 깜짝 놀랄 광경이 펼쳐졌
다. 대여섯 채 정도 되는 집들 뒤로 공통으로 연결된 난간들의 나무 바
닥에 구멍이 숭숭 뚫려 진흙탕이 곧바로 내려다보였다. 깨지고 덧댄 창
문들 사이로 사용하지 않는 빨래봉들이 불쑥 튀어나와 있었고, 비좁고
지저분한 데다 답답해 보이는 방들은 공기가 오염되어 먼지조차 편히
쉬지 못할 것 같았다. 나무로 지어진 방들은 진흙탕 위로 튀어나와 곧
떨어질 것처럼 보였다. 거기다 먼지투성이 벽들이나 썩어가는 기둥들
을 비롯해서, 가난함을 드러내는 온갖 역겨운 모습들과 지저분하고 썩

어가는 쓰레기 같은 혐오스러운 모습들이 폴리 디치 강둑을 장식하고 있었다.

야곱의 섬에 있는 창고들은 지붕도 없이 텅 비어 있었다. 벽은 다 쓰러져가고 있었고, 창문도 더 이상 창문 구실을 못했으며, 문은 길거리로 떨어져나가는 중이었고, 시커먼 굴뚝에서는 아무 연기가 나지 않았다. 30~40년 전 적자와 소송 분쟁이 몰려오기 전에는 무척 번성하던 곳이었다. 하지만 지금은 그저 버려진 섬에 불과했다. 집은 주인이 없어서, 그냥 아무나 문을 따고 들어가 살다가 죽었다. 이렇게 굳이 야곱의 섬에 몸을 숨기려는 사람이라면 은밀한 곳에서 살아야만 하는 강력한 동기가 있거나 정말로 빈곤한 처지에 몰린 것임에 틀림없었다.

이런 집들 중에 넉넉한 크기의 집 한 채가 따로 떨어져 있었다. 다른 곳들은 심하게 허물어져 있었지만 문과 창문만은 단단하게 막혀 있었고, 뒤쪽은 다른 집들과 마찬가지로 도랑을 내려다보고 있었다. 이 집의 위층 방에 세 남자들이 모여 있었다. 가끔씩 당혹감과 기대감이 뒤섞인 표정으로 서로를 바라보면서 한참동안 깊고 우울한 침묵 속에 앉아 있었다. 그 중 한 남자는 토비 크래킷이었고, 또 다른 남자는 치틀링 씨였다. 세 번째 남자는 쉰 살쯤 된 도둑으로, 오래전 싸움에서 맞았는지 코가 내려앉아 있었고, 얼굴에는 무시무시한 흉터가 있었다. 이 남자는 유배지에서 몰래 돌아온 유형수로, 이름은 캑스였다.

토비가 치틀링을 돌아보며 입을 열었다. "자네가 있던 두 군데 소굴이 너무 위험해졌으면 여기가 아니라 좀 다른 곳으로 고르지 그랬나, 이 친구야."

"그렇지, 왜 안 그랬어, 멍청아!" 캑스가 맞장구를 쳤다.

"뭐, 좀 더 반기실 줄 알았는데요." 치틀링이 우울한 기색으로 대답했다.

"이것 보게, 젊은이. 나처럼 아주 특별나게 배타적인 남자는 누가 엿보거나 코를 쿵쿵거리는 곳에선 머리를 누이질 않는다네. 자네 같은 젊은 신사의 방문에는 깜짝 놀라고 만다고. 아무리 같이 카드놀이를 할 만큼 존경스럽고 유쾌한 사람이라 해도 말일세." 토비가 말했다.

"특히, 그 배타적인 젊은이와 함께 지내는 친구가 예상보다 빨리 외국에서 돌아와서 판사님들 앞에 서기가 영 겸연쩍은 때는 더 그러하지." 캑스가 덧붙였다.

짧은 침묵이 흘렀다. 토비 크래킷은 지레 포기한 듯 평소에 위악적으로 떨어대던 허세를 버리고 치틀링에게 물었다. "그래, 페이긴이 언제 잡혔다고?"

"막 밥을 먹을 때였으니까 오후 2시쯤이요. 찰리와 나는 운좋게 세탁소 굴뚝으로 도망쳤고, 볼터는 빈 물통에 머리부터 들어가 숨었는데, 다리가 길어서 삐쭉 보이는 바람에 같이 잡혔어요."

"벳은?"

"불쌍한 벳! 시신 확인을 하러 갔다가 미쳐서 비명을 지르고 헛소리를 하더니 판자에 마구 머리를 박는 거예요. 그래서 경찰들이 구속복을 입혀서 정신병원으로 끌고 갔어요. 지금 거기에 있어요." 치틀링의 안색이 점점 더 어두워졌다.

"꼬마 베이츠는 어떻게 됐고?" 캑스가 캐물었다.

"어두워지기 전에는 여기로 오기 싫다며 이리저리 돌아다니고 있어요. 하지만 곧 이리로 올 거예요. 지금은 아무 데도 갈 곳이 없거든요. 절름발이 술집 사람들도 모두 체포되었고 그 소굴의 바에도 직접 가봤는데 덫이 쫙 깔려 있더군요." 치틀링이 대답했다.

"이거 완전 딩했는데. 이번 일로 갈 사람이 여럿이겠어." 토비가 입술을 깨물며 말했다.

"개정 기간이니, 검시가 끝나고 볼터가 증언으로 돌아서면 페이긴의 교사죄를 입증하는 건 충분하겠어. 볼터는 이미 입버릇처럼 말하고 다녔으니 냉큼 증언을 하겠지. 금요일에 페이긴의 재판이 열리면 엿새 안에 목이 매달릴 거라고." 캑스가 말했다.

"사람들이 으르렁거리며 화를 내던 소리를 들었어야 해요. 경찰들이 악마처럼 막지 않았으면 사람들이 페이긴을 채어갔을 거예요. 페이긴이 넘어지니까, 경찰들이 빙 에워싸고는 사람들을 뚫고 나가더라고요. 페이긴이 진흙투성이에 피를 흘리며 어찌나 두리번거리며 경찰들에게 딱 달라붙어 가던지, 그 모습을 꼭 봤어야 했다고요. 사람들의 압박에 똑바로 일어서지도 못하고 질질 끌려가던 모습이 지금도 눈에 선해요. 사람들이 뒤에서 펄쩍펄쩍 뛰면서 이를 드러내며 위협을 하던 모습, 페이긴의 머리카락과 수염에 피가 뚝뚝 떨어지던 모습, 모퉁이마다 여자들이 비명을 지르며 뛰쳐나와서 심장을 찢어놓겠다고 저주를 퍼붓던 모습, 다 생생하다고요!"

이렇게 끔찍하고 무서운 광경의 목격담을 늘어놓던 치틀링은 양손으로 귀를 막고 눈을 꽉 감은 채 벌떡 일어서서 정신 나간 사람처럼 격렬하게 이리저리 오락가락했다.

치틀링이 이러는 동안에, 다른 두 남자는 침묵 속에 가만히 앉아 바닥만 내려다보고 있었다. 그 때, 계단에서 두두둑 소리가 들려오더니, 사익스의 개가 방 안으로 뛰어들었다. 세 사람은 창가로, 아래층으로, 길거리로 달려갔다. 열린 창으로 뛰어 들어온 개는 세 사람을 따라 나가려고도 하지 않았고, 개의 주인도 보이지 않았다.

"이게 다 뭐지? 설마 여기로 올 리가 없어. 그러면 안 되는데." 토비가 방으로 돌아오면서 말했다.

"만약에 여기로 왔다면 개와 함께 왔겠지." 캑스가 허리를 숙여 바닥에서 숨을 헐떡이며 엎드려 있는 개를 살펴보며 말을 이었다. "이봐! 여기 물 좀 갖다 줘. 기절할 정도로 뛰어온 모양이야."

"와, 마지막 한 방울까지 다 마셔버리네요. 진흙투성이에다 다리는 절뚝거리고 눈도 반쯤 멀고 … 꽤 먼 길을 달려왔나 봐요." 치틀링이 개를 가만히 지켜보다가 입을 열었다.

"도대체 어디에서 온 거야! 물론 다른 소굴에도 가봤다가 낯선 사람들이 우글거리는 걸 보고 수없이 자주 와본 여기로 온 거겠지. 하지만 맨 처음엔 어디 있었던 거고, 왜 주인도 없이 혼자 온 거냐고!" 토비가 큰 소리로 의문을 표했다.

"그가, 그가 스스로 목숨을 끊었을 리 없어요. 어떻게 생각해요?" 치틀링은 차마 살인자의 이름을 입에 올릴 수 없어서 더듬거리며 물었다.

토비가 고개를 끄덕였고, 캑스가 입을 열었다. "정말 그랬다면, 개가 우리를 이끌고 그 현장으로 가려 했을 거야. 아무렴, 그렇지. 내 생각엔 이 나라를 뜬 것 같아, 개는 남겨두고. 어쨌든, 개를 풀어준 거야. 아니면 어떻게 개가 이렇게 맘대로 돌아다니겠어?"

이 설명이 가장 그럴 듯해서 다들 고개를 끄덕거렸다. 개는 의자 밑으로 기어들어가 몸을 만 채 잠이 들었다. 이제 아무도 개는 신경 쓰지 않았다.

날이 어두워지자 덧문이 닫히고 탁자 위에 촛불이 켜졌다. 지난 이틀 동안 일어난 끔찍한 사건들이 세 남자에게 강한 충격을 주었고, 위험성과 불확실성이 점점 더 커지고 있었다. 서로 의자를 가까이 끌어당겨 앉은 채 조금만 소리가 나도 화들짝 놀랐다. 거의 말은 없었지만 하더라도 속삭이는 말투로 했고, 마치 옆방에 살해당한 여자의 시신이 있기라도 한 듯 조용히 경계를 늦추지 않았다.

이렇게 한참동안 앉아 있던 중에, 갑자기 아래층에서 문을 황급히 두드리는 소리가 들려왔다.

"꼬마 베이츠군." 캑스가 두려움을 억누르려고 짐짓 화난 듯이 두리번거리며 말했다.

문 두드리는 소리가 다시 들렸다. 아니, 베이츠가 아니었다. 베이츠는 단 한 번도 저렇게 문을 두드린 적이 없었다.

토비 크래킷이 온몸을 덜덜 떨면서 고개를 움츠린 채 창가로 다가갔다. 누구인지 굳이 말할 필요도 없었다. 토비의 창백한 얼굴이면 충분했다. 개도 한순간 경계하면서 낑낑대며 문가로 달려갔다.

"안으로 들여야지 어쩌겠어." 토비가 촛불을 들면서 말했다.

"정말 어쩔 수 없는 걸까요?" 치틀링이 쉰 목소리로 물었다.

"없어. 어떻게든 들어오고야 말 테니까."

"우리를 어둠 속에 내버려 두면 안 되지." 캑스가 벽난로 선반에서 양초 하나를 꺼내 불을 붙이며 말했다. 그런데, 너무 손이 떨려서 불을 붙이기도 전에 문 두드리는 소리가 두 번이나 더 들려왔다.

토비가 아래층으로 내려가더니, 손수건으로 아래쪽 얼굴을 가리고 다른 손수건으로 모자 아래 머리를 감싼 남자를 데리고 돌아왔다. 남자는 천천히 손수건들을 풀어 벗었다. 핼쑥한 얼굴과 푹 꺼진 눈, 움푹 팬 볼, 사흘 동안 자란 턱수염, 야윈 몸, 숨 가쁘게 헐떡거리는 모습이 바로 유령 같은 사익스였다.

사익스는 방 한가운데 있는 의자에 손을 얹었다. 거기에 털썩 주저앉으려다가 몸을 부르르 떨면서 어깨 너머를 힐끗 쳐다보는 것 같더니, 의자를 벽 가까이로 끌고 가서 바짝 붙인 다음에 앉았다.

아무런 말도 오가지 않았다. 이런 침묵 속에서 사익스는 한 사람씩 쳐다보았다. 다들 눈을 들다가 사익스의 눈과 마주치기라도 하면 즉시 피해버렸다. 사익스의 공허한 목소리가 침묵을 깨자, 세 사람 다 깜짝 놀랐다. 그런 목소리는 한 번도 들어본 적이 없는 것 같았기 때문이다.

"어떻게 저 개가 이리로 온 거지?"

"혼자 왔어. 세 시간 전에."

"오늘 밤 신문에 페이긴이 잡혔다고 적혀 있던데, 진짜야, 가짜야?"

"진짜야."

다시 침묵이 흘렀다.

"빌어먹을 놈들! 나한테 할 말이 아무것도 없어?" 사익스가 이마를 치면서 말했다.

다들 불안하게 움찔하면서도 말은 하지 않았다.

"너, 이 집 지키는 녀석, 날 팔아넘길 생각이야, 아니면, 이 사냥이 끝날 때까지 숨겨줄 건가?" 사익스가 토비에게로 고개를 돌리며 물었다.

"안전하다고 생각한다면 여기 머물러도 좋지." 토비가 잠깐 망설이다 대답했다.

사익스는 뒤쪽 벽을 천천히 올려다보려고 애쓰면서 입을 열었다. "저, 저기, 시체 말이야, 파묻었나?"

다들 고개를 흔들었다.

"왜 안 묻었지?" 사익스는 계속 뒤를 힐끗거리며 반박했다.

"왜 그렇게 흉측한 걸 땅 위에 내버려 두냐고? 근데, 누가 문을 두드리는 거지?"

토비는 두려워할 것 없다는 손짓을 하며 방을 나섰고, 곧바로 찰리 베이츠를 데리고 돌아왔다. 마침 사익스가 문 맞은편에 앉아 있어서, 베이츠는 방 안에 들어서자마자 사익스를 보게 되었다.

"토비, 왜 아래층에서 말 안 해줬어?" 사익스가 바라보자, 찰리가 뒤로 물러서며 원망하듯 말했다.

사익스는 이미 세 남자가 모두 쭈뼛대며 거리를 두는 게 엄청난 압박처럼 느껴져서, 꼬마 베이츠를 살살 얼러보려고 했다. 그래서 고개를 끄덕이며 악수를 청하듯 손을 내밀었다.

"다른 방으로 보내줘." 찰리가 더 멀찍이 뒤로 물러서면서 말했다.

"찰리! 나, 나 모르겠니?" 사익스가 앞으로 다가서면서 말했다.

"가까이 다가오지 마. 이 괴물아!" 찰리는 여전히 뒷걸음치면서 공포에 질린 눈으로 살인자의 얼굴을 쳐다보며 소리쳤다.

사익스는 반쯤 가다가 멈췄고, 둘은 서로를 쳐다보았다. 그러다가 사익스의 시선이 점점 땅 쪽으로 떨어졌다.

"세 사람 모두 잘 봐." 찰리가 불끈 쥔 주먹을 흔들면서 소리쳤고 점점 더 흥분하면서 말을 이었다. "모두 증인이 되라고. 난 이자가 무섭지 않아. 사람들이 이리로 쫓아온다면 이자를 넘겨줄 거야. 그럴 거라고. 지금 당장 말해두지. 날 죽이고 싶으면 그러라고. 감히 그럴 수 있다면 말이야. 하지만 내가 여기 있는 한 이자를 넘겨줄 거야. 이자가 끓는 물에 산 채로 던져진다 해도 넘겨줄 거라고. 살인이야! 도와줘요! 어서 쓰러뜨리라고!"

찰리는 격렬한 몸짓을 하며 소리를 내지르면서 실제로 몸을 던져 맨손으로 그 살인자를 덮쳤다. 완강한 기세로 갑자기 덤벼들자, 사익스는 깜짝 놀라 바닥에 묵직하게 나뒹굴고 말았다.

세 남자는 너무 놀라 멍해진 듯 보였다. 어떤 제지도 하지 못한 채, 그저 찰리와 사익스가 바닥을 뒹구는 모습을 바라볼 뿐이었다. 찰리는 소나기처럼 쏟아지는 주먹질에도 아랑곳하지 않고 살인자의 멱살을 더욱더 세게 비틀어 잡으며 온힘을 다해 도와달라고 계속 외쳐댔다.

하지만 찰리가 대등하게 싸움을 이어가기에는 역부족이었다. 사익스가 찰리를 올라타고 무릎으로 목을 누르는 순간, 토비가 깜짝 놀란 표정으로 사익스의 뒷덜미를 잡아끌며 창문을 가리켰다. 아래에 불빛이 환해지면서 진지하게 대화를 나누는 목소리들이 크게 들려왔다. 가장 가까운 나무다리를 건너는 급박한 발걸음 소리가 끝도 없이 들려왔다. 군중 가운데 말을 타고 오는 사람이 있는 것 같았다. 울퉁불퉁한 길에 말발굽이 달가닥거리는 소리가 들렸기 때문이다. 불빛이 점점 더 커졌고 발걸음 소리가 점점 더 거칠고 시끄럽게 들려왔다. 그러더니, 문을 크게 두드리는 소리가 났고, 가장 대담한 사람도 겁을 먹을 만한 성난 목소리들이 웅성거렸다.

"도와줘요! 그자가 여기 있어요! 어서 문을 부숴요!" 찰리가 공기를 가르며 비명을 질러댔다.

"왕명이오!" 바깥에서 외치는 소리들이 들렸고, 또다시 성난 목소리들이 더 크게 고함을 쳐댔다.

"문을 부숴요! 이자들은 절대로 문을 열어주지 않아요. 불빛이 보이는 방으로 곧장 달려와요. 문을 부수라고요!" 찰리가 또다시 비명을 질렀다.

거칠고 묵직하게 문과 아래층 덧창을 두드리는 소리가 나자, 찰리가 말을 멈췄다. 군중 속에서 커다란 함성이 터져 나왔다. 그제야 처음으로 군중의 엄청난 규모를 실감할 수 있었다.

"빌어먹을 이 시끄러운 꼬마 좀 가둬놓게 아무 방이나 문을 열어봐." 사익스가 사납게 소리치면서 찰리를 빈 자루처럼 질질 끌며 이리저리 뛰어다녔다.

"저 문이야. 어서!" 사익스는 찰리를 휙 던져 넣고 나서 빗장을 걸고 열쇠로 잠갔다. "아래층 문은 단단히 잠갔겠지?"

"이중으로 잠그고 사슬까지 걸었어." 토비가 나머지 두 남자와 같이 우물쭈물 당황해하며 대답했다.

"판자벽은, 단단해?"

"철판을 대놨어."

"창문도?"

"응, 창문도."

"빌어먹을 놈들아!" 궁지에 몰린 사익스가 덧창을 올리고 군중을 향해 위협적으로 소리쳤다. "해볼 테면 해보라고! 감쪽같이 달아나줄 테니!"

이 세상에서 온갖 끔찍한 고함소리 중에 성난 군중의 함성을 이길 수 있는 건 없었다. 어떤 이들은 집에 불을 지르라고 집 가까이 있는 사람에게 소리쳤고, 또 다른 이들은 경찰관들에게 살인자를 총으로 쏴죽이라고 고함쳤다. 이들 중에서 말을 타고 있는 남자보다 더 성난 듯 보이는 사람도 없었다. 이 남자는 훌쩍 말에서 뛰어내려 마치 물살을 가르듯 군중을 헤치고 나가더니, 창문 아래에서 다른 사람들을 압도하는 큰 목소리로 외쳤다.

"사다리를 가져오는 사람에게 20기니를 주겠소!"

가장 가까이 서 있던 사람들이 목소리를 높여 그 말을 따라하자, 수백 명에게 메아리치듯 퍼져나갔다. 어떤 사람들은 사다리를 찾아라, 또 다른 사람들은 대형 망치를 찾아라 하며 목소리를 높였다. 그러자 사람들이 사다리와 대형 망치를 찾아 횃불을 들고 이리저리 뛰어다니다가 되돌아와서 다시 고함을 질러댔다. 또 어떤 사람들은 저주와 욕설을 내뱉느라 숨을 헐떡거렸고, 어떤 사람들은 미친 사람처럼 흥분해서 마구 밀치고 나와서 뒷사람들 길을 막았다. 가장 대담한 사람들은 물받이와 벽의 틈을 밟고라도 위로 올라가려고 덤벼들었다. 어둠 속에서 군중들이 마치 성난 바람에 움직이는 옥수수밭처럼 이리저리 물결치듯 휩쓸렸고, 이따금씩 성난 함성이 더해졌다.

"음, 밀물을 이용해야 돼!" 살인자가 비틀거리며 물러서면서 군중들의 얼굴을 보지 않으려고 창문을 쾅 닫았다. "여기에 들어올 때 밀물이 있었어. 밧줄 하나만 갖다 줘, 긴 걸로. 저놈들은 다 앞에 있어. 폴리 디치로 몸을 던져 깨끗이 사라져주지. 어서 밧줄 갖고 와. 아니면 세 번 더 살인하고 나도 죽어버릴 거니까."

세 남자들은 겁에 질려 공구들을 쌓아둔 곳을 가리켰다. 그러자 살인자가 황급히 가장 길고 튼튼한 밧줄을 고르더니 후다닥 옥상으로 올라갔다.

집 뒤쪽의 창문들은 이미 오래전에 벽돌로 막아두었지만, 찰리가 갇힌 방에는 작은 구멍이 나 있었다. 너무 작아서 찰리의 몸도 빠져나가기 힘들었지만, 이 구멍으로 찰리는 계속해서 뒤쪽을 막으라고 고래고래 소리를 질렀다. 마침내 살인자가 지붕 문으로 옥상에 나타났을 때, 누군가가 커다란 목소리로 집 앞에 있는 사람들에게 알렸고, 사람들이 서로 밀치면서 물결처럼 끝없이 집 뒤쪽으로 몰려가기 시작했다.

사익스는 널빤지로 문을 단단히 막아서 집 안에서 문을 열기 힘들게 해놓은 다음, 기와 위로 기어 올라가서 낮은 난간 아래를 넘겨다보았다.

밀물이 빠져나가고 도랑에는 진흙바닥이 드러나 있었다.

이러는 잠시 동안, 군중은 조용히 사익스의 움직임을 지켜보며 왜 그러는지 의아해했다. 하지만 사익스의 의도를 깨닫고 그 계획이 실패했다는 것을 알아채자마자, 승리의 고함소리를 질러댔다. 이 고함소리에 비하면 이전의 외침소리는 속삭임처럼 들릴 정도였다. 이런 함성은 계속 더 커져갔다. 너무 멀리 떨어져 있어서 고함치는 이유도 모르는 사람들조차 함성을 이어나갔다. 고함소리가 메아리치듯 사방에 울려퍼져서, 도시에 사는 사람들 모두가 한꺼번에 쏟아져 나와 사익스를 향해 저주를 퍼붓는 것처럼 느껴졌다.

사람들이 앞쪽으로 밀고 나왔다. 앞으로, 앞으로 계속해서 성난 얼굴들이 강한 물살처럼 밀려 들어왔다. 여기저기에서 불타오르는 횃불에 비친 사람들의 얼굴에는 분노와 흥분이 가득했다. 사람들이 도랑 맞은편 집들로 들어가서 창을 올리거나 완전히 뜯어내어 모든 창문에 겹겹이 얼굴들을 내밀었다. 또 모든 옥상마다 사람들이 떼 지어 달라붙어 있었다. 당장 눈앞에 보이는 세 개의 작은 다리도 사람들의 무게에 휘청거렸다. 그런데도 군중의 물결은 작은 구석과 틈을 찾아 밀려들어 살인자가 보이기만 하면 고함을 질러댔다.

"이제 잡히겠구나. 만세!"

가장 가까운 다리에서 어떤 사람이 소리치자, 수많은 사람들이 모자를 벗어들고 환호성을 내질렀다.

"내가 50파운드를 내겠소." 같은 쪽에서 어느 노신사가 외쳤다.

"저자를 생포하는 사람에게 말이오. 여기에서 포상금을 타러 오는 사람을 기다리겠소."

또다시 함성이 터져 나왔다. 바로 이 순간에, 드디어 문을 부수고 처음에 사다리를 가져오라고 소리쳤던 남자가 방 안으로 진입했다는 소식이 군중들 사이로 퍼졌다. 이 소식이 입에서 입으로 전해지자 갑자기 흐름이 바뀌었다. 창가에 있던 사람들은 다리 위에 있던 사람들이 뒤로 몰려가는 것을 보고 길거리로 뛰쳐나갔고, 다리 쪽으로 허둥지둥 몰려드는 인파에 휩쓸렸다. 다들 서로 옆 사람들을 밀치고 헐레벌떡 문 가까이로 다가가 경찰관들이 살인범을 붙잡아 나오는 것을 보려고 안달했다. 거의 질식할 정도로 억눌리거나 혼란 속에 쓰러져 짓밟히는 사람들이 외치는 비명소리와 고함소리가 끔찍했다. 비좁은 통로들이 완전히 막혀버렸고, 집 앞에 자리를 잡으려고 달려드는 사람들과 군중 속에서 빠져나오려고 헛된 애를 쓰는 사람들이 충돌하고 있었다. 이런 상황에서 살인범을 잡겠다는 열정은 커져갔지만 당장 사람들의 관심은 살인범에게서 멀어졌던 셈이다.

사익스는 군중들의 사나운 고함소리에 탈출이 불가능하겠다고 낙담한 채 쭈그리고 앉아 있다가, 이렇게 갑작스럽게 상황이 바뀌는 것을 보고는 금세 벌떡 일어났다. 마지막으로 목숨을 걸고 도랑으로 뛰어내려 숨이 막히는 한이 있더라도 어둠과 혼란을 틈타 빠져나가 보려고 결심한 것이다.

이렇게 새로운 힘과 활기가 솟아났고 때마침 집 안쪽에서 문을 부수고 들어오는 소음이 들려오자, 사익스는 굴뚝에 발을 얹은 채 밧줄의 한쪽 끝으로 굴뚝을 단단히 둘러 묶었다. 그러고 나서 밧줄의 다른 쪽 끝은 단번에 손과 이를 사용해서 올가미로 만들었다. 이 올가미에 몸을 묶고 내려가면 땅에서 키 높이도 안 되는 곳까지 다다를 수 있었다. 거기까지만 내려가면 칼로 밧줄을 끊고 뛰어내리면 될 터였다.

사익스는 올가미를 겨드랑이 밑으로 내리려고 머리 위로 가져오던 순간에, 군중에 떠밀리지 않으려고 다리 난간을 꽉 잡고 있던 노신사가 그 모습을 발견하고 살인범이 아래로 내려오려고 한다고 소리를 쳤다. 바로 그 순간에 사익스는 뒤를 돌아보더니 양팔을 머리 위로 쳐들고 공포에 질린 채 부르짖었다.

"또 저 눈이야!" 사익스가 꽥 소리를 내질렀다.

사익스는 번개에 맞은 듯 비틀거리다가 균형을 잃고 난간 아래로 떨어졌다. 올가미가 목에 걸린 상태로, 사익스의 몸무게 때문에 활시위처럼 팽팽하게, 화살같이 재빠르게 조여들었다. 사익스는 10미터 아래로 떨어졌다. 밧줄이 순간적으로 몸을 확 잡아채는 바람에 팔다리가 엄청나게 경련을 일으켰다. 사익스는 뻣뻣해진 손으로 칼을 잡은 채 밧줄에 매달려 있었다.

마지막 시도

낡은 굴뚝이 충격을 받아 흔들렸지만 굳세게 버텨냈다. 살인범 사익스는 숨이 끊어진 채로 대롱대롱 매달려 있었다. 찰리 베이츠는 눈앞을 가로막고 흔들거리는 시체를 밀쳐내며, 제발 여기서 꺼내달라고 도움을 청했다.

지금까지 숨어 있던 개가 음울하게 짖어대며 난간 앞을 오락가락했다. 그러다가 뛰어내릴 준비를 하더니 죽은 주인의 어깨를 향해 뛰어내렸다. 하지만 어깨가 아니라 완전히 빗나가서 도랑에 처박히고 말았다. 결국 돌에 머리를 부딪쳐서 뇌가 터져 나왔다.

13장

여러 의문이 풀리고, 돈 얘기 없는 청혼이 등장하는 장

앞장의 사건이 벌어지고 고작 이틀이 지난 때였다. 올리버는 오후 3시에 마차를 타고 자신이 태어난 마을로 빠르게 달려가고 있었다. 메일리 부인과 로즈 양, 베드윈 부인, 로스번 씨가 함께였고, 브라운로 씨는 아직 이름을 밝히지 않은 사람을 데리고 역마차로 뒤따라가고 있었다.

다들 말이 없었다. 올리버는 긴장감과 불안감에 휩싸여 도저히 말을 할 생각조차 할 수 없었고, 이런 감정을 거의 똑같이 느끼고 있는 동료들도 마찬가지였다. 브라운로 씨는 올리버와 두 숙녀에게 멍크스가 억지로 털어놓은 얘기를 아주 조심스럽게 알려주었다. 비록 이번 여행길이, 순조롭게 시작된 일을 잘 마무리하기 위한 것이라는 사실을 알고 있었지만, 여전히 세세한 부분들은 의심과 비밀에 싸여 있었기 때문에 극도의 긴장감을 느낄 수밖에 없었던 것이다.

다정한 브라운로 씨는 로스번 씨의 도움을 받아 올리버와 두 숙녀가 최근에 벌어진 끔찍한 사건들을 전해 듣지 못하도록 꼼꼼하게 처리해두었다. "물론 머지않아 다 알려지겠지만, 지금보다 더 나은 때가 있는 법이라오. 지금은 최악일 수가 있소."

브라운로 씨의 말에 따라, 이들은 아무것도 듣지 못한 채 여행길에 오르게 된 것이다. 각자 이렇게 한데 모이게 된 문제에 골몰하느라 입을 열 여유가 없었다. 게다가 아무도 머릿속으로 몰려드는 생각들을 입밖으로 꺼내려고 하지 않았다.

올리버도 이러한 영향을 받아 자신의 출생지를 향해서 생전 처음 보는 길로 가는 동안에는 침묵을 지켰다. 하지만 머리를 누일 집도 없이 방황하던 시절에 친구도 없이 걸어다니던 길로 접어들자, 온갖 옛 기억들이 몰려들었고 가슴속에는 온갖 감정이 깨어나 소용돌이쳤다.

"저기, 저기 좀 보세요!" 올리버가 로즈 양의 손을 꽉 붙잡으며 마차의 창 밖을 가리켰다.

"저게 내가 넘어 다니던 울타리 계단이에요. 저건 붙잡혀 끌려갈까 봐 밑으로 기어 나왔던 울타리고요! 저기에 들판을 가로지르는 길이 있어요. 어렸을 때 살던 집으로 이어지는 길이라고요! 아, 딕, 딕, 내 소중한 옛 친구, 당장 볼 수만 있다면!"

"이제 곧 만나게 될 거야." 로즈 양이 맞잡은 올리버의 손을 다독이며 대답했다.

"그 애한테 네가 얼마나 행복한지, 얼마나 잘 살고 있는지 얘기해줄 수 있을 거야. 게다가 이렇게 그 애를 만나려고 다시 돌아온 것만큼 행복한 일은 없었다고도 말해주는 거지."

"네, 그럼요. 그리고 우린, 우린 딕을 저기서 구해내 잘 입히고 가르치고, 조용한 시골로 데려가서 건강하게 살게 해줄 거고요, 그렇죠?"

로즈 양이 "그럼"이라면서 고개를 끄덕였다. 올리버가 너무나 기뻐하며 눈물을 흘리면서 미소를 지어서 로즈 양은 더 이상 말을 잇지 못했다.

"아가씨는 누구에게나 친절하고 다정하니까, 딕한테도 그럴 거예요. 아마 딕이 하는 얘기를 들으면 눈물이 날 걸요. 하지만 괜찮아요, 걱정 말아요. 그런 건 금세 지나가고 다시 미소를 짓게 될 테니까요. 아가씨가 나에게 해준 걸 보면, 딕이 얼마나 많이 바뀔지 생각만 해도 기뻐요. 내가 도망쳐 나올 때 딕이 '하느님이 지켜주실 거야!'라고 축복해 줬죠." 올리버는 감정에 복받쳐 울음을 터뜨리며 덧붙였다. "이제 나도 '하느님이 지켜주실 거야!'라고 말해줄 거예요. 그리고 내가 얼마나 고마웠는지도 보여줄 거고요!"

마차가 마을에 가까워지다가 드디어 마을의 좁은 길로 들어서자, 올리버는 침착하게 몸을 가만두기가 어려워졌다. 소어베리 장의사 가게가 예전 그대로 서 있었다. 다만, 올리버의 기억보다 더 작고 좀 추레하게 보였다. 온통 올리버와 조금이라도 인연이 있던 익숙한 가게와 집들뿐이었다. 오래된 술집 문가에는 갬필드의 수레가 서 있었고, 어린 시절 끔찍한 감옥 같았던 구빈원의 음울한 창문들이 거리를 향해 인상을 쓰고 있었다. 올리버는 구빈원 문 앞에 옛날과 똑같이 깡마른 문지기가 서 있는 모습을 보고 저도 모르게 뒤로 주춤 움츠렸는데, 자기가 너무 바보 같았다며 웃음을 터뜨렸다. 그렇게 웃다가 소리치고 또다시 웃어댔다. 길거리의 문가와 창문가에 낯익은 얼굴들이 수십 명씩 보이다보니, 마치 어제 이곳을 떠났고 최근의 삶은 모두 행복한 꿈인 것처럼 느껴졌다.

그러나 이 모든 것이 순수하고 진지하며 즐거운 현실 그 자체였다. 마차가 큰 호텔 문 앞에 멈춰 섰다. (예전에 올리버가 올려다봤을 때는 거대하고 웅장한 궁전 같지만 지금은 크기나 위세에서 약간 떨어져보였다.) 이 호텔에서는 그림윅 씨가 마중 나와서 로즈 양과 메일리 부인에게 입맞춤을 했다. 마치 모두의 할아버지라도 된 양 입가에 미소를 머금은 채 머리통을 삼켜버리겠다는 말을 단 한 번도 하지 않았다. 심지어 아주 경험 많은 우편배달부와 런던으로 가는 지름길에 대해 논박을 하면서도 머리통을 삼켜버리겠다는 말은 하지 않았다. 그래도 그 길을 딱 한 번 이용했고 그것조차도 푹 잠든 상태였지만 길을 잘 안다고 고집을 부렸다. 아무튼, 식사가 준비되었고 침실이 정해졌다. 마치 마법이라도 부린 듯 모든 것이 착착 정리되어갔다.

그럼에도 불구하고, 호텔에 도착해서 바쁘게 30분이 지나가자, 마차 안에서처럼 똑같은 침묵과 긴장이 감돌기 시작했다. 브라운로 씨는 식사를 함께하지 않고 별도로 마련된 방에 남아 있었다. 다른 두 신사는 걱정스러운 얼굴로 황망히 들락날락하며 다같이 있는 자리에서도 둘이서만 뭐라고 쑥덕거렸다. 한 번은 메일리 부인만 따로 불러냈고, 거의 한 시간 후에야 메일리 부인이 퉁퉁 부은 눈으로 훌쩍이며 돌아왔다. 이런 상황에서 새로운 비밀을 하나도 듣지 못한 로즈 양과 올리버는 초조하고 불안해졌다. 두 사람은 의아해하며 침묵 속에 앉아 있었다. 가끔씩 몇 마디 나눌 때에도 자기들 목소리조차 듣기가 두려운 듯 귓속말로 속삭였다.

마침내 9시가 되어 그날 밤에는 아무 얘기도 더 듣지 못할 거라는 생각이 들기 시작할 즈음, 로스번 씨와 그림윅 씨가 방으로 들어왔고 뒤이어 브라운로 씨가 남자 한 명을 데리고 들어왔다. 올리버는 그 남자를 보고 깜짝 놀라 비명을 지를 뻔했다. 바로 장이 서는 마을에서 부딪쳤던 남자이자 페이긴과 함께 올리버의 작은 방 창문을 들여다보던 남자였기 때문이다. 더군다나 올리버의 형이라고들 했다. 이 때에도 멍크스는 깜짝 놀란 아이에게 혐오스러운 눈길을 던지면서 문 가까이에 앉았다. 브라운로 씨는 손에 서류를 들고 로즈 양과 올리버가 앉아 있는 자리 옆의 탁자로 걸어갔다.

"이건 참 고통스러운 일이네. 하지만 런던에서 많은 신사들 앞에서 서명한 이 진술서의 내용을 반드시 여기서 반복해야 한다네. 이런 수모를 안 겪게 할 수도 있었지만, 우린 자네 입으로 꼭 들어야겠네. 이유는 자네도 알겠지."

"계속하세요. 어서요. 거의 할 만큼 한 것 같은데, 너무 오래 잡아두지 말라고요." 멍크스가 고개를 돌리며 툭 내뱉었다.

"이 아이는 자네의 이복동생이야. 자네의 아버지이자 내 소중한 친구인 에드윈 리포드와, 이 아이를 낳고 세상을 떠난 불쌍한 애그니스 플레밍 사이에서 태어난 서자이지." 브라운로 씨가 올리버를 끌어당겨 머리에 손을 얹으면서 말했다.

*　　　*　　　*　　　*　　　*

"맞아요. 저 아이가 그들의 사생아죠." 멍크스가 벌벌 떠는 아이에게 인상을 찡그리며 말했다. 아이의 심장 소리가 들렸을 법도 했다.

"자네가 쓴 그 용어는 이미 오래전에 이 세상의 미미한 비난 너머로 떠나버린 이들을 모욕하는 말이네. 그런 말을 쓰는 자네만 치욕스러울 뿐이지. 어쨌든, 이 아이는 이 마을에서 태어났네." 브라운로 씨가 단호하게 말했다.

"이 마을의 구빈원에서죠. 얘기는 거기 다 적혀 있잖아요." 멍크스가 퉁명스럽게 대답하면서 성마르게 서류를 가리켰다.

"여기에서도 들어야겠네." 브라운로 씨가 사람들을 둘러보며 말했다.

"그럼, 어디 들어봐요! 당신들! 이 아이의 아버지가 로마에서 병이 들자 오래 별거 중이던 아내, 그러니까 우리 어머니가 나를 데리고 파리에서 로마로 갔어요. 물론 아버지의 재산을 관리하기 위해서였죠. 내가 아는 한, 어머니는 아버지에 대해 큰 애정이 없었어요. 아버지도 마찬가지였고요. 아버지는 우리를 전혀 알아보지 못했죠. 이미 의식을 잃은 상태였고 그 다음날까지 의식을 되찾지 못한 채 돌아가셨어요. 아버지의 책상에 있던 서류들 중에 병든 날 밤 날짜로 된 두 통이 당신 앞으로 보내는 거였어요." 멍크스가 브라운로 씨를 바라보며 말했다. "그리고 봉투 겉에 자신이 죽기 전에는 부치지 말라는 말이 적혀 있었고, 당신 앞으로 몇 줄 적어둔 쪽지가 동봉되어 있었죠. 서류 중 하나가 애그니스라는 여자에게 보내는 편지였고, 다른 하나가 유서였어요."

"편지는 어떤 내용이었지?" 브라운로 씨가 물었다.

"편지요? 여러 문장에 줄이 그어져 있었어요. 잘못을 뉘우치는 고백과 하느님께 그 여자를 도와달라는 기도문이었어요. 아버지는 뭔가 비밀스러운 이유로 당장은 결혼을 못한다고 꾸며댔던 거예요. 그래서 그 여자는 참을성 있게 아버지를 믿었어요. 그러다가 너무 믿었던지 다시는 돌이킬 수 없는 것을 잃게 된 거죠. 당시에 그 여자는 출산이 몇 달 남지 않은 상태였어요. 아버지는 자신이 살아나면 그 여자의 수치를 숨겨주기 위해 어떤 일을 할 작정인지 모조리 적어두었어요. 만약 죽게 되더라도 자신과의 추억을 저주하거나 죄의 대가가 그 여자나 아이에게 닥칠 거라는 생각은 제발 말아 달라고 간청했어요. 모든 죄는 다 자기 탓이라는 거였죠. 아버지는 작은 로켓과 반지를 선물한 날을 언급하면서 언제나 그랬듯이 가슴에 잘 품고 다니라고 당부했어요. 반지에는 여자의 이름이 새겨져 있었지만 성은 빈 자리로 남겨 뒀어요. 언젠가 아버지의 성을 새길 수 있으리라는 희망을 품고서 말이죠. 뭐, 이런 식으로 정신없이 똑같은 말이 계속 적혀 있었어요. 마치 미친 사람처럼 휘갈겨 적었는데, 난 아버지가 진짜 미친 거라고 생각했어요."

"유서는," 브라운로 씨가 말을 꺼냈다. 그 때 올리버는 눈물을 줄줄 흘리고 있었다.

멍크스가 침묵을 지키자 브라운로 씨가 대신해서 입을 열었다. "유서는 편지와 똑같은 심경으로 쓴 것이었지. 아내가 가져다준 불행과 외동아들인 자네의 반항적인 성질과 사악함, 악의, 철없는 못된 성격에 대해 적었다네. 자네가 아버지를 미워하도록 아내가 조종했다더군. 자네와 자네 어머니한테 각각 800파운드의 연금을 남긴다고 적혀 있었네. 재산은 똑같이 둘로 나눠서 반은 애그니스 플레밍에게, 나머지 반은 그들의 아이가 무사히 태어나 어른이 되면 물려주도록 해놨지. 아이가 딸이라면 아무 조건 없이 상속되겠지만, 아들이라면 어른이 되기 전에 불명예스럽고 비열하고 비겁하고 잘못된 행위를 하지 않아야 한다는 조건이 붙어 있었어. 아이 엄마에 대한 믿음을 보여주기 위해서라고 했네. 죽음에 가까워지면서 이런 신념은 더 강해졌는데, 아이가 엄마의 따뜻한 마음씨와 고귀한 성품을 닮을 것이라고 확신했지. 만약 이러한 기대가 무너지면 돈은 자네한테 상속되게 되어 있었어. 이렇게 두 아들이 똑같은 위치에 놓였을 때만 자네의 장자우선권을 인정한다는 말이었지. 자네 아버지의 마음속에서 이미 자네는 내놓은 자식이었어. 태어났을 때부터 반감만 사는 존재였으니까."

멍크스가 좀 더 큰 목소리로 반박에 나섰다. "어머니는 여자로서 옳은 일을 하신 거예요. 이 유서를 불태워버리신 거죠. 편지는 부쳐지지 않았고요. 하지만 다른 증거품들은 거짓말로 그들의 오점(불륜)을 지우려고 할 경우를 대비해서 간직하셨죠. 어머니는 격렬한 증오심을 더해 하나하나 더 나쁘게 과장해서 그 여자의 아버지에게 사실을 알려주었어요. 그 여자의 아버지는 도저히 수치심과 모욕감을 견뎌낼 수 없어서 딸들을 데리고 멀리 웨일스 시골 구석으로 도망을 쳤고 친구들도 찾지 못하도록 아예 이름을 바꿔버렸죠. 거기에서 얼마 지나지 않아 침대에서 죽은 채로 발견되었어요. 그 여자는 몇 주 전에 몰래 집을 빠져나왔고, 그 아버지는 딸을 찾아 가까운 마을과 동네를 찾아다녔죠. 하지만 딸이 집안의 명예를 위해 자살을 했다고 확신하면서 집으로 돌아온 그날 밤에 늙은 심장이 낙담해서 멈춰버렸던 거예요."

여기에서 짧은 침묵이 흘렀다. 그러고 나서, 브라운로 씨가 이야기를 이어받았다. "그로부터 몇 해가 흘러서 이 남자, 에드워드 리포드의 엄마가 나를 찾아온 거요. 이 남자는 겨우 18살 때 엄마의 보석과 돈을 훔쳐 집을 나가, 도박에 탕진하고 사기를 쳐서 런던으로 달아났소. 거기서 2년 동안 천박한 부랑자들과 어울렸던 거요. 이 남자의 엄마는 고통스러운 불치의 병을 앓고 있어서 죽기 전에 아들을 찾고 싶다고 했소. 여기저기 발품을 팔아 샅샅이 캐물으며 찾아다니다가, 오랜 추적 끝에 결국 찾아내서 아들과 함께 프랑스로 돌아간 거요."

"거기서 돌아가셨죠." 멍크스가 말을 이었다. "한참을 병으로 고생하시다가요. 그리고 임종 자리에서 어머니는 이 비밀들과 함께 끝없이 솟구치는 증오심을 물려주셨죠. 사실 증오심은 물려주실 필요도 없었어요. 이미 오래전에 물려받았으니까요. 어머니는 그 여자가 자살했다는 것을 믿지 않으셨죠. 아이도 살아 있다고 확신하면서 분명히 남자아이일 거라고 생각하셨어요. 난 어머니께 맹세했죠. 혹시라도 그놈이 내 앞을 지나가면 반드시 쫓아다니며 가만두지 않겠다고요. 가장 쓰디쓰고 가차 없는 적대감으로 끝까지 쫓아가서 깊은 증오심을 쏟아 붓고, 가능하면 교수대까지 끌고 가서 그 모욕적인 유서의 허풍에 침을 뱉을 거라고요. 어머니가 옳았어요. 결국 그놈이 내 앞을 지나갔죠. 시작은 좋았어요. 수다스러운 매춘부만 아니었으면 시작처럼 끝도 좋았겠죠!"

이 악당이 팔짱을 끼고 악의에 찬 계략이 꺾인 것에 대해 욕설을 주절거리는 동안, 브라운로 씨가 겁을 먹고 놀란 사람들에게 설명을 하기 시작했다. 공범자였던 유대인 노인이 올리버를 범죄 소굴에 잡아두는 대가로 큰 돈을 받았고, 올리버가 소굴을 빠져나가는 경우에는 돈의 일부를 포기해야 했기 때문에 올리버를 확인하려고 멍크스와 함께 시골 별장에 나타났던 것이다.

"로켓과 반지는?" 브라운로 씨가 멍크스를 돌아보며 물었다.

"예전에 말한 남자와 여자한테서 샀다고 했잖아요. 그 여자는 산파에게서 훔쳤고, 산파는 시체에서 훔쳤다고요. 그게 어떻게 됐는지 잘 알잖아요." 멍크스가 눈을 들지 못한 채 대답했다.

브라운로 씨가 그림윅 씨에게 슬쩍 고갯짓을 하자, 그림윅 씨가 아주 날렵하게 사라졌다가 이내 범블 부인의 등을 떠밀면서, 또 마지못해 끌려오는 범블 씨를 데리고 돌아왔다.

"내 눈이 이상해진 건가! 아니면 진짜 꼬마 올리버가 맞는가? 아, 올, 리, 버, 네 녀석 때문에 얼마나 속상했는지 아느냐 …" 범블 씨가 짐짓 열정적으로 소리쳤다.

"입 닥쳐, 바보야." 범블 부인이 중얼거렸다.

"이게 자연스러운 감정 아니겠소, 부인?" 구빈원장이 반박하며 되물었다.

"바로 내가, 교구관인 내가 키워낸 저 아이가 이렇게, 엉, 아주 상냥해 보이는 신사숙녀 분들 사이에 앉아 있는 걸 보고 어떻게 그런 감정이 들지 않을 수가 있겠소! 난 언제나 저 아이가 내 … 내 … 할아버지인 것처럼 사랑했단 말이오." 범블 씨가 적절한 비유를 찾느라 더듬거리며 말했다.

"올리버 군, 흰 조끼를 입고 다니던 신사 분 기억나느냐? 아! 지난주에 그분이 도금 손잡이가 달린 참나무 관에 들어가서 천국으로 향하셨단다, 올리버."

"저기, 감정은 좀 억누르는 게 좋겠소." 그림윅 씨가 신랄하게 말했다.

"네, 노력은 해봅지요. 아, 안녕하세요? 잘 지내시는지요?" 범블 씨가 브라운로 씨를 향해 인사를 건넸다. 브라운로 씨가 이 훌륭한 부부 쪽으로 몇 걸음 다가섰기 때문이다. 곧바로 멍크스를 가리키며 물었다. "저 사람을 아시오?"

"아니요." 범블 부인이 딱 잘라 대답했다.

"혹시 당신이라면 어떻소?" 브라운로 씨가 범블 씨를 향해 물었다.

"평생 본 적이 없습니다." 범블 씨가 대답했다.

"저 사람한테 뭘 판 적도 없소?"

"없어요." 범블 부인이 대답했다.

"혹시 금장 로켓과 반지를 갖고 있었던 적도 없소?" 브라운로 씨가 다시 물었다.

"절대로요. 이렇게 말도 안 되는 질문을 하려고 우리를 데려온 건가요?" 범블 부인이 되물었다.

또다시 브라운로 씨가 그림윅 씨에게 고갯짓을 하자, 또다시 그림윅 씨가 유난히 민첩하게 절뚝거리며 나갔다. 이번에는 뚱뚱한 남편과 아내가 아니라, 걸을 때마다 몸이 흔들리고 비틀거리는 중풍 걸린 노파 둘을 데리고 돌아왔다.

"샐리 할멈이 죽던 날 밤에 당신이 문을 닫았지. 하지만 소리나 문틈까지 막을 수는 없었어." 앞에 있던 노파가 쭈글쭈글한 손을 들면서 말했다.

"그럼, 그럼. 아무렴, 그랬다고." 다른 노파가 주위를 둘러보고 이가 다 빠진 턱을 끄덕거리며 말했다.

"샐리 할멈이 자기가 한 짓을 당신한테 털어놓는 걸 들었지. 당신이 할멈 손에서 쪽지를 가져가는 것도 보았고, 이튿날 전당포에 가는 것도 지켜봤어." 첫 번째 노파가 말했다.

"그럼. 그건 '로켓과 금반지'였어. 우린 그걸 눈으로 확인했고 당신에게 넘어가는 것도 목격했다고. 우리가 바로 거기에 있었거든. 아무렴! 거기에 있었지." 두 번째 노파가 덧붙였다.

"그리고 우리는 더 많은 걸 알고 있지. 할멈이 오래전에 자주 얘기해줬어. 젊은 아이 엄마가 해준 말을 잊을 수가 없다고 말이야. 병이 들어 아이 아빠의 무덤 가까이에서 죽으러 가던 길이었다지." 첫 번째 노파가 다시 말을 받았다.

"전당포 주인을 직접 보고 싶소?" 그림윅 씨가 문 쪽으로 움직이며 물었다.

"아뇨. 만약 저 남자가," 범블 부인이 멍크스를 가리키며 입을 열었다. "자백을 할 만큼 겁쟁이라면, 딱 그런 모양인데, 또 이 노파들을 캐물어서 증거들을 찾아냈다면 나도 더 이상 할 말이 없어요. 그 물건들은 내가 팔았고, 아무도 찾지 못할 곳에 있지요. 또 뭘 원해요?"

"아무것도 없소. 다만, 앞으로 당신들 둘 다 다시는 신임 받는 자리에서 일하지 못하도록 약간 신경은 쓸 거요. 자, 이제 이 방을 나가도 좋소." 브라운로 씨가 대답했다.

그림윅 씨가 두 노파와 함께 사라지자, 범블 씨가 아주 후회하는 표정으로 둘러보며 입을 열었다. "설마 이런 사소하고 불행한 일 때문에 제가 교구직에서 쫓겨나는 건 아니겠지요?"

"아니, 그렇게 될 거요. 그건 단단히 각오해야 하오. 그나마 다행이라고 생각하고." 브라운로 씨가 대답했다.

"그건 모두 제 아내 탓입니다. 저 여자가 자꾸 부추겨서." 범블 씨가 우선 두리번거리며 아내가 방을 나간 것을 확인하고 나서 간절하게 매달렸다.

"그건 변명이 될 수 없소. 그 장신구들을 없애버릴 때 당신도 거기에 있었소. 법의 눈으로 보면 당신이 더 죄가 크오. 법은 남편의 지시에 따라 아내가 행동했다고 추정할 테니." 브라운로 씨가 대답했다.

"만약 법이 그렇게 추정한다면," 범블 씨가 두 손으로 모자를 쥐어짜면서 말을 이었다. "법은 멍청이에 엉터리요. 그게 법의 눈이라면 법은 노총각일 거요. 자고로, 그 눈이라는 건 경험에 의해 떠지는 거라고, 경험 말이야. 뭐든 겪어봐야 아는 거지, 아무렴." 범블 씨는 경험이라는 말을 강조해서 반복하면서 모자를 눌러쓰고 양손을 주머니에 집어넣은 후 아내를 따라 아래층으로 내려갔다.

"아가씨, 손을 좀 주시오. 떨지 말고. 아직 해야 할 말이 조금 남았지만 두려워할 필요는 없소." 브라운로 씨가 로즈 양을 바라보며 말을 걸었다.

"설마 그렇지 않겠지만 만약 저와 관련된 얘기라면, 제발 다음에 들려주세요. 지금은 그런 말을 들을 기운도 정신도 없답니다." 로즈 양이 말했다.

"아니요." 브라운로 씨가 로즈 양의 팔을 끌어다 팔짱을 끼면서 말을 이었다. "분명히 당신은 이걸 견딜 수 있을 거요. 자네, 이 아가씨를 아는가?"

"네." 멍크스가 대답했다.

"전 한 번도 뵌 적이 없는데요." 로즈 양이 흐릿하게 말했다.

"난 자주 보았소." 멍크스가 대답했다.

"불행한 애그니스의 아버지에겐 딸이 둘이었지. 또 다른 딸, 그 어린아이는 어떻게 되었나?" 브라운로 씨가 물었다.

"그 아이의 아버지가 낯선 곳에서, 낯선 이름으로, 친구들이나 친척들을 찾을 수 있을 만한 실마리를 편지나 책, 종잇조각 하나 남겨두지 않고 죽었을 때, 형편없는 시골 부부가 그 아이를 데려다 키웠죠." 멍크스가 대답했다.

"계속하게. 계속하라고!" 브라운로 씨가 메일리 부인에게 가까이 오라는 손짓을 하며 말했다.

"당신은 그 부부가 사는 곳을 찾아내지 못했지만 우정이 실패하는 곳도 증오심이라면 길을 찾아내는 법이죠. 우리 어머니는 1년 동안 온갖 꾀를 다 내서 추적하더니, 결국 그 아이를 찾아냈어요." 멍크스가 말했다.

"자네 어머니가 그 아이를 데려간 거야, 그렇지?"

"아뇨. 그 사람들은 가난해서 인정에 이끌려 아이를 데려온 걸 후회하기 시작했죠. 적어도 남편은요. 그래서 어머니는 그냥 아이를 그 집에 놔두고, 그리 오래가지 않을 정도의 돈을 주면서 더 주겠다고 약속했죠. 더 보내줄 생각도 없으면서요. 하지만 어머니는 그 아이의 불행을 위해 양부모의 불만이나 가난만 이용한 게 아니었어요. 언니의 수치스러운 과거를 마음대로 부풀려서 들려준 거죠. 아이의 핏줄이 나쁘니 각별히 주의하라고 하면서, 그 아이도 사생아이니 언젠가는 엇나가게 될 거라고 말했어요. 모든 정황이 맞아떨어지니, 양부모도 믿게 된 거죠. 거기에서 그 아이는 우리조차 흡족할 만큼 비참하게 살고 있었는데, 당시 체스터에 살던 미망인이 우연히 그 아이를 보고 불쌍히 여겨 자기 집으로 데려간 거예요. 뭔가 우리에게 저주가 씌어 있었던 모양이에요. 우리가 아무리 애를 써도 그 아이는 거기에서 행복하게 살았거든요. 2~3년 전부터 보지 못했어요. 몇 달 전까지 한 번도 못 봤죠."

"지금은 보고 있는가?"

"네, 당신 팔에 기대고 있네요."

"그래도 이 아인 내 조카야." 메일리 부인이 기절할 정도로 놀란 로즈 양을 감싸 안으며 소리쳤다. "내 소중한 아이라고. 세상의 모든 보물을 준다 해도 이 아이는 놓지 않을 거야. 오, 내 소중한 친구, 귀한 딸아!"

"제 유일한 친구시죠. 가장 친절하고 가장 좋은 친구예요. 심장이 터질 것 같아요. 이 모든 게 감당이 안 돼요." 로즈 양이 메일리 부인에게 매달리며 소리쳤다.

"넌 이보다 더한 것도 참아냈어. 그러면서도 네가 알고 있는 모든 사람들에게 행복을 주는 훌륭하고 상냥한 아이였단다. 자, 자, 애야, 지금 널 안으려고 기다리는 이 가엾은 아이가 보이니? 자, 여길 봐, 보라고, 애야!" 메일리 부인이 로즈 양을 다정히 안으며 말했다.

"이모가 아니에요." 올리버가 두 팔로 로즈 양의 목을 껴안으며 부르짖었다. "절대로 이모라고 안 부를 거예요. 누나, 소중한 누나라고요. 처음부터 마음이 가르쳐줬다고요! 사랑하는 로즈 누나라고!"

눈물이 하염없이 흘렀다. 오랫동안 두 고아들은 서로를 꽉 껴안으며, 목이 멘 채 말들을 주고받았다. 신성한 순간이었다. 둘은 한순간에 아버지와 언니, 어머니를 얻었다가 잃었다. 기쁨과 슬픔이 한데 섞였지만 쓰디쓴 눈물은 없었다. 슬픔조차 달콤하고 다정한 추억에 감싸이면 고통을 잊고 완전한 즐거움으로 승화되기 때문이다.

오래도록 단 둘이 남아 있었다. 이윽고 밖에서 문을 살짝 두드리는 소리가 났다. 올리버가 문을 열고는 해리 메일리에게 자리를 내주고 슬쩍 물러갔다.

"난 모든 길 알고 있소. 소중한 로즈, 난 다 알고 있다오." 해리가 사랑스러운 로즈 양 옆에 자리를 잡고 앉으면서 말했다.

"여기에 우연히 온 게 아니오." 기나긴 침묵이 흐른 후 해리가 덧붙였다. "또한 그 모든 얘기를 오늘 밤 들은 것도 아니오. 어제, 바로 어제 알았소. 혹시 지난번 약속을 기억하오?"

"잠깐만요. 모든 걸 안다고요?" 로즈 양이 말했다.

"그렇소. 당신은 1년 안에 언제라도 우리가 지난번에 얘기했던 문제를 다시 꺼내도 좋다고 했었지."

"그랬지요."

"당신의 결심을 바꾸라고 강요하는 게 아니라오. 똑같은 말을 들어도 좋소. 앞으로 내가 갖게 될 모든 지위와 재산을 당신 발치에 내려놓겠소. 그래도 당신이 마음을 바꾸지 않는다면 어떤 말이나 행동으로도 당신의 마음을 돌리려고 하지 않겠다고 맹세했소."

"그 때와 똑같은 이유가 아직 남아 있어요. 저를 빈곤과 고통의 삶에서 구해주신 선량하신 분께 엄중하고 굳건한 의무감을 느끼고 있답니다. 오늘 밤 같은 날에 그걸 느끼지 못한다면 언제 느끼겠어요? 힘든 일이지만 떳떳한 마음으로 결심한 일이에요. 마음은 아프지만 감내해내야 하는 거죠."

"오늘 밤에 다 드러나지 …"

"오늘 밤에 다 드러났다고 해도 당신에 대한 제 입장은 바뀌지 않아요." 로즈 양이 부드럽게 말했다.

"나를 향한 마음을 닫으려 하지 마오, 로즈." 해리가 다그쳤다.

"오, 해리, 해리. 그럴 수만 있으면 좋겠어요. 이런 고통에서 벗어나게요." 로즈 양이 눈물을 터뜨리며 말했다.

"왜 스스로 고통 속에 뛰어드는 거요? 생각해봐요, 로즈, 오늘 밤 들은 것에 대해 말이오." 해리가 로즈 양의 손을 잡으며 말했다.

"내가 뭘 들었나요! 뭘 들었죠! 우리 아버지는 깊은 수치심에 시달리다가 모든 것을 다 피해서 … 됐어요. 이제 충분히 얘기했어요. 해리, 우린 충분하다고요." 로즈 양이 소리쳤다.

"아니, 아직 아니요." 해리가 일어서려는 로즈 양을 붙잡으며 말을 이었다. "당신에 대한 사랑 말고는 내 희망과 소원, 미래, 감정, 모든 게 달라졌소. 이제 내가 당신에게 줄 수 있는 건 단 한 가지밖에 없소. 북적거리는 군중 속의 뛰어난 지위도, 악의와 험담으로 가득 찬 세상과 어울리는 것도, 진실로 불명예도 수치도 아닌 일 때문에 정직한 사람들이 얼굴을 붉혀야 하는 이 세상에 뒤섞이는 것도 아니라오. 그저 한 가정, 사랑이 담긴 가정을 주고 싶소. 소중한 로즈, 이제 그것만이 내가 줄 수 있는 전부요."

"무슨 말이에요!" 로즈 양이 머뭇거렸다.

"그러니까, 지난번 당신과 헤어질 때, 당신과 나 사이에 있는 모든 장애물을 없애버리기로 결심을 했단 말이오. 만약 나의 세계가 당신 게 될 수 없다면 당신의 세계를 내 것으로 만들기로 한 거요. 거창한 집안 사람들 어느 누구도 당신에게 입을 삐쭉거리지 못할 거요. 내가 거기서 돌아설 테니까. 이런 일로 나를 피하는 사람들은 원래 당신을 꺼리던 사람들이니, 당신이 옳았소. 권력 있는 후견인, 영향력과 지위가 있는 친척들이 이전에는 미소를 짓다가 이제 냉정하게 돌아섰소. 하지만 영국에서 가장 풍요로운 시골 마을의 들판과 나무가 미소 지으며 손을 흔든다오. 거기에 내 교회가 있소. 그 마을 교회 옆에 시골집이 있는데, 거기에 당신만 있으면 내가 포기한 희망보다 몇천 배나 큰 자부심이 생길 것 같소. 이제 이게 내 위치이고 입장이오. 자, 어떻소!"

Y   *   *   *   *

"저녁상을 앞에 놓고 연인들을 기다리는 건 정말 힘든 일이군요."
그림윅 씨가 잠을 깨고 일어나서 머리를 덮고 있던 손수건을 끌어내리며 말했다.

사실 저녁상은 상당히 오랜 시간 동안 대기 중이었다. 함께 들어온 메일리 부인이나 해리, 로즈 양도 변명의 여지가 없었다.

"오늘 밤 내 머리통을 먹어버려야 하나 심각하게 고민했소. 아무리 생각해봐도 그것밖에 먹을 게 없더란 말이오. 허락하신다면 미래의 신부에게 인사 좀 하겠소."

그림윅 씨가 얼굴을 붉히는 아가씨에게 주저 없이 입맞춤을 하자, 분위기가 전염되어 로스번 씨와 브라운로 씨도 연달아 따라했다. 원래 이 인사의 처음은 어두운 옆방에서 해리 메일리가 시작했을 거라는 주장이 나왔지만, 아직 젊은 목사인 해리에게는 너무 저급한 모략이라는 결론으로 끝이 났다.

"얘야, 올리버! 어디 갔었던 거니? 얼굴은 왜 또 그렇게 슬퍼 보이고? 계속 눈물을 훔치고 있구나. 무슨 일이니?" 메일리 부인이 놀라 물었다.

이 세상은 실망으로 가득 차 있다. 때로는 우리가 소중히 간직해온 희망이나, 우리의 본성을 가장 명예롭게 하는 희망들 때문에 낙담하게 되는 법이다.

불쌍한 딕이 죽고 만 것이다!

14장

페이긴의 마지막 밤

법정은 바닥부터 지붕까지 사람들 얼굴로 가득했다. 곳곳마다 호기심 어린 눈들이 반짝이고 있었다. 피고석 앞의 난간부터 방청석 좁은 구석의 날카롭게 각진 곳까지 모두의 눈길은 한 남자, 페이긴에게 꽂혀 있었다. 페이긴은 앞과 뒤, 위, 아래, 오른쪽, 왼쪽 할 것 없이 사방에 번쩍거리는 눈들로 밝게 빛나는 밤하늘에 둘러싸인 것 같았다.

페이긴은 이 모든 살아 있는 눈빛들 속에 서서 한 손은 앞에 있는 나무판자에 얹고 다른 한 손은 귀에 댄 채, 재판장이 배심원들에게 고소 내용을 전하는 말을 좀 더 잘 들으려고 고개를 앞으로 내밀고 있었다. 때때로 배심원들에게 날카로운 눈을 힐끔거리며 조금이라도 유리한 반응이 있는지 살폈다. 그리고 자신에게 불리한 사실들이 또렷이 진술되고 있을 때에도 변호인을 보며 뭔가 변호를 해달라는 호소의 눈빛을 보냈다. 이렇게 불안감을 내보이는 것 말고는 손이나 발 하나도 꼼짝하지 않았다. 재판이 시작되고 나서 거의 움직이지 않았고, 판사가 말을 마친 뒤에도 여전히 말을 듣고 있는 것처럼 고개를 숙인 채 경직된 태도를 유지했다.

법정에서 약간의 소란이 일자 페이긴도 다시 정신을 차렸다. 주위를 둘러보자, 배심원들이 함께 돌아서서 평결을 의논하는 모습이 보였다. 방청석으로 눈을 돌리자, 사람들이 서로 머리 위로 기웃거리며 페이긴을 보려고 하는 모습이 눈에 들어왔다. 어떤 이는 서둘러 안경을 썼고, 또 다른 이는 혐오스러운 표정으로 옆 사람과 쑥덕대고 있었다. 페이긴에게는 관심 없이 배심원들만 바라보면서 왜 저렇게 늦어질까 초조하게 의아해하는 사람도 있긴 했다. 하지만 어떤 얼굴에서도 페이긴에 대한 동정이나 연민을 조금도 읽을 수 없었다. 대부분의 방청석을 메운 많은 여인들도 페이긴이 어떤 죗값을 받게 될 것인지에만 관심이 있는 것 같았다.

페이긴이 당혹스러운 눈길로 이 모든 상황을 깨닫자마자, 다시 죽음 같은 침묵이 내려앉았다. 뒤를 돌아보니, 배심원들이 판사를 향해 돌아서 있었다. 조용!

배심원들은 그저 퇴정 허가를 받으려던 것뿐이었다.

페이긴은 배심원들이 지나갈 때 기대에 찬 눈으로 한 사람씩 얼굴을 바라보며, 다수표가 어디로 기울고 있는지 살펴보려 했지만 허사였다. 간수가 어깨를 툭 쳤고, 페이긴은 기계적으로 간수를 따라 피고석 끝으로 가서 의자에 앉았다. 간수가 가리키지 않으면 의자도 못 볼 뻔했다.

페이긴은 다시 방청석을 쳐다보았다. 어떤 사람들은 뭘 먹고 있었고, 또 어떤 사람들은 손수건으로 부채질을 하고 있었다. 법정이 사람들로 꽉 차서 몹시 더웠다. 어떤 젊은이는 작은 공책에 페이긴의 얼굴을 그리고 있었다. 페이긴은 그 그림이 얼마나 닮았을지 궁금해하면서, 젊은이가 연필심을 부러뜨려 칼로 다른 연필을 깎는 모습을 다른 구경꾼들과 마찬가지로 멀뚱히 지켜보았다.

이런 식으로 판사에게 눈을 돌리자, 페이긴의 마음속은 판사의 옷차림이 어떤지, 가격은 어떻고 어떤 식으로 입었는지 살피느라 분주해졌다. 판사석에는 뚱뚱한 노신사도 있었다. 30분 전에 밖으로 나갔다가 이제 막 돌아온 사람이었다. 페이긴은 이 노신사가 식사를 하러 나갔던 것인지, 무엇을 어디에서 먹었는지도 궁금해졌다. 이렇게 쓸데없는 생각들을 연달아 쫓아가다가 새로운 목표물이 눈에 띄면 또 다른 생각으로 옮겨갔다.

하지만 이러는 동안에도 페이긴의 마음은 한시도 발 밑에 뚫린 무덤에서 자유롭지 못했다. 언제나 앞에 있었지만, 막연하고 모호해서 실감을 할 수가 없었다. 그래서 페이긴은 몸을 부들부들 떨다가 곧 죽을 것이라는 생각에 온몸이 달아오를 때조차도, 앞에 있는 쇠못을 세면서 부서진 못은 고칠 건지 그냥 놔둘 건지 궁금해하는 것이었다. 그러다가 교수대와 처형대의 공포가 떠올랐지만, 바닥을 식히려고 물을 뿌리는 남자를 지켜보느라 잠시 멈췄다가 다시 또 떠오르기 시작했다.

마침내 조용히 하라는 소리가 들리자, 모두들 숨을 멈추고 문 쪽을 바라보았다. 배심원들이 돌아와서 페이긴을 스쳐 지나갔다. 그들의 얼굴에서는 아무것도 얻을 수 없었다. 마치 돌로 된 얼굴 같았다. 완전한 적막이 흘렀다. 부스럭거리는 소리나 숨소리 하나 들리지 않았다. 유죄!

건물은 엄청난 함성에 흔들렸다. 함성소리는 계속 이어져서 커다란 신음소리처럼 메아리치더니 다시금 모여서 성난 천둥소리처럼 부풀어 올랐다. 바로 바깥에 모인 사람들이 페이긴이 월요일에 교수형을 당한다는 소식을 전해 듣고 기뻐서 소리치는 함성이었다.

함성이 가라앉자, 페이긴에게 사형선고에 대한 반론 기회가 주어졌다. 페이긴은 다시금 경직된 태도로 판사를 지그시 바라보고만 있었다. 판사가 재차 반복하고 나서야 겨우 말뜻을 알아들은 듯했다. 페이긴은 그저 "늙은이가, 늙은이가, 늙은이가"라고 입을 열었지만, 다시 목소리를 푹 낮춰 웅얼거리다가 입을 다물고 말았다.

판사는 검은 모자를 썼고, 죄수는 여전히 똑같은 자세로 서 있었다. 이 끔찍하게 엄숙한 분위기에 압도되어 방청석에 앉은 어떤 여자가 탄성을 질렀다. 판사는 방해를 받아 화가 난 듯 황급히 얼굴을 들었다가 더욱 조심스럽게 앞으로 몸을 기울였다. 선고 과정은 엄숙하고도 인상 깊게 진행되었으며 선고문은 듣기조차 두려울 정도였다. 그러나 페이긴은 대리석 조각상처럼 꼿꼿하게 털끝 하나 움직이지 않고 서 있었다. 핼쑥한 얼굴은 여전히 앞으로 툭 내민 채 아래턱은 밑으로 늘어뜨리고 눈은 앞쪽을 노려보고 있었다. 그 때, 간수가 페이긴의 팔을 잡고 끌어당겼다. 페이긴은 멍한 눈으로 두리번거리더니 따라나갔다.

간수들은 페이긴을 법정 아래 방으로 데려갔다. 다른 죄수들이 차례를 기다리고 있는 방이었다. 일부는 안뜰 쪽으로 쇠창살 가까이 몰려든 친구들과 대화를 나누고 있었다. 그곳에서도 페이긴에게 말을 거는 사람은 아무도 없었다. 하지만 페이긴이 지나갈 때 죄수들이 뒤로 물러서서 쇠창살에 들러붙은 구경꾼들에게 더 잘 보이게 해주자, 구경꾼들이 페이긴을 향해 욕설을 퍼붓고 비명을 지르며 야유를 해댔다. 페이긴은 주먹을 흔들고 침이라도 뱉고 싶었지만 간수들이 서둘러 어두침침한 복도를 지나 감옥 안으로 데리고 들어갔다.

거기서 간수들은 페이긴이 법 집행 전에 스스로 목숨을 끊을 도구를 갖고 있지 않은지 몸수색을 했다. 이런 절차를 다 끝낸 후, 사형수 감방으로 데려가 홀로 가두었다.

페이긴은 문 맞은편에 있는 침상으로 쓰이는 돌로 된 긴 의자에 앉았다. 충혈된 눈으로 바닥을 쏘아보며 생각을 가다듬으려고 애썼다. 한참 후에야 판사의 말이 파편처럼 떠오르기 시작했다. 당시에는 한 마디도 알아들을 수 없었던 말이 조금씩 제자리를 찾아가더니, 짧은 시간 안에 전체 문장이 거의 그대로 맞춰졌다. 교수형에 처한다. 이것이 마지막 선고였다. 교수형에 처한다.

날이 어두워지자, 페이긴은 교수대에서 죽어간 사람들이 떠오르기 시작했다. 일부는 페이긴이 밀고한 사람들이었다. 그런 사람들이 급속히 연달아 떠오르는 바람에 다 셀 수가 없을 정도였다. 그 중에 몇몇은 죽는 모습까지 보았고, 기도를 속삭이며 죽었다고 조롱한 적도 있었다. 엄청난 소리를 내며 밑으로 확 떨어지면서 어찌나 갑작스럽게 변하던지! 건장하고 활기 넘치던 남자들이 한낱 옷무더기로 변해 대롱거렸다.

그 중에 누군가는 바로 이 감방에 있었을지도 모르지. 바로 이 자리에 앉았을 수도. 진짜 어둡네. 왜 아무도 불을 가져다주지 않는 거지? 이 감방도 지어진 지 오래일 텐데. 죄수 수십 명이 여기에서 마지막 시간을 보냈겠지. 마치 죽은 시체들을 흩뿌려 놓은 지하 납골당에 앉아 있는 것 같군. 올가미, 꽉 묶인 양팔, 흉측한 베일 밑에 가려진 낯익은 얼굴들— 여기 불, 불 좀 갖다 줘!

이렇게 페이긴이 양손이 다 까질 때까지 육중한 문과 벽을 두드려 대자, 비로소 두 남자가 나타났다. 하나는 촛불을 들고 와서 벽에 고정된 촛대에 쑤셔 넣었고, 다른 남자는 밤을 지새우려고 매트리스를 갖고 왔다. 죄수를 혼자 내버려 두지 않기로 한 모양이었다.

이윽고 컴컴하고 음울하며 고요한 밤이 찾아왔다. 밤을 지새우는 다른 사람들에게는 새로운 날을 의미하는 교회의 종소리가 반갑게 들

사형수 감방에 갇힌 페이긴.

리겠지만, 페이긴에게는 절망만 가져다줄 뿐이었다. 모든 쇠종에서 깊게 울려 퍼지는 소리는 죽음을 뜻했다. 여기 페이긴의 귀에까지 들리는 명랑한 아침의 소음과 활기가 다 무슨 소용이란 말인가? 그저 또 다른 경고와 조롱을 더한 종말의 종소리일 뿐이었다.

낮이 지나갔다. 낮이라니? 낮이 있었던가? 낮은 오자마자 사라져 버렸다. 또다시 밤이 찾아왔다. 밤은 너무 길지만 너무 짧기도 했다. 끔찍한 침묵 속에서는 너무 길었지만, 쏜살같이 흘러갈 때는 너무 짧았다. 페이긴은 헛소리를 하다가 하느님을 욕했다가 울부짖으며 머리를 쥐어뜯기도 했다. 유대교의 성직자들이 찾아와 기도를 올리려고 했지만 페이긴은 저주를 퍼부으며 쫓아버렸다. 다시 찾아왔을 때도 마구 때려서 쫓아 보냈다.

토요일 밤이었다. 페이긴이 살 수 있는 날이 딱 하룻밤 더 남았다. 이런 생각에 잠겼다가 어느새 동이 텄다. 일요일이 되었다.

이 끔찍한 마지막 날의 밤이 되어서야 페이긴의 병든 영혼에도 어쩔 수 없다는 절망감이 완전히 들어차게 되었다. 물론 사면을 받으리라는 기대는 없었지만 곧 죽게 될 거라는 생각도 실감을 못했기 때문이다. 교대로 곁을 지키던 두 남자한테도 거의 말을 걸지 않았다. 그 두 남자도 굳이 애써 주의를 끌려 하지 않았다. 페이긴은 거기에 앉아서 눈 뜬 채로 꿈을 꾸었다. 그러다가 1분마다 깜짝 놀라 일어나서 입을 딱 벌리고 살갗이 타고 있다며 황급히 오락가락했다. 두려움과 분노로 얼마나 광란을 벌였던지, 이런 광경에 익숙한 간수들조차도 무서워하며 페이긴을 피했다. 급기야 페이긴은 스스로의 사악한 양심이 만들어 내는 고문에 시달리다 너무나 끔찍한 상태가 돼버렸다. 결국 도저히 감시원 혼자서는 지켜볼 수가 없어서 두 남자가 함께 감시하게 되었다.

페이긴은 돌침상에 쭈그리고 앉아서 과거를 돌이켰다. 체포되던 날에 사람들이 던진 뭔가에 맞아 머리에 붕대를 감고 있었다. 붉은 머리카락이 핏기 없는 창백한 얼굴 위로 흘러내렸고, 수염은 뜯기고 꼬여서 묶여 있었고, 눈은 끔찍한 빛을 내뿜고 있었으며, 씻지 못한 피부는 고열로 갈라져 있었다. 8시-9시-10시. 이게 그를 겁주는 장난이 아니라면, 서로 꼬리에 꼬리를 물고 쫓아오는 진짜 시간들이라면, 다시 그 시간들이 돌아올 때 그는 어디에 있겠는가! 11시! 바로 앞 시간을 알리는 종소리가 진동을 그치기도 전에 또다시 울렸다. 8시가 되면 그는 자신의 장례행렬에 유일한 추모객이 될 터였다. 그리고 11시에는 ….

지금까지 오래도록 뉴게이트 형무소의 끔찍한 벽들은 수없이 많은 불행과 말 못할 고통을 세간의 눈과 머리에서 완벽히 가려주는 역할을 해왔다. 그럼에도 이처럼 무시무시한 광경은 처음이었다. 형무소를 지나다가, 내일 교수형을 당할 사람이 뭘 할지 궁금해하던 사람일지라도 페이긴을 봤다면, 아마도 그날 밤 꿈자리가 사나웠을 것이다.

저녁 일찍부터 자정 가까이까지 사람들이 두세 명씩 짝을 지어 경비실로 몰려와, 우려스러운 얼굴로 집행 유예가 전달되지는 않았는지 물었다. 아니라는 답변이 전해졌고 이 기쁜 소식은 길거리에 모여든 사람들에게 금세 퍼졌다. 사람들은 죄수가 어느 문으로 나올지, 교수대가 어디에 세워질지 서로 바쁘게 손가락질을 해대다가 마지못해 발걸음을 옮겼다. 점차 사람들이 흩어졌고, 깊은 밤이 되자 1시간 동안 거리에는 어둠과 적막만이 남았다.

벌써부터 형무소 앞의 공간이 말끔히 정리되고, 앞으로 몰려들 군중을 막기 위해 검은 칠을 한 튼튼한 방어벽이 몇 개 세워지고 있었다. 바로 그 때, 브라운로 씨와 올리버가 입구에 나타나서, 치안관이 서명한 면회허가서를 내밀었다. 그러자 즉시 경비실로 안내되었다.

"이 어린 신사도 같이 갈 건가요? 아이들이 볼 만한 모습은 아닌데요." 담당자가 말했다.

"그렇긴 하오. 하지만 오늘 용건이 이 아이와 밀접한 관련이 있소. 게다가 이 아이는 그 악당이 가장 잘 나갈 때 모습만 보았으니, 조금 고통스럽고 두렵더라도 지금 모습을 봐두는 게 좋을 것 같아서 말이오."

이 말은 올리버에게 들리지 않도록 따로 떨어져서 나눈 얘기였다. 담당자는 모자를 만지면서 올리버를 호기심 어린 눈으로 슬쩍 보더니, 반대편 철문을 열고 어둡고 꾸불꾸불한 길을 지나서 감방으로 안내했다.

음침한 복도에서는 두 일꾼들이 아주 조용히 뭔가를 준비하고 있었다. 여기에서 담당자가 걸음을 멈추더니 입을 열었다.

"여기가 바로 사형수가 지나가는 통로입니다. 이 길로 가면 사형수가 나올 문도 보이지요."

담당자는, 죄수들의 식사를 준비하는 구리솥들이 있는 석조 부엌으로 데리고 가서 문 하나를 가리켰다. 문 위에는 격자창이 뚫려 있었다. 그 창을 통해 남자들 목소리와 망치질 소리, 판자를 내던지는 소리가 뒤섞여 들려왔다. 교수대를 만드는 중이었던 것이다.

이곳에서부터 단단한 문을 몇 개 통과했다. 그 때마다 안에서 간수들이 열쇠로 열어주었다. 그렇게 안뜰로 들어가서 좁은 계단을 올라가자, 왼쪽으로 단단한 문들이 쭉 붙어 있는 복도에 다다랐다. 간수가 정지하라는 손짓을 하더니 열쇠꾸러미로 문 하나를 두드렸다. 두 감시원이 잠깐 쑥덕거리더니 복도로 나왔다. 그러고는 잠시 쉬게 되어 기쁜 듯 기지개를 켜면서 방문객들에게 간수를 따라 들어가라고 손짓을 했다. 그들은 감방 안으로 들어갔다.

사형수는 침대에 앉아서 몸을 좌우로 흔들고 있었다. 인간의 얼굴이라기보다는 덫에 걸린 짐승 같은 얼굴이었다. 정신이 옛날로 돌아가 방황하고 있는 것 같았다. 방문객이 온 것도 환상처럼 느끼는지 계속 혼자 중얼거렸기 때문이다.

"착하지, 찰리, 잘했다 … 아, 올리버도 … 하하하! 올리버도 … 이제 신사가 다 됐네 …. 당장 이 애를 데리고 가서 재워!"

간수가 올리버의 손을 잡고 놀라지 말라고 속삭이면서 죄수를 가만히 지켜보았다.

"애를 데리고 가서 재우라고! 내 말 안 들려? 애 때문이야 …. 이 모든 게 다 … 애를 잡아두는 건 돈이 되었는데 … 빌, 볼터의 목이야. 여자애는 놔두고 … 볼터의 목을 깊게 자르라고. 톱으로 잘라버려!"

"페이긴." 간수가 불렀다.

"그건 나요!" 페이긴이 갑자기 재판을 받는 것처럼 경청하는 자세를 취하면서 소리쳤다. "판사님, 늙은이입니다. 그저 아주 늙고 늙은 …"

"이봐." 간수가 페이긴의 가슴에 손을 대고 진정시키면서 말했다. "누가 자네를 면회하러 왔다고. 물어볼 게 있으시대. 페이긴, 페이긴! 정신이 드나?"

"나는 곧 사라지리라." 페이긴이 분노와 공포만이 남은 얼굴로 고개를 쳐들며 말했다.

"다 때려 죽여라! 무슨 권리로 나를 도살하는가?" 페이긴이 소리치다가 올리버와 브라운로 씨를 발견했다. 그러자 맨 구석으로 몸을 움츠리면서 뭘 원하느냐고 다그쳤다.

"진정해." 간수가 페이긴을 여전히 누르면서 말했다. "자, 어서 용건을 말하세요. 시간이 갈수록 점점 더 나빠지고 있으니까요."

"당신한테 서류가 있소. 멍크스라는 자가 더 안전하게 보관하려고 당신에게 맡긴 거지." 브라운로 씨가 다가서며 말했다.

"다 거짓말이야. 난 아무것도 … 없어." 페이긴이 대답했다.

"하느님의 자비를 위해서라도, 죽음을 바로 앞에 둔 이 순간 그렇게 말하지 마시오. 그게 어디 있는지 말해주시오. 사익스도 죽었고 멍크스도 자백했으니, 더 이상 가망이 없다는 걸 잘 알잖소. 그 서류는 어디 있소?" 브라운로 씨가 엄하게 물었다.

"올리버, 이리로, 이리 와! 너한테만 살짝 알려주지." 페이긴이 올리버에게 손짓을 하며 울부짖었다.

"전 안 무서워요." 올리버가 브라운로 씨의 손을 놓으며 낮은 목소리로 말했다.

"서류는 천가방에 넣어서 맨 위층 앞방의 굴뚝 속 구멍에 숨겨뒀어. 애야, 너랑 얘기를 하고 싶구나, 얘기를 하고 싶어." 페이긴이 올리버를 끌어당기면서 말했다.

"네, 네. 기도해드릴게요. 딱 한 번만 하게 해주세요! 무릎을 꿇고 함께 한 번만 기도하고, 내일 아침까지 얘기해요." 올리버가 대답했다.

"밖에서, 밖에서." 페이긴이 올리버를 문 쪽으로 밀면서 올리버의 머리 너머를 멍하니 바라보며 대답했다. "내가 잠들었다고 말해. 네 말은 믿어줄 거야. 너라면 나를 여기서 데리고 나갈 수 있다고. 자, 어서, 지금이야!"

"오! 하느님이시여, 이 불쌍한 사람을 용서하소서!" 올리버가 눈물을 터뜨리며 소리쳤다.

"옳지, 바로 그거야! 그러면 우리한테 도움이 되지. 이 문이 먼저야. 우리가 교수대 앞을 지나칠 때 내가 벌벌 떨더라도 신경 쓰지 말고 곧장 가야 돼, 알겠지. 자, 어서, 지금이야!"

"더 물어볼 게 있나요?" 간수가 물었다.

"없소. 다만, 이 사람이 정신을 차릴 만한 게 있다면 …" 브라운로 씨가 대답했다.

"그런 건 없을 겁니다, 선생님. 그만 나가시는 게 좋겠어요." 간수가 머리를 흔들며 대답했다.

감방 문이 열리고 감시원들이 돌아왔다.

"어서 가자고, 어서. 살금살금, 그렇게 느리게는 말고. 좀 더 빨리, 좀 더 빨리!" 페이긴이 소리쳤다.

감시원들이 페이긴의 양팔을 붙잡아 올리버에게서 떼어냈다. 페이긴은 한순간 필사적으로 저항하면서 비명을 지르고 또 질러댔다. 그 소리는 육중한 벽을 뚫고 안뜰까지 들릴 정도로 귓가를 울렸다.

형무소를 나서기까지 꽤 시간이 걸렸다. 올리버가 이 끔찍한 광경에 기진맥진해서 걸어갈 힘도 없었기 때문이다.

다시 밖으로 나왔을 때는 동이 트고 있었다. 이미 수많은 사람들이 모여들었고, 창문마다 사람들로 가득 들어찼다. 그들은 담배를 피우고 카드놀이를 하면서 시간을 때웠고, 서로 밀치고 투닥거리며 농담을 주고받았다. 모든 것이 생명과 활기를 띠고 있는 가운데, 검은 무대, 대들보, 밧줄 같은 온갖 흉물스러운 죽음의 장치만이 어두운 기운을 내뿜고 있었다.

15장

끝으로

이 이야기에 등장한 인물들의 운명은 거의 다 마무리되었다. 나머지 이야기는 간단하게 정리할 수 있겠다.

세 달도 안 되어 로즈 플레밍과 해리 메일리는 앞으로 이 젊은 목사가 열심히 일하게 될 마을 교회에서 결혼식을 올렸다. 똑같은 날, 두 사람은 행복한 새 집으로 들어갔다.

메일리 부인은 아들 부부와 함께 살면서, 나이든 사람만이 누릴 수 있는 더할 나위 없는 행복을 즐겼다. 이제껏 따뜻한 애정을 쏟고 다정하게 보살피며 키웠던 아이들이 행복하게 사는 걸 지켜보는 것보다 평안한 여생이 어디 있겠는가.

세심하게 조사해보니, 멍크스의 수중에 남은 재산이라고 헤봐아 올리버와 반으로 나누면 각각 3천 파운드 정도밖에는 돌아가지 않는 것 같았다. (이 재산은 멍크스의 수중에 있을 때나 그 어머니의 수중에 있을 때나 한 번도 불어난 적이 없었다.) 아버지의 유서에 따르면, 올리버는 전 재산을 물려받을 권리가 있었다. 하지만 브라운로 씨는 장남이 과거의 죄를 갚고 정직하게 살아갈 수 있는 기회를 주고 싶어서 재산을 반씩 나누자고 제안했고, 올리버도 흔쾌히 동의했다. 멍크스는 계속 가명을 쓰면서 제 몫을 챙겨 신대륙의 오지로 떠났다. 거기서 돈을 탕진하고 다시 예전으로 돌아가 사기와 악행을 저지르다 감옥에 들어갔다. 오랜 감옥살이에 고질병을 얻어서 결국 감옥에서 죽었다. 페이긴의 무리 중에도 살아남은 주요 인물들은 이렇게 고향에서 멀리 떨어진 타국에서 죽어갔다.

브라운로 씨는 올리버를 입양했다. 그러고 나서 올리버와 늙은 가정부를 데리고 소중한 친구들이 살고 있는 목사관에서 얼마 떨어지지 않은 곳으로 이사를 갔다. 이로써 진지한 올리버의 따스한 마음속에 남아 있던 유일한 소원이 이뤄진 것이다. 이렇게 조그마한 공동체가 생겨났고, 이곳은 항상 변하는 세상에서도 가장 완벽한 행복을 누릴 수 있는 곳이라 자부할 수 있었다.

훌륭한 의사인 로스번 씨는 젊은 부부의 결혼식이 끝나자마자 곧장 첫시로 돌아갔다. 하지만 거기에 옛 친구들이 없었기 때문에 타고난 좋은 성격만 아니었다면 불만 많고 까다로운 사람으로 변했을지도 몰랐다. 두세 달 동안은 첫시의 공기가 맞지 않는다는 둥 넌지시 속마음만 털어놓곤 했다. 그러다가, 결국 더 이상 옛날 같지 않다는 걸 깨닫고 조수에게 일을 물려주었다. 그러고 나서 젊은 친구가 목사로 일하는 마을 근처에 집을 얻어 살기 시작하자 즉시 기운을 차렸다. 여기서 정원을 가꾸고, 나무를 심고, 낚시와 대패질 같은 온갖 일에 몰두했다. 성격대로 성실히 모든 일을 임하자, 어느덧 그 동네에서 제일가는 권위자로 소문이 났다.

로스번 씨는 이사 오기 전부터 그림윅 씨와 친해지고 싶어 했다. 이

유별난 신사도 정중히 그 마음을 받아들여, 1년에 몇 번씩이나 로스번 씨 집을 방문했다. 그럴 때마다 그림윅 씨는 나무를 심고, 낚시와 목수 일에 전념했다. 물론 모든 일에 독특하고 유례없는 방식으로 임하지만 언제나 머리를 삼켜버리겠다며 자기 방법을 고집했다. 일요일마다 그림윅 씨는 젊은 목사의 앞에서 설교를 비판하는 일을 절대로 놓치지 않았다. 그런 다음에는 언제나 로스번 씨에게 몰래 "설교는 아주 훌륭했지만 그렇게 말하지 않는 게 좋을 것 같았다"고 털어놓았다. 브라운로 씨는 그림윅 씨가 예전에 올리버를 두고 한 예언을 놀려대며 농담하기를 좋아했다. 서로 시계를 사이에 두고 앉아 올리버가 돌아오기를 기다리던 밤을 떠올리며 농담을 건네면, 그림윅 씨는 어쨌든 올리버는 "돌아오지 않았다"며 자신이 대체로 옳았다고 주장했다. 그러면서도 언제나 웃음을 터뜨리며 재미있어했다.

노아 클레이폴은 페이긴에 대한 증언 덕분에 사면을 받았다. 이 사업이 기대만큼 안전한 것은 아니라는 생각에 얼마동안은 과도한 부담 없이 그저 빈손으로 살았다. 약간 고민을 해본 후에 밀고 사업에 뛰어들었고, 이 사업으로 꽤 괜찮은 수입을 올렸다. 사업 계획이란 일단 일주일에 한 번 교회 시간에 맞춰 잘 차려 입고 샬롯과 함께 산책을 나가는 것이었다. 샬롯이 인정 많은 주인이 운영하는 술집 문 앞에서 기절을 하면, 노아가 샬롯을 깨우기 위해 3펜스어치 브랜디를 주문하고, 이튿날 그 술집 주인을 주일 술 판매로 고발해서 벌금의 반을 챙기는 것이다.* 가끔씩 노아가 직접 기절을 하기도 했다.

범블 씨 부부는 공직에서 쫓겨난 후, 서서히 가난하고 불행한 처지로 몰락했다. 결국 자신들이 한때 운영하던 바로 그 구빈원에 극빈자로

---

* 당시에는 토요일 자정부터 일요일 정오까지 술 판매가 법으로 금지되었다.

들어가게 되었다. 들리는 소문에 의하면, 범블 씨는 이렇게 뒤바뀌고 몰락한 처지에서는 아내와 떨어져 지낸다는 것에 고마워할 여유도 없다고 했다고 한다.

자일스 씨와 브리틀스는 여전히 예전 그대로 일하고 있다. 비록 자일스 씨는 대머리가 되었고, 브리틀스는 흰 머리가 성성해졌지만, 두 사람 모두 목사관에서 지냈다. 그래도 올리버와 브라운로 씨, 로스번 씨를 똑같이 잘 모셨기 때문에 마을 사람들은 지금까지도 그 두 사람이 어느 집 하인인지 알지 못했다.

찰리 베이츠는 사익스의 범죄에 질겁해서 결국 정직하게 사는 게 가장 좋지 않을까라는 생각을 계속하다가 분명히 그렇다는 결심에 이르자, 과거를 등지고 새로운 영역에서 새롭게 살기로 했다. 한동안 고생도 많았지만 원만한 성격에 목적이 좋았기 때문에 끝내는 성공했다. 농장에서 잡부일과 운수업자의 심부름을 하다가 지금은 노샘프턴셔에서 가장 활발한 젊은 목축업자로 통한다.

이제 이 손으로 적어온 이야기도 끝을 향해가고 있다. 사실 마음 같아서는 좀 더 이야기를 이어가보고 싶다. 오랫동안 함께 지냈던 사람들 곁에 머물면서 그들의 행복을 계속 기록해가고 싶은 것이다. 로즈 메일리가 젊은 여성으로서 우아하게 한껏 피어나, 자신의 외로운 삶에 부드럽고 다정한 빛을 비추고, 함께 동행하는 사람들에게도 똑같이 비춰서 그들의 마음속까지 환히 빛나게 해주는 모습을 보여주고 싶다. 또한 난롯가에 앉은 모임과, 활기찬 여름날의 모임에서 그들에게 생기와 기쁨이 되는 것을 그려보고 싶다. 정오에 무더운 들판을 걸어가는 로즈의 뒤를 따라가고 싶고, 달빛 어린 저녁 산책길에서 나지막이 읊조리는 달콤한 목소리도 듣고 싶다. 밖에서 선행과 자선을 베푸는 모습과, 안에서 미소를 잃지 않고 힘든 집안일을 해나가는 모습을 지켜보고 싶다.

로즈 메일리와 올리버

그녀와 언니의 아들이 가족의 사랑을 나누면서, 함께 몇 시간이나 애달프게 잃어버린 친구들을 떠올리는 모습을 그리고 싶다. 기쁨에 가득 찬 작은 얼굴들이 로즈의 무릎으로 옹기종기 모여들어 즐겁게 재잘거리는 소리도 들려주고 싶다. 이럴 때마다 로즈의 맑은 웃음소리와 연민으로 반짝이는 부드러운 푸른 눈을 보여주고 싶다. 이와 더불어 수많은 표정과 미소, 여러 가지 생각과 말투들, 이 모든 것을 각각 다 떠올리고 싶다.

브라운로 씨가 어떻게 날마다 양아들인 올리버의 머릿속에 지식을 채워주었는지, 또 올리버가 하루가 다르게 발전하고 기대만큼 커가는 모습에 얼마나 애정이 더 커져갔는지, 어떻게 올리버에게서 옛 친구의 새로운 특성을 발견할 때마다 우울하고 달콤하며 위안이 되는 옛 추억을 떠올렸는지는 굳이 말할 필요가 없을 것이다. 또한 어떻게 올리버와 로즈, 두 고아들이 역경의 시련을 딛고, 남들에 대한 자비의 교훈을 기억하며, 서로를 사랑하고, 지금껏 지켜준 하느님께 대한 감사를 잊지 않았던 것인지도 두말이 필요없을 터였다. 이미 그들은 진정으로 행복했다고 말하지 않았던가. 강한 애정과 마음에서 나오는 인간애, 자비를 법으로 삼으시고, 살아 숨 쉬는 모든 것에 대한 사랑을 위대한 속성으로 지니신 하느님께 대한 감사 없이는 행복을 결코 얻을 수 없는 법이다.

오래된 마을 교회 제단 안에는 흰 대리석 판이 하나 서 있었다. 그 위에는 '애그니스'란 단어만이 새겨져 있었다. 그 무덤에는 관이 없었다. 부디 그 위에 또 다른 이름이 새겨지는 때는 아주 많은 해가 흐른 뒤가 되길 바란다! 그러나 만약 죽은 자의 영혼이, 생전에 알고 지내던 이들의 생사를 뛰어넘은 사랑으로 신성해진 장소를 들르기 위해 이 땅을 찾아온다면, 이 엄숙한 교회 구석에는 애그니스의 그림자가 맴돌 것이라고 믿는다. 비록 그곳이 교회 안이라고 해도, 또한 애그니스가 나약하고 부정한 실수를 저지른 여자였을지라도 말이다.

이종인

찰스 디킨스(1812-1870)는 영문학사에서 셰익스피어 다음으로 위대한 작가로 칭송받는 소설가다. 특히 2012년에는 탄생 200주년을 맞아 그가 태어난 영국에서 성대한 축제가 열렸고 이후로도 디킨스 소설의 인기는 더욱 높아지고 있다. 디킨스는 소설 『크리스마스 캐럴』과 『올리버 트위스트』로 유명하기에 누구나 그를 친근하게 느낀다. 어린 시절 독서 교육을 받거나 학교에서 선생님의 지도를 따라 의무적으로 읽었던 디킨스 소설은 생애 후반에 가까워질수록 즐거운 추억이 된다. 어떻게 보면 독자가 즐기는 것은 작품 그 자체라기보다 소설에 얽힌 어릴 적 추억인지도 모른다. 이처럼 디킨스를 좋아한다는 말에는 우리의 어린 시절을 즐겨 추억한다는 뜻이 숨어 있다.

디킨스는 개인 심리와 사회 부조리에 민감하게 반응하는 작가였다. 전자는 자신의 소년 시기 노동 경험을 배경으로, 후자는 가난한 사람들에 대한 동정과 그들을 배려하는 사회 환경에 대한 열망이 결정적으로 작용한 주제였다.

1. 작가의 생애

디킨스의 아버지 존 디킨스는 자상하고 호감이 가는 사람이었으나 경제적으로는 무능했다. 그런데도 슬하에 자식이 많아 둘째 디킨스를 포함해 무려 여덟 명의 아이를 낳았다. 아버지는 디킨스의 대표작 『데이비드 코퍼필드』에서 미코버 씨라는 인물로 생생하게 묘사된다. 디킨스가 열 살이 될 무렵 그의 가족은 켄트에서 런던으로 이사했다. 얼마 지나지 않아 아버지는 채무자 감옥에 갇혔고, 어머니는 디킨스를 제외한 일곱 명의 자식을 데리고 그 감옥에 들어가서 살아야 했다.

이때 디킨스는 석 달 동안 구두약 공장에서 다른 소년들과 함께 유리병에 라벨 붙이는 일을 했다. 주급 6실링을 받고 아침 8시부터 저녁 8시까지 일해야 하는 강행군이었다. 일하는 동안 그는 비참함을 느꼈지만, 자신은 도저히 다른 애들처럼 사악해질 수는 없다고 생각했다. 디킨스의 마음가짐은 구빈원 시절과 장의사 도제 시절을 거치던 올리버 트위스트에게 그대로 투영되었다. 소년 노동은 디킨스에게는 씁쓸한 추억이었고 나중에 케서린 호가스와 결혼한 후에 그녀에게조차 그 경험을 숨길 정도였다. 다행히 아버지가 할머니의 유산을 물려받아 디킨스 가족은 채무자 감옥에서 나올 수 있었고, 덕분에 그는 공장을 그만두고 2년 동안 학교에 다녔다. 디킨스의 또 다른 대표작 『위대한 유산』에서 그는 자신이 유산의 혜택을 얼마나 고마워했는지 진지하게 다룬다. 이후 그는 속기 기술을 배워 법률 사무소 서기 일과 신문기자 일을 했다. 이 경험이 사회를 바라보는 시각의 폭을 넓혀주었다. 스물다섯 살 때인 1837년에는 『올리버 트위스트』를 월간지에 연재하기 시작해 큰 인기를 끌었다. 연재는 24개월 동안 계속되었고 그 후 그는 영국의 대표 소설가로 활약했다.

어려웠던 생애 초창기 이후에는 행복을 누린 작가라고 생각하기 쉽지만 실은 그렇지 않다. 디킨스는 자신의 출생 배경이 열등하다는 사실을 평생 마음의 짐으로 여겼다. 『미들마치』를 쓴 조지 엘리엇이나 『허영의 시장』을 쓴 윌리엄 새커리 같은 지적인 작가들에게 열등감을 느끼기도 했다. 디킨스는 비평을 견뎌내지 못했고 자기 작품이 실패작이라는 비난은 더욱 참기 힘들어했다. 가령, 『올리버 트위스트』에 나오는 선한 매춘부 낸시가 현실에서는 존재하지 않는 판타지에 불과하다고 새커리가 비판했을 때, 그는 "그 여자 이야기는 실제 사실을 그대로 가져다 쓴 것"이라고 거세게 반발했다.

마음속 깊은 데서 디킨스는 자신을 믿기 힘들어했다. 자신의 부족함을 메우고 싶어 하는 보상심리가 발달했고, 남을 지배하려는 충동에 자주 휩싸였으며, 고집을 굽히지 않으려는 경향이 심했다. 그의 보상심리는 구체적인 사례로도 잘 드러난다. 그는 소설 집필에 과도하게 매달렸고 말년에는 공개 낭독 행사를 무리할 정도로 강행했다. 그의 낭독회는 영국은 물론 멀리 미국에서도 인기를 끌었는데, 가장 열광적인 반응을 이끌어낸 부분은 『올리버 트위스트』 중 사익스에 대한 낸시의 사랑과 그녀의 죽음이었다. 특히 빌 사익스가 애인 낸시를 살해하는 장면을 낭독할 때에는 수십 명의 여성 청중이 공포에 질려 기절했다고 한다. 1867년에 주치의가 미국에서 개최될 예정인 마지막 낭독회를 열지 말라고 강하게 권고했으나 디킨스는 이를 강행했다. 그 결과 그는 건강이 악화해 때 이른 죽음을 맞았다. 그의 고집과 충동은 9명의 아이를 낳은 아내 캐서린 호가스와 갈등을 불러일으켰고 이는 곧 별거로 이어졌다. 두 사람은 두 번 다시 만나지 않았다.

디킨스의 자기 불신과 사회에 대한 분노는 내면의 깊은 공포에서 왔다. 공포의 첫 번째 원천은 열 살 무렵에 겪었던 가혹한 소년 노동이었다. 디킨스는 영국의 교육 제도도 맹렬하게 비판했으나, 정작 자기 맏아들은 이튼 학교에 보냈고 나머지 아이들도 모두 공립학교에 다니게 했다. 디킨스는 불우한 유년 시절을 극복해야 한다는 심리가 강했다. 더 좋은 작품을 써내야 하고, 더 좋은 일을 많이 만들어야 하고, 더욱 충실하게 인생을 즐겨야 한다는 생각에 강박적으로 매달렸다. 그가 46세 때, 28세 연하의 연극배우 엘렌 터넌과 내연관계를 맺었는데 여기서도 그의 강박적인 보상 심리가 작용했으리라 추정할 수 있다.

그러나 작품이 작가의 사생활을 그대로 반영한다고 봐서는 안 된다. 오히려 디킨스는 작품에서 자기 불신과 사회에 대한 불안을 승화시켜 성장소설과 사회 비판 소설을 많이 써냈다. 그의 성장소설은 사악한 환경에 처했으나 마침내 환경을 극복하고 선량한 신사로 발전한다는 내용이었고, 사회 비판 소설은 영국의 사회제도 개선을 목표로 삼았다. 그는 58세라는 아까운 나이에 뇌출혈로 사망했는데 죽음을 맞이한 당일 오전에도 『에드윈 드루드의 비밀』라는 탐정소설을 쓰고 있었다. 그는 웨스트민스터 사원 내 '시인의 묘역'에 안장되었고 묘비명에는 이렇게 적혀 있다. "그는 가난하고 고통받고 박해받는 사람들을 동정했다. 그의 죽음으로 영국은 가장 위대한 작가를 잃었다."

2. 작품 해설

『올리버 트위스트』에는 성장소설과 사회 비판 소설이라는 두 가지 측면이 있다. 이 작품은 디킨스 문학의 앞날을 예고하는 이정표 같은 역할을 한다. 성장소설 측면에서 보면 이 작품은 나중에 『데이비드 코퍼필드』와 『위대한 유산』과 같은 더욱 정교하고 심오한 성장소설로 이어지는 출발점이 되었고, 사회 비판 측면에서 보면 이후 빈민들의 삶을 다룬 『어려운 시절』, 영국 사법부의 비리를 다룬 『황량한 집』, 채무자 감옥의 생활을 다룬 『어린 도리트』 등으로 확대되었다.

먼저 주인공의 인격 형성 교육을 다루는 성장소설은 가족 로맨스 (family romance) 성격을 지닌다. 『올리버 트위스트』는 고아 올리버가 자신의 부모를 찾아가는 과정이므로 대표적인 가족 로맨스다. 이 소설에서는 시골—도시—시골로 무대가 순환하듯 변하면서 올리버가 성장해가는 과정이 함께 펼쳐진다. 올리버는 길에서 태어나 구빈원에 들어갔다가, 그 후 장의사 집에 도제로 들어가고, 장의사의 집에서 불의를 참지 못해 다시 길 위에 올라 런던에 있는 페이긴의 도둑 소굴에 떨어진다. 말하자면, 그는 길 위에서 모든 교육을 받는다고 볼 수 있다. 올리버 아버지의 친구인 브라운로 씨의 호주머니를 털러 나간 길에 브라운로 씨의 양자로 들어갔다가 다시 페이긴의 소굴로 떨어지고, 그 소굴에서 메일리의 집으로 강도짓을 저지르러 갔다가 이모 로즈를 만나고, 다시 브라운로 씨에게 입양된다. 그 후에 올리버는 시골로 내려가서 행복하게 살았다는 결말로 끝이 난다. 소설 속 많은 일이 길 위에서 일어난다는 사실은 등장인물의 이동이 필수적인 성장소설의 특징을 보여준다. 등장인물이 어딘가에서 다른 어딘가로 이동하지 않는다면 무슨 변화가 생길 것이며, 어떻게 성장할 수 있다는 말인가.

그런데 그런 등장인물이 성장하려면 우선 장애물을 극복해야 하고 고통을 겪어야 한다. 올리버를 괴롭히면서 동시에 성장하게 하는 장애물과 같은 세력은 3대 악인 페이긴, 사익스, 멍크스다. 페이긴은 이른바 '악의 지식'이고, 사익스는 '악의 행동'이며, 멍크스는 '악의 사랑'을 상징한다. 늙은 유대인 페이긴을 보며 생기는 증오심은 겉보기에는 반유대주의로 위장한 것처럼 보이지만 사실은 소아 성애에 대한 증오다. 사익스가 강도를 저지르고 낸시를 살해하는 장면은 악한 행동을 구체화한다. 멍크스는 더 많은 유산을 받으려는 욕심 때문에 올리버를 괴롭히는 자이므로 돈에 대한 그의 탐욕은 곧 악에 대한 사랑이기도 하다. 이 3대 악인은 착한 올리버 못지않게 독자를 매혹한다. 디킨스가 살아 있을 당시에도 작가가 악을 지나치게 매력적으로 묘사하고 있다는 비판을 받았다. 그렇지만 독자를 진정 매혹하는 것은 아무 변화 없는 지루한 교훈이 아니라 연속적으로 벌어지는 장면들의 기이한 변화, 즉 (악의) 움직임이다. 사실 악과 맞세워보면 선은 아무것도 아닌 것처럼 보여 올리버는 너무 수동적인 존재라는 비판도 있었다. 선은 원래 수동적인 것, 혹은 움직이지 않는 것처럼 보일 때가 많다. 하지만 『논어』에서 "미덕은 외롭지 않아 언제나 이웃이 있다"라고 가르치듯, 선은 비록 힘없는 것처럼 보이지만 안팎으로 언제나 우군이 있다.

등장인물을 자세히 들여다보면, 그들의 성격은 각각 미세하게 차이가 나고 음영을 지닌다. 가령, 페이긴과 사익스는 둘 다 악인이지만 때때로 양심이 있는 듯 그려진다. 이처럼 디킨스의 성격 묘사는 선과 악을 미묘하게 대비하면서도 서로 소통하도록 하므로 탁월하다. 더 나아가 이 지점에서 그의 작품의 예술성을 발견할 수 있다. 다른 예로, 매춘부 낸시는 이미 악의 소굴에 떨어진 몸이지만 그럼에도 선을 지향한다는 점에서 매력적이다. 일시적으로 악의 소굴에서 벗어났던 올리버는 다시 그 소굴로 떨어지지만, 낸시 덕분에 로즈를 만나 결국 새로운 삶을 살 수 있게 된다. 낸시는 선을 실천하는 도중 안타깝게도 애인 사익스에게 목숨을 잃는다. 그녀는 이 소설의 주제, 즉 사람은 처음부터 악인으로 태어나지 않고 사회의 영향으로 악인이 되므로, 사회가 바뀌면 악인도 개과천선할 수 있다는 점을 형상화하는 인물이다.

이어서 이 소설의 두 번째 특징인 사회 고발 측면을 살펴보자. 디킨스는 이 소설에서 영국의 구빈법, 교육 제도, 산업 구조, 물질 만능주의를 맹렬하게 공격한다. 특히 혐오스러운 빈민 학교는 노아 클레이폴이나 빌 사이스 같은 악질을 만들어내는 공장이라는 사실을 암시한다. 디킨스는 『올리버 트위스트』의 여러 장면에서 영국의 산업혁명이 이기적인 개인주의의 원천이라고 날카롭게 지적한다. 1830년대의 런던은 황당무계한 투기와 불안정한 가치가 판을 치는, 냉정하고 무자비하며 돈만 중시하는 도시였다. 도시 자본가는 돈을 먼저 잡기만 하면 그 돈의임자가 될 수 있고, 부를 획득하는 과정에서 양심이나 도덕은 그리 중요하지 않다고 생각했다. 간단히 말해, 상업주의와 물질주의가 팽배했고, "탐욕은 좋은 것이다"(greed is good)라는 신념이 널리 퍼져 있었다.

이 시기에 자본가는 사회 속 개인이 각자의 이익을 충실히 추구할때 사회가 가장 잘 돌아간다고 주장했다. 디킨스는 돈이 최고라고 생각하는 부르주아 계급의 심리를 파악하고 있었다. 디킨스에 따르면, 이런외로운 늑대 심리는 부자들에게만 있는 것이 아니라, 심지어 도둑 소굴의 우두머리 페이긴도 공유하고 있다. 페이긴은 도둑들이 넘버원인 자신을 중심으로 각자 이익을 추구하며 열심히 일할 때 도둑 소굴의 생활을 잘 영위할 수 있고 또 생활의 질이 향상된다고 말한다. 디킨스는 이소설에서 악이 횡행하는 여러 장면을 제시하면서, 개인주의는 사회를발전시키지 않고 오히려 이기심과 잔인함만을 초래한다고 강조한다. 개인의 행복과 사회의 발전을 위해서는 개인주의가 아니라 이타심과자기희생이 반드시 필요하다고 역설한다. 디킨스는 이 주제를 효과적으로 드러내기 위해 탐욕스러운 이기심으로 패망하는 페이긴 집단과,선을 구성하는 올리버·브라운로·메일리의 세계를 서로 대비하며 입체적으로 이야기를 전개해나간다.

이 과정에서 개인과 환경의 상호작용이라는 문제가 등장한다. 디킨스는 영국 사회를 비판하면서도 그 사회구조를 변경하기보다 개인 정신을 개조하기를 더 강조한다. 가장 열악한 환경일지라도 그곳에 사는 사람이 반드시 타락하지는 않으며, 반대로 가장 유복한 환경에서 반드시 선량한 사람이 성장하지도 않는다. 올리버는 어린 시절 열악한 환경에서 자랐음에도 구제불능일 정도로 타락하지는 않았다. 자기 자신이 이미 버려졌다고 생각하는 낸시는 잘 알지도 못하는 아이인 올리버를 위해 자신의 목숨을 내놓을 정도로 도덕적 결단력이 강하다. 심지어 도덕적 감수성이 전혀 없다고 생각되는 사익스와 페이긴도 그들 나름의 양심을 갖고 있다. 사익스는 낸시를 살해한 후에도 죽어가는 낸시의 애절한 눈동자에 뒤쫓기고 또한 찰리 베이츠는 사익스를 붙잡으려는 최소한의 양심을 내보인다.

『올리버 트위스트』는 감상주의 같고, 우연의 일치가 많고, 멜로드라마라는 비평을 받아왔다. 이에 대한 반론은 몇 가지로 제시할 수 있다. 감상주의는 디킨스가 미덕을 칭송할 때에만 다소 기색을 내비칠 뿐 악덕을 묘사할 때 디킨스는 오히려 철저한 리얼리스트가 된다. 올리버가 운 좋게 악의 소굴을 두 번이나 벗어나는 과정은 지나친 우연의 일치이긴 하지만, 이야기의 강력한 힘 덕분에 용납된다. 독자는 소설에서 이야기를 읽으려 하는 것이지 이야기를 만들어내는 이론을 알고 싶은 게 아니기 때문이다. 멜로드라마는 낸시와 사익스의 사랑을 가리키는데, 전혀 다른 해석을 내놓을 수 있다. 살해당하기 직전에 로즈 메일리가 준 손수건을 공중으로 들어 올리며 기도하는 낸시는 셰익스피어의 『오셀로』에서 손수건 한 장 때문에 무고하게 죽는 데스데모나를 연상하게 한다. 살인 이후 피와 눈동자의 환상에 시달리는 사익스는 『맥베스』에서 공중에 뜬 단검의 환상을 보는 맥베스를 연상시킨다. 낸시와 사익스의 사랑은 얼핏 보면 멜로드라마처럼 보일 수도 있으나, 심층적으로 읽어보면 셰익스피어의 드라마에 필적할 만큼 웅장하고 비장하다.

악의 소굴에 빠져들면 대부분 악인이 되지만 올리버는 그 소굴에 물들지 않고 연꽃처럼 깨끗하게 피어나면서 성장의 과정을 완성한다. 독자는 전 과정을 읽으면서 올리버와 같은 사람이 되고 싶다는 강렬한 소망을 품는다. 더 나아가 소망이 작품 속에서 실현되었을 때 대신 기쁨을 느낀다. 괴테는, 누구나 소년 시절에는 낭만주의자가 되고, 중년에는 현실주의자가 되며, 노년에는 신비주의자가 된다고 말했다. 이 책의 독자가 소년이라면 올리버를 닮아 악의 소굴에 빠져도 악인이 되지 않겠다는 낭만적 결의를 다지게 된다. 독자가 중년이라면 지금껏 악을 멀리하며 살아온 자기 자신을 대견하게 여길지도 모른다. 노년이라면 그 모든 과정을 거쳐 노년의 지혜에 이른 과정이 참으로 신비하다고 생각할 것이다. 그러면서 독자는 자신의 인생 단계에 따라 결의와 대견함과 신비함을 즐거운 마음으로 되돌아본다.

이종인

1954년 서울에서 태어나 고려대학교 영어영문학과를 졸업하고 한국 브리태니커 편집국장과 성균관대학교 전문 번역가 양성 과정 겸임 교수를 역임했다. 지금까지 250여 권의 책을 옮겼으며, 최근에는 인문 및 경제 분야의 고전을 깊이 있게 연구하며 번역에 힘쓰고 있다. 옮긴 책으로는 『진보와 빈곤』, 『리비우스 로마사 세트(전4권)』, 『월든·시민 불복종』, 『자기 신뢰』, 『유한계급론』, 『공리주의』, 『걸리버 여행기』, 『로마제국 쇠망사』, 『고대 로마사』, 『숨결이 바람 될 때』, 『변신 이야기』, 『작가는 왜 쓰는가』, 『호모 루덴스』, 『폰더 씨의 위대한 하루』 등이 있다. 집필한 책으로는 번역 입문 강의서 『번역은 글쓰기다』, 고전 읽기의 참맛을 소개하는 『살면서 마주한 고전』 등이 있다.

작가 연보

1812년 해군청 직원인 아버지가 일하는 영국 남부의 포츠머스에서 2월 7일 태어남.

1817년 런던과 시어네스(잉글랜드 동남부)를 비롯해 여러 번 옮겨 다닌 후, 채텀에 정착함.

1821년 침례교 목사가 운영하는 지역 학교에 다님.

1822년 런던으로 돌아옴.

1824년 아버지가 채무자 감옥에 3개월 간 갇히게 됨. 이 시간 동안 디킨스는 구두약 공장에서 유리병에 라벨 붙이는 일을 함. 학업을 다시 시작해서 1825년에서 1827년까지 웰링턴 하우스 아카데미를 다님.

1827년 변호사 사무실의 직원이 됨.

1832년 속기를 배운 후, 의회 출입 기자가 됨. 마리아 비드넬과 사랑에 빠짐 (1830년~1833년). 코벤트 가든의 배우 오디션에 떨어짐.

1833년 월간 잡지에 '보즈'라는 필명으로 첫 글을 게재.

1835년 잡지 편집자의 딸인 캐서린 호가스와 약혼.

1836년 『보즈의 스케치』 출판. 캐서린 호가스와 결혼.

1837년 『피크윅 클럽의 기록』 출판. 첫 아들 출생.

1838년 『올리버 트위스트』 출판.

1839년 『니콜러스 니클비』 출판.

1841년 『골동품 가게』와 『바너비 러지』 출판.

1842년 1월부터 6월까지 첫 미국 여행. 『미국 여행기』 출판.

1843년 12월에 『크리스마스 캐럴』 출판.

1844년 『마틴 처즐윗』 출판. 가족과 함께 이탈리아로 떠남.

1845년 이탈리아에서 돌아옴. 자서전을 쓰기 시작함.

1846년 『데일리 뉴스』의 첫 편집자였다가 곧 사임. 『이탈리아에서 온 그림들』 출판. 가족과 함께 스위스와 파리에 머묾.

1847년 런던으로 돌아옴.

1848년 『돔비와 아들』 출판.

1850년 주간지 『매일 쓰는 말들』 3월에 창간, 1859년까지 발행. 『데이비드 코퍼필드』 출판.

1851년 아버지와 어린 딸 사망.

1853년 『황량한 집』 출판. 첫 자선 공개 낭독으로 『크리스마스 캐럴』을 읽음.

1854년 『매일 쓰는 말들』에 연재하던 『어려운 시절』 출판.

1855년 유부녀가 된 첫사랑을 만나고 실망함.

1857년 『어린 도리트』 출판.

1858년 여배우 엘런 터넌과 스캔들 등 오랜 불화로 아내와 별거.

1859년 주간지 『일년 내내』 창간, 『두 도시 이야기』 연재 시작.

1861년 『일년 내내』에 연재하던 『위대한 유산』 출판.

1865년 『우리 둘 다 아는 친구』 출판.

1867년 두 번째 미국 여행에서 보스턴과 뉴욕, 워싱턴 등지를 다니며 낭독을 하느라 건강이 악화됨.

1870년 런던에서 마지막 낭독을 마침. 『에드윈 드루드의 미스터리』를 연재하던 중에 6월 9일 뇌졸중으로 58세의 생을 마감함. 웨스트민스터 사원에 묻힘.

옮긴이 **유수아**

한국외국어대학교 영어과와 이화여자대학교 통번역 대학원 한영번역학과를 졸업한 뒤 지금은 전문 번역가로 활동하고 있다. 『고잉 빈티지』『잔혹한 그림왕국』『작은 아씨들』『노예 12년』『다크 플레이스』 등을 우리말로 옮겼다.

그린이 **조지 크룩섕크** George Cruikshank, 1792~1878

영국의 만화가이자 책 삽화가. 그는 평생 "현대의 호가스"로 칭송을 받았고(호가스는 18세기 영국의 화가로 인간 본성에 대한 예리한 통찰력과 재치, 생생한 표현력으로 영국 사회를 풍자했다), 찰스 디킨스를 비롯한 작가들을 위해 책 삽화를 그려 국제적인 명성을 얻었다. 디킨스의 책으로는 『보즈의 스케치』, 『올리버 트위스트』의 삽화를 그렸으며, 일생 동안 거의 1만 점의 판화와 삽화를 남겼다.

현대지성 클래식 29

올리버 트위스트

1판 1쇄 발행 2020년 1월 2일
1판 6쇄 발행 2024년 11월 13일

지은이 찰스 디킨스
옮긴이 유수아
발행인 박명곤 **CEO** 박지성 **CFO** 김영은
기획편집1팀 채대광, 김준원, 이승미, 김윤아, 백환희, 이상지
기획편집2팀 박일귀, 이은빈, 강민형, 이지은, 박고은
디자인팀 구경표, 유채민, 윤신혜, 임지선
마케팅팀 임우열, 김은지, 전상미, 이호, 최고은

펴낸곳 (주)현대지성
출판등록 제406-2014-000124호
전화 070-7791-2136 **팩스** 0303-3444-2136
주소 서울시 강서구 마곡중앙6로 40, 장흥빌딩 10층
홈페이지 www.hdjisung.com **이메일** support@hdjisung.com
제작처 영신사

ⓒ 현대지성 2020

"Curious and Creative people make Inspiring Contents"
현대지성은 여러분의 의견 하나하나를 소중히 받고 있습니다.
원고 투고, 오탈자 제보, 제휴 제안은 support@hdjisung.com으로 보내 주세요.

현대지성 홈페이지

"인류의 지혜에서 내일의 길을 찾다"
현대지성 클래식

현대지성 클래식 살펴보기